Joanot Martorell

Tirant lo Blanc

Tomo I

Barcelona **2024**
Linkgua-ediciones.com

Créditos

Título original: Tirant lo Blanc.

© 2024, Red ediciones S.L.

e-mail: info@Linkgua-ediciones.com

Diseño cubierta: Michel Mallard

ISBN tapa dura: 978-84-1126-568-3.
ISBN rústica: 978-84-9953-434-3.
ISBN ebook: 978-84-9953-463-3.

Sumario

Brevísima presentación

La vida

Joanot Martorell (Gandía, 1411?-1468). España.

Se cree que Joanot Martorell pudo nacer en Valencia o Gandía, y más proba-blemente en esta última ciudad. Respecto a la fecha de nacimiento se barajan las que median entre 1405 y 1413. Pocos detalles se conocen de su biografía. Su padre, el noble Francesc Martorell, ejerció algunos cargos jurisdiccionales reales y se estableció en Gandía. Su madre, Damiata de Monpalau, tuvo de este matrimonio cuatro hijos (Galcerán, Joanot, Jofre y Jaume) y tres hijas (Isabel, Aldonça y Damiata), siendo Joanot el cuarto. El poeta Ausiàs March y Joanot Martorell llegaron a ser cuñados, tras la boda del primero con Isabel Martorell. Asimismo, Joanot mantuvo con ciertos nobles de la época varios litigios «de honor», algunos de los cuales se refirieron, probablemente, a cuestiones econó-micas y de propiedades. Tanto este último aspecto como sus viajes a Inglaterra, Portugal y Nápoles están de alguna manera reflejados en las aventuras de su Tirant lo Blanc.

El propio Joanot Martorell fue uno de los últimos profesionales de la caba-llería andante, como el personaje de su Tirant lo Blanc. Miembro de la clase media noble valenciana (coetáneo y paisano de varios escritores nobles de la época), Martorell era, como se dijo, dado a entablar duelos y lances caballe-rescos por motivos «de honor», uno de los cuales le condujo, al parecer en busca de mediación, a la Corte de Enrique VI de Inglaterra, donde fue admirado como experto en las armas y en las letras.

Se cree que los últimos años de su vida fueron convulsos y complicados, ya que se vio obligado a enrolarse en trabajos mercenarios, tuvo problemas económicos y con la justicia y pasó alguna temporada encarcelado. Sin haberse casado nunca y sin tener descendencia conocida, Joanot murió en 1468, en Gandía; pocos años antes había tenido que vender incluso su Manuscrito del Tirant lo Blanc a un paisano que le ayudaba económicamente, Martí Joan de Galba, quien lo editó por primera vez en 1490, en la ciudad de Valencia.

Además del Tirant lo Blanc, Joanot Martorell adaptó al catalán (o valenciano), en prosa y desde el francés, la novela de caballerías en verso Guy de Warwich, en la que incluyó resonancias del Libre de l'ordre de cavalleria, de Ramon Llull, con el título de Guillem de Vàroic.

La obra

Tirant lo Blanc es una novela caballeresca del valenciano Joanot Martorell, publicada efn Valencia en 1490. Se supone, sin total certeza, que fue concluida por Martí Joan de Galba. Es la obra cumbre de la literatura en catalán, y la primera novela caballeresca impresa en España.

El título se traduce al castellano como Tirante el Blanco. La obra comienza con la narración de las aventuras de Guillem de Vàroic, quien introduce a Tirant en las normas de la caballería. Incluye rasgos biográficos del autor y combina un realismo directo y crudo con los ideales caballerescos de la época.

Tirant es armado caballero tras varios combates contra reyes, duques y gigantes. Parte de Inglaterra a Francia, Sicilia y Rodas —asediada por los genoveses y el sultán del Cairo—; después continúa su periplo por Jerusalén, Alejandría, Trípoli y Túnez. Tirant se dirige después a Bizancio —sitiada por el sultán—, y en Constantinopla se enamora de Carmesina, hija del emperador. La historia de estos amores, con la intervención de la viuda Reposada y de la doncella Placerdemivida, ocupan gran parte de la trama. Tras haber luchado en Berbería, Tirant se casa con Carmesina y es nombrado césar del Imperio Bizantino; reconquista tierras a los turcos y muere enfermo. Al saberlo, muere también Carmesina. La novela acaba con episodios de algunos personajes secundarios que completan la trama.

En contraste con los libros de caballerías, aquí el amor es sensual y no platónico: las escenas eróticas tienen enorme expresividad. Y el autor se recrea, con sarcasmo, en los detalles cotidianos.

Algunos pasajes del Tirant tienen cierta relación con la vida del almirante Roger de Flor, el líder de los almogávares ejecutado por los bizantinos. La salvación de Constantinopla en este libro es un final alternativo a lo que sucedió realmente con la capital bizantina, tomada en 1453 por el ejército del Sultán otomano Mehmet II «El Conquistador».

Cervantes debió de conocer la obra a través de una traducción castellana anónima (Valladolid, 1511). El libro debía de ser por entonces muy raro, y de autor desconocido, por lo que tal vez Cervantes ignorase que fue escrito en valenciano. Es bastante extendida la opinión de que el estilo salpicado de notas humorísticas y socarronas de Tirant lo Blanc influyó en Cervantes, y es visible en la célebre escena de la biblioteca de Don Quijote:

—¡Válame Dios! —dijo el cura, dando una gran voz—. ¡Que aquí esté Tirante el Blanco! Dádmele acá, compadre; que hago cuenta que he hallado en él un tesoro de contento y una mina de pasatiempos. Aquí está don Quirieleisón de Montalbán, valeroso caballero, y su hermano Tomás de Montalbán, y el caballero Fonseca, con la batalla que el valiente de Tirante hizo con el alano, y las agudezas de la doncella Placerdemivida, con los amores y embustes de la viuda Reposada, y la señora Emperatriz, enamorada de Hipólito, su escudero. Dígoos verdad, señor compadre, que, por su estilo, es éste el mejor libro del mundo: aquí comen los caballeros, y duermen, y mueren en sus camas, y hacen testamento antes de su muerte, con estas cosas de que todos los demás libros de este género carecen. Con todo eso, os digo que merecía el que le compuso, pues no hizo tantas necedades de industria, que le echaran a galeras por todos los días de su vida. Llevadle a casa y leedle, y veréis que es verdad cuanto dél os he dicho.

A HONOR, LAHOR E GLÒRIA DE NOSTRE SENYOR DÉU JESUCHRIST E DE LA GLORIOSA SACRATÍSSIMA VERGE MARIA, MARE SUA, SENYORA NOSTRA, COMENCA LA LETRA DEL PRESENT LIBRE APELLAT TIRANT LO BLANCH, DIRIGIDA PER MOSSÉN JOANOT MARTORELL, CAVALLER, AL SERENÍSSIMO PRÍNCEP DON FERRANDO DE PORTOGAL.

Dedicatòria

Molt excel·lent, virtuós e gloriós príncep, rey spectant: jatsia per vulgada fama fos informat de vostres virtuts, molt majorment ara he hagut notícia de aquelles per vostra senyoria voler-me comunicar e disvetlarvostres virtuosíssims desigs sobre los fets dels antichs, virtuosos e en fama molt gloriosos cavallers, dels quals los poetes e hystorials han en ses obres comendat, perpetuant lurs recordations e virtuosos actes. E singularment los molt insignes actes de cavalleria de aquell tan famós cavaller, que, com lo sol resplandeix entre los altres planets, axí resplandeix aquest en singularitat de cavalleria entre·ls altres cavallers del món, apellat Tirant lo Blanch, qui per sa virtut conquistà molts regnes e províncies donant-los a altres cavallers, no volent-ne sinó la sola honor de cavalleria. E més avant conquistà tot l'Imperi Grech, cobrant-lo dels turchs, qui aquell havien subjugat a lur domini dels cristians grechs.

E com la dita hystòria e actes del dit Tirant sien en lengua anglesa, e a vostra il·lustra senyoria sia stat grat voler-me pregar la giràs en lengua portoguesa, opinant, per yo ésser stat algun temps en la illa de Anglaterra, degués millor saber aquella lengua que altri, les quals pregàries són stades a mi molt acceptables manaments, com ja yo sia per mon orde obligat manifestar los actes virtuosos dels cavallers passats, majorment com en lo dit tractat sia molt stesament lo més de tot lo dret e orde de armes e de cavalleria. E jatsia considerada ma insufficiència e les curials e familiars occupacions qui obsten, e les adversitats de la noÿble fortuna qui no donen repòs a la mia pensa, de aquest treball justament excusar-me pogués. Emperò, confiant en lo sobiran Bé, donador de tots los béns, qui ajuda als bons desigs supplint lo defalliment dels desijants, e porta los bons propòsits a degudes fins, e vostra senyoria qui per sa virtut comportarà los defalliments, axí en stil com en orde, en lo present tractat per mi posats per inadvertència, e pus verdaderament ignorància, me atreviré expondre, no solament de lengua anglesa en portoguesa, mas encara de portoguesa en vulgar valenciana, per ço que la nació d'on yo só natural se'n puxa alegrar e molt ajudar per los tants e tan insignes actes com hi són.

Supplicant vostra virtuosísima senyoria accepteu com de servidor affectat la present obra —car si defalliments alguns hi són, certament, senyor, n'és en part causa la dita lengua anglesa, de la qual en algunes partides és impossible poder bé girar los vocables— attenent a la afectió e desig que contínuament tinch de servir vostra reduptable senyoria, no havent sguard a la ruditat de la ordinació e diferència de sentències, a fi que per vostra virtut la comuniqueu entre els servidors e altres perquè·n puguen traure lo fruyt que·s pertany, movent los coratges de aquells e no duptar los aspres fets de les armes, e pendre honorosos partits endreçant-se a mantenir lo bé comú per qui milícia fonch trobada.

Noresmenys, a la cavalleria moral donarà lum e representarà los scenacles de bons costums, abolint la textura dels vicis e la ferocitat dels monstruosos actes.

E perquè en la present obra altri no puxa ésser increpat si defalliment algú trobat hi serà, yo, Johanot Martorell, cavaller, sols vull portar lo càrrech, e no altri ab mi; com per mi sols sia stada ventilada a servey del molt il·lustre príncep e senyor rey spectant don Ferrando de Portogual la present obra, e començada a II de giner de l'any MCCCCLX.

Pròlech

Com evident experiència mostre la debilitat de la nostra memòria, sotsmetent fàcilment a oblivió no solament los actes per longitut de temps envellits, mas encara los actes freschs de nostres dies, és stat donchs molt condecent, útil e expedient deduir en escrit les gestes e històries antigues dels hòmens forts e virtuosos, com sien espills molt clars, exemples e virtuosa doctrina de nostra vida, segons recita aquell gran orador Tul·li.

Llegim en la Santa Escriptura les històries e sants actes dels sants pares, del noble Josuè e dels Reis, de Job e de Tobies, e del fortíssim Judes Macabeu. E aquell egregi poeta Homero ha recitat les batalles dels grecs, troians e de les amazones; Titus Lívius, dels romans: d'Escipió, d'Anibal, de Pompeu, d'Octovià, de Marc Antoni e de molts altres. Trobam escrites les batalles d'Alexandre e Dari; les aventures de Lançalot e d'altres cavallers; les faules poètiques de Virgili, d'Ovidi, de Dant e d'altres poetes; los sants miracles e actes admirables dels apòstols, màrtirs e altres sants; la penitència de Sant Joan Baptista, Santa Magdalena e de Sant Pau ermità, e de Sant Antoni, e de Sant Onofre, e de Santa Maria Egipcíaca. E moltes gestes e innumerables històries són estades compilades per tal que per oblivió no fossen delides de les penses humanes.

Mereixedors són d'honor, glòria e de fama e contínua bona memòria los hòmens virtuosos, e singularment aquells qui per la república no han recusat sotsmetre llurs persones a mort, perquè la vida d'aquells fos perpetual per glòria. E llegim que honor sens exercici de molts actes virtuosos no pot ésser adquirida; e felicitat no pot ésser atesa sens mitjà de virtuts. Los cavallers animosos volgueren morir en les batalles ans que fugir vergonyosament. La santa dona Judich, ab ànimo viril, gosà matar Olofernes per deliurar la ciutat de la opressió de aquell. E tants libres són estats fets e compilats de gestes e hystòries antigues, que no seria sufficient l'enteniment humà compendre e retenir aquelles.

Antigament, l'orde militar era tengut en tanta reverència, que no era decorat de honor de milícia sinó lo fort, animós, prudent e molt spert en lo exercici de les armes. Fortitud corporal e ardiment se vol exercir ab saviesa, com per la prudència e indústria dels batallants, diverses vegades los pochs han obtesa victòria dels molts, la saviesa e astúcia dels cavallers ha bastat aterrar les forçes dels enemichs. E per ço foren per los antichs ordenades justes e torneigs, nodrint los infants de pocha edat en lo exercici militar perquè en les batalles fossen forts e animosos, e no hag[u]essen terror de la vista dels enemichs. La dignitat militar deu ésser molt decorada, perquè sens aquella los regnes e ciutats no·s porien sostenir en pau, segons que diu lo gloriós sanct Luch en lo seu Evangeli. Merexedor és, donchs, lo virtuós e valent cavaller de honor e glòria, e la fama de aquell no deu preterir per longitut de molts dies. E com entre los altres insignes cavallers de gloriosa recordació sia stat aquell valentíssim cavaller Tirant lo Blanch, del qual fa special conmemoració lo present llibre, per ço d'aquell, e de les sues grandíssimes virtuts e cavallerias, se fa singular e expressa menció individual, segons reciten les següents hystòries.

Capítol primer. Comenca la primera part del libre de Tirant, la qual tracta de certs virtuosos actes que féu lo comte Guillem de Veroych en los seus benaventurats darrés dies

En tan alt grau excel·leix lo militar stament, que deuria ésser molt reverit si los cavallers observaven aquell segons la fi per què fonch instituÿt e ordenat. E per tant com la divina Providència ha ordenat e li plau que los VII planets donen influència en lo món e tenen domini sobre la humana natura, donant-los diversas inclinacions de peccar e viciosament viure, emperò no·ls ha tolt lo universal Creador lo franch arbitre, que si aquell és ben regit les poden, virtuosament vivint, mitigar e vençre, si usar volen de discreció; e per ço, ab lo divinal adjutori, serà departit lo present libre de cavalleria en VII parts principals, per demostrar la honor e senyoria que los cavallers deuen haver sobre lo poble.

La primera part serà del principi de cavalleria; la segona serà del stament e offici de cavalleria; lo terç és de l'examen que deu ésser fet al gentilhom o generós qui vol rebre l'orde de cavalleria; lo quart és de la forma com deu ésser fet cavaller; la sinquena és què signifiquen les armes del cavaller; la sisena és dels actes e costumes que a cavaller pertanyen; la setena e darrera és de la honor que deu ésser feta al cavaller. Les quals VII parts de cavalleria seran deduÿdes en serta part del libre.

Ara, en lo principi, se tractarà de certs virtuosos actes de cavalleria que féu l'egregi e strenu cavaller, pare de cavalleria, lo comte Guillem de Varoych en los seus benaventurats darrés dies.

Capítol segon. Com lo comte Guillem de Veroych preposà de anar al Sanct Sepulcre e manifestà a la comtessa e als servidors la sua partida

En la fèrtil, riqua e delitosa illa de Anglaterra habitava un cavaller valentíssim, noble de linatge e molt més de virtuts, lo qual, per la sua gran saviesa e alt enginy, havie servit per lonch temps l'art de cavalleria ab grandíssima honor, la fama del qual en lo món molt triümfava, nomenat lo comte Guillem de Varoych.

Aquest era un cavaller fortíssim qui en sa viril joventut havia sperimentada molt la sua nobla persona en l'exercici de les armes, seguint guerres axí en mar com en terra, e havia portades moltes batalles a fi. Aquest s'era trobat en VII batalles campals hon hi havia rey o fill de rey hi de X mília combatents ensús, e era entrat en V liçes de camp clos, hu per hu, e de tots havia obtesa victòria gloriosa.

E trobant-se lo virtuós comte en edat avançada de LV anys, mogut per divinal inspiració, preposà de retraure's de les armes e de anar en peregrinació e de passar a la Casa Sancta de Hierusalem, hon tot cristià deu anar, si li és possible, per fer penitència e smena de sos defalliments. E aquest virtuós comte hi volgué anar havent dolor e contrictió de moltes morts que en la joventut sua havia fetes seguint les guerres e batalles hon s'era trobat.

E feta la deliberació, en la nit manifestà a la comtessa, muller sua, la sua breu partida, la qual ho pres ab molta impaciència, per bé que fos molt virtuosa e discreta, per la molta amor que li portava, la feminil condició promptament no pogué resistir que no demostràs ésser molt agreujada. Al matí, lo comte se féu venir davant tots sos servidors, axí hòmens com dones, e dix-los semblants paraules:

—Mos fills e fidelíssims servidors, a la magestat divina plau que jo m'é a partir de vosaltres, e la mia tornada m'és incerta, si a Jhesuchrist serà plasent, e lo viatge és de grandíssim perill, per què ara de present vull satisfer a cascú de vosaltres lo bon servir que fet m'aveu.

E féu-se traure una gran caxa de moneda e a cascú de sos servidors donà molt més que no devia, que tots ne restaren molt contents. Aprés féu donació a la comtessa de tot lo comdat, a totes ses voluntats, si bé·s tenia un fill de molta poca edat. E havia fet fer un anell d'or ab les armes sues e de la comtessa, lo qual anell era fet ab tal artifici, que·s departia pel mig, restant cascuna part anell sancer, e, ab la meytat de les armes de cascú, com era ajustat, se mostraven totes les armes.

E complit tot lo desús dit, girà's a la virtuosa comtessa e, ab cara molt afable féu-li principi ab paraules de semblant stil.

Capítol tercer. Com lo Comte manifestà a la comtessa, sa muller la sua partida; e les rahons que li fa, e lo que ella replica

—La speriència manifesta que tinch de vostra verdadera amor e condició afable, muller senyora, me fa sentir major dolor que no sentira, car per la vostra molta virtut yo us ame de sobirana amor, e grandíssima és la pena e dolor que la mia ànima sent com pens en la vostra absència. Però la gran sperança que tinch me fa aconortar, havent notícia de vostres virtuoses obres, que só cert que ab amor e paciència pendreu la mia partida, e, Déu volent, lo meu viatge, migançant les vostres justes pregàries, prestament serà complit e s'aumentarà la vostra alegria. Jo us dexe senyora de tot quant he, e us prech que tingau per recomanats lo fill, los servidors, vassalls e la casa; e veus ací una part de l'anell que yo he fet fer: prech-vos carament que·l tingau en loch de la mia persona e que·l guardeu fins a la mia tornada.

—O trista de mi! —dix la adolorida comtessa—. E serà veritat, senyor, la vostra partida que façau sens mi? Almenys feu-me gràcia que yo vaja ab vós perquè us pugua servir, car més stime la mort que viure sens vostra senyoria. E si lo contrari feu, lo jorn que finaré los meus darrers dies no sentiré major dolor de la que ara sent; e a tot mon seny desige sentísseu la strema pena que lo meu adolorit cors sosté com pens en la absència vostra. Digau-me, senyor, ¿és aquest lo goig e consolació que yo sperava de vostra senyoria? ¿Aquest és lo conort d'amor e fe conjugal que jo tenia en vós? O mísera de mi! ¿On és la mia grandíssima sperança, que yo tenia, que lo restant de ma vida aturàs la senyoria vostra ab mi? ¿E no havia prou durat lo meu adolorit viduatge? O trista de mi, que tota la mia sperança veig perduda! Vingua la mort, puix res no·m pot valer! Vinguen trons e lamps e gran tempesta, per ço que lo meu senyor ature, que no·s puga partir de mi!

—O comtessa e senyora! De mi yo bé conech que la vostra strema amor vos fa passar los límits de la vostra gran discretió —dix lo comte—, e deveu considerar que com nostre senyor Déu fa la gràcia al peccador, que·l fa venir a notícia de sos peccats e defalliments, e vol fer penitència de aquells, que la muller qui ama tant lo seu cors, deu amar molt més l'ànima, e no li deu contrastar, ans deu fer gràties a nostre senyor Déu com l'à volgut il·luminar. E majorment yo, qui só tant gran peccador, que en lo temps de les guerres he fets molts mals e dans a moltes gents. ¿E no val més, puix me só apartat de les grans guerres e batalles, que·m dó tot al servey de Déu e faça penitència de mos peccats, que no viure en los mundanals negocis?

—Bona cosa seria aqueixa —dix la Comtessa—, emperò veig que aquest càlzer de dolor a beure s'à, e tan amarch és per a mi, qui só stada tant de temps, que no·s poria recitar, orfe de pare e de mare e viuda de marit e senyor viu. E ara que pensava que la mia fortuna fos passada, e tots los passats mals aguessen remey, e veig que les mies tristes dolors aumenten, per què poré dir que no·m resta sinó aquest miserable de fill en penyora de son pare, e la trista de mare se haurà a conortar ab ell.

Pres lo petit fill per los cabells e tirà'ls-hi, e ab la mà li donà en la cara dient-li:

—Mon fill, plora la dolorosa partida de ton pare e faràs companyia a la trista de ta mare.

E lo petit infant no havia sinó tres mesos que era nat, e pres-se a plorar.

Lo comte, qui véu plorar la mare e lo fill, pres en si molt gran congoxa, e volent-la aconortar no pogué retenir les làgrimes de la sua natural amor, manifestant la dolor e compassió que tenia de la mare e del fill, e per bon espay estigué que no pogué parlar, sinó que tots tres ploraven. Com les dones e donzelles de la comtessa veren fer tan strem plor als tres, mogudes de gran compassió se prengueren totes a plorar e fer grans lementacions, per la molta amor que li portaven a la comtessa. Les dones de honor de la ciutat, sabent que lo comte devia partir, anaren totes al castell per pendre son comiat. Com foren dins en la cambra, trobaren que lo comte estava aconortant la comtessa.

Com la comtessa véu entrar les honrades dones, sperà que·s fossen assegudes. Aprés dix semblants paraules:

—Mitigant los treballosos asalts que en lo feminil coratge desesperades elections e molts greus enugs procurant infonen, gran és lo aturmentat sperit meu, per hon les mies injustes aflictions poden ésser per vosaltres, dones de honor, conegudes. E acompanyant les mies doloroses làgrimes e aspres sospirs, vençuts per la mia justa querella, presenten la aflicció e obra per la executió que tal sentiment los manifesta. A vosaltres, doncs, dones casades, endreçe los meus plors, e les mies greus passions signifique, per hon los meus mals, fahent-los vostres, ab mi us dolgau, com semblant cas com lo meu seguir vos pugua. E dolent-vos del vostre, qui us pot venir, haureu compassió del meu, qui m'és present, e les orelles dels legints la mia dolor tal senyal façen, per hon dels mals qui m'esperen me planguen, puix fermetat en los hòmens no es troba. O mort cruel! Per què véns a qui no·t vol e fuigs als qui·t desitgen?

Totes aquelles dones d'honor se levaren e suplicaren a la comtessa que fos de sa mercé que donàs spay a la sua dolor, e, ab lo comte ensemps, aconortaven-la en la millor manera que podien, e ella pres-se a dir:

—No és novella cosa a mi abundar en làgrimes, com aquest sia mon costum, car en diversos temps e anys que lo meu senyor era en les guerres de França, a mi no és stat dia freturós de làgrimes, e segons veig, lo restant de ma vida hauré de passar ab noves lementacions. E millor fóra per a mi passàs ma trista vida en durment, perquè no sentís les cruels penes qui·m turmenten; e com a laçerada de tal viure, fora de tota sperança de consolació diré: los sants gloriosos prengueren martiri per Jesuchrist e yo·l vull pendre per vostra senyoria, qui sou mon senyor. E d'açí avant feu tot lo que plasent vos sia, puix fortuna alre no·m consent per ésser-me vós marit e senyor. Emperò vull que vostra senyoria sàpia tant de mi: que, absenta de vós estich en infern, e prop de vós en paradís.

Acabant la comtessa les sues doloroses lementacions, parlà lo comte en la següent forma.

Capítol quart. Rahons de consolació que lo comte fa a la comtessa e lo que ella replica en lo comiat; e com lo comte anà en Hierusalem

—Gran és la contentació que la mia ànima té de vós, comtessa, del so de les darreres paraules que m'habeu ara dites, e si a la magestat divina serà plasent, la mia tornada serà molt presta en aument de vostra alegria a salut de la mia ànima. E honsevulla que yo sia, la mia ànima serà ab vós contínuament.

—¿Quina consolació puch yo haver de la vostra ànima sens lo cors? —dix la comtessa—. Mas bé só certa que per amor del fill sereu en record alguna volta de mi, car amor de lluny e fum d'estopa tot és hu. Voleu que us diga, senyor? Més és la mia dolor que no és la vostra amor, car si fos així com la senyoria vostra diu, crech restaríeu per l'amor mia. Mas, què val al moro la crisma si no coneix la sua error? Què val a mi amor de marit sens res valer?

—Comtessa, senyora —dix lo comte—, ¿voleu que donem fi a paraules? Que a mi és forçat de partir, e l'anar e lo restar està en la vostra mà.

—Puix més no puc fer —dix la comtessa—, entrar-me'n he en la mia cambra, plorant la mia trista desaventura.

Lo comte pres dolorós comiat d'ella, besant-la moltes voltes, lançant dels seus hulls vives làgrimes, e de totes les altres dames pres comiat ab dolor inefable.

E com se'n partí no se'n volgué portar sinó un sol escuder. E partint de la sua ciutat de Varoych recullí's en una nau e, navegant ab pròsper vent, per son discús de temps ell arribà en Alexandria ab bon salvament. E eixit en terra ab bona companyia féu la via de Hierusalem. E junt en Hierusalem, ell confessà bé e diligentment sos peccats e rebé ab grandíssima devoció lo preciós cos de Jhesucrist. Aprés entrà per visitar lo Sanct Sepulcre de Jhesucrist, e aquí féu molt fervent oratió ab moltes làgrimes e ab gran contrictió de sos peccats, d'on meresqué obtenir la sancta perdonança.

E havent visitats tots los altres sanctuaris qui són en Hierusalem, e tornat en Alexandria, reculli's en una nau e passà en Venècia. E essent junt en Venècia, donà tots quants diners li eren restats al scuder, perquè l'havie ben servit, e col·locà'l en matrimoni perquè no·s curàs de tornar en Anglaterra. E féu posar fama al scuder com era mort, e ginyà ab mercaders que scriviren en Anglaterra com lo comte Guillem de Veroych era mort tornant-se'n de la Casa Sancta de Hierusalem.

Sabent la virtuosa comtessa tal nova, fonch molt atribulada e féu molt desmoderat dol, e féu-li fer les obsèquies que un tan virtuós cavaller era merexedor. Aprés, per discús de temps, lo comte se'n tornà en la sua pròpria terra, tot sol, ab los cabells llarchs fins a les spatles e la barba fins a la cinta, tota blanca, e vestit de l'àbit del gloriós sanct Francesch, vivint de almoynes. E secretament se posà en una devota hermita de Nostra Dona, senyora nostra, la qual distava molt poch de la sua ciutat de Varoych.

Aquesta hermita stava en una alta muntanya, molt delitosa de arbres de gran spessura, ab una molt lúcida font qui corria. Aquest virtuós comte s'era retret en aquesta deserta habitació, fent solitària vida per fugir als mundanals negocis, a fi que de sos defalliments pogués fer condigna penitència. E perseverant en sa virtuosa vida, vivint de almoynes, una volta la setmana ell anava a la sua ciutat de Veroych per demanar karitat. E desconegut per les gents —per la gran barba e cabells llonchs que ell portava—, solicitava ses almoynes e anava a la virtuosa comtessa, muller sua, per demanar-li karitat, la qual, veent-lo ab humilitat tan profunde demanar-li almoyna, li feya dar molt més karitat que a tots los altres pobres. E així passà per algun temps la sua pobre e miserable vida.

Capítol quint. Com lo rey de Canària, ab gran stol, passà en la illa de Anglaterra

Segui's aprés, que lo gran rey de Canària, jove fortíssim, ab la viril inquieta joventut de nobles speranges guarnida, sempre spirant a honorossa victòria, féu gran stol de naus e de galeres e passà a la nobla illa de Anglaterra ab gran multitud de gents, per ço com algunes fustes de corsaris havien robat un lloch seu. Pres en si molt gran ira e inflamat de gran supèrbia perquè algú havia tengut gosar d'enujar-lo, ab molt gran armada partí de la sua terra e, navegant ab pròsper vent, arribà en les fèrtils e pacífiques ribes de Anglaterra. E en la scura nit, tot lo replegat stol entrà dins lo port d'Antona e ab gran stúcia desembarcaren, e tota la morisma isqué en terra sens que per los de la illa no foren sentits. Com foren tots en terra ordenaren lurs batalles e començaren a córrer per la illa.

Lo pacífich Rey, sabuda la mala nova de llur venguda, ajustà la més gent que pogué per resistir-los e donà batalla als moros, on agué molt gran conflicte: que hi morí molta gent de una part e de altra, e molt més dels cristians. E per ço com los moros eren molts més, levaren lo camp, e lo anglés rey fonch romput e s'agué a retraure ab la gent que restada li era, e recullí's dins una ciutat qui·s nomena Sanct Thomàs de Corturberi, allí hon jau lo seu sanct cors.

Lo rey de Anglaterra tornà ajustar més gent e sabé que los moros anaven conquistant per la illa, fent morir molts cristians, e desonint dones e donzelles e posant-les totes en captivitat. Com lo cristianíssim rey sabé que los moros havien de passar prop de una ribera de aygua, mès-se en un pas a la hora de la miga nit, emperò tant secretament no·s féu, que no restà que los moros ne agueren sentiment e detingueren-se fins que fonch lo dia clar. Donaren-los molt cruel batalla, en la qual moriren molts cristians, e los qui vius restaren fugiren ab lo infortunat rey. E lo rey moro restà en lo camp.

Gran fonch la desaventura de aquest rey cristià, que IX batalles perdé, una aprés de altra, e s'agué a retraure dins la ciutat de Londres e allí se féu fort. Com los moros ho saberen, posaren-li siti entorn de la ciutat, e donaren-hi prestament un bon combat, que entraren e prengueren fins a la meytat del pont. E cascun dia s'i fehien de molts bells fets de armes, emperò a la fi lo afligit rey hagué de eixir per força de Londres per la gran fam que hi havia, e féu la via de les muntanyes de Gales, e passà per la ciutat de Varoych.

Com la virtuosa comtessa sabé que lo rey venia fugint e molt desaventurat, féu aparellar per aquella nit viandes e tot lo que mester havien. La comtessa, com a dona de gran prudència, pensà com poria restaurar la sua ciutat que no.s perdés tan prest. E com véu lo rey, dix-li semblants paraules:

—Virtuós senyor, en gran aflictió veig posada la senyoria vostra e a tots quants en aquesta illa som. Emperò, senyor, si vostra altesa volrà aturar en aquesta vostra ciutat e mia, la trobareu abundosa de viures e de totes coses necessàries per a la guerra, car mon senyor e marit, en Guillem de Varoych, qui era comte de aquesta terra, forní sta ciutat e lo castell així d'armes com de bombardes, balestes e colobrines, e spingardes e molta altra artellaria; e la divina Bondat, per sa clemència, qui·ns ha dats quatre anys següents molt gran abundància dels fruits de la terra. Per què la senyoria vostra pot ací segurament estar.

Respòs lo rey:

—Comtessa, a mi par que vós me donau bon consell, pus la ciutat és tan fort e ben provehïda de totes coses necessàries a la guerra, e tota hora que yo me'n vulla anar ho poré ben fer.

—Sí, Sancta Maria! Senyor —dix la comtessa—, posat cas que los moros fossen molts més que no són, per força han de venir per lo pla, que per l'altra part no poden per lo gran riu que y és, qui fir a les muntanyes de Gales.

—Molt só content —dix lo rey— de restar ací, he us prech, comtessa, que vós doneu orde que la mia host ab sos dinés sia ben provehïda de les coses necessàries.

De continent la virtuosa comtessa se partí del rey ab dos donzelles, e ab los regidors de la ciutat anà per les cases, fent traure forment e civades e tot lo que havia necessari. Com lo rey e tots los altres veren tan gran abundància de totes coses, foren molt contents, e en special de la molta diligència de la virtuosa comtessa.

Com los moros saberen que lo rey s'era partit de la ciutat de Londres, seguiren-lo fins que saberen que s'era recollit dins la ciutat de Varoych. Los moros, fent aquella via combateren un castell e prengueren-lo, qui es nomenava Alimburch, qui era a dues legües hon stava lo rey, e ja que havien conquistat una gran part del regne. E lo dia de sanct Joan, lo rey moro, per fer alegria, vench ab tot son poder davant la ciutat de Varoych. Lo afligit rey cristià, vehent-se ab la sperança perduda, no sabé què pogués fer: pujà-se'n alt en una torre del castell, mirant la gran morisma qui cremaven e destruÿen viles e castells, feent morir tants cristians com podien, així hòmens com dones. Los qui campar podien venien cridant e corrent devers la ciutat, qui de bona mija legua los podien ben sentir los mortals crits que daven, per lo gran perdiment que feyen, per ço com los convenia de morir o de ésser catius en poder de infels.

Estant en tal manera, lo rey, mirant la morisma e lo gran dan que feyen, de grandíssima dolor pensava morir. E no podent més mirar la sua desolació, devallà de la torre hon stava e entrà-sse'n dins un petit retret, e aquí començà de llançar dolorosos sospirs, e los seus hulls destil·lant vives làgrimes, fehent les majors lamentacions que un home jamés pogués fer. Los cambrers qui staven fora del retret, staven scoltant lo dol que lo rey feya. E com hagué molt plorat e lamentat, féu principi a semblants paraules.

Capítol sisé. Lamentació que féu lo rey

—Si a Déu plasent pot ésser que yo més que vivent miserable sia envergonyit, vinga la mort sobre mi, qui és lo darrer remey de tots los mals. Car a mi recrexen infinits sospirs, tants e tals, que si virtut no·m resistís, abreugeria los dies meus. O de mi, desaventurat rey, que tot lo món mos dans a pietat mouen, e tan pochs advocats en ma justa causa trobe! O Rey sobirà de glòria, si la passió e poch saber vivament les mies fatigues a dir no·m donen loch, supleix tu, Senyor, los defectes de la mia ignorància, puix tan ample e clar camí te mostra la mia justícia! E no vulles, Senyor, per la tua pietat e misericòrdia, que aquest teu poble cristià, encara que sia gran peccador, no permeta la tua clemència que sia affligit per la morisma, mas conserva'l e defén-lo, e sia reduÿt al teu sanct servey, perquè·t pugua servir e donar lahor e glòria. Car en tal punt stich com lo treballat mariner, que fallint-li aquell port a hon sperança de repòs presumia, per ço recòrrech a tu, sacratíssima Mare de aquell Déu Jesús, que vulles per la tua pietat e misericòrdia socórrer e ajudar, e deliura'm de aquesta gran inpressió en la qual só posat, a fi que en lo meu regne sia glorificat lo sanct nom del teu gloriós Fill.

E stant lo afligit rey en aquestes lementacions, posà lo cap sobre lo lit, e donà-li de parer que ves entrar per la porta del retret una bellíssima donzella, vestida de domàs blanc, ab un petit infant en los seus braços, e moltes altres donzelles venien aprés d'ella cantant totes lo *Magnificat*. Com fon acabat de dir, la senyora d'elles se acostà devers lo rey e posà-li la mà sobre lo cap e dix-li semblants paraules:

—No duptes, rey, en res: hages bona confiança que lo Fill e la Mare te ajudaran en aquesta gran tribulació en què posat stàs. E lo primer home que veuràs ab longua barba, que·t demanarà per amor de Déu karitat, besa'l en la boqua en senyal de pau, e pregua'l graciosament que dexe l'àbit que porta, e fes-lo capità de tota la gent.

Lo adolorit rey se despertà, e no véu res. Stigué admirat del sompni que fet havia e pensà molt en aquell, recordant-li tot lo que vist havia. E ixqué fora del retret, e foren allí tots los majors cavallers, qui digueren al rey:

—Senyor, tots los moros se són atendats davant la ciutat.

Lo rey féu molt bon sforç en la millor manera que pogué, e féu molt ben guardar aquella nit la ciutat.

Lo matí següent lo comte hermità era pujat en la alta muntanya per a cullir erbes per a sustentació de sa vida, e véu la gran morisma que corrien tota la terra. Desemparà la suà deserta habitació e recullí's dins la ciutat, la qual trobà molt adolorida. Lo pobre de vell, que molts dies eren passats que no havia menjat sinó erbes, véu la ciutat molt atribulada, anà-sse'n al castell per demanar a la comtessa li plagués donar karitat. Com fonch dins lo castell, véu lo rey qui eixia de hoyr missa e, vehent-lo molt prop de si, agenollà's davant ell e supplicà'l que per reverència de Déu li volgués dar karitat. E lo rey, recordant-li lo sompni, ajudà'l a levar, e besà'l en la boqua, e pres-lo per la mà e mès-lo dins en una cambra. E aseguts, lo rey féu principi a semblants paraules.

Capítol seté. Com lo rey de Anglaterra pregà a l'hermità

—La esperança gloriosa que tinch de la tua molta virtut, pare reverent, me dóna ànimo de pregar-te que·ns vulles donar ajuda e consell en la molta nostra necessitat, com te veja home de sancta vida e amich de Jesuchrist, que vulles considerar e dolre't del gran dan e destructió que aquests malvats infeels fan e han fet en lo nostre regne, que la major part de la illa han destroÿda, e han-me vençudes moltes e diverses batalles e morta la millor cavalleria que en lo meu regne era. E si no has dolor de mi, hajes compassió de tant de poble crestià qui és jutgat a perpetual cativeri, e dones e donzelles qui són e seran desonides e posades en captivitat. E contempla que encara que aquesta ciutat sia ben prove-hïda de vitualles e de les altres coses pertanyents a la guerra, que per açò no·ns porem molt sostenir, per la morisma que és molta: que ja tenen conquistada la major part de la illa e no entendran sinó en la nostra destructió, e majorment com no speram socors de nengú, si ja no de la misericòrdia de nostre Senyor per mijà de ta reverència. Per què·t prech carament —si tens amor a Déu ni karitat en tu habita— que hajes compassió de aquest afligit regne e desolació de aquell, que per ta virtut te vulles despullar aquexes robes que portes de penitència, e vulles-te vestir les de karitat, que són les armes, que mijançant lo adjutori divinal e la subvenció tua, nosaltres atenyerem gloriosa victòria de nostres enemichs.

Acabant lo rey paraules de tanta compassió acompanyades, l'ermità féu principi a parlar de semblant stil.

Capítol huyté. La resposta que l'ermità fa al rey

—La celsitut de vostra senyoria e excel·lència, mon senyor, me fa star molt admirat com yo, essent pobre e dèbil, que la senyoria vostra me demane consell e ajuda, considerada la condició e disposició mia. Com la excel·lència vostra no ignora la mia dèbil e antigua persona ésser posada en decrepitut gran, així per los molts dies com per la aspra vida que per lonch temps he sostenguda en la muntanya, no vivint sinó de erbes e de pa, la mia virtut no pot ésser tal que bastàs a comportar les armes, majorment com no·n sia husat. ¿E demana la senyoria vostra a mi consell, qui teniu en lo regne vostre tants barons e cavallers valentíssims, abtes e molt destres en les armes, qui us poden millor de mi aconsellar e ajudar? Bé us sé dir, mon senyor, que si jo fos stat virtuós cavaller ni sabés alguna cosa en l'art de la cavalleria, e destre en les armes, yo de bona voluntat serviria la magestat vostra e posaria la mia dèbil persona a tot perill de mort per posar en libertat tant poble cristià, e majorment a la magestat vostra, de la qual serà gran dan que en tan gran joventut hajau ésser despossehït de la vostra real senyoria. Per què supplich a la excel·lència vostra que m'ajau per scusat.

La adolorit rey, molt enutjat de tal resposta, féu principi a tal parlar.

Capítol IX. Rèplica que lo rey fa a l'hermità

—No és de admetre scusació de tan justa demanda si pietat e misericòrdia en tu habiten. Car no ignora la tua reverència que los sancts benaventurats e los màrtirs, per aumentar e defendre la sancta fe cathòlica han batallat contra los infels e han obtessa gloriosa corona de martiri e triümphant glòria, confortat lo lur virtuós ànimo per la divina potència. Per què, pare reverent, me agenolle als teus peus e ab aquestes mies doloroses làgrimes te torne a suplicar que si fidelíssim cristià est, que per reverència de aquella sacratíssima passió que lo nostre mestre e senyor Déu Jhesús volgué passar en l'arbre de la vera creu, per rembre natura humana, que hajes compassió de mi, afligit rey, e de tot lo poble cristià qui tota la mia e lur sperança stà en la misericòrdia de Déu, e en la tua molta virtut. E açò no·m vulles denegar per la molta bondat tua.

Mogueren a pietat les doloroses làgrimes de l'entrestit rey a l'hermità, e amollit lo seu piadós cor, lançà dels seus hulls vives làgrimes de gran compassió. Per bé que lo prepòsit seu tostemps fon de subvenir-los, emperò volgué sperimentar la constància del rey.

Aprés un poch spay que l'ermità hagué fet levar lo rey, aleujades les sues làgrimes, féu principi a tals paraules.

Capítol X. La resposta deffinitiva que l'ermità féu al rey

—A tu, rey prudentíssim, jove, qui has viscut en benaventurada vida, mèritament s'esguarda en la executió de les obres virtuoses subtilment mires; e a mi, vell, seguint les retgles de cavalleria, ab grandíssim perill gloriosa fama atengua. Als vells animosos, basta que sens fer legea de covarts actes sostinguen la primera que en la joventut, ab excés de perillosos treballs, guanyaren. E posat cas veritat les tues piadoses paraules advoquen rahonablement, han tengut en mi força les tues doloroses làgrimes, ans que mon deliber, no essent a tu publicat justament, me agués obliguat a la executió de tal empresa. O entrestit rey! Hi en tan pocha sperança tens ta vida? Stuye aqueixes làgrimes a menys desigada fortuna que aquesta. Puix veig que tes preguàries són tan humills e justes, per amor de Aquell per qui m'as conjurat e per amor de tu, qui est mon natural senyor, yo só content de obeyr los teus manaments e entendre ab summa diligència en la liberació de tu e de ton regne; em dispondré, si mester serà, de entrar en batalla, així vell com me só, per defendre la cristiandat e aumentar la sancta fe cathòlica, e per baxar la supèrbia de la mafomètica secta, ab pacte tal que ta excel·lència se regesca a mon consell, car ab lo divinal adjutori yo·t daré gloriosa honor e fer t'é he vençedor de tots los teus enemichs.

Respòs lo rey:

—Pare reverent, puix me feu tanta gràcia, yo us promet, a fe de rey, que no passaré un punt la ordinació vostra.

—Ara, senyor —dix l'ermità—, com seràs defora, en la gran sala, mostra als cavallers e a tot lo poble la tua cara alegra e molt contenta, e ab gran afabilitat parlaràs a tots. E al dinar menja bé e dóna't plaer e mostra molt més alegria de la que acostumat havies, per ço que tots aquells qui tenen l'esperança perduda la puguen retrobar; car lo senyor o lo capità, per gran adversitat que li vinga, no deu mostrar la sua cara trista per no smayar la sua gent. E fes-me dar unes vestidures de moro e veuràs lo que yo faré, car anant a la Casa Sancta de Hierusalem fuy en Alexandria, e en Barut me fonch mostrada la lengua morisca, perquè aturí grans dies ab ells, e aprenguí dins Barut fer magranes de certs materials compostes, que stan VI hores en poder-se ensendre e, com són ençeses bastarien a tot lo món a cremar, que com més aygua hi lançen més s'ençenen, que tota l'aygua del món no les bastaria apagar, si ja no les apaguen ab oli e ab razina de pi.

—Cosa és de gran admiració —dix lo rey— que ab oli e ab razina de pi se agen apagar, e no ab altra cosa, car yo crehia que l'aygua apagava tots los fochs del món.

—No, senyor —dix l'ermità—. Si la senyoria vostra me dóna licència que vaja fins a la porta del castell, yo portaré sol un material: ab aygua clara o ab vi encendreu una antorxa.

—Per la mia fe —dix lo rey—, molt hauré singular plaer de veure-u.

E l'ermità prestament anà a la porta del castell, per ço com a l'entrar hi havia vista calç viva. Pres-ne una poca gleva e tornà hon era lo rey, e pres una poca d'aygua e lançà-la-y desús, e ençés ab una palleta una candela. Dix lo rey:

—Yo jamés aguera pogut creure speriència tal si de mos hulls no u agués vist. Ara no tinc res per impossible que los hòmens no sàpien fer. En special tals sabers cahuen en gents qui van molt per lo món, e prech-te, pare reverent, me faces gràcia de dir-me totes les coses necessàries per aquest fet de les magranes, del que y és mester.

—Yo, senyor —dix l'ermità—, les yré a comprar, per ço com sé millor conéxer los materials si són bons, per ço com yo les he fetes moltes voltes de les mies mans. E com seran fetes, yo, senyor, yré tot sol devers lo camp dels moros, e prop la tenda del rey yo posaré les magranes; e com vendrà quasi la hora de la miga nit, les magranes seran ençeses, e tots los moros cuytaran devers aquella part per apagar lo foch; e la tua senyoria starà armat ab tota la tua gent. Com veuràs lo gran foch, ab tota la gent fir sobre ells, e faç certa la senyoria tua, que X míl·lia dels teus basten a desconfir C mília dels altres. Car yo puch dir ab tota veritat a la excel·lència tua que trobant-me en Barut, viu un altre cas semblant de un rey contra altre e, ab la ajuda de nostre senyor Déu e per consell meu la ciutat fonch liberada dels enemichs, e lo rey qui stava dins la ciutat fonch vençedor e l'altre, qui·l tenia asetgat fonch vençut. E la senyoria tua deu fer son poder —e qualsevulla cavaller— de saber coses per a ofendre sos enemichs e defendre sos amichs.

Capítol XI. Les gràties que lo rey de Anglaterra fa a l'hermità

Plagueren a l'entrestit rey les avisades paraules de l'hermità e féu-li infinides gràcies de la sua gratiosa proferta, e pres en si molt gran alegria. Coneixent que lo consell que li dava era de virtuós cavaller, acceptà aquell ab molta benignitat e prestament féu fer tot lo que l'ermità havia hordenat.

E com agueren dat fi a lur rahonament, lo rey isqué en la gran sala e mostrà la sua cara a la gent, molt alegra, e lo seu gest, que paria tenir molt gran ànimo. Tots los cavallers estaven admirats com vehien al rey tenir tanta contentació, car molts dies eren passats que no l'havien vist riure, ne la sua cara alegrar-se.

L'ermità, qui s'era partit del rey, poch spay passà que fon tornat de comprar les coses necessàries per a les magranes, e dix al rey:

—Senyor, un sol material nos manca, emperò yo sé que la comtessa ne té. Com son marit Guillem de Varoych era viu ne tenia molt, per ço com serveix a moltes coses.

Dix lo rey:

—Ara vull que los dos hi anem a la comtessa per haver-ne.

Lo rey tramès a dir a la comtessa com volia anar a parlar ab ella. E exint la comtessa de la sua cambra, véu-se lo rey davant ab l'ermità.

—Comtessa —dix lo rey—, per vostra gentilesa e virtut feu-me gràtia que·m doneu un poch de sofre viu, de aquell que té a foch que no es pot cremar, de aquell que lo comte, vostre marit, tenia e en les antorxes: per gran vent que fes, apagar no·s podia.

Respòs la comtessa:

—¿Qui ha dit a vostra senyoria que mon marit Guillem de Varoych sabia fer tals antorxes ab tal lum?

—Comtessa —dix lo rey—, aquest hermità que açí és.

E la comtessa prestament anà a la cambra de les armes e portà'n tant que lo rey ne fonch molt content.

Com lo rey fonch tornat a la gran sala e lo dinar era ja prest, lo rey pres per la mà a l'hermità e posà's en la taula, e féu seure l'ermità al costat seu, fent-li aquell honor que ell era merexedor.

Estaven admirats los servidors del rey de la molta honor que lo rey feya a l'hermità, e molt més stava admirada la virtuosa comtessa, per ço com li acostumava de donar karitat e prenia molt gran plaer e consolació de parlar ab ell, com li venia a demanar almoyna, que de les rahons sues restava molt aconsolada. E dolia-li molt, per la molta honor que lo rey li feya, com més karitat no li havie feta, si bé de ell havia la natural coneixença perduda. E dix a les sues donzelles les següents paraules:

—¡O, com stic molt enujada de la mia gran ignorància, com no he feta molt més honor a n›aquest pobre de hermità —car yo crech que ell deu ésser home de sanctíssima vida— com l'aja tengut tant de temps en la mia terra e no li é sabuda fer la honor que ell era merexedor! E veig ara que mon senyor lo rey, qui és tan benigne e piadós, lo fa menjar al seu costat. A tots los dies de ma vida me dolrà la poca honor que li é feta. O rey virtuós, pare de misericòrdia, lo que yo he fallit ho smenau ara!

Capítol XII. Com lo rey anglés donà licència a l'hermità que anàs a fer les magranes compostes

Llevant-se de taula lo confortat rey de Anglaterra, donà lisència a l'hermità que anàs a fer les magranes, les quals en pocs dies foren fetes. E acabades aquelles, l'hermità se n'anà al rey e dix-li:

—Senyor, si vostra senyoria me dóna lisència, yo iré per donar compliment al que és stat deliberat. La excel·lència vostra faça posar en orde tota la gent qui té de eixir defora.

E lo rey dix que era molt content.

E en la scura nit lo virtuós hermità mudà's les vestidures que tenia apparellades de moro, e per la porta falsa del castell isqué molt secretament, que per negú no fonch vist ne conegut, e posà's dins lo camp dels moros. E com a ell li paregué hora lançà les magranes a una part del camp, prop de una tenda de un gran capità parent del rey moro e com fonch quasi passada la miga nit lo foch fonch tan gran e tan spantable que tots ne staven admirats de les grans flames que lansava. E lo rey e los altres moros, desarmats així com staven, cuytaren en aquella part hon era lo major foch per apaguar-lo, e no·l pogueren jamés apaguar per molta aygua que hi lançasen, ans com més aygua hi lançaven més s'encenia.

Lo virtuós rey de Anglaterra, com véu lo gran foch, armat com stava, ab aquella pocha gent que restada li era isqué de la ciutat e ab gran ànimo ferí en los moros, e feyen tan gran destructió d'ells que era cosa d'espant, que no prenien nengú a mercé.

Com lo rey moro véu tan gran foch e tanta gent sua morta, cavalcà sobre un ginet e fugí, e recollí's dins un castell que havia pres, qui havia nom Alimburch, e allí féu-se fort ab tots aquells qui del camp eren campats. Fonch molt admirat ell e tots los altres moros com eren stats així romputs, car no podien pensar quina era stada la causa de tan gran desbarat, com ells fossen L veguades més que los cristians.

Com los moros foren fugits, los cristians robaren lo camp dels moros e fonch ja de dia clar. Ab grandíssima victòria entraren dins la ciutat.

Lo rey moro, aprés passats quatre dies, tramès sos embaxadors ab una lletra de batalla al rey de Anglaterra, la qual era de la tenor següent.

Capítol XIII. Letra de batalla tramesa per lo rey de la Gran Canària al rey de Anglaterra

A tu, rey cristià, qui senyorejaves la illa de Anglaterra, dich yo, Abraÿm, rey e senyor de la Gran Canària, que si tu vols que aquesta guerra fine entre tu e mi e sese la mortaldat entre lo teu poble e lo meu —si bé yo en sta illa de Anglaterra sia més poderós que tu no est, així de viles com de castells com de gent e sforç de cavalleria, car si lo gran Déu t'a donada victòria sobre la mia gent, yo e los meus l'avem aguda de tu e de tots los teus moltes veguades dins la tua pròpria terra—, emperò si tu volràs que no y haja més scampament de sanch, entrem en camp clos rey per rey, sots tals pactes e convinenses: que si yo venç a tu, tendràs tota Anglaterra sots la mia potestat e senyoria e·m faràs de traüt CC mília nobles cascun any, e en la festa del gran sanct Johan vestiràs unes robes mies —les quals yo·t trametré—, e aquell dia te hages a trobar en la una de aquestes quatre ciutats, ço és, en la ciutat de Londres, o de Conturberi, o de Salasberi, o en esta ciutat de Varoych, per ço com açí só stat desconfit e açí vull que·s faça la primera festa. E açò serà en memòria e recordació de la victòria que yo hauré aguda de tu. E si fortuna administra que tu sies vençedor, yo me'n tornaré en la mia pròpria terra e tu restaràs ab pau en la tua e ab gran repòs e tranquilitat tu e tots los teus, e més, te restituhiré totes les viles e castells que ab la mia pròpria mà victoriosa he guanyat e conquest.

Aquestes paraules no són per vanaglòria ne per menysprear la corona real, mas per ço com Déu és gran e darà a cascú la part que per sos mèrits serà merexedor.

Capítol XIIII. Com los embaxadors del rey de Canària portaren la letra de batalla al rey de Anglaterra

Partiren dos grans cavallers moros del castell d'Alimburch, los quals trametia lo rey de Canària a la ciutat de Varoych per embaxadors al rey de Anglaterra. E ans de lur partida trameteren un trompeta a la ciutat per demanar salconduyt. Com lo trompeta fon al portal de la ciutat, les guardes li digueren que s'esperàs un poch e tornarien-li resposta. Una de les guardes anaren prestament al rey per dir-lo-y; lo rey, agut son consell, dix a la guarda que·l deixassen entrar. Com lo trompeta fonch dins la ciutat, lo comte de Salasberi parlà ab ell e dix-li:

—Trompeta, yo us dich de part de la magestat del senyor rey que los embaxadors poden venir salvament e segura, que no·ls serà fet negun dan.

E lo comte donà-li una roba de ceda e cent nobles. Lo trompeta se'n tornà molt content e, ans que los embaxadors vinguessen, l'ermità dix al rey les següents paraules:

—Senyor, spantem aquests moros de vista: hordene vostra altesa dos grans senyors que isquen al portal per rebre los embaxadors e vagen ab molta gent e ben armats, tots en blanch, mas que no porten bacinets al cap, e al portal, per guardar aquell, stiguen CCC hòmens així armats com los altres. E faça la excel·lència vostra emparamentar tots los carrers per hon han a passar, e totes les dones e donzelles així velles com jóvens qui comportar-ho poran, per les finestres e per los terrats posen draps a l'entorn, tan alts que donen a les dones fins als pits, e cascuna d'estes tingua una armadura de cap. E com los embaxadors passaran, veuran l'arnès luyr, pensaran que tot és gent d'armes. E los CCC qui guardaran lo portal, a les espatles, per altres carrers desviats, isquen per les plaçes e cantons, e com los embaxadors seran passats, facen així com he dit fins que sien davant la altesa vostra. E certament ells pendran gran spant com veuran tanta gent d'armes ab la batalla que han perduda, que no saben com ne en quina manera; e ara que vegen la molta gent, hauran a creure que socors de moltes gents nos és vengut d'Espanya o de França o de Alemanya.

Lo rey tingué per molt bo lo que l'ermità havia dit e tots los de son consell, e així fonch fet. Elegiren al duch de Lencastre e al comte de Salasberi que rebessen los embaxadors e ab ells anassen IIII mília hòmens, e cascú de aquells portàs en lo cap una garlanda de flors. Isqueren fora de la ciutat per recebir los embaxadors una bona milla. Dix lo duch de Betafort:

—Digau, pare hermità, puix tantes serimònies han de fer, los embaxadors, ¿com trobaran al rey, vestit o despullat, o armat o desarmat?

—Si ira no y mesclau en vostres paraules —dix l'ermità—, bona demanda feu. Emperò veig lo que signifiquen vostres paraules, que és més inclinatió de mal que de bé: per ço com só vell he hermità me voleu vituperar en lo consell e davant mon senyor lo rey. Areglau-vos en vostre parlar, si no yo us posaré una brida en la boqua que us faré parar a cada pas.

En açò lo duch se levà de peus, a mès mans a l'espasa e dix:

—Si no perquè sou tan vell e portau l'àbit de Sanct Francesch, ab aquesta spasa, la qual és venyadora de paraules injurioses, yo us acursaria les faldes fins a la mitat de la cinta.

En açò lo rey se levà en peus ab molta ira que tenia e pres al duch e levà-li l'espasa de la mà, e féu-lo posar pres dins una gran torre. E tots los altres senyors que allí eren pacificaren a l'hermità, segons sa edat e l'àbit que portava devia perdonar, e ell fonch content perdonar. E jamés lo rey ho admeté per molts prechs e suplications que l'ermità e los altres magnats senyors li feren, ans ab un gyn lo volia lançar perquè isqués a recebir los embaxadors.

Estant en aquestes congoxes portaren nova al rey com los embaxadors moros venien, e prestament isqueren los qui eren stats elets ab tot aquell orde damunt mencionat.

Com los embaxadors foren davant lo rey, donaren-li la letra de batalla ab la crehença ensemps e, en presència de tots, lo rey féu legir la lletra. E l'ermità se acostà al rey e dix-li:

—Senyor, vostra altesa accepte la batalla.

Llavors lo rey dix:

—Yo accepte la batalla segons les condicions que·l vostre rey demana.

E preguà als embaxadors aturassen allí fins en l'endemà, que·ls daria mayor resposta. Féu-los molt bé aposentar e donaren-los totes les coses necessàries per a la humanal vida.

Lo rey apleguà consell general e, en aquell spay que s'ajustaven, l'ermità ab altres senyors se n'anà al rey, agenollà's als seus peus e besà-li la mà e lo peu e ab grandíssima humilitat lo suplicà que los de sa mercè li volgués donar les claus de la torre perquè pogués traure lo duch, per ço com lo rey les tenia ben guardades. E tantes foren les suplications de l'hermità, ab los altres senyors que li ajudaren, que al rey fon forçat donar-les-hi. E l'ermità ab altres anaren a la torre on stava pres lo duch, e allí trobaren un frare qui l'hohÿa de confessió, car certament ell se tenia per mort; e com sentí obrir la porta, pres tan gran alteració que pensà eixir de seny, pensant que·l volien traure per fer-ne justícia. Com l'ermità lo véu dix-li:

—Senyor duch, si vós aveu dit a mi algunes paraules injurioses e yo a vós, en gràtia e mercè vos demane que·m perdoneu, que yo de molt bona voluntat vos perdone.

Com la pau fon feta, tornaren tots al consell, hon era lo rey e tots los duchs, comtes e marquesos, he tornaren legir la letra del rey moro. E per quant lo rey e tots los altres amaven e reverien a l'hermità e vehien que era home de sancta vida e mostrava molt saber en l'art de la cavalleria e destre —segons lo seu parlar— en les armes, per tots foren dades les veus que ell primer parlàs, lo qual féu principi a semblant parlar.

Capítol XV. Com per tots los del consell fon deliberat que l'ermità digués primer son vot sobre la letra de batalla que tramés lo rey de la Gran Canària al rey de Anglaterra

—Puix ab dret natural la raó·m força obeyr als manamets de vostra excel·lència, mon senyor, en mostra de mon poch saber e no avisat entendre, no perjudicant les senyories de aquests magnànims senyors, me manau que yo parle primer en aquest negoci, yo us diré lo que a mi par —per bé que yo conegua no ésser digne de parlar en semblants fets com yo sia home qui sé molt poch en l'exercici de les armes—, emperò no oblidant-me que proteste e demane vènia e perdó, així a mon senyor lo rey com a tots los altres, que si diré algunes coses que no sien ben dites, vos plàcia corregir-les e no vagen en compte de res com isquen de home criat en hermitatge, havent més notícia de bèsties feres que no de armes; emperò, dich, senyor, a vostra altesa, per satisfer a la letra del gran moro, que diu que a tota sa requesta se vol combatre ab la senyoria vostra cors per cors, e puix acceptada haveu la batalla així com bon rei e virtuós deu fer, no tement los perills de la mort, só de parer que més val al rey mort soptada que no ésser rey envergonyit; e considerant com lo rey moro sia home fortíssim e de gran ànimo e diu en la sua lletra que rey per rey vol fer la batalla, tendria per bo que la senyoria vostra, per salvar la promesa fe e per quant nostre senyor Déu, qui és jutge e conexedor de veritat com a Ell no li sia res amagat, que l'ajam tot de nostra part, no façam cosa neguna ab engan si victòria volem haver de nostres enemichs; e com siam certs de la indispositió de mon senyor lo rey —qui és molt jove e de dèbil complexió e visca malaltís, encara que tinga l'ànimo de virtuós cavaller—, no seria cosa condecent ne justa que ell entràs en camp clos ab un tan fortíssim home com és lo rey moro, mas lo duch de Lencastre, qui és honcle de mon senyor lo rey, enprengua de fer aquesta batalla, e lo senyor rey se despulle del ceptre e de la corona real per ço que lo gran moro no sia decebut que·s combata ab rey.

Acabant l'ermità les darreres síl·labes de ses paraules, se levaren tres duchs moguts d'estrema ira, ço és, lo duch de Cloceste, lo duch de Betafort e lo duch de Atrètria, e ab grans crits començaren a dir que no volien consentir que lo duch de Lencastre entràs en la batalla e fos alçat per rei, com cascú d'ells era més acostat parent del rey e a qui era més lícit de fer la batalla que no era lo duch de Lencastre.

Lo rey no comportà que més parlasen, sinó que ab forçada veu féu principi a semblants paraules.

Capítol XVI. Les rahons que lo rey de Anglaterra fa en lo consell ab los seus cavallers per entrar en la batalla ab lo rey de la Gran Canària e lo que ells li repliquen

—Justa cosa és que tan desordenada demanda no sia hoÿda. Millor fóra que ab dubtoses paraules temptat haguésseu ma volentat, perquè a mi no plau ni vull que negú de tots vosaltres entre per mi en la batalla: puix yo la he acceptada, yo tot sol la vull portar a fi.

Levà's un gran baró e dix semblants paraules:

—Senyor, perdon-me la excel·lència vostra del que diré, car lo que vostra altesa diu jamés per nosaltres vos serà consentit. Per bé que nostre senyor Déu vos haja dat lo voler, vos ha levat lo poder; per quant tots nosaltres conexem que la altesa vostra no és àbil per a tan fort e tan dura batalla com és aquesta, regisqua's la senyoria vostra a consell e voluntat de tots nosaltres, car si nosaltres coneixíem la vostra virtuosa persona ésser disposta per a tal mester, de bon gran aguérem aderit al que la altesa vostra agués manat.

E tots los altres barons e cavallers loaren lo que aquest baró havia dit.

—Puix així és que a vosaltres, fidelíssim vasalls e súbdits meus —dix lo rey—, no plau e conexeu en mi que no só dispost per a combatre lo rey moro, yo us regracie la molta amor que·m mostrau tenir e disponch de mi enseguint la volentat de tots vosaltres. Emperò yo vull e man que no sia negú, sots pena de la vida, que tinga tant atreviment que digua que farà per mi la batalla, sinó lo que yo elegiré. E aquell vull que sia per mi hi en lloch meu, e en aquell renunciaré la corona, lo regne e lo ceptre real.

Respongueren tots que eren contents. Aprés lo rey féu principi a tal parlar.

Capítol XVII. Com lo rey de Anglaterra, ab voluntat de tots sos barons e cavallers, renuncià lo regne, la corona e lo ceptre a l'hermità, que fes la batalla e entràs en camp clos ab lo rey de la Gran Canària

—Així acostuma afalagar la iniqua fortuna quant del tot vol destroyr al qui enguana, que de la sua adversitat alguna part no mostra perquè aquell a qui prospera contra ell[a] no s'arme. iO gran infortuni, que·ls molt prosperats en la més alta fortuna acompanya, que no tenint speriència de adversitat alguna, los pochs dans majors stimen e los grans sostenir no poden! E per ço, duchs, comtes e marquesos e tots los altres súbdits fidelíssims meus, vull manifestar que, puix a la divina Providència és stat plasent que m'a privat de la força e corporal sanitat e tots vosaltres me dieu e afermau yo no ésser sufficient per entrar en camp clos, volent enseguir a la molta amor e bona voluntat de tots vosaltres, yo done mon loch, lo ceptre e la corona real, e despull-me de tota ma senyoria e done-la de bon grat, no constret ni forçat ni ab pactes ni convinenses, al meu amat pare hermità qui açí present és.

Despullà's les sues robes e dix semblants paraules:

—Així com yo·m despulle aquestes vestidures reals e les vist [e] pose sobre lo pare hermità, així·m despulle de tot lo meu regne e senyoria donant e revestint-lo sobre lo pare hermità, e prech-lo que li plàcia de acceptar-ho e que faça la batalla per mi ab lo rey moro.

Com l'ermità hohí dir semblants paraules al rey, levà's molt prest per voler parlar, e tots los grans senyors que allí eren, de un acord se levaren e tingueren tan a prop a l'ermità que jamés lo lexaren parlar, ans li despullaren l'àbit que vestia e feren-li vestir les robes reals. E lo rey renuncià tota la sua senyoria sobre l'ermità ab acte de notari, en presència de tot lo consell e ab consentiment de tots los barons. E vistes per lo rey hermità les preguàries de tots los del consell, acceptà lo regne e la batalla, e prestament demanà que li portassen unes armes que li vinguessen bé. Portaren-li'n moltes, emperò de totes quantes li'n portaren, no n'hi agué nengunes que li vinguessen bé al plaer seu.

—Per la mia fe —dix lo rey hermità—, per açò no restarà la batalla, encara que y sabés entrar en camisa. E prech-vos senyors —dix lo rey hermità—, vos plàcia voler anar a la comtessa e pregau-la molt carament que per la sua molta virtut e bondat me vulla prestar les armes de son marit, en Guillem de Varoych, aquelles ab què ell acostumava entrar en les batalles.

Com la comtessa véu venir tants duchs, comtes e marquesos e tot lo consell del rey, e hoÿt lo per què venien, respòs la virtuosa comtessa e dix que era molt contenta, e donà'ls unes armes que no valien molt.

Lo rey, com les véu, dix:

—No són aquestes les que yo demane, car altres n'i ha que són molt millors.

E tots los barons tornaren altra volta a la comtessa e demanaren-li les altres armes, e la comtessa los dix que no n'i havia altres.

Cobrada la resposta, lo rey dix:

—Senyors e germans meus, anem-hi tots així com estam e·nsajarem nostra ventura.

Com tots foren davant la comtessa, dix lo rey:

—Senyora comtessa, per vostra gran bondat e gentilesa vos prech me vullau prestar les armes qui eren de vostre marit, en Guillem de Varoych.

—Senyor —dix la comtessa—, així Déu me prest aquest fill, que altre bé en aquest món no tinch, com ja les vos he trameses.

—Veritat és —dix lo rey—, emperò no són aquelles les quals yo demane. Emprestau-me vós aquelles qui stan en lo petit retret de la vostra cambra, les quals són cubertes de un domàs vert hi blanch.

Dix la comtessa, qui donà de genolls en terra:

—Senyor, en gràtia e mercè demane a vostra senyoria que·m vulla fer certa de vostre nom e com conexíeu vós a mon senyor, lo comte Guillem de Varoych.

Capítol XVIII. La resposta que lo rey hermità féu a la comtessa de Varoych com lo suplicà que li fes mercè de dir-li son nom ni quina amistat havia tenguda ab son marit, lo comte Guillem de Varoych, e lo que ell li respongué, recitant-li les batalles de la ciutat de Roam e dels seus actes

—Comtessa —dix lo rey hermità—, no és ara temps ne hora per a poder-vos manifestar lo meu nom, car en altres coses més necessàries e útils per a tots tinch de entendre, per què us prech que·m vullau prestar les armes que us he demanades, e açò us auré a gràtia singular.

—Senyor —dix la comtessa—, yo de bon grat só contenta de prestar-les a vostra altesa, mas sí Déu vos done bona victòria del rey moro, me façau gràtia que, puix lo vostre nom no puch saber, almenys que·m digua vostra senyoria quina coneixença e amistat ha tenguda ab mon marit.

Respòs lo rey:

—Senyora, puix tant me forçau e voleu que us ho digua, yo só content per lo molt meréxer vostre. Bé sou en record de aquella gran batalla que vostre marit vençé al rey de França en la ciutat de Roam. Vostre marit era capità mayor de la ciutat, e vench lo rey de França ab LX mília combatents entre de peu e de cavall, e vostre marit, Guillem de Varoych isqué ab pocha gent de la ciutat e llexà los portals molt ben provehïts, e al cap del pont féu-s'i un bell fet d'armes, de què moriren dels francesos en lo pont, ab los qui caygueren en la ribera, passats V mília hòmens. E vostre marit retragué's devers la ciutat e tots los de Picardia passaren un pas e pensaren pendre la ciutat, si no per Guillem de Varoych, qui·s féu fort a la porta. E plegà lo rey ab tot son poder e féu allí un singular fet d'armes, en tant que vostre marit se n'entrà e molts francesos ab ell ensemps. E aquells qui guardaven les torres del portal de la ciutat dexaren caure la porta caladissa com veren que ja n'i havia prou de francesos, e lo rey restà defora. Com Guillem de Varoych agué destroçada tota la gent e posats en forts presons, e véu que lo rey de França combatia la ciutat ab gran esforç per pendre vostre marit, lo comte isqué per alt[r]a porta de la ciutat e ferí en aquell loch hon era lo rey de França, e los de la ciutat isqueren tanbé. E lo rey fonch ferit de dos nafres e mataren-li lo cavall. E un cavaller dels seus, qui véu tan malament nafrat lo rey, e stava a peu, devallà del seu cavall e féu-hi pujar lo rey a cavall, e fon-li forçat que se n'anàs, e la batalla fon perduda. Comtessa, ¿sou en record com aprés pochs dies passats, vostre marit vench en aquest regne per manament del senyor rey, e ab quanta de honor fon rebut per lo rey e per tots los del regne? E romperen-li un tros del mur, car no consentiren que entràs per porta neguna, e anaven sobre un carro enparamentat de draps de brocat, e los cavalls qui tiraven lo carro anaven ab paraments de seda, e ell anava tot sol sobre lo carro, armat tot en blanch ab l'espasa nua en la mà. Aprés vengueren en sta vostra ciutat de Varoych e ací stigueren per alguns dies, e yo contínuament fuy en sa companyia; e en les guerres fom frares d'armes.

No tardà gran spay que la comtessa féu principi a tal parlar.

Capítol XIX. Rahons que fa la comtessa al rey hermità com li demanà en gràtia que li prestàs les armes de son marit lo comte Guillem de Varoych. E com ordenà la batalla per entrar en camp clos ab lo rey moro, del qual guanyà gloriosa victòria

—Ab alegria de goig inefable, senyor, me recort que és veritat tot lo que la senyoria vostra m'à dit. E reste molt aconsolada com hoig recitar los singulars actes del meu virtuós marit e senyor, que yo en strem amava e en grandíssima stima tenia, com aquell qui era digne de fama gloriosa e merexedor de real corona per les sues virtuts insignes. Mas la fortuna m'és stada molt adversa, qui·m fa viure adolorida, que·l m'à levat davant los meus hulls. E des que de mi·s partí no sé què són bons dies ni menys bones nits: entre les unes coses e altres, tots los dies me són de passió. E de açò no vull més parlar per no enujar la altesa vostra; sol vos deman en gràtia e mercè me vulla perdonar la senyoria vostra com en lo temps de vostre hermitatge yo no fiu per l'altesa vostra lo que bé haguera pogut fer. E si yo agués sabut la jermandat que havíeu tenguda ab mon senyor

Guillem de Varoych, yo us aguera feta molt més honor e donat de mos béns més que fet no he.

Molt fonch content lo rey de les paraules de la virtuosa comtessa.

—Lla hon no ha erra no fretura demanar perdó. Vostres virtuts són tantes que no·s porien recitar ni yo no us bastaria a fer les gràties del que us só obliguat. Sol vos prech, per la vostra gran virtut e gentilesa, que les armes que us he demanades me vullau prestar.

E prestament la comtessa li féu traure unes altres armes qui eren cubertes de brocat blau. Com lo rey les véu dix:

—Senyora comtessa, icom teniu ben guardades les armes de vostre marit! Per molt que aquests senyors e yo vos ajam preguada, no les nos haveu volgudes prestar. Aquestes són les que Guillem de Varoych entrava en los tornegs. Aquelles que yo demane stan penjades dins lo vostre retret, qui són cubertes de un domàs blanc e vert ab un leó d'or coronat, e ab aquelles sé yo bé que ell entrava en les molt cruels batalles. E si vós, senyora comtessa, enuig no y preníeu que yo entràs dins lo retret, a mon parer yo les trobaria.

—iAi trista —dix la comtessa—, par que tota vostra vida siau criat en sta casa! Bé porà entrar la senyoria vostra, e mire e prengua tot lo que millor li paregua.

Vent lo rey la sua bona volentat, lo y regracià, e entraren tots dins lo retret e veren-les allí penjades. Lo rey les se féu dar e féu-les adobar de tot lo que necessari era.

La batalla fon concertada per a l'endemà, e en la nit lo rey se n'anà a la sglésia major e allí stigué tota la nit agenollat davant l'altar de la sacratíssima Mare de Déu, senyora nostra, ab totes ses armes, qui staven sobre l'altar. Com fon dia clar, hoý missa ab gran devoció. Acabada la missa, se féu armar dins la sglésia, e menjà d'una perdiu per ço que natura s'esforçàs un poch. Aprés isqué al camp, e totes les dones e donzelles isqueren de la ciutat descalces, les donzelles en cabells, fent professó, suplicant a la divina Magestat e a la sacratíssima Mare de Déu Jhesús que donàs victòria al lur rey contra lo rey moro.

Com lo rey hermità fonch dins lo camp, vench lo rey moro ab tot son poder de peu e de cavall e entrà en lo camp ab ànimo de virtuós cavaller. E tots los moros pujaren alt en un toçal per mirar la batalla, e los cristians stigueren prop de la ciutat. Lo rey hermità portava una lança ab lo ferro ben smolat e una pavesina en lo braç, l'espasa e un punyal. Lo rey moro portava un arch de flexa, espasa e al cap una cervellera ab moltes tovalloles embolicades.

Com los dos animosos reys foren dins lo camp, la hu anà devers l'altre ab molt gran ànimo. Lo rey moro tirà prestament una flexa e donà-li en lo mig de la pavesina e passà-la-y de clar ensemps ab lo braç, que no s'i pogué aturar, e prestament li'n tornà a tirar altra e donà-li enmig de la cuxo. Ab l'arnès que portava, la flexa no pogué passar del tot e feya-li molt de enpaig al passeyar que feya. Ell fon ferit de dues nafres ans que acostar-s'i pogués, e tirà-li la lança com fon prop d'ell. E lo rey moro era molt destre en les armes e, ab lo seu arch, com véu venir la lança, rebaté-la e féu-la ·nar luny de si més de X passes. En açò lo rey hermità se fonch tan acostat que no·l leixà més tirar. Com li fonch quasi que ab la mà lo podia tocar, dix en alt, cridant:

—Ajuda'm, Déu, e vingua tota la morisma contra mi!

Com lo rey moro véu l'altre tan prop de si e no podia tirar ab l'arch, tingué's per perdut.

Com lo rey hermità agué tirada la lança, prestament mès mans a l'espasa e acostà's tant com pogué a ell e donà-li un gran colp sobre lo cap, emperò no li féu gran mal, tantes eren les tovalloles que portava. E lo rey moro ab l'arch defenie's e rebatia-li molts colps, en tant que·l rey hermità li tirà un gran colp que li tallà lo braç e mès-li l'espasa tota dins lo costat, e fon forçal rey moro que caygués en terra; e tan prestament com pogué, lo rey hermità li taillà la testa, pres la lança e mès la testa en la punta. E ab aquella victòria lo rey se'n tornà dins la ciutat. Pensau ab quanta alegria staven los cristians, dones e donzelles, pensant com eren ja fora de captivitat!

Com lo rey fon dins la ciutat, feren venir los metges e curaren les nafres del rey. Lo dia següent, de matí, lo rey tingué son consell en la cambra hon jahïa, e fon deliberat que trametessen dos cavallers per embaxadors als moros, dient-los que volguessen observar les convinences per ells promeses e jurades per tots ells, e se'n podien anar salvament e segura ab tots lurs navilis, robes, joyes, en ses pròpries terres, sens que per nengú del regne no·ls serà fet mal ne dan.

Com los embaxadors foren elets, trameteren un trompeta per salconduyt. Los moros foren contents de dar lo salconduiyt tant bastant com lo volgueren. Los embaxadors partiren; com foren junts ab los moros, esplicaren lur embaxada. Feren-los ben aposentar e preguaren-los que sperasen la resposta. E açò digueren per fer-los una gran maldat, car tornaren en major malícia per la molta dolor que tenien de la mort de lur rey.

Entre ells fonch molt gran altercació a qui farien rey. Los uns volien que fos Çalé ben Çalé, los altres volien que fos Aduqueperech, cosín germà del mort rey. Feta la elecció per ells de çalé ben çalé, per ço com era bon cavaller e valentíssim, de continent que l'agueren alçat rey manà que prenguessen los embaxadors e tots los qui eren venguts ab ells, e féu-los matar. Levaren-los a tots les testes e posaren-las dins una sàrria, e ab un ase les trameteren devers la ciutat.

Les guardes qui staven en les torres de la ciutat veren dos ginets ab l'ase que feyen anar; com foren prop de la ciutat desempararen l'ase e tornaren-se'n molt corrent. Lo capità de les guardes véu lo cas, manà a X hòmens a cavall que anassen a veure quin cas era aquell; com ho agueren vist no volgueren ésser exits per a veure un tan nefandíssim cas, ne tan gran perdició. E prestament ho anaren a dir al rey e a tot lo consell. Com lo rey sabé tal novitat, posa't fonch en gran admiració e dix semblants paraules.

Capítol XX. Lo vot solemne que lo rey hermità féu stant nafrat per lo rey de la Gran Canària

—Io he oferta la mia persona en perillosa conquesta, e açò perquè eternament ma fama revischa, car stime morts lo jorn primer de lur naxença aquells qui en tenebres d'escura vida així callat ociós viure passen, que ans de aquest món los inpacables fats los transporten que a conexença de algú lo seu viure previngua, essent menys que pedres o arbres, los quals, per útils proprietats e suavitat de fruyts delitosos, los vivints en gran stima colen. E aquells stime gloriosament viure, los quals, ab stremitat de ànimo, morint sens jamés poder morir, en segura vida, ab serenitat de gloriosa fama eternalment reviuen. ¡O infels crudelíssims e de poca fe, car no podeu donar lo que no teniu! Ara yo fas vot solempne, així nafrat com stich, de jamés entrar dins casa cuberta, si no és sglésia per hoyr missa, fins a tant que yo haya lançat tota aquesta morisma fora de tot lo regne.

E prestament se féu dar la roba e levà's del lit e féu tocar les trompetes. E lo primer qui isqué fora de la ciutat fon lo rey, e féu fer crida que tots quants fossen de XI anys ensús e de LXX en avall, sots pena de la vida, tots l'aguessen a seguir. E aquell dia atendaren-se en aquell lloch on los moros eren stats vençuts, e en aquell cas lo rey féu traure molta artelleria necessària per a la guerra.

Com la virtuosa comtessa sabé que lo rey tal crida feta fer havia, e tota la gent lo seguia que fossen de XI anys ensús, fonch molt atribulada, conexent que son fill era comprés en aquella e era forçat de anar-hi, e ab gran cuyta, a peu ella anà hon era lo rey e, donant dels genolls en la dura terra, ab veu piadosa féu principi a paraules de semblant stil:

—A vós, rey prudentíssim, antich en benaventurada vida, a la vostra sanctedat mèritament s'esguarda haver pietat e compassió de les persones afligides, per què yo, adolorida comtessa, vinch a la vostra excel·lència a suplicar que així com sou misericordiós e ple de tota bondat e virtut, que hajau pietat de mi com no tingua en aquest món altre bé sinó aquest fill, qui és de tan poca edat que en res no us pot ajudar. E sia de vostra mercé ésser en record de la gran amistat, amor e confederatió del meu virtuós marit, ab lo qual vostra altesa ha tenguda tanta amistat en lo temps de les guerres e batalles, e reduesch a la memòria de la senyoria vostra aquelles almoynes e karitats que en lo temps del vostre hermitatge yo us feya dar; que us plàcia obeyr als meus desigs e suplications, ço és, que·m vullau lexar mon fill, qui és orfe de pare e yo no tinch altre bé ab qui·m pugua aconsolar sinó ab aquest miserable de fill. Donchs, senyor, puix sou pare de misericòrdia e de pietat, obtingua de la mercè vostra aquesta tan alta gràtia, per què yo e mon fill per a sempre restem obliguats a la senyoria vostra.

Lo rey conegué la desordenada voluntat de la comtessa e no tardà de fer-li tal resposta.

Capítol XXI. Com lo rey hermità s'excusà que no volgué lexar a la comtessa son fill

—Molt vos desijara hobeyr, senyora comtessa, si la vostra demanda fos honorosa e justa, com la honor e stima de vostre fill yo tinch per mia. Car sabuda cosa és que los hòmens han de exercitar les armes e han a saber la pràtica de la guerra e lo gentil stil que aquest benaventurat orde de cavalleria té, e és deguda cosa e de bona consuetut que los hòmens de honor en gran joventut deuen principiar les armes, car en aquella edat aprenen molt millor que·ls altres així en batalles de camp clos com en guerres guerrejades. E per quant aquest és ara en la millor edat del món per veure e sentir les honors grandíssimes que·ls cavallers aconsegueixen en semblants fets exercint virtuosos actes, per què yo vull portar en ma companyia e tenir-lo en compte e stima de fill, e yo fer-li he tota aquella honor que·m serà possible per amor de son pare e per contemplació vostra. iO quina glòria és per a la mare tenir fill jove e dispost que·s sia trobat e·s trobe en semblants batalles dignes de gloriosa fama! E per ço és de necessitat que vingua ell ab mi, e yo demà fer l'é cavaller, per ço que ell pugua emitar als virtuosos actes de son pare, Guillem de Varoych; e si ara hi va, tots los bons cavallers lo tindran per millor. E yo, qui tant he amat a son pare en vida, també lo dech amar en la mort, car en aquest món jamés portí més voluntat e amor a home ningú com a vostre marit, e ara en loch seu vull amar e honrar a son fill, per ço com a present altre bé no li puch fer. Per què us prech e us consell, virtuosa comtessa, que us ne torneu dins la vostra ciutat e que·m dexeu açí vostre fill.

—Per ma fe —dix la comtessa—, senyor, vostre consell no·m par bo ni bell per a mi. Vol-me dar entendre, vostra senyoria, que aquesta art de cavalleria és benaventurada? Ans vos dich que és prou desaventurada, dolorosa, trista e de mal servir. Si voleu major speriència que de vostra senyoria? Car ahir éreu sa e alegre e ara vos veig prou trist, coxo e malalt. E trists de aquells que y dexen les persones! E açò és lo que·m fa a mi duptar del meu fill, car si yo era certa que no morís en les batalles o no fos nafrat, bé seria contenta anàs ab la senyoria vostra, mas ¿qui és aquell qui m'asegura los duptes de les batalles? Que la mia ànima tremola d'estrema dolor, car lo seu ànimo és alt e generós que volrà emitar los virtuosos actes de son pare. Senyor, yo sé que són molt grans los perills de les batalles, e per ço la mia ànima repós no pot haver: lo millor consell per a mi és que la altesa vostra me done mon fill e vosaltres feu la batalla.

Lo rey ab gran afabilitat, dix:

—Totes coses estan bé en bocha de dona. Senyora comtessa, no vullau en va despendre vostres paraules; anau ab la pau de nostre Senyor e tornau-vos-ne dins la vostra ciutat, que res no acabaríeu.

Los parents de la comtessa e de son fill la preguaren se'n tornàs e dexàs allí son fill, puix lo rey ne prenia càrrech. Com ella véu que més no s'i podia fer, dix plorant.

Capítol XXII. Lementació que féu la comtessa com agué lexat lo fill

—O cosa desrahonable, si dir-se pot, que la gravitat de les mies dolors a totes les altres avançen! O doloroses làgrimes qui la destructió, misèria mia, representen: transportau los hoynts entristits en la presèntia de la mia gran pèrdua, no consentissen sinó ab gemechs, tristors e sospirs e sanglots ésser hoÿdes! Aquestes són dolors de mare qui no té sinó un fill, e aquell per força li és levat offerint-lo a la cruel, spantable e dolorosa mort ab senyals de molta amistat e amor. O mare, semblant a ovella fecunda, qui has parit lo fill per a ésser mort e trocejat en la cruel batalla! Mas, ¿què m'aprofita dolre sobre cas inrremeyable, puix lo rey no pot haver pietat de mi ni de mon fill?

Lo rey, mogut de compassió de les adolorides paraules e lementacions de la comtessa, corrent dels seus hulls spesses làgrimes, apartà's un poch e dix als parents de la comtessa que la portassen a la ciutat. Dos cavallers qui parents eren de la mare e del fill levaren la adolorida comtessa de terra e·n braços la portaren fins al portal de la ciutat, aconortant-la en la millor manera que podien.

—Bé us pensau vosaltres —dix la comtessa— aconortar la mia grandíssima dolor, car com més paraules me dieu de consolació, més me turmentau e major pena sent la mia atribulada ànima. E per aquest sol fill que a mi resta yo só dita mare e, si aquest mor en la batalla, ¿què serà de mi, trista desaventurada, que hauré perdut marit e fill e tot quant bé tenia en aquest miserable món? E no fóra millor yo fos morta, ans que veure tanta dolor davant los meus hulls, e agués agut vida lo meu marit e son fill? ¿Què·m valen a mi los béns ni les riqueses, puix só destituhïda de tot goig, plaer e consolació e tot mon fet no és sinó abundar en làgrimes doloroses e viure en contínues lamentacions? Almenys me fes Déu gràtia que pogués atènyer a la vert delitosa riba del gran riu, oblidant los meus passats e esdevenidors mals, passàs eterna e reposada vida.

Acabant la comtessa semblants paraules, lo fill féu principi a tal parlar:

—Senyora, yo us supplich que sia de vosta mercè que no ploreu ni vullau fatigar la vostra virtuosa persona per mi, e yo us bese les mans de la molta e strema amor que en la senyoria vostra tinch coneguda. Mas deveu pensar que só ja en tal edat que dech eixir dejús les ales de ma mare e só per a portar armes e entrar en batalles per mostrar de qui só fill ni qui és stat mon pare, car si serà plasent a la divina Magestat, Ell me guardarà de mal e·m lexarà fer tals actes que seran plasents a Ell e l'ànima de mon pare ne serà aconsolada allà hon és e la mercè vostra se n'alegrarà.

Com la comtessa li hohí dir tals paraules, girà's devers sos parents, que la portaven, e dix-los:

—Ara deixau-vos morir per fill nengú! Yo pensava que la voluntat del meu fill fos conforme ab la mia, apartant-se de vosaltres, e s'amagaria per los racons per fugir als perills de les batalles, perquè és de poca edat, e yo veig que ell fa tot lo contrari. Bé és veritat l'exemple vulgar qui diu: per natura caça ca.

Com foren al portal de la ciutat, los cavallers prengueren comiat per tornar al camp. Lo fill donà dels genolls en la dura terra e besà los peus e les mans e la bocha a la mare, e suplicà-la que li volgués donar la sua benedictió. E la comtessa lo senyà e dix-li:

—Mon fill, nostre senyor Déu te vulla tenir en la sua protectió e custòdia e·t guarde de tot mal.

E besà'l moltes voltes al departir, e dix la comtessa:

—Tan trist comiat és aquest per a mi, que altra cosa no·m fallia per aumentar la mia misèria.

Com lo fill fonch partit, la comtessa se n'entrà dins la ciutat fent molt grans lementacions, e moltes honrades dones de la ciutat la acompanyaven aconortant-la en la millor manera que podien.

Capítol XXIII. Com los cavallers qui havien acompanyada la comtessa se'n tornaren al camp ab lo fill e recitaren al rey les lementacions de la comtessa

Dos cavallers se'n tornaren al camp ab lo fill de la comtessa e feren relació al rey de tot lo que la comtessa havia dit ne lo fill, e lo rey se alegrà molt de la bona discreció del fill.

E aquella nit lo rey féu molt bé guardar lo camp, que no consentí que negú se desarmàs. E al matí, com lo sol fon eixit, féu regonéxer entorn del seu camp si y havia gent alguna. Aprés féu tocar les trompetes e féu mudar lo camp envers los moros quasi mige legua de allí hon ells staven, atendàs en un gran pla que y havia e, parades totes les tendes, féu refrescar tota la gent. Açò era ja passat lo migdia.

Los moros, que saberen que los cristians eren eixits fora de la ciutat, stigueren molt admirats quina era stada la causa, car poch temps era passat que no tenien atreviment de eixir sol un pas defora la ciutat, e que ara los venien a cerquar. Digueren alguns capitans que açò havia fet la grandíssima crueltat del lur rey Çalé ben Çalé, qui sobre fe havia fet morir a cruel mort los embaxadors cristians, e ells havien provehït de haver gent d'Espanya o de França.

—E per açò nos van·cerquant, e podeu ésser certs que tants com ne pendran de nosaltres, tots seran tallats a peces menudes.

Parlà hu de aquells embaxadors qui havia portada una letra de la concòrdia de la batalla, e dix:

—Ells nos feren molta de honor e com fom dins la ciutat vem infinida gent per les torres e per les plaçes, finestres e terrats, que era una gran admiració de veure tanta gent armada, que, per Mafomet, yo arbitrava que devien ésser CC mília combatents, e aquest malvat de rey ha fets fer [morir] los lurs embaxadors sens que no u merexien.

Hoÿdes per tots los capitans moros les paraules de aquest embaxador, reberen informació dels altres moros qui eren entrats ab ell dins la ciutat e, vista la veritat, mataren lo rey Çalé ben Çalé e alçaren altre per rey. Emperò, per tot açò ells se armaren com si aguessen a dar batalla e vengueren a vista dels cristians. Era ja quasi lo sol baix, emperò deliberaren de pujar-se'n alt en un mont que y havia prop.

Lo rey hermità, qui véu açò, dix:

—Per la mia fe, ells mostren tenir temor de nosaltres e per ço se'n són pujats tan alt. Ara digau, senyors e germans meus, ¿voleu que vençam aquests cruels moros per força d'armes o per aptea de guerres? Car ab la ajuda de nostre senyor Déu e de la sua sacratíssima Mare, yo us daré vençedors.

Tots digueren:

—Senyor, a difícil cosa tenim nosaltres ésser vencedors si ja la misericòrdia de nostre senyor Déu no·ns ajuda e la vostra virtut. Car com ells han vist lo lur rey mort, han ajustada tota la més gent que han pogut e són en nombre molt més que nosaltres, e per ço tots crehem que la pijor part serà la nostra.

—Oh senyors! —dix lo rey—, yo us deman en gràtia que no sia desmayar. E com! No haveu vist vosaltres en les batalles los pochs vençre als molts e los flachs vençre als forts? Parau bé sment en lo que us diré: en les guerres més val abtesa que fortalesa e, per bé que nosaltres siam pocha gent e ells molta, açí serà lo gran renom e fama que reportarem per tot lo món e, tots los que aprés de nosaltres vendran, nos al·legaran en exemple de perpetual glòria. E yo, qui fas hermitana vida, tots quants en aquesta batalla ab mi pendran mort, yo·ls absolch a pena e a culpa, e cascú deu sforçar lo seu ànimo en semblants actes e no tembre los perills de la mort, car més val morir com a cristians que no ésser catius en poder de infels. Donchs, cascú deu fer sforç per bé a fer, e donem la batalla e siam vençedors comsevulla que sia, car no serà príncep en lo món qui incriminar nos pugua de infidelitat ne de poch ànimo, que no hajam fet tot lo possible en defendre'ns de aquests infels enemichs nostres, qui·ns volien levar la nostra pròpria terra e les mullers, fills e filles jutgar a perpetual captivitat.

Acabant lo rey hermità paraules de tant ànimo, lo qui solia ésser rey, ab ànimo viril, féu principi a tal parlar:

—La tua real e elegant senyoria, afabilíssim pare, me asegura que los teus virtuosos actes són tals, que clarament manifesten tu qui est. No resta sinó que tu alses la tua poderosa mà ab tallant spasa —puix és la nostra sperança e refugi— e ab la tua victoriosa mà anem contra los infels. E mana a nosaltres que façam actes que sien de gloriosa recordació, car tots som prests hobeyr-te e servar los manaments teus. E no és lícit ja a nosaltres tenir pus consell, sinó que ab armes cruels e venjadores de tanta inhumanitat, ab gran alegria, firam contra nostres enemichs, car més val al cavallers bona mort que mala e penosa vida.

Plagueren al rey hermità les animoses paraules de l'altre rey qui solia ésser, e dix en tal forma.

Capítol XXIIII. Com lo rey hermità féu vallejar lo seu camp e tramès a la comtessa que li trametés dues botes de lavor d'espinachs de coure

—De inestimable alegria me alegre yo, mon natural senyor, com vos veig ab tan sforçat ànimo de valerós cavaller, e per ço no vull fer més rahons sinó que, puix lo poder per nostre senyor Déu és a mi dat e aprés per la excel·lència vostra, faça cascú així com yo faré, car ab lo divinal adjutori yo us daré venjança de vostres enemichs.

E pres un cabàs en la una mà e una exada en l'altra, e mès-se primer de tots. E com los grans senyors veren fer tal cosa al rey, cascú féu així com ell feya. E ja lo virtuós rey, de continent que isqué de la ciutat, provehí de totes les coses qui eren necessàries per a la guerra. E entorn del seu palench féu un gran vall bé una lança d'armes en alt e duia fins a una gran ribera d'aygua que y havia, e lexaren enmig un gran portell que bé CL hòmens podien passar al colp. A l'altra part cavaren e feren altre gran vall que tenia fins al cap de una gran penya que y havia.

Dix lo rey:

—Puix açò és fet, de ací fins al dia no y ha sinó dues hores, anau vós cuytadament, duch de Clocestre, e vós, comte de Salasberi, a la comtessa, que per amor mia e per amor de vosaltres me vulla trametre dues grans botes que té d'en Guillem de Varoych, alt en la cambra de les armes, que són plenes de lavor d'espinachs, los quals són tots de coure.

E ells prestament hi anaren e, ab prechs e manaments que li feren de part del rey, los hagueren de la comtessa, si bé stava malcontenta del rey perquè no li havia volgut donar son fill; emperò, conexent la gran necessitat qui la'n constrenyia, fon contenta, per bé que no·s pogué star que no digués:

—Val-me Déu! E què és açò de aquest rey de ventura que tant sap en la mia casa? Que no tinch res que de armes sia ho de guerra que tot no u sàpia. Yo no sé si sap de adevinar ho sia nigromàntich.

Los barons feren carreguar en carros les botes de la lavor dels spinachs e portaren-les al camp. Com foren davant lo rey, digueren-li tot lo que la comtessa havia dit, e lo virtuós rey se pres a riure e ab cara afable los féu molta festa. Aprés féu portar la lavor dels spinachs en lo portell e lansaren-los per terra a fi que, com los moros passassen, los se ficassen per los peus. E així fonch fet. E més, féu fer molts clots fondos a manera de pous, que com exissen de un mal, que donassen en l'altre; e tota la nit los cristians altra cosa no feren.

Com clarejar començà l'alba, los moros feyen grans alegries sonant tabals, trompetes e anafils, e ab multiplicades veus cridaven batalla. E ab aquella alegria, del mont baxaren venint contra la gent cristiana.

Lo hermità rey manà que tota la gent sua stigués en terra gitada, fent demostració que dormien. Com foren quasi a tret de bombarda, se levaren tots, mostrant ésser mal destres en la guerra, e començaren hordenar ses batalles. Com los moros foren dins lo portell, dix lo rey:

—Senyors, en gràtia vos deman que no sia d'esmajar: voltem la squena fengint que fogim.

E los moros, qui fugir los veyen, cuytaren lo més que pogueren. Com foren dins lo dit portell, que per altra part passar no podien, ficaven-se aquells grans de coure per les soles dels peus. Com lo virtuós rey hermità véu los moros dins lo portell, féu un poch detenir la gent sua, així com aquell qui era en la guerra e en les armes destre, e véu aturar los moros per les nafres de la lavor dels spinachs e altres que cahïen en los pous, qui eren cuberts de rama e desús terra. Lavors, lo rey, ab alta veu, se pres a cridar.

Capítol XXV. Com lo rey hermità donà la batalla als moros, fon vençedor

—O cavallers dignes de honor, dexau la vista de la ciutat e girau la cara als enemichs de la cristiana fe e nostres! Firam ab gran ànimo que la jornada és nostra! Donem-los cruel batalla e no prenguam nengú a mercè!

Lo rey fon lo primer feridor; aprés, tots los altres. Los moros, qui veren tan bravament ferir los cristians e tots los demés, no·s podien moure per les grans nafres que tenien, los fon forçat de morir e fon feta molt gran destructió d'ells. Los qui venien detràs, com veren que los cristians havien feta tan gran destroça dels moros, sens fer resistència alguna fugiren devers lo castell d'allí hon eren partits e feren-se allí forts.

Lo rey perseguí l'encalç, matant e degollant tants com aconseguir-ne podien. Lo rey, fatiguat per les nafres que tenia, aturà's un poch; e prengueren un moro molt gran e de desmesurada figura, e lo rey, aprés que agué fet cavaller lo fill de la comtessa, volgué que matàs aquell moro. E lo fadrí, ab gran ànimo, li donà tants colps ab l'espasa fins que l'agué mort. Com lo rey véu mort lo moro, pres al petit infant per los cabells e lançà'l damunt lo moro e freguà'l fort, que los hulls e la cara, tot stava ple de sanch, e les mans li féu posar dins les nafres, e així lo enconà en la sanch de aquell moro. Aprés isqué molt valent cavaller e virtuós de sa persona: tant valgué en son temps, que en una gran part del món no s'i trobà cavaller que tant valgués.

Com lo bon rey véu la batalla vençuda, anà seguint los moros e, tants com ne aconseguien, tots los feyen morir. Aquesta fon la més gran desconfita e mor- taldat de gents que en aquell temps fos feta, que en spay de X dies moriren XCVII mília moros. E lo rey per les nafres que tenia no podia molt anar; aporta- ren-li un cavall perquè cavalcàs.

—Verament —dix lo rey—, no faré. Tots los altres van a peu; que yo anàs a cavall, cosa seria molt desigual.

Anaren a poch pas fins que foren al castell hon los moros se eren fets forts, e aquí pararen lo camp e reposaren aquella nit ab alegria inestimable. E al matí, en l'alba clara, lo rey féu tocar les trompetes e armà's tota la gent. Lo rey se vestí la sobrevesta real e mès-se lo primer de tots, e donaren un gran combat al castell, a hon foren ben servits de ballestes e llançes e de canteres que d'alt del castell tiraven; e tant s'esforçà lo rey que passà tot sol, que no era negú que ajudar-li pogués.

E lo petit infant, fill de la comtessa, dix ab grans crits:

—Cuytau, cavallers de honor! Cuytem per ajudar al nostre rey e senyor, qui s'és posat en gran perill!

E pres una pavesina petita que un patge li portava e mès-se dins lo vall per passar lla hon lo rey era. Los altres, qui veren lo petit infant que passava, tots se lexaren anar al colp per passar a l'altra part, hon foren molts cavallers morts e nafrats; emperò l'infant, ab la ajuda de nostre Senyor, no pres mal negú. Com tots foren passats, agueren foch e molta lenya e posaren foch a la porta del castell, e de allí posà's en la primera cuberta. L'infant se pres a cridar tan alt com pogué e dix:

—O dones angleses, exiu defora e tornau en vostra primera libertat, car vengut és lo dia de la vostra redempció!

CCCVIIII dones staven dins lo castell. Com sentiren aquella veu, totes cuytaren a la porta falsa del castell, car a la altra gran foch s'i tenia. E totes les dones foren rebudes per los cristians, en les quals hi havia moltes dones d'onor.

Com los moros veren lo gran foch e que tot lo castell se cremava, volien-se dar a presó, e jamés lo valerós rey ho volgué consentir, sinó que tots morissen a foch e a flama. E los qui exien defora del castell prestament eren morts o ab lançes los feyen tornar dins. Axí foren morts e cremats aquell dia XXII mília moros.

Partí lo rey hermità del castell ab tota la gent e anaren per tot lo regne en aquelles parts que los moros pres havien. No trobaren moro negú que a mercé ells volguessen pendre. E anaren fins al port d'Antona, hon trobaren allí totes les fustes e navilis ab què eren venguts, e tots los moros que trobaren en les fustes lançaren al mar e cremaren totes les fustes ab què eren venguts. Aprés lo rey hordenà e féu ley general que qualsevolgués moro qui entràs dins la illa de Anglaterra, per quins afers se volgués, que morís sens neguna mercè.

Com agueren recobrat tot lo regne, lo vot fon complit del rey, e ab tota la gent se n'entrà dins la ciutat de Varoych. La comtessa, com sabé que lo rey venia, ixqué a rebre'l ab totes les dones e donzelles de la ciutat, car hòmens no n'i havia restats sinó los que eren malalts o nafrats. Com la comtessa fon prop del rey, donà dels genolls en la dura terra, e totes les altres dones, cridant ab altes veus:

—Bé sia venguda la senyoria del rey vençedor!

E lo virtuós senyor, ab cara afable, les abraçà a totes de una en una, e pres la comtessa per la mà e anaren axí parlant fins que foren dins la ciutat, e la comtessa fent-li infinides gràcies de la molta honor que feta havia a son fill, e aprés les féu a tots los altres grans senyors.

Capítol XXVI. Com lo rey hermità se manifestà a la comtessa, sa muller

Avent reposat per alguns dies, lo virtuós rey hermità, puix havia donada fi a la guerra e posat tot lo regne en tranquil·le pau e segur stament, un dia, stant en la sua cambra, deliberà manifestar-se a la comtessa, muller sua, e a totes les altres gents perquè pus prest pogués restituhir la senyoria al primer rey e tornàs a fer la acostumada penitència. Cridà un seu cambrer e donà-li lo mig anell que havia partit ab la comtessa com d'ella pres comiat volent anar a la Casa Sancta de Hierusalem, e dix-li:

—Amich, vés a la comtessa e dóna-li aqueix anell, e digues-li semblants paraules.

Lo cambrer anà prestament a la comtessa, agenollà's davant ella e dix-li:

—Senyora, aquest anell vos tramet aquell qui de amor infinida vos ha amada he us ama.

La comtessa pres l'anell e alterà's tota com lo véu, e fon posada en fort pensament. Entrà-sse'n en la sua cambra molt prestament e, ans que obrís la caixa, agenollà's davant un oratori que tenia en lo petit retret, hon era la Mare de Déu, senyora nostra, e féu principi a tal oració:

—O humil Mare de Déu senyora misericordiosa, *ab initio et ante saecula* creada *in mente divina!* Vós sola fos digna de portar en lo vostre verge ventre nou mesos lo Rey de glòria! Feu-me, Senyora, complida gràcia, qui sou complida de totes les gràcies. E per aquella consolació que la vostra sacratíssima ànima agué per la salutació de l'àngel, me vullau aconsolar lo cors e l'ànima, e que us plàcia, Senyora gloriosa, fer que lo vostre preciós Fill me faça gràcia que aquest anell sia del meu virtuós marit, car yo us promet de servir-vos un any complit en la vostra devota del Puig de França e donar-hi C marchs d'argent.

E levà's de la oració e obrí una caxa on ella tenia l'altra part de l'anell, ajustà'ls la hu ab l'altre e véu que totes les armes se mostraven en l'anell e que tot era hu. Conegué que era del comte son marit, e dix ab molta turbació:

—Digau-me, gentilom, ¿hon és mon senyor lo comte de Varoych? —e lo cambrer entès que u deya per son fill—. Digau-me, per vostra bondat, si és stat pres ne cativat per los moros, ne què és estat d'ell que no·s sia trobat en les forts batalles ab lo rey e ab los altres cavallers, car yo crech verdaderament que si ell fos stat en libertat sua, que no y aguera fallit. O mísera de mi! E feu-me certa hon és, que cuytadament hi vull anar.

E volgué exir fora de la cambra, e anava tan torbada e fora de son natural sentiment, que no trobava la porta per hon pogués exir. E açò causava la inestimable alegria que tenia de la venguda de son marit. E tanta fon la turbació, que perdé los sentiments e cayguè en terra smortida. Com les sues donzelles la veren en tal punt star, ab grans crits lançaren doloroses làgrimes e feren tristes lementacions. Com lo cambrer véu star en tal punt a la comtessa, molt spantat se'n tornà al rey ab la cara molt alterada. Lo rey li dix:

—Amich, com véns tal? Quines noves me portes dellà hon t'è tramès?

Lo cambrer donà dels genolls en terra e dix:

—Senyor, per una gran ciutat yo no volguera que vostra senyoria m'i agués tramès. Yo no sé l'anell quina mala virtut té ni si és stat fet per art de nigromància, que l'aja agut vostra senyoria dels moros, car de continent que la comtessa lo s'à mès al dit, és cayguda morta en terra. Açò·m par cosa de gran admiració, la mala proprietat que té.

—O Santa Maria val! —dix lo rey—. E serà veritat que la virtuosa comtessa sia morta per causa mia?

Lo rey se levà de la cadira e prestament anà a la sua cambra, e trobà-la —més morta que viva— ab tots los metges qui treballaven en la salut sua. E lo rey, admirat de semblant cosa, preguà als metges que en tot cas del món li donassen socors e no s'i plangués res, que la comtessa cobràs la perduda sanitat. E lo virtuós rey de aquí jamés se volgué partir fins que fon tornada en son bon record.

E com la comtessa agué cobrada la natural conexença e véu lo marit e rey, levà's corrent e agenollà's davant ell per voler-li besar los peus e les mans, mas lo benigne senyor no u volgué consentir, sinó que la pres del braç, llevà-la de terra e abraçà e besà-la moltes [voltes]. E en aquella hora donà's a conèixer a tots los senyors del regne e a tot lo poble.

La fama anà per tot lo castell e per tota la ciutat com lo rey hermità era lo comte Guillem de Varoych, e tots los senyors grans e pochs, dones e donzelles de la ciutat, vengueren a la cambra de la comtessa per festejar lo rey e a la novella reyna.

Com lo fill sabé que lo rey era son pare, cuytadament anà a la cambra, agenollà's als seus peus e besà'ls-hi moltes voltes ab les mans ensemps. E tots aquells barons prengueren lo rey e la novella reyna e tots ensemps anaren a la major sglésia, e aquí feren lahors e gràcies infinides a la divina Bondat com, per mans de un tan valentíssim cavaller, Anglaterra era stada liberada de poder de infels. Aprés tornaren al castell ab moltes trompetes e tamborinos, ab gran triümpho e alegria. Com foren en la gran sala del castell, la comtessa suplicà al rey, son marit, e a tots quants allí eren volguessen sopar ab ella aquella nit, e cascun dia menjassen allí tant com hi aturarien. E lo rey e tots los altres lo y atorguaren e foren contents.

La comtessa se partí del rey, e pres totes les dones e donzelles de sa casa e prestament se despullaren e, ben arromanguades, emparamentaren una gran sala de molt bells draps de ras, tots obrats d'or, de seda e de fil d'argent de molt gran stima. Les altres dones, les unes al rebost, les altres a la cuyna, en tant que aquesta virtuosa senyora dins poch spay féu molt noblement adobar de sopar.

Com tot fon prest, tramès a dir al rey que, tota hora que li fos plasent, que sa senyoria vingués a menjar ab tots los altres. Lo rey, ab los altres grans senyors, entrà en la gran sala e, com la véu així en orde ab totes les viandes prestes e lo tinell parat de molt riqua vexella d'or e d'argent, dix:

—Si, Déu me salve la persona: bé par que la comtessa ha tengut les mans en tot, com ella sia la més diligent dona del món.

Lo virtuós rey manà que primer de tots se sigués l'altre rey qui solia ésser. Aprés féu seure la comtessa, sa muller. Aprés sigué lo rey hermità Aprés seyen los altres duchs, segons per horde venien. Aprés, en altres taules, foren col·locats los marquesos, comtes, nobles e cavallers. Tots foren molt ben servits de diverses viandes segons tals senyors eren merexedors. E tant com en la ciutat aturaren, contínuament menjaren a despesa sua, e cascun dia s'i feyen molt grans festes.

Passats que foren IX dies vengueren CCCC carros carreguats d'or e d'argent, de yojes e de coses de gran stima, les quals havien trobat en poder dels moros. Manà lo rey que aquestes yojes, l'or e l'argent, fos posat en poder de quatre senyors, e fon acomanat al duch de Clocestre, al duch de Betafort, al comte de Salasberi e al comte d'Estafort. Fet açò, lo rey manà per al següent dia consell general. Com tots foren ajustats, lo rey hermità isqué de una cambra e entrà en lo consell molt ben abillat ab roba de brocat rossegant, ab lo mantell de carmesí forrat de herminis, ab la corona al cap e lo çeptre en la mà, e assegut en lo consell, en presència de tots, féu principi a paraules de semblant stil.

Capítol XXVII. Com lo rey hermità restituhí al primer rey les robes, la corona, lo ceptre, e lo regne, e tornà a servir Déu

—La segura glòria que tenim de ésser stats victoriosos nos deu molt alegrar e de aquella devem retribuyr infinides gràties a nostre senyor Déu —com totes les gràties davallen de la sua inmensa bondat e misericòrdia—, car ab lo seu adjutori avem vençudes totes les batalles e morts tots los nostres enemichs e de la cristiana fe, e ab spases nues som stats vençedors e havem venjades les nefandíssimes injúries e dans que·ns havien fets e és venguda tota la lur desferra en nostre poder. Per què yo vull e man que tota aquella sia repartida entre vosaltres. E tots aquells qui són stats nafrats en lo recobrament de castell, vila o ciutat, agen dues parts. E tots aquells qui seran afollats de qualsevulla de sos membres —que armes no poran portar—, aquests tals agen III parts. Los qui no hauran pres mal negú, hajan una part e la honor, qui més val. E vós, mon rey e senyor, bé deu ésser contenta la altesa vostra de la gràtia que l'omnipotent Déu vos ha feta, que ab ajuda de vostres vassalls hajau cobrada tota la illa de Anglaterra e reduÿda en lo primer stament. Per què yo ara, en presència de tots aquests magnànims senyors, vos restituesch tot lo regne e la senyoria de aquell, la corona, lo ceptre e les reals robes, e suplich a la vostra real magestat que les vullau acceptar de un vostre servidor e vassall.

E de continent les se despullà e tornà's a vestir l'àbit. Lo rey e tots los barons lo y tingueren a molta virtut e gentilesa, e feren-li infinides gràties de la sua grandíssima cortesia. Lo rey se vestí les robes reals, posà's la corona al cap e lo ceptre en la mà, e pregà molt a l'hermità que li fes tanta gràcia que volgués aturar en la sua cort, que ell li daria lo principat de Gales e que poria tant manar en la sua cort e en lo regne com la sua pròpria persona. E tots los del consell preguaren-lo'n molt. E ell s'escusà dient que no lexaria lo servir de Déu per les vanitats de aquest món. Ací·s pot contemplar quanta era la virtut e singularitat de aquest cavaller, que podia restar rey —e son fill aprés d'ell— e jamés ho volgué fer, si bé sos parents e sa muller lo n'havien molt preguat.

Com lo rey véu que no volia restar en la sua cort, deliberà fes alguna gràcia al fill per amor e sguard al pare, e donà-li la major part del regne de Cornualla e que·s pogués coronar de corona de açer e no de altra cosa, e que s'agués a coronar lo dia dels tres Reys d'Orient e lo dia de Sincogesma. E tots quants exiren d'ell servaren aquest horde e huy en dia se coronen de corona d'açer.

Com lo comte hermità sabé la gràcia que lo rey havia feta a son fill, anà davant ell, agenollà's als seus peus e besà-li la mà —si bé lo rey no la y volia dar—, e féu-li infinides gràties del donatiu que havia fet a son fill. E pres comiat del rey e de tots los de la cort, los quals leixà molt adolorits de la sua partida per ço com tots l'amaven de mayor amor que a l'altre rey. E a tot lo poble desplagué molt com havia renunciada la senyoria.

Com l'ermità fon partit del rey, se n'anà fora de la ciutat en una sua vila que distava una legua de la ciutat, e aquí aturà per alguns dies. Lo rey, ab tot lo consell, hordenaren que li fossen tramesos XXX carros carreguats de les millors joyes que havien preses dels moros. Com l'ermità véu los carros, dix als qui·ls portaven:

—Tornau-los a mon senyor lo rey e digau-li que yo no vull sinó la honor, que lo profit sia d'ell e de tots los altres.

E tornaren-se'n prestament a la ciutat. Com lo rey e los altres senyors saberen que no havia volgut res pendre, tots digueren que aquest era lo més magnànim e virtuós cavaller que jamés fos stat en lo món, e que de aquesta con[q]uesta no se n'havia portat altra cosa sinó honor, perill e nafres.

Com la virtuosa comtessa sabé que son marit se n'era anat, desemparà lo castell e no dix res al rey ne a negú, sinó ab ses dones e donzelles anà hon son marit era. Emperò lo rey e los altres grans senyors, pochs dies eren que no anassen a parlar ab l'ermità per haver consell del stament del regne e de moltes altres coses.

Un dia, stant parlant lo rey ab l'ermità, la comtessa entrà en la cambra e lo rey dix-li:

—Senyora, no prengau enuig del que us diré. Vós sou stada causa que yo haja perdut lo comte, vostre marit, al qual yo de bon grat daria la terça part de mon regne, e que ell aturàs a la contínua en ma companyia.

—Ay trista! —dix la comtessa—. E com senyor só yo stada causa de haver-lo vostra senyoria per mi perdut?

—Per ço com sé que ell vos ama sobre totes les coses del món —dix lo rey—. E si vós l'aguésseu molt preguat, ell fóra vengut ab mi.

—Per la mia fe, senyor —dix la comtessa—, yo tinch molt major dupte que no és aquex, que no perda a vostra senyoria e a ell, que no·s pose en algun monestir.

Així passaren entre ells moltes rahons. Lo rey, com li paregué hora, se'n tornà a la ciutat, e dins tres dies lo rey ab tota sa gent fon prest per partir.

Lo comte hermità dix a son fill que se n'anàs ab lo rey e que·l servís de tot son poder. E que si debats o qüestions venien en lo regne, en negun cas del món no vengués contra son rey e senyor.

—Per molts mals e dans que·t fes. E dich-te verdaderament que la mayor infàmia que·l cavaller pot haver en aquest món s'i és com ve contra son senyor natural. Posat cas que el rey te levàs tots los béns que tens ne pories haver, no vulles venir contra la magestat sua, car així com los leva, los pot tornar. Ages aquesta doctrina de mi. Per moltes injúries que·l rey te faça, així dar-te de mà o de bastó o spasa o qualsevulla altra cosa, que vergonya no·t pot fer: bé·t poria fer dan en ta persona, mas no vergonya, per ço com és ton rey e senyor natural. Yo viu, stant en la cort de l'emperador, un duch vassall e sots la senyoria de l'imperi. Un dia de Nadal, exint l'emperador de missa ab infinida gent de duchs, comtes e marquesos e molt nobla cavalleria, l'emperador anava un poc enujat de un bisbe —qui la missa dita havia— e dix algunes paraules d'ell. E lo duch, per quant era parent e amich del bisbe, volgué satisfer en les paraules que l'emperador dites havia. L'emperador en aquell cas no tingué prou paciència: alçà la mà e donà-li un gran bufet. Dix lo duch: «Senyor, açò e molt més pot fer la magestat vostra. Per ço com só vostre súbdit hi hauré paciència. E si negun altre rey o emperador en lo menor cabell del meu cap contra ma voluntat me tocàs, yo·l ne fera penedir.» E per ço, mon fill, te prech tan carament com puch ni sé contra ton rey no vulles venir.

E així lo hi promés lo fill, de complir tot lo que li manava. Lo comte hermità féu molt bé abillar a son fill e a tots los qui ab ell anaven de joyes e robes e bones cavalcadures de cavalls, aquanehes, e pres son comiat així del pare com de la mare, e no partí de allí fins que sabé que lo rey volia partir.

Com lo rey fon al portal de la ciutat demanà lo fill del comte hermità, e jamés se volgué partir del portal fins que fon vengut, e allí a la porta lo féu conestable major de tota Anglaterra.

Lo rey partí e féu la via de la ciutat de Londres. Com la comtessa sabé que lo rey era partit, preguà al comte que tornassen a la ciutat, e lo comte fon content e aquí stigueren per spay de V mesos. En la fi de aquells, lo comte preguà molt a la comtessa que no se n'enujàs, que a ell era forçat que havia de complir lo vot que tenia fet de servir Déu en vida hermitana. Dix la comtessa:

—Senyor, lo meu sperit dies ha estat alterat havent sentiment de la mia dolor, car no ignorava la mia adolorida ànima que pijor havia de ésser la recruada que no la malaltia. Almenys, vostra mercé faça'm gràcia que vaja ab vós perquè pugua servir la vostra virtuosa persona, e farem una hermita ab dos apartaments, ab una sglésia que haurà enmig. E no vull que ab mi stiguen sinó dos dones ansianes e un prevere que·ns digua missa.

Tantes rahons dix la comtessa, que al comte fon forçat de hobeyr los seus prechs. Com la comtessa véu que de tot se havia de fer, no volgué que en aquella hermita aturassen hon solia star, mas elegí un altre lloch —lo qual era molt delitós— de gran spessura d'arbres, hon havia una molt bella lúcida font que sobre les verts florides erbes ab suau remor corria e enmig de aquella delitosa praderia havia un pi de singular bellea. E cascun dia en aquella lúcida font venien a beure totes les bèsties salvatges de tota aquella silva, que era un gran delit de veure-les.

Com l'ermita fon acabada de fer e fon fornida de totes les coses necessàries a la humana vida, lo comte e la comtessa havia donat horde en lo regiment de la ciutat e de tot lo comdat, e agueren col·locades les dones e donzelles de lur casa e volien partir per anar a l'hermitatge, arribà lo comte de Notarbalam, qui venia embaxador per lo rey al comte e a la comtessa ab letra de crehença. L'embaxador preguà molt al comte e a la comtessa de part del rey que li volguessen fer tanta gràtia que los dos volguessen anar a la ciutat de Londres, per ço com ell havia contractat matrimoni ab la filla del rey de França. Almenys, si ell no podia anar, que la comtessa no li fallís, perquè era de gran necessitat perquè ella rebés la reyna e li mostràs la pràtiqua e costum de Anglaterra. E perquè era dona de gran linatge e de gran discreció, lo rey li volia fer aquesta honor per lo seu molt meréxer. Lo comte hermità respòs en semblant forma:

—Embaxador, direu a la magestat del senyor rey que yo fóra molt content que pogués servir la excel·lència sua, emperò no puch lexar lo vot que tinch fet de servir a Déu. De la comtessa, yo só molt content que ella satisfaça per la sua honor e la mia.

La virtuosa comtessa stimara més restar per servir son marit que no veure les festes, mas com véu la voluntat del comte, son marit, e la justa rahó que en tal necessitat no devia fallir al rey, dix que era contenta. Lo comte hermità pres comiat de tots —ab infinides làgrimes fon fet lur departiment— e anà-ss‹en al seu hermitatge, hon stigué ab gran repòs per lonch temps. E cascun dia, aprés que havia dites ses hores, venia-se‹n davall aquell bell arbre per veure les bèsties qui venien a beure a la lúcida font.

Capítol XXVIII. Com lo rey de Anglaterra se casà ab la filla del rey de França e en les bodes foren fetes molt grans festes

Aflaquint de jorn en jorn e dexant-se anar los ànimos ociosos dels cavallers anglesos, molts dies eren passats en pau, tranquilitat, e repòs folgat havien. Lo virtuós rey de Anglaterra, perquè a total oci e llanguiment no·s sotsmetessen, deliberà, puix havia contractat matrimoni, de fer cridar cort general a fi que s'i fes gran exercici d'armes. La fama fon divulgada per tots los regnes de cristians de la grandíssima festa que lo famós rey preparava.

Seguí's que un gentilhom de linatge antich e natural de Bretanya, anant en companyia de molts altres gentilshòmens qui a la gran festa anaven, aturà's més darrer de tots e adormí's sobre·l rocí, fatigat del treball del gran camí que fet havia. Son cavall lexà lo camí e pres per una senda qui dreçava a la delitosa font hon l'ermità stava, qui en aquell cas se delitava legir un llibre qui és nomenat *Arbre de Batalles* e feya contínuament gràcies, com aquest libre legia, a nostre senyor Déu, de les singulars gràties que en aquest món havia aconseguides servint l'orde de cavalleria.

Estant així, véu venir per aquell pla un home a cavall, e conegué que venia dormint; lexà's de legir e no·l volgué despertar. Com lo rocí fon davant la font e véu l'aygua, acostà-s'i per voler beure e, perquè tenia la falça regna en l'arçó de la çella no podia. E tant baschà, que fon forçat al gentilom que·s despertàs. E obrint los hulls, se véu davant un hermità ab molt gran barba tota blancha e quasi les vestidures rompudes, e mostrava's flach e descolorit. E açò causava la molta penitència que feya contínuament, e, per les moltes làgremes que·ls seus hulls destil·laven, li eren los hulls molt apoquits. Lo conspecte seu era de home admirable e de gran sanctedat.

Lo gentilom se admirà de tal visió, emperò, per lo bon sentit que tenia, conegué que devia ésser algun home de sancta vida qui s'era allí retret per fer penitència e salvar la sua ànima e, com a home desembolt, prestament descavalcà e féu-li gran reverència. L'ermità lo rebé ab cara afable e asegueren-se en la vert e delitosa praderia. L'ermità féu principi a tal parlar:

—Gentilom, prech-vos per vostra cortesia e gentilesa que·m vullau dir lo vostre nom e com sou en aquest desert vengut ni per quins negocis.

No tardà gran spay que lo gentilom respòs ab tal rahonament.

Capítol XXIX. Com Tirant manifestà son nom e son linatge a l'hermità

—Pare reverent, puix a la sanctedat vostra plau tant saber mon nom, yo só molt content dir-lo-us. A mi dien Tirant lo Blanch per ço com mon pare fon senyor de la marcha de Tirània —la qual per la mar confronta ab Anglaterra— e ma mare fon filla del duch de Bretanya, e ha nom Blancha; e per ço volgueren que yo fos nomenat Tirant lo Blanch. Fama és per tots los regnes de cristians com lo sereníssim rey de Anglaterra ha manada celebrar cort general en la ciutat de Londres e ha contractat matrimoni ab la filla del rey de França, qui és la més bellíssima donzella que sia en tota la cristiandat e té moltes singularitats que les altres no tenen. Entre les altres, ne puch recitar una: trobant-me yo en la cort del rey de França, lo dia de sant Miquel passat, en la ciutat de París, perquè aquell dia era stat fermat lo matrimoni lo rey feya gran festa, e lo rey e la reyna e l'infanta menjaven en una taula los tres. E verdaderament vos puch dir, senyor, que com la infanta bevia vi vermell, que la sua blancor és tan strema que per la gola li vehia passar lo vi. E tots quants hi eren n'estaven admirats. Aprés se diu que lo rey se vol fer cavaller e aprés farà a tots los altres cavallers qui volran rebre l'orde de la cavalleria. E yo he demanat a reys d'armes e ha arauts per què lo rey no s'era fet cavaller en lo temps de la guerra que tenia ab los moros. Han-me respost que per ço com en totes les batalles que havia agudes ab los moros era stat vençut, fins que vench aquell famós cavaller vençedor de batalles, lo comte Guillem de Varoych, qui prestament destruý tots los moros e li posà tot lo regne en repòs. E més, dien que lo jorn de sanct Johan serà la reyna en la ciutat de Londres e s'i faran de grans festes qui duraran un any e un dia. E per causa d'açò som partits de Bretanya trenta gentilshòmens de nom e d'armes disposts per a rebre l'orde de cavalleria. E venint yo per lo camí, fon sort que per cansament de mon rocí fuy un poch restat atràs per lo gran trebayll que he sostengut de les grans jornades que he fetes, per ço com partí pus tart que negú dels altres. Adormí'm anant pensant e lo meu rocí à lexat lo camí real e à'm portat davant la reverència vostra.

Com l'ermità hoý parlar al gentilom que anava per rebre l'orde de cavalleria, recordant-li l'orde quina cosa és e tot ço que pertany a cavaller, lansà un gran sospir e entrà en gran pensament, essent en recort de la grandíssima honor en què cavalleria l'avia longuament mantengut. Vehent Tirant lo pensament en què l'ermità stava, dix les següents paraules.

Capítol XXX. Com Tirant demanà a l'hermità en què pensava

—Reverent pare, plàcia a la vostra sanctedat fer-me gràtia que·m digua quin és lo vostre fort pensament.

Dix l'ermità:

—Amable fill, lo meu pensament és de l'orde de cavalleria e de la gran obligació en què és posat lo cavaller com haja a mantenir l'alt orde de cavalleria.

—Pare reverent —dix Tirant—, suplich a la merçé vostra que·m diguau si sou cavaller.

—Mon fill —dix l'ermità—, bé ha L anys que yo rebí l'orde de cavalleria en les parts de Àfricha, en una gran batalla de moros.

—Senyor e pare de cavalleria —dix Tirant—, sia de vostra merçé dir-me vós, qui tant de temps haveu servit l'orde de cavalleria, com pot hom millor servir aquell orde, com nostre Senyor l'aja posat en tan alt grau e dignitat.

—E com! —dix l'ermità—. No saps tu qual és la retgla e l'orde de cavalleria? E com pots tu demanar cavalleria fins que sàpies l'orde? Car negun cavaller no pot mantenir l'orde si no·l sap, e tot lo que pertany a l'orde. E negun cavaller si no sap l'orde de cavalleria no és cavaller, car desordenat cavaller és qui fa altre cavaller e no li sap mostrar los costums que pertanyen a cavaller.

Com Tirant véu que l'ermità lo reprenia ab tan justa causa, alegrà's de alegria inestimable, e ab humil veu féu principi a tal parlar.

Capítol XXXI. Com Tirant preguà a l'hermità que li volgués dir quina cosa era l'orde de cavalleria

—O quina glòria és per a mi que la divina Bondat m'aja feta tanta gràtia que m'a fet venir en part que puch ésser instruÿt rey que tant lo meu ànimo ha desiyat, e per cavaller tan virtuós e de tanta singularitat, amich de Déu, que aprés que ha ben servit son orde s'és retret en lo desert, fugint als mundanals negocis del món per servir a son Creador, donant-li compte del temps que ha despès en aquest món sens fruyts de bones obres! Perquè, senyor, puch dir a la mercè vostra, com yo só stat en la cort de l'emperador, del rey de França, de Castella e d'Aragó, e·m só trobat ab molts cavallers, no hohí jamés parlar tan altament de l'horde de cavalleria. E si la mercè vostra no ho prenia a enuig, vos hauria a molta gràtia que·m diguésseu quina cosa és l'orde de cavalleria, car prou me sent dispost —e l'ànimo que m'i basta— en complir tot ço que l'orde e la regla de cavalleria manen seguir e observar.

—Mon fill —dix l'ermità—, tot l'orde és en aquest libre scrit, lo qual yo lig algunes veguades perquè sia en recort de la gràtia que nostre Senyor m'a feta en aquest món, per ço com honrava e mantenia l'orde de cavalleria de tot mon poder. E axí com cavalleria dóna tot ço que pertany a cavaller, axí cavaller deu donar totes ses forçes a honrar cavalleria.

E l'ermità obrí lo libre e legí davant Tirant un capítol en què recitava com fon trobat l'orde de cavalleria ni per quina causa fon hordenat, segons se segueix.

Capítol XXXII. Com l'ermità legí un capí[tol] a Tirant del libre nomenat «Arbre de Batalles»

—Fallint en lo món caritat, lealtat e veritat, començà mala voluntat, injúria e falcedat, e per ço fon gran error entre lo poble de Déu, e gran confusió. E per ço que Déu sia amat, conegut, honrat, servit e temut en lo món, en lo principi fon poch stimada justícia per defalliment de caritat, per què fon necessària cosa e condecent que justícia fos tornada en sa honor e prosperitat. E per aquesta causa, de tot lo poble foren fets mil·lenars, e de cascun mil·ler fonch elet un home més amable e de més afabilitat, més savi, més leal, més fort e ab més noble ànimo, ab més virtuts e bones costumes que tots los altres. E aprés feren cercar de totes les bèsties qual seria més bella, més corrent e que pogués sostenir major treball, e qual los més convinent per a la servitut de l'ome, e de totes, elegiren lo cavall e donaren-lo a l'ome qui fonch elet de mil hòmens hu. E per ço aquell home agué nom cavaller, com aguessen ajustada la més noble bèstia ab lo més noble home. E seguint l'orde que t'é dit, aprés que fon poblada Roma per Ròmulus, qui fon lo primer rey de Roma —la qual població fonch feta a V mília e XXXI any aprés de la creació de Adam, e de la població de Roma fins a la Nativitat de Jesucrist passaren DCCLII anys— e perquè fos més nomenada Roma en honor e noblesa, elegí lo dit rey Ròmulus mil hòmens jóvens de aquells que ell conegué que serien millors en armes, e armà'ls e féu-los cavallers, e posà'ls en dignitats, e donà'ls grans nobleses e que fossen capitans de les altres gents e fossen defenedors de la ciutat. E foren nomenats *milles* e açò perquè foren mil, tots fets cavallers en un temps.

[Com Tirant entès que cavaller és de mil hòmens hu elet en haver més noble ofici que tots los altres hòmens] e agué compresa la retgla e orde de cavalleria, fonch posat en gran pensament e dix:

—Glòria sia dada a tu, senyor Déu, qui est sobirana bondat, qui m'as fet venir en part tal que haja poguda aconseguir vera notícia de l'horde de cavalleria, lo qual longuament he servit ignorant la sua gran noblesa e la honor e magnificència en què són posats aquells qui lealment la servexen. E ara, ha molt més aumentat en mi lo desig e volentat de ésser cavaller que ans no tenia.

—Amar se deu la tua persona, segons lo meu parer —dix l'ermità—, per les virtuts que de tu tinch conegudes, e per ço conech tu ésser digne de rebre l'orde de cavalleria. E no penses tu que en aquell temps fossen fets cavallers tots aquells qui u volien ésser, ans hi foren triats hòmens forts e ab molta virtut, hòmens leals e piadosos, perquè fossen scut e defensa de les gents simples, que negú no·ls fes sobres. E per tal cové al cavaller sia més animós e més valent que tot altre, perquè pugua perseguir los mals, no havent dupte dels perills que·ls ne pugua sdevenir. E d'altra part, deu ésser afable e graciós en totes coses, e comunicable a totes gents de qualsevulla condició que sien, perquè gran treball e fatiga és ésser cavaller.

—Donchs, senyor —dix Tirant—, major força e poder deu haver lo cavaller que nengú altre

—No pas —dix l'ermità—, ans n'i ha tan poderosos com ells, emperò cavaller deu tenir virtuts que a altre home no pertanyen.

—Per ma fe —dix Tirant—, molt desige saber què és lo que pertany a cavaller e no a altre home.

—Mon fill —dix l'ermità—, yo vull que sàpies que, així apartat com stich, cascun dia reduesch a la mia memòria los excellents actes dignes de gloriosa recordació qui són en aquell benaventurat orde de cavalleria. Lo cavaller fonch fet en lo principi per mantenir lealtat e dretura sobre totes coses, e no penses que lo cavaller sia de més alt linatge exit que los altres, com tots naturalment siam exits d'un pare e d'una mare.

Capítol XXXIII. Com l'ermità legí a Tirant lo segon capítol

—Primerament fon fet cavaller per mantenir e defendre la sancta mare Sglésia —dix l'ermità—, e no deu retre mal per mal, ans deu ésser humil e perdonar liberalment a n'aquells qui l'auran dampnificat, puix vinguen a sa mercè. Perquè lo cavaller és tengut defendre la Sglésia, car altrament seria perduda e tornaria a no res. E en lo principi del món, segons se lig en la Sancta Scriptura, que no era home qui tingués tant atreviment de cavalcar en cavall fins que foren fets cavallers per subjugar les males gents e foren trobades les armes; puix foren armats, se tingueren per segurs de tots aquells qui contrastar los volien. E per ço, mon fill, te diré les armes així offensives com defensives què signifiquen, e la valor de aquelles. Lo cavaller qui les armes porta, no li foren dades sens causa, e són de molt gran significança, que així deu lo cavaller cobrir la sancta mare Sglésia e la deu defendre de tot mal com a fill que li és.

E pren speriència de aquell tan famós cavaller qui·s sabé percassar molta honor en aquest món e glòria en l'altre, lo nom del qual era Quinto lo Superior, qui fonch tramès embaxador per lo papa a l'emperador de Contestinoble. Ab dues galeres aribà al port de Contestinoble, e exit en terra en la ciutat, véu-la que stava molt subjugada per los turchs e sabé com los turchs feyen stables per als cavalls de la mayor sglésia de la ciutat. E ab poca gent anà a fer reverència a l'emperador e dix semblants paraules: «Senyor, ¿com pot consentir la magestat vostra que aquests turchs, gent de pocha stima, agen a destruyr tan singular sglésia com és aquesta, car en tot l'univers no és tal? De què stich admirat com ho podeu consentir, car lo vostre cor deuria plorar gotes de sanch.» «Cavaller —dix l'emperador—, a mi no és forçat que pugua fer més del possible, car ells són tanta multitud de gent que tenen quasi tota la ciutat per sua. Entren per les cases e fan de les dones e donzelles tot lo que volen e, si negú los diu res, prestament són morts o presos. E per aquesta causa yo e tots quants som havem a comportar encara que no vullam.» «O gent de poch ànimo! —dix lo cavaller—. E per temor de morir vos haveu així lexat senyorejar? Tothom se arme e dexau fer a mi.» «Cavaller —dix l'emperador—, prech-vos per vostra gentilesa que no vullau fer novitat neguna, car si ho fèyeu seria lançat de tota la senyoria de l'Imperi, car més ame star en aquesta subjugació ab tots los meus que no ésser desposehït de tot.» Dix Quinto: «O gent de poch ànimo e de pocha fe! Bé mostrau ésser mals cristians, que no confiau de l'adjutori divinal. Ara jo fas vot a Déu que lo primer qui parlarà, yo li daré ab aquesta mia taillant spasa un tal colp que los crits sentiran los qui stan dins la sglésia.» L'Emperador, com lo véu parlar ab tanta fúria, no gosà més parlar. E lo cavaller se n'anà, e pres aquella pocha gent que tenia de les galeres e entrà dins la sglésia ab ànimo molt sforçat, agenollà's davant l'altar de la Mare de Déu, Senyora nostra, e féu aquí oració. Estant en la oració, véu venir molts turchs qui anaven per desfer l'altar major. Levà's cuytadament e demanà qual d'ells era lo capità. Fon-li mostrat que anava per la sglésia fent fer cambres e stables e altres vils coses. «Digues, capità de mala gent —dix lo cavaller—, ¿per què fas tanta desonor a la nostra sglésia, qui és casa de Déu? Mana a la tua gent que cessen e tornen totes les coses al primer stat, si no yo, ab la tua pròpria sanch e dels teus, pastaré lo morter ab les mies mans e tornaré adobar tot lo que tu has desfet e guastat.» «Qui est tu, qui ab tan gran audàcia parles? —dix lo capità—. De quina nació est, e sots quina senyoria estàs?» Lo cavaller respòs ab paraules de semblant stil.

Capítol XXXIIII. Com l'embaxador del Papa menaçà al capità del gran turch dins Contestinoble

«—Yo só de l'Imperi Romà, embaxador del sanct pare, e só vengut per castigar a tu, qui est dissipador de la cristiandat, ab aquesta spasa nua que tinch en la mà, qui és molt cruel. E daré mort a tots aquells qui volen destroyr la casa de Déu.» Lo capità respòs en la següent forma: «Cavaller, yo no·m spante pas de les tues menaçes, perquè açí tu no·m pots fer sobres, com sia de gents molt poderós. Mas per quant só informat de les virtuts de aqueix vostre sanct pare de la cristiandat, per la reverència e sanctedat sua ho faré, e no per temor de les tues paraules.» E manà lo capità a la sua gent que totes les coses que eren stades desfetes en la sglésia fossen tornades com de primer star solien. E prestament fon fet, e molt millor foren tornades que no solien ésser. Partí's lo capità turch de la ciutat de Contestinoble ab tota la sua gent e promès que de vida sua no enutjaria més a l'emperador, e lo cavaller féu restituhir la senyoria a l'emperador, lo qual li'n féu infinides gràcies de la sua molta virtut. Pres comiat lo romà cavaller de l'emperador, e recullí's en les galeres e, ab pròsper vent, se'n tornà en Roma. Lo sanct pare, sabent que lo seu embaxador venia ab bon compliment de tot lo per què era anat, féu exir tots los cardenals e bisbes ab molta cavalleria per rebre'l, e ab gran triümpho lo portaren davant lo papa, lo qual lo rebé ab molta amor e benignitat e donà-li en premi de sos treballs dels seus tresors, que ell e tots los seus ne foren richs. E aprés la sua mort li fon feta grandíssima honor, e lo seu cors fon soterrat en la sglésia de Sanct Joan de Letrà, al peu de l'altar, ab molta solempnitat. Mira, mon fill, aquest cavaller quanta honor adquirí per ésser virtuós.

E dirt-é què significha la cuyrassa que porta lo cavaller que li guarda tot lo cors: significa la Sglèsia, que deu ésser tota closa e murada de la defensió del cavaller, qui deu anar contra totes les gents per defendre-la. E així com l'elm ha d'estar en lo més alt loch del cors, axí deu star més alt l'ànimo per emparar e mantenir lo poble e no consentir que lo rey ne negun altre los faça mal ni dan. Los avanbraços e manyopes signifiquen que no y deu trametre a negú, sinó ell mateix hi deu anar e ab los braços e ab les mans deu defendre la Sglésia e lo poble, qui és bo, e tots aquells qui són de bona vida; e ab los braços e ab les mans deu tanbé punir los mals hòmens de mala vida. Los guardabraços signifiquen que lo cavaller deu guardar que los homicides ne nigromàntichs no façen mal ne dan a les sglésies. L'arnès de cames signifiqua si lo cavaller sent o sap negú vulla fer dan a la Sglésia, o infels entrassen per dampnificar la cristiandat, si no pot a cavall, a peu hi deu anar a la batalla, per defendre aquella.

—O senyor e pare de cavalleria! —dix Tirant—. Quina consolació és per a la mia ànima en yo poder saber los grans secrets que són en aquest tan alt orde de cavalleria! E sia de vostra merçé, puix he sabut la proprietat de les armes defensives, que sàpia la significança de les offensives, perquè haja notícia de aquelles.

Alegrà's l'ermità de la molta voluntat que véu a Tirant en saber l'orde de cavalleria, al qual, responent, dix.

Capítol XXXV. Com l'ermità dix a Tirant la significatió de les armes

—Lo bon grat que tinch de vós, Tirant, me obligua en dir-vos ab molta voluntat tot lo que he sabut en l'art de cavalleria. Primerament la lança, que és largua ab lo ferro agut, significa que·l cavaller deu fer tornar atràs tots aquells qui mal ni dan volen fer a la Sglésia, així com la Sglésia és largua. Deu fer tant lo cavaller, que ell sia duptat e temut per tots aquells qui jamés no l'auran vist: axí com la lança és duptada e temuda per encontre, axí deu ésser ell temut. E ab los mals deu ésser molt mal, e ab los bons ésser leal e verdader; ab los forts e de mala vida ésser cruel.

La significança de la spasa és que tailla a dues parts e pot-ne hom fer mal en tres maneres, car hom pot matar e nafrar a dues parts, aprés ab la punta. E per açò la spasa és la més noble arma que lo cavaller pot portar e de major dignitat, e per aquesta rahó lo cavaller deu servir en tres guises. La primera defensant la Sglésia, matant e malmetent totes les gents qui mal volen fer en aquella. E axí com la punta de l'espasa forada tot lo que aconseguex, axí lo bon cavaller deu foradar e aconseguir a tots aquells qui mal volen fer a la cristiandat ni a la Sglésia, no havent-los pietat ni merçé alguna, ans ab la spasa los deu ferir a totes parts. La correja de la spasa significa com lo cavaller la's ciny per mig del cors, axí deu ésser cenyhit de castedat. Lo pom de la spasa significa lo món, per ço lo cavaller és obliguat a defendre la república. La cruera significha la vera Creu, en la qual lo nostre Redemptor volgué pendre mort e passió per rembre natura humana. Axí ho deu fer cascun bon cavaller: deu pendre mort per restauració e conservació de tot lo desús dit. E si per açò moria, se n'hiria la sua ànima dret en paradís. Lo cavall significa lo poble, lo qual lo cavaller deu mantenir en pau e en verdadera justícia, car axí com lo cavaller fa son poder de conservar lo cavall quan vol entrar en batalla —que negú no li faça mal—, axí deu guardar lo poble que negú no li faça sobres. Car lo cavaller deu tenir lo cor dur e fort contra aquells qui són falsos e de pocha pietat e, d'altra part, deu haver lo cor moll en haver pietat dels hòmens de bona vida qui són pacífichs e leals, car si lo cavaller ha pietat ni merçé al qui merex mort, trobant-se administrador de justícia, dampna la sua ànima. Los sperons daurats que lo cavaller calça tenen molts significats, car l'or, qui és tant stimat, se met als peus, perquè lo cavaller no deu stimar que per aquell haja de fer tració ne maldat ne tals actes que difrauden la honor de cavalleria. Los sperons són aguts perquè puguen fer córrer lo cavall, e signifiquen que lo cavaller deu punxar lo poble per fer-lo virtuós, car un cavaller virtuós basta a fer-ne molts virtuosos, e d'altra part deu punxar lo mal poble en fer-lo temerós.

Lo cavaller qui per or ni per argent dexa de fer de sa honor, menysprea l'orde de cavalleria. En tals cas merex que tots los reys d'armes, erauts e porsavants façen instància e requesta als bons cavallers, e aquells són tenguts de anar al rey e, ab gran instància e solicitud, tots ensemps, si pendre'l poden, lo deuen armar de totes armes, tan bé en orde com si devia entrar en batailla o en alguna gran festa, e posar-lo [so]bre un gran cadafal perquè tots lo puguen veure. E deuen ésser allí XIII preveres dient contínuament hores de defunts, així pròpriament com si·l tenien allí mort. Aprés, a cascun psalm que dien, levar-li primer lo bacinet, per ço com és lo pus principal membre del cavaller, ab lo qual ha consentit ab los hulls venir contra l'orde de cavalleria. Aprés li deuen levar la manyopa de la mà dreta, per ço com és offenciva, car si per or ha difraudat l'orde de cavalleria, ab aquella mà lo pres e·l toquà. Aprés li deu ésser levada la manyopa de la mà sinestra —perquè és defensiva— perquè fon participant en lo que havia fet la dreta. Aprés li deu ésser levat tot l'arnès que porta, així de les armes ofencives com defensives, e deuen ésser lansades cascuna per si de alt del cadafal en terra. E deuen dir tots los reys d'armes primer, aprés los erauts, tercerament los porsavants, nomenant cascuna peça d'armes per ci, dient en alt cridant.

Capítol XXXVI. Com desagraduen los cavallers

«Aquest és lo bacinet de aquell desleal difraudador de aquell benaventurat orde de cavalleria.» Fet açò, deuen tenir allí aygua calenta en un bací d'or o d'argent, dient ab altes veus los erauts: «Com ha nom aquest cavaller?» Responen los porsavants: «Tal», nomenant-lo per son nom. Responen los reys d'armes: «No és pas veritat, que ans és aquell mal cavaller vilà qui à poch stimat l'orde de cavalleria.» Dien los capellans: «Posem-li nom!» Dien los trompetes: «¿Com haurà nom?» Respon lo rey: «Sia ab gran vituperi lançat e bandejat de tots nostres regnes e terres lo mal cavaller qui à volgut desestimar l'alt orde de cavalleria.» Aprés, dites per lo rey semblants paraules, los erauts e reys d'armes, ab l'aygua calenta li donen per la cara, dient-li: «Tu seràs nomenat de açí avant per ton dret nom: traÿdor.» Aprés, lo rey se vist de dol ab XII altres cavallers, ab gramalles e caperons tots blaus, e fan una gran demostratió de tristor. E cascuna peça de arnès que li leven, li lançen de l'aygua calenta per lo cap. Aprés que és del tot desarmat, davallen-lo del cadafal, no per la scala hon pujà com era cavaller, mas, aprés que l'an desarmat, ab una corda lo liguen e calen-lo en terra. Aprés, lo porten ab molts improperis a la sglésia de Sent Jordi e aquí, davant l'altar, fan-lo gitar en terra e dien-li lo psalm de maledictió. E allí és lo rey present ab los XII cavallers —que signifiquen Jesucrist ab los XII apòstols— e donen-li sentència de mort o de carçre perpètua, ab molts improperis que li són fets. Per què, fill, pots veure com és fort cosa rebre l'orde de cavalleria. Encara tens més a fer, que per aquest orde és tengut de mantenir pubils, viudes, òrfens e dones casades, si negú los vol enujar en fer-los força ne levar-los béns, car los cavallers són obligauts de posar les persones a tot perill de mort si per alguna dona d'honor són requests que sien defeses. E tot cavaller jura lo jorn que rep l'orde de cavalleria que mantendrà de tot son poder tot lo que desús és dit Per què·t dich, mon fill, que és gran trebaill e fatigua ésser cavaller, car a molt és obliguat. E lo cavaller qui no dóna compliment al que és obligat, met la sua ànima en infern, per què val més viure simplament que ésser obliguat en alguna cosa. Encara no he dit lo que·s pertany per a ésser complit cavaller, com sien dubtoses totes les condicions perfetes.

Tirant, per molta voluntat que tenia de saber totes les coses que pertanyen a cavaller, féu principi a tal parlar.

Capítol XXXVII. Com Tirant demanà a l'hermità que li digués en quina edat del món eren stats millors cavallers

—Si les mies paraules no deuen enujar a vostra senyoria, pare reverent, vos hauria a molta gràtia la reverència vostra me volgués dir, en lo principi que cavalleria fon començada en lo món, si y ha aguts cavallers tan virtuosos e singulars com són estats aprés.

—Mon fill —dix l'ermità—, segons recita la Sacra Scriptura, de molts singulars e virtuosos cavallers són stats en lo món, car legim en les històries dels Sancts

Pares la gran virtut del noble Josuè, e de Judes Machabeu, e dels Reys, e de aquells singulars cavallers grechs e troyans, e de aquells invensibles cavallers Sipió e Aníbal e Pompeu, Ochtovià e March Antoni, e de molts altres cavallers que seria prolixitat gran de recitar-los.

—E de l'adveniment de Jesucrist ençà —dix Tirant—, à n'i aguts de tan bons?

—Sí —dix l'ermità—, car lo primer fon Joseph Abarimatia, qui levà de la creu a Jesucrist e·l posà en lo moniment, e molts altres qui davallaren del seu linatge, qui foren valentíssims cavallers, los quals foren Lansalot del Lach, Galvany, Bors e Perseval, e sobre tots Galeas, qui per virtut de cavalleria e per sa virginitat fon merexedor de conquistar lo Sanct Greal.

—E ara en nostre temps —dix Tirant—, ¿a qui porem dar la honor en aquest regne?

Respòs l'ermità:

—Certament ell és digne de gran honor lo bon cavaller Muntanya Negra, qui à fet molt bones cavalleries dignes de recitar. E lo Duch d'Atretera, jove dispost e de singular força, stimà més ésser presoner en poder de infels que fugir vergonyosament, per ço que los cavallers reptar no·l poguessen. E micer Juhan Stuart, molt valerós en son orde, e molts d'altres que no cur de recitar.

Encara no fon content Tirant que no tornàs a replicar les següents paraules.

Capítol XXXVIII. Com Tirant tornà a replicar a l'hermità del precedent capítol

—Pare senyor, ¿per què vostra senyoria no parla axí bé de aquell tan famós cavaller lo comte Guillem de Varoych, del qual he hoÿt recitar de singulars actes? Com per la molta virtut sua són stades vençudes moltes batalles en França e en Ytàlia e en moltes altres parts, e deliurà la comtessa del Bel Star, la qual lo marit ab tres fills la incriminaven de adulteri. E volent executar la dita senyora per cremar-la —que la ligaven en un pal e lo foch aparellat entorn—, en Guillem de Varoych s'i encontrà e anà cuytadament al rey que era allí present, qui feya executar aquesta cruel sentència, e dix-li: «Senyor, vostra altesa faça apagar lo foch, que yo vull per batalla deliurar aquesta senyora, car a gran tort és incriminada e ab defalt de justícia la voleu fer morir». E lo marit se féu avant ab los tres fills e dix: «Cavaller, no és ara hora de vós defendre aquesta mala dona, mas aprés que ella serà morta, així com mereix, yo us respondré o per armes o en la manera que volreu». Dix lo rey: «Lo comte diu molt bé».

Com En Guillem de Varoych véu tanta inhumanitat del rey e del marit e fills, tirà l'espasa e donà al marit tan gran colp al cap que mort lo mès per terra. Aprés cuytà devers lo rey e de un colp li levà lo cap, e cuytà per los fills e féu-ne morir los dos e l'altre fogí, que no·l pogué aconseguir. E moltes gents per la mort del rey eren contra ell, e lo valerós cavaller féu tant ab son sforçat ànimo que entrà dins lo cèrcol del foch que li havien fet entorn e taillà la cadena que la comtessa ligada stava. Com los parents de la comtessa veren lo gran sforç del cavaller que l'avia liberada de mort, molts anaren en sa ajuda e per bella força la tragueren de mig de la gent e la se'n portaren en un monestir de monges, hon stigué allí molt honradament. E ans que partís de allí, lo comte de Varoych la féu tornar dins la ciutat a la comtessa ab voluntat de tot lo poble, e li restituhïren tot lo comdat.

E partint-se de la ciutat lo valerós comte de Varoych, anant per son camí, se diu que trobà un gran leó qui se'n portava una criatura, e per la molta gent qui·l seguien, no·s gosava aturar per menjar-la. Com en Guillem de Varoich se véu davant lo leó ab l'infant chich que portava, davallà del cavall molt prest e tirà la spasa. Lo leó, qui·l véu que venia devés ell, leixà la criatura e anà devés ell, de què molts volen dir que entre los dos agué una brava batalla que·s vengueren abraçar, e adés era la hu alt e adés l'altre baix, e·s feren moltes nafres. A la fi lo comte sobrà de força lo leó e matà·l, e pres la criatura en los braços —que encara mamava— e lo cavall per la regna, e anà a peu devés la ciutat, que tan nafrat stava que no podia cavalcar. E axí caminant trobà la mare ab molta gent qui venia seguint lo leó e reté·ls l'infant.

E ara poch temps ha que los moros havien conquistada la major part de Anglaterra, hon lo rey fon deposat, e per ell ésser tan virtuós cavaller alsaren-lo rey, e combaté's cors per cors ab lo rey moro e vencé·l e matà·l dins lo camp. Aprés, ab la sua victoriosa mà, féu morir infinida morisma, no volent-ne pendre negú a merçé, e per la sua molta virtut tragué de captivitat a tots los cristians de la Illa de Anglaterra e restituhí al primer rey la corona e la senyoria del regne. Moltes altres honors que s'à sabudes percassar, les quals lo dia no·m bastaria per a recitar-les.

L'ermità, per no fer demostració que ell fos aquell, féu principi a tal parlar.

Capítol XXXIX. Com Tirant se partí de l'hermità, content de les bones doctrines que li havia dades

—Veritat és, mon fill, que yo he hoÿt parlar de aquex cavaller comte Guillem de Varoych, mas jamés l'é vist ne conegut, e per ço me só lexat de parlar d'ell, emperò molts bons cavallers són stats hi són en aquest regne, qui són stats morts e nafrats per defendre la cristiandat.

—Ara —dix Tirant—, pare e senyor, puix tan són stats e tan singulars actes han fets nobles cavallers, segons vostra sanctedat m'à dit, suplich a la senyoria vostra que no s'enuge del que diré. O com me tendria per vil e per abatut, ab poch ànimo, si duptava en rebre l'orde de cavalleria, per mal ni treball que seguir me'n pogués! Perquè cascú deu conéxer per a quant l'ànimo li basta. E certament dich a la senyoria vostra que, si molts més perills hi agués en l'orde de cavalleria que no ha, yo no dexaria per res de rebre l'orde de cavalleria si trobe negú qui la'm vulla dar, e vingua-me'n tot lo que venir me'n pugua. E la mia mort yo tindré per ben spletada amant e defenent l'orde de cavalleria e servint aquella de tot mon poder perquè no sia reptat per los bons cavallers.

—Ara, mon fill —dix l'ermità—, puix tanta voluntat teniu de rebre l'orde de cavalleria, rebeu-lo ab renom e fama, ço és, que en aquell dia que·l rebreu façau exercici d'armes, que tots vostres parents e amichs coneguen que sou per a mantenir e servir l'orde de cavalleria. E per ço com és ja hora tarda e vostra companyia és molt avant, yo tendria per bo que partísseu, per ço com sou en terra stranya e no sabeu los camins e seríeu en perill de perdre-us per los grans boscatges que en aquesta part són. E prech-vos que us ne aporteu aquest libre e·l mostreu a mon senyor lo rey e a tots los bons cavallers per ço que sàpien quina cosa és l'orde de cavalleria. E al tornar que fareu, vos prech, mon fill, que torneu per ací e que·m sapiau dir qui són stats fets novells cavallers. E totes les festes e gales que s'i faran que yo les pugua saber, que us ho tindré a gran servey.

E donà-li lo libre ab lo comiat ensemps.

Tirant pres lo libre ab inestimable alegria, feent-li'n infinides gràties, e promès-li de tornar per ell. E a la partida Tirant li dix:

—Digau-me, senyor, ¿si lo rey e los altres cavallers me demanen qui és lo qui tramet lo libre, de qui diré?

Respòs l'ermità:

—Si tal demanda vos és feta, direu que de part de aquell qui tostemps ha amat e honrat l'orde de cavalleria.

Tirant li féu gran reverència, pujà a cavall e tingué son camí. E la companyia sua staven molt admirats què era d'ell com tant tardava. Pensaven-se que no·s fos perdut en lo bosch e molts dels seus lo tornaren a cercar, e trobaren-lo en lo camí, que anava legint les cavalleries que dins lo libre eren scrites e tot l'orde de cavalleria.

Com Tirant fon aribat a la vila on sos companyons eren, recità·ls la bella ventura hon nostre Senyor l'avia portat e com lo sanct pare hermità li havia dat aquell libre. E tota la nit stigueren legint fins al matí, que fon ja hora de cavalcar.

E anaren tant per ses jornades, que aribaren a la ciutat de Londres, hon era lo rey ab molta cavalleria, axí de aquells del regne com dels strangés, que molts hi eren ja venguts e no tenien a passar sinó XIII dies fins a la festa de Sanct Joan.

Com Tirant ab sos companyons fon apleguat, anaren a fer reverència al rey, lo qual los rebé ab cara molt afable, e tothom se mès en punt com millor pogueren, segons lur stat e condició. E la infanta era a dos jornades de allí, en una ciutat qui és nomenada Conturberi, hon jau lo cors de sanct Thomàs de Conturberi.

Lo dia de Sanct Joan principiaren les festes, e aquell dia se véu lo rey ab la infanta, sa sposada. Duraren aquestes festes un any e un dia.

Complides les festes, lo rey agué complit son matrimoni ab la infanta de França, e tots los strangers prengueren comiat del rey e de la reyna e cascú se'n tornà en ses terres.

Tirant, aprés que fon partit de la ciutat de Londres ab sos companyons, fon en recort de la promesa que havia feta al pare hermità e, essent prop de aquella part hon ell habitava, dix a sos companyons:

—Senyors germans, a mi és forçat de passar per lo pare hermità.

E tots los de la companyia lo preguaren que poguessen anar ab ell, perquè tenien molt desig de haver notícia de la sanctedat de l'hermità, e Tirant fon molt content. E tots prengueren lo lur camí devers la hermita. E en aquella hora que ells venien, l'ermità stava davall l'arbre dient ses hores.

Com l'ermità véu tanta gent venir, stigué admirat quina gent podia ésser. Tirant se fon mès primer de tots los altres e com fon prop d'ell descavalcà, e tots los altres ab ell, e acostaren-se ab humilitat profunde a l'hermità, fent-li gran reverència de genoll, fent-li la honor que merexedor era. E Tirant li volgué besar la mà, e tots los altres, e ell no u volgué comportar.

E l'ermità, axí com aquell qui era molt pràtich e cortesà, los féu molta honor, abraçant-los a tots, e pregà·ls per gentilesa se volguessen seure en la erba prop d'ell. E ells respongueren que ell se volgués seure, que ells tots starien de peus, mas lo valerós de senyor no u volgué consentir, ans los féu seure a tots prop d'ell. Com tots foren aseguts, stigueren tots sperant que l'ermità parlàs. L'ermità, conexent la honor que li feyen, féu principi a tal parlar.

Capítol XL. Com Tirant ab sos companyons, tornant de les grans festes que s'eren fetes en les bodes del rey de Anglaterra, passaren per l'ermita hon stava lo pare hermità

—No us poria recitar, magnífichs senyors, la gran contentació que los meus hulls tenen de veure tanta gent de bé, per què us hauré a molta gràtia me vullau dir si veniu ara de la cort de mon senyor lo rey. E desige saber los qui són stats fets novells cavallers e de les honrades festes que pens seran stades fetes. E prech a vós, Tirant lo Blanch, vos plàcia dir-me los noms de tots aquests senyors que açí present stan, perquè la mia ànima ne reste aconsolada.

E donà fi a son parlar. Tirant se girà devers la sua companyia, per ço com n'i havia, axí en linatge com en riquesa com en altres coses, de major auctoritat e senyoria, e dix-los:

—O valerosos cavallers! Suplich-vos que vullau respondre e satisfer a les demandes qui·ns són stades fetes per la reverència del pare hermità, del qual yo a vosaltres moltes voltes he parlat del saber de la sanctedat sua, com ell sia pare de cavalleria e merexedor de molta honor, que li'n vullau fer relació.

Respongueren tots:

—Digau vós, Tirant, e parlau per tots, puix lo sanct pare ha aguda primer notícia ab vós.

—Ara yo us demane en gràtia —dix Tirant—, puix a vosaltres plau e lo reverent pare m'o mana, que si yo fallia en alguna cosa m'o vullau reduyr a memòria.

E tots digueren que eren contents. E Tirant, levant-se lo barret del cap, féu principi a tal parlar.

Capítol XLI. Com Tirant recità a l'hermità les grans festes, solempnitats e magnificències, les quals no·s troben per scriptura tan bells actes com foren fets en les bodes del rey de Anglaterra, e del divís que fon entre·ls officis.

—Senyor de molta reverència e sanctedat: la senyoria vostra deu saber que la vespra de Sanct Joan pus proppassat agué un any, féu mostra lo rey e tots los qui eren en la ciutat, axí dones com donzelles, e tots los officis, e tots los strangers que y eren venguts de moltes parts de la cristiandat sabent les grans festes que s'i aparellaven, com lo rey agués tramés molts reys d'armes, erauts e porsavants a notificar-ho per tot lo món. E primerament, senyor, vos diré una gran magnificència, la qual he hoÿt dir que lo rey ha feta, que no·s troba en scriptura ni meyns és stada en nostre temps, que, a cascun port de mar o per qualsevulla altres camins o viles o lochs reals, tots aquells qui venien per veure les festes o per fer armes, los de les viles o ciutats los daven viandes molt abundosament a tots: del dia que desembarcaven fins al dia que exien de la illa de Anglaterra, tostemps havien la despesa francha.

«Lo dia de sanct Joan lo rey se abillà molt bé ab un manto tot brodat de perles molt groses, forrat de marts gibellins, les calçes de aquella semblant brodadura molt riques, lo gipó de brocat de fil de argent tirat, no portant res d'or —perquè no era encara cavaller— sinó al cap, que portava una corona d'or molt richa e de gran stima e lo ceptre en la mà. Cavalcant en un bell cavall, en lo seu gest mostrava ésser bé rey. Axí partí del seu gran palau e anà a la gran plaça de la ciutat, acompanyat de tots los gentils hòmens que·s trobaren en la ciutat que fossen de quatre cortés, e negun altre no anava ab lo rey.

«Estant lo rey en la plaça, vench lo duch de Lencastre, tot armat en blanc, ab XV mília combatents. E lo rey, aprés que li agué feta reverència, manà-li que isqués primer de tots e que portàs l'avantguarda. Lo duch, de continent, se mès primer e tota la gent d'armes passà davant lo rey, molt ben armats e ab bell orde e ab molts cavalls ab paraments de brocat e de xaperia d'or e d'argent, e moltes cobertes e petnaxos e simeres a modo de Ytàlia e de Lombardia.

«Aprés del duch anaven tots los órdens, cascú ab un ciri ençés en la mà. Aprés venien tots los menestrals, cascunofici ab sa lurea que feta havien. E fon molt gran divís entre los oficis, que jo pensí que los uns ab los altres se matarien.»

—¿Sobre quina causa fon aqueixa divisió? —dix l'ermità.

—Senyor —dix Tirant—, yo us ho diré. Entre los ferrés e los teixidós fon lo divís, car los teixidós de lí deien que devien preceir als ferrés, e los ferrés deyen lo contrari, que ells devien haver la honor dels teixidors. Ajustaren-se en cascuna part passats X mília hòmens. E los juristes foren causa de tot açò, car al·legaven per part dels texidós que no·s podia dir missa ni consegrar lo preciós Cors de Jesucrist sens drap de li; e los juristes per part dels ferrés al·legaven que primer fon l'ofici de ferrer que no de texidor, per quant lo teler del texidor no podia ésser fet sens ferramenta, per què era provat l'ofici de ferrés ésser més antich e deure precehir als teixidós.

«Moltes al·legacions se al·legaren per cascuna part que no tinch en recort. E aquesta fon la causa del divís. E si no fos stat lo duch, qui·s trobà a cavall e armat, fort jornada fóra stada, car lo rey ja no y podia dar remey. Lo Duc se mès enmig de la pressa de tota la gent e pres sis juristes, tres de cascuna part, e tragué·ls fora de la ciutat. Ells se pensaren que lo duch los volia per demanar quala part tenia millor justícia. Com foren fora de la ciutat, al cap del pont, féu restar mil hòmens de armes que no dexassen passar a negú sila persona del rey no era. Lo duch descavalcà enmig del pont e, tan prestament com pogué, féu posar dues forques ben altes e féu penjar tres juristes en cascuna, cap avall per fer-los molta honor, e no·s partí de allí fins que agueren tramés les miserables ànimes en infern.

«Com lo rey sabé tal nova, prestament anà on era lo duch e dix-li semblants paraules: «Mon oncle, en lo món no·m podíeu fer major plaer e servir del que fet haveu, per quant aquests hòmens de leys fan rics a si mateyx e destroeixen tota Anglaterra e tot lo poble. Per què yo man que stiguen açí en la manera que stan fins a demà, e aprés sien-ne fets quartés e posen-los per los camins.» Respòs lo duch: «Senyor, si la majestat vostra me volia creure, fésseu en vostre regne que no y agués sinó dos juristes, e aquells dins X o XV dies aguessen determenada qualsevulla causa ab sentència diffinitiva e dar-los bon salari a cascú. E si prenien res de negú, que no agen altra pena sinó aquesta que havem executada». E lo pròsper rey manà que axí fos fet.

«Sabut per tot lo poble lo virtuós acte que lo duch havia fet, donaren-li infinides laors, e gens per açò la festa no restà que no·s fes en la forma que era stada hordenada.»

Capítol XLII. Com lo rey isqué de la ciutat, ab gran professó, ab tots los stats e ab tot lo clero

«—Aprés dels menestrals, venien moltes maneres de entramesos. Aprés venia tot lo clero, ço és, archebisbes, bisbes, pabordres, canonges e preveres ab moltes relíquies. Aprés venia un pali molt gran e rich, e dins lo pali venia lo rey ab tots aquells qui volien rebre l'orde de cavalleria. E tots anaven vestits de cetí blanc, qui significa virginitat, o de brocat d'argent; e tots aquests no tenien mullers sinó que eren sposats, emperò, encara que no tinguessen l'esposada en lo regne, bé y podien anar.

«Aprés del rey venien tots los grans senyors tots vestits de brocat o de xaperia, o de cetí o vellut carmesí o dompàs; e totes les dones casades anaven així vestides com los marits. Aprés venien tots los hòmens viudos, e les dones vídues aprés, tots vestits de vellut negre, e tots los guarniments de les bèsties de aquella matexa color. Aprés venien totes les donzelles ab tots aquells qui no eren stats casats, e tots anaven vestits de blanch o de vert, sedes, brocats o de xaperia. E en cascun stat dels desús dits portaven grossescadenes d'or e fermalls d'or, ab moltes perles, diamants e pedres de gran stima, e cascú feya son poder de anar lo més abillat que podia.

«Aprés venien totes les monges de tots los órdens, e cascuna qui volia portar àbit de seda ho podia ben fer —encara que per son orde fos defés—, per ço com lo rey havia obtesa lisènçia del papa que qualsevolgués monja que stigués en religió streta, que aquell any e un dia podia star fora del monestir, e podien vestir seda de qual drap se vulla que fos de la color del seu orde. E lo rey als órdens que eren pobres manà que·ls fossen donats diners per a vestir. E totes les monges jóvens e galants se abillaren, e encara moltes de les ansianes se vestiren totes de seda, e cascuna de aquestes portava una candela encesa en la mà. Aprés d'elles venien totes les dones de la terça retgla, no menys vestides de drap de seda burella que les monges, e cascuna portava en la mà un stadal, cantant totes lo *Magnificat*.

«Aprés venien tots los officials reals del regne e tots los hòmens armats a peu, així com si deguessen entrar en batalla, e tots ab lurea del rey blancha e vermella, ab los herminis tots brodats qui·s feyen per divisa.

«Aprés venien totes les dones públiques e les qui vivien enamorades, e ab tots los ruffians qui anaven ab elles, e cascuna portava en lo cap una garlanda de flors o de murta perquè fossen conegudes; e si n'i havia neguna casada que se'n fos anada del marit havia portar en la mà una petita bandera. E anaven ballant ab tamborinos.

«En tal forma, senyor, com devisat vos he, anava cascun stat, e anam fora de la ciutat de Londres distant de tres milles. La Infanta, que sabé que lo rey venia, isqué de un loch qui·s nomena Granug —en lo qual loch ha un molt ric palau—, e molt ben abillada posà's dins un castell que portava, tot de fusta, sobre un carro de XII rodes, que tiraven XXXVI cavalls, los més grans e forts que en tota França pogueren trobar. E ab la Infanta anaven CXXX donzelles, totes sposades, e altra dona ni donzella no anava ab ella.

«Aprés venien a cavall molts duchs, comtes e marquesos entorn de la dita carreta e per semblant moltes dones e donzelles de gran stima. E enmig de una gran praderia, la Infanta se aturà. E primerament apleguà lo duch de Lencastre, armat, ab tots los seus, e descavalcaren e feren gran reverència a la Infanta qui stava a la porta del castell, que no volgué exir fins que lo rey vingués. E cascun stat, axí com venia per orde, axí anaven a fer reverència tots a la infanta.»

Capítol XLIII. Com lo rey de Anglaterra pres la benedictió ab la filla del rey de França

«—Aplegant lo rey ab aquell stat que portava e com fon prop lo castell descavalcà, e tots los qui venien ab ell. E la Infanta, com véu que lo rey descavalcava, levà's de peus e prestament li fon mesa una scala tota d'argent per hon ella abaxà, e totes les donzelles sposades qui ab ella eren. La filla del duch de Berrí pres la infanta del bras, e la filla del comte de Flandes li pres les faldes. E tots los sposats que allí eren se posaren davant la infanta per acompanyar-la, e totes les sposades venien aprés d'ella.

«Com la Infanta fon prop del rey, féu-li una petita reverència de genoll, e lo rey abaxà lo cap retent-li les saluts. Aprés, tots los qui venien ab ella besaren la mà al rey, axí los hòmens com les dones. Fet açò, fon aquí lo cardenal de Anglaterra ja vestit dels vestiments sacerdotals per dir missa ab un altar portàtil que portaven, e en la praderia pararen l'altar.

«Lo cardenal començà la missa: com fon a l'Avangeli tornà sposar lo rey ab la infanta; lavors lo rey la besà una e moltes voltes. Com la missa fon dita, lo rey se acostà a la infanta e stigueren allí parlant per bon spay, festejant-se de les festes que entre esposats se acostumen, en presència de tota la gent.

«Com se foren ben festejats, vench lo duch de Lencastre, honcle del rey, e·n presència de tots donà l'orde de cavalleria al rey. E havia allí molts qui en aquell cars agueren volgut rebre l'orde de cavalleria, sinó per los reys d'armes, erauts e porsavants, qui publicaren que en aquell dia negú no·s podia fer cavaller.»

Capítol XLIIII. De les festes que foren fetes lo dia de les bodes del rey de Anglaterra

«—Com lo rey fon fet novell cavaller, entrà-sse'n dins un petit papalló e despullà's totes les robes que portava de gentilhom e tramés-les al fill del duch d'Orliens, qui era vengut ab la infanta, per ço com era cosín germà d'ella, e ab les robes li doná dues grosses viles. E lo rey ixqué ab una roba de brocat sobre brocat carmesí, forrada de erminis, e agué dexada la corona e portavaen lo cap un petit bonet de velut negre ab un fermall que stimaven valer cent sinquanta mília scuts, e partiren tots de allí. E lo rey lexà los gentilshòmens e mès-se en companyia dels cavallers sposats en un altre pali molt rich, e los gentilshòmens no perderen la possesió del pali ab què eren venguts, e així anaren tots fins a la ciutat.

«Diré, senyor, a la senyoria vostra, la infanta com anava devisada: ella portava una gonella de brocat carmesí de fil d'or tirat, e hon se mostrava la seda se mostraven carts de argenteria brodats, los caps de les carxofes alt eren d'or ab smalts; la roba era tota de xaperia sembrada de robins e de maragdes; anava en cabells, los quals mostraven de fil d'or ésser, larchs fins en terra: jamés per negunes gents tals cabells foren vists; la cara e les mans se demostraven de inestimable blancor e bellea. Deu-se contemplar que, en lo agraciat gest que mostrava femenil, totes les amagades coses no podien ésser sinó més stimades.

«De les donzelles sposades que ab ella venien, se pot dir ab veritat que y era tota la flor de França, e encara de cavallers e grans senyors, e de dones e donzelles, e totes riquament abillades en la forma que dit he a la senyoria vostra. Anam tots per orde fins a una milla prop de la ciutat e, com fon enmig de una gran praderia, trobam moltes tendes parades e molts ministrés e altres diverses maneres d'esturments que contínuament sonaven. Lo rey descavalcà, e tots los cavallers qui eren sposats, e pujaren alt al castell de la infanta, e pres-la per la mà e baxà-la en la praderia, e tots los sposats ab les sposades aprés d'ell, e en la bella praderia començaren a dançar. Aprés que lo rey e la infanta agueren dançat, dançaren los cavallers sposats ab les donzelles sposades. Aprés dançaren tots los stats axí com venien per orde. E com la un stat acabava e l'altre volia començar, lo rey se prenia dançar ab la infanta e, com l'avia lexada, prenia la més gentil dama de aquell stat e dançava una dança ab ella.

«Com tots los stats agueren acabat de dansar portaren la col·lació de matí: gingibre verd ab malvesia. E açò fan per ço com la terra és molt freda. Partim de aquí e venguem prop de la ciutat, vora una gran ribera que y ha molt ben arborada de diversos arbres, e devall los arbres trobam moltes taules parades. E cascun stat tenia son aleujament per a menjar, ab moltes cases de fust que y havien fetes e moltes tendes parades ab singulars lits, per ço que negun stat no agués ocasió de entrar dins la ciutat, e si plovia ja tenien allí cases de fusta e tendes hon se podien recollir.

«E cascun stat, vos dich senyor, que eren ben servits de molt eletes viandes, axí en los dies de carn com de peix. E açò durà tot l'any e un dia, ab bon compliment de gran magnanimitat. Lo primer dia tot fon de gales e festes; lo segon, qui era divendres, de matí anam a missa, e, aprés la missa, entram en la ribera ab moltes barques, totes cubertes de drap de seda e de draps de raç e de broquat, e cascun stat ab sa divisa. E anam pescant per la ribera passades CC barques.

«Aprés que lo rey fon dinat, apartà's ab son stat. Vench lo muntero major ab molts sahuessos e cans de presa e lebrés de Bretanya e ab tota la munteria, e anam tots ab lo rey a caça, fen[t] gran matança de salvatgines.

«Lo disapte per lo matí fon ajustat consell general de tots los stats, així de hòmens com de dones, e foren allí en presència de tots publicat e manifestat per los reys d'armes e per los porsavants e erauts, cascun dia de la setmana què tenien de fer.

«Primerament lo diumenge, qui és dia de benedictió, fossen fetes dançes tot aquell dia per tots los stats, axí per los órdens com per los menestrals. E qualsevulla orde que dançàs he u fes millor, o fessen jochs o entramesos ab més gràcia, a parer dels jutges, que guanyassen XX marchs d'argent e tot lo que costaven los entramesos. E tot aquell dia no s'i tenia de fer sinó dançes o momos, o entramesos o coses semblants que fossen d'alegria.»

Capítol XLV. Los capítols de les armes que·s podien fer en aquelles festes

«—[L]o diluns fon publicat per los desús dits reys d'armes e erauts, qualsevulla que volgués junyir ab armes reals o ab armes de guerra, fossen los ferros de les armes reals ab quatre puntes en lo broquet molt encerades, ab cera gomada cascuna punta de la billeta. Les altres lançes de les armes de seguir, al cap de la lança una planxa de ferre redona, hon hi stigués V puntes de açer fetes a taill de diamà, molt ben smolades, e aquesta plancha redona ab los ferres de diamà se vénen encasar dins la lança de un ferro tot sol. Lo que més lançes rompria e millor ho fes, guanyàs cascun diluns de l'any V marchs d'or. E la un dilluns junyen ab arnés real e l'altre ab arnés de guerra.»

CAPÍ[TOL] XLVI. *De axò mateix*

«—[L]o dimarts, qualsevulla cavaller o gentilhom que volgués fer armes a peu en camp clos, hu per hu, ho dos per dos, ho X per X, ho XX per XX, ho XXV per XXV, que no poguessen ésser de major nombre, per ço com los mantenidors no eren sinó XXVI, perquè lo premi del camp no restàs sens defenedor. E qualsevulla que fes armes retretes, lo millor qui u fes guanyàs una spasa d'or que pesàs de X marchs ensús, e lo qui pijor ho fes, que fos tengut de posar-se en poder del millor per presoner e stigua tant pres fins que ixqua per rescat o per altra via.»

Capítol XLVII. [De axò mateix]

«—Lo dimecres, tots aquells qui volran combatre a cavall a tota ultrança, o puntes sangrentes, aquest aytal qui millor ho farà li sia dada una petita corona d'or que pese de XV marchs ensús.»

Capítol XLVIII. [De axò mateix]

«—[L]o digous, qualsevulla cavaller o gentilhom qui vol entrar en camp clos a peu a tota ultrança, axí com dessús és dit —hu per hu, ho dos per dos—, en tal cas aquell guanye una dama tota d'or, a semblança de la infanta. E per ço com aquelles armes són les pus forts e més perilloses que·l cavaller pot fer, pesarà d'or XXXV marchs. E farà jurament en poder dels jutges lo vençut que en tota sa vida no requerrà a negun altre cavaller o gentilhom a tota ultrança, e no portarà dins aquell dia e any spasa, ni en brega que sia nopendrà armes nengunes, si ja no era contra infels. Aprés haja de venir a posar-se en poder de la senyora infanta e la dita senyora faça d'ell a tota sa voluntat.»

Capítol XLVIIII. [De axò mateix]

«—Lo divendres, per ço com és dia de Passió, no s'i façen armes nengunes, sinó que, aprés de la missa e vespres seran dites, poran anar a caçar.»

Capítol LI. [De axò mateix]

«—Lo disapte és e fonch donat a tots aquells qui·s volran fer cavallers. E lo rey, de bon grat, aprés que seran examinats si són merexedors de rebre l'orde de cavalleria, ell los farà cavallers.

«Veu's açí, pare e senyor, com eren repartits los dies de la setmana. E foren elets XXVI cavallers capitans del camp, tals que negú reprotxar no·ls podia.»

Capítol LII. [De axò mateix]

«—Aprés que lo consell fon tengut e ordenats los capítols, foren publicats generalment per los sobredits reys d'armes e erauts. E era ja hora tarda, lo rey se levà ab tots los stats e anaren-se a dinar. E dites vespres, lo rey ab tots los stats, de continent, ab molts ministrés, anam hon staven los XXVI cavallers elets per fer les armes, qui distaven de l'aleujament del stat del rey un tir de ballesta. E dins lo camp, llà on ells staven, tenien un clos de fusta molt alta, que negú no·ls podia veure sinó per la porta o entrant dins. E totsstaven aseguts en cadires, XIII a una part e XIII a l'altra, e tots armats en blanch, e al cap portaven corones d'or molt riques. E com lo rey entrà e la infanta, no·s mogueren gens, sinó que ab lo cap saludaren lo rey, e no fos negú d'ells que gosàs parlar ni digués res. Lo rey ab tots los stats stigueren allí un poch e, com lo rey se'n volgué anar, isqueren IIII donzelles de inestimable bellea, ricament abillades, e suplicaren al rey fos plasent a sa magestat volgués aturar fins agués presa col·lació; e lo rey graciosament los ho atorgà. De continent isqué la col·lació molt gran e abundosa, de marsapans e pasta real e totes altres maneres de confits de sucre, e tots foren

molt ben servits. E los cavallers e gentilshòmens cascú seya en faldes de dona
o de donzella.

«Aprés la col·lació feta, lo rey isqué en la praderia e aquí començaren de
dançar. E los mantenidors prestament foren desarmats, e tots XXVI vingueren
vestits ab sos geserans e ab jaquetes totes de una color e d'una fayçó, brodades
d'orfebreria; hi en lo cap cascú portava un bonet de grana ab un beill fermaill,
que bé parien que fossen cavallers de gran stat e de alta cavalleria.

«Com agueren dat fi a les dançes, lo rey ab tots los stats anam a veure totes
les liçes, ço és a saber, la liça hon jonyien era molt ben feta, ab molts cadafals
que y havia. E per semblant eren totes les altres, ab los cadafals molt ben empa-
ramentats de molt bells e singulars draps de ras, e axí mateix les liçes.

«Aprés de açò vist, vengueren a supplicar al rey de part dels mantenidors
del camp que anàs a sopar ab tots los estats, e lo rey fon content. Estant en la
fi del sopar, los reys d'armes publicaren que qualsevolgués cavaller o cavallers
o gentilshòmens que volguessen junyier o fer armes ja desús menssionades ha-
vien de venir la vespra de aquell dia segons les armes que fer volia, e portava-les
scrites en un paper vermell, e venia acompanyat ab tots los del seu stat, e no y
anava negú dels altres stats, e venia en mig de dues donzelles d'onor o dones,
segons sa voluntat era, acompanyat de molts ministrés que li anaven davant. E
com aplegaven al palench, se avien de nomenar per llur nom propi, e qui era son
pare e de quina terra era natural, e les armes que volíeu fer si les féyieu per dona
o per donzella, monja, viuda o cassada. E si déyeu que era donzella, dexaven-vos
aquelles dones que us portaven e prenien-vos dos donzelles, e aquelles vos
acompanyaven e us feyen molta de honor. E totes les donzelles deyen en alt cri-
dant: «NostreSenyor vulla donar victòria al nostre cavaller, qui és digne de haver
honor e mereix haver amor de donzella». E si és viuda, monja o casada, fan cas-
cunes segons les donzelles. E aprés donen-vos licència que podeu entrar dins lo
castell hon stan los XXVI cavallers, e no podeu saber ab qual d'ells haveu de fer
les armes. Aprés, lo cavaller qui venia a fer les armes, dava lo paper vermell scrit
ab les armes que volia fer a la dona o donzella, viuda, monja o casada, e aquella
pujava alt al cadafal hon los XXVI cavallers staven e posava l'escrit sobre una
capça d'or. E los cavallers tots se levaven de peus e feyen molta de honor a la
senyora qui havia l'escrit portat. E abaxava la senyora del cadafal e tornaven-se'n
per a l'endemà, que les armes havien de fer.»

Capítol LIII. Com Tirant manifestà a l'hermità les magnificències de la roca

—Com tot lo desús fon fet, partim de allí e anam prop de la ciutat en una gran praderia molt arborada que y ha, per on passa un gran riu. E en mig de aquella praderia vem una cosa de gran magnificència que no crech en lo món una tal sia stada feta.

—Molt me plauria saber —dix l'ermità— quina cosa de tanta stima és stada aqueixa.

—Yo, senyor, vos ho diré —dix Tirant. «En mig de la praderia trobam una gran roca feta de fusta per subtil artifici tota closa, e sobre la roca se demostrà un gran e alt castell ab forniment de molt bella muralla, hon havia V cents hòmens d'armes qui·l guardaven, tots armats en blanch. Apleguà primer lo duch ab tota la gent d'armes e manà que obrissen les portes de la roca, e los qui staven dins digueren que per negú ells no obririen, per ço com llur senyor no u volia, sinó que tornassen atràs. Sus! —dix lo duch—, tothom faça lo que yo faré. Devallà del cavall e mès-se lo primer de tots, e lo[s] seus feren lo que ell havia fet: ab les spases en les mans e ab les lançes, combateren molt fort la dita roca. Los qui staven alt en la muralla lançaven de grans canteres e bombardes, colobrines e spingardes, barres que semblaven de ferro e pedres. E tot açò era de cuyro negre, e les pedres de cuyroblanch, hon n'i havia de grans e de poques, e totes eren plenes dins de arena, emperò, senyor, si dava a negun home d'armes, pleguat lo metia per terra. E certament fon un combat molt gentil, e los qui no u sabíem, pensam, en lo primer combat, que anava de veres, e molts descavalcam e, ab les spases en les mans, cuytam allà; emperò prestament coneguem que era burla. Aprés apleguaren tots los stats, de hu en hu, e preguaren-los se volguessen dar; ne tanpoch los volgueren obrir la porta, ni menys per lo rey.

«La reyna, que véu que a negú no volien obrir, acostà-s'i ab lo seu stat a la porta e demanà qui era lo senyor del castell, e digueren-li que lo déu d'Amor, lo qual tragué lo cap en una fenestra. La reyna, que·l véu, féu-li gran reverència de genoll; aprés féu principi a paraules de semblant still.»

Capítol LIIII. De la suplicació que la reyna [f]éu al déu de Amor

«—De la celssitud da altee vostra majestat, déu de Amor, stà la mia pensa alterada, que a suplicació de tants vostres servents hajau deneguada veure la vostra beatitut e glòria. E puix en lo món predominau los ànimos dels leals amadors, no siau avar de subvenir als qui bé e lealment vos serveixen, car se veu per speriència que los qui lealment vos obeheixen e tenen més desig la magestat vostra servir, los deixau passar més penes, que no poden atényer ne sentir la dolçor de la vostra desijada beatitut. Per què us suplique, mon senyor, puix vos só devota, que plàcia a la celsitut vostra fer obrir les portes de la vostra gloriosa abitació a mi, ignocenta de tal delit, puix vos desige servir, e acceptar-me per serventa e en lo vostre benaventurat repòs ésser companyona de tots los altres staments femenils, e acullir-me en la vostra desijada glòria. Acabant la reyna la sua humil supplicació, sobtosament, ab un gran tro, se obrí la porta de la roca. E lo rey e la reyna, ab tots los stats, a peu, entram dins un gran pati tot entorn enparamentat de draps de raç, lavorats d'or e de seda e de fil d'argent, de diverses històries, les ymatges fetes per art de subtil artifici. Lo çel era tot cubert de draps de brocat blau, e alt sobre los draps de raç havia entorn nayes hon se mostraven àngels totsvestits de blanch, ab ses dyademes d'or al cap, sonant diverses maneres d'esturments, e altres cantant per art de singular música, que los hoynts staven quasi alienats de hoir semblant melodia. Aprés un poch spay ixqué en una finestra lo déu de Amor molt resplandent e, ab cara affable, féu principi a tal parlar.

Capítol LV. La resposta que lo déu de Amor féu a la reyna

«—Lo molt meréixer vostre, graciosa reyna, me obligua fer-vos senyora de mon voler, acceptant-vos per filla obedient e dispensera de les gràcies que hixen de aquest delitós paraís, donant-vos potestat absoluta de poder premiar e punir tots aquells y aquelles que en la mar de amor naveguaran, donant a uns tempestat vàlida, sens atényer al port que desigen, als altres pròsper vent per atényer a port de llur voler, acceptant-ne tots aquells hi aquelles qui ab frau e engan amen, que sien exempts de trobar en vós merçé». E dites aquestes paraules, lo déu de Amor desaparegué, que jamés pus no fon vist, ni los àngells, e tots los draps se començaren a moure quasi com a terratrèmol. E tots pujam alt a l'apartament de la reyna e, com nos fem a les finestres del pati, no vem drap negú sinó la bella praderia. E diré a la senyoria vostra cosa de gran admiració de aquesta roca, que de continent que los draps foren fora, la vem en quatre parts partida. E en cascuna part de aquestes: en la una se aposentava lo rey ab tot són stat; en la segona stava aposentada la reyna ab tots los françesos qui ab ella eren venguts; en la terça staven aposentats tots los strangers, axí com eren los de Alamanya, de Ytàlia, de Lombardia, de Aragó, de Castella, de Portogal e de Navarra.

«Senyor, sé-us dir que en cascuna part de aquestes havia moltes sales molt bé emparamentades e mols lits molt ricament abillats, en tant que tots quants eren allí staven molt ben aposentats e, si més gent hi agués dos voltes més que no havia, tots hi tingueren bon lloch. Açò han dit tots los strangers qui han cercat lo món: que jamés veren ne han hoït dir que negun gran senyor agués feta una festa de tanta magnaminitat e abundància de totes coses ne que tant duràs.

«E trobaren que en lo aleujament del rey stava una dona tota d'argentquasi ab lo ventre un poch ruat e les mamelles que un poch li penjaven, e ab les mans les stava sprement e per los mugurons exia un gran raig d'aygua molt clara qui venia del riu per canons d'argent, e l'aygua que cahïa de les mamelles dava en un bell safareig de cristaill. En l'altra estància hon la Reina stava havia una donzella tota d'or smaltada e tenia les mans baixes endret de la natura, e de allí exia vi blanch molt fi e especial, e aquell vi dava en un safareig de vidre crestaillí. En l'altre apartament stava un bisbe ab sa mitra al cap, qui era tot d'argent, e tenia les mans pleguades mirant devers lo cel, e per la mitra li exia un raig d'oli qui dava en un safareig fet de jaspis. En l'altre apartament stava un leó tot d'or, ab una molt rica corona d'or al cap ab moltes pedres fines, e per la boca llançava mel qui era molt blanca e clara, e dava en un safareig qui era fet de calcedònies. E enmig de aquestes quatre estàncies stava un nan molt diforme a natura e tenia la una mà al cap e l'altra al ventre, e exia-li per lo melich un raig de vi vermel molt fi e special, e dava en un safareig qui era fet de porfi. Lo dit nan era lo mig d'or e mig d'açer, e mostrava's cubert de mig manto. E stava enmig del pati de les quatre estàncies e no podia entrar negú dins la roca que no·l ves. E cascú podia pendre libertament de tot lo que y havia. E un poch més amunt del nan stava un home tot d'argent. Mostrava's ésser vell ab la barba molt blanca, era molt geperut, ab un bastó en la mà, e en la gran gepa que tenia stava carregat de pa, molt bell e blanch, que tothom ne podia pendre.

«E totes aquestes coses, senyor, no pense vostra senyoria sien fetes per encantament ni per art de nigromància, sinó artificialment. E no·s trobà dia, tant com [l]es festes han durat, que de totes les coses que dites vos he no fos més abundantment lo darrer dia que lo primer, e sé-us ben dir que aquest bo de paniçer no stava jamés que no tingués prop de si passats trenta mília pans, que stava molt abundós. Les taules jamés se desparaven sinó per mudar tovalles netes, e cascun dia havien viandes en gran abundància, e en cascun apartament havia son bell tinell parat contínuament ab molt bella vexeilla d'argent, que tots quants eren menjaven e bevien en argent.

«Senyor, jamés acabaria de recitar a la senyoria vostra les grans magnificències que són stades fetes en aquestes festes, car cascun stat menjava per si e tots eren molt ben servits de molta volateria de diversses natures, de potatges molt singulars, de vins de quantes natures se poden nomenar, de confits, en molt gran abundància de totes coses, que tots los strangers n'estàvem admirats.

«En les spatles de la roca havia un jardí molt ben arborat hon lo rey molt sovint entrava per deport, perquè era molt delitós, e en aquest ort havia una porta que entrava en un gran parch hon hi havia diverses natures de animals salvatges, ço és, honços, cervos, cabirols, porchs salvatges e de totes altres bèsties de mont que lo rey hi havia fetes posar per son delit, perquè prenia molt gran delit de veure-les. E tenia-y moltes tendes parades, que paria fos un real.

«Aquell dia, senyor, tot fon de festes. E lo dia següent, que era divendres, de matí, aprés la missa e lo offici, anam a la ribera ab moltes barques, totes cubertes de drap de seda e de brocat e de draps de raç, cascun stat ab sa divisa. E anam per lo riu solaçant e peixcant e prenent plaer, ab moltes trompetes, clarons e tamborinos. Aprés que lo rey e tots foren dinats, vench lo muntero major ab tota la munteria e tots anam ab lo rey a caçar.»

Gran plaer pres lo hermità en les festes per Tirant recitades e, ab cara afable, pronuncià semblants paraules.

Capítol LVI. Com lo hermità demanà a Tirant que li digués qui era stat lo millor dels vençedors

—Molta és la glòria per als cavallers qui en armes són sperimentats com se troben vençedors sens ésser reprotxes. E per ço supplich a la molta gentilea de vosaltres, senyors, vos plàcia dir-me qui és stat lo millor dels vençedors ne a qui han donada la honor e premi de aquesta solenne festa.

—Senyor —dix Tirant—, en aquestes honrades festes hi són venguts molts cavallers de gran auctoritat e senyoria, car aquí havia reys, duchs, comtes e marquesos, nobles e cavallers e infinits gentilshòmens de linatge molt antich, e quasi los de més qui no eren cavallers en aquest honrat pas han rebut l'orde de cavalleria e no és stat negú qui novell cavaller se sia fet que no haja fet armes civils o criminals: allí féu armes ab sforçat ànimo de cavaller lo duch de Aygües Vives, e ab ell venia molta gent, e de sa companyia se feren cavallers passats LX gentilshòmens de nom e d'armes e de quatre quarters. E aquest duch féu armes a peu e a cavall e de totes fon vençedor. Lo germà del duch de Burgunya, ab gran ànimo, ixqué de la batalla com a virtuós cavaller qui és. Aprés féu armes lo duch de Cleves e fon-li donada molta lahor e honor. E molts altres senyors que y són venguts han fetes armes com a nobles cavallers, e puch-vos dir, senyor, ab tota veritat, que passats CLcavallers hi són morts.

«E diré a la senyoria vostra una cosa de gran admiració: que un infant —a mon parer no passa de XIIII o XV anys, e tots li fan molta de honor e dien-li lo gran conestable de Anglaterra, e lo rey li fa molta de honor— un dia vench a la posada de aquests mos senyors que açí són e demanà per mi. No sabent lo meu nom, quasi per senyals me trobà, e pròpiament és de la mia disposició, e, com me véu, me preguà tan graciosament que yo li volgués prestar lo meu cavall e les armes per ço com lo senyor rey e la comtessa, sa mare, no volien que fes armes ni a peu ni a cavall per lo gran peril que en les armes són. E tan me preguà e de tan bona gràcia que no li poguí dir de no, ans li diguí que de bona voluntat lo y daria.

«E dins lo camp, los cavallers vos daven armes e cavall a tota vostra voluntat, emperò ell no volgué sinó les armes mies e lo meu cavall. E sí li diguí: «Conestable, senyor, mos béns e la persona, de tot vos faré plaer e servir.» E, d'altra part, me dolia lo cor per veure'l tan jove e tan bell cavaller: no volguera que la sua persona rebés mal ne dan. Emperò son desig se complí, que féu les armes, que lo rey ni sa mare, la comtessa, no ho saberen fins a tant que les armes foren del tot finides.

«Dich-vos, senyor, que de tots los cavallers qui armes han fet en aquest honrat pas, un encontre tan bell e singular no s'i és fet tal com aquest. Car de la primera que féu l'encontrà per mig de la careta del baçinet, que de l'altra part li passà una gran braça de la lança. Com lo cavaller fon mort, lo rey sabé que aquell tan bell encontre havia fet lo seu conestable. Tramés per ell, e aquell, molt temerós, scusà's de no anar-hi. A la fi, més de força que de grat, anà davant lo rey e lo rey lo représ molt. Bé mostrà sa excel·lència que l'amava de grandíssima amor dient-li que havia fet armes sens licència sua ab home de tan gran força com era lo senyor de Escala Rompuda —en aquella companyia deyen tots que era lo millor cavaller dels mantenidors del camp e de major força e ànimo de cavalleria. E més li dix, que no tingués atreviment de fer més armes sens licència e manament seu.

«E com lo conestable véu la gran reprenció que lo rey li havia feta, dix ab gran ira un tal parlar: «Donchs, senyor, ¿serà veritat que jo haja rebut l'orde de cavalleria e que haja ésser tengut per lo més abatut cavaller de tots, que per temor de la mort vostra majestat no·m leixe fer armes? Puix só cavaller, tinch a fer obres de cavaller així com fan tots los altres bons cavallers. E si vostra altesa no vol que veja los perills de les armes, mane'm que stigua vestit com a dona entre les donzelles de la senyora reyna axí com féu aquell invencible cavaller Achil·les entre les filles del rey Príam de Troia. ¿E no sap la magestat vostra de aquell pare e senyor meu Guillem, comte de Varoych, com tenint lo ceptre real fon vençedor de tantes batalles, e ab lo seu virtuós braç a taill d'espasa fon vençedor e destruïdor dels moros, e pres a mi per los cabells e féu-me matar un moro, si bé era de poca edat, e tot sullat de sanch volgué fer-me vençedor e leixar-me allò per doctrina de bé a fer? E plàcia a la divina Bondat que no visqua yo en lo món si tal com ell no dech ésser. Donchs, mon senyor, si yo vull emitar a mon pare en la honor e virtut de cavalleria, vostra altesa no m'o deuria vedar, per què supplich a la sereníssima magestat vostra dar-me licència demà pugua combatre un cavaller a tota ultrança, cors per cors, ab armes defensives e offensives.» Féu principi lo rey a tal parlar.

Capítol LVII. La resposta que lo rey féu al conestable

«—Sí, Déu me salve l'estat, honor e la real corona, jo crech verdaderament que aquest serà lo millor cavaller del món o serà lo pijor, perquè serà poca sa vida; e per la fe que dech a cavalleria yo no y daré loch. Puix ventura t'à portat que est stat vençedor, bé·t deuries contentar del premi de la batailla.» E no·l volgué més hoir. «La mia ànima stà molt atribulada —dix lo conestable— si la merçé de la senyora reyna no m'ajuda.»

«Anà prestament a la cambra de la reyna, agenollà's davant ella e besà-li moltes veguades les mans, supplicant-la li recaptàs gràcia ab lo senyor rey li deixàs fer armes. Com la Reina véu la molta voluntat del conestable, dix-li que era contenta de pregar per ell. No tardà molt que lo rey vingué a veure la reyna e ella molt graciosament lo supplicà que volgués donar licència al gran conestable que pogués fer armes a tota sa voluntat. «Com, senyora! —dix lo rey—, ¿voleu vós que un fadrí que scassament se sap senyir la spasa que entre en camp clos? Ell vos n'à supplicat e vós, per amor de sa mare que tant val, li deuríeu ésser con-trària, e vós pregau per son mal. Yo per res no y daria loch, car lo seu virtuós pare ha fet tant per mi e per la corona de Anglaterra, que jo no bastaria jamés a sa-tisfer-lo-y; e si prenia algun dan en sa persona, yo u stimaria més tenir. E lo gran perill que en les armes és, seria cosa poc difícil de rebre algun dan e desonor.»

«Com la reyna véu la molta amor que lo rey mostrava tenir al conestable, no·l volgué més enujar e mès-lo en altres rahons.

«Com la reyna se'n tornà a son apartament, lo conestable li fon davant, e la reyna li dix tot lo que lo rey li havia dit e que les sues supplicacions en aquest temps no podien ésser admeses.

«Lo conestable stigué molt congoixat e vench al meu aleujament e tornà'm molt a preguar que yo·l consellàs com poria tornar a combatre altre cavaller. E diguí-li tot mon parer: que puix havia mort un cavaller, lo millor dels XXVI, no volgués enujar la majestat del senyor rey, puix tanta honor havia obtenguda.»

—Sí, Déu vos prospere e us leixe complir lo vostre bon desig —dix l'ermità—, ¿aqueix conestable que dieu tenia pare ni mare ni afixos parents?

—Si bé —dix Tirant— allí era la comtessa, sa mare, la qual és de les majors de la cort e no y ha neguna que major senyoria tingua —car, de continent que la reyna fon venguda, lo rey, ab tot son consell, hordenà e volgué que la comtessa de Varoych la tingués en custòdia e totes les sues donzelles—, de son pare no curí de demanar ne per quant la mia pensa stava més occupada en les armes que no en demanar dels linatges. E més avant no n'aguera sabut sinó per causa que la comtessa, sa mare, tramés per mi, e quan fuy davant ella demanà'm si tenia muller ni fill; diguí-li: «¿Senyora, per què m'o demana vostra senyoria?»

«Yo us ho diré —dix la comtessa—, si fill teniu, amar-lo deveu e, si muller teniu, deveu-la guardar de enuig e congoixa, car fort cosa és a la dona d'onor no tenir sinó un fill e aquell posar en tan gran perill.»

«E ab paraules molt agraciades me dix per què havia prestat lo meu cavall e les armes ha un fadrí de tan poca edat, lo qual era orfe de pare e de mare, si bé era allí, car la sua ànima stava molt alterada que si per mala sort, així com son fill havia mort aquell famós cavaller, que l'altre agués mort a son fill, no li restara sinó que la terra s'obrís e que la somís. Preguà'm ab gran affabilitat que, puix la divina Providència havia volgut dar vida a son fill, que yo no volgués ésser causa de la sua mort e de la sua desolació, que altre bé no tenia en aquest món. E yo li prometí, a fe de cavaller, de jamés fer cosa que a dan pogués venir a son fill, sinó fer-li tota aquella honor que a mi fos possible. E vaig-la supplicar que·m fes gràcia dir-me son marit si era mort de malaltia o en batailla. E la virtuosa senyora respós-me ab paraules afables, no alçant los ulls de terra, e dix: «Cavaller virtuós, yo só viuda de marit viu per mos peccats e per ma desaventura. Marit he tengut en lo temps de mon jovent, qui per lo món era per ses virtuts molt conegut, e nomenatlo comte Guillem de Varoych, e rey se poguera ésser intitulat si agués volgut.» E puix viu sa bona voluntat, no curí de pus.

—Digau-me —dix lo hermità—, puix tant me haveu dit de aqueix conestable, ¿qui és stat aquell qui ha guanyat lo premi e honor del camp?

—Certament, senyor —dix Tirant—, hom no pot ben judicar una tal fahena per ço com hi són venguts tan grans senyors, e los de més han fet armes molt honoroses. E sabuda cosa és, com los grans senyors s'esforçen a fer armes, ans donen la honor a aquell, encara que no u faça del tot bé, que no fan a un pobre gentilom qui u farà molt millor.

—Tot axò se pot ben fer —dix lo hermità—, mas per ço com en aquest regne és en pràtica que com se fan imperials armes, si·s compleixen de fer aquelles armes e festes, per los reys d'armes, erauts e porsavants, ab trompetes e ministrés publiquen-lo per millor dels vencedors, e com aquestes sien stades molt solennes e imperials —que per tot lo món són stades publicades e admeses a la vera execució de ultrança—, volria saber qui és stat aquell qui la glòria e honor sobre tots ha obtesa.

Tirant callà e no volgué més parlar, sinó que ab lo cap baix e los ulls en terra stigué immoble.

—Tirant, mon fill —dix lo hermità—, ¿com no·m responeu al que us demane?

Levà's un cavaller que·s nomenava Diaphebus e dix:

—Senyor, paraules hi à que no han resposta, emperò, senyor, jo us jur, per aquell sanct orde de cavalleria que yo, indigne, rebí lo dia de Nostra Senyora de Agost, que us diré veritat de tot lo que s'és seguit del que vostra senyoria demana, e açò sens fictió neguna. Senyor, la sanctedat vostra deu saber com lo millor de tots los vençedors e qui ha guanyat lo premi del camp, jutjat per lo senyor rey e per los jutges de camp y encara per tots los reys d'armes, erauts e porsavants, e per tots los grans senyors de la cristiandat de aquells que allí eren, qui foren testimonis ab scriptura de llur mà e ab sagell de llurs armes ab carta rebuda per XXV notaris, avents tots auctoritat real e plenària licència de rebre semblants actes en forma pública, e closa per los dits notaris posant-hi cascú son signe, la qual puch bé mostrar a la senyoria vostra...

—O, com me plauria veure aquest singular acte! —dix lo hermità.

E Tirant levà's de allí on sehia, que no y volgué més aturar, e manà descarregar totes les adzembles enmig de la praderia, e que parassen lestendes, e prop de la font posassen les taules e que adobassen de sopar.

E Diaphebus se féu donar una botgeta en què portava la carta e començaren a legir, la qual era del tenor següent.

Capítol LVIII. Com Diaphebus legí a l'hermità la carta que lo rey de Anglaterra havia feta a Tirant donant-lo per millor cavaller de tots

Nós, Enrich, per la divina gràcia rey de Anglaterra e senyor de la Gran Bretanya, e encara del principat de Gales e de Cornualla e d'Irlanda, ganfanoner major de la Sglésia Sancta e del Sanct Pare de Roma, notificam a tots aquells qui en plaer e grat los vendrà e a tots generalment, a emperadors, reys, duchs, comtes, marquesos, prínceps, nobles, cavallers e gentilshòmens, com per mi sien stades celebrades festes a honor, lahor e glòria de nostre senyor Déu e de la sua sacratíssima Mare, e a honor dels cavallers qui en aquest honrat pas d'armes són venguts per fer armes a tota ultrança: és de necessari, per quant la honor ha ésser dada a aquell o aquells qui millor ho hauran fet en aquest honrat pas e són stats totstemps vençedors, sens neguna volta ésser stat vençut e sens reproche negú, ordenam, manam e sentenciam dar la mundana glòria, honor y fama a l'egregi e virtuós cavaller, de nostra mà fet, Tirant lo Blanch. Volem que sia per tots los quatre cantons de les lices publicat per lo millor dels cavallers per los reys d'armes, erauts e porsavants, ab trompetes e ministrés, ab consentiment meu e dels jutges del camp, representant la mia persona. Encara, manam sia pujat sobre un gran cavall tot blanch e tots los qui seran açí, hòmens com dones, vagen ab mi tots a peu e sia feta processó general. E Tirant vaja dins lo pali fins a la sglésia del gloriós cavaller mon senyor Sanct Jordi, e allí sia dita missa cantada ab solenne sermó de les cavalleries de Tirant lo Blanch que ha fetes. Aprés manam e ordenam, exint de la sglésia de Sanct Jordi, anem per totes les liçes e Tirant prengua la possessió de aquelles, e per los reys d'armes li sien dades totes les claus de les dites liçes en senyal de victòria. Encara, manam sien celebrades festes que duren XV dies en lahor e glòria de aquell virtuós ja desús nomenat. E perquè tothom conegua la real veritat de aquests afers, avem signada la present carta ab tinta vermella e sagellada ab nostre sagell patent. Dada en la nostra ciutat de Londres a XIIII de juliol de l'any de la nativitat de Nostre Senyor, etc.

REX ENRICUS.

Sig○ne de tots los jutges del camp.

Sig○ne de tots los reys d'armes, erauts e porsavants.

Sig○ne de tots los magnats e grans senyors qui allí eren.

—Molt me plauria saber de ses cavalleries —dix l'ermità—, car molt me par home de bé. Ell s'és levat de açí per no dir ni hoir les sues lahors. Conech verdaderament ell ésser digne de ésser cavaller, per què us prech me digau los seus actes quins són stats.

—Senyor —dix Diafebus—, no volria que la senyoria vostra agués a penssar negun contrari de mi, per ço com som de una terra e de una voluntat, mas ab tota veritat recitaré a la santedat vostra axí com s'és seguit. «E lo primer a qui lo rey donà l'orde de cavalleria fon a Tirant lo Blanch, e lo primer qui féu armes fon ell. Aquell dia, senyor, ell ajustà tot lo seu stat de gentilshòmens e de donzelles e anaren al cadafal, llà hon lo rey havia ordenat de fer los cavallers. Trobam les portes tancades e tocam a la porta grans colps. Aprés, passat bon spay, los reys d'armes se feren sobre la porta alt del cadafal e digueren: «Què és lo que voleu?» Digueren les donzelles: «Gentilom tenim qui vol rebre l'orde de cavalleria, e demana cavalleria puix és digne e mereixedor de rebre-la.» Prestament obriren les portes e, tots los qui pujar volgueren, pujaren alt. Com foren enmig d'una gran sala, feren seure lo gentilom en una cadira tota d'argent que era cuberta de canemàs vert e allí examinaren-lo si era per a rebre l'orde de cavalleria, ni de ses costumes, e si era coixo o afollat de algú de sos membres, per què no fos dispost per entrar en bataília. E trobant-lo tal com ésser devia e rebuda informació de testimonis dignes de fe, venia lo arquebisbe de Anglaterra revestit com a diaca, ab lo missal ubert en les mans. E venia davant lo gentilhom e, aquí present lo rey e tots los altres que allí eren, deya-li semblants paraules.»

Capítol LIX. Lo jurament que lo rey de Anglaterra feya fer als gentils hòmens aprés que eren examinats ans que·ls donàs l'orde de cavalleria

«—Vós, gentilom qui rebeu l'orde de cavalleria, ¿jurau a Déu e als sants quatre Evangelis de no venir en neguna manera contra lo molt alt e molt execel·lent rey de Anglaterra, si ja no era ab vostre senyor natural, tornat-li lo collar de la divisa que lo dit senyor acostuma de donar a tots aquells a qui fa cavallers? En tal cars podeu fer guerra contra ell sens que no us porien reprochar los bons cavallers, altrament cauríeu en cars molt leig e de malafama e, si éreu presoner en la guerra, de tot cert seríeu en perill de mort. Més, ¿jurau per lo sagrament que fet haveu que de tot lo poder vostre mantindreu e defenssareu a dones e donzelles, viudes, òrfens, desenparades e encara a casades, si socors vos demanen, e de tot vostre poder posareu la persona a entrar en camp a tota ultrança si bon dret tenen aquella o aquelles qui socors vos demanaran?

«Fet lo jurament, dos grans senyors, los majors que allí eren, lo prengueren per los braços e portaren-lo davant lo rey, e lo rey li posà la spasa sobre lo cap e dix: «Déu te faça bon cavaller e mon senyor sanct Jordi.» E besà'l en la boca. Aprés vengueren VII donzelles vestides de blanch, significant los VII goigs de la verge Maria, e senyiren-li la spasa.

«Aprés vengueren IIII cavallers, los majors en dignitat que allí·s trobaren, e calçaren-li los sperons, significant los IIII evangelistes. Aprés vench la reyna e pres-lo de l'un braç, e una duquessa de l'altre, e axí·l portaren fins a un bell strado e posaren-lo en la cadira real. Aprés lo rey se assigué a la una part e la reyna a l'altra, e totes les donzelles e los cavallers baix, entorn d'ell. Aprés portaren la col·lació molt abundosa. E aquest orde, senyor, han servat a tots los qui·s són fets cavallers.»

—Digau-me, si plasent vos serà —dix l'ermità—, lo principi e la fi de les armes que Tirant ha fetes.

«—Senyor, la vespra del dia assignat de fer les armes, Tirant cavalcà ab tots los del seu stat en la forma segons desús és dit e anà hon staven los XXVI cavallers. Com foren a la porta, donà un scrit que deya que qualsevolgués cavaller que volgués fer armes ab ell havien a córrer tant e tan longuament fins que XX colps de puntes sangrentes ixqués de l'hu o de l'altre, ab ferros smolats, o qualsevulla d'ells se agués a dar per vençut. E prestament fon admesa la sua demanda e tornam al nostre aleujament. L'endemà, totes les donzelles lo prengueren e ab molta honor lo portaren fins a la porta de la liça tot armat, liurant-lo als fels que, mort o viu, lo'ls aguessen a restituir. E los fels lo reberen ab aquella convinença e ab molta d'onor que li feren. Lo rey e la reyna ja eren en los cadafals e Tirant entrà tot armat en blanch, sinó lo cap, e en la mà portava un ventaill que a la una part era pintat lo crucifici de Jhesucrist e en l'altra part era pintada la ymatge de la Verge, senyora nostra.

«Com Tirant fon enmig del camp, féu gran reverència al rey e a la reyna e anà a tots los IIII cantons de la liça e, ab lo ventail, senyà cascun cantó. Fet açò devallà del cavall, e los fels posaren-lo dins un petit papalló qui stava posat en lo cantó de la liça. Allí portaren-li viandes e confits perquè pogués refrescar si mester ho havia. E tornà's adobar les armes e pujà cavall, e trobà ja lo mantenidor del camp al cap de la liça. E Tirant posà's a l'altre cap del camp. Com tota la gent fon assosseguada, lo rey manà als fels que·ls leixassen anar. Prestament feriren dels sperons ab les lances en los rests, e encontraren-se tan ferament que·s romperen les lances en peces. Aprés feren moltes carreres e feren-se de molts singulars encontres.

«La XX carrera, lo mantenidor encontrà a Tirant enmig de la bavera del bacinet e passà-la-y tota doblada e alt en lo revol del peto de les plates, e nafrà'l un poch en lo coll e, si la lança no·s fos rompuda, lo nostre cavaller era mort, e lo cavall y ell caygueren en terra. Prestament se levà Tirant e féu-se dar un altre cavall millor que no era l'altre, e preguà als jutges del camp que li donassen licència de pendre altra lança. E los jutges digueren que cascú prengués les lances a sa voluntat. Tirant se féu donar una molt grossa lança e l'altre féu per lo semblant. E corregué lo hu envers l'altre ab molt gran fúria, e Tirant l'encontrà un poch davall lo rest. L'encontre fon tan poderós, e la lança no·s volgué rompre, que·l passà de l'altra part e caygué mort en terra. Les donzelles prestament foren a la porta del camp e demanaren als fels que·ls fos restituhït lo lur cavaller. Los fels los feren obrir les portes e les donzelles prengueren lo cavall de Tirant per les regnes e, ab molt gran honor, lo se'n portaren al seu alleujament, desarmaren-lo e miraren-li la nafra que tenia al coll, e feren venir los cirurgians qui·l curassen. E Tirant fon molt ben servit de les donzelles per ço com staven molt contentes que lo primer cavaller qui havia feta armes per donzella era stat vençedor.

«Lo rey, ab tots los grans senyors que allí eren, entraren dins lo palench hon jahïa lo cavaller mort e, e ab molt gran processó, lo portaren a la sglésia de Sanct Jordi, hon havien fet una singular capella per aquells qui en les armes serien morts, e en aquesta capella no y podia ésser soterrat negú qui cavaller no fos. E si era gentilom portaven-lo a la sglésia major, hon havia altres capelles hon los posaven.

«Senyor, com Tirant fon bé guarit, tornà ajustar tot lo seu stat, segons que l'altra volta havia fet, e anam hon eren los XXV cavallers e donà'ls un scrit com volia combatre un cavaller a peu a tota ultrança, e admeteren-li sa demanda. Entrà dins la liça armat axí com se pertanyia, ab gran sforç que ensi mostrava, ab acha, spasa e dagua. Com foren dins los papallons, cascú en lo seu, adobaren-se les coses necessàries. Exits defora, los fels los partiren lo sol perquè no donàs més a la hu que a l'altre en la cara. Lo rey fon apleguat ab los altres stats e passaren per lo camp per pujar als cadafals. Los cavallers cascú stava armat a la porta del papalló ab les aches en les mans. Com veren lo rey, cascú ficà lo genol en terra, fent gran reverència al rey e a la reyna —que mostraven bé que eren cavallers de gran valor—, e totes les donzelles se agenollaren en terra e preguaren a nostre Senyor que donàs victòria al seu cavaller. Com les gents foren açosseguades e los papallons trets fora del camp, les trompetes sonaren e los erauts digueren ab alta veu: «No fos home ni dona gosàs parlar, senyalar, tossir, ne fer-se senyal negú sots pena de la vida.

«Com la crida fon feta, dels VIII cavallers fels, los IIII prengueren lo hu e los altres IIII l'altre, e posaren-los enmig del camp en les III railles, e d'aquí partiren lo hu envers l'altre e feren armes los dos molt valentment, sens que no·s conexia qual tenia milloria. La batalla durà molt, e per lo gran treball que passava lo mantenidor del camp mancava-li lo alé. A la fi stava en tal punt que no podia tenir l'acha e, en son continent, mostrava que amara més pau que guerra. Coneixent Tirant en quin punt son contrari stava, pres l'acha ab dues mans e ab lo marteill li donà tal colp en lo bacinet que tot lo torbà, e véu que ab gran treball se podia tenir de peus. Tirant se acostà a ell e donà-li una gran empenta que·l féu caure en terra. Com lo véu tan mal adobat, levà-li lo bacinet del cap taillant-li ab la dagua les tiretes ab què stava liguat, e dix-li les següents paraules.»

Capítol LX. Les paraules que Tirant dix al cavaller qui·s combatia com lo tingé vençut

—»Cavaller virtuós, bé pots veure com la tua mort o la vida està en ma libertat, per què mana a mi què vols que faça de tu: si vols vida o mort. Car més aconsolat seré del bé que del mal, mana a la mia mà dreta que t'haja misericòrdia e que·t vulla perdonar e que·t no faça tant de mal a la tua persona com poria.

«—Més dolor tinch —dix lo cavaller— de les tues cruels paraules, abundo-sesd'estrema vanaglòria, que de perdre la vida, e més stime la mort que no demanar perdó a la tua superbiosa mà.

«—La mia mà ha acostumat de perdonar als hòmens vençuts —dix Tirant— e no fer-los dan. E si tu vols, yo·t perdonaré de bon cor a tot lo mal que fer-te poria.

«—iO quina glòria és —dix lo cavaller qui en terra stava— com los hòmens són vençedors per sort o per desaventura e abundar en moltes paraules. Yo só lo cavaller de Muntalt, sens reproche negú, amat e temut de moltes gents. Só stat tostemps piadors e avent misericòrdia a totes gents.

«—Yo vull usar de aqueixos actes que dits has envers tu —dix Tirant—, per la tua molta virtut e bondat. Anem davant lo rey e, aquí agenollat als meus peus, demanar m'as mercé, e jo perdonar t'é liberalment.

«Lo cavaller, ab ira mortal, féu principi a tal parlar:

«—No plàcia a Déu ni me'n done lo poder que yo jamés faça acte de tanta vergonya per a mi e als meus, ni en aquell egregi senyor meu lo comte Guillem de Varroych, del qual rebí aquest amargós orde de cavalleria! Per què fes de mi tot lo que bé·t vingua, que més stime bé morir que mal viure.

«Com Tirant véu la sua mala voluntat dix:

«—Tots los cavallers qui bé volen usar e seguir les armes e lo stil de aquelles per haver renom e fama, han ésser cruels e tenir cadira enmig de infern.

«Tirà la dagua e mès-li la punta en l'ull, e ab l'altra mà donà-li gran colp sobre lo cap de la dagua, que la y féu passar a l'altra part. Quin ànimo de cavaller fon aquest, que més stimà morir que no viure envergonyit, per no ésser blasmat dels bons cavallers!

«Los jutges del camp eren XII, los VI tenien un libre dels vençedors, los altres lo tenien dels vençuts. Aquells que morien sens que no·s volien desdir, feyen-los procés de màrtirs d'armes. Los qui·s desdeyen, feyen-los altre procés de mals cavallers, vençuts e posats en gran desonor e infàmia. E aquesta pràtica han servada fins a la fi.

«Aprés pochs dies, senyor, se seguí que la magestat del senyor rey e de la senyora reyna staven en gran solaç enmig de la praderia, prop del riu, dançant e fent moltes festes. E stava allí una parenta de la reyna que era nomenada la bella Agnés —e era filla del duch de Berrí—, que és la més agraciada donzella que yo jamés haja vist. És veritat que de bellea la reyna passa a totes quantes són de gràcia e de gentil loqüela a totes gen[t]s affable, de grandíssima honestat, liberal més que dona que jamés haja vist, per ço com les dones la major part són avares per son natural. Aquesta galant dama, si vestia robes que valguessen lo preu d'una ciutat, no pensava en donar-les, e joyes e altres coses que ella tingués, itant era de gentil condició! Senyor, aquesta bella Agnés portava aquell dia en los pits un molt gentil fermaill e, en presència del rey e de la reyna e de tots los cavallers, fetes les dançes, Tirant se acostà a la gentil dama e, donant del genol en la dura terra, féu principi a un tal parlar:

«—Per la coneixença que tinch, senyora, del vostre molt valer, axí de linatge com de molta bellea, gràcia e saber, e de totes les altres virtuts que en un cors més angèlich que humà trobar se deixen, vos desige molt servir. E hauria-us a molta gràcia que la merçé vostra me volgués dar aqueix fermaill que en los pits portau. E si per vostra benigna merçé me serà atorguat, yo l'accepte. E portaré aquell de grat per la honor e servir vostre, prometent e jurant sobre l'altar e per l'orde de cavalleria de combatre un cavaller a peu o a cavall a tota ultrança, armat o desarmat, en la millor manera que ell sabrà divisar.

«—Ha, sancta Maria val! —dix la bella Agnés— ¿E per una cosa tan mínima e de tan poca valor voleu entrar en camp clos a tota ultrança, no tement los perills de la mort e lo dan que seguir poria? Però, perquè represa no sia de dones e donzelles e dels bons cavallers dignes d'onor, de bon grat yo consentiré en presència del senyor rey e de la senyora reyna perquè no perdau lo premi de bé a fer e de l'orde de cavalleria. Ab les vostres mans prengau lo fermaill.

«Tirant fon molt content de la resposta de la bella Agnés. E per quant lo fermaill stava liguat ab la cordonera del brial e no·s podia levar sens que no fos descordada, —e descordant-la, per força, ab les mans li havia de tocar als pits—, Tirant ab la mà pres lo fermaill e besà'l. Aprés donà dels genolls en la dura terra e dix:

«—Infinides gràcies, senyora, a la senyoria vostra fas del gran do que m'aveu donat, car més l'estime que si m'aguésseu dat tot lo realme de França. E promet a Déu que, qui lo fermaill me levarà, la sua persona me leixarà.

«E posà'l-se alt al cap de un bonet que portava. Lo dia següent, stant lo rey en missa, vench un cavaller francés, lo qual se nomenava lo senyor deles Viles-Ermes, molt valentíssim de sa persona e en armes molt sperimentat, e dix a Tirant un tal parlar:

«—Cavaller, d'onsevulla que vós siau haveu agut massa gran atreviment de tocar en un cors glorificat com és de la bella Agnés, e tan mala demanda jamés féu cavaller en lo món. Per què és de necessitat me doneu lo fermail de grat o de força, que de dret yo·l dech aver per rahó com de ma puerícia fins ara he amada, servida e venerada aquesta senyora, qui és mereixedora de tots los béns qui en lo món són. E per quant a mi és dada la glòria —perquè ab mos innumerables treballs, enuigs e pensaments yo la m'é sabuda guanyar— per què yo tinch a cobrar lo premi del temps de ma joventut, que he perduda part de aquella per servir a sa merçé. E si dar no·l me volreu, la vida vostra serà de poca durada. Dau-lo'm ab pau ans que més mal no se'n segueixca.»

Capítol LXI. La resposta que Tirant féu al senyor de les Viles-Ermes quant li demanà lo fermaill que la bella Agnés li havia dat

—»Gran offença seria per a mi —dix Tirant— que yo donàs lo que me és stat donat liberalment e desliguat ab les mies mans, e la promesa, fe e jurament que yo he fet. Bé seria tengut per lo més vil e abatut cavaller que jamés en lo món fos nat, e per a nàixer, e baçinet ple de foch me deurien posar sobre lo cap si yo tal cosa feya. Emperò, cavaller, vós mostrau segons vostre mal parlar massa gran supèrbia, e serà mester que yo la us faça abaixar.

«Lo cavaller féu demostració de voler-li levar lo fermaill, emperò Tirant fon avisat, que mès mans a una copagorja que portava e tots los altres arancaren. E allí fon entre ells una bregua civil, emperò ans que fossen departits hi moriren XII entre cavallers e gentilshòmens. La reyna, que stava més prop d'ells, sentí la remor e los grans crits que les gents daven, posà's enmig de la gent e departí'ls los uns dels altres. E yo us ne puch bé comtar noves, que fuy nafrat de IIII colps en la mia persona, e molts altres per fer-me companyia. Com lo rey fon atés, tot fon ja pacificat. E no passaren III dies que lo francés cavaller tramés a dir a Tirant per una letra, que li tramés per un petit patge, que era del tenor següent.»

Capítol LXII. Letra de batalla tramesa per lo senyor de les Viles-Ermes a Tirant lo Blanch

—A tu, Tirant lo Blanch, qui est stat principi de la destructió de la sanch militar: Si lo teu ànimo sforçat gosarà mirar lo perill de les armes que entre cavallers són acostumades, armat o desarmat, a peu o a cavall, vestit o despullat —en la manera a tu més segura—, concorda't ab mi ab condició que la spasa tua e la mia ajustar se puguen a mort determenada. Scrit de mà mia e sagellat ab lo sagell secret de mes armes.

LO SENYOR DE LES VILES-ERMES.

Capítol LXIII. Com Tirant demanà de consell a un rey d'armes sobre la letra del senyor de les Viles-Ermes

«—Lesta per Tirant la letra, pres lo petit patge e posà'l en una cambra, e donà-li mil scuts d'or e féu-li prometre que no·n diria res a negú. Com lo patge fon partit, Tirant anà tot sol, e pres a un rey d'armes e portà'l-se'n III milles luny de allí, e dix-li semblants paraules:

«—Rey d'armes, per la fe que a tu és dada e per lo jurament que fist lo dia que rebist aquest ofiçi en poder e mans del senyor rey, de tenir secret lo que·t diré e consellar-me bé e lealment, segons que per stil e dret d'armes est obligat de fer.

«Lo rey d'armes, qui havia nom Hierusalem, respòs en la següent forma:

«—Senyor Tirant, io us promet, per lo offici que tinch e per lo jurament que he fet, de tenir secret tot lo que per vós me serà dit.

«E Tirant li mostrà la lletra que li era stada tramesa e féu-la-y legir. Com l'agué lesta, Tirant li dix:

«—Mon bon amich Hierusalem, yo tindré a molta glòria de poder complir l'apetit e voluntat de aquell virtuós cavaller, lo senyor de les Viles-Ermes. E per quant yo só jove e no sé la pràtiqua ne l'estil de cavalleria, que ara he complits XX anys, e confiant de la vostra molta discreció, vos demane de consell perquè só cert que sou pràtich entre reys e grans senyors e sabeu totl'estil d'armes molt millor que negun altre. E lo que us he dit no penseu que per poch ànimo ni temor ho digua, mas pense que no fes offensa a la magestat del senyor rey, qui tantes d'onors me fa, per ço com ell ha ordenat en son regne leys morals en aquest pas honrat de cavalleria. Per què no volria ésser blasmat dels bons cavallers que per aquest cars me poguessen reprochar per defalliment negú.

«Respòs lo rey d'armes en la forma següent.»

Capítol LXIIII. Lo consell que Hierusalem, rey d'armes, donà a Tirant lo Blanch

«—¡O cavaller, jove virtuós e de bona ventura, amat de totes gents! Lo consell que la merçé vostra a mi demana, yo·l vos daré e yo·l salvaré davant la magestat del senyor rey e los jutges del camp. Vós, Tirant lo Blanch, podeu bé combatre aquest cavaller sen[s] reproche negú ne blasme negú de rey, jutges, ne de cavallers, per quant ell és requeridor e vós defenedor, ell és principiador del mal e tostemps sereu excusat. E yo prench tot lo càrrech sobre mi; si negú vol dir res de vós, jo us salveré la vostra honor davant tots los bons cavallers. Sabeu quant seria lo dan e culpa vostra? Si vós fosseu stat requeridor —e lo senyor rey, qui us ha dat primer que a negú l'orde de cavalleria, e mudar pràtiques e leys en sa cort!—, no poseu dupte negú, vós cahïeu en cars de blasme entre los bons cavallers. E per ço feu com a bon cavaller e mostrau tostemps a les gents ànimo sforçat de cavaller. E si scriptura de la mia mà vós volreu, yo la us daré, del consell que us he dat. Anau prestament a la batailla e no us faça temor la mort.

«—Molt stich aconsolat de bé a fer —dix Tirant— del consell que dat m'aveu, per ço com me dieu que no puch ésser représ per lo senyor rey, dels jutges ni dels cavallers. Ara vull-vos molt preguar, Hierusalem, per lo offici que teniu, d'ésser jutge de nostra batailla, del senyor de les Viles-Ermes e de mi. E tot passe per la vostra mà per ço que façau ver testimoni de tot lo que passarà entre ell e mi a tots los qui us ho demanaran.

«Dix Hierusalem:

«—Yo de concordar-vos seré molt content. Emperò yo no poria ésser jutge de vosaltres segons requir lo offici nostre. E dir-vos he per què: car negun cavaller, rey d'armes, eraut o porsavant que done consell no pot ésser jutge, car gentilea poria ésser difraudada. Ni mon senyor lo rey d'Anglaterra si és jutge de una batailla, per ésser senyor de tots, en son conseill no deu dir paraules favorables de negú. E si u feya poria ésser dit injust jutge e tal batailla no deuria haver loch. Posat cars lo hu fos vençut, davant lo emperador ab testimonis dignes de fe se poria retractar tal batailla. Emperò, perquè no perdau vós o ell lo premi de la batailla, jo us auré jutge competent, en res a vós hi a ell sospitós. És de nostre offici, rey d'armes creat, qui·s nomena Clarós de Clarença, home molt entés en les armes.

«—Bé·ll conech —dix Tirant— e bé só content que ell ho sia, si al senyor de les Viles-Ermes plau, perquè és bon rey d'armes e darà la honor ha aquell qui la sabrà guanyar. E vull que siau avisat de tot, ço és, com ell m'à tramés aquesta letra per un petit patge e, si yo li trametia la resposta per un altre semblant, laugerament se poria saber e la batailla no vendria a la fi que ell e yo desijam, per què façam axí que tornem al meu aleujament e yo dar-vos he una carta blanca, signada de mà mia e sagellada de les mies armes, e vós concordau la batailla a tot avanttage seu e dan meu. E per quant ell és requiridor e yo só request he·m dóna lo devisar de les armes —axí com diu en sa letra—, yo de bon grat hi renuncie e li done facultat que ell les devise en aquella manera que a ell ben vist li serà, que no faré sinó lo que direu e ordenareu. E com més cruels les devisarà, vós les confermareu per part mia e tant me serà major glòria.

«Tirant se'n tornà ab lo rey d'armes al seu aleujament e féu de continent la carta blanca, ço és, signada de sa mà. E sagellà-la ab les seus armes e donà-la a Hierusalem, rey d'armes. E donà-li una roba d'estat que era de brocat e forrada de marts gebelins, pregà'l que la prengués e que la portàs per la amor sua.

«Lo rey d'armes se partí per dar compliment a la batailla e cerquà tots los stats del rey e de la reyna. Com véu que no·l podia trobar, entrà dins la ciutat e trobà'l dins un monestir de frares, que·s confessava. Com agué confessat, Hierusalem lo apartà e dix-li que anassen a parlar fora de la sglésia, car en tals lochs no és donat parlar de coses criminals. Prestament ixqueren de la sglésia e de loch sagrat, e Hierusalem féu principi a tal parlar:

«—Senyor de les Viles-Ermes, yo, per mon offici, seria molt aconsolat que pogués posar pau e bona confederació entre vós e Tirant lo Blanch. E si concordar no us voleu, veu's açí la vostra letra e la resposta de aquella en paper blanch sagellat ab sagell de ses armes e signat de la sua mà, requerint-me per mon offici yo vingués a vós per concordar la batailla, donant-me tot son poder en aquesta forma: que de les arrnes axí offensives com defensives, a peu o a cavall, segons la vostra letra conté pus larguament, diu e vol, no perjudicant res de son dret com a defenedor, vos dóna poder e facultat que deviseu les armes en la manera que plasent vos sia, ab què sien eguals e sens falsa maestria. E la batalla sia esta nit, si ésser porà.

«—Molt só content —dix lo senyor de les Viles-Ermes— de la gentil pràtiqua de Tirant. No·s deu sperar altra cosa d'ell sinó tota virtut. Yo accepte lo poder per vós a mi donat per part sua que devise les armes e la batalla. E serà en la següent forma.»

Capítol LXV. Com lo senyor de les Viles-Ermes devisà les armes

«—Io devise que la batailla se faça a peu, ab camisses de tela de França ab sengles targes de paper, e al cap un chapellet de flors, sens altra vestidura neguna. Les armes offensives, sengles coltellines genovesques, taillant cascuna a dues parts ab puntes ben agudes, de larguària de II palms e mig, cana de Montpeller. En esta manera lo combatré a tota ultrança. E stig admirat de vós, rey d'armes, com feu de la concòrdia discòrdia. Nosaltres som concorts de nostra batailla e parlau-me de pau.

«—Lo que yo he dit —dix lo rey d'armes— hi só tengut per mon offici: no voler la mort del cavaller qui d'onor sia.

«—Puix som concordes e yo accepte la batailla per Tirant, par-me que siam concordes e no discordes.

«—E yo só molt content —dix lo rey d'armes— que siau concordes. Anem per haver les armes e tot çó que mester havem ans que vingua la nit.

«De continent los dos anaren a comprar les coltellines e feren-les molt bé smolar, e feren fer les puntes molt ben agudes. E agueren drap de tela de França e molt prest feren taillar e cusir les camisses, e feren-les fer un poch largues e les mànegues curtes fins al colze perquè no·ls torbassen en lo combatre. Aprés agueren un full de paper e partiren-lo per mig, e de cascun mig feren una tarja a manera de adargua. Mirau quanta defensió podia fer mig full de paper! Com de tot agueren compliment, dix lo cavaller al rey d'armes:

«—Vós, qui haveu concordat la batailla e sou per la part de Tirant, yo no desige haver negú per la mia sinó sol Déu e les mies pròpies mans, les quals són acostumades de lavar-se en la noble sanch militar. Preneu la una part de les armes e, la que vós deixareu, yo pendré.

«—Senyor de les Viles-Ermes, yo no só açí perquè haja a fer part entre cavallers dignes d'onor. Yo só obligat per mon offici consellar e concordar a cavallers e a gentilshòmens e no fer part neguna, car, si vós me dàveu quant teniu, yo no difraudaria ma honor ne mon offici. E façam lo que devem fer, si no, dau-me licència e cercau altri qui no us sia sospitós.

«—Per mon Déu e mon Creador, rey d'armes, yo no he parlat a la intenció que vós ho preneu, sinó que volria que fóssem a la batailla per ço com veig que la nit nos és vehïna. Puix sou nostre jutge, feu que la fi prestament se vega.

«—Senyor, yo us diré com serà —dix lo rey d'armes—. Yo no puch ésser jutge entre vosaltres per quant yo he aconsellat a vós e a Tirant, e poria ésser reptat, si tal cosa feya, com injust jutge. Emperò yo hauré un altre jutge competent, en res no sospitós a vós ni a ell, lo qual se nomena Clarós de Clarença, rey d'armes e home molt sabent en la guerra y en armes molt destre, qui és vengut ara novament ab lo duch de Clarença, e és persona que per son offici ans se deixaria morir que venir en res contra la honor sua.

«—De tot seré content —dix lo cavaller—, puix la cosa vingua en egualtat e sia secreta.

«—Y yo us dó la fe —dix lo rey d'armes— de no manifestar aquest fet a persona del món sinó ha Clarós de Clarença.

«—Ara —dix lo cavaller— preneu les armes e portau-les a Tirant, e prengua les que millor li parran. E yo sperar-vos he en aquella hermita de Sancta Maria Magdalena per ço que, si·m vehia algú de ma companyia, pogués mostrar que stig açí per fer oració.

«Partí's Hierusalem e anà a sercar Clarós de Clarença, rey d'armes, per tots los estats. Com lo agué trobat, dix-li tot lo ésser. E l'altre dix que u faria de bona voluntat. Però la hora era ja tarda, que·l sol havia complit son viatge, e per la scura nit no volia posar en perill dos cavallers. Mas, lo següent dia de matí, quan lo rey seria en missa e la gent seria asoseguada, que en aquella hora era content de ésser jutge.

«Hierusalem tornà a Tirant e dix-li tot lo que era mester dir ab honestat de son offici, e recità-li la forma de la batailla com se havia de fer e les armes que havia devisades. E que triàs de aquelles dos la que millor li paregués eque al matí, com lo rey seria en missa, se faria la batailla.

«—Puix la batailla no ha ésser sta nit —dix Tirant—, no vull tenir les armes en mon poder, car si yo·l vençia ho·l matava no volria digués la gent que y hagués feta alguna art en les armes, tenint-les la nit, e per açò lo avia vençut, axí com feren aquells dos cavallers qui al port de la mar matà lo hu a l'altre, e aprés dehien que ab art de nigromància era stada feta la lança ab què·l matà. No les vull veure ni tocar fins en aquella hora que farem la batailla. E tornau-les al senyor de les Viles-Ermes e demà, com la batailla serà, que les porte, que bé trobarà qui les pendrà.

«Com Hierusalem hohí parlar en tal so a Tirant, mirà'l en la cara e dix:

«—O cavaller virtuós e en armes experimentat! Si desaventura de mala sort no és contrària a la persona vostra, digne e mereixedor sou de portar corona real. Yo no puch creure que no siau vençedor de aquesta batailla.

«Partí's lo rey d'armes de Tirant e anà a la ermita hon stava l'altre cavaller, e dix-li com la hora era tarda e lo jutge no poria bé jutjar la batailla si de dia no era, mas que havien consertat per a l'endemà com lo rey entraria en missa, per ço com los cavallers, los uns acompanyaven lo rey, los altres la reyna, los altres per veure les galants dames staven torbats. Lo senyor de les Viles-Ermes dix que era content.

«Los reys d'armes, bon matí perquè no fossen vists de negú, prengueren los dos cavallers e portaren-los enmig de un bosch, que per negú no podien ésser vists. Com veren que staven en loch dispost, Hierusalem féu principi al següent parlar:

«—Cavallers de molta virtut, veu's açí la mort e sepultura vostra. Aquestes són les armes per aquest cavaller devisades e per Tirant acceptades. Cascú prengua la part que li plaurà.

«E posà-les en la bella erba del prat.

«—Ara —dix Clarós de Clarença—, senyors de gran noblesa e cavalleria, vos-altres sou en aquest lloch apartat —que no sperau adjutori negú de parents ne de amichs— e stau en lo darrer pas de la mort —que no confiau sinó de sols Déu e de la vostra virtut. E vull saber de vosaltres a qui voleu per jutge en aquesta batailla.

«—Com! —dix lo senyor de les Viles-Ermes—. E ja no som concordes que vós sereu?

«—E vós, Tirant, a qui voleu per jutge?

«—Yo vull aquell que lo senyor de les Viles-Ermes vol.

«—Puix a vosaltres plau que yo sia vostre jutge, haveu a jurar, per l'orde de cavalleria que haveu rebut, de estar a tota ordinació mia.

«E axí lo y prometeren e juraren. Aprés del jurament, dix lo cavaller a Tirant:

«—Preneu les armes que volreu e, aquelles que vós leixareu, ab aquelles entraré yo en lo camp.

«—No —dix Tirant—. Vós les haveu hagudes y en nom vostre són vengudes. Preneu vós primer, qui sou requeridor, e aprés yo pendré.

«Estigueren los cavallers altercant per punt de honor. Lo jutge per cessar porfídia pres les armes: les unes posà a la part dreta e les altres a la sinestra. E pres dues palles, una largua e l'altra curta. Dix lo jutge:

«—Qui pendrà la més largua prenga les armes de man dreta e, qui pendrà la curta, les armes de mà sinestra.

«Com cascú agué preses ses armes, en un punt se foren despullats tots nuus e vestiren-se les camises doloroses, qui pogueren ésser dits celiçis de amarguor. Lo jutge féu railles en lo camp e posà lo hu en una railla e l'altre en l'altra, e manà'ls negú no·s mogués fins a tant que ell ho digués. Taillaren rames de un arbre perquè lo jutge pogués star a manera de cadafal. Com tot fon fet, lo jutge anà al senyor de les Viles-Ermes e dix-li paraules de semblant stil.»

Capítol LXVI. Lo rahonament que lo rey d'armes, com a jutge de la batailla, féu als dos cavallers

—»Io só jutge per lo poder per vosaltres a mi dat e, per dret de mon offici, só obliguat de amonestar e preguar-vos, e a vós primer, qui sou requiridor, que us plàçia de no voler venir en tan stret pas com és aquest. Ajau Déu davant los vostres hulls e no vullau morir axí desesperat, car bé sabeu que lo home qui la mort se procura, de justícia nostre Senyor no li perdona, e és eternalment damnat.

«—Deixem per ara aqueixes paraules —dix lo cavaller—, car cascú coneix en si lo que val ni pot fer, axí en lo temporal com en lo speritual. Feu venir a Tirant açí davant mi e per ventura porà ésser que·ns concordarem.

«—No·m par que demanau rahó —dix lo jutge—. Vosaltres sou eguals en lo camp, com vendrà aquell a vós? Emperò ves tu, Hierusalem, e digues a Tirant si volrà venir açí per parlar ab aquest cavaller.

«Hierusalem anà a Tirant e dix-li si li seria plasent de anar fins allí. Respòs Tirant:

«—Vós, qui sou fel entre nosaltres, digau-me si lo jutge m'o mana que yo y vaja, yo de bon grat hi iré. Per lo cavaller que allí stà no volria donar un pas avant ni altre atràs per quant ell val.

«Hierusalem dix-li com lo jutge, per dret de son offici, era obliguat de fer son poder de concordar als cavallers, que no venguessen en tan gran perill. Parlà Tirant e dix:

«Hierusalem, digau al cavaller que yo no sé causa que yo deja anar a ell. Si ell vol res de mi, que vingua açí.

«Aquell tornà la resposta. Dix lo jutge:

«—Bé·m par que Tirant fa lo que fer deu. Però, cavaller, vós podeu venir fins enmig del camp e Tirant vendrà allí.

«E axí fon fet. Com los dos foren presents lo hu de l'altre, lo senyor de les Viles-Ermes féu principi a tal parlar.»

Capítol LXVII. Com fon feta la batailla de Tirant ab lo senyor de les Viles-Ermes

«—Si tu, Tirant, vols haver pau, amor e bona voluntat ab mi e volràs que perdone a la tua juventut, ho faré ab condició tal que·m dónes lo fermaill de aquella ínclita senyora dona Agnés de Berrí, ensems ab la coltellina que tens en la mà e la tarja de paper, perquè u pugua mostrar a les dames de honor. Car tu saps bé que no est digne ne mereixedor de possehir cosa alguna que sia de una tan alta e tan virtuosa senyora com aquella, per quant lo teu stat, linatge e condició no és suficient per a descalçar-li lo tapí esquerre. Ni est per egualar-te ab mi, sinó que yo, per la mia benignitat, he volgut consentir de egualar-te ab mi e de voler-me combatre ab tu.

«—Cavaller —dix Tirant—, no ignore la tua gentilea, qui est, què vals ni què pots fer. Emperò no som ara en temps ni loch que hajam a venir a mèrits dels linatges. Mas yo só Tirant lo Blanch; ab la spasa en la mà, rey, duch, comte ne marqués refusar no·m pot. Açò notori és a les gents. Emperò, en tu prestament poria hom trobar tots los VII peccats mortals. E pensa que ab paraules vils e desonestes me penses espantar e donar càrrech a mi e a ma condició? Dich-te que de tan libert cavaller com tu est no me'n tinch per injuriat. Ni·m tendria per loat si negun bé·m deyes, car sentència és comuna que tant val a l'hom ésser loat de mals hòmens com ésser loat de males coses. Vinguam a la batailla e façam lo per què y som, e no stiguam més en supèrflues paraules de poch valer, car sol un cabell de mi fos caygut en terra no·l te volria aver dat ni consentiria menys que·l prenguesses.

«—Puix concordar no us voleu —dix lo jutge—, voleu vida o mort?

«Dix lo senyor de les Viles-Ermes:

«—Bé·m dol la mort de aquest jove superbo. Vinguam a la batailla e cascú torne a son loch.

«Lo jutge pujà alt en un cadafal que se havia fet de rames e dix cridant:

«—Sus, cavallers! Cascú faça com a valent e bon cavaller.

«Lo hu anà devers l'altre com a hòmens rabiosos. Dels primers colps que·s tiraren, lo cavaller francés portava la coltellina alt damunt lo cap e Tirant la portava damunt los pits. Com foren prop lo hu de l'altre, lo cavaller francés tirà gran colp a Tirant per mig del cap, e aquell rebaté-lo-y e contrapassà, e de revés donà-li un colp sobre la oreilla e, tant com ne pres, tant li'n féu caure sobre lo muscle, quasi lo cervell li paria. L'altre donà a Tirant enmig de la cuixa, que un gran palm badava la coltellada. E tornà-li'n tan prest a dar altra en lo braç squerre que fins a l'os li apleguà. E tantes armes feya cascú que era cosa d'espant. E staven-se tan prop que a cascun colp que·s tiraven se trahïen sanch, que era una gran pietat qui·ls vehia les cruels nafres que lo hu e l'altre tenien, que totes les camises eren tornades vermeilles de la molta sanch que perdien. Tristes de les mares que parits los havien! E Hierusalem dehia molt sovint al jutge si volia que·ls fes leixar la batailla. E lo cruel jutge responia:

«—Leixau-los venir a la desijada fi de sos cruels dies.

«Yo crech bé que en aquell cars cascú de ells stimara més la pau que no la guerra. Emperò, axí com aquells qui eren valentíssims cavallers e de gran ànimo, contínuament se combatien sens aver-se pietat alguna. A la fi, vehent-se Tirant prop de la mort per la molta sanch que perdia, acostà's tant com pogué envers l'altre e tirà-li de punta e donà-li en la mamella squerra en dret del cor. E l'altre donà-li gran colteillada sobre lo cap, que la vista li féu perdre dels hulls e caygué en terra primer que l'altre. E si lo francés se fos pogut sostenir com Tirant caygué, ell lo aguera pogut bé matar si hagués volgut. Emperò ell no tingué tanta virtut que no caygués de continent mort en terra.

«Com lo jutge véu star los dos cavallers tan pacífichs, devallà del cadafal e acostà's a ells e dix-los:

«—Per la mia fe vosaltres haveu fet com a bons cavallers dignes de moltahonor e no és negú qui us pugua dar càrrech.

«E va'ls senyar dues veguades a cascú. E pres dos troços de bastons e féu-ne creus, e posà-les sobre los cossos e dix:

«—Encara veig que Tirant té un poch los hulls uberts e, si no és mort, ell ne està molt prop. Ara, Hierusalem, yo us requir que atureu açí per guardar aquests cossos e yo hiré a la cort per manifestar-ho al rey e als jutges del camp, com per dret axí·s devia fer.

«E trobà lo rey que exia de missa e en presència de tots li dix les següents paraules:

«—Senyor, certa cosa és que dos cavallers valentíssims, de nom e d'armes, hui de matí eren en la cort de la magestat vostra e ara estan en tal punt que de mort no poden ésser stalvis.

«—Qui són los cavallers? —dix lo rey.

«—Senyor —dix Clarós de Clarença—, lo hu és lo senyor de les Viles-Ermes e l'altre és Tirant lo Blanch.

«—Molt me desplau —dix lo rey— de semblant nova. Bo serà que ans de dinar anem allà e vejam si·ls porem ajudar en res.

«—Per ma fe —dix Clarós—, lo hu és passat de esta vida. Yo pens tanbé que l'altre li volrà fer companyia, tan mal nafrats estan.

«Com los parents e amichs dels cavallers saberen tal nova, prengueren armes e, a peu e a cavall, cuytam lo més que poguem. E nostre senyor Déu féu-nos gràcia que arribam primers que los altres, e trobam a Tirant tot ple de sanch —no era home qui·l conegués— e tenia un poch los ulls uberts.

«Com los altres veren llur senyor mort, cuytaren a gran pressa envers lo nostre cavaller per voler-li tolre la vida, e nosaltres lo defensam molt bé. Nosaltres nos fem dos parts e posam lo cors enmig, les spatles unes envers les altres, perquè eren molt més que nosaltres. Emperò, a cascuna part que venien, trobaven gent qui·ls tenia cara. Ab tot açò tiraren una flecha, ab moltes d'altres, e donà al pobre de Tirant, qui jahïa en terra.

«A poch instant apleguà lo gran conestable armat tot en blanch, ab molta gent que portava, e departí'ns los uns dels altres. E aprés, molt prest, fon aquí lo rey ab los jutges del camp. Com veren los cavallers, lo hu mort, l'altre que paria que stigués en passament, manaren que no·ls levassen de allí fins lo consell fos tengut. Estant lo rey en lo consell —e hoynt la relació feta per Clarós de Clarença y per Hierusalem, reys d'armes—, apleguà la reyna ab tots los stats, ab totes les dones e donzelles. Com veren estar axí tan mal adobats los cavallers, de gran dolor e compassió lançaren dels hulls vives làgremes, dolent-se de la mort de dos tan singulars cavallers.

«Com la bella Agnés véu star cascú en tan trist conport, girà's devers la reyna e los stats e dix:

«—Senyors, veu's açí les honors e grans dolors.

«E girà's als parents de Tirant e dix-los:

«—Cavallers, los qui amau a Tirant, ¿e tan poch sforç mostrau devers los vostre bon amich e parent que axí·l deixau passar d'esta vida? Per culpa de vosaltres, axí morrà, que jau en la terra freda e tot se dessangna. Si mija hora stà, no li restarà sanch al cors.

«—Senyora, què voleu que façam? —dix un cavaller—. Que lo rey ha manat, sots pena de mort, no sia negú los gos tocar ni levar-los d'allí.

«—Ay mesquina! —dix la bella Agnés—. Nostre Senyor no vol la mort del peccador, e volrà-la lo rey? Feu-li portar un lit en què stigua la sua persona e posem-lo allí fins a tant que lo rey haja tengut son consell, car lo vent li entra per les nafres e fa-li molt gran dan.

«De continent los parents trameteren per lit e per una tenda. E en aquest spay que ells anaven, Tirant basquava molt per les nafres, qui·s refredaven, e la molta sanch que perdia. E com la bella Agnés véu axí fortment congoixar a Tirant, dix:

«—Per ma consiència, jo no dech ésser inculpada de pare ni de mare, de germans ni de parents, ni del senyor rey ni de la senyora Reina, puix ho faç ab sancta intenció.

«Despullà's les robes que vestia, qui eren de vellutat blanch forrades de marts gebellins, e féu-les posar en terra e féu posar a Tirant sobre la roba. E preguà a moltes de les sues donzelles se despullassen les robes e les posassen sobre Tirant. Com Tirant sentí la calor de la roba, trobà gran remey e obrí los hulls més que ans no havia fet. E la bella Agnés asigué's prop d'ell, e pres lo seu cap e posà'l sobre les sues faldes, e dix:

«—Ay trista de mi, Tirant! Hi tan mal fermail fon aquell que yo us doní! Mal dia, mala hora e mal signe fon aquell quant yo·l fiu fer e pijor com lo us doní. E si sabés que tal cars se n'agués a seguir, no·l vos volguera aver donat per cosa en lo món. Emperò la ventura cascú la's procura e yo, trista de mi, reste adolorida de la gran desaventura de vosaltres, car yo puch ésser dita causa de tot aquest mal. Prech-vos, cavallers, tots los qui amau gentilesa, que porteu açí prop de mi lo cors del senyor de les Viles-Ermes, car, puix no l'é volgut amar en vida, vull-li fer honor en la mort.

«E prestament lo y portaren e féu-li posar lo cap sobre les sues faldes ala part sinestra, e dix:

«—Veu's açí amor e dolor. Aquest senyor de les Viles-Ermes que açí jau tenia de son patrimoni XXXVII castells e, en aquells, ciutats e villes forts e circuïdes de moltes torres e de bell mur. E tenia una ciutat entre les altres que·s nomena Ermes e hun fortíssim castell qui·s nomena Viles, e per ço era intitulat lo senyor de les Viles-Ermes. Home de gran riquesa e molt valentíssim cavaller que valia tant com negunaltre cavaller pogués valer. E confiant del seu esforçat ànimo, podeu veure lo pobre de cavaller en què és vengut, que VII anys ha volguts perdre per amar-me e, a la fi, aquest és lo premi que n'à agut. E ha fetes de singulars cavalleries per amor mia, desijant haver-me en sa senyoria per líçit matrimoni, ço que jamés aguera aconseguit per yo ésser de major auctoritat de linatge e de béns de fortuna. Jamés volguí aderir en cosa que fos en plaer e contentació sua, e ara lo pobre de cavaller és mort per zels, per sa gran desaventura.

«Lo rey ixqué del consell havent rebuda plenària informació dels reys d'armes dessús nomenats e féu venir los tres arquebisbes e los bisbes, ab tot lo clero, ab solemne processó de la ciutat per fer honor al cavaller mort. E los parents de Tirant feren venir metges, lit e tenda e tot lo necessari per a curar-lo. E trobaren que tenia XI nafres en la sua persona, en les quals n'i havia IIII que eren mortals. A l'altre li'n trobaren V, totes mortals.

«Com Tirant fon curat e tot lo clero fon vengut, lo rey, ab los jutges, ordenaren lo cavaller mort fos mès dins la caixa que porten los morts, molt honradament cobert ab un molt bell drap d'or que tenien per als cavallers qui morien en armes. Aprés d'ell venia Tirant posat sobre un gran pavés e, per bé que la sua mà stigués sens útil e profit negú e no la pogués sostenir, fon determenat la y liguassen en un bastó ab la spasa nua en la mà, ab aquella que l'havia mort. E en tal forma anaren les creus ab lo clero, primer. E aprés venia lo mort cavaller ab tots los cavallers a peu. Aprés venia lo rey ab tots los grans senyors de títol. Venia aprés Tirant en la forma desús dita, ab la reyna aprés ab totes les dones e donzelles de títol e de gran stat. Aprés venia lo gran conestable ab III mília hòmens d'armes. E axí anaren fins a la sglésia de Sanct Jordi e aquí li digueren la missa de rèquiem ab gran solennitat. E com posaren lo cors en lo vas, acostaren a Tirant tan prop d'ell que quasi de la mà de la spasa senyalava que·l posassen dins —si bé s'era més mort que viu—, car axí era stat ordenat per los jutges del camp.

«Partint lo rey e la reyna de la sglésia ab tots los altres, acompanyaren a Tirant fins al seu aleujament, ab honor excelsa que li fon feta. E cascun dia, lo rey ab tots los stats anaven a veure a Tirant fins que agué cobrada la primera sanitat. E tal pràtica tenien a tots los qui eren nafrats. E a Tirant foren donades XXX donzelles que contínuament lo servissen.

«Com agueren posat ha Tirant en lo lit, era ja gran dia e lo rey no havia encara menjat. Digueren al rey si seria plasent a la magestat sua dinar-se primer ans que tornàs a la sglésia de Sanct Jordi per dar la sentència al senyor de les Viles-Ermes. E los jutges del camp eren allí presents: digueren al rey que sa magestat se podia bé anar a dinar perquè migjorn era passat, que, dites vespres, porien fer los actes que restaven per fer. E axí u feren.

«E a la hora de les vespres, lo rey e la reyna, ab tots los stats, anaren a la sglésia de Sanct Jordi e feren portar allí Tirant. E dites les vespres, lo rey féu pronunciar la sentència del tenor següent.»

Capítol LXVIII. Com los jutges del camp donaren sentència que Tirant hagués la glòria de la batailla.

«—Com per la magestat del sereníssim senyor rey sia stada dada licència e facultat a nosaltres, jutges del camp, de jutgar e dar sentència en totes les batailles qui·s faran dins lo temps per la magestat sua consignat —axí en liça com dins palench, en pla o en montanya, a peu o a cavall, ab tela o sens tela, armats o desarmats, en loch públic o apartat—, e per lo poder [a] nosaltres dat, senten-ciam e declara[m] que lo senyor de les Viles-Ermes és mort com a bon cavaller e màrtir d'armes. E per quant no pot ni deu ésser admés a ecclesiàstica sepultura sens spressa licència de nosaltres, per què declaram, puix n'és mereixedor, que

*sia soterrat e admés als suffragis de sancta mare Sglésia, dada la glòria a Tirant
lo Blanch de la dita batailla. E aprés que·ls responsos seran dits, que sia posat en
aquella sepultura de aquells cavallers qui en les armes moren sens ésser desdits.
Aquesta és nostra sentència, sagellada ab sagell de nostres armes.*

«Com la sentència fon publicada, tot lo clero cantaren una molt bella letania
sobre la sepultura del cavaller. E durà que era prop de mija nit la honor que li
feren perquè no s'era desdit hi era mort fent armes.

«Aprés tornaren a Tirant al seu aleujament ab grandíssima honor que lo rey
e la reyna li feren e tots los stats. E semblant honor de aquesta fehien a tots los
altres vençedors cavallers.»

—Axí ajau goig e consolació del que amau! —dix lo hermità— ¿Me digau que
de tantes nobles festes que són stades fetes és stat vençedor Tirant del camp
per tres cavallers qui ha vençuts? Yo·n prench molta consolació per la primera
notícia que d'ell aguí, com ell és stat lo millor dels vençedors, e stich molt admirat
que per tres camps que ha vençuts li hajen dada la honor, que lo defalt està en
los altres cavallers e no en ell.

—No, senyor —dix Diafebus—, que encara ha fets de més singulars actes que
no he reçitats a la senyoria vostra.

—De axò hauré yo molta consolació —dix lo hermità—, si plasent vos serà en
dir-los-me, com hi prench molt gran delit.

«—Senyor, la sanctedat vostra deu saber que dos mesos aprés que Tirant se
fon levat del lit e podia bé portar armes, li seguí un cars que recitaré a la senyoria
vostra. Emperò, senyor, yo leixe de reçitar les armes que han fetes molts altres
bons cavallers, qui han vençuts camps e morts cavallers, per no ésser prolix, sinó
scassament los actes de Tirant perquè la senyoria vostra conegua si ab rahó e
ab justícia és stada dada la honor a Tirant e jutgat per lo millor cavaller de tots.

«En aquestes festes era vengut lo príncep de Gales ab molt gran stat de
cavallers e gentilshòmens. E per quant és gran caçador, portava de molts grans
alans, molt braus, de presa. E estava aposentat prop la muralla de la ciutat. E fon
sort que un dia lo rey, sol ab tres o IIII cavallers, era vengut al seu aleujament per
festejar-lo per causa com en puerícia havien tenguda gran amistat, hi parents
que eren molt acostats. E per quant lo príncep volia fer armes e véu lo rey en
sa posada, supplicà'l que fes venir los jutges del camp per dar-li consell. Lo rey
prestament los féu venir e, tenint son consell secret —era quasi migjorn passat,

que en aquella hora les gents reposen—, Tirant venia de la ciutat perquè·s fehia brodar una roba de orfebreria. Com fon davant lo aleujament del príncep, un alà havia rompuda la cadena e era exit de la posada, e havia-y molta gent qui·l volien pendre per liguar-lo e ell era tant brau que negú no tenia gosar de acostar-s'i. Com Tirant fon enmig de la plaça, que passava, ell véu venir lo alà corrent devers ell per damnificar-lo. Descavalcà prestament e tirà la spasa. Com lo alà véu la spasa, tornà atràs, e Tirant dix:

«—Per un animal no vull perdre la vida ni la honor de la vida temporal. E tornà a cavaill.

«Lo rey e los jutges staven en loch que u podien bé veure. Dix lo príncep de Gales:

«—Per ma fe, senyor, yo conech aquell alà de tan mala condició, que puixell és solt, que lo cavaller que passa, si és gens valent, entre ells veureu una gentil batailla.

«—Par-me —dix lo rey— que aquell és Tirant lo Blanch. E ja l'à fet fugir una veguada, no pens hi gose tornar més a ell.

«Com Tirant agué passat vint passes més avant, lo alà fon tornat ab gran fúria devers ell, que Tirant agué a tornar a descavalcar altra volta. E dix:

«—Yo no sé si est diable o cosa encantada.

«Tornà a tirar la spasa altra volta e cuytà devers ell. E lo alà li anava entorn, mas, per temor de la spasa, no tenia atreviment de acostar-s'i.

«—Ara —dix Tirant—, puix conech tu has temor de les mies armes, no vull que diguen de mi que ab armes sobergues me só combatut ab tu.

«Lanssà la spasa detràs e lo alà donà II o III salts e cuytà tant com pogué. E ab les dents pres la spasa e apartà-la un tros luny, e tornà corrent enverç Tirant.

«—Ara som a la cominal —dix Tirant—. Ab aquelles armes que·m vols damnificar, ab aquelles te damnificaré.

«Abraçaren-se ab gran furor lo hu a l'altre e a morssos mortals se daven. Lo alà era molt gran e soberch e féu caure tres voltes a Tirant en terra, e tres voltes lo sotssobrà. Entre ells durà aquest combat mija hora, e lo príncep de Gales manà a tots los seus no s'i acostàs negú per departir-los fins a tant que lo hu fos vençut. Lo pobre de Tirant tenia moltes nafres en les cames y en los braços. A la fi, Tirant ab les mans lo pres per lo coll e strengué'l tan fort com pogué, e ab les dents mordé'l en la galta tan ferament que mort lo féu caure en terra.

«Lo rey ixqué prestament ab los jutges e prengueren a Tirant, e portaren-lo en la casa del príncep e allí feren venir los metges, e curaren a Tirant.

«—Per la mia fe —dix lo príncep de Gales—, yo no volguera, cavaller, per la millor vila de Anglaterra, vós aguésseu mort lo meu alà.

«—Senyor —dix Tirant—, axí Déu me deixe guarir d'aquestes nafres que tinch! Per la mitat del vostre heretatge, no volria star en lo punt que stig.

«Com la reyna e les donzelles saberen lo cars de Tirant, prestament lo vengueren a veure. Com la reyna lo véu tan mal aparellat, dix-li:

«—Tirant, ab mal e trebaill se guanya honor: exiu d'un mal e donau en altre.

«—Sereníssima senyora, complida de totes les humanes e angèliques perfections, la magestat vostra sia jutge de mon peccat —dix Tirant—. Yo no anava per mal a fer. És-me aparegut un diable en forma de goç, ab consentiment de son senyor, e desigí mon desig complir.

«—No us deveu de res entrestir —dix la reyna— per molts mals que seguir-vos puguen, car aquí mostrareu més la virtut.

«—Jamés fon negú, sereníssima senyora, que·m ves trist —dix Tirant— per gran pèrdua que fes, ni menys alegrar més per molt de bé que aconseguís. Està en veritat que la pensa de l'home stà vaçil·lant e lo cors algunes veguades se mostra alegre, altres fa demostració de tristor. Mas qui ha acostumat de sostenir treballs e congoixes, e nafres e forts desaventures, no·s pot esmayar de res que li pugua esdevenir. Més nou a la mia persona una sinrahó que veja fer, que tots los perills en què yo·m pogués veure.

«En açò ixqué lo rey ab los jutges e digueren a Tirant, per ço com ells havien vist lo combat d'ell e de l'alà —e per quant havia lançada la spasa e los dos eren eguals d'armes—, los jutges li daven honor e premi de la batailla com si agués vençut un cavaller en camp. E manaren als reys d'armes, erauts e porsavants fos publicat per tots los stats e per la ciutat de la honor que a Tirant fon donada en aquell dia. E com lo portaren al seu aleujament, li feren aquella honor que en les altres batailles li havien acostumades de fer.

«Aprés, senyor, de tot açò —segons sabem per relació de molts cavallers e gentilshòmens—, com lo rey de Frisa e lo rey de Apol·lònia, germans de pare e de mare, se amaven de amor strema e desitjant-se molt veure, deliberaren de anar en Roma l'any passat perquè era la sancta perdonança del jubileu. E trameteren-se a dir lo hu a l'altre que·s trobassen en certa jornada en la ciutat de

Avinyó. E de allí ensemps partiren per anar en Roma. E per semblant hi anaren molts altres grans senyors per guanyar la sancta perdonança.

«E trobant-se los dos reys germans en Roma dins la sglésia del gloriós senyor Sanct Pere, lo dia que mostraven la sagrada Verònica e les altres sanctes relíquies —e aquests dos germans eren venguts desfreçats ab molt poca gent perquè no fossen coneguts—, acabades de mostrar les relíquies, un vaylet del duch de Burgunya conegué lo rey de Pol·lònia. Acostà's a ell e féu-li gran reverència segons a rey se pertany. E lo rey li demanà son senyor lo duch si era allí.

«Sí, senyor —dix lo vaylet—. En aquella capella stà fent oració.

«Dix lo rey:

«—Gran plaer tinch que sia açí, e major lo auré com lo veja.

«Los dos reys anaren a la capella hon era lo duch. Lo vaylet cuytà a dir a son senyor com los dos germans reys eren allí, que·l venien a veure. Lo duch ne agué gran plaer, ixqué prestament de la capella e, com se veren, fon molt gran la consolació entre ells, per ço com Burgunya confronta quasi ab Apol·lònia, e molt sovint se veyen e tenien molt gran amistat. Entre ells passaren moltes rahons de llur venguda.

«—Ara —dix lo rey—, puix la sort és stada tan bona que axí·ns siam vists, yo us prech que us dineu huy ab mi, e tant com en aquesta terra aturarem.

«Lo duch li regracià molt la sua bona voluntat e dix-li:

«—Senyor, per a huy la senyoria vostra me haurà scusat, car açí és Phelip, duch de Bavera.

«Dix lo rey:

«—És aquest lo qui féu testimoni contra sa mare e la féu morir en presó?

«—Sí, senyor, hi és fill de l'emperador de Alamanya. Car no pot ésser emperador si no és de aquests dos linatges, de Bavera o de Estalrich. E la electió de l'imperi és venguda al pare de aquest. E yo tinch-los convidats a ell e al duch de Estalrich.

«—No's pot fer —dix lo rey—. O vosaltres haveu tots a menjar ab mi, o mon germà e yo nos hirem a dinar ab vós.

Gran serà la gràcia que la senyoria de vosaltres me farà si venir-hi volreu.

«Tots cavalcaren. E anant per la ciutat encontraren-se ab lo duch de Bavera e ab lo duch de Estalrich. E aquí lo duch de Burgunya posà'ls en conexença dels reys, de què·n foren molt contents de haver llur amistat. Dinaren-se tots ab molta consolació e foren servits abundantment de totes les coses pertanyents a tals senyors. E tant com en Roma aturaren, menjaren ensemps. E aprés, fins que·ls posaren en la fossa.

«Estant un dia sobretaula, vengueren a parlar del rey de Anglaterra e de la reyna —dient que era de les bellíssimes dones del món—, e parlant de les grans festes e de les honors que feyen als estrangers e a tots aquells que y anaven. E per semblant, de les armes que cascú fehia, qui fer-les volia a ultrança o retretes. Més parlaren entre ells de la molta gent que y anava, uns per fer armes, altres per veure lo triümpho gran de les festes que dins la Roca se feyen. Parlà lo rey de Frisa e dix:

«—Yo seria molt content de anar-hi, puix só stat en aquesta sancta perdonança.

«Aquest rey de Frisa era de edat de XXVII e lo rey de Pol·lònia ne havia XXXI. Dix lo duch de Estalrich:

«—Per ma consciència, si no fossen los grans bandos e guerres que són dins la mia terra, jo de bon grat vos hi faria companyia e volria esperimentarla mia persona ab aquells virtuosos cavallers, los quals dien que són XXVI, e volguera fer armes retretes. Aprés, fer-les a tota ultrança.

«Parlà lo duch de Burgunya:

«—Senyors, voleu fer bé de aquestes festes hi honors: no·n pot hom haver cascun dia. Si a la senyoria de vosaltres serà plasent de anar en Anglaterra, yo leixaré tots los afers que tinch a fer açí ab lo pare sanct e de bon grat vos faré companyia. E promet en poder de vosaltres, com a cavaller que só, de jamés tornar en la mia terra fins a tant yo haja combatut un cavaller a tota ultrança.

«—Senyor duch —dix lo rey de Apol·lònia—, puix lo meu jermà, rey de Frisa, té voluntat de anar-hi, de bon grat vos ofir de anar ab vosaltres e de fer armes axí perilloses com negú que y sia.

«Lo fill de l'emperador, duch de Bavera, dix:

«—Senyors, no restarà çertament per mi la ampresa, que de bon grat yo no y vaja.

«—Puix som concordes —dix lo rey de Frisa—, siam tots quatre juramentats de servar amor e lealtat los uns als altres en aquest viatge, e no y haja entre nosaltres majoritat ni senyoria, sinó que tots siam eguals germans e frares d'armes.

«Tots loaren e aprovaren lo dit del rey de Frisa e, tots ensemps, anaren a la sglésia de Sanct Joan de Lletrà e damunt l'altar feren son jurament solenne. Aprés meteren-se en orde de tot lo que·ls era necessari, axí de armes com de cavalls e moltes altres coses que aprés se nomenaran. E per ses jornades per terra e per mar arribaren a la delitosa ylla de Anglaterra, que jamés se donaren a conéixer a negú. E ells, ben informats de la pràtica e manera del rey, una nit arribaren prop la Roca hon lo rey stava, quasi a II tirs de ballesta poch més o menys.

En aquella nit feren parar IIII grans tendes e per lo matí, al sol exit, los poms, alt de les tendes, relluïen molt per lo sol qui·ls dava, e perquè les havien parades en una poca de altura parien molt millor.

«Los qui primer les veren ho anaren a dir als jutges del camp e aquells ho digueren al Rey.

Deliberà lo rey, ab consell dels jutges, de trametre-y un rey d'armes per saber quina ventura era aquella. Fon elet Hierusalem que y anàs. Vestí's la cota d'armes e tot sol anà a les tendes. Com fon a la portade la tenda, ixqué-li un cavaller ançià ab la barba molt blanca e largua, ab un gros bastó en la mà, ab roba de vellut negre d'estat forrada de marts; e en l'altra mà portava uns paternostres de calçedònies e al coll portava una grossa cadena d'or. Com lo rey d'armes véu lo cavaller sol, fon admirat. Levà's lo barret del cap e féu-li honor de cavaller, e lo cavaller ançià ab gran afabilitat li reté les saluts, emperò no li parlà ne li dix res. E Hierusalem li dix:

«—Senyor cavaller, quisvulla que vós siau, mon senyor lo rey ab los jutges del camp m'an manat venir açí per visitar e haver notícia de vós si sou mestre e senyor de aquesta companyia, o dels altres qui capitans són. Per ço que yo pugua fer verdadera relació, vos hauré a molta gràcia que·m digau tot vostre ésser. E si yo us poré servir de mon offici, yo seré prest de obeir a tots vostres manaments.

«Lo cavaller, hoït lo per què venia, sens parlar-li mot tornà's a levar lo barret del cap, abaixant un poch lo cap, mostrant li regraciava tot lo que dit havia. E pres-lo per la mà e, primerament, lo posà en una tenda hon havia IIII cavalls çiçilians molt grans e bells, ab les selles açerades e les brides totes daurades. Aprés lo portà en altra tenda on hi havia IIII lits de camp molt singulars e molt bells.»

—Quina era la singularitat d'ells? —dix lo hermità.

—Senyor, yo us ho diré. «En cascun lit hi havia còçeres e matalafs, e los papalons eren de brocat vert, la forradura dins era de çetí carmesí, tots brodats

d'orfebreria ab molts batents que penjaven, e com gens de vent feya tots se me-
nejaven. E tal era un llit com l'altre, e tots de una color e de una fayçó sens que
no y havia milloria neguna. Als peus de cascun lit stava una donzella galantment
abillada e de inestimable bellea; e açò feya, senyor, lo lit singular. E los dos lits
staven a l'un cap de la tenda e los altres dos staven a l'altre cap e, com entraven,
en dret de la porta de la tenda, estaven IIII scuts penjats, molt bé pintats.

«Aprés lo portà en una altra tenda. E a la porta staven IIII grans leons coro-
nats e, com veren ha Hierusalem, tots se levaren en peus e ell hagué molt gran
temor. E prestament fon aquí un petit patge e, ab una vergua prima, donà a
cascú un colp e prestament se tornaren a gitar en terra. Com fon dins la tenda,
véu IIII arnesos molt bé febrits e bé en punt, ab IIII spases molt ben guarnides e
ben daurades. E al cap de la tenda, un poch més de la mijania, stava una cortina
de vellut verd. E véu que un altre petit patge tirà la cortina, e lo rey d'armes véu
IIII cavallers asseguts en un banch. E tenien endret dels hulls una gran tovallola
de fil de seda ben clara: ells podien benveure a tots los qui eren en la tenda e los
altres no els podien bé divisar. E tenien sperons calçats e spases nues, la punta
en terra e lo pom prop d'els pits. Com lo rey d'armes agué stat mirant un poch
spay, lo cavaller ançià lo tragué defora e posà'l en una altra tenda.

«E totes aquestes tendes que dites vos he, de part de dins eren de carmesí y
totes brodades axí com los papallons dels lits. Com fon dins aquella tenda, véu
un gran tinell parat ab molta vexella d'or e d'argent, e moltes taules parades. E
no entrava negú en aquella tenda que, per força o per grat, havien a menjar e a
beure. E si no volien menjar, tots lo leixaven e venia un leó qui·s posava a la porta
de la tenda e no·l leixava exir. Molta de honor fon feta al rey d'armes e, com agué
menjat, que se'n volia anar, lo ançià cavaller pres del tinell un gran plat de argent
qui pesava XXXV marchs, daurat, e donà-lo-y ab lo comiat.

«Com lo rey d'armes fon davant lo rey, recità-li tot lo que havia vist e li dix que
jamés en tota la sua vida no havia haguda més temor. Dix lo rey:

«—No·s deu negú admirar de res que veja, car cascú ve ab sa fantasia. Si
cavallers són d'estima, ells vendran açí.

«Lo rey anà a oir missa e, aprés dinar, que era ja hora tarda, veren venir los IIII
cavallers. Lo rey, com ho sabé, posà's a la porta de la Roca, e la reyna, asseguts
lo hu prop de l'altre, e tots los stats stigueren de peus, e apartaren-se ha una
part e a l'altra fehent carrer.

«Ara, senyor, recitaré a la senyoria vostra ab quina magnificència vingueren davant lo rey. Primer de tots venien IIII patges de poca edat —ab gipons tots d'argenteria, jaquets sens mànegues trepats fins a la cinta e les trepes e lo cors ben brodat, les calçes totes brodades de perles molt belles—, e cascú portava un leó ligat ab una trenyella d'or e de çeda, ab grans collars d'or que los leons al coll portaven. E los patges anaven primers en la forma que dit he. Aprés venien los IIII cavallers a cavall, ab sengles aquanehes totes blanques ab guarniments de vellut morat e brodats de una divissa e de una color. Les robes que portaven eren de domaç burell, les mànegues ubertes e feses a costats, ab gipons de brocat carmesí. Portaven papafigos de vellut negre —al cap portaven capells de palla cuberts tots dalt de planches d'or a forma de teulada— e, sobre los papafigos, portaven grosses cadenes d'or. Los stivals eren de çetí negre, ab les llargues polaynes que parien molt bé, ab los esperons ben daurats. E los stivals eren forrats de fina grana e, la volta dalt que fan prop la cuxa, eren brodats de grosses perles orientals molt fines. Los papafigos portaven tan alts que scassament los ulls mostraven. Ab les spases senyides, que los llurs gests se mostraven ésser de grans senyors que venien de camí. E ab veritat se pot dir que, de tots quants grans senyors hi són venguts, no n'i ha vengut negú qui ab tan gentil orde sia vengut, ne més acceptes a totes les gents.

«Com foren prop del rey, descavalcaren e saludaren-lo ab lo cap. E a la reyna, perquè és dona, feren-li una poca reverència de genoll. E lo rey e reyna los reteren les saluts e tornaren-se a seure. E los cavallers estigueren segurs, sens fer negun moviment més de miga hora sinó mirant l'estat e lo comport del rey e de la reyna. E no era negú que·ls pogués conéixer e el[l]s coneixen a molts, axí de sos vasalls com d'estrangers. Com agueren bé mirat a tot llur plaer, acostà's hu dels patges a ells ab lo leó que portava per la trenyella e lo un cavaller mès en la boca del leó un scrit, e baixà's a la orella del leó e parlà-li. No·s pogué saber què li dix. Lo leó anà devers lo rey e conegué'l, axí com si fos una persona. Com la reyna véu venir lo leó solt, no pogué star que no·s levàs del costat del rey, e totes les donzelles ab ella. Lo rey la pres per la roba e aturà-la, e dix que·s tornàs a seure, que no era de pensar ni creure que tals cavallers que fossen venguts en la sua cort que ab animals aguessen de enujar negú. E la reyna, més per força que per grat, se tornà en son loch. E no era admiració que la reyna se espantàs, que cosa era de temorejar.

«Lo leó era tan domèstich que no feya mal a negú. Lo leó anà dret al rey ab la letra que portava en la boca, e lo valerós rey sens temor alguna li pres de la boca l'escrit, e lo leó prestament se gità als peus del rey. Lo qual scrit era del tenor següent:

Sàpien per cert tots aquells qui la present carta veuran com aquests IIII frares d'armes són compareguts en presència del senat de Roma, e del cardenal de Pisa, e del cardenal de Terranova, e del cardenal de Sanct Pere de Luçembor, e del patriarca de Hierusalem, e de miçer Alberto de Campobaixo, e de miçer Ludivico de la Colonda. An request a mi, notari per auctoritat imperial, que fes acte públich com aquests són cavallers de IIII quarters, ço és a saber, de pare e de mare, de avi e de àvia. E negun senyor del món reprochar no·ls pot per linatge ni per títol negú.

E per senyal de veritat pos açí mon acostumat signe de notari públich.
◯AMBROSINO DE MÀNTUA.
Dada en Roma a II de març, any M.»

Capítol LXIX. Com los IIII cavallers germans d'armes se presentaren davant lo rey de Anglaterra, los quals eren dos reys e dos duchs, e donaren-li per scrit lo que volien

«—Com lo rey agué vista la carta e véu que parlar no volien, manà que per scrit los responguessen. Lo secretari fon aquí prestament e féu semblant resposta: que ells fossen ben venguts en sos regnes e terres y en la cort sua. E si res volien per llur plaer, honor o delit, que u diguessen, que ell ho faria de molt bona voluntat. E lo rey, de sa mà, posà en la boca del leó lo scrit.

«Levà's prestament e anà a son senyor. E lo cavaller pres lo scrit e legí'l als altres, e tots ensemps levaren-se los barrets del cap e humiliaren-se devers lo rey, fent-li gràcies de la honor e offerta que·lls fehia. Vengué lo altre patge ab l'altre leó, acostà's a son senyor e posà un altre scrit en la boca del leó, e féu per aquell orde que havia fet lo primer cavaller. Lo rey pres lo scrit de la boca del leó; féu-lo legir en presència de tots, axí com havia fet l'altre. E dehia semblants paraules.»

Capítol LXX. Com lo segon cavaller donà al rey lo seu albarà de les armes que volia fer

«*Nosaltres quatre, germans d'armes, stant en la gran ciutat de Roma, sabem nova com lo molt alt e molt poderós senyor rey de Anglaterra tenia camp segur a tots aquells qui venien en sa pròspera cort, e sens engan e mal enginy. E com nosaltres IIII, germans d'armes, siam desijosos de fer armes a tota ultrança, per què supplicam a la altesa vostra nos done licència de fer aquelles que a nosaltres sia ben vist.*

«E lo rey féu fer resposta, en altre scrit: que era molt content e e·ls atorguava lo loch, la jornada e hora que a ells fos plasent, aprés que alguns dies aguessen reposat, e preguava'ls molt volguessen venir al seu aleujament e seria'ls feta la honor que ells eren mereixedors. E de ses mans lo rey la mès en la boca del leó e aquell tornà a son senyor.

«Com los cavallers agueren vista la resposta del rey e la offerta que·ls feya, tornaren-se altra volta a levar los capells del cap e, ab una poca de reverència, humiliaren-se a ell. E lo rey, ab gest graciós, los reté les saluts.

«Lo tercer cavaller féu axí com los altres havien fet, e portà un scrit del tenor següent.»

Capítol LXXI. Com lo terç cavaller donà un albarà al rey de les armes que volien fer

«*Qualsevulla cavaller o cavallers qui armes a tota ultrança ab nosaltres fer volrà, vingua al nostre aleujament e trobarà allà, per divisa, una gàbia de nau posada sobre un arbre qui no té fruyt, ni fulla ni flor, que ha nom Seques Amors. Entorn de la gàbia trobaran quatre escuts tots pintats d'oriflama. E cascún scut té son nom: lo hu se nomena Valor, l'altre Amor, l'altre Honor, lo quart se nomena Menysvaler.*

E lo cavaller qui tocarà lo escut qui·s nomena Amor s'à a combatre a cavall, ab tela, ab arnés de una dobladura. E agen a córrer tant e tan longuament fins que lo hu o l'altre sia mort o vençut, en esta manera: que si pert peça d'arnés qualsevulla que sia, o tireta alguna se rompés, no la puguen tornar adobar, ans axí tingua de danar e complir les armes. Los arnesos sien sens falsa maestria, sinó tals com són acostumades de portar en guerra guerrejada.

Qui tocarà lo escut qui·s nomena Honor ha de fer les armes sens tela, lo arnés sens guarda neguna ni tarja, ni scut ne vayrescut. Hi la lança o lançes sien de XVII palms, sens roda ni altra maestria, e ferros esmolats. E si pert lança o la romp, ne pugua haver tantes com li plaurà fins a tant que mort o vençut sia.

Qui tocarà lo escut de Valor haja a fer les armes a cavall, ab sella açerada e testera, ab streps desligats, ab plates de XX liures enjús, una lança sola de larguària de XIII palms —ab lo ferre e ab tot, la punta de diamà, la gruixa cascú com li plàcia—, spasa de IIII palms de larguària, una copagorja cascú a sa voluntat, una hacha de una mà poca, al cap una celada ab bavera, per ço que la batailla pus prestament prengua la fi que desijam. E si la acha desús dita sortia de la mà, la pugua cobrar tantes voltes com porà, mas que altri no la y puixa donar, sinó que ell mateix haja a cobrar-la, si pot.

Lo altre leó féu tot lo que·ls altres havien fet. E pres lo rey lo escrit de la boca del leó e féu-lo legir, les paraules del qual eren les següents.»

Capítol LXXI. De les paraules que contenia lo albarà del quart cavaller

«Lo cavaller qui tocarà lo escut de Menysvaler ha de fer les armes a peu, ab IIII bastons, ço és a saber, lança, dagua, espasa e acha de II mans. La lança, qui la volrà portar emplomada ho pugua ben fer; e si millor li parrà spasa de git, que sia sa voluntat de portar-la. E s'agen a combatre tant e tan longuament fins que lo hu dels dos reste mort o vençut l'altre. E si resta sa e sens lesió de sa persona, que s'haja a posar en poder de aquella dama que·l vencedor volrà, e que ella pugua fer d'ell a sa voluntat. La mort serà egual entre nosaltres, perdonant de bon cor e de bona voluntat a tots aquells qui·ns offendran. E demanam perdó als qui offendrem.

«Com lo rey agué vist los quatre escrits e tot lo que los quatre cavallers demanaven, per ell los fon tot atorguat. E dix que les quatre enpreses eren molt perilloses, que aquests cavallers se procuraven la mort.

«Complit tot lo desús dit, feren reverència al rey e a la Reina, pujaren a cavall e tornaren-se'n en ses tendes. Lo rey dix a un rey d'armes que anàs als IIII cavallers e que·ls digués que ell los preguava que aquella nit venguessen a sopar ab ell. E féu carreguar XXX adzemles de vitualles e de totes les coses necessàries per a la humanal vida, e ab lo rey d'armes los ho tramés.

«Com los IIII cavallers veren la bona voluntat del rey, regraciaren-lo-y molt. E per scrit li respongueren que al present no acceptarien donatiu de persona del món ne·s darien a conéixer fins haguessen complides ses armes —e açò no fehien per desalt de sa altesa, sinó per quant ho tenien en vot—, e que li'n feyen infinides gràcies. E no volgueren res pendre. Al rey desplagué molt com véu tornar les adzembles carreguades e de la resposta que havien feta.

«Aprés, senyor, los IIII cavallers aquella nit feren molt ricament emparamentar la gàbia de la nau. E entorn de la gàbia posaren los quatre scuts ab un scrit qui dehia: *Qualsevulla cavaller o cavallers qui vendran per tocar aquests scuts, hajen a portar un scut ab les armes pintades de aquell cavaller qui volrà fer les armes. E aquell scut no pugua portar sinó dona o donzella, o rey d'armes, eraut o porsavant. E ab aquell scut hajen a tocar en lo escut de la gàbia segons les armes que volrà fer, e leixar aquell scut al costat de l'altre.*

«L'endemà hi anaren molta gent per veure lo gran stat e magnificènciaque tenien, e a tots quants hi anaven daven a menjar molt copiosament, a la real. E los llurs compradors res que comprassen no pagaven sinó ab moneda d'or, e si res hi restava ho leixaven, que no u volien, que no volien que tocassen moneda blanca.

«Lo dia següent de matí anaren a l'aleujament del rey per ohir missa ab ell e vengueren devisats en altra manera, ço és, ab robes de brocat carmesí forrades de erminis, largues fins en terra, ab papafigos d'altra color molt ben brodats de grosses perles, ab capells fets a modo de Turquia, ab cints d'or macís, ab pater-nostres de calçedònies que cascú portava en les mans molt grossos e molt bells. E venien a peu ab los IIII leons que·ls fehien companyia, e cascun leó portava en la boca unes ores molt ben guarnides. E stigueren en una gran sala per bon spay sperant lo rey quant exiria de la cambra.

«Com lo rey los véu, fon molt content de la llur venguda. La reyna ixqué e lo rey li dix que prengués los dos cavallers, que ell ne pendria los altres dos, car ell conexia que eren senyors de molta auctoritat e stima. Lo rey pres los dos per les mans e la reyna los altres dos, e lo rey e la reyna anaven enmig. Los de la reyna la prengueren del braç e axí anaren tots fins a la sglésia. E, ans que començassen la missa, lo rey los dix:

«—Yo no sé la honor que us pugua fer per no saber vosaltres qui sou. E molt me plauria, puix no us voleu dar a conéixer a mi, que plàcia ha cascú de vosaltres pendre lo loch segons lo estat en què nostre senyor Déu vos ha posats; si sou reis, prenguésseu lo loch que reys són mereixedors e, si sou duchs, per lo semblant, o de qualsevulla altre estament, fer-vos hi à la més honor que yo poria.

«Hi ells ab lo cap baix, regraciant al rey la honor e profertes que·ls fehia, e no volgueren res dir de paraula ni per scrit. Ab tot açò, lo rey manà que·ls fessen seure los primers de tots, prop de l'altar, e los leons allí prop d'ells. E prengueren les hores als leons de les boques e digueren ses ores. Com la missa fon dita, tornaren les hores als leons e posaren-se en companyia del rey e de la reyna.

«Com foren dins la Roca, estaven mirant aquella magnificència dels stats e abillaments que dins la Roca eren. Prengueren molt gran plaer en veure aquelles dones d'argent com lançaven aygua e vi per les mamelles e per la natura e staven molt admirats, dient ab senyals e per scrit que açò era fet ab lo major orde e subtil enventiva que jamés ells aguessen vist. E per molt que lo rey los preguàs, no volgueren restar per dinar-se ab ell. Prengueren comiat e tornaren-se a llur aleujament.

«Ara deu saber la senyoria vostra que, com los quatre cavallers agueren acabat de donar los quatre scrits lo primer dia que ells vingueren, de continent que ells se foren partits davant lo rey, Tirant, secretament, que negú de tota la companyia no·n sentí res, se n'entrà dins la ciutat e agué quatre scuts e féu-los pintar tots en aquella nit, cascun scut de sa color. E féu-hi pintar en lo hu les armes de son pare, en lo segon féu pintar les armes de sa mare, en lo terç scut féu pintar les armes de son avi, en lo quart féu pintar les armes de sa àvia. E en aquest spay que los scuts se pintaven, véreu molts cavallers se ajustaven de quatre en quatre per voler-los combatre. Açí n'i havia de França, de Ytàlia, de Aragó, de Castella, de Portogal e de Navarra, en los quals hi havia de molt bons cavallers sperimentats en armes que·ls volien deliurar, e molts ho posaven per obra. E lo duch de Clarença e lo príncep de Gales, e lo duch d'Atçètera e lo duch de Betafort, aquests quatre, havien feta concòrdia de voler-los combatre. E de la nostra companyia, que no·m vull oblidar, preguam a Tirant, puix ell havia fetes armes hi era desliurat dels perills de la mort, triàs a quatre de nosaltres dels més disposts de tota la companyia, per ço com tots eren en deute de parentesch e major en amistat. Ell respòs que era molt content e féu lo contrari.

«Com los scuts foren acabats de pintar, Tirant ajustà totes les donzelles e les més galanes e de major dignitat, e donà a cascuna un scut. E ajustà l'estat dels cavallers e, ab moltes trompetes e ministrés, passam davant lo estat del rey. Com lo rey véu los quatre scuts, demanà de qui eren. Dix un eraut:

«—Senyor, de Tirant lo Blanch e de sa companyia.

«Com Tirant véu lo rey, descavalcà e pujà hon lo rey e la reyna eren, e supplicà·l fos plasent a la magestat sua dar-li licència que ab tot aquel stat pogués anar a tocar los scuts per deliurar aquells cavallers de la fort empresa que portaven. Lo rey fon molt content per dues coses: la primera perquè Tirant e los de sa companyia eren valents hòmens, la segona perquè tan prestament havien en sa cort trobat cavallers qui·ls havien deliurats. E Tirant fon tant cuytat per dubte que altres no s'i cuytassen a tocar los scuts, que scassament agué temps de fer pintar quatre banderes grans que portava e quatre cotes d'armes per a dos reys d'armes, un eraut e un porsavant.

«E ab tot aquell triümpho anam fins a les tendes dels cavallers. Com ells sentiren les trompetes e venir tanta gent, stigueren molt admirats com tan prest havien trobat lo que cercaven, car no era passat sinó un dia natural del dia que eren arribats. Los quatre cavallers ixqueren de la tenda molt ben abillats, emperò tots temps portaven los papafigos per no ésser coneguts. Eferen abaixar un poch la gàbia perquè les donzelles poguessen tocar. La primera de totes que tocà fon la bella Agnés, e tocà en lo escut de Amor, si bé li eren més prop los altres scuts. Emperò ella anà legint les letres e no volgué tocar sinó Amor. Dona Guiumar, filla del comte de Flandes, no volgué tocar sinó lo escut de Valor. Cassandra, filla del duch de Prohença, no volgué tocar sinó lo escut de Menysvaler. La Bella Senspar, filla del duch d'Anjou, fon contenta de tocar en lo escut de Honor. Com totes agueren tocat, penjà cascuna lo escut que portava al costat de aquell scut que havia tocat. E axí staven tots per orde, que lo cavaller qui vençés se n'havia a portar lo seu e lo de l'altre, car axí era ordenat.

«Com tots los quatre scuts foren penjats, los quatre cavallers descavalcaren les quatre galants dames qui los scuts havien portat e cascú pres la sua del braç. E tots descavalcam e portaren-nos dins la tenda on eren los lits. E dix lo hu dels cavallers a la bella Agnés, per scrit:

Per ma fe, ma dama, si vós en camisa stàveu gitada en aquest lit, e les altres per semblant, tota una nit d'ivern, yo poria bé dir que·n tot lo món no·s trobarien quatre lits més singulars.

«—A vosaltres, cavallers, no fretura la companyia nostra —dix la bella Agnés—, car yo veig allí quatre gentils dames qui en la nit vos tenen companyia, per què no us cal més desijar.

«—Del bo tria hom lo millor —dix lo cavaller.

«E prestament fon aquí la col·lació molt gran he abundosa de moltes maneres de confits. E al partir que fem, lo cavaller donà a la bella Agnés unes ores molt singulars e de rich guarniment. L'altre cavaller donà a dona Guiumar un braçalet, la meytat d'or e mig d'açer, ab molts diamants e altres pedres fines. L'altre cavaller donà a Cassandra una çerp tota d'or que·s mordia en la coha, molt rica de pedres precioses e los hulls tenia de dos grossos robins. La Bella Senspar tenia los cabells molt rossos e molt larchs: donà-li una pinta tota d'or l'altre cavaller, e no de menys stima que les altres joyes. E als reys d'armes, erauts e porsavants, e trompetes e ministrés, mil nobles a cascú. E jamés volgueren deixar les donzelles fins que foren al stat de la reyna, qui era en aquell cars ab lo rey. E lo rey rebé'ls ab molta d'onor e affabilitat. E estant davant lo rey los quatre cavallers, ab un scrit supplicaren al rey e als jutges del camp que prop de les llurs tendes poguessen fer una liça nova, per quant la que ells tenien ja feta, tants hòmens hi eren morts que no era sinó sepultura de cavallers. E lo rey ab los jutges foren molt contents que fos feta. Rebuda la resposta, prengueren licència del rey e tornaren-se'n e ordenaren de continent de fer la liça.

«E cascun dia, senyor, se mudaven de vestidures de gran stima e de nova manera. E puch ben dir a la senyoria vostra que molts grans senyors són stats malcontents de Tirant per enpendre de fer aquestes armes, per ço com ells les volien fer.

«Aprés que la liça fon feta e los cavallers agueren reposat, posaren un scrit a la porta de la Roca qui dehia que lo cavaller que havia tocat lo escut de Amor haja de ésser en lo camp lo terçer dia. E Tirant dies havia que stava en orde sperant quant lo demanarien.

«Venint lo dia asignat, Tirant ajustà totes les sues donzelles ab tot lo estat dels cavallers e anà ab totes les acostumades gales. E lo rey e la reyna eren ja en lo camp, alt en los cadafals. Com Tirant apleguà, trobà un cavaller al cap de la tela e, rebut Tirant per los fels, tancaren la porta de la liça e posaren-lo a l'altre cap de la tela. Com la trompeta sonà, los cavallers feriren los cavalls dels sperons e feren moltes carreres e de molt bells encontres. Lo cavaller encontrà a Tirant en una carrera e ferl'l sobre lo rest, esquillà e no pres, e scorregué al guardabraç dret e levà-lo-y del tot, ab molt cotó del gipó que la punta de la lança se'n portà. De aquest colp Tirant molt se'n smayà. L'altra carrera lo tornà a encontrar alt en la xarnera de l'elmet e, si II dits més baix l'agués encontrat, de mil vides no·n tenia una. E allí hon lo encontrà, pres en la xarnera, e la lança no·s rompé, e tragué·l de la sella e caygué en terra. Tirant tornà a cavall lo més prest que pogué. E stà en veritat que Tirant havia fet dos encontres en lo guardabraç squerre e havia'l un poch desmarchat allí hon vénen quasi los més encontres. E a l'altra carrera que feren, Tirant lo tornà ha encontrar en aquell guardabraç e rompé lo cuyro per hon passen les tiretes, e tenia lo guardabraç liguat de part de dins ab una corda de seda tan grossa com lo dit, e les tiretes no·s pogueren rompre perquè eren de cor de cànem cruu. E lo guardabraç li fóra del tot caygut sinó per lo cordó de seda e, d'altra part, li dava gran enpediment perquè dalt era desfet, que poch útil li fehia. E axí feren moltes carreres, que a l'hu fallia lo guardabraç dret e a l'altre lo esquerre.

La fortuna fon favorable a Tirant, que encontrà altra volta en aquell loch mateix al cavaller, e pres-lo un poch alt e, les lances que eren grosses, levà-li lo braç, que li caygué sobre lo coll del cavall, que valer no se'n podia perquè los ossos eren romputs. E lo miserable de cavaller encara volia fer armes, que li liguassen lo braç. E lo sperit li fallí, que no pogué més per la molta sanch que perdia. Mès-s'i espasme e tornà tot ert en la sella, que no·l pogueren descavalcar sinó ab la sella ensemps.

«Tirant se'n tornà, armat axí com stava, sens levar-se lo elmet del cap. E prestament l'altre cavaller donà un scrit al rey que en aquella hora mateixa volia combatre. E los jutges del camp digueren que no romprien per res les ordinacions del camp, com en aquell dia no s'i podien fer dos morts ni en tota la setmana, que en camp aguessen entrar sinó los dies que eren elets per fer armes en liça a tota ultrança. E si aço no·ls venia bé, que tenien libertat de anar-se'n tota hora que a ells plasent los fos.

«—Ara que·ns han mort un cavaller nostre, frare d'armes, dien que·ns ne anem? O tots hi morrem o tots venjarem la mort de aquest —digueren los III cavallers.

«Lo rey féu fer molta de honor a la sepultura del mort cavaller, axí com fehien a tots los altres. Com lo portaven a soterrar, los tres cavallers se vestiren de vermell ab robes de grana. E tot quant portaven era vermell, significant venjança, e sens plorar ni fer negun senyal de tristor.»

Capítol LXXII. Com Tirant entrà en lo camp ab los tres cavallers, lo hu aprés l'altre, e de tots fon vençedor.

«—Venint lo dia que era asignat per fer la batailla, Tirant se armà tan secretament com pogué. En aquest fet no pense la senyoria vostra que tots los de la nostra companyia hi sabessem sinó tres de nosaltres, parents de Tirant, e un servidor seu antich. Tirant féu portar les banderes e sobrevestes per a ell, e per als reys d'armes e erauts, de les armes de son avi, car les prim[e]res foren de la àvia. E ben armat pujà sobre son cavall emparamentat.

«Aquest cavaller qui és açí restà tancat dins una cambra perquè Tirant lo·n pregà molt, e tots se pensaven que fos ell.

«Tirant anà acompanyat en la manera acostumada com desús és dit. Com fon dins la liça, ja trobà un cavaller del scut de Honor. Y havien a córrer sens tela e ab arnés sens guarda neguna. Pochs encontres féu lo hu ni l'altre, que no romperen sinó çinch lançes. La onzena carrera, Tirant llançà la sualança e demanà que li'n donassen una més grossa, e ab aquella encontrà'l tan fort que la lança no volgué haver pietat de negú e passà'l de l'altra part, que la lança no·s rompé. E al passar que Tirant féu ab la lança en lo rest, al voltar que·l cavall féu, la lança se voltà al revés e féu-li molt gran dan —que li obrí molt la nafra—, que no aguera fet si la lança se fos rompuda. Emperò així havia de ésser, que lo pobre de cavaller caygué en terra e ab la basca de la mort fortment cridava.

«Tirant descavalcà prestament, tirà la spasa e posà's prop d'ell, que, si·s volgués levar, que·l ferís ab la espasa, que·l matàs o·l fes desdir o dar per vençut, segons és pràtica en les armes a tota ultrança. E Tirant li demanà si volia fer més armes e l'altre era més mort que viu.

«Los jutges del camp davallaren del cadafal e digueren a Tirant que ell se'n podia bé anar sens perjuhí negú seu. E Tirant, així armat com stava, tornà ha pujar a cavall e tornà-se'n al seu aleujament, que negú no pogué conéixer que fos ell, ans tots los de la companyia e los de la casa del rey penssaven que aquest fos lo qui era stat assignat en lo altre dia per fer la batailla.

«Lo dia asignat per al terç cavaller del scut de Valor, fon en lo camp, e lo rey e la reyna. Tirant entrà per lo camp per lo orde acostumat. Com la trompeta tocà, los jutges manaren que·ls deixassen anar e ells, ab ànimo sforçat de cavallers, anà lo hu devers l'altre ab les spases en les mans, que semblaven dos leons. E les petites aches portaven en la anella de l'arçó de la sella. Combateren-se primer ab les spases molt ferament, que·ls fehia molt bell veure. És veritat que Tirant tenia lo cavall molt pus lauger que l'altre e mostrava's molt millor a parer de les gents. Acostaren-se molt prop lo hu de l'altre, e Tirant li tirà una estocada ab la spasa dejús lo braç que li féu una gran nafra. Com Tirant véu que perdia molta sanch, mès prestament la spasa en la mà de la regna e tragué la acha, e començà'l a soptar de colps molt fers. Com lo cavaller véu que mal se pintava lo joch, volgué fer axí com havia fet l'altre, volgué tornar en la bahïna la spasa e no podía, que un home armat prou té a fer de poder estojar la spasa. E en aquest spay que ell estava torbat d'estojar la spasa, Tirant li donava tan desmesurats colps que·l fehia star molt més torbat. Lo cavaller se agué a posar la spasa dejús lo braç e volgué pendre l'acha. E Tirant lo tingué tan a prop e soptava'l tan de mortals colps que no podia pendre la acha e, tant com prenia de l'avanbraç o del guardabraç, tant li'n levava, car verdaderament, senyor, la pus mala arma ésde totes una per una. Tirant li donà tres o quatre colps sobre lo cap, que·l torbà tant que jamés pogué traure la acha de l'arçó de la sella, e tenia la spasa desots lo braç: per no perdre-la, no podia voltar lo cavall. Ell mostrava que era maldestre en les armes e, tals com aquestes, moren envergonyits perquè no saben la pràtica ni lo estil de les armes. E al parer del rey e de tots los altres, sens fer defençió neguna, morí molt desaventuradament e no com a cavaller. E tants colps li donà Tirant sobre lo braç que·l tenia lançat sobre lo coll del cavall, que no·l podia alçar. E lo darrer colp que li donà fon sobre lo cap, que tota la celada li enclotà dins lo cap, que lo cervell li féu exir per los hulls e per orelles, e caygué mort del cavall.

«E Tirant, ab voluntat dels jutges del camp e dels fels, obriren-li la porta del camp, e les donzelles, qui ja speraven per rebre'l perquè havien vist mort l'altre cavaller. E ab molta alegria lo reberen e ab molta honor lo acompanyaren fins al seu aleujament. Emperò Tirant no·s volgué desarmar lo cap per no ésser conegut. Abillà's molt bé e, tan secretament com pogué, se mesclà ab los altres cavallers.»

—Bé fon mala sort —dix lo hermità— de morir axí tres cavallers. Vejam lo quart quina fi féu.

Capítol LXXIII. Com Tirant vençé lo quart cavaller

«—Senyor, la senyoria vostra deu saber que aquesta batailla se havia de fer a peu. E lo dia asignat ells entraren los dos en la liça —present lo rey e la reyna, los jutges del camp e tots los grans senyors que en la cort eren— e combateren-se molt ferament. E vengueren-se abraçar e, per força, lo hu e l'altre leixaren caure les aches e tiraren les dagues, car de les spases no se'n podien servir, tan abraçats staven. Taillaren-se les cordes de seda ab què los baçinets staven ligats.»

—Com! —dix lo hermità—. E tan poch sap Tirant e los altres que ab seda agen a liguar lo bacinet?

—Ab què·s pot ligar millor —dix Diafebus—, sí Déu vos done longua vidaen aquest món e paradís en l'altre?

—Mon fill —dix lo hermità—, en lo temps de mon jovent, no que yo haja acostumat de portar ni fer armes, mas stiguí alguns dies ab un cavaller qui sabia molt en les armes e viu-lo combatre en liça a tota ultrança, e e·ll fóra mort d'aquella volta si no fos estat lo cordó de seda que portava. E ara vos diré, mon fill, com se deu fer. Preneu fil de ferre de aquell que posen en les lànties, qui·s doblegua a totes parts, e cobriu-lo tot de seda a manera de cordó. E per fort que·l ligueu, tostemps presta e·s doblegua en aquella part que·l volreu. E si·l volen taillar, no poden: la seda porien taillar, mas no lo ferro. E aquest és bon secret en les armes. Ara vejam la fi de la batalla, si us plaurà.

«—Senyor, diré a la senyoria vostra que, stant ells axí abraçats e los cordons dels bacinets taillats, donaren-se molts colps lo hu a l'altre e los dos caygueren en terra. E levaren-se com a valents cavallers e, tan prest com foren de peus, tornaren les dagues en les bahïnes e tiraren les spases, e tornaren a la batailla molt aspra e cruel —que lo cavaller tenia gran desesperació per los tres jermans d'armes que li havien morts, e fehia molt gran sforç. E Tirant se esforçava per no perdre lo violari, que tantes armes fehien los dos cavallers que tots los miradors n'estaven admirats e prengueren plaer que tal batailla no vingués a fi perquè negú d'ells no morís. E tornaren-se altra volta abraçar e hagueren a llançar les spases e venir a les dagues. E puch bé dir, senyor, que negú dels II cavallers no fon nafrat en lo cors, sinó en lo coll hi en lo cap, davall lo bacinet, per ço com lo bacinet stava fluix: posaven les dagues dejús la falda del bacinet e allí se ferien malament. Aprés tornaren a caure altra volta. E lo cavaller portava lo arnés de les cames de paper engrutat cubert de fulla d'argent, que pròpiament paria arnés de cama e de cuxa, e de part de tras portava cuyro de bou clavat ab lo peto, e anava molt lauger, que tenia molt gran avantatge. Emperò, ab la valentia que tenien los dos, se tornaren a levar altra volta e tornaren a fer armes, mas estaven molt empedits lo hu e l'altre, que no·s podien dar tants colps com agueren, per los bacinets que tenien desligats, que·ls torbava la vista, que no·s podien bé veure. Emperò lo cavaller tant s'estrengué ab Tirant que·l féu caure en terra, e Tirant lo tingué tan fort abraçat al caure que l'agué a seguir, e los dos caygueren en terra. E Tirant donà tan grancolp en terra, del cap, que lo bacinet li sortí tres passes luny e trobà's més lauger que de primer. E per temor de morir féu son poder de levar-se ans que l'altre, e fon-li bé mester, que com Tirant fon de peus, l'altre tenia les mans e genolls en terra per levar-se. E Tirant, qui fon més prest levat e véu l'altre qui stava ja per alçar-se, donà-li ab les mans gran enpenta e féu-lo caure de l'altra part, e tenia'l tan a prop que no·l leixava menejar; posà-li los genolls sobre lo cors per voler-li levar lo bacinet. Lo cavaller qui en terra estava, sentí que Tirant li tenia los genolls endret dels pits: voltà tot lo cors, e lo arnés de Tirant ab lo arnés de l'altre aleneguà, que Tirant no·s pogué tenir e caygué a l'altra part, e los dos treballaren qual primer se levaria. La sort e fortuna volgué ajudar a Tirant: per ço com lo bacinet li era caygut, trobà's molt més lauger que l'altre e levà's més prestament, que li valgué molt.»

—Senyor, yo tinch compassió de la mort de aquests quatre cavallers, germans d'armes, com així moriren. E aquest jamés se volgué dar per vençut, sinó que volgué morir martre d'armes.

—E senyor, Tirant ha agut de grans ventures perquè és molt destre en les armes e més té giny que no força. E la major virtut que té és que li dura molt lo alé, que si combat del matí al vespre e stigua tostemps armat, jamés se pert per alé.

—Aqueixa és la principal virtut que·l cavaller pot haver —dix lo hermità— qui ha de fer armes. Vejam vosaltres, cavallers qui sou jóvens e sabents, en lo exerçiçi de les armes qual stimaríeu més: ésser fort e no destre ni ginyós, o molt destre e ginyós e no fort?

Entre aquells cavallers que allí eren agué de moltes opinions. Aprés los dix:

—¿Què volríeu més: entrar en batailla concordada egualment armats, a cavall, spasa sens sperons o sperons sens spasa, e que així us aguésseu de combatre?

E dich-vos certament que yo he vist fer tals batailles. Encara, yo·n viu fer una altra batailla davant lo duch de Milà e fon mès en electió de dos cavallers que·s volien mal, a cavall lo hu e l'altre a peu, armats egualment ab armes defensives. Lo de cavall portava spasa sola, sens altres armes offensives, e lo de peu portava lança ab un punyal. Qual de aquestes eligiríeu si requests ne fósseu?

Ara, deixem açò —dix lo hermità a Diafebus—. Digau-me Tirant si ha fetaltres cavalleries, en aquest honorós pas d'armes, a tota ultrança.

—Senyor, yo us ho diré —dix Diafebus—. «Aprés que aquests IIII cavallers foren morts, vengué un cavaller que·s nomenava Vila-Fermosa, molt valentíssim cavaller e natural d'Escòcia. Un dia, stant en la cort, en presència del rey e de la reyna, dix a Tirant les següents paraules.»

Capítol LXXIIII. Com un cavaller nomenat Vila-Fermosa requerí de batailla a Tirant

«—Cavaller virtuós, la vostra ínclita fama resplandeix per tot lo món de molta bondat e gentilea. E yo, hoint aquella, só vengut de la mia terra deixant lo servir de mon rey e senyor, aquell qui senyoreja la Scòcia. E la causa de la mia venguda és per quant yo, departint un dia, per mos peccats, ab una senyora que té la mia ànima cativa, no·m volgué admetre ma demanda ni pendre'm a merçé, sinó que, ab crueltat, me dix que jamés me parlaria fins a tant yo agués combatut e vençut en camp clos a tota ultrança aquell cavaller qui tanta glòria en aquest món havia sabuda guanyar. E per ço com vós, Tirant, sou aquell a qui ma senyora me remet, vos requir, per lo orde que haveu rebut de cavalleria, que·m vullau admetre la mia demanda a tota ultrança ha cavall, ab bacinet sens careta. Les altres armes vós devisau en la manera que ben vist vos sia, que puix yo he devisat la una part, que vós diviseu l'altra. E açò us hauré a molta gràcia.

«No tardà respondre Tirant en manera de semblants paraules:

«—Cavaller, a mi par que vostra demanda és més voluntària que de necessitat. E consell-vos que la leixeu per a temps de necessitat, car batailla a tota ultrança és fort e de mala digestió. E per quant yo no só sa de ma persona, que les nafres que tinch no són bé guarides, que per vostra bondat e gentilesa serqueu altre cavaller, dels quals trobareu en aquesta pròspera cort tants e de tanta virtut que us contentaran a tot lo vostre desig.

«—Bé poria ésser lo que vós dieu —dix lo cavaller—, mas què puch fer? Que ma senyora no·s contenta si no·m combat ab vós, e altri no vull sinó a vós. E si per temor de mort stau de no combatre-us ab mi, açí, davant la magestat del senyor rey, vos offir dar-vos una peça de arnés de avantatge, puix no sia la espasa.

—»Yo, per salut de la vostra persona me volia scusar de no venir a batailla ab vós —dix Tirant—. Però, puix tant me'n forçau e me'n requeriu, no volria pensassen los bons cavallers que per covardia ho leixe de fer. Yo só content, ab la ajuda de la divina Bondat, de liurar-vos, e accepte vostra batailla e requesta. E puix haveu començat de devisar la una part de les armes, yo us done libertat, jatsia a mi pertangua, que vós les deviseu totes a tot útil vostre. De la peça d'arnés que m'offeríeu donar, yo no la acceptaria. E par-me que en lo vostre parlar que trementina bullenta no us ha tocat.

«—Ara, puix som concordes de nostra batailla —dix lo cavaller— vós, Tirant, me haveu a jurar e fer sagrament açí, en presència de la magestat del senyor rey e de la senyora reyna e dels bons cavallers que açí són, de no acceptar requesta de negun cavaller ne fer armes negunes, per ço que laugerament se poria seguir ésser nafrat o alesiat de algú de vostres membres, e la batailla per vós acceptada no pogués venir en aquella fi per mi tant desijada.

«E Tirant, en presència de tots, féu lo jurament. E dat compliment a tot, lo cavaller pres comiat del rey e de la reyna e de tots los de la cort, e tornà-sse'n en Scòcia. E supplicà a la reyna d'Escòcia fos de sa merçé que li volgués asegurar lo camp e deixar venir la batailla a fi segons era concordada entre ells. E la reyna graciosament lo y atorguà, de tenir-li lo camp segur dins quatre meses aprés que la citació los presentada, perquè Tirant hagués prou temps de ésser guarit.

«Senyor, Tirant tramés aquell servidor seu qui tant de temps lo havia servit e sabia en sos secrets més que tot altre, e tramés-lo a casa de son pare e mare perquè li fallien los diners per posar-se en orde de les coses necessàries per anar en Scòcia per fer la batailla. E com fon al port de Dobla per passar la mar, trobà allí tots los servidors dels IIII cavallers que Tirant havia morts, qui staven esperant una nau qui prestament devia partir per passar en la terra ferma. Com se foren tots recollits, lo servidor de Tirant pres amistat ab los altres. E parlant dels quatre cavallers morts sabé com lo hu era rey de Frisa e l'altre, son germà, lo rey de Apol·lònia. Stigué molt admirat e pres molt gran alteració per la mort del rey de Frisa, qui era son senyor natural, e començà a fer gran dol, lamentant-se de la sua desaventura. E ab làgremes que dels seus hulls abundants corrien, ab veu piadosa, plorant, dehia:

«—O trist e desaventurat de mi! E quina mala sort m'à portat que ab ajuda mia se sia armat cavaller qui haja mort ha mon senyor natural! Bé és stada mala sort mia que a tal cavaller yo hagués a servir. Oh fortuna! ¿E per què has permés que un tan excel·lent senyor com era lo rey de Frisa, mon senyor, que vassall seu, ignocent de tal culpa, sia stat participant en la sua mort dolorosa?

«Aquestes e altres semblants paraules adolorides e de molta compassió dehia lo servidor de Tirant, qui·s nomenava Maldonat, que tots los qui eren en la nau staven admirats de les grans lamentacions que aquest pobre de gentilom fehia. E durà tant que pervengué a notícia de aquell cavaller ançià que era majordom dels IIII cavallers morts, qui stava dins la nau, tancat en una cambra, plorant sa desaventura. E ixqué de la cambra, ab ton son dol, e apartà lo servidor de Tirant a una part e preguà'l molt que li digués de què fehia tan strem dol.

«—Senyor —dix lo gentilom—, yo só vassall del rey de Frisa e tinch pare e mare en la sua terra. E de molt poca edat ixquí del seu regne e passí, per ma sort e per ma desaventura, en Bretanya. Trobí'm en servitut de aquest cavaller —que nunca jamés yo l'agués conegut— per causa de yo ajudar-lo ha armar e fer les banderes, les sobrevestes, e fer pintar los scuts e totes les coses necessàries per a la batailla desegual, que un cavaller sol agués a fer morir dos reys e dos duchs, en special a mon senyor natural. Aquesta és la dolor que més me atribula, com pens que ab engan ho ha fet.

«Lo cavaller ançià, com véu així parlar lo gentilom, posà'l dins la sua cambra e volgué saber tot lo fet com era passat. E en haver hoït tot lo que aquell dehia, dix-li:

«—Amich, prech-vos que, si amau a vostre senyor natural, que us ne aneu ab mi e leixau lo servei de Tirant.

«E lo gentilom, per la sua fealtat, amor e voluntat que tenia a la pàtria d'on era natural, deixà de anar en Bretanya. Com foren en la terra ferma, anà-se'n ab lo cavaller. Emperò hagué un home —pagà'l bé— qui portà les letres de Tirant en Bretanya.

«Com lo cavaller, ab lo criat de Tirant, foren arribats en la major ciutat de Frisa, trobaren tots los de la ciutat e del regne molt adolorits per la mort de llur rey e senyor. E per la relació de aquell e del cavaller ançià, vengué lo cars a notícia de un cavaller qui havia nom Kirielayson de Muntalbà, lo qual venia de natura de gigants, qui era de molt gran statura, molt fort e animós més que tot altre. E certament era un valentíssim cavaller, lo qual dix en presència de tots que aquest fet no passaria sens condigna punició del mal cavaller Tirant. E prestament ordenà una letra e pres un rey d'armes qui havia nom Flor de Cavalleria, e una donzella qui anà per parlar, e lo rey d'armes per obrar. Posaren-se dins una nau e, ben acompanyats, passaren en Anglaterra. Com foren davant lo rey de Anglaterra, la donzella, ab veu sforçada, cridant dix.»

Capítol LXXV. Com Tirant fon reptat de cas de tració per una donzella en presència del rey

«—O rey prudentíssim e de gran excel·lència! Yo só venguda açí davant la magestat tua per posar clam e demanda contra un falç e reprovat cavaller qui·s fa nomenar Tirant lo Blanch e los seus actes són ben negres. E si açí és, vinga avant que yo li diré com ell, ab gran tració e maldat, e ab armes dissimulades e de gran engan, ha morts ab les seus falses mans a dos reys e dos duchs, e açò no ha un mes complit.

«—Com pot ésser, donzella —dix lo rey—, lo que vós dieu? Que Tirant ha prop d'un any que és en la mia cort, que no he vist ni sabut que tals coses ell haja fetes com vós lo incriminau, en special de cars de tració.

«Eren allí alguns parents de Tirant que y volien satisfer, e lo rey dix que callassen, que no permetria que negú hi parlàs. Puix Tirant era allí, que·l fessen venir, que ell volia saber aquest cas de tració com passava.

«E prestament ho anaren a dir a Tirant, lo qual trobaren que encara stava en lo lit, que no s'era levat, car, per causa de la molta sanch que avia perduda e per les nafres que encara no eren ben guarides, no·s levava massa matí per donar repòs al cors, e per ço ell no·s trobà ab lo rey en aquella hora que anava a hoir missa. E digueren-li que una donzella era venguda davant lo rey e la reyna, qui·l reptava de tració.

«—Ha, sancta Maria val —dix Tirant—, jamés en tota la mia vida pensí fer cas de tració! ¿Com se pot fer que aquesta donzella sia venguda tan mal informada contra tota veritat en posar-me tan leig crim?

«E molt prest fon vestit, sense acabar-se de cordar, e féu-se dar un manto tot brodat de perles e d'orfebreria, per ço com li havien dit que venia ab la donzella un rey d'armes. E ab cuytats passos anà hon lo rey era, qui l'esperava a la porta de la sglésia, e ab ànimo sforçat de cavaller féu principi a tal parlar.»

Capítol LXXVI. Com Tirant s'escusà de paraula del cars de tració en presència del rey e acceptà la letra de batailla tramesa per Kirielayson de Muntalbà

«—Senyor, qui és lo qui m'incrimina de cars de tració? Yo só açí per defendre mon dret, ma honor e fama.

«La donzella s'acostà a ell e coneguè que era Tirant lo Blanch, e dix-li:

«—O traÿdor e mal cavaller, desegual en l'orde de cavalleria, scampador de la sanch real, qui ab armes falsificades e de engan has morts ab les tues pròpies mans cruels a dos duchs e dos germans reys, lo hu de Frisa e l'altre de Apol·lònia! E tals morts no·t pots scusar sens gran nota e punició cruel en la tua reprovada persona.

«Parlà lo rey e dix:

«—Donzella, sí Déu me salve la vida, yo no sé ni he conegut que reys sien venguts en mon regne, ne menys en ma cort.

«—E com, senyor? ¿No és la magestat vostra en recort pochs dies ha —dix la donzella— de quatre cavallers, germans d'armes, que no volien parlar e portaven ab ells quatre leons coronats?

«—Sí —dix lo rey—, bé·m recorda. Mas sobre nostra fe real, jamés d'ells poguí saber qui eren ni de qual terra, que si yo agués sabut que eren reys y en ma cort fossen venguts, jamés aguera consentit que aguessen fetes armes voluntàries a tota ultrança, per ço com lo perill és molt gran e no deu ésser donat a reys fer armes voluntàries, en special a tota ultrança. Si eren necessàries, gran rahó seria. Mas vos puch dir ab tota veritat que jamés ho sabí. Digau-me, donzella, qui eren los duchs?

«—Senyor, yo us ho diré. Lo hu d'ells era lo duch de Burgunya, lo qual venguè açí a vostra altesa per embaixador del rey de França.

«—Bé só en record d'ell —dix lo Rey—. E m'és molt enuig la sua mort. E l'altre, qui era?

«Dix la donzella:

«—Fill era de l'emperador de Alamanya y era duch de Bavera. E lo traÿdor de Tirant ab engan e maldat los ha morts a tots IIII ab aquelles mans de mal cavaller que jamés perdonen la mort a negú.

«Tirant no pogué més comportar que parlàs, sinó que ab gran ira dix:

«—Donzella, no tinch altra dolor en aquest món sinó com sou dona, car si fósseu cavaller, axí com sou donzella, yo us ne fera anar ab les mans al cap plorant. Emperò yo preguaré a la mia ànima que no·s vulla gens alterar de les paraules vils e deshonestes que d'eixa vostra vil boca ixen, car en lo vostre mal parlar yo no y pert res, com sabuda cosa és que tot l'esforç de les dones és en la lengua. Emperò si açí és aqueix cavaller qui·s fa nomenar Kirielayson de Muntalbà e ell diu de mi lo que vós aveu dit davant mon senyor lo rey, poria ésser, ab la ajuda de nostre senyor Déu, yo·l faré anar on he tramés los altres en breu temps. Donzella, yo us prech, per gentilea, vos aregleu en vostre parlar e deixau fer als cavallers, a qui toca aquest fet.

«Aprés se girà Tirant devers los cavallers e dix:

«—Si yo he morts los quatre cavallers he-u fet axí com fer devia, sens engan negú ni milloria d'armes. Emperò la magestat del senyor rey és açí, qui ha vistes fer les armes, e los jutges del camp e tots los nobles cavallers poran-ne fer verdader testimoni. E yo·m vull sotsmetre d'estar-ne en juhí davant la magestat del senyor rey e de los jutges del camp.

«Com lo rey lo véu parlar axí justificadament, ne fon molt content, e no menys los jutges del camp. E tots digueren que Tirant era valentíssim cavaller e molt discret. Hoïdes per lo rey d'armes Flor de Cavalleria les paraules de Tirant, acostà's a ell e en presència de tots presentà-li la letra de Kirielayson de Muntalbà. Tirant li féu la següent resposta:

«—Rey d'armes, per ton offici est tengut dar e presentar letres de batailla e concordar cavallers e gentilshòmens si request ne sou, axí en batailles necessàries com voluntàries. E per quant a veguades és dubtosa la execució, yo, davant la magestat del senyor rey y de la senyora reyna, y en presència de tots los altres, jo accepte la letra o requesta si és de batailla a tota ultrança. E si és armes retretes ni civils, o fos per altra cosa, yo m'ature acort.

«Tirant pres la letra e donà-la a hu qui sapia molt bé legir, e en presència de tots fon lesta, la qual era del tenor següent.»

Capítol LXXVII. Letra de batailla tramesa per Kirirelayson de Muntalbà a Tirant lo Blanch

A vós, Tirant lo Blanch, més cruel que lo leó famejant, falsificador y scampador de la sanch real de aquells benaventurats cavallers mon senyor lo rey de Frisa e lo rey de Apol·lònia, ab armes falses e disimulades entre cavallers de honor no acostumades portar. E per quant vós sou desegual cavaller e, per més propi parlar, traÿdor, falsificat en armes y en tot lo que de honor és, e yo avent notícia de la vostra gran maldat —per bé que só cert que·n seré blasmat per molts bons cavallers que a tan vil e desordenada persona e traÿdora yo haja admesa per companyia de entrar dins liça en camp clos a tota ultrança com si fos de persona en llibertat posada—, a tota ma requesta vos combatré a hús e costum de França. He us dó poder de divisar les armes. E vostra resposta speraré per spay de XXV dies aprés que us serà presentada, de la qual staré a relació de Flor de Cavalleria, rey d'armes. E si per temor de mi acceptar no la gosareu, siau çert yo us reversaré les armes he us penjaré cap avall segons de traÿdor se pertany. E per totes les corts dels grans senyors yo hiré mostrant la gran tració que feta aveu en les persones de aquests dos reys, e serà notificat a tots aquells qui saber-ho volran.

Scrita e sotsscrita de la mia mà, sagellada de mes armes pròpies e partida per A.B.C. Dada en la ciutat de Frisa a II de juliol.

KIRIELAYSON DE MUNTALBÀ.

Capítol LXXVIII. Com lo rey de Anglaterra anà ab tots los stats a la sglésia de Sanct Jordi per solennizar novelles obsèquies als dos reys e als dos duchs

«Com Tirant agué feta legir la letra e véu lo contengut en aquella, dix al rey:

«—Senyor, cascuna cosa ve en son temps. Bé véu la magestat vostra com aquest cavaller me incrimina de cars de tració. Jo me'n defendré fins a la mort e tindré la mia mort per ben spletada si jamés yo consentí ni ginyí mal negú per als quatre cavallers.

«—Bé som certs —dix lo rey— que vostra honor és salva. Emperò, puix lo cars s'és seguit, anem a la sglésia del senyor Sanct Jordi e hoyrem missa e farem-los la honor que ells són mereixedors, puix sabem que són reys coronats.

«Los jutges del camp digueren que era molta rahó, que axí·s devia fer. Lo rey e la reyna ab tots los stats hi anaren. Dix Tirant:

«—Senyor, yo requir a la magestat vostra e als jutges del camp me complau de justícia, puix los reys són stats morts per mi líçitament e ab tota veritat, sens engan, frau ni decepció. Puix la magestat vostra los vol traure de aquella sepultura hon estan e posar en altra, a mi par, segons lesordinacions per la altesa vostra e per los jutges de camp és stat ordenat, yo dech anar armat aprés d'ells fins sien dins l'altra sepultura. E açò, senyor, requir per salvar mon dret, per ço com de justícia fer-se deu.

«Lo rey tingué son consell ab los jutges del camp e ab altres cavallers, e tots concordaren, segons les ordinacions que eren estades fetes, Tirant demanava gran raó. Dix-li lo príncep de Gales:

«—E bé voleu ésser fart de honor, Tirant lo Blanch. E no us contentau de haver-los morts que encara voleu aver més d'ells?

«—Senyor —dix Tirant—, lo perill de les armes és tan gran e tanta sanch és exida de la mia persona, que a cascuna part que·m gire tota·m dol. E si ells aguessen agut de mi lo que yo he agut d'ells, ells agueren fet altrament de mi lo que yo no he fet d'ells. E per ço aquesta honor no la leixaria per res que no la rebés segons és ordenat per stil e pràtica d'armes.

«E Tirant prestament se anà armar e ab tot son stat de donzelles e cavallers entrà per la sglésia de Sanct Jordi ab molts ministrés, trompetes e tamborinos, reys d'armes, arauts e porsavants. E ell, tot armat en blanch, ab la spasa nua en la mà. Lo rey e la reyna, ab tots los stats, qui ja eren en la sglésia, acostaren-se tots a la tomba o vas hon los quatre cavallerss staven, cascú en sa caixa, molt closes e enpeguntades. E de tots los altres ho havien fet axí perquè, si los parents los volguessen portar en llur terra, que u poguessen fer. Tirant, ab la spasa, donà grans colps sobre la tomba e dix:

«—Ixquen los reys qui açí jahuen adormits.

«Prestament los min[i]stres de la justícia obriren la tomba e tragueren les dues caixes dels reys e, per manament del rey, les posaren enmig de la sglésia on avia fetes aparellar II grans e altes tombes ab molt richs draps de brocat per terra, e les tombes cubertes. E aquí foren posats los dos reys e fon-los feta la major honor que fer pogueren, ab totes aquelles cerimònies que a reys són acostumades de fer.

«Aprés, lo rey los féu fer una molt bella tomba de lignum àloe obrada molt artificialment, e sobre la tomba un bell tabernacle. E féu-hi pintar les armes dels dos reys e sobre aquestes armes staven pintades les armes de Tirant. E entorn del tabernacle havia letres d'or que deyen: *Açí jahen lo rey de Apol·lònia e lo rey de Frisa, germans, qui eren reys coronats, qui moriren com a valentíssims cavallers, màrtirs d'armes, per mans de aquell virtuós cavaller Tirant lo Blanch.*

«E com la tomba fon feta, lo rey los hi féu posar dins. Com les obsèquies dels reys foren acabades, lo rey e la reyna se'n tornaren. E Tirant, enmig de tots los stats e ab molta de honor, fon acompanyat al seu aleujament. E tanprest com se fon desarmat, se pres a fer resposta a la letra que lo rey d'armes li havia portada, lo principi de la qual fon en stil de semblants paraules.»

Capítol LXXIX. Resposta a la lletra de batailla per Tirant lo Blanch

[K]irielayson de Muntalbà: vostra letra he rebuda per Flor de Cavalleria, rey d'armes, partida per A.B.C., scrita e sotsscrita de vostra mà, ab sagell enpremptada de vostres armes, la qual conté paraules vils e desonestes. E par-me que no stan bé tals rahons en boca de cavaller, volent mostrar a la gent ab paraules colorades venjar la mort dels dos reys. E si vós tinguésseu tal desig com mostrau aver, no·m devíeu scriure, sinó vós venir açí, puix sabíeu que yo era en la cort del senyor rey de Anglaterra —emperò cavallers hi à que més amen çercar que trobar—, dient que yo ab armes falses e dissimulades hauria morts los dos reys e ab traçió ensems mesclada. Dich que mentiu e mentireu tantes vegades com ho direu. Yo·ls he morts com a cavaller dins camp clos, ab aquelles pròpies armes per ells devisades, axí offensives com defensives. E si, per la victòria per nostre Senyor a mi dada, e les mies mans an sabut guanyar lo preu e la honor davant la magestat del sereníssim rey de Anglaterra e dels jutges del camp —com a cavallers obrant envers ells, no coneixent ni sabent qui eren—, la mort axí bé era presta per a mi com per a ells. E si los magnífichs jutges del camp seran requests per vós o per altri, trobareu ab tota veritat venir armat contra mi ab armes injustes, no de cavallers qui ab empresa feta vénen, portant en les cames de paper engrutat, argent pellat e altres coses les quals no cur dir. E lo cars per vós a mi posat malament, defensant mon dret, honor hi fama, só content —ab la ajuda de nostre senyor Déu e de la sacratíssima Mare sua, senyora nostra, e del benaventurat cavaller mon senyor sanct Jordi— vostra requesta a tota ultrança, a hús e a costum del realme

de França, acceptar. E per lo càrrech per vós a mi dat, jatsia a mi pertangua, devise fer la batailla no a cavall, perquè no diguésseu que ab milloria de cavall vos agués mort o vençut, mas a peu, ab acha de VII palms sens croxet ne falsa maestria, tal com és acostumat de portar en liça; spasa de quatre palms e mig del pom fins a la punta; punyals de dos palms e mig. Pregant-vos no m'escrivísseu més, car no rebria pus letra vostra, sinó que vingau personalment e no ab procurador. E asegur-vos que no tindreu treball de anar per les corts dels grans senyors, ni de reversar armes e de moltes altres desonestats que són exides de aqueixa falsa boca. Sotsscrita de la mia mà, ab lo sagell de les mies armes enpremptada, partida per A.B.C. En la ciutat de Londres feta a XIII de juliol.

TIRANT LO BLANCH.

Capítol LXXX. Com los rey d'armes e la donzella se'n tornaren ab la resposta de Tirant

«—Lo día aprés que lo rey d'armes presentà la letra a Tirant, agué la resposta, e prestament partí ab la donzella. E apleguats que foren en la terra ferma, prestament sabé Kirielayson de Muntalbà com lo rey d'armes venia ab bona resposta: desenpachà de posar-se en orde de totes les coses necessàries. Com lo rey d'armes e la donzella foren apleguats, legí la resposta. E lo dia següent pres comiat de tots los parents e parentes e partí de la sua terra molt ben acompanyat, e lo rey d'armes se'n tornà ab ell. Caminà tant per ses jornades, per terra e per mar, fins que fon davant lo rey de Anglaterra. Com agué feta reverència al rey e a la reyna, demanà qual era Tirant, e per lo rey d'armes, qui vestia lo manto que Tirant li avia dat com li presentà la letra (stimaven que valia passats III mília scuts). E lo rey d'armes li dix:

«—Senyor, aquest és lo qui·m donà aquest manto que porte. E en aquest doní la vostra letra e aquest la acceptà he·m féu resposta.

«Kirielayson anà un poch devers Tirant e tanbé Tirant anà devers ell, e abraçaren-se, mas no ab bona voluntat. Parlà lo cavaller e dix:

«—Tirant, puix som concordes de nostra batailla, per mi requesta e per vós acceptada, suppliquem al senyor rey o aquells qui u han de fer que esta nit o per lo matí nos posen dins lo camp e deixen complir nostres armes.

«—Molt só content —dix Tirant. E pres-lo per la mà sinestra e posà'l a la part dreta.

«Com foren davant lo rey, graçiosament los dos lo supplicaren que fos de sa mercé que en aquell dia ells poguessen entrar dins lo camp.

«—A mi par —dix lo rey— que no és rahó, per ço com vós veniu ara de camí e, si altra cosa s'i esdevenia, poria dir la gent per canssament del treball del camí vos seria vengut. Emperò, vinguen los jutges.

«E venguts, digueren que per res fer no·s poria, com lo dia passat era dat per entrar dins camp clos e, forçat, li covenia d'esperar fins en aquella jornada. Dix lo cavaller Kirielayson:

«—Yo fóra molt content que ara yo pogués executar lo perquè só vengut, més que si·m donassen un regne.

«—Per contentar vostra voluntat —dix Tirant—, volria ésser ja dins la liça.

«Lo rey li féu molta honor, e tots los de la cort. E lo príncep de Galesl'afavoria molt fer-ne enuig a Tirant, per ço com li havia mort lo alà e perquè avia combatuts los IIII cavallers que ell ab altres los volien combatre. E lo príncep cercava-li totes les coses que dan y desonor li'n pogués venir.

«Lo següent dia Kirielayson supplicà al príncep de Gales que anassen a la sepultura dels dos reys, que ell volia veure si res hi fallia. E lo príncep, per contentar-lo, fon content de anar. Com lo cavaller véu la sepultura, stigué mirant, e véu los IIII scuts dels IIII cavallers e sobre aquells véu los altres IIII scuts de Tirant, los quals avia allí fets posar: com avia vençut a cascun cavaller, prenia lo seu scut e aquell del cavaller que avia vençut e, de continent, los feya portar a la sglésia de Sanct Jordi e comanava'ls al prior de la sglésia, per a quant ell tornàs en sa terra los fes posar en la sua capella per aver aquella mundana glòria. Kirielayson conegué prestament les armes de son senyor, e del rey de Apol·lònia e dels duchs: lançà dels seus hulls abundants làgremes e, ab grans crits, se lamentava de la mort de son rey e senyor. E tanta fon la dolor que agué de la mort de son senyor que cuytadament anà per despenjar los scuts de Tirant. E tant era gran que ab la mà hi bastà. E pres-los ab gran ira e lançà'ls per terra, e los altres leixà allí penjats. E anant axí plorant, véu en lo tabernacle les armes de son senyor pintades e, sobre aquelles, les armes de Tirant; e ab lo cap hi donà de tan grans colps que quasi mig esmortit lo'n levà lo príncep e los altres que allí eren. Com fon retornat, obrí lo tabernacle e véu son senyor en lo punt que stava: pres-li'n tanta de dolor, mesclada ab strema ira, que la fel li sclatà e aquí de continent morí.

«E çertament, senyor, si ell no fos mort en la forma que morí, no s'escusava una mala jornada, car sabuda la nova per Tirant del gran ultratge que lo cavaller li havia fet en los scuts, prestament nos fom armats CCC hòmens, tots ab arnés blanch, ab Tirant. E lo príncep forçadament tenia de ajudar a Kirielayson, que axí·s fóra mesclada tota la gent que y fóra morta e nafrada molta gent de una part e d'altra.

«E segons, senyor, que he hoït recitar, aquest Kirielayson era molt amat e favorit per lo rey qui era de Frisa, e li avia dat molt de sos béns e, ultra açò, lo avia fet visrey de tota sa terra. E aquest tenia un altre germà que no era menys afavorit del rey de Apol·lònia, e lo un germà stava ab lo un rey e l'altre stava ab l'altre. E com lo germà de Kirielayson sabé que son germà era posat en gatge de batailla per venjar la mort dels dos reys, ab molta dolore congoixa se partí de Apol·lònia per anar hon era son germà. Com fon en Frisa, demanà de son germà e sabé nova certa com pochs dies avia que era passat en Anglaterra per combatre's ab Tirant lo Blanch. E sens altre deliber, partí per anar a la mar.

«Com fon arribat al port, trobà los servidors de son germà que li reçitaren lo cars de son germà. Aquest, amb molt gran ira, axí per la mort dels reys com per la desaventura de la mort de son germà, prestament se enbarcà e passà a la cort del rey. E ans que li anàs a fer reverència, volgué anar a la sglésia de Sanct Jordi e no trobà allí los scuts, car Tirant los avia fets portar al seu aleujament. Com aquest cavaller véu que no y eren, féu sa oració, aprés mirà la sepultura dels reys e dels duchs e lo loch hon avien posat son germà. Contínuament lançant dels seus hulls vives làgremes, lamentant-se de la llur gran desaventura, partí's d'aquí. E anà a fer reverència al rey e a la reyna, e demanà prestament de Tirant, lo qual en aquell cars stava parlant ab unes dames.

«Com Tirant sabé que aquell cavaller lo demanava, deixà les rahons de les dames e anà prestament davant lo rey. Lo cavaller, qui·l véu, féu principi a tal parlar.»

Capítol LXXXI. Com Thomàs de Muntalbà requirí de batailla a Tirant per venjar la mort dels reys e la mort de son germà

«—Tirant, yo só vengut açí per venjar la mort de aquell virtuós cavaller Kirielayson de Muntalbà, germà meu, e per dret de armes refusar no·m deveu. E aquella, per aquella requesta que mon germà vos volia combatre, aquella mateixa vos combatré a tota ultrança sens afegir ne levar-ne res.

«—Cavaller —respòs Tirant—, la vostra requesta seria dita voluntària e no necessària, e tal batailla no auria loch ne los jutges la leixar[i]en venir a la vera fi d'ultrança. Parlau de vostra boca lo que dir deveu, car yo us asegure, si lo preu és honor, que·n breu vós sereu servit de tot lo que demanau.

«—Tirant, a mi par que yo us he prou dit per venir a la vera pràtica de cavallers. Majorment, veus ací la letra que mon germà vos féu e la resposta per vós feta, ab sagell de vostres armes sagellada. Tot lo que en aquestes letres se conté, a ultrança vos ho combatré.

«—Estrenyeu la batalla —dix Tirant— e no us poseu per les rames, que totlo que dit aveu no y basta, car de vostra pròpia boca ho aveu a dir. Altrament, no acceptaria vostra requesta.

«—Yo só persona conjunta a Kirielayson de Muntalbà e, sens dir tantes rondalles e no abundar en paraules, dich: com a gran traÿdor aveu mort a mon sobiran rey e senyor lo rey de Frisa e son germà lo rey de Apol·lònia, qui graciosament m'avia criat. E per aquest cars de tració vos offir, com a requeridor a ultrança, executadora de mort, no puguam fallir lo hu o l'altre, mesclant-hi la mort del meu bon germà, qui jo tant amava.

«E donà fi en son parlar. Dix Tirant:

«—La concòrdia de la batailla yo accepte com a defenedor del cars de tració per vostre germà e per vós a mi posat: dich que mentiu per vostra falsa boca. No resta més entre nosaltres sinó que poseu vostre gatge en poder dels jutges del camp per ço que, si a la jornada per ells asignada vós fallíeu, segons costum del realme de França —segons vostre germà l'avia requesta e per mi acceptada— yo pogués usar de tots aquells drets pertanyents a defenedor contra requeridor de tan leig cars com per dos germans m'és stat posat.

«Lo cavaller se levà del cap lo bonet que portava e Tirant pres una cadena d'or e posaren-ho en poder dels jutges del camp. E com açò fon fet, los dos cavallers se abraçaren e·s besaren a manera de perdó que·s fehia lo hu a l'altre si·s mataven.

«Lo dia assignat de la batalla, Tirant, per guanyar a Nostre Senyor de sa part, dix al cavaller, present lo rey, a l'entrar de la sglésia:

«—Yo seria bé content, si a vós plahïa, entre nosaltres agués pau, amor e bona amistat, e vós que perdonàsseu a mi e yo perdonaré a vós de les injúries que vostre germà e vós me aveu dites. E açò no penseu que u digua per covardia, ans só prest per entrar en la batailla ara o tota hora que els jutges m'o manaran. E prometré-us de anar a peu, descalç, a la casa sancta de Hierusalem e star-hi un any e un dia, e fer dir cascun dia XXX misses per les ànimes dels reys e dels duchs que yo de mes mans he morts, e per la mort de vostre germà, que no y he res sabut.

«Aquest cavaller era nomenat Thomàs de Muntalbà, home d'estrema força, molt ben proporcionat; e era tan alt de cos que Tirant scassament li pleguava a la çinta. E era molt més valentíssim cavaller que Kirielayson, son germà. «Com lo cavaller véu parlar axí a Tirant, pensà en si que per temor ho dehia que havia d'ell, e molts altres cavallers lo'n volgueren jutgar per lo que havia dit. E era tot lo contrari, car no u fehia sinó per fer alguna satisfactióde la mort dels IIII cavallers.

«Moltes dones e donzelles digueren a Tirant que·s concordàs ab Thomàs de Muntalbà e que no entràs en lo camp ab ell, per quant era home lo més fort e més gran que en tota la crestiandat se trobàs en aquell temps. E Tirant los respòs:

«—Senyores, no dupteu en res, que, si dues voltes era major que no és e fos tan fort com Samssó, puix ferro haja enmig d'ell e de mi, no·m fa dupte me faça sobres.

«—Mirau, Tirant —digueren les senyores—, no deveu desestimar les coses que de si se fan stimar, car no volríem perdésseu lo mèrit de la fe, e les cavalleries e honors que per vostra virtut haveu sabudes atényer se perdessen totes en un punt, car lo cavaller, a parer de nosaltres, té molta valentia. E per ço vos volríem consellar e preguar, si bonament se podia retractar, que no·s fes aquesta batailla. Molt ne seríem aconsolades.

«—Senyores, yo he feta la offerta, un poch carregosa per a mi. De açí avant ell sap què s'à de fer. Sia nostre Senyor de ma part e la resta vingua com venir pugua. Yo sé bé que lo cavaller és valentíssim, e tal fama li fan per lo món. Emperò a valentia de negú no y fretura dar testimonis, e moltes voltes se segueix que tal és loat de virtut que·n posseheix molt poca. Ara dau-me liçència, que hora és que·m vaja ha armar.

«Totes aquelles dames se feren venir lo cavaller e pregaren-lo molt la batailla cessàs ab voluntat de les parts. E jamés lo cavaller hi volgué aderir, ans ab molta supèrbia respòs que no·n faria res per elles ni per persona del món.

«Aprés que lo rey se fon dinat, a la hora asignada los cavallers anaren al camp en la següent forma: lo Thomàs de Muntalbà anava a peu, tot armat, e portaven-li IIII lançes baixes. E en la primera lança anava lo príncep de Gales, ab molts duchs que la portaven; la segona lança, al costat dret, portaven comtes e lo marqués del Sanct Enpeyre; la lança del costat sinestre portaven cavallers; la lança de tras portaven honrats gentilshòmens; e ell anava enmig de tots. E així·l portaren fins a la porta del camp hon stava una gran tenda parada. E allí·l posaren, e tots los qui lo havien acompanyat prengueren comiat d'ell.

«E Tirant anà ab les IIII lançes, emperò no volgué consentir cavallers portassen les lançes, sinó donzelles a totes les IIII parts de les lances, les més belles e més galanes e més abillades de tota la cort. E ell anava sobre un bellcavall tot blanch ab molts ministrés, trompetes e tamborinos, mostrant gran alegria. Com Tirant fon dins la sua tenda, regracià a totes les dames la molta honor que feta li havien. E totes les donzelles se agenollaren en terra e supplicaren a la divina Bondat que donàs vida e victòria a Tirant.

«Los fels elets per los jutges prengueren primer a Thomàs de Muntalbà, per ço com era requeridor. Posaren-lo dins lo camp en un petit papalló que cascú tenia de çetí a la un costat del camp. E cascú portava en la mà un ventallet per senyar los IIII cantons del camp. Aprés entrà Tirant, per ço com era defenedor, e féu reverència al rey e a la reyna e senyà lo camp. Fet açò, cascú en son papalló, vengueren II frares de l'orde de Sanct Françesch de la observança, per manament dels jutges, e tornaren a confessar. Fet açò, combreguaren ab un boçí de pa, car no·ls darien en aquell cars lo cos de Jhesucrist. Aprés que los frares foren partits e fora de la liça, vengueren los jutges e preguaren molt al cavaller qui era requeridor volgués perdonar injúries que fetes li aguessen. E de açò lo preguava lo rey e ells. Lo cavaller respòs:

«—Senyors molt magnífichs, bé podeu veure que no és ara temps ne hora que yo haja a perdonar la injúria de mon rey e senyor lo rey de Frisa, e del meu germà e d'aquell qui m'avia criat, lo rey de Apol·lònia. E per cosa en lo món no deixaria mon clam e demanda, per tot lo tresor, la glòria e honor que en aquest món yo pogués haver.

«—O, cavaller! —digueren los jutges—. Posau vostra libertat en poder de la magestat del senyor rey e de nosaltres, jutges del camp. Triarem la major part de la honor per a vós, per ço com sou requeridor e la offensa és de vostre senyor natural, del vostre germà e del rey qui criat vos havia. Açí som per fer esmena de tot.

«—Eh no tinguam tantes noves —dix lo cavaller, ab gran supèrbia que u dix—, que la batailla vull. E no·m parleu de concòrdia, ni perdó no pot haver negú de mi, sinó que ab la mà mia cruel e taillant spasa daré mort nefandíssima ha aquell mal cavaller e gran traÿdor Tirant lo Blanch, falsificador de armes entre cavallers de honor no acostumades portar en batailla.

«—Com sou tal —digueren los jutges— que ab supèrbia voleu vençre les batailles? ¿No sabeu com Lucifer ne fon lançat del çel e perdé la cadira de benaventurança de la glòria eternal volent ésser egual ab aquell qui lo havia creat, e lo Senyor, qui és humil e piadós, pie de molta misericòrdia, perdonàha aquells qui tant de mal li feren y en la creu lo posaren?

«E hagueren fet venir un prevere ab la custòdia e, ab lo Corpus en la mà, entrà dins lo papalló e dix-li:

«—Cavaller, no sies cruel a ton Senyor e Creador, lo qual t'à creat ha ymatge e factura sua. Puix ell perdonà als qui mort li donaren, perdona lo que bonament perdonar deus.

«Lo cavaller se agenollà com véu lo preciós cors de Jhesucrist e adorà'l. Aprés dix:

«—Senyor, Tu perdonist a tots aquells qui mort te donaren. Yo no perdó ni vull perdonar ha aquell traÿdor, reprovat perjur, de Tirant lo Blanch.

«Los jutges anaren al papalló hon stava Tirant e digueren-li si volia perdonar a son contrari. Dix Tirant:

«—Haveu parlat ab lo requeridor?

«Digueren ells que sí.

«—Yo parlaré com a defenedor —dix Tirant—. Si lo cavaller vol batailla, yo só açí prest; si vol pau, per lo semblant. Veja ell qual li par millor e més segur per a ell, que de tot seré yo content.

«Los jutges, vehent la bona resposta de Tirant, tornaren al cavaller e digueren-li:

«—Nosaltres som stats ab Tirant e à'ns offert per part sua de fer tot lo que nosaltres jutjarem, e per ço vos volem tornar a preguar que poseu aquests fets en nostre poder e, ab la ajuda de Nostre Senyor, la honor vostra serà ben salva.

«—O, quant me desplau! —dix lo cavaller—. Què voleu turmentar al qui tant turmentat stà! Prou paraules haveu despés e, com més ne direu, més en va les despendreu.

«Dix lo hu dels jutges:

«—Anem-nos-ne, que en aquest home cruel no trobaríem res que de bé fos.

«Partiren-se los jutges, malcontents del cavaller. E feren tres railles a cascuna part e partiren lo sol segons acostumen de fer perquè no donàs més en la cara a l'hu que a l'altre. Fet açò, los jutges pujaren en son cadafal. E tocà una trompeta e feren crida per tot[s] los quatre cantons de la liça no fos negú gosàs parlar, tossir, senyalar, sots pena de mort. E feren fer tres forques fora de la liça.

«Com tot açò fon fet, la trompeta tocà, levaren los papallons e posaren los cavallers en la primera railla. E los quatre fels staven ab lo hu e los altres quatre staven ab l'altre, ab una lança que davant a cascú d'ells los tenien, los dos a l'un cap, los altres dos a l'altre. Açò·s fa per detenir los cavallers, perquè no prengués més terra lo hu que l'altre, sinó que vingua a la cominal. E porten-li la lança endret del ventre perquè no li faça enuig en la lança o acha ho ço que porta en les mans.

«Com foren en la primera railla, stigueren per bon spay, e tornà a tocar la trompeta, la qual stà alt al cadafal del rey o dels jutges. Com agué tocat so adolorit, dix un rey d'armes:

«—Deixe-los aler por far son dever. E passaren-los en la segona railla.

«Aprés un poch spay tornà la trompeta a tocar e passaren-los en la terçera railla, e lo hu stava endret de l'altre. La terçera volta que tocà la trompeta dix lo rey d'armes:

«—Leixa-los aler». E los fels alssaren les lances sobre lo cap e lleixaren-los anar.

«E com los fels los agueren leixats, lo cavaller s'aturà e no·s mogué. E Tirant, que véu que no·s movia, girà un poch al través del camp e anava's passejant. Com lo cavaller agué stat un poch pensant, cuytà envers Tirant e dix-li:

«—Gira't, traÿdor.

«E ell respòs:

«—Tu ments, e axò·t combat yo.

«Lo combat fon entre ells molt dur e fort. Emperò lo cavaller era tan gran e de tanta força que dava los colps tan poderosos a Tirant que a cascun colp que li dava li fehia enclinar lo cap ben baix. Com agué durat axí per bon spay la batailla e al parer de tots Tirant havia lo pijor, fon-li forçat de posar-se en defenssió. E lo cavaller li tornà a donar un tan fer colp sobre lo baçinet que los dos genolls li féu ficar en terra. E Tirant, axí com stava, ab lo un genoll en terra agenollat, tirà-li una punta d'acha e donà-li en l'engonal e nafrà'l, car no portaven bragues de mailla. Tirant se levà prestament e la batailla tornà molt fort entre ells e molt fera, en tant que lo cavaller, qui·s sentia nafrat, pensà en portar la batailla prestament a fi avent dubte no·s dessagnàs. E tirà-li una punta en dret de la vista ab tanta força que la bavera del baçinet li passà e allí lo enferriçà, que la punta de la acha li tocava al colle féu-li algunes nafres, emperò no entraven molt. E axí enferriçat lo portà de mig del camp fins a posar-li les spatles en la liça. E axí·l tingué per bon spay, que Tirant no podia moure peu ni mà.

«E ja ha vist la senyoria vostra, senyor, que les batailles, com se fan a costum de França, si trahen peu, braç o mà fora de la liça, si request n'és lo jutge, de justícia lo y ha de fer taillar. E certament en aquell cars yo stimava molt poch la vida de Tirant. E stant axí en la forma dessús dita, lo cavaller no·l podia sotssobrar, per què soltà la mà dreta de la acha e alçà-li la careta del baçinet e, ab lo cos e ab la mà sinestra, tenia'l fort enferriçat. E com ell véu que li tenia la careta alta, ab la manyopa dava-li en la cara e dehia-li:

«—Atorgua, traÿdor, la traçió que has feta.

«Com véu que Tirant no parlava ni dehia res e que ab la manyopa no li fehia prou de mal, penssà de llançar la manyopa de la mà e prestament ho féu, e posà-li la mà entre la galta e lo baçinet. E com lo tingué molt fort soltà l'altra mà de la acha e lançà la manyopa de la mà, e posà-la-y en l'altra part, entre la galta e la estofa del baçinet. E la acha caygué del cavaller. Com Tirant se véu desenferriçat —emperò stava ben pres—, alçà la sua acha ab la una mà e feria en la mà del cavaller.

Aprés, ab la punta, donà-li dos ferides e fon-li forçat de soltar les mans. E lo cavaller trobà's sens acha e sens manyopes e tirà la spasa. Mas li valia molt poch, que Tirant, vehent-se delliure, soptà'l de grans colps ab la acha e axí·l féu

retraure fins a l'altre cap de la liça, e féu-li posar les spatles peguades ab lo pa-
lench. Com lo cavaller se véu en tal punt féu principi a un tal parlar.»

Capítol LXXXII. Com Tirant e Thomàs de Muntalbà se combateren e Tirant fon vençedor

«—O trist, miserable de mi, sens ventura! E bé fon trista la hora del meu naxi-
ment e bé és stada gran la mia desaventura de perdre les manyopes e la acha,
lo millor de tot lo que tenia!

«—Ara, cavaller —dix Tirant—, vós m'aveu incriminat de traçió; renunçiau al
clam e leixar-vos he cobrar les manyopes e la acha, e tornarem altra volta a
combatre a tota ultrança.

«—Tirant —dix lo cavaller—, si aqueixa gràcia vós me féu, yo de bon grat re-
nunçiaré a tot lo que volreu.

«Prestament Tirant cridà los fels e, present ells, lo cavaller renuncià al clam
de la traçió. E donaren al cavaller la acha e les manyopes, si bé les mans tenia
bé nafrades e la nafra del ventre, que li fehia gran dan per la molta sanch que
perdia. Tirant se adobà la careta del baçinet e posà's enmig del camp esperant
l'altre quan vendria.

«Com lo cavaller agué cobrat ses armes, tornaren a la batailla, molt més brava
que no era stada, e daven-se los colps molt fers sens pietat alguna. E Tirant té
aquesta virtut, que no·s pot perdre jamés per alé, que li dura tant com vol. E
l'altre cavaller, axí com era gran e gros, tenia molt poch alé, e moltes voltes li fallia
e reposava's sobre l'acha per recobrar alé. Tirant conegué lo defalt que l'altre
tenia e no·l deixava reposar perquè·s canssàs, l'altra, perquè·s dessagnàs, tenia'l
a noves —una volta acostant-se molt a ell, altra se n'apartava—, en tant que lo
pobre de cavaller fehia son gran sforç de dar grans colps tan mortals com podia.
Emperò a la fi, per la sanch que perduda havia e per defalliment de l'alé, que no
li ajudava, vengué en punt que les cames no·l podien sostenir.

«Com Tirant conegué que los colps que lo cavaller li dava eren molt fluixos,
que n'avia molt poch sentiment, acostà's a ell ab la acha alta e donà-li sobre lo
cap en dret de la orella tan gran colp que tot lo torbà, e tornà-li'n a dar altre, que
li fon forçat que cayqués en terra. E donà molt gran colp perquè era molt pesat.
E prestament Tirant li fon desús, alçà-li la careta del bacinet e posà-li lo punyal
en lo hull per matar-lo, e dix-li:

«—Cavaller de bona ventura, stalvia la tua ànima e no vulles consentir que vaja a total perdició. Atorga't per vençut, puix ja has renunciat al clam e a la infàmia que tu e ton germà me havíeu posada, e dóna'm per leal e quiti, car nostre Senyor, qui és coneixedor de veritats e vençedor de les batailles, ha vista la mia ignoçènçia, no mereixent mal en res, mas com a cavaller, ab tot aquell perill de la mia persona com era dels reys e dels duchs, ab lo divinal auxili yo obtenguí victòria d'ells. E si tu vols fer lo que t'é dit, yo só content de perdonar-te la vida.

«—Puix la fortuna ha permés o vol que axí sia —dix lo cavaller—, yo só content de fer tot lo que·m manaràs per deliurar la mia miserable ànima de la mort eterna.

«Tirant cridà als faels e, en presència d'ells, se desdigué del leig cars de traçió que posat li havia, e als notaris del camp ne féu llevar acte. Aprés Tirant lo leixà e posá's enmig del camp, posà los genolls en terra e féu lahors e gràcies a la divina Bondat com, ab la subvenció sua, havia obtesa victòria. E féu principi a semblant oració.»

Capítol LXXXIII. La oració que féu Tirant aprés que agué vençuda la batailla

«—O sacratíssima Trinitat gloriosa! Ador-te genolls ficats, besant aquesta terra, que axí com aquell qui sou un Déu, un Senyor, un Creador del qual rebem tots benefici, que·t sia dada honor, glòria e benedictió ara e en per tostemps, amén. O Jhesuchrist, salvador e redemptor del món! Prech-te per la cara amor que·ns has, e per la tua humanitat gloriosa e per la tua preciosa sanch, que·m guardes de peccat he·m portes a bona fi, he·m faces participant en los mèrits de la tua mort amargosa. E faç-te, Senyor, infinides gràcies de les moltes honors que m'as fetes he·m faç cascun dia, no essent-ne yo mereixedor com yo sia un gran peccador, mas per la tua infinida misericòrdia e pietat m'as volgut deliurar de aquest perill e de tots los altres. Per què·t plàçia, per los mèrits de la tua sacratíssima passió, me vulles dar victòria contra tots los meus enemichs. Puix m'as dat e posat en lo orde de cavalleria, me faces gràcia que puixca mantenir aquell a honor e glòria tua e en augment de la sancta fe cathòlica. E no permetes, Senyor, que en negun temps me pugua lunyar de tu perquè pugua venir a la fi per què só creat. O inmaculada Verge, reyna de paradís, advocada dels peccadors! O vera consolació mia! Grandíssimes gràcies te faç, e al teu gloriós Fill, de la victòria e honor que he obtesa de aquesta batailla e de totes les altres. Verge digna, no·m desenpars en negun temps perquè pugua loar e beneir lo teu gloriós Fill e a tu per tostemps. Amén.»

Capítol LXXXIIII. Com tragueren ab molta honor a Tirant e donaren sentència de traÿdor contra l'altre cavaller

«—Finida la oració, Tirant se levà e anà al rey e als jutges, e supplicà'ls lo complisen de justícia. E los jutges devallaren al camp e feren pendre al cavaller e, ab les spatles primeres, lo feren portar fins a la porta de la liça sens negunes armes offensives, e Tirant anava aprés d'ell cara per cara. Eirant ab la espasa alta en la mà. Com foren a la porta de la liça, aturaren aquí lo cavaller e feren-lo desarmar, e a cascuna peça de arnés que li levaven la lançaven sobre lo palench e cahïa fora de tot lo camp. Com fon del tot desarmat, los jutges donaren sentència, donantlo per fals e desleal, de vençut e de perjur e de fementit, ab la esquena que tenia girada devers la porta. E axí, a revers, lo feren exir primer que a negú. E axí·l portaren fins a la sglésia de Sanct Jordi, ab molts improperis que los fadrins li fehien, e Tirant tostemps anava aprés d'ell. Com foren dins la sglésia, un porsavant pres un baçí d'estany e, ab aygua molt calenta, li donà per lo cap e per los ulls, dient:

«—Aquest és aquell cavaller desdit e vençut e fementit.

«Aprés vengué lo rey ab tots los stats e dones e donzelles, e Tirant anà a cavall, armat axí com stava, e acompanyaren-lo fins a l'apartament del rey. Allí lo desarmaren les donzelles e los metges curaren-lo, e vestí's un manto de brocat forrat de marts gebelins que·l rey li donà, e féu-lo sopar ab ell. Aprés sopar s'i feren moltes danses, qui duraren tota la nit fins prop del dia.

«Aprés, senyor, que lo cavaller vençut fon guarit, mès-se a frare en un monestir de la observança de Sanct Françesch.

«Aprés pochs dies partim ab licència del rey e anam en Scòcia ab Tirant per fer-li honor al dia de la batailla. E per lo rey d'Escòcia e per la reyna nos fon feta molta honor.

«La reyna, la qual era jutge de la batailla e del camp, com ells foren dins la liça per fer les armes, véu que lo seu cavaller portava lo baçinet ab milloria e ab gran frau: no·ls volgué leixar combatre sinó un poch e no leixà venir la batailla a fi.»

—Vejam, senyors, vosaltres, cavallers entesos en honor hi en les armes: Tirant, en presència del rey e molts nobles senyors e cavallers, féu jurament solemne de no entrar en batailla ni enpendre fer armes negunes fins a tant que aquesta batalla fos venguda a fi. E Tirant de tot açò fon content e així u jurà he u promés. Aprés vengué Kirielayson de Muntalbà a requerí'l de batailla incriminant-lo de cars de traçió. ¿A qual de aquests dos devia primer acórrer: al jurament que fet havia, present los bons cavallers, o al cars de traçió que li posaren Kirielayson e son germà? Moltes rahons s'i poden fer d'una part hi d'altra. La determinació deixe als bons cavallers de honor.

—Senyor, què diré a la senyoria vostra de Tirant? En XI camps de liça a tota ultrança és entrat e de tots és stat vençedor, sens altres que n'à fet, qui eren armes retretes. Senyor —dix Diafebus—, yo hauré enujada la senyoria vostra en tantes rahons que he explicat. Lo sopar és prest e Tirant ésmajordom sta veguada. Aprés lo sopar diré a la senyoria vostra l'orde e fraternitat que lo senyor rey de Anglaterra ha stablit. Quasi és resemblant a l'orde de la Taula Redona que lo bon rey Artús en aquell temps complí de fer.

—Diafebus —dix lo hermità—, molt stich aconsolat de l'estil de vostre gentil e avisat parlar, e de tota la pràtica que en lo stil de les armes s'és servada, en special del famós cavaller Tirant lo Blanch, qui tantes bones e virtuoses cavalleries en molt gran jovent ha fetes. E çertament yo·m tinguera per lo més benaventurat crestià del món si tingués un fíll així virtuós e complit de tantes bondats hi en lo orde de cavalleria tan sabent. E si ell viu, poran dir serà lo segon monarca.

Acabant lo hermità les darreres paraules, vingué Tirant ab molta humilitat al pare hermità e, ab genoll en terra, li dix:

—Mereixedor de molt més honor: si a la senyoria vostra era plasent de acceptar un petit sopar de aquests mos senyors que açí són e germans meus, molta seria la gràcia que la senyoria vostra nos faria a ells e a mi.

Lo virtuós senyor, pràtich en tota gentilea, ab cara molt affable, se levà e dix:

—Per bé que a mi no sia donat açò de fer, yo per contemplació e amor de vosaltres ho faré.

E tots ensemps anàren aprés de la lúçida font hon trobàren moltes taules parades. E aseguts, donada la benedictió per lo pare hermità, fórem servits de viandes singulars e en tanta abundància com si pròpiament fóssem dins una gran ciutat, per ço com Tirant hi havia sabut provehir.

Aquella nit passàrem ab molt gran plaer parlant de moltes cavalleries que en les honrades festes eren stades fetes, les quals, si totes havia de reçitar, no y bastarien X mans de paper.

Emperò lo dia següent, com lo hermità fon devallat de la sua cetla, que havia acabat de dir ses ores, Tirant ab los altres ixquérem-li a l'encontre e tots li férem gran reverènciade genoll fehent-li molta honor. E ell molt graciosament los regracià la molta honor que tots li fehien.

Asegueren-se en la verd e florida praderia, axí com fer havien acostumat. Lo hermità los tornà ab amor gran a preguar que ell pogués saber com era stada instituhuïda aquella fraternitat que per lo rey, son senyor, ara novament era stada feta. Entre tots los cavallers foren fetes moltes cortesies qual de tots parlaria, e de tots foren dades les veus a Tirant, emperò ell no volgué parlar, sinó que preguà a Diafebus que, puix havia dit lo principi, que també digués la fi. E Tirant levà's e anà-se'n per dar orde de haver les coses que tenien a servir al pare hermità. Lo virtuós Diafebus se levà lo bonet del cap e féu principi a tal parlar.

Capítol LXXXV. Com fon instituhïda la fraternitat de l'orde dels cavallers de la Garrotera

«—Ja era passat l'any e lo dia, e les festes eren complides de solennizar, com la magestat del senyor rey tramés a preguar a tots los stats que·s volguessen esperar alguns dies per ço com la magestat sua volia fer publicar una fraternitat, la qual novament havia instituïda, de XXVI cavallers, sens que negú no fos reproche. E tots de bon grat foren contents de aturar. E la causa e principi de aquesta fraternitat, senyor, és stada aquesta, ab tota veritat, segons yo e aquests cavallers que açí són havem hoïda reçitar per boca del senyor rey mateix, com un dia de solaç que es feien moltes dançes e lo rey, havent dançat, restà per reposar al cap de la sala e la reyna restà a l'altre cap ab les sues donzelles, e los cavallers dançaven ab les dames. E fon sort que una donzella, dançant ab un cavaller, apleguà fins en aquella part hon lo rey era e, al voltar que la donzella féu, caygué-li la liguacama de la calça —e al parer de tots devia ésser de la sinestra cama— e era de çimolça. Los cavallers qui prop lo rey eren, veren la liguacama que li era cayguda en terra. La donzella aquesta se nomenava Madresilva, e no penseu, senyor, que aquesta fos més bella que altra ni res de tot lo que mostrava fos gentil: mostra una poca de parençeria, és un poch desenbolta en lo dansar hi en lo parlar, canta rahonablement, emperò, senyor, trobar-s'i an d'estes CCC més belles e més agraciades que aquesta. Mas lo apetit e voluntat dels hòmens són repartits en moltes maneres. Un cavaller de aquells qui staven prop del rey, li dix:

«—Madresilva, les armes de vostra cama haveu perdudes. Par-me que hajau tengut mal patge, que no les vos ha sabudes liguar.

«Ella, un poch vergonyosa, deixà's de dançar e tornà per cobrar-la, e un altre cavaller fon més prest que no ella e pres-la. Lo rey, qui véu la liguacama en poder del cavaller, prestament lo cridà e dix-li que la y liguàs en la cama, sobre la calça, a la part sinestra davall lo genoll. Aquesta liguacama ha portat lo rey passats IIII mesos e jamés la reyna li dix res. E com lo rey més se abillava, de millor voluntat la portava a vista de tot lo món. E no fon negú en tot aquell temps tingués atreviment de dir-lo-y, sinó un criat del rey qui era molt afavorit, qui véu que massa durava. Un dia que stava sol ab ell, li dix:

«—Senyor, si la magestat vostra sabia lo que yo sé e la murmuració de tots los strangers, e del vostre regne mateix, e de la reyna e de totes les dones d'onor!

«—Què pot ésser? —dix lo rey—. ¡Digues-m'o prestament!

«—Senyor, yo us ho diré. Que tots stan admirats de una tan gran novitat com vostra altesa ha volgut fer de una mínima e dejecta donzella e de baixa condició, entre les altres molt poch stimada, que la altesa vostra ne porte senyal en la persona vostra a vista de tot lo món tan lonch temps. Ja bastaria que fos reyna o enperadriu per fer tanta menció d'ella. E com, senyor! ¿No trobarà vostra altesa en aquest vostre regne donzelles de major auctoritat en linatge y en bellea, en gràcia y en saber e complides de moltes més virtuts? E les mans dels reys, qui són molt largues, que apleguen llà hon volen!

«Dix lo rey:

«—Donchs, ¿la reyna stà de açò malcontenta, e los strangers e los del meu regne n'estan admirats? —Dix tals paraules en francés: —*Puni soyt qui mal hi pense!* Ara yo promet a Déu —dix lo rey— yo instituiré e faré sobre aquest fet un orde de cavalleria, que, tant com lo món durarà, serà en recordació aquesta fraternitat e orde que yo faré.

«E en aquell punt se féu desliguar la çimolça —que no la volgué més portar—, ab molta malencolia que li restà, emperó no·n féu demostració alguna.

«Aprés, senyor, complit de fer les festes axí com dit he a la senyoria vostra, féu la següent ordinació:

«Primerament, fos feta una capella sots invocació del benaventurat senyor sanct Jordi dins un castell qui·s nomena Ondisor, ab una gentil vila que y ha, la qual capella fos feta a manera de cor d'església de monestir de frares e, a l'entrant de la capella, a man dreta, fossen fetes II cadires, e a la part sinestra altres dos, e de allí avall, en cascuna part fossen fetes XI cadires e fins que fossen en nombre de XXVI cadires. E en cascuna que segués un cavaller e, sobre lo cap, alt de la cadira, tingués cascun cavaller una spasamolt ben daurada e la cuberta de la bahïna fos de brocat o de carmesí, brodada de perles o de argenteria —de ço que a cascú millor li paregua—, la més riqua que cascú pugua fer. E al costat de la spasa cascú tingua un elm, a manera fet de aquells que junyen, e que·l puguen tenir de açer ben febrit o de fusta ben daurat. E sobre lo elm stigua lo timbre de la divisa que volrà e en les spatles de la cadira, en una plancha d'or o d'argent, sien pintades les armes del cavaller, e allí stiguen clavades.

«Aprés diré a la senyoria vostra les cerimònies que s'an de fer en la capella. Ara diré los cavallers qui foren elets. Primerament, lo rey elegí XXV cavallers e, ab lo rey, foren XXVI. Lo rey fón lo primer qui jurà de servar totes les ordinacions en los capítols contengudes e que no fos cavaller negú qui demanàs aquest orde que·l pogués haver. Tirant fon elet lo primer de tots los altres cavallers, per ço com fón lo millor de tots los cavallers. Aprés fon elet lo príncep de Gales, lo duch de Betafort, lo duch de Lencastre, lo duch d'Atçètera, lo marqués de Sófolch, lo marqués de Sanct Jordi, lo marqués de Belpuig, Johan de Varoych, gran conestable, lo comte de Nortabar, lo comte de Salasberi, lo comte d'Estafort, lo comte de Vilamur, lo comte de les Marches Negres, lo comte de la Joyosa Guarda, lo senyor d'Escala Rompuda, lo senyor de Puigvert, lo senyor de Terranova, miçer Johan Stuart, miçer Albert de Riuçech. Aquests foren del regne. Los strangers foren lo duch de Berrí, lo duch d'Anjou, lo comte de Flandes. Foren tots en nombre de XXVI cavallers.

«Senyor, a cascun cavaller que volien elegir per posar en lo orde de la fraternitat, feyen-li aquesta cerimònia: prenien un arquebisbe o bisbe e daven-li los capítols de la fraternitat closos e segellats, e trametien-los al cavaller que volien elegir que fos de la llur germandat, e trametien-li una roba tota brodada de garroteres e forrada de marts gebelins, e un manto larch, axí com la roba, fins als peus, forrat de erminis, qui era de domàs blau, ab un cordó tot de seda blancha per liguar alt, e les ales del manto podien lanssar sobre los muscles e mostrava's la roba e lo manto. Lo capiró era brodat e forrat de erminis. La brodadura era tal com la garrotera, qui stava feta en semblant forma, ço és, de una correja de senyir ab cap e ab civella, axí com moltes dones galanes e d'onor porten en les cames per tenir les calçes e, com han encivellada la garrotera, donen una volta de la correja sobre la çivella retent nuu, e lo cap de la correja penja quasi fins a miga cama, e enmig de la garrotera estan scrites aquelles mateixes lletres: *Puni soyt qui mal hi pense*. La roba, lo manto e lo capiró, tot és brodat de garroteres, e cascun cavaller és tengut tots los dies de sa vida de portar-la, aixi dins ciutat o vila hon stigua com defora, e en armes o en qualsevulla manera que sia. E si per oblit o no la volgués portar, qualsevulla rey d'armes, eraut o porsavant qui·l veurà anar sens la garrotera, té potestat absoluta que li pot levar la cadena de or del coll o lo que portarà al cap, o la spasa o lo que portarà, encara que sia davant lo rey o en major plaça que sia. E cascun cavaller és tengut per cascuna veguada que no la aportarà II scuts d'or dar-los al rey d'armes o a l'eraut o al porsavant, e aquell és tengut, de aquests dos escuts, lo hu donar en qualsevulla capella de Sanct Jordi per a çera, lo a[l]tre escut és per a ell, perquè y ha tengut esment.

«E aquell bisbe o arquebisbe o altre prelat té dE anar com embaixador de la fraternitat, e no del rey, e porta lo cavaller en una sglésia, qualsevulla que sia, e si de Sant Jordi n'i ha allí van dretament, e lo prelat fa'ls posar la mà sobre la ara de l'altar e diu-los les següents paraules.»

Capítol LXXXVI. Lo jurament que fan los cavallers de la Garro[t]era

«—Vós, cavaller qui haveu rebut l'orde de cavalleria e sou tengut en opinió de no ésser reproche entre los bons cavallers: jo só tramés açí per embaixador de tota la fraternitat e de aquell pròsper orde del benaventurat senyor sanct Jordi, que, per aquell jurament que fet aveu, que tendreu totes les coses secretes, que per via directa o indirecta, de paraula o per scrit, no manifestareu.

«E lo cavaller promet, per virtut del jurament, complir e servar totes les coses desús dites, e donen-li los capítols. Aprés que·ls ha lests, si·ls accepta, agenolla's en terra davant lo altar o ymatge de sanct Jordi e, ab molta honor e reverència, reb lo orde de la fraternitat. E si acceptar no la vol, ha tres dies d'espay de pensar-hi, e diu o pot dir: «La mia persona no és disposta per a rebre un tan alt orde com és aquest, ple de molta excel·lència e virtut.» Toma a cloure los capítols, scriu dins son nom, e axí·ls torna a trametre per lo embaixador als de la fraternitat.»

Capítol LXXXVII. Los capítols de la fraternitat són aquests

«—Lo primer és, si no s'és cavaller creat en armes, no pugua ésser de la fraternitat de l'orde del benaventurat senyor sanct Jordi.»

Capítol LXXXVIII. [De axò mateix]

«[L]o segon és de jamés desnaturar-se de son rey e natural senyor per molts mals e dans que li faça.»

Capítol LXXXIX. [De axò mateix]

«[L]o terç és de ajudar, emparar a dones viudes, pubils, donzelles. Si request ne serà, posar-hi tots los béns, entrar en camp clos ab armes o sens armes e·n ajustar gent, parents, amichs e benvolents, dar combat o combats en viles o ciutats o castell si era cars tal senyora de honor fos presa o detenguda per força.»

Capítol XC. [De axò mateix]

«Lo quart és, qualsevulla cavaller qui en armes se trobarà, axí en mar com en terra, no fugirà per molts enemichs que veja. Bé·s pot retraure tornant atràs ab la cara davant los enemichs, no girant aquella. E si girava la cara cauria en molt leig cars de falç e de perjur, lançant-lo de la fraternitat, desagraduant-lo de tot lo orde de cavalleria, fahent un home de fust ab mans, braços e peus, armant-lo de totes armes, donant-li baptisme, posant-li son propi nom en la desagraduació.»

Capítol XCI. [De axò mateix]

«Lo çinquén és, si lo rey de Anglaterra pendrà ampresa pe[r] anar a conquistar la terra sancta de Hierusalem, en qualsevulla stat que lo cavaller nafrat estigua o de qualsevulla altra malaltia, sia tengut de venir per mar a la nostra fraternitat per ço com la conquesta de Hierusalem pertany a mi, qui só rey de Anglaterra, e ha altri no.»

Capítol XCII. Les çerimònies que los cavallers de la Garrotera fan com tots són ajustats en la sglésia de Sanct Jordi, hon és lo cap de l'orde

«—Aquests són los capítols que trameten a cascun cavaller. E la garrotera que li trameten és molt riqua, ornada de diamants e robins e de altres pedres fines. Si accepta la garrotera e vol ésser de la fraternitat, un dia de aquella setmana fa gran festa per tota la ciutat o loch on stà, e vist-se aquelles robes. Cavalca sobre un gran cavall tot blanch —si haver-ne poden-e tota la altra gent van a peu entorn d'ell. E axí van per tota la ciutat fent mostra, e van a fer oració a la sglésia de Sanct Jordi si n'i ha, si no en altra, ab dues banderes, la una de les pròpies armes e l'altra de la sua devisa.

«De aquí avant, lo rey lo nomena germà de armes o comte, qui vol tant dir com germà de armes. Si negú de aquests cavallers és dins la ylla de Anglaterra e està sa de la sua persona, és tengut de venir en aquell castell on se fa aquella fraternitat. E si és fora de la ylla, encara que no y vingua, no s'i donen res. E si és dins la ylla e no y ve, ha de paguar deu marchs de or, e tots han ha ésser destribuïts en cera.

«E lo rey ha donat, senyor, de renda tots anys en aquesta fraternitat XL mília scuts. E serveixen per açò que us diré: primerament per a fer aquelles robes e mantos per a vestir als cavallers de la fraternitat, e per a menjar lavespra e lo dia de sanct Jordi, que s'i té de fer molt solenne festa.

«Diré a la senyoria vostra les çerimònies que·s tenen a fer en la sglésia: la vespra del sanct, tots los de la fraternitat han de ésser allí ab les robes desús dites e, tots a cavall, tenen anar fins a la porta de la capella. E no té anar altri a cavall ab ells, que tota la altra gent té de anar a peu. E com seran descavalcats, tenen anar fins al peu de l'altar e, tots XXVI, se agenollaran per fer oració, sens que no tenen a fer del rey a ells diferència neguna, sinó que cascú se asegua en sa cadira. Com serà a l'ençensar, seran dos preveres o bisbes, si en aquell cars n'i haurà, e lo hu irà per la una part de les cadires e l'altre per l'altra, e tots en un temps que donen lo ençens. E per semblant a la missa, la offerta e la pau. Com les vespres sien dites, que tornen ab aquelles çerimònies mateixes e descavalcaran en una gran plaça que y ha, e aquí vendrà la gran col·lació de confits. Aprés de açò vendrà lo gran sopar, e menjar-hi han tots los que y volran sopar. L'endemà, que serà lo dia del benaventurat sanct Jordi, tornaran ab aquella cerimònia mateixa e, ans de hoir missa, tenen a tenir capítol. E ha de ésser ab ells en lo consell un rey d'armes qui és stat elet, que ha nom Garrotera. A aquest li donen mil scuts de salari tots anys per quant té a passar la mar e és tengut de anar a visitar los cavallers de la fraternitat com se regeixen, per ço que en aquella jornada ne pugua fer relació. E com seran en lo consell, si fallirà negun cavaller que sia mort, eligiran-ne un altre. E si vendrà a menys e no complirà tot lo desús dit o fogís en batailla, en presènçia de tots pendran un home de fusta que tendran aparellat, e batejar l'han ab totes aquelles cerimònies que són acostumades en lo baptisme, e posaran-li lo nom mateix del cavaller e aprés lo desagraduaran de tota la fraternitat. E si porà ésser, aprés daran-li carçre perpètua e aquí·l faran morir. Aprés que hauran vist tot lo que la fraternitat ha mester, deixaran-ho ordenat. Aprés exiran a la missa e al sermó de sanct Jordi, e aprés, solennes vespres. Lo dia següent tornaran per lo mateix orde e faran celebrar un aniversari per la ànima de aquell cavaller o cavallers qui seran morts o morran dins aquell any, o per al primer qui morrà. E si haurà cavaller mort per lo qual faran la sepultura, com vendrà a la offerta, levar s'an IIII cavallers —los qui hauran càrrech de administrar la moneda— e los dos prenen la espasa, lo hu al pom e l'altre a la punta, e axí a través porten-la fins a l'altar e offeren-la al prevere, e los altres dos porten lo elm a offerir. E allò és lo dret dels capellans. E açí finen les festes de l'any. E si per ventura algú de aquests cavallers de la fraternitat era stat pres en guerra justa e per rescat tenia a paguar tant de sos béns que son stat no pogués sostenir axí com havia acostumat, lo orde és tengut dar-li tots anys lo que coneixeran que mereix la condició sua. Encara, senyor, han més ordenat que si negun altre caval[l]er qui no serà de la fraternitat e, seguint les armes en guerra, serà afollat de algun membre de sa persona, que no pogués portar armes ne seguir la guerra, si van al monestir e volen star allí tota llur vida, que sien rebuts ab que cascun dia que fer-ho poran vajen a missa e a vespres ab un manto vermell, ab una garrotera brodada als pits. E aquí sien sostenguts ab sa muller e fills, si·n té, e servidors, molt abundosament segons sa condició. Encara, han més ordenat que XX dones de honor sien de la fraternitat de la Garrotera, e fan tres vots.»

Capítol XCIII. Los vots que fan les dones de honor

«—Lo primer és que jamés dirà a marit, fill o germà que, si és en guerra, que se'n vingua.»

Capítol XCIIII. [De axò mateix]

—[L]o segon és que, si sap que alguns de aquests stiguessen asetjats en vila, castell o ciutat, e passasen necessitat de vitualles, e elles faran tot son poder de trametre'ls-ne, he y treballaran.»

Capítol XCV. [De axò mateix]

«—[L]o terç és que, si negú de aquests era pres, de tot son poder los ajudaran en traure'ls de presó he y posaran de sos béns fins a la meytat de son dot. E les dones sien tengudes de portar la garrotera liguada en lo braç squerre, sobre tota la roba, en lo brahó.»

Capítol XCVI. Com fon trobada la devisa del collar que lo rey de Anglaterra donà

—Senyor, puix a la senyoria vostra he recitat de la Garrotera, ara diré del collar de la devisa que fa ara novament lo rey.

—De açò vos prech que yo ho sàpia —dix lo hermità.

«—Anant lo rey e la reyna ab tots los stats a caça —dix Diafebus—, lo rey havia manat a los munteros que per aquella jornada conçertassen moltes salvatgines de diverses natures. E tanta era la gent que anaven, entre hòmens e dones, que·n fem una gran matança, car ab la gran multitud de la gent fem venir la salvatgina en un portell e allí, ab fleches, balestes e lançes, ne fon feta una gran destrucció. E ab carros e ab adzembles portaren-los a la ciutat. Los cochs, escorchant un gran çervo, que quasi era tot blanch per antiquitat, trobaren-li un collar al coll tot de or. Los qui l'escorchaven foren los més admirats del món e digueren-ho al comprador major. Aquell prestament ho anà a veure, e pres lo collar en la mà e portà'l al rey, e lo rey hi pres molt gran plaer. E veren letres en lo collar scrites qui dehien que, en lo temps que Július Cèsar vengué per conquistar Anglaterra e la pobblà de alemanys e de viscahïns, a la partida que féu pres aquell çervo e féu-li taillar lo cuyro del coll e posaren-li allí aquell collar e tornaren a cosir lo cuyro e deixaren-lo anar. E preguava a aquell rey qui aquest collar trobaria lo fes per devisa. Havia, segons lo kalandari del temps que lo y posaren, CCCCXCII anys, e per ço, volen molts dir que no ha animal en lo món qui tant vixqua. E lo collar era tot de esses redones, e per ço com en tot lo ABC no trobareu lletra, una per una, de major auctoritat e perfectió que pugua significar més altes coses que aquesta letra S.»

Capítol XCVII. La significació de la devisa

«—La primera, sanctedat, saviesa, sapiència, senyoria e moltes altres coses que per S principien. E de aquests collars, lo magnànim rey, n'à donats a tots los de la fraternitat. Aprés n'à dats a molts cavallers strangers e del regne, e a dones e donzelles, e a molts gentilshòmens los dava collars de argent. E ami, senyor, n'à donat hu e, a tots aquests cavallers que açí són, a cascú ha donat lo seu.»

—Molt reste content de tot lo que la gentilesa vostra m'à dit —dix lo hermità—. Lo orde de la Garrotera me plau molt perquè és stat constituhït ab virtuoses leys de cavalleria e, de tan gran dignitat, jamés no l'é vist ne hoït dir, e és molt conforme a ma voluntat e lo sperit meu se n'alegra. Digau-me, cavaller virtuós, ¿no és cosa de gran admiració lo collar que han trobat en poder de un salvatge animal de tan gran discurs de temps? E de totes les coses per la virtut vostra a mi dites, axí de les festes com de les armes, tant com só stat en aquest miserable de món, no les hohí jamés dir que ab tan gran triümpho sien estades solennisades.

Aquestes e semblants paraules lo hermità rahonava com vengué Tirant e dix:

—Pare senyor, vostra mercé faça'm gràcia de venir prop de la lúcida font per pendre ab nosaltres una poca de refectió, e atorgau-nos gràcia que puguam aturar açí IIII o V dies per fer companyia a vostra sanctedat.

E lo hermità fon molt content. E aturaren ab ell passats X dies e·n aquests dies parlaren de molts actes virtuosos de armes, e de molts bons consells que lo hermità los donà.

Al temps de la partida, Tirant, havent vist que lo pare hermità no menjava sinó herbes e bevia aygua, mogut de amor e caritat féu portar moltes viandes e totes coses necessàries per a la humanal vida, axí com si tingués a fornir un castell qui spera ésser assetjat de enemichs. E cascun dia li ho havien a fer menjar ab molts prechs.

Lo dia que tenien de partir, Tirant, ab tots los altres, ab molta amor lo supplicaren que volgués restar aquella nit en una tenda de aquelles, per ço com ells volien partir de matí e no partirien que ell no·ls donàs la benedictió. E lo hermità, creent que per açò ho volien, dix que era content. Adobaren-li allí un petit lit e, reposant lo hermità, Tirant li féu portar dins la sua ermita gallines e capons, e altres vitualles per a més de un any, fins a carbó e a lenya perquè no agués anar fora de la ermita si era cars que plovia.

Com los paregué hora de partir, tots prengueren comiat del pare hermità, fahent-se los uns als altres moltes gràcies.

Com ells foren partits tenint son dret camí devers Bretanya, lo pare hermità se'n pujà al seu hermitatge per a dir ses ores, e trobà tota la casa plena de vitualles. Dix:

—Certament, açò ha fet aquell virtuós de Tirant. En quantes oracions yo faré, vull que haja part, sol per conéixer la sua bondat e virtut, car açò és demesiat per a mi.

E de açí avant no·s fa més menció de l'hermità.

Capítol XCVIII. Com Tirant ab sos companyons partiren de l'hermità e tornaren en llur terra

Tirant ab sos companyons per ses jornades caminaren tant que arribaren en la ciutat de Nantes. Com lo duch de Bretanya sabé que Tirant venia ab la sua parentela, ixqué'ls a rebre ab tots los regidors de la ciutat e ab gran cavalleria e feren-li la major honor que fer pogueren per ço com era stat lo millor cavaller de tots los qui eren stats en les grans festes de Anglaterra. E lo duch afavoria'l molt e li dava de sos béns, e Tirant era tengut en aquella terra en molt bona opinió de totes les gents.

E stant un dia Tirant ab lo duch e ab molts altres cavallers solaçant e parlant, vengueren dos cavallers de la cort del rey de França e lo duch los demanà si en la cort hi havia noves negunes. Digueren los cavallers:

« —Senyor, sí, car nova hi à certa que, com los templers foren morts e destrohïts, fon instituhït un altre orde qui·s nomena de Sant Johan de Hierusalem. E com Hierusalem fon perdut, aquests poblaren la ylla de Rodes e restà buit lotemple de Salamó. E de grechs e de moltes altres nacions fon poblada aquesta ylla de Rodes, com fon molt fortificada la ciutat e lo castell. E venint en notícia del soldà d'Alcayre, desplagué-li molt que crestians aguessen poblada aquella ylla, e lo soldà cascun any fehia los aparells per poder-la haver. E los genovesos, sabent tal nova que lo soldà fehia gran aparell, vehent lo port ésser molt bo e la terra fructífera e de moltes mercaderies abundosa —e per quant ells ab llurs naus van molt sovint en Alexandria e en Barut, que·ls vendria molt bé tinguessen allí aquell bon port e bona retreta—, fon posat en consell davant lo duch, e lo consell deliberà com ab poca dificultat se poria pendre la ciutat e lo castell. E havent-ho deliberat, ho posaren en obra, que armaren XXVII naus de molta gent e bona. E a la entrada de la quaresma ne trameteren III, e passats XV dies ne trameteren V fahent demostració que volien allí adobar e mostrar carena. Aprés, mijant quaresma, ne trameteren altres tantes. E feren-ho en tal forma que lo dia de Rams foren totes les XXVII naus en vista de Rodes, plenes de molta gent e de poca mercaderia, e fengien que les unes anaven en Alexandria e les altres en Barut; les altres se detenien voltejant dins mar perquè de terra no fossen vistes. E acostant-se lo Divendres Sanct, totes les naus foren dins lo port de Rodes, sperant lo Divendres Sanct, com en aquell dia havien de pendre la ciutat e lo castell, per ço com en aquell dia dins lo castell tenen moltes relíquies e qui y hou aquell dia lo divinal offici guanya indulgènçia plenària a pena e culpa per molts papes atorgada. Entre les altres relíquies tenen una spina de la corona de Jhesucrist, e aquella spina, en aquella hora que la y posaren al cap, floreix, e està florida fins en aquella hora que Jhesucrist reté lo esperit. Aquella spina és de junch marí, e és de aquelles que li entraven dins lo cap e li tocaren al cervell. E cascun Divendres Sanct la mostren e la tenen a vista de tothom.

«E los mals crestians de genovesos, sabent la pràtica del Mestre de Rodes e de sa religió, ab consentiment de dos genovesos cavallers de l'orde, qui staven dins lo castell, los quals prengueren totes les nous de les ballestes e posaren-n'i d'altres que eren de sabó blanch e de formatge, per ço que en lo temps de la necessitat ajudar no se'n poguessen. E lo Mestre e tota sa religió no y agueren jamés pensat, ans certament los hagueren tots presos e morts.

«Mas nostre Senyor algunes vegades permet algun gran peccat per major benefici. Dins aquella ciutat estava una galant dama, la qual per la sua molta bellea, de molts cavallers de l'orde era festejada e, per la molta virtut sua, negú no tenia res en ella. En special la amava un cavaller qui·s nomenava frare Simó de Far, natural del regne de Navarra. Aquesta dama, al parer de les gents, se mostrava de honestat exçelsa. Seguí's que un scrivá de la nau del capità dels genovesos era exit en terra e véu la gentil dama e enamorà's molt d'ella. E congoixat de amor infinida, va a parlar ab la senyora e diu-li com ell té molt bon grat d'ella, e que la pregua que li faça tanta gràcia que li done la sua amor, que ell li darà tant de sos béns que·n serà molt contenta. E de continent presentà-li un diamà e un robí que valien çinch-cents ducats. E mès la mà en una botgeta que portava en la çinta e tragué una gran grapada de ducats e lançà'ls-hi en la falda, que tota la feren alegrar. Passades moltes paraules entre ells, ell obtingué tot lo que volgué —e açó fon lo Dijous de la Cena—. La gentil dama, perqué pogués haver d'ell molt més, li féu grans festes mostrant-li amor infinida.

«—Ara —dix lo genovés—, puix jo he agut de vós tot lo que volia, yo us promet demà en aquell dia, dar-vos la més rica casa de tota aquesta ciutat, ab tot lo moble, perquè siau la més rica dama e més benaventurada de totes.

«—Hay, mesquina! —dix ella— Ara que haveu agut de mi lo que volíeu, vos voleu burlar de mi ab prometençes impossibles que no·s poden fer? Anau ab la pau de Déu e no·m vingau pus en casa.

«—O, senyora! —dix lo escrival—. Yo·m pensava haver conquistat un regne e tenia'm per lo més benaventurat home del món pensant que la vida vostra e la mia seria tota una, e que los cossos no·s poguessen separar sinó per mort natural, e fervos la més rica senyora de tota la ylla, ¿e vós me dau comiat? E no pense la vostra galant persona que u haja dit per burlarme de vós, que us ame més que a la vida mia, sinó que ab tota veritat vos parle. E de ací a demà, per tot lo dia, no y ha tant, que·n veureu la experiència verdadera.

«—Si lo vostre verdader parlar fos ab efecte, deixant paraules colorades, e alguna cosa en bé venir s'espera, dir-m'o deuríeu, puix tanta amor dieu que·m portau, perquè lo meu esperit ne restàs aconsolat. Emperò vosaltres, genovesos, sou gent desconeixent, que sou tals com los àsens de Sòria, que van carreguats de or e menjen palla. E per ço crech que tot deu ésser burla e no u dieu sinó per enganar-me.

«—Senyora, si vós me prometeu de tenir-me secret, yo us ho diré.

«E la gentil dama lo y promés. E lo genovés li dix tota la veritat del fet com se tenia de fer.

«Com lo escrivà fon partit de la dama, ella tramés al castell un fadrí ben entés e discret. E trobá lo mestre en la sglésia ab tots los frares que dien los faços. Lo fadrí parlà ab lo Simó de Far, e féu-lo exir fora de la sglésia e dix-li les següents paraules:

«—Senyor comanador, ma senyora vos pregua que, si d'ella jamés sperau haver compliment del que desijau, encara que siam en dies de Passió, que de continent, totes coses leixades, siau ab ella, que ab molta humilitat vos spera e desija-us servir de cosa que jamés vos oblidarà.

«Lo cavaller, mogut més de amor que de devoció, leixà lo servey de nostre Senyor, e tan secretament com pogué, se n'anà a la casa de la senyora, la qual com lo véu lo rebé ab molta amor [a]braçant-lo, e pres per la mà se ase[gueren en] lo estrado. E la senyora, ab veu baixa, féu principi a semblants paraules:

«—Cavaller virtuós, perquè tinch conegut la molta amor que·m portau e los treballs que haveu sostenguts per voler obtenir lo que de mi desijau e yo, volent guardar la honor e fama que deu resplandir en les dones de honor, no he volgut jamés admetre les vostres preguàries, ara, perquè tals trebals ne la amor que·m portau sia sens premi ni·m tingau per ingrata, vos vull premiar de dues coses: la primera és que só contenta de servir-vos de tot lo que a mi sia possible per lo molt meréixer vostre; la segona, vos he fet venir en tal dia perqué la necessitat ho requir per manifestar-vos la dolor inextimable que la mia ànima sent, que freda suor corre per lo meu cors d'un terrible spant que tinch davant los meus hulls, e açò per causa del gran perdiment del mestre de Rodes e de tota la religió e, aprés, de tot lo poble de aquesta ciutat. E no donant-vos més spay sinó fins a demà, que·l sermó sia acabat, que tota la vostra religió sia perduda.

«—Senyora de molta estima —dix lo cavaller—, molta glòria és per a mi que de tan poca servitut que us he feta obtingua tan gran premi com és de acceptar-me per servidor, la qual gràcia estime més que si m'aguésseu fet monarcha del món. E supplique a la vostra gentilea voler-me manifestar tal cars perqué per mijá meu pugua ésser restaurada la nostra religió e no plácia a la virtut divina que·s segueixca un tan gran dan. E besant-vos les mans vos supplique que haja de vós alguna doctrina perquè veja si en aquest fet algun remey s'i porà dar. Car, sobre totes les dones de honor deveu ésser exalçada. E per ma part vos offir, encara que ja sia tot vostre, la persona e los béns e honor.

«Molt restà contenta la agraciada senyora de les paraules del cavaller e recità-li larguament tot lo que lo escrivà li havia dit. Com lo cavaller hohí semblants paraules recitar, stigué molt admirat pensant en la gràcia que la divina Providència li havia fet en fer-li revelar un tan gran secret. E donà dels genolls en la dura terra per voler besar los peus e les mans a la virtuosa senyora, e ella no u comportà, e prengué'l del braç e alçà'l de terra, e abraçà'l e besà'l de amor virtuosa. Lo cavaller, per la necessitat gran que lo cars requeria d'avisar-ne lo mestre perquè agués temps de provehir en los remeys, pres graciós comiat de la gentil dama. La nit era ja escura e lo castell tancat: no tement los perills que seguir li'n poguessen, fón a la porta del castell e tocà grans colps. Los cavallers qui fehien la guayta alt en la murailla del castell demanaren qui era lo qui de tan gran pressa tocava. E lo cavaller, nomenant-se Simó de Far, que l'i obrissen. Digueren los de la guayta:

«—Vés-te'n, malvat! ¿No saps los perills e dans que·t stan estojats si lo senyor mestre sap que en aquesta hora tu est fora del castell? Torna-te'n e per lo matí poràs entrar a ton plaer.

«—Yo só ben cert de tot lo que vosaltres me dieu —dix Simó de Far—, mas a mi cové en tot cars del món de entrar esta nit dins lo castell, per què us prech molt afectuosament que digau al senyor mestre que·m faça obrir, car no tem ni vull tembre negun perill que seguir-me pugua.

«»Una de les guaytes anà a la eglésia, e trobà lo mestre qui stava prop del moniment dient ses ores. Com sabé que Simó de Far a tal hora era fora del castell, dix ab gran ira:

«—Yo li promet, si Déu me deixa veure lo matí, li faré dar tal disciplina que a ell serà castich e als altres serà exemple. O del mal frare que axí deixa la religió! Des que yo só mestre no he vist ni sabut que negú sia a tal hora fora del castell. Anau e digau-li que esta nit no pot entrar, mas que demà aurà la bona strena.

«E lo mestre tornà en sa oració e la guayta se'n tornà ab la resposta. Com Simó de Far hohí tals rahons, homilment tornà a pregar als cavallers qui la guayta fehien volguessen tornar a dir al senyor mestre que l'i fes obrir, que la entrada sua era de gran necessitat e, aprés que l'agués hoït, li donàs la penitència que merexia. Per tres voltes lo y tornaren a dir e lo mestre en nenguna manera no l'i volia fer obrir. Estava allí un cavaller molt antich qui dix al mestre:

«—Senyor, per qué vostra senyoria no dóna audiència ha aquest frare Simó de Far? A veguades se segueixen coses en una hora que no s'esdevé en mil anys. Aquest cavaller ja sap la pena que li va en lo que ha comés, no·l tingau per tan foll que sens causa ell vulla entrar en aquesta hora, puix al matí poria entrar segurament. Per què tendria per bo que, guardades les portes, e dalt per les torres les guardes stiguen armats e ben provehïts de grosses canteres. Car, senyor, jo he vist en mon temps, si no aguessen uberta la porta del castell a la hora de la mija nit, lo castell de Sanct Pere se perdia per la gran multitut de turchs que y vengueren a hora incogitada. E hora per hora lo mestre, que Déus haja, lo socorregué e lo castell fón deliurat dels enemichs.

«Lo mestre, per les paraules de l'antich cavaller, fón content que li obrissen, e manà que les portes fossen ben guardades e la muralla, e feren-lo entrar, lo qual venia ab la cara molt alterada. Com lo mestre lo véu davant si, li dix:

«—iO, mal frare e pijor cavaller, no tement Déu ni lo orde en què est posat, que en les hores indispostes e no honestes per a frares de religió ésser fora del castell! Yo·t daré la penitència que est mereixedor. Veniu vosaltres, ministres de justícia, e posau-lo en lo carçre e no li doneu a menjar sinó IIII onçees de pa e II de aigua.

«—La senyoria vostra —dix lo cavaller— no ha acostumat de condemnar a negú sens que no sia hoït. E si la rahó que daré de mi no basta a rembre la pena, yo vull rebre ab paciència la pena doblada.

«Dix lo mestre:

«—No·t vull hoir, sinó que mane que lo manament meu sia executat.

«—O senyor! —dix lo cavaller—. E així seré yo vilment tractat que no·m voleu hoir? Yo·m pens que no passaran XXIII hores que la senyoria vostra me volria haver hoit e haver-me donat la millor comanda de tota la religió, car no us hi va sinó la vida, la dignitat e que·s perda tota la religió. Aprés, si lo que yo diré no és veritat, no vull altra menys pena sinó que·m façau lançar dins mar ab una mola al coll, e yo vull morir màrtir per mantenir la nostra religió.

«Lo Mestre, qui véu que lo cavaller tant se justificava, manà que·l lleixassen e dix:

«—Ara veurem què sabràs dir.

«—Senyor —dix lo cavaller—, no és cosa que a dir faça en públich.

«Lo Mestre féu apartar tota la gent, e lo cavaller féu principi a tal parlar.»

Capítol XCIX. Com lo Mestre de Rodes, ab tota la religió, fon deliurada per un cavaller de l'orde

«—Senyor, per la immensa e divina cleméncia e bondat de nostre senyor Déu és estada feta a la nostra religió la major gràcia que jamés fes a negú, car demà la senyoria vostra fóra mort, e tots nosaltres, e destrohït tot lo nostre orde, la ciutat e tot lo poble robat, dones e donzelles desonrades, e tot posat en total destructió. E per acó, senyor, só yo vengut a tal hora per informar-me bé de aquest fet, no tement negun perill per salvar la vida de la senyoria vostra e de tots los frares de la religió. E si de tal cosa punició mercixch, yo la comportaré ab molta paciència, car més stime morir que si la religió se havia de perdre.

«—Prec-te, fill —dix lo mestre—, que·m digues la forma ni com se devia fer, car yo·t promet a fe de religiós que la pena que devies haver se convertirà en gran augment de la honor tua e exalçament, car aprés de mi yo·t faré lo major de tot lo nostre orde.

«E lo cavaller donà del genoll en terra e besà-li la mà. Aprés dix:

«—La senyoria vostra deu saber com dos frares de la nostra religió, genovesos, nos tenen venuts, car a consell de aquests són vengudes aquestes naus de aquests malvats genovesos ab gran multitud de gent e ab poca mercaderia. E aquests traÿdors que tenim dins lo castell an feta una gran maldat, que de la cambra de les armes han llevades totes les nous de les ballestes e han-n'i posades de sabó blanch o de formatge perquè en la necessitat no·ns ne pugam ajudar. E demà, qui és lo Divendres de Passió, han elets los més forts e disposts hòmens de totes les naus per entrar dins lo castell. E cascú de aquests portarà una ballesta desencavalcada, que ara novament han trobat, que no stà ligada lo braç ab lo asbrer ab fil, com acostumen les altres de estar, mas ab lo estrep vénen tan justes e ab un petit pern encavalquen molt bé. E cascú portarà espasa o secretament armat, portant sobre les armes cloches negres largues fins en terra. E vendran de II en dos ab excusa de adorar la Creu e per a hoir lo divinal offici perquè negú no n'haja notícia. E com hi haurà prou gent, que lo divinal offici se farà, fàcilment poden exir de la església, e ab ajuda dels dos frares, qui tendran ja la torre de l'homenatge presa, daran entrada als altres, e pendran les altres torres que prop los stan. E ans que la senyoria vostra ne agués sentiment, fóra presa la mitat del castell. E de mort o de pres no podíeu ésser estalvi, e tots nosaltres ab vós ensemps.

«—Puix axí és —dix lo mestre—, anem secretament a la cambra de les armes e veurem primer si és veritat de les ballestes.

«E trobaren que de V cents ballestes ensús que y havia, no·n trobaren sinó tres que tinguessen nous, sinó de sabó o de formatge. Lo mestre en aquell punt stigué esbalahït e conegué que lo cavaller li havia dita veritat e, prestament, féu ajustar consell de cavallers e féu pendre los dos frares genovesos. E lo mestre volent-los fer turmentar, atorguaren com tenia de morir lo mestre e tota la religió sens merçé neguna. Prengueren-los e lançaren-los en un sòl de torre hon havia moltes serps e escurçons e altres vils animals.

«En tota la nit negú no dormí, ans secretament doblaren les guaytes. E triaren L cavallers jóvens e disposts per dar recapte als que vendrien. E tots los altres se armaren perquè, si havien mester socors, que·ls poguessen ajudar. Al matí, com agueren ubertes les portes, los genovesos començaren a venir de dos en dos; e venien demostrant que dehien hores. Havien a passar III portes. La primera era tota uberta, ab dos porters que la guardaven. A les altres portes no podien entrar sinó per la portelleta poca. E com eren dins lo gran pati, davant la sglésia, staven allí los L cavallers, ben armats, qui·ls prenien, els desarmaven e, sens tocar de peu en terra, los lançaven en citges fondes, uns sobre altres. E encara que cridassen no u podien hoir los de defora. De aquesta ventura moriren MC-CCLXXV genovesos aquell dia, e si més n'i fossen entrats, més n'i foren morts. Lo capità, que stava defora, véu que tants genovesos eren entrats e que no exia negú: prestament se recullí en les naus. Lo mestre, que véu que més gent no entrava, féu exir fora del castell la major part dels cavallers e manà'ls que, tants com ne trobassen, que·ls prenguessen. E en aquella jornada fon feta gran destructió dels genovesos.

«Lo capità, de continent que·s fon recollit, féu recollir tota la sua gent e féu dar vela a les naus, fahent la via de Barut, perquè sabien que lo soldà era aquí. Lo capità fón davant ell e reçità-li tot lo fet que li era seguit en Rodes; agueren consell entre ells, a instànçia e requesta dels genovesos, e fon concordat per tots que lo soldà en persona passàs en la ylla de Rodes ab lo major poder que pogués, que en les sues naus porien passar en dos o en tres viatges. Lo soldà féu posar en orde XXV mília mamelluts e tramés-los en la dita ylla.

«Com les naus tornaren, passà lo soldà ab XXXIII mília moros. Les naus anaven e venien, que passats CL mília combatents se trobaren dins la ylla. Com la agueren tota destrhoïda de un cap fins a l'altre, posaren lo siti sobre la ciutat, e les naus guardaven lo port perquè no y entràs vitualles. E cascun dia daven III combats al castell: hu per lo matí, altre al migjorn e l'altre ans del sol post. E los de dins defenien-se molt virilment com a cavallers, emperó estaven ab congoixa perquè·ls fallien les vitualles. E vengueren en gran necessitat, que havien de menjar los cavalls, los gats, fins a les rates. Lo mestre, vehent-se en tan gran necessitat, tramés per tots los mariners e preguà'ls molt que donassen orde que un bergantí pogués passar entre les naus. Prestament los mariners forniren lo bergantí de totes coses necessàries. Lo mestre féu letres al papa, a l'emperador e a tots los reys e prínceps de crestians, notificant-los la grandíssima necessitat en què era posat, preguant-los que·l volguessen subvenir.

«Partí lo bergantí una nit que plovia e fehia molt gran fosca: passaren que no foren gens sentits. E per son discurs donaren les letres. E cascun príncep los fehia bona resposta, emperò l'ajuda era molt tarda. E aquestes letres eren vengudes al rey de França, qui proferí molt e féu poch.»

Totes aquestes rahons que dites he, recitaren los cavallers qui de la cort del rey de França eren venguts al duch de Bretanya. E lo duch mostrava dolre's molt del maestre e de la religió dient, allí presents tots, moltes virtuoses paraules, entre les quals en special dix que trametria embaixadors al rey de França, que si ell volia trametre socors al gran mestre de Rodes e li seria plasent que ell hi anàs per capità, ho faria de molt bona voluntat he y despendria de ço del seu CC mília scuts.

L'endemà per lo matí tingué consell, e foren elets IIII embaixadors: un arquebisbe, un bisbe, un vezcomte, e lo quart fon Tirant lo Blanch, per ço com era bon cavaller e de la fraternitat de la Garrotera. Com los embaixadors fóren davant lo rey de França, explicaren llur embaixada. Dix-los que al quart dia los retria resposta e passà més de I mes ans que ells poguessen saber lo que deliberava de fer. Com agué prou stat, dix-los que per al present ell no podia entendre en tals fets, com fos occupat en altres negoçis que li anava més interés. Los embaixadors se'n tornaren ab la resposta.

Com Tirant sabé que tanta morisma estava sobre Rodes e que negú no·ls socorria, parlà ab molts mariners demanant-los de consell si seria possible que ell los pogués socórrer. E digueren-li que, si ell hi anava axí com dehia, ell los poria bé socórrer e poria entrar dins lo castell de Rodes, no envers la part del moll, mas a l'altra part.

Tirant, ab voluntat del duch e ab liçéncia e voluntat de son pare e de sa mare, comprà una grossa nau e féu-la molt bé armar e provehir de moltes vitualles. Seguí's que, per la coneixença que Tirant havia ab los çinch fills del rey de França, e lo menor de tots havia nom Phelip —qui era un poch ignorant e tengut en possessió de molt groçer, e lo rey per causa de açó ne fehia poca estima, e la gent no·n fehien neguna mençió d'ell—, e un gentilhom qui·l servia, sabent que Tirant anava ab una nau en Rodes e per passar en Hierusalem, havent desig gran de anar en aquelles terres, dix a Phelip les següents paraules.

Capítol C. Com Tirant armà una nau per socórrer al maestre de Rodes, e anà-se'n en sa companyia Phelip, fill menor del rey de França, del qual se tractà matrimoni ab la filla del rey de Ciçília

—[L]os cavallers, senyor, qui aconseguir volen honor, com són jóvens e disposts per exerçir les armes no deurien aturar en casa de llurs pares, e especialment los qui són de menor edat dels altres germans e majorment que lo pare no·n faça mençió neguna d'ell. E si yo fos en lo punt que vós sou, ans hiria peixent les erbes per los monts que sol un día yo aturàs en aquesta cort. E no sabeu vós com diu aquell refrany antich: mudant edat, muda's ventura? E poríeu-la en altre loch millor trobar que no açí. E mirau de aquell famós cavaller Tirant lo Blanch: aprés de la molta honor que ha sabuda guanyar en les batailles que en Anglaterra ha vençudes, ara novament arma una grossa nau per anar en Rodes y a la Casa Sancta de Hierusalem. Oh, quina glòria seria per a vós secretament partir d'açí, vós e yo tot sols, e no dir res a negú fins fóssem dins la nau e cent milles dins mar! E Tirant és tan virtuós cavaller que us obeirà he us farà aquella honor que sou mereixedor segons la casa d'on veniu.

—Mon bon amic Tenebrós, hyo conech molt bé lo bon consell que·m donau —dix Phelip—, e só molt content que u metam en execució.

—A mi par, senyor —dix lo gentilom—, que yo dech anar primer en Bretanya al port hon Tirant adoba la nau e, per la molta amistat que yo tinch ab ell, li diré que·m faça gràcia que en companyia sua yo puga passar en la terra sancta de Hierusalem, e quines coses he mester per a mi e a dos scuders. E vista sa intenció, posarem en la nau totes les coses que seran necessàries.

Phelip restà molt content d'aquest deliber e dix:

—Tenebrós, en aquest temps que vós hireu a parlar ab Tirant, yo repleguaré los més diners que poré, e robes e joyes perquè·m pugua mostrar honsevulla que sia.

Lo dia següent lo gentilom partí ab II escuders qui l'acompanyaven, e tant caminà Tenebrós per ses jornades que pervengué hon era Tirant. Feren-se grandíssima festa com se veren, e Tenebrós li dix la causa de sa venguda. Com Tirant sabé la sua embaixada, y trobà molt gran plaer, per ço com sabia que Tenebrós era gentilom valentíssim e molt discret e stimava la sua companyia. E respós-li en la següent forma:

—Senyor e germà meu Tenebrós, los béns, la persona e la nau e tot quant yo tinch és prest a tot lo que vós ordeneu, e yo u tinch a bona sort de vós anar en ma companyia. E per cosa en lo món yo no comportaria que cavaller ne gentilome, qualsevulla que fos, en la mia nau posàs vitualles, que de tot lo que en la nau serà, axí pròpiament com a la mia persona, vos serà dat tot lo que volreu.

Com Tenebrós hohí axí parlar a Tirant fon lo més content home del món, e féu infinides gràcies a Tirant de la molta gentilea sua.

Leixà allí hu dels servidors perquè fes adobar dins la nau una cambra hon se poguessen retraure per a dormir e a menjar, e que Phelip pogués star allí alguns dies secret, e Tenebrós se'n tornà per ses jornades, cavalcant fins que fon ab Phelip, lo qual lo estava sperant ab molt gran desig.

No fon poca la consolació que Phelip agué de la bona resposta de Tirant. E Tenebrós li dix que donassen orde que fos presta la llur partida, e Phelip li dix que ja tenia tot lo que se n'havia de portar.

L'endemà Phelip anà a son pare, lo rey e supplicà'l, davant la reyna, que fos de sa merçé li donàs liçènçia de anar fins a París per veure la fira, que stava a dos jornades d'allí. Lo rey, ab la cara molt fluixa, li dix:

—Fes lo que·t vulles.

Ell li besà la mà, e a la Reyna per semblant.

E gran matí ells partiren e tingueren son camí, e per ses jornades arribaren al port de la mar. E Phelip se posà dins una cambra en la nau e no·s leixà veure a negú.

Com la nau fon partida, e ben CC milles dins mar, Phelip se mostrà a Tirant. E aquell estigué lo més admirat del rnón de tal ventura. E puix se trobaren dins mar, fon-los forçat de tenir son dret camí devers Portogal, e arribaren a la ciutat de Lisbona.

Lo rey de Portogal com sabé que Phelip, fill del rey de França, venia en aquella nau, tramés-li un cavaller preguant-lo graciosament li fos plasent de exir en terra per ço com venia enutjat de la mar. E Phelip li tramés a dir que, per la sua amor, era molt content. Tirant hi Phelip se abillaren molt bé e, ben acompanyats de molts cavallers e gentilshòmens que Tirant portava, tots ben abillats e ab cadenes d'or, ixqueren de la nau e feren la via devers lo palau. Lo rey com véu a Phelip abraçà'l e féu-li molta honor, e a tots los altres. E aturaren en la cort del rey X dies.

Com se'n volgueren anar, lo rey los féu molt ben fornir la nau de totes les coses necessàries en molt gran abundància. E de allí Tirant tramés un gentilom seu ab letres al rey de França, reçitant-li la veritat de son fill. Com lo rey de França sabé que ab tan bona companyia son fill anava ne fón molt content, e·n special la reyna, que tant de temps havia passat que no n'havia pogut saber res, ans pensaven que fos mort o que·s fos posat en algun monestir.

Phelip pres comiat del rey de Portogal, e la nau féu vela e vingué al cap de Sanct Vicent per passar lo estret de Gibaltar. E allí trobaren moltes fustes de moros. Com veren la nau, totes les fustes se posaren en orde per pendre-la e donaren-li un gran combat que durà mig dia, hon hi morí molta gent d'una part e d'altra. Com la gent de Tirant agueren refrescat, tornaren altra volta a la batailla, la qual era molt brava. És veritat que la nau de Tirant era molt major e més alterosa que neguna dels moros, emperó era sola e les altres, entre grans e poques, eren XV e totes fehien armes. Com la nau de Tirant partí de Portogal hi havia passats CCCC hòmens d'armes.

Un mariner molt destre que havia en la nau, qui·s nomenava Cataquefaràs, aquest havia molt navegat, era molt subtil e valentíssim mariner: véu què mal anava llur fet, pres moltes cordes que havia en la nau e féu-ne un filat a manera de exàvegua que porten la palla. E del castell de popa fins a la proha, abraçant lo arbre, posà aquelles cordes e féu-les liguar alt, que los hòmens qui dins la nau combatien, aquelles cordes no·ls fehien gens de enuig a les armes, ans los restauraren de ésser presos, car les canteres que los moros tiraven eren tantes e tan spesses que era una gran admiració de veure. E si aquella exàvegua de cordes no fos stada, tota la coberta de la nau fóra stada plena de pedres e de barres de ferro. E ab aquell artifici fon restaurada, que jamés una pedra hi pogué entrar, ans axí com la pedra donava en les cordes sortia en mar. Què féu més aquest mariner? Pres tots los matalafs que trobà dins la nau, entoldà los castells e los costats de la nau, e com les bombardes tiraven, daven damunt los matalafis e no podien fer mal ni dan a la nau. Encara féu més: pres oli bullent e pegunta e, axí com les naus staven afrenellades, ab caçes lançaven oli. E ab la pegunta bullent daven de gran passions als moros, de què·ls fon forçat de apartar-se de la nau. Emperò tot lo estret de Gibaltar passaren combatent nit e día. E tantes foren les bombardes, darts e passadors que les veles tenien clavades ab lo arbre de la nau, e volgueren acalar la antena aprés que los moros los agueren leixat e no pogueren. E eren molt prop de terra, e certament, la nau anava a dar a través prop de la ciutat de Gibaltar. Los mariners foren tan bons que prestament giraren la nau e alçaren les veles, ixqueren de l'estret e entraren en la gran mar. E en aquests combats foren nafrats Phelip e Tirant e molts altres. Anaren en una ylla despoblada, prop terra de moros, e aquí curaren de les nafres e adobaren la nau lo millor que pogueren. E navegaren per la costa de Barberia hon agueren molts combats ab fustes de genovesos e de moros fins que foren prop de Tuniç. Aquí acordaren de anar a la ylla de Ciçília per carreguar de forment.

Com foren dins lo port de Palerm —hon era lo rey e la reyna, e dos fills que tenia e una filla de inextimable bellea, que havia nom Ricomana, donzella molt sabuda e de moltes virtuts complida—, e estant la nau dins lo port e volent pendre vitualles, que freturosos n'estaven, feren exir en terra a l'escrivà, e V o VI ab ell, ab manament que no diguessen res de Phelip ni de Tirant, sinó que era una nau que era partida de ponent e anava en Alexandria ab alguns pelegrins qui anaven al Sanct Sepulcre.

Com lo rey sabé que del ponent venien, per saber noves d'aquella terra tramés a manar lo scrivà de la nau e tots los altres venguessen davant la senyoria sua; e fon-los forçat de fer-ho. E recitant davant lo rey los combats grans que en lo estret de Gibaltar havien aguts ab moros e ab genovesos, no recordant-se en aquell cars del manament que Tirant los havia fet, digueren com allí venia Phelip, fill del rey de França, en companyia de Tirant lo Blanch. Com lo rey sabé que Phelip era en aquella nau, féu fer un gran pont de fusta de la terra fins a la nau, tot cubert de draps de raç. Lo rey, per fer-li honor, entrà dins la nau ab dos fills que tenia, e preguà molt a Phelip e a Tirant que ixquessen en terra e reposassen allí alguns dies, per la gran congoixa de la mar que passat havien e dels combats dels moros. Phelip e Tirant li'n feren infinides gràcies e digueren que per contentar-lo hirien ab sa senyoria.

Lo rey los tragué en la ciutat e féu-los molt bé aposentar e servir de molt bones viandes e de altres coses pertanyents per a hòmens qui hixen de mar. Emperó Phelip, per consell de Tirant, dix al rey que no aturaria en sa posada fins que hagués vista a la reyna. E lo rey ne fon molt content. Com foren alt en lo palau, la reyna los rebé ab cara molt affable, e sa filla la infanta. E tornats en sa posada trobaren-la segons fill de rey era mereixedor.

Aprés, cascun dia a la missa e aprés dinar eren ab lo rey, en special ab la infanta, la qual mostrava tanta affabilitat als strangers que anaven e venien que per tot lo món se parlava de la sua virtut. E praticant cascun dia en la cort del rey, e ab la infanta, Phelip se enamorà molt de ella, e ella per semblant d'ell. Emperò Phelip era tan vergonyós com era davant ella que scassament gosava parlar, e com ella lo posava en rahons, algunes no y sabia respondre. E Tirant prestament responia per ell e dehia a la infanta:

—O senyora, quina cosa és amor! Aquest Phelip, com som a la posada o fora de açí, jamés la sua boca se cança en dir lahors e béns e virtuts de la senyoria vostra e, com vos és present, ab gran trebal pot parlar, de sobres de amor. Certament vos dich que, si yo fos dona e trobàs algú ab aquesta gentil calitat e conegués en ell ésser home dispost e de antich linatge, yo deixaria de amar a tots los altres e amaria un tal com aquest.

—Hay Tirant! —dix la infanta—, vós bé dieu. Emperò si naturalment li ve de ésser grosser de sa pròpia natura, ¿quin plaer, quina consolació pot ésser a una donzella que tothom se rigua d'ell e li donen sus hi mat en la darrera casa? Per amor de mi, no·m digau tal rahó, car per mon delit volria home qui fos entés e comportaria ans en stat i en linatge e que no fos grosser ni avar.

—Senyora —dix Tirant—, natural rahó dieu, emperò aquest no seu en aqueix banch que vós dieu. Aquest és jove e de pochs dies, e vell de seny, liberal, animòs més que tot altre, molt affable e graciós en totes coses. En la nit se leva e no·m leixa reposar com volria: la nit li par un any, lo dia li és delitós; si plaer li vull fer, no havem a parlar sinó de la senyoria vostra. Si açò no és amor, si no, digau-me què seria. Senyora, amau a qui us ama, e de tot cert. Aquest és fill de rey, ab vós egual, qui us ama mes que a la sua vida. E si no parla tant com la senyoria vostra volria, per millor lo'n deuríeu tenir: guardau-vos, senyora, d'aquells hòmens qui ab gran audàcia e ab atreviment gosen requerir a dona o a donzella. E tal amor com aquesta no és gens bona, car amor que prest és venguda més prest és perduda. E tals com aquests són dits hòmens corsaris, qui van a roba de tothom. Dau-me vós, senyora, home qui ab gran temor e vergonya ve davant sa senyora, e escassament li pot exir la paraula de la boca, e ab les mans plenes de temor, diu lo que vol dir.

—Tirant —dix la infanta—, per la molta amistat que vós teniu ab Phelip feu bé de asseure'l en la cadira de honor. Ab lo noble orde de cavalleria que teniu vós, no poríeu dir sinó lo bé que de vós se pertany e per ço us ne tinch per millor. Mas no penseu sia dona que cregua de lauger, ans, si res havia de ésser, hi volria posar les mans fins als colzes en sentir e saber la sua pràctica, stat e condició quina és, e si seria per dar consolació a la mia ànima en aquest món. Emperò los meus hulls contents són de la vista d'ell, lo meu cor se combat ab mi e la experiència me manifesta que és aquell que yo contemple de ésser grosser e avar les quals dos malalties són incurables.

—O senyora! Qui en totes les coses del món vol molt subtilment mirar, moltes voltes li esdevé que elegeix la més rohín, e en especial en les amors honestes e líçites. E no són passats tres dies que, passejant-nos lo senyor rei, vostre pare, e yo per lo jardí, parlam de molts stats de prínceps de la crestiandat e de moltes altres coses. E venguem a parlar de la senyoria vostra, dient-me com volia en sa vida repartir tot son stat e, per la molta amor que lo pare naturalment ama los fills —en especial a vós, qui sou donzella que li sou stada tostemps molt obedient—, vos vol dotar de totes les terres del ducat de Calàbria ensemps ab CC mília ducats. E açò desijava molt veure de vida sua per ço que, com la sua ànima se partiria del seu cors, aconsolada se n'anàs. Yo, vehent la bona e recta intenció sua, lo y lohí per ço com la senyoria vostra és mereixedora de molta dignitat e honor exçelsa. Per què supplich a vostra altesa que algunes hores disposties me vullau dar audiència e no pendre enuig de res que yo digua a la senyoria vostra, car yo veig açí venir en la cort del senyor rey embaixadors del papa per contractar matrimoni de son nebot —que, volen dir alguns, seria fill— ab vostra altesa, e d'altres parts n'i veig; del rey de Nàpols, del rey d'Ongria e del rey de Chipre. E encara que yo no tingua poder del crestianíssim e superior en dignitat de tots los reys de la crestiandat lo rey de França, vull contractar ab vostre pare e ab la altesa vostra de aquest matrimoni.

«—Gran cosa és, senyora ab los hulls corporals poder veure si és coixo o tort, o alesiat de algú de sos membres, si és vell o jove, o si és de bona gràcia o de mala, o si és valent o covart. De totes aquestes coses e mo[l]tes altres en què natura pot fallir, la altesa vostra ne haurà de estar a relació d'altri, qui us porà dir tot lo contrari del que serà. Sàvia e discreta vos veig, senyora, e més sabent que tota altra, e per tal vos tinch. E no pense la senyoria vostra que, per yo ésser servidor de Phelip, digua nengunes coses fictes ne manlevades, que de totes les que damunt he dites podeu veure totes les perfections en aquest. Mas per la vostra grandíssima e alta dignitat de perfections que la vostra singular persona posseheix, sou mereix[e]dora de seure en cadira emperial e sotsmesa a la corona de França, per ésser de major altesa, ans que a l'imperi romà. E bé s'és mostrada per experiència la gran dignitat del rey de França, que les armes no li foren donades sens gran causa, car per manament de nostre Senyor li foren trameses per un àngel tres flors de liri al rey de França que les fes, lo que no·s lig que jamés per àngel sien estades trameses a negun rey. Donchs, senyora, la senyoria vostra pot pendre part del mundanal e del spiritual, e de sanctedat serà complida la vostra excelsa persona per causa de aquest infant. E qui és aquella qui puga haver glòria en aquest món e paradís en l'altre?

En açò vengué la reyna e torbà'ls de ses delitoses rahons. Com agueren stat un poch spay, dix la reyna a Tirant:

—Cavaller virtuós, no és passada una hora que·l senyor rey e yo parlàvem de vós e de les cavalleries vostres, e lo rey vol-vos acomanar un gran fet en què li va molt a ell e a mi. E yo us tinch per tal que, si vós ho empreneu, que·n volreu a la honor vostra exir així com de bon cavaller se pertany. Emperò, per squivar los molts duptes que y són, yo y daré tot aquell empediment que poré.

—Senyora —dix Tirant—, vostra excel·lència me parla tan cubert que yo no sé què y pugua respondre, si ja no havia altra doctrina més clara de la que la altesa vostra m'à dit. Emperò lo que yo poré fer per la excel·lència vostra, ab consentiment del senyor rey, ho faré de molt bona voluntat, fins a portar-ne la creu al coll.

La reyna li regracià molt la sua bona voluntat. Tirant pres comiat de la reyna e de la infanta. E com fon en la sua posada congoixava's molt que la nau fos adobada perquè pogués prestament partir. Tirant véu dins en alta mar venir una nau e, ans que anàs a menjar volgué saber noves. E tramés-hi prestament un bergantí armat qui anà molt prestament i tornà. E digueren-li com aquesta nau venia d'Alexandria e de Barut, e que havien tocat en la ylla de Chipre, emperò que en Rodes no havien pogut tocar —tanta era la multitut dels moros que la tenien asetjada per mar i per terra—, hon hi havia moltes fustes de genovesos qui guardaven lo port e la ciutat de Rodes, que estava en fort punt que ja no tenien res que menjar de pa —passats III mesos havia que lo mestre ni negú del castell ni de la ciutat menjat no n'havien— e no menjaven sinó carn de cavall, e tan bon dia si·n podien haver. E crehien verdaderament que en breus dies se haurien a retre als moros, e ja·s foren donats sinó que lo soldà no·ls havia volguts pendre a merçé.

Com Tirant sabé aquestes noves, entrà en gran pensament. E com agué molt pensat, deliberà carreguar tota la nau de forment e d'altres vitualles, e que anàs a socórrer la religió de Rodes. E axí u féu. Prestament tramés per mercaders e donà'ls tanta moneda que carreguaren la nau de forment e de vins e de carns salades.

Com lo rey sabé açò tramés per Tirant e dix-li son voler ab paraules de semblant stil.

Capítol CI. Com lo rey de Ciçília preguà a Tirant que l'acollís en la sua nau per passar al Sant Sepulcre de Hierusalem

—Per lo bon grat que tinch de vós, Tirant, e per la molta virtut que en vós tinch coneguda, me obligua que desige fer per vós alguna cosa que us fos accepte. He us tindré a molta gràcia que us vullau amprar de mi, que no serà cosa neguna que us sia deneguada, car yo us ame e us vull tenir en compte de un germà o fill per los actes que us veig fer de virtuós cavaller, qui són tals e de tan gran renom e fama que sou mereixedor de haver premi de nostre senyor Déu en aquest món, e en l'altre la sua eterna glòria. Car la glòria de la vostra ampresa posa en gran dejectió a tots los prínceps de la crestiandat que en tan gran necessitat no han volgut socórrer lo mestre de Rodes. E si la divina Bondat me feia gràcia que·m donàs a sentir en aquest sanct viatge la sua eterna vida per yo poder anar ab vós a la sancta perdonança de Hierusalem, desfreçat per ço que de negú conegut no sia, e açò seria cosa que us tendria a més grat que si·m dàveu un regne, e de tota la vida mia vos ne restaré obliguat. Per què us prech ab molta amor que no m'o denegueu, e haja de vós tal resposta com de la vostra acostumada virtut se espera.

Acabant lo rey, fiéu principi Tirant a un tal parlar:

—Molta glòria seria per a mi que la excel·lència vostra me volgués pendre per servidor, com de germà o de fill yo no·n só mereixedor ne us ho he servit. E fas infinides gràcies a l'excel·lència vostra de la bona voluntat vostra. Si la necessitat m'o requeria, me ampraria de la altesa vostra com si fósseu mon natural senyor, a qui tota ma vida agués servit. He us ne bese les mans. De anar en la mia nau, senyor, la nau, los béns meus e la persona és tot de la excel·lència vostra. E podeu manar e ordenar de tot, així com de cosa vostra pròpia, car, senyor, yo desige servir la altesa vostra e obeir de tot lo que maneu. Emperò, senyor, la principal intenció mia com yo partí de ma terra fon, ab propòsit leal e verdader, de anar en Rodes e socórrer aquella sancta religió, la qual està en punt de ésser del tot desolada. E açò per causa dels cruels genovesos, qui solament los plau la glòria dels vençuts e no dels vençedors, no tenint clemència ne pietat ha llur proïsme crestià, ans fan part manifesta ab los infels.

—Tirant —dix lo rey—, yo veig la vostra sancta intenció he bon propòsit e feu com a cavaller singular e cathòlic crestià. Yo só bé content del mèrit de la vostra ampresa, la qual és sancta, justa e bona. E per ço tinch yo ara molt major voluntat de anar-hi ab vós he us vull ajudar, de tot mon poder, de totes les coses per a vós e a la vostra ampresa necessàries.

E Tirant li'n féu infinides gràcies e així restaren de acort. E Tirant supplicà al rey fos de sa merçé entràs dins la nau e miràs qual apartament més li plauria. Com lo rey agué mirada la nau, elegí li fos feta una cambra prop lo arbre, per ço com allí va la nau més segura com corre fortuna.

Entre lo rey e Tirant cascun dia passaven moltes rahons de moltes coses. E vengueren a parlar de Phelip, lo qual Tirant desijava que fes matrimoni ab la infanta, ab lo dot que lo rey li havia dit. E lo rey venia-y bé per liguar-se ab la casa de França, e dix:

—Tirant de aquests afers yo no clouria res sens voluntat de ma filla, perquè a ella té de servir. E si ella és contenta, per ma part vos offir lo matrimoni, e dar-li he tot lo que li he offert. Yo de bon grat ne parlaré ab la reyna e ab ma filla e, sabuda llur intenció, ans de nostra partida lo matrimoni se fermarà.

Lo rey féu venir en la sua cambra a la reyna e a sa filla, e dix-los semblants paraules:

—La causa, reyna e vós, ma filla, perqué us he fetes venir açí és per manifestar-vos la mia breu partida, car yo tinch deliberat, ab lo divinal auxili, de anar en companyia de Tirant a la sancta perdonança del sanct Sepulchre de Hierusalem e, perquè conegut no sia, no vull portar ab mi sinó un gentilom qui·m serveixqua. E perquè la vida e mort mia està en les mans de nostre senyor Déu volria que, ans de ma partida, vós, ma filla, fósseu col·locada en matrimoni que restàsseu contenta e consolada, e que yo en ma vida ne haja aquest plaer. E si aquest fill

de rey que açí és voleu per liguar-nos en germandat ab lo més alt rey de la cres-
tiandat, yo só cert que, ab consell e ajuda de Tirant y ab la voluntat que Phelip hi
mostra, la cosa vendrà a bona conclusió.

—Dóna'm de parer —dix la infanta— que la senyoria vostra sap bé com la nau
passaran XV dies que no haurà acabat de carregar ne serà en orde per partir.
E dins aquest temps, la altesa vostra, ab consell de mon oncle e germà vostre
lo duch de Meçina, poreu concordar lo negoci, puix lo duch s'espera esta nit o
demà ésser açí.

—Molt bé dieu, ma filla —dix lo rey—. E rahó és que y sia demanat.

—Perdone'm la altesa vostra —dix la infanta— que, puix la excel·lència vostra
té deliberat de anar en aquest sanct viatge, deuríeu fer una gran festa a fi que
Tirant e tots los de sa companyia, com sereu dins mar, vos serveixquen de millor
voluntat e, d'altra part, si venia en orelles del rey de França, conegués que la
altesa vostra fa menció de son fill Phelip. E diumenge qui ve sia manada celebrar
festa e sala general que dure III dies, que les taules estiguen parades nit e dia e
que contínuament trobassen viandes abundantment per a tots aquells qui venir
hi volguessen.

—Per la mia fe, ma filla —dix lo rey—, vós hi haveu millor pensat que yo no
havia, e só molt content que·s faça. E per quant stic molt occupat, per causa de
la mia partida, en deixar lo regne en bon stament e que negú no pugua res sentir
de la partida mia —per los grans inconvenients que seguir-se'n porien com siam
en terra de moros—, e per tots aquests sguarts, volria vós, ma filla, hi tinguésseu
les mans en ordenar-ho.

Lo rey prestament féu venir lo majordom e los compradors, e manà'ls que
fessen tot lo que sa filla Ricomana los manàs. E ells digueren que eren contents.
Totes les coses per la infanta foren molt bé ordenades, e devisades de moltes e
diverses maneres de viandes per mostrar la sua gran discreció. E aquesta festa
no fon ordenada per la infanta per pus, sinó per provar a Phelip e veure en son
menjar quin comport fehia.

Lo dia asignat del solenne convit, la infanta havia ordenat que lo rey e la reyna
e Phelip hi ella, tots IIII menjassen alt en una taula; e lo duch de Mecina e Tirant
e tots los altres comtes e barons e les altres gents menjassen més baix de la
taula del rey.

Venint la vespra de la festa, lo rey tramés dos cavallers a Phelip e a Tirant, preguant-los que per a l'endemà a la missa e al dinar fossen ab ell. E ells ab molta humilitat acceptaren lo convit. Per lo matí ells se abillaren lo millor que pogueren, e tots los seus per lo semblant. Foren al palau e feren reverència al rey, e lo rey ab gran affabilitat los rebé. E pres a Phelip per la mà e lo duch de Meçina a Tirant, e axí anaren fins a la sglésia. Com lo rey fon en la sua capella, demanaren-li liçència de anar acompanyar a la reyna e a sa filla, e lo rey fon molt content. E acompanyant-les, Phelip pres del braç a la infanta per star-li prop. E Tirant no·s partia prop de Phelip per dupte que no fes o que no digués alguna bajania que vingués en desgrat de la infanta.

Dita la missa e lo rey tornat en lo palau ab tots los altres, lo dinar fon prest. Lo rey se asigué en mig de la taula e la reyna al seu costat. E lo rey, per fer honor a Phelip, lo féu seure al cap de la taula, e la infanta davant Phelip. Tirant volia restar de peus per star prop de Phelip, e lo rey li dix:

—Tirant, mon germà lo duch de Meçina vos stà sperant, que no·s vol seure sens vós.

—Senyor, sia de vostra merçé —dix Tirant— manar-li que·s segua, car, en tal festa com és aquesta, de rahó és que yo haja a servir a fill de rey.

La infanta no ab prou paciència, li dix ab la cara un poch irada:

—No cureu, Tirant, d'estar tostemps en les faldes de Phelip, car en la casa del senyor rey mon pare hi ha prou cavallers qui·l serviran e no fretura ésser-hi vós.

Com Tirant véu la infanta parlar ab passió e era forçat de anar-se'n acostà's a la orella de Phelip e dix-li:

—Com lo rey pendrà aygua e veu que la infanta se leve e done del genoll en terra, hi ab la mà té lo baçí, feu vós lo que ella farà. E guardau-vos de fer alguna grosseria.

E ell respòs que sí faria. Tirant se n'anà e, com tots foren aseguts portaren la ayguamans al rey, e la infanta donà dels genolls en terra e prengué un poch del baçí. E Phelip volgué fer per lo semblant, emperò lo rey no u volgué consentir, e tal orde mateix servà en la reyna. E venint al lavar de la infanta, ella pres la mà a Phelip perquè ensemps se lavassen. E Phelip, usant de cortesia e de gentilea, dix que no era rahó, e donà del genoll en terra e volgué-li tenir lo plat, emperò ella jamés se volgué llavar fins que los dos se lavaren ensemps. Aprés portaren lo pa e posaren-lo davant lo rey e a cascú d'ells, e negú no hi tocà, sperant que portassen la vianda. Phelip, com véu lo pa davant, pres cuytadament un ganivet e pres un pa e lescà'l tot, e féu-ne XII lesques grans e adobà-les. Com la infanta véu tal entramés no·s pogué detenir de riure. Lo rey e tots los que allí eren e los cavallers jóvens qui servien fehien un joch mortal a Phelip, e la infanta que·s concordava ab ells. Fon forçat vingués a notícia de Tirant per ço com no partia jamés lo hull de Phelip. Llevà's correns de taula e dix:

—Per mon Déu! Phelip haurà fallit en sa honor que deu haver feta alguna gran bajania.

E posà's al costat seu, davant la taula del rey. Stigué mirant a cascuna part de la taula e véu les lesques del pa que Phelip havia taillat, e véu que lo rey ni negú no havien tocat en lo pa. Prestament presumí la occasió de les rialles. Tirant li levà prestament les lesques, més mà a la boça e tragué XII ducats en or, e posà en cascuna lesqua un ducat e féu-ho donar a XII pobres.

Com lo rey e la infanta veren lo que Tirant havia fet tots cessaren de riure. Dix lo rey a Tirant quina significança tenia lo que havia fet.

—Senyor —dix Tirant—, com hauré complit lo que y tinch a fer, ho diré a vostra altesa.

Tirant donà totes les lesques, cascuna ab son ducat, e la darrera se acostà a la boca. E dix-hi una avemaria e donà-la. Dix la reyna:

—Molt me plauria saber aquest entramés.

Respòs Tirant en la següent forma.

Capítol CII. Com lo rey de Cicília féu un convit a Phelip e a Tirant ans que partissen, e com Tirant reparà un gran defalt que Phelip havia fet

—Senyor, la excel·lència vostra stà admirada, e tots los altres, del que Phelip ha fet principi e yo he feta la fi, fahent-ne tots burla. E la causa de açò, senyor, és, puix la altesa vostra ho desija saber, que los crestianíssims senyors reys de França, per les moltes gràcies que obteses han de la immensa bondat de nostre senyor Déu, l'instituhïren: que tots los llurs fills, ans que rebessen lo orde de cavalleria, al dinar, ans que menjen, lo primer pa que·ls posen davant ne fan XII lesques e·n cascuna posen un real d'argent, e donen-ho per amor de Déu en reverència dels XII apòstols. E com han rebut lo orde de cavalleria posen en cascuna lesqua una peça de or. E fins al dia de hui ho pratiquen tots los qui ixen de la casa de França. E per açò, senyor, Phelip ha taillat lo pa e n'à fetes XII taillades perquè cascun apòstol haja la sua.

—Sí Déu me salve la vida! —dix lo rey—. Aquesta caritat és la més bella que yo jamés hoís dir. E yo, qui só rey coronat, no fas tanta caritat de un mes.

La vianda fon venguda. La infanta dix a Tirant que se n'anàs a dinar e Phelip, coneixent son gran deffalt e la discreta reparació que Tirant feta li havia, en lo menjar tingué's sment, que no menjava sinó tant com la infanta feia. E com se foren llevats de taula, se pres a parlar la infanta ab una donzella sua de qui ella molt fiava e, ab una poqua de ira ab amor mesclada, féu principi a tal lamentació.

Capítol CIII. Lamentació que féu la filla del rey de Ciçília aprés del convit

—No és fort pena la mia? Que aquest Tirant és fet enemich de mon voler, que sola una hora yo no puch ab Phelip parlar. Que si li fos fill o germà o natural senyor no·l tendria tan a prop, que temps no tinch en dir-li rahó neguna que ell no·s pose en les nostres rahons. O Tirant! Vés-te'n ab la tua nau e sies benaventurat en los altres regnes! Sol me leixa a Phelip per repòs de la mia ànima e consolació de ma vida. Car si no te'n vas, tostemps viuré en pena, car ab la tua discreció repares les indiscrecions dels altres. Digues, Tirant, e per què tant me enuiges? Car [s]i jamés has amat en algun temps, deuries pensar quant és gran repòs praticar de rahons a soles ab aquella persona que hom ama. E yo, fins açí, jamés he sabut ni he sentit les passions de amor: bé m'era plasent lo festejar i ésser amada, mas com pensava que eren vassalls e de la casa de mon pare tant m'estimava ésser loada com ésser amada. Mas ara, miserable de mi, que com vull dormir no puch, la nit és més largua que no volria, res que menje no sent dolç, ans me par amarch com a fel, les mies mans inútils me desdenyen, que no·m volen ajudar a liguar, la mia ànima no té prou temps per a pensar, sola desige sempre star, que negú res no·m digués. Si açò és viure, no sé què·s serà morir!

E ab tals e semblants paraules la enamorada infanta se lamentava, derrocant destil·lades làgremes de aquells hulls qui moltes flames de foch havien ençeses en lo cor de Phelip. E stant ab aquest trist continent la infanta, per la sua cambra entrà lo rey e son germà, lo duch de Meçina, lo qual restava per visrey e loctinent general de tot lo regne. Com foren dins la cambra, lo rey la véu star ab la cara e gest molt adolorit e dix-li:

—Què és açò, la mia filla? Com estau axí vós adolorida?

—E com, senyor! No tinch gran rahó —dix la infanta— que la senyoria vostra stigua per partir? Què faré yo, desconsolada? Ab qui m'aconsolaré? En què pendrà repòs la mia ànima?

Girà's lo rey devers son germà e dix-li:

—Duch, què us par de la humanitat com se sent? E la pròpia sang no·s pot tornar aygua.

Lo rey, ab paraules de molta amor, aconortà a sa filla tant com pogué. E trameteren per la reyna que vengués e, tots quatre, tingueren llur consell. E lo rey féu principi a un tal parlar.

Capítol CIIII. Com lo rey de Ciçília comanà la muller e sa filla a son germà, lo duch de Meçina, e preguà'l que digués lo parer seu en lo matrimoni de Phelip e de sa filla

—Puix la bona sort mia ha ordenat e a la divina Providència plau que aquest sanct viatge escusar no·s pot, la mia ànima se'n va aconsolada, puix lo meu germà resta açí en loch meu, qui és la mia pròpia ànima, al qual prec que us tingua per recomanades en tot lo que manareu e ordenareu. E aquest serà lo major plaer que fer-me porà. E més vos prech, duch, que diguau vostre parer en aquest matrimoni de Phelip, puix Déu lo'ns ha açí aportat, e dieu-nos la intenció vostra.

E donà fi a son parlar.

—Senyor —dix lo duch—, puix a l'excel·lència vostra plau, e de la senyora reyna, que yo y digua mon parer, só molt content. E que dich? Com a les donzelles los parlen algun matrimoni de què elles se contenten e tan prest no ve a conclusió segons lo apetit e llur voluntat, resten molt agreujades. E puix la altesa vostra va en aquesta sancta perdonança e Phelip hi va tanbé, só de parer que aquest matrimoni se deuria fer ab consentiment de son pare e de sa mare. E la senyoria vostra trameta per Tirant, e féu-li scriure letres al rey de França de aquest matrimoni si li vendrà en plaer, perquè no façam de la concòrdia discòrdia e de la pau guerra; perquè no pogués dir que, per son fill ésser molt jove e de poca edat, lo aguessen enganat. Car si era ma filla, més la stimaria dar a un cavaller ab voluntat de los parents ans que dar-la a un rey contra voluntat del seu poble.

Lo rey e la reyna tingueren per molt bo lo consell del duch. E la infanta de vergonya, no y gosà contradir. E d'altra part fon contenta que tan prestament no·s fes, per ço com volia haver major experiència de Phelip, perquè no·l tenia prou conegut, e concordà's ab la voluntat de tots. Prestament trameteren per Tirant e recitaren-li larguament tot lo consell que havien tengut sobre lo matrimoni, e Tirant los lohà lo bon deliber que havien tengut. E restà lo càrrech a Tirant d'escriure. E scriví letres al rey de França, narrant-li larguament la forma de la concòrdia del matrimoni si a ell era plasent. Lo rey féu armar un bergantí per passar en la terra ferma, qui anà ab les lletres dret a Pumblí.

La nau de Tirant fon ben carreguada de forment e de altres vitualles. Com lo bergantí degué partir, lo rey féu demostració que se n'anava ab lo bergantí e tancà's dins una cambra que de negú no fos vist, e posaren fama que anava la via de Roma per parlar ab lo papa. E en la nit Tirant féu recollir lo rey e Phelip. Com tota la gent fon recollida, Tirant anà a pendre comiat de la reyna e de la infanta, e de tots los de la cort. E la reyna féu molta honor a Tirant e preguà'l que volgués tenir per recomanat al rey, perquè era home de delicada complexió.

—Senyora —dix Tirant—, no dupte la senyoria vostra que serà per mi axí servit com si fos mon natural senyor.

E la infanta lo y recomanà molt, la qual restà ab molta dolor e pensament. E açò per causa del rey, son pare, que se n'anava, e molt més per l'amor que tenia a Phelip.

E en la primera guayta la nau féu vela e ixqueren del port ab molt bon temps. E agueren lo vent molt pròsper, que en IIII dies passaren lo golf de Venècia e foren en vista de Rodes, e anaren al castell de Sanct Pere e aquí surgiren per sperar vent que fos un poch fortunal. E Tirant, a consell de dos mariners que de sa terra havia portats, qui amaven molt la honor sua, com veren lo vent larguer e bo, en la nit donaren vela. E de matí, apuntant la alba, ells foren en vista de Rodes, molt prop.

Com les naus de genovesos veren aquella nau venir, pensaren que era una de dues que havien trameses per portar vitualles per al camp, e vehien que venien de levant. No podien pensar que neguna altra nau tingués atreviment de venir enmig de tantes naus com en lo port staven. La nau se acostà e, com fon prop d'elles carreguà de tantes veles com podia portar. En açò conegueren los genovesos, e en lo galip de la nau, que no era de les sues. Posaren-se en orde del que pogueren, emperò la nau los fon tan prop que neguna nau no pogué alçar vela e aquesta, a veles plenes, passà per mig de totes les naus al llur despit. Emperò ells foren ben servits de lançes e de passadors e de molts colps de bombardes, e de tot lo que en la mar se usa. E Tirant manà al timoner e al naucher que no voltassen la nau, sinó que donassen la proha en terra endret de la ciutat, en un arenal que y ha peguat ab la muralla. E a veles plenes donaren allí.

Com los de la ciutat agueren vist la nau donar la proha en terra pensaren-se que fos de les dels genovesos, que acordadament agués dat en terra per pendre la ciutat. Tota la gent cuytà en aquella part e combatien-los molt bravament. E los de les naus los combatien d'altra part, que ells staven en prou congoixa, fins a tant que un mariner anà prestament e pres una bandera de les de Tirant e alçà-la. Com los de la ciutat veren la bandera detingueren-se, que no feren armes. Prestament feren saltar un home, qui·ls dix com aquella nau era de socors.

Com los de terra saberen que lo capità de la nau era francés e portava la nau carreguada de forment per socórrer la ciutat, anaren-ho a dir al mestre, lo qual, sabuda la bona nova, se agenollà en terra, e tots los qui ab ell eren, e feren lahors e gràcies a la divina providència com era stat en record d'ells, que no·ls havia oblidats. Lo mestre devallà del castell ab tots los cavallers e los hòmens de la ciutat, ab taleques, entraven dins la nau per traure forment e posaven-lo en botigues.

Lo mestre com hagué aguda verdadera relació qui era Tirant, tingué gran desig de veure'l, coneixent per experiència la molta virtut sua, e manà a dos cavallers de l'orde dels majors que y eren, que anassen a la nau e que preguassen a Tirant de part sua que volgués exir en terra. Los cavallers pujaren en la nau e demanaren lo capità, e Tirant, així com aquell qui era pràtich e cortesà, los rebé ab molta honor. Los cavallers li digueren semblants paraules:

—Senyor capità, lo senyor mestre és devallat del castell e és en la ciutat qui us spera e prega-us li façau gràcia de exir en terra. Per la virtuosa fama que de vós ha hoïda mençionar, desija molt la vostra vista.

—Cavallers senyors —dix Tirant—, direu a mon senyor lo mestre que molt prest yo seré ab la senyoria sua, que ja fóra exit a fer-li reverència sinó que spere que haja fet aleujar la nau, perquè tinch dupte que ab lo gran càrrech que té no s'obra e que·s perda lo forment. E sa merçé prengua càrrech de posar en segur lo forment que trahuen. E vosaltres, cavallers, vos prech me façau dues gràcies.

La una és que, per gentilea, vullau pendre una poqueta col·lació ab mi. La segona, que dos gentilshòmens meus se'n vajen en companyia vostra, perquè de necessitat tenen a parlar ab lo senyor mestre ans que yo ixqua en terra.

—Capità senyor —dix lo un cavaller—, dues coses nos demanau que no us poden ésser denegades. La primera és tan delitosa per a nosaltres que per a tots los dies de nostra vida vos restarem obliguats.

E Tirant, que y havia ben proveït en lo passat dia en fer coure moltes gallines e altres maneres de carns fiambres, e aquí·ls donà bé a menjar e a ells paregué ésser tornats de mort a vida. E Tirant hagué provehït ab lo seu majordom e ab los servidors seus que en la ciutat li agueren una gran posada, e allí féu aparellar de menjar per al mestre e a la religió, perquè sabia que u havien molt mester. E per causa de açò Tirant se detingué, que no volgué exir en terra fins que lo dinar fos aparellat.

Com los cavallers se'n volgueren anar, Tirant pres dos gentilshòmens dels seus e dix-los que en secret parlassen ab lo mestre, e que li diguessen com ell portava en la sua nau lo rey de Ciçília e Phelip, fill del rey de França, qui anaven a la sancta perdonança de Hierusalem, si serien segurs en la sua terra. Com los gentilshòmens hagueren explicada la embaixada al mestre, ab aquella honor e reverència que a ell se pertanyia, lo mestre los dix semblants paraules:

—Gentilshòmens, diguau al virtuós Tirant lo Blanch que yo só molt content de tenir secret tot lo que ell volrà e que en la mia terra ell no deu demanar seguretat neguna, que yo vull que ell la tingua per sua. Que los seus actes són stats de tanta virtut e singularitat que ell nos ha guanyada tant la voluntat que és senyor de les persones nostres e dels béns. E que en la mia terra yo·l prech que ell mane e ordene así com si fos mestre de Rodes, car tot lo que manarà serà complit sens contradictió neguna. E si vol lo ceptre de la justícia e les claus del castell e de la ciutat, de continent li seran liurades.

Cobrada la resposta Tirant dels seus embaixadors, ne féu relació al rey de Ciçília, de la molta cortesia del mestre. E lo rey e Phelip, desfreçats, ixqueren en terra e anaren a la posada que·ls havien aparellada. E Tirant ixqué molt bé abillat. E devisà's en aquesta forma, ço és, ab gipó de brocat carmesí e, sobre lo gipó, un gesaran de malla, e sobre lo gesaran un jaquet d'orfebreria e ab moltes perles que y havia brodades, ab spasa senyida. Y en la cama portava la guarrotera e al cap un bonet de grana ab un fermaill de molt gran stima.

Entrant Tirant dins la ciutat trobà lo mestre en una gran plaça. Tirant anava molt bé acompanyat de molts cavallers, axí de l'orde com dels seus. Les dones e les donzelles staven per les finestres, e per portes e tarrats, per veure qui era aquell benaventurat cavaller qui de tan cruel fam los havia deliurats e de penosa captivitat. Com Tirant fon davant lo mestre, féu-li honor de rey, ficà lo genoll e volgué-li besar la mà, emperò lo mestre no u consentí e per bon spay stigueren altercant. Lo mestre lo pres per lo braç, levà'l de terra e besà'l en la boca ab molta amor affable. Aquí passaren moltes rahons en presència de tots, recitant-li lo mestre los grans combats que lo soldà, nit e dia, los daven per terra, e los genovesos per mar. E com staven de hora en hora per dar-se, per la extrema fam que tenien, e no·ls era possible poder-se més sostenir, que tots los cavalls e altres animals se havien menjats, fins als gats, que a meravella se'n trobàs hu.

—Moltes dones prenyades se són afollades e los petits infants se moren de fam. Aquesta és la major misèria que en lo món sia stada.

Acabant lo mestre de recitar los passats mals, Tirant féu principi a un tal parlar.

Capítol CV. Com Tirant arribà en Rodes ab la nau e la socorregué

—Les vostres justes preguàries, reverendíssim senyor, e les doloroses làgremes de l'afligit poble han mogut la immensa e divina bondat de nostre senyor Déu de haver clemència e pietat de la senyoria vostra e de aquesta pròspera e benaventurada religió, que no ha permés ni permetrà que sia destrohïda per mans dels enemichs de la sancta fe cathòlica. E alegre's la merçé vostra que, mijançant lo divinal auxili, prestament tota aquesta morisma serà fora de tota la ylla. Mas per quant a la major necessitat deu hom primer acórrer, supplique a la senyoria vostra me faça gràcia que en la casa vostra vullau pendre de mi un petit dinar ab tots los que açí són.

—Cavaller virtuós —dix lo mestre—, vós me pregau de cosa que és a mi tan accepte e delitosa que, atesa la gran necessitat, ab infinides gràcies la accepte. Car en tal punt stich que ab fatigua gran me poden exir les paraules de la boca. E Déu me faça gràcia que us ho pugua satisfer en tot bé e honor vostra.

E prestament, enmig de la gran plaça, Tirant féu posar moltes taules e féu seure lo mestre ab son stat e tots los cavallers de la religió. E lo mestre preguà a Tirant que·s volgués seure prop de ell e ell s'escusà que li perdonàs la senyoria sua, que volia dar recapte a la gent. E pres un bastó de majordom e féu portar les viandes al mestre, e donà-li dos parells de pagos e molts capons, e gallines de Ciçília que havia portat, e aprés féu donar a tots los altres compliment de totes coses.

Com agueren començat de menjar, Tirant manà tocar les trompetes e féu fer crida que, tots aquells qui volguessen menjar e no tinguessen taules prestes allí, se asseguessen en terra, que aquí los seria dat tot lo que haurien mester per a la humanal vida. E molt prestament se foren asegudes entorn de la plaça, que era molt gran, moltes dones e donzelles de honor e gran multitut de poble. E Tirant donà orde que en poca hora tots tingueren què menjar e, d'altra part, Tirant tramés moltes viandes als que guardaven lo castell. E ab la ajuda de nostre Senyor, qui dóna compliment de la sua gràcia a tot lo món, e ab la bona diligència de Tirant, tots restaren contents. Com lo mestre e tots foren dinats, la col·lació fon presta de molts confits per al mestre e als cavallers.

Aprés, Tirant féu traure de la nau moltes bótes de farina e féu-les posar enmig de la plaça, e supplicà al mestre fos de sa merçé dos cavallers de l'orde ab los regidors de la ciutat repartissen tota aquella farina entre la gent popular, com ell ne tingués més per fornir lo castell. E més, lo supplicà que fes posar en orde los molins, perquè havia bon temps que no havien mòlt. E Tirant féu fer una crida que tots los qui volguessen farina que vinguessen a la plaça. Com la farina fon repartida, féu rerartir lo forment per cases segons los menjadors que tenien: al major daven VI cafiços e axí desminuhint, segons les cases, fins a hu. E per aquest orde mateix repartiren los olis e los legums, e les carns e de totes les altres coses de provesió. '

No·s poria recitar les lahors e benedictions que lo mansuet poble daven a Tirant, que les devotes preguàries que fehien per ell eren sufficients a posar-lo en paradís encara que jamés altre bé no agués fet. Repartides totes les vitualles, e la gent que stava molt contenta, lo mestre preguà a Tirant que l'aportàs a la posada del rey de Ciçília e de Phelip de França. Tirant fon molt content e tramés-los avisar perquè·ls trobassen en orde.

Lo mestre e Tirant entraren per la cambra, e lo rey e lo mestre se abraçaren e feren-se molta de honor. E aprés, lo mestre abraçà a Phelip. E lo mestre los preguà que mudassen de posada, que venguessen a posar al castell, e lo rey jamés se volgué mudar de allí, dient que ell stava molt bé aposentat.

—Senyor —dix Tirant—, vespre·s fa. Pujau-vos-ne en vostra fortalea e demà entendrem en la guerra e en delliurar la ciutat e la ylla de aquesta morisma.

Lo mestre pres comiat del rey e de Phelip e Tirant lo acompanyà fins prop del castell. Com fon nit scura, lo castell e la ciutat estava ab molt gran luminària e grans alegries de tocar trompetes, tabals, e de altres maneres de instruments. E les luminàries eren tan grans que de la Turquia les vehien. La fama anà per tota la terra com lo soldà havia pres lo gran mestre de Rodes ab tota la religió, e lo castell e la ciutat, per les grans luminàries que havien vistes.

Aquella nit Tirant ab los seus féu guaytar envers lo port. Les naus dels genovesos staven molt prop de terra, en special la nau del capità, que n'estava més prop que totes les altres. E quasi envers la mija nit, un mariner se acostà a Tirant e dix-li:

—Senyor, ¿què daria la merçé vostra al qui en nom vostre cremàs aquesta nau en la nit que ve, qui més prop de terra stà, que·s diu que és del capità dels genovesos?

—Si tu tal cosa faç —dix Tirant—, yo de bon grat te daré III mília ducats de or.

—Senyor —dix lo mariner—, si la merçé vostra me promet a fe de cavaller de dar-los-me, yo y posaré tot mon saber. E si no u faç, me obligue de ésser catiu vostre.

—Amic —dix Tirant—, yo no vull que tu poses penyores negunes ni t'obligues a neguna cosa, car la infàmia e vergonya que·n reportaràs si no faç lo que m'as dit te serà prou punició e pena. E de mi, yo·t promet, per lo orde que he rebut de cavalleria, que si tu demà, entre tot lo dia e la nit tu la cremes, yo·t daré lo que t'é promés e molt més avant.

Lo mariner restà molt content perquè ell ho tenia per cert, per la gran destrea que tenia en la mar e en la terra. Al matí ell donà orde en totes les coses que havia necessàries.

Com lo mestre hagué hoïda missa, vingué a veure al rey, e a Phelip e a Tirant, e parlaren molt sobre la guerra e deliberaren moltes coses en útil de la ciutat, les quals deixe de recitar per no tenir prolixitat. Un cavaller de l'orde, molt antich, qui era vengut ab lo mestre, dix les següents paraules:

—A mi par, senyors, que puix la senyoria vostra ha molt ben provehït —que la ciutat starà ben fornida per alguns dies—, que mon senyor lo mestre fes un present al gran soldà de moltes e diverses maneres de vitualles per fer-li perdre la sperança que té de pendre'ns per fam. E ara que saben que aquesta nau és venguda e a pesar llur és entrada, coneguen que stam molt ben provehïts de totes coses e, per voler-los fer més plaer los ne volem fer part.

Per tots los magnànims senyors fon loat e aprovat lo consell de l'ancià cavaller e de continent ordenaren que li fossen tramesos CCCC pans calents axí com exiren del forn, vi e confits de mel e de çucre, III parells de pagos, gallines e capons, me[l] oli e de totes les coses que havien portades.

Com lo soldà véu tal present, dix als seus:

—Cremat sia tal present e lo traÿdor qui·l tramet. Açò serà causa de fer-me perdre ma honor e tot lo stat que tinch.

Emperò ell lo rebé ab cara affable e féu gràcies al mestre del que tramés li havia. Com cobraren la resposta era ja hora de dinar e lo mestre que prenia son comiat del rey e dels altres. Dix lo rey:

—Senyor mestre, vós fos convidat ahir del meu singular amich Tirant, per què us prech vós dineu hui ab mi convit de camp, segons hòmens qui no stan en libertat de poder haver les coses pertanyents a tal senyor com vós.

Lo mestre fon content de acceptar lo convit e aturà's a dinar. E entre ells passaren moltes cortesies e dinaren-se ab molt gran plaer, e tots los qui ab lo mestre eren venguts menjaren en la gran sala perquè no volien que vessen lo rey. Com foren dinats, Tirant dix a Phelip que convidàs lo mestre per a l'endemà e lo mestre ho acceptà de bon grat.

Lo mestre e Tirant de la posada partiren anant regoneixent la ciutat, perquè Tirant volgué veure e saber per hon escaramuçaven ab los moros. E com ho agué tot vist pareguélli prou bon loch per entrar e exir.

Com lo mestre véu que era hora, partí's de Tirant e recollí's al castell, e Tirant tornà a la posada del rey. E aprés que agueren sopat, posaren-se en orde per anar a fer la guayta e per veure lo mariner si faria lo que havia dit.

Com fon quasi la mija nit e fehia molt gran scuredat, lo mariner tingué ses coses prestes per cremar la nau del capità. E féu-ho en semblant forma.

Capítol CVI. Com Tirant féu cremar la nau del capità dels genovesos, qui fon causa que tots los moros se n'anaren de ylla

Lo avisat mariner hagué fermat un argue en terra, vora mar, molt fort. Aprés agué una molt grossa gúmena e posà-la dins una barqua ab dos hòmens que voguaven, e ab ell foren tres, e pres una corda tan grossa com lo dit, de cànem, molt largua. Com foren prop la nau, que sentien parlar los qui fehien la guayta al castell de popa, féu detenir la barca e despullà's tot nuu, e senyí's una corda e posà's en la çinta un petit coltell ben esmolat per ço que, si havia a taillar alguna corda que u pogués fer; e posà'l-se de part de tras, que al nadar no l'enujàs. E en la bahïna del coltell liguà lo cap de la corda. Manà als qui restaven en la barca que tostemps li donassen corda. Com ho hagué tot ordenat, lançà's en la aygua e nadant anà prop de la nau, que sentia molt bé parlar los que guaytaven.

Lavors més lo cap davall la aygua perquè no fos vist e apleguà a la nau hon stà lo timó, e aquí se aturà un poch perquè no temia que de negú pogués ésser vist. E més baix del timó, en totes les naus trobareu grosses anelles de ferro per ço com volen mostrar carena o volen spalmar, o com corren gran fortuna e·s trenquen les agulles del timó, liguen lo timó en aquelles anelles, les quals van totes davall la aygua. E lo mariner passà la corda per la anella, e pres lo cap de la corda e tornà'l-se a liguar. E posà's davall la aygua e tornà a la barca. E pres lo cap de la corda e liguà'l al cap de la gúmena, e va-la molt bé ensevar e por-tà-se'n un gran troç de seu per ensevar la anella, per ço que passàs millor e no fes tanta remor. E deixà manat que, com aguessen cobrat lo cap de la gúmena, que prenguessen un fus de ferre e que·l passassen per mig de la gúmena per ço, com apleguàs a la anella e no pogués passar, que ell agués notícia que ells havien cobrat lo cap de la gúmena. E tornà's a lançar en la aygua e tornà a la nau, e ensevà molt bé la anella. E los de la barca tiraren la corda prima fins a tant que cobraren lo cap de la gúmena; lo fus fon posat de ferro en la gúmena. Com fon a la anella no podia passar: conegué lo avisat mariner que lo cap de la gúmena era en la barca.

Com li paregué hora, anà-sse'n. Ixqué en terra e liguà lo un cap de la gúmena en lo argue e l'altre liguaren ha una barca gran a manera de balaner, que ja la tenia plena de lenya e de tea, ruxat tot ab oli perquè cremàs bé. Posaren-hi foch e leixaren-lo bé ençendre e posaren-se cent hòmens a l'argue e començaren molt fort a vogir. E ab la força de l'argue fon fet tan prest que escassament fon partit lo balaner que fon peguat al costat de la nau. E ab les grans flames de foch que portava, prestament se pres lo foch en la nau, ab tan gran fúria que res en lo món no bastara apaguar-lo, sinó que los de la nau no pensaren altra cosa sinó de fogir ab les barques. Altres se lançaven en la mar per passar en les altres naus, per bé que no pogueren escusar que molts n'i moriren cremats per no haver temps de poder exir; e a molts que lo foch aconseguí dormint.

Los qui fehien la guayta alt en lo castell anaren prestament a dir al mestre com gran foch havia en les naus dels genovesos. Lo mestre se levà e pujà alt en una torre. Com véu lo gran foch, dix:

—Per mon Déu, yo pens que açò haurà fet Tirant, car ell me dix anit que volia assajar si poria fer una poca de luminària entre les naus dels genovesos.

Com fon de dia, Tirant pres tres mília ducats e donà'ls al mariner, e una roba de seda forrada de marts e un gipó de brocat. Lo mariner li'n féu infinides gràcies e restà molt content.

Com lo soldà véu la nau cremada, dix:

—¿Quins hòmens del diable són aquests que no temen los perills de la mort? Que a veles plenes són entrats per mig de tantes naus que y havia en lo port e han socorregut la ciutat. E puix han començat a cremar la nau del capità, sí·s faran totes les altres, car no poden saber los mariners com pot ésser stat açò. Cosa de gran admiració és que negú no u pugua saber!

Com la nau se cremava, la gúmena ab què tenia liguat lo balaner cremà's e ab la argue cobraren lo cap. Hi ells no podien pensar lo balaner com era vengut axí dretament en aquella nau més que·n nenguna de les altres. Aprés lo soldà tramés per tots los capitans, axí de la mar com de la terra, e recità'ls tot aquest fet, e del present que lo mestre li havia fet per mostrar com la ciutat estava molt ben provehïda de totes coses. E més encara, com eren en l'entrada de l'hivern, que los frets e les pluges los començaven de enujar. Per què deliberava de levar lo camp e tornar-se'n, mas que altre any ell hi tornaria.

E prestament manà sonar les trompetes e anafils del camp, e les naus donassen vela e anassen al cap de la ylla, que ell seria allí per recollir ab tota la sua gent. E axí fon fet.

Com lo camp fon levat, tota la morisma se n'anava molt cuytada, ab gran desorde, per dupte que tenien que no ixquessen los de la ciutat. La pressa era tanta entre los moros per anarse'n que un ginet se soltà e corregué molt per lo camp —que no·l pogueren pendre—, que tirà devers la ciutat e no·l gosaren seguir, perquè stava molt delitós ab lo folguar e no·s leixava pendre.

Com Tirant véu que los moros levaven lo camp, armà's ab tota la sua gent e ixqué fora de la ciutat. E aplegaren fins a hon era lo camp e posaren foch a les barraques, per ço que si tornassen aguessen son treball de tornar-les a refer. Estant axí, lo ginet se acostà allí hon ells eren, e prengueren-lo. Tirant fon molt content com havien pres lo ginet.

E aquella nit tots los moros se atendaren prop de una ribera d'aygua. Per lo matí Tirant hohí missa e posà en punt lo ginet ab sella de la guissa, e pres una ballesta —de aquelles que·s paren a cavall ab una gafa— e moltes sagettes ab herba, e posà-les en la correja; e pres una lança curta en la mà. E tot sol ixqué de la ciutat e anà per mirar los moros si eren partits de allí hon havien alleujat aquella nit. E pujà en un mont e véu que tots los moros se n'anaven de pressa la via de la mar. E mirà a totes parts e véu venir per lo camí hon los moros anaven gran troç atràs, una adzembla carreguada, ab XVIII moros qui la acompanyaven. He eren-se aturats atràs per ço com era cayguda en un fanch.

Com Tirant lo véu tan luny dels altres e que los primers no·ls podien veure per causa de una poca montanya que·nmig los stava, fermà d'esperons e féu la llur via, e conegué que eren moros. E véu que negú d'ells no portava ballesta, sinó que tots portaven lançes e spases.

—No pot ésser menys —dix Tirant— que yo no·n mate algú de aquests perros de moros.

E ficà la lança que portava en terra, pres la ballesta e posà-y una sagetta ab erba, e acostà's tant als moros que·ls podia bé tirar. E tirà ha un moro e ferí'l en lo costat, que no anà XXX passos que en terra cayqué mort. Tirant fermà dels sperons, lunyà's un poch e tornà a parar la ballesta. Posà-y una altra sagetta e tornà devers ells, e tirà a un altre moro e morí prestament. Tots los moros se remeteren a ell. Ferí dels sperons e no·l podien aconseguir. Per aquest orde mès per terra VIII moros, entre morts e mal nafrats. Los altres no curaven sinó de cuytar camí. E si Tirant hagués tengudes tantes sagettes, per aquell orde tots los haguera morts, encara que fossen stats cent.

Acostà's als qui eren restats e dix-los que·s donassen a presó. E ells deliberaren que més los valia ésser catius que no morir, puix vehien que no tenien defensió ni speraven socors. Fet llur acort, digueren que eren contents de donar-se. Dix Tirant:

—Deixau totes les armes aquí.

Com les agueren deixades, féu-los tornar atràs e lunyar de les armes bon troç, e ell posà's enmig dels moros e de les armes. E féu pendre una corda e dix a l'hu de aquells que liguàs a tots los altres les mans detràs e alt en los brahons.

—E si tu·ls ligues bé, que negú no·s puga soltar, jo·t promet de fer-te franch e posar-te en segur llà hon és lo soldà ab tota la sua gent.

Lo moro, per haver libertat, liguà'ls molt bé. E prengueren la adzembla, que era carreguada de moneda e de joyes de molta vàlua, e tiraren la via de la ciutat.

Tirant entrà ab la sua presa per la ciutat e trobà lo mestre en la plaça ab molts cavallers de l'orde, qui l'estaven sperant per a dinar. Com lo mestre lo véu venir tot sol ab X presoners, stigué lo més admirat home del món, e tots los altres, de les grans cavalleries que Tirant fehia.

Aprés que foren dinats, Tirant féu armar un bergantí e tramés-lo per veure lo soldà e la sua gent si·s recollien ne en quin punt staven. Aprés que lo bergantí fon partit, donà al moro una roba de seda e féu-lo passar en la Turquia per la promesa que li havia feta. Molts hòmens de la ciutat anaren hon era stada la bregua e trobaren encara alguns moros vius e feren-los morir e prengueren-los les armes que trobaren. E tornaren-se'n a la ciutat.

Lo dia mateix tornà lo bergantí que era partit e dix que·l soldà s'era ja recollit e tots los cavalls eren dins les naus. Tirant supplicà al mestre que li donàs dos o tres guies que sabessen bé la terra com ell volia aquella nit anar a visitar los moros. Molta gent li desconsellà que no anàs a ampresa d'altri, emperò ell s'apoderà de anar-hi e pres çinch-cents hòmens, e tota la nit caminaren. E posaren-se en una montanya, sens que per negú no foren vists, e de aquella montanya miraven molt bé la pressa que los moros tenien de recollir-se. Com Tirant véu que ja no hi havia sinó stima de mil hòmens, poch més o menys, Tirant ixqué de la montanya e ferí enmig dels moros tan bravament que·n feren una gran destroça. Com lo soldà véu fer la destructió dels moros, stava molt desesperat. Tramés les barques perquè·s poguessen recollir, mas pochs ne cobraren, que la major part foren morts o hofegats per recollir-se.

Vehent açò, lo soldà féu dar vela e tornà-se'n en sa terra. Com fon apleguat, los grans senyors qui restats eren foren molt ben informats de la causa de la sua venguda. Ajustaren-se tots e anaren-lo a veure. E un gran alcadí parlà per tots e féu principi a paraules de semblant stil.

Capítol CVII. Com fon mort lo soldà per sos vassalls a mort vituperosa

—O tu, enganador de nostre sanct propheta Maphomet, destrohïor dels nostres tresors, malmetedor de la noble gent pagana, fornicador de mals, amador de covardies, vanagloriós entre la gent no entesa, fogidor de batailles, squinçador del bé públich! Ab peu esquerre has fetes totes les tues vils obres en dan e desonor de tots nosaltres, ab la mà negra e crua, ab la falsa lengua que li ha feta companyia. Sens consell de bons conselers, est partit de aquella noble ylla de Rodes. Per una sola nau s'és smayat lo teu flach ànimo. O cavaller de poch esforç! Ab la cara girada al revés has senyorejats XII reys coronats, los quals tostemps són stats a tu obedients. Est-te concordat ab la mala intenció del teus pròximos parents e fictes crestians, los genovesos, qui pietat ne amor no han a negú —com no sien moros ni crestians—, com tu sies nat dins aquella mala ribera e costa de Gènova. E per ço los teus reprovats mals te condemnen que muyres, com a home çelerat, de mort vituperosa.

E prestament fon pres. E posaren-lo en la casa dels leons, hon morí ab gran desaventura. Aprés feren electió de un altre soldà. E aquell, per mostrar-se amador del bé públich, ordenà que ab aquelles naus dels genovesos fessen gran armada de tota aquella gent qui de Rodes era venguda, e altra més, e que passasen en la Grécia. E axí fon fet. E fon-hi convidat lo gran turch, qui fon content de passar-hi ab molta gent d'armes, de peu e de cavall en gran nombre. E junts los dos exèrçits foren en nombre de CXVII mília moros. E portaven dues banderes. La una era tota vermella, hon havia pintat lo càlzer e la hòstia per ço com genovesos e venecians posaren penyora lo càlzer e la hòstia consagrada; e per ço en les sues banderes porten aquella devisa pintada. L'altra bandera era de terçenell vert ab letres de or qui dehien: *Venjadors de aquella sanch de aquell benaventurat cavaller don Hèctor lo troyà.*

E de la primera entrada que feren en la Grècia prengueren moltes viles e castells, e XVI mília infants petits. E tots los trameteren en la Turquia e en la terra del soldà per fer-los nodrir en la secta mafomètica. E moltes dones e donzelles jutgaren a captivitat perpètua.

E la ylla de Rodes fon deliurada de poder dels infels.

Com los de Chipre saberen que lo estol del soldà se n'era partit en la ciutat de Famagosta, carreguaren prestament moltes naus de forment, de bous e de moltons e de altres vitualles, e portaren-ho tot en Rodes per la gran fam que sabien que sostenien. E de moltes altres parts n'i portaren. E en poch temps la ciutat e la ylla fon en tan gran abundància que tots los antichs dehien que jamés havien vist ne hoït dir a llurs predecessors una tan gran abundància ésser stada en la ylla de Rodes.

A pochs dies que lo soldà fon partit, apleguaren dues galeres de veneçians, carreguades de forment, qui portaven pelegrins qui anaven a la Casa Sancta de Hierusalem. Co[m T]irant ho sabé, ho anà a dir al rey e a Phelip. E de aquesta nova foren molt alegres. Lo rey dix al mestre:

—Senyor, puix a la divina Bondat és estat plasent que aquestes galeres són vengudes açí, nosaltres volem partir per complir lo nostre sanct viatge ab vostra bona licència.

Dix lo mestre:

—Senyors, molta glòria seria per a mi que les senyories de vosaltres volguessen açí aturar, car poríeu manar e ordenar axí com en casa vostra pròpia. E lo anar e lo restar stà tot en vostra mà, que yo no tinch a fer sinó lo que les senyories vostres me volran manar, car yo us desige a tots molt servir.

E lo rey lo y regracià molt. Lo mestre ajustà los cavallers de l'orde a capítol e dix-los com Tirant li havia demanada licència, que se'n volia partir, per què a ell paria molta rahó que fos paguat del forment e la nau que perduda havia per socórrer-los. E tots los cavallers li digueren que sa senyoria hi havia bé pensat, e que fos tan amplament satisfet com ell sabés demanar e molt més encara. E ordenaren que a l'endemà, enmig de la gran plaça, en presència de tots li fes la offerta.

L'endemà de matí lo mestre féu tancar tots los portals de la ciutat perqué negú no pogués exir defora —perquè·s trobassen en lo parlament d'ell e de Tirant— e féu traure tot lo tresor de l'orde enmig de la plaça. E preguà lo mestre al rey de Ciçília que y fos perquè ves lo tresor, e lo rey e Phelip hi foren. Com tots foren ajustats, lo mestre féu principi a un tal parlar.

Capítol CVIIb. La offerta que féu lo mestre de Rodes a Tirant de pagar-li la nau

—¡Sola sperança de la ciutat atribulada, succehïdor de la sanch antiga molt generosa tu, Tirant lo Blanch! Sobre los nobles corona e ceptre real portar deuries e senyorejar lo Imperi Romà, car per les tues virtuoses obres e singulars actes de cavalleria a tu pertany e ha altri no. Tu has posada en libertat la nostra casa de Hierusalem ab lo temple de Salamó. Tu est stat consolació e vera salut de tots nosaltres, car gran temps havem stat ab molta fam e set, e altres dolors e misèries que per nostres peccats comportades havem, e per tu sol havem obtesa via de salvació e libertat, car tota la nostra sperança era ja perduda, que si tu no fosses vengut en aquell beneyt dia, fóra desolada la nostra ciutat e tota la religió. Doncs, ¿a qui deu ésser dada la triümphal glòria sinó a tu, qui est lo millor dels cavallers? E nosaltres restam molt obliguats a la molta noblea tua, car totes aquestes gents que veus açí foren en carrera de perdició, que perduda la ciutat e la fortalea, fóra perdut lo poble, los béns e riqueses de aquells, e los cossos subjutgats a perpetual captivitat. Beneyta sia la hora que tu vinguist a socórrer los famejants e·ls aconsolist ab vera dolçor de abundoses viandes, car altra sperança no·n restava sinó morir per la fe de Jhesucrist! O dolor e pena inextimable en les persones nostres posades en perpetual cativeri! A qui darem donchs lo premi de nostra pròspera liberació? ¿Qui serà nostre protector e segura defensa si altra veguada los malignes e inichs infels açí tornen, com los perills sien molts e les amargues dolors que passades havem, perquè de ansiosa temor tremolen los nostres ossos e les entràmenes dins nosaltres no·s poden assegurar? No fon jamés major misèria ni passaren los gloriosos sancts màrtirs major pena en comparació de la nostra, per ço com la mort és comuna a tots e prest és passada, qui dóna fi a tots los mals. Per què, cavaller virtuós, supplicam a la tua noblea, yo e tota la religió, que·t plàcia stendre la tua generosa e victoriosa mà sobre lo nostre tresor e que prengues de aquell a tota la tua voluntat, encara que no sia suficient premi dels teus singulars actes. Car la tua molta virtut no poria fer res que·n desgrat nos vingués car no sabem ni tenim ab què te puguam premiar de la honor e pietat misericorde que de nosaltres, aflegits, has aguda, pensanct en lo gran perill que has mesa la tua benigna e pròspera persona. Ab ànimo gran hi sforçat de cavaller has exercides les armes e no t'est mostrat gens ésser cavaller pereós, perquè bé·t podies scusar a les batailles e combats de la mar e de la terra. E per ço se diu que aquell és dit cavaller qui fa cavalleries, aquell és dit gentilom qui fa gentilees, aquell és noble qui fa nobleses. Donchs, Tirant, senyor, de aquesta comunitat reb ab la tua mà plena de cavalleria, del nostre tresor. E com més ne pendràs més glòria serà per a nosaltres.

E donà fi a son parlar. No tardà Tirant fer resposta en estil de semblants paraules.

Capítol CVIII. La resposta que Tirant féu al mestre de Rodes. Aprés partí de Rodes e anà al Sanct Sepulchre en companya del rey de Cicília e de Phelip

—Començ-me a recordar com vench en lo món aquell propheta e sanct gloriós, Joan Baptista, per denunciar la adveniment de nostre redemtor Déu, Jhesús. Axí, per permissió divina yo só vengut açí, ab ferma fe e ab deliberada pensa, per a socórrer e subvenir a la reverent senyoria vostra e a tota la religió. E açò per causa de una letra que viu en mans de aquell pròsper e crestianíssim rey de França, la qual per la reverència vostra li era stada tramesa. E fas infinides gràcies a la Magestat divina com me ha feta tan gran honor e misericòrdia que m'à fet apleguar açí, ab bon salvament, en lo temps de la major necessitat, e per haver yo obtesa tanta glòria en aquest món que per mijà meu aquesta sancta religió sia stada deliurada. La honor que me'n resta és suficient premi dels treballs e despesa, e lo mèrit spere haver de nostre senyor Déu en la altre món. Per què a honor, lahor e glòria del nostre mestre e senyor Déu Jesús, e de aquest sanct gloriós Johan Baptista, protector e defenedor de aquesta ylla, sots invocació del qual aquesta sancta religió stà fundada, done de bon grat tots mos drets del que yo tenia de haver a la sancta religió vostra e no vull altra satisfactió de vosaltres sinó que cascun dia me façau celebrar una missa cantada de rèquiem per la mia ànima. E més, vos deman en gràcia que tot lo poble sia quiti de tot lo que·ls és stat repartit, axí del forment e farina com de les altres mínimes coses, que res no paguen. E de açò, senyor, supplich a vostra senyoria que axí·s faça.

—Tirant senyor —dix lo mestre—, tot lo que la vostra gran gentilesa diu no·s pot fer, sinó que ab la vostra mà, plena de caritat, aveu a pendre tot lo que us pertany. Car si en algun temps los moros tornaven e la fama anàs per lo món dient com vós per vostra virtut héreu açí vengut per donar-nos socors, e havíeu perduda la nau e fornida de vitualles molt bé la ciutat, e que fósseu stat malcontentat, en semblant necessitat no trobaríem qui socórrer-nos volgués. Per què us supplich he us demane de gràcia que prengau tot lo que volreu del nostre tresor.

—Digau-me, senyor molt reverent —dix Tirant—, qui pot a mi empedir si yo vull donar tots mos béns per amor de Déu? E no pense la senyoria vostra que yo sia tal que haja anar per lo món clamant-me de la vostra religió, car més stime la honor e lo premi de nostre Senyor que tot lo tresor del món. E no·m tingau per tal que yo volgués dir cosa qui no fos vera. E per ço que la senyoria vostra sia contenta, e tots los que açí són ho puguen veure e fer verdader testimoni que só content de tot lo que açí he portat...

En presència de tots posà les dues mans sobre lo tresor. E manà als trompetes que fessen crida com ell se tenia per content de la merçé del senyor mestre e de tota sa religió, e dava de bon grat al poble lo forment e la farina e totes les altres coses que preses havien, que volia que negú no pagàs res.

Moltes foren les lahors e benedictions que lo poble cascun dia daven a Tirant. Com la crida fon feta, Tirant supplicà al mestre que anassen a dinar. E venint la nit, lo rey Phelip e Tirant prengueren comiat del mestre e recolliren-se en les galeres dels venecians ab molt poca gent que se'n portaren, que tota la altra deixaren en Rodes. E Diaphebus, parent de Tirant, no volgué restar. Ne Tenebrós, per servir a Phelip.

E corregueren fortuna vàlida tres dies e tres nits. Aprés, agueren lo temps tan pròsper que en pochs dies arribaren al port d[e] Jafa e, partint d'allí —que lo temps fon abonançat— ab la mar tranquil·le, arribaren en Barut ab bon salvament. Aquí ixqueren tots los pelegrins e prengueren bones guies, de deu en deu una guia. Junts que foren en Hierusalem, aturaren aquí XIIII dies per visitar tots los sanctuaris e, partint de Hierusalem, anaren en Alexandria, hon trobaren allí les galeres e moltes naus de crestians.

Anant un dia lo rey e Tirant per la ciutat, trobaren un catiu crestià qui stava fortment plorant. Com Tirant li véu fer tan trist e adolorit comport dix-li:

—Amich, yo·t prech que·m vulles dir per què·t dols tant, car la pietat que tinch de tu, si en res te puch ajudar, ho faré de molt bona voluntat.

—No·m fretura despendre paraules —dix lo catiu—. Con vos ho auré dit, consell ni ajuda en vós ni en altre no trobaré, que tal és la mia fortuna. XXII anys ha que só catiu per la mia mala sort, desijant més la mort que la vida. Perquè no vull renegar a mon Déu e a mon Creador, só fart de bastonades e freturós de viandes.

Dix Tirant:

—Per bonea te vull preguar me vulles dir e mostrar aqueix tan cruel qui·t té catiu.

—Aquí·l trobareu, en aqueixa casa —dix lo catiu—, qui ab vergues de dolor stà en la mà per levar-me de la esquena lo cuyro.

Tirant supplicà ab veu baixa al rey lo deixàs entrar dins la casa de aquell moro, e lo rey fon molt content. E Tirant dix al moro com aquell seu catiu era son parent, si lo y volia vendre o donar a rescat. Lo moro dix que sí. Acordaren-se que li donàs LV ducats de or e Tirant lo pagà de continent, e preguà al moro que si sabés si hi havia altres moros que tinguessen altres catius crestians, que ell los compraria. E fon sabut per tota la ciutat de Alexandria. E cascú que tenia catius los portaven a l'alfòndech hon posava Tirant. E dins II dies Tirant remé CCCCLXXIII catius e, si més ne agués trobats, més ne aguera quitats. Tota la sua vexella de or e de argent, e totes les yoyes que portava, vené per quitar los dits catius. E féu-los recollir en les galeres e en les naus e portar en Rodes.

Com lo virtuós mestre sabé que lo rey e Tirant venien, féu fer dins lo port un gran pont de fusta que plegava de terra fins a les galeres, tot cubert de peçes de seda. Lo rey de Ciçília en aquella hora se manifestà a tots. E lo mestre entrà en la galera e féu exir en terra al rey, a Phelip e a Tirant, e portà'ls a posar alt en lo castell, e dix-los:

—Senyors, en lo temps de la necessitat me donàs a menjar. Ara, en lo temps de la prosperitat, menjareu ab mi si us plaurà.

E ells foren molt contents.

De continent que Tirant fon en Rodes, féu haver moltes peçes de drap e féu vestir a tots los catius de mantos, robes, gipons, calçes, çabates e camises. E féu-los levar les camises grogues que ells portaven e tramés-les en Bretanya, per ço que, com fos mort, fossen posades en la sua capella, ab los quatre scuts dels quatre cavallers que vençuts havia. Com lo mestre sabé lo que Tirant havia fet, dix al rey e a Phelip e a tots los qui allí eren:

—Per ma fe, yo crech, si Tirant viu molt temps, ell basta a senyorejar tot lo món. Ell és liberal, ardit e savi e ginyós més que tot altre. Dich-vos per cert que, si nostre Senyor me hagués dotat de algun imperi o regne e tingués filla, yo la daria més prest e de millor voluntat a Tirant que a negun príncep de la crestiandat.

Lo rey advertí molt bé en les prudents paraules del mestre e tostemps aprés tingué deliber, com fos en Ciçília, de dar la filla a Tirant.

Acabades que foren les robes dels catius e les galeres volien partir, Tirant ajustà tots los catius e convidà'ls tots a dinar. Aprés que foren dinats, Tirant féu principi a tal parlar.

Capítol CIX. Com Tirant posà en libertat tots los catius que havia comprats en Alexandria. E com tornaren en Ciçília e strengueren lo matrimoni de Phelip ab la filla del rey de Ciçília

—Amichs meus hi en voluntat com a germans: no ha molts dies passats que tots vosaltres éreu detenguts en poder de infels e ab forts cadenes apresonats. Ara, per gràcia de la divina Majestat e ab treball meu, sou venguts en terra de promissió franchs e liberts de tota captivitat e submissió perquè de present yo us done franca libertat a tots de anar o de restar. E tots aquells qui en ma companyia volran venir, yo·n seré molt content. Los qui volran restar en aquesta ciutat ho poran bé fer e, los qui en altres parts volran anar diguen-m'o e yo dar-los-he diners per a la despesa.

Com los catius hoïren dir semblants paraules al virtuós Tirant foren molt aconsolats e posats en inextimable alegria, e lançaren-se tots als seus peus per besar-los-hi e aprés les mans. E Tirant no u volgué jamés consentir. E donà'ls tant de sos béns a cascú que tots se tingueren per més de contents.

Com les galeres foren en punt de partir, lo rey, Phelip e Tirant prengueren comiat del reverent mestre e de tota la religió, e les galeres ben provehïdes del que havien mester. E al comiat lo mestre tornà a sol·licitar al virtuós Tirant si volia ésser paguat de la nau e del forment. E Tirant ab molta gentilea s'escusà, que no·n volia pendre res.

Com foren dins les galeres donaren vela, e agueren lo temps tan pròsper e favorable que en breus dies arribaren al cap de la ylla de Cicília. La alegria que los ciçilians feren fon molt gran per la venguda de son natural senyor, e los de la terra trameteren un correu a la reyna de la venguda del rey. Lo rey demanà del stat de la reyna e de la diposició de sa filla e de sos fills, e del duch son germà. Fon-li respost de la prosperitat en què staven e com lo rey de França havia tramés XL cavallers per embaixadors seus, qui venien molt bé abillats, e molt bella companyia de gentilshòmens. Molt fon plasent a Tirant la venguda dels embaixadors —mes que no fon al rey, pensant e havent recort de les paraules del mestre de Rodes. Ells reposaren allí per alguns dies perquè venien molt enujats de la mar. Aprés que·s foren reposats, lo rey ab tota la companyia partí e feren la via de Palerm, hon la reyna stava.

E lo dia que devia entrar, ixqué primer lo duch, son germà, ab molta bona gent acompanyat. Aprés ixqueren tots los menéstrals molt ben vestits e abillats, aprés ixqué lo arquebisbe ab tot lo clero, aprés ixqué la reyna acompanyada de totes les dones de honor de la ciutat, aprés, per un poch spay, ixqué la infanta Ricomana ab totes les donzelles sues e de la ciutat molt ben abillades, que era cosa de molt gran delit de veure-les. Aprés ixqueren los XL embaixadors del rey de França vestits ab robes de vellut carmesí, largues fins als peus, ab grosses cadenes de or que portaven, tots devisats en una manera.

Com lo rey se fon vist ab la reyna e sa filla li agué feta reverència, Phelip e Tirant feren reverència a la reyna. E Phelip pres per lo braç a la infanta e axí anaren fins al palau. E ans que apleguassen, los XL embaixadors vengueren a fer reverència a Phelip ans que no al rey, e Tirant dix a Phelip:

—Senyor, manau als embaixadors que vajen primer a fer reverència al rey ans que parlen ab vós.

E Phelip hi tramés. E los embaixadors li trameteren a dir que ells tenien manament de llur senyor lo rey de França, pare seu, que, aprés que aguessen feta reverència a ell, que anassen al rey e li donassen les letres que portaven. E Phelip los tramés altra veguada a dir que en tot cas del món ell los preguava e manava que anassen al rey ans que parlassen ab ell.

—Puix a Phelip plau —digueren los embaixadors—, nosaltres farem lo que ell nos mana. E per aquesta causa nos érem posats los més darrers de tots, perquè poguéssem dar primer la honor e obediència a Phelip que al rey.

Com lo rey fon apleguat al palau ab tota la gent, los embaixadors del rey de França li anaren a fer reverència e donaren-li la letra de crehença. E lo rey los rebé ab cara affable e féu-los molta honor. Aprés anaren a Phelip e feren-li molt gran honor axí com hi eren obligats per ésser fill de llur natural senyor. Phelip los féu inextimable festa e fon gran alegria entre ells.

Aprés que les festes foren passades per la venguda del rey, los embaixadors explicaren llur embaixada, la qual en effecte contenia tres coses. La primera era que lo rey de França era molt content que Phelip, son fill, fes lo matrimoni ab la infanta Ricomana, filla sua, segons que per lo virtuós Tirant era stat concordat. La segona era, si lo rey de Ciçília tenia fill, ell li daria una filla sua per muller ab cent mília scuts. La terça contenia com ell agués emprat al papa e a l'emperador, e a tots los prínceps de la crestiandat li volguessen valer per mar, com ell tingués deliberat de anar contra infels. E com tots los qui han amprats li han offerta valença. E que de part del rey de França, ells lo ampraven. E si sa senyoria deliberava trametre-li armada, que·n fes capità a Phelip e que lo y trametés.

La resposta del rey fon que del matrimoni ell era molt content, mas que de les altres coses ell se aturava acort. Com los missatgers veren que lo rey havia atorguat lo matrimoni, donaren a Phelip per manament de son pare L mília scuts perquè·s posàs en orde de totes les coses que havia mester per dar compliment al matrimoni. E tramés lo rey de França per a la nora quatre peçes de brocat molt belles e tres mília marts gebelins, e un collar de or obrat en París molt bell e de gran stima perquè y havia en ell engastades moltes pedres fines qui eren de gran vàlua. La reyna, mare de Phelip, li tramés moltes peçes de drap de seda e de brocat e molts cortinatges de seda e de raç molt specials, e moltes altres coses.

Com la infanta sabé que lo rey son pare havia atorgat lo matrimoni de Phelip, dix entre si mateixa:

—Si yo puch trobar en Phelip tal defalt que sia grosser o avar, jamés serà mon marit. E de açí avant en altra cosa no vull pensar sinó en saber-ne la veritat.

Estant la infanta en aquest penós pensament, entrà per la sua cambra una donzella en qui el[l]a tenia gran fiança e dix-li:

—Digau-me, senyora, en què pensa vostra altesa, que la vostra cara stà molt alterada. respòs la infanta:

—Yo t'o diré. Lo senyor rey mon pare ha atorguat lo matrimoni als embaixadors de França e yo stich ab tan gran dupte de la grosseria de Phelip que no·s pot dir, hi encara de ésser avar. Car si res de tot açò té, no poria star una hora ab ell gitada en un lit, ans deliberaria de fer-me mon[j]a e star closa en un monestir. Car yo he fet tot mon poder en conéixer-lo e veig que la sort no m'i acompanya, ab aquest traÿdor de Tirant. Sí prech a Déu lo veja rostit e bollit e en ira de sa enamorada! Que aquell dia de les lesques del pa yo l'aguera ben conegut sinó per causa sua. Mas, ans que yo atorgue lo matrimoni, yo·l provaré altra veguada e faré venir de Calàbria un gran philòzoph, qui és home de grandíssima sciència, qui·m dirà certament lo que yo desije.

Com Phelip agué rebuts los diners que son pare li havia tramés, ell se abillà molt bé de robes de brocat roçegant e de chaperia, e ell tenia ja molts fermaills e cadenes de or e moltes altres joyes d'estima.

E lo dia de la Nostra Senyora de Agost lo rey convidà a Phelip e a tots los embaixadors, e del regne tots aquells qui tenien títol. Lo rey aquell dia los féu seure en la sua taula. E Phelip aquell dia vestia una roba de brocat carmesí roçegant per terra, forrada de erminis, e Tirant se vestí altra de aquell drap e de aquella color. E com se fon vestit, pensà en si e dix:

—La festa se fa per Phelip e per los embaixadors, que representen la persona del rey de França. E yo, que m'abille en tal jornada tan riquament com Phelip, no·m serà bé pres.

E prestament se despullà aquella roba e vestí-se'n una altra brodada de argenteria, e les calçes totes brodades de grosses perles.

Estant lo rey sobre la taula, vengué molt gran pluja. E la infanta hi pres molt gran plaer e dix:

—Ara poria haver loch la mia demanda.

Com les taules foren levades vengueren los ministrés e, davant lo rey e la reyna, dançaren per bon spay. Aprés vengué la col·lació. Lo rey se n'entrà en la cambra per reposar e la infanta no·s volgué deixar de dançar per dupte que Phelip no se n'anàs.

Com fon quasi hora de vespres, lo cel fon clar e lo sol ixqué. Dix la infanta:

—No seria bo que féssem una volta per la ciutat, puix fa bell dia?

respòs prestament Phelip:

—E com, senyora! En temps indispost voleu anar per la ciutat? E si torna a ploure? Tota us banyareu.

E Tirant, coneixent la malícia de la infanta, tirà per la falda a Phelip, que callàs. La infanta véu quasi lo senyal que Tirant li féu. Pres molt gran enuig e manà que li portassen les aquanees. E tots trameteren per les bèsties. Com foren vengudes, Phelip pres del braç a la infanta e portà-la fins al cavalcador. E com la infanta fon a cavall quasi voltà un poch la squena devers Phelip, mas no restà que ab la coha de l'hull lo perdés de vista. E Phelip dix a Tirant:

—Si·m féyeu portar una altra roba perquè no guastàs aquesta!

—Oh —dix Tirant—, e mal profit faça la roba! E no cureu d'ella: com aqueixa serà guastada bé n'haureu una altra.

—Almenys —dix Phelip—, vejau si hi hauria dos patges que·m portassen les faldes perquè no toquen en terra.

—Bé podeu ésser fill de rey —dix Tirant—, que tan avar e tan mesquí siau! Cuytau prest, que la infanta vos stà sperant.

Lavors Phelip, ab gran dolor de cor, se n'anà. E la infanta stava contínuament atenta al que dehien, mas no podia compendre la sentència de les paraules. Axí passejaren per la ciutat prenent molt plaer la infanta com veia banyar la roba de aquell miserable de Phelip, hi ell molt sovint se mirava la roba. La infanta, per pendre més plaer, dix que portassen los sparvers he exirien un poch defora e pendrien alguna guatla.

—No veu, senyora —dix Phelip—, que no fa temps de anar a caça? Tot lo món és fanchs e aygua!

—Hay, mesquina! —dix la infanta—. ¡E de aquest grosser que encara no·m sap contentar un poch la voluntat!

Però ella no curà de res, sinó que ixqué fora de la ciutat e trobà un laurador. E apartà'l un poch e demanà-li si prop de allí havia algun riu o alguna çéquia de aygua. E lo laurador respòs:

—Senyora, prop de açí, caminant dret trobareu una gran çéquia de aygua que dóna a una mula fins a les singles.

—Aqueixa és la aygua que yo vaig çercant.

La infanta se posà primera e tots la seguiren. Com foren a la aygua atesos, la infanta passà e Phelip restà detràs, e dix a Tirant si hi havia alguns moços que li prenguessen les faldes de la roba.

—Cansat stich de tal rahó —dix Tirant— e de vostra pràtica tan desonesta! La roba ja no·s pot més guastar del que és. No tingau més pensament, que jo us daré la mia. La infanta ha passat, que se'n va. Cuytau per posar-vos al seu costat.

E Tirant alçà grans rialles, mostrant que les rahons d'ell e de Phelip eren de alguna burla. Com agueren passada la aygua la infanta demanà a Tirant de què·s rehia.

—Per ma fe, senyora —dix Tirant—, yo·m somrís de una demanda que Phelip hui tot lo dia me fa, ans que partíssem de la cambra de vostra altesa e aprés com cavalcam, e ara a l'entrant de la aygua. Me demana quina cosa és amor e d'on proçeheix. La segona cosa que m'à dit: hon se pon amor? Sí Déu me dó honor, yo no sé quina cosa és amor ne d'on proçeheix, però creuria que los hulls són missatgers del cor, lo hoir és causa que·s concorda ab la voluntat, la ànima té molts missatgers, los quals sperança aconsola, los çinch senys corporals obeheixen al cor e fan tot ço que ell los mana, los peus e les mans són súbdits a la voluntat, la lengua, muntiplicant en paraules, dóna remey en moltes coses en la ànima e en lo cors e a tot quant és —e per ço se diu aquell refrany vulgar: là i va la lengua, hon lo cor dol—. Per què, senyora, la vera e leal amor que Phelip vos porta no pot tembre res.

—Tornem —dix la infanta— devers la ciutat.

E al passar de la aygua ella mirà si tornarien a parlar los dos. E Phelip véu ja la roba banyada, e no curà sinó de passar la aygua. E la infanta restà molt aconsolada e donà fe en tot lo que Tirant havia dit. Però la sua ànima no stava prou reposada, ans dix a Tirant:

—Per lo estament en què só posada estig en mà de la fortuna variable. Ans elegiria renunciar a la vida e als béns que pendre marit grosser, vil e avar. E puch-vos bé dir, Tirant, ab veritat, que la fortuna me és stada tostemps adversa, que tota la sperança mia tinch perduda. No cové a mi, trista e miserable, sinó que perda la fe, la veritat e justícia. Si yo prench aquest per marit e si no me hix tal com yo volria, hauria ésser homeyera de la mia persona, que seria forçada de fer actes de gran desesperació perquè a mi és semblant que més val star sola que ab mala companyia. ¿E no sabeu vós, Tirant, aquell vulgar exemple qui diu: qui dóna a l'ase pitral e al grosser cabal —majorment que·l tingua per marit— pert la glòria de aquest món? Donchs, puix la divina Clemència me dóna notícia de aquestes coses, vull-me'n apartar per no venir a inconvenient.

E donà fi a son parlar. No tardà Tirant en fer-li tal resposta.

Capítol CX. Lo rahonament que Tirant féu a la infanta de Cicília sobre lo matrimoni e com la infanta féu moltes experiències per conéixer a Phelip

—La celsitut de vostra excel·lència, senyora de totes virtuts complida, me fa star admirat, per ésser vós la més discreta donzella que yo jamés haja conegut, que vol la altesa vostra fer procés de pensa a Phelip, lo qual —salvant la honor de la excel·lència vostra— no proceheix de justícia ni menys de caritat per ço com Phelip és hui hu dels bells cavallers del món: jove, dispost més que tot altre, animós, liberal e més sabut que no grosser. E per tal és ell tengut en totes les parts hon som anats, de cavallers, dones e donzelles. E fins a les mores que·l vehien lo amaven e·l desijaven servir. Si no, mirau-li la cara, los peus e les mans e tot lo cors. E si tot nuu lo voleu veure, yo m'i sent bastant de fer-ho, senyora, que entre bellea e castedat ha gran contrast. Yo sé que vostra altesa lo ama en strem grau, e cert tal és ell que·s fa amar a totes gents. E culpa gran és de vostra senyoria com no·l teniu al costat en un lit ben perfumat de benjohí, algàlia, almesch fi. E a l'endemà si vós me'n dieu mal, yo vull passar la pena que la altesa vostra volrà.

—Hay Tirant! —dix la infanta—. Molta alegria seria per a mi de aconseguir persona tal que fos de mon grat. Mas, ¿què·m valria a mi tenir una stàtua prop de mi que no·m sabés donar sinó dolor e tribulació?

En açò apleguaren al palau e trobaren lo rey en la sala, que stava parlant ab los embaixadors de França. Com véu a sa filla, pres-la per la mà e posà-la en rahons hon era anada ne d'on venia. Lo sopar fon aparellat e Phelip ab los embaixadors anaren a lurs posades; prengueren licència del rey e de la infanta.

En aquell dia arribà en la ciutat lo philòzoph per qui la infanta havia tramés en Calàbria, lo qual ella stava sperant ab molt gran desig per demanar-li tota la condició de Phelip. Aplegà de nit en la ciutat, fent compte que lo endemà hiria a la sglésia, hon trobaria la infanta. Anà a posar en un hostal. E posà a rostir un troç de carn, e vench un rofià ab un conill e dix al philòzoph que apartàs la sua carn com ell volia primer rostir lo seu conill e, com ell hauria acabat de fer, poria rostir la carn.

—Amich —dix lo philòzoph—, no saps tu bé que aquestes cases són comunes a totes gents e, qui primer és en temps, és primer en dret?

—No cur de axò —dix lo rofià—. Vós bé veu que yo tinch conill, qui és de major stima e deu preçehir al moltó, axí com la perdiu preçehïx al conill, per què li deu ésser feta honor.

Entre ells passaren moltes rahons de paraules injurioses, en tant que·l rofià donà un gran bufet al philòzoph. E aquell, tenint-se per injuriat, alçà lo ast e ab la punta donà-li molt gran colp en lo polç, que prestament caygué mort en terra. De continent fon pres per los oficials lo philòzoph e posaren-lo en la presó. Per lo matí al·legà corona, e lo rey manà que no li donassen sinó quatre onçes de pa e quatre de aygua. La infanta jamés ne gosà parlar al rey perquè no sabés que ella lo hagués fet venir.

Aprés pochs dies fon pres un cavaller de la cort del rey, lo qual havia aguda qüestió ab altres cavallers, hon hi eren stats molts nafrats, e posaren-lo en la presó hon stava lo philòz[o]p. E lo cavaller, havent pietat del philòzoph, feya-li part de la vianda que li portaven. E aprés quinze dies que lo cavaller havia que stava pres, lo philòzoph li dix:

—Senyor cavaller, deman-vos de gràcia que, per vostra gentilea, demà, com sereu ab lo senyor rey, vos plàcia supplicar-lo que vulla haver misericòrdia de mi, car ja veu la congoixa e pena en què stig, que si no fos la caritat que la merçé vostra m'a feta, ja fóra mort de fam, que no·m fa dar sinó quatre onçes miserables de pa e quatre de aygua. E direu a la senyora infanta que yo he obeït son manament. E açò us hauré a molta gràcia e merçé.

respòs lo cavaller:

—E com me podeu dir tal rahó? Yo crech que bé passarà aquest any e l'altre ans que de açí yo ixqua o nostre Senyor, per la sua immensa bondat, hi hauria a fer miracle.

—Ans que passe mija hora —dix lo philòzoph—, sereu en libertat. E si aquest punt passa no exireu de vostra vida.

Lo cava[l]ler stigué molt esmayat e en gran pensament del que hohí dir al philòzoph. E stant en aquestes rahons, lo alguazir entrà en la presó e tragué lo cavaller.

Seguí's aprés que un gentilom sabé que lo rey fehia cercar cavalls per comprar, per a trametre a l'emperador de Co[n]stantinoble, e aquest gentilom tenia lo més bell cavall qui fos en tota la ylla de Ciçília. Deliberà de portar-lo-y. Com lo rey lo véu, estigué admirat de la gran bellea, car era molt gran e molt ben fet, molt lauger e era de IIII anys, sens que en ell no·s trobava defalt sinó hu qui era molt gran: que portava les orelles caygudes.

—Certament —dix lo rey—, mil ducats de or valia aquest cavall si no tingués tan gran defalt.

E no era negú sabés ni pogués conéixer quina era la causa de aquell tan gran defalliment. Dix lo cavaller qui era stat pres:

—Senyor, si la altesa vostra tramet per lo philòzoph qui stà en presó, ell ho coneixerà car en aquell temps que yo stiguí pres ab ell me dix coses singulars. He·m dix que, si dins miga hora yo no exia de la presó, que de ma vida no·n tenia de exir, e de moltes altres coses. De tot me dix veritat.

Lo rey manà a l'alguazir que prestament li portàs lo philòzoph. Com fon davant lo rey, li demanà lo rey quina era la causa de aquell cavall tan bell com portava axí les orelles caygudes. Dix lo philòzoph:

—Senyor, natural rahó hi basta, per ço com aquest cavall ha mamat let de somera e, per quant les someres tenen les orelles caygudes, lo cavall ha pres de la dida lo seu natural.

—Sancta Maria Senyora! —dix lo rey—. E si és veritat lo que diu aquest philòzoph?

Tramés per lo gentilom de qui era lo cavall e demanà-li quina let havia mamat, puix no li sabia dir lo defalt de les orelles.

—Senyor —dix aquest—, com aquest cavall naixqué era tan gran e tan gros que la egua no·l podia parir e agueren-la obrir ab un rahor perquè pogués exir, e la egua morí. E yo tenia una somera parida e fiu-lo criar a la somera, e axí s'és criat en casa fins ara, en la edat que la senyoria vostra lo veu.

—Gran és lo saber de aquest home —dix lo rey.

E manà que·l tornassen en la presó. E demanà quant pa li daven a menjar.

—Senyor —dix lo majordom—, IIII onçes, axí com vostra senyoria manà.

Dix lavors lo rey:

—Donen-li'n altres quatre, que sien huit. E axí fon fet.

Era vengut allí un lapidari de la gran ciutat de Domàs e de Alcayre, qui portava moltes joyes per a vendre. En special portava un balaix molt gran e fi, del qual demanava seixanta mília ducats, e lo rey li'n dava XXX mília. E no·s podien concordar. Lo rey lo desigava molt haver, per ço com era tan singular e tan gran peça com jamés fos stada vista en lo món, ni los qui són engastats en Sanct March de Venèçia ni los que són en la tomba de Sanct Thomàs de Conturberi. E per ço com los embaixadors de França havien agudes letres del rey, son senyor, com ell volia venir en Ciçília per veure's ab lo rey e per veure la nora, la pomposa Ricomana, lo rey de Ciçília, per mostrar-se en semblants jornades abillat segons a rey pertany, desijava haver molt aquell balaix. Dix aquell cavaller qui era stat pres:

—Com pot donar la altesa vostra tanta cantitat en aquesta pedra? Car yo veig en la part jussana III petits forats.

Dix lo rey:

—Yo la he mostrada als argenters qui de pedres s'entenen e an-me dit que en lo engastar se posarà baix aqueixa part e no s'i mostrarà res.

—Senyor —dix lo cavaller—, ab tot axò bo seria que lo philòzoph lo ves, perquè sabria dir què és lo que val.

—Bé serà fet que·l façam venir —dix lo rey.

Feren venir lo philòzoph e lo rey li mostrà lo balaix. E com aquell lo véu ab los forats, mès-lo's en lo palmell de la mà e acostà'l-se prop de la orella, tanquà los hulls e stigué axí per bon spay. Aprés dix:

—Senyor, en aquesta pedra ha cors viu.

—Com! —dix lo lapidari—. Qui véu jamés en pedra fina haver cors viu?

—Si axí no és —dix lo philòzoph—, yo tinch açí CCC ducats e yo·ls posaré en poder de la senyoria vostra, e obligue la mia persona a la mort.

E lo lapidari dix:

—E yo, senyor, só prest de obliguar també la mia persona a la mort puix ell obligua la sua. E més avant, vull perdre la persona e la pedra si cors viu hi à.

Fetes les obligacions e posats los CCC ducats en la mà del rey, e prengueren lo balaix e sobre una anclusa hi donaren ab un martell e romperen-lo per mig, e trobaren-hi un cuch. Tots los qui allí eren stigueren molt admirats de la gran subtilea e saber del philòzoph. Però lo lapidari restà molt empegit e la sua ànima no stava prou reposada ne segura de mort.

—Senyor, compliu-me de justícia —dix lo philòzoph.

Lo rey li tornà de continent los diners e li donà lo balaix. E féu venir los ministres de la justícia per executar lo lapidari.

—Ara —dix lo philòzoph—, puix he mort un mal home, yo vull perdonar ha aquest, qui és bo, la sua mort.

E ab voluntat del rey ell lo delliurà, e donà al rey les peçes del balaix. Com lo rey les tingué, manà que·l tornassen a la presó e demanà quant pa li daven. Lo majordom respòs que VIII onçes. Dix lo rey:

—Dau-li'n altres VIII que sien XVI.

Com lo tornaven a la presó, per lo camí dix als qui·l portaven:

—Digau al rey que certament ell no és fill de aquell magnànim e gloriós rey Rubert, qui fon lo més animós e liberal príncep del món. Ell mostra bé que no és exit d'ell segons les sues obres, que ans és bé fill de un forner. E com ho volrà saber per manifesta experiència, yo lo y faré veure. E poseheix lo regne com a rey tirà e ab poca justícia, com al duch de Meçina pertany lo regne e la corona de Ciçília, car bort no pot ni deu ésser admés a senyorejar regne negú, com digua la Sacra Scriptura que tot arbre bort deu ésser taillat e mès al foch.

Com los alguazís o hohïren dir semblants paraules al philòzoph, prestament ho anaren a dir al rey. Com lo rey ho sabé dix:

—Per consolació de la mia ànima yo vull saber aquest fet com passà. E com sia de nit portau-lo'm secretament.

Com lo philòzoph fon davant lo rey a soles, dins una cambra, lo rey li dix si era veritat lo que lo alguazir li havia recitat. E lo philòzoph, ab la cara molt serena e ab sforçat ànimo, li dix:

—Senyor, certament és veritat tot lo que us han dit.

—Digues-me com saps tu —dix lo rey— que yo no sia fill del rey Rubert.

—Senyor —dix lo philòzoph—, rahó natural basta a conéixer-ho un ase. E açò per les següents rahons. La primera és com diguí a la senyoria vostra de les orelles del cavall, com en la cort vostra no havia negú que tal cosa sabés coneixer ne menys entendre, e fés-me gràcia de IIII onçes de pa. Aprés, senyor, lo fet del balaix: obligar-me yo a la mort ab aquests pochs de diners que tinch; aprés vos doní lo balaix que de dret era meu; e fóreu stat enganat de gran cantitat de moneda si no per mi. E per qualsevulla de estes coses me devíeu fer traure de presó e fer-me alguna gràcia. E no he obtesa de vós sinó gràcia de pa. Per natural rahó haguí a venir a notícia que la senyoria vostra era fill de forner e no pas de aquell de gloriosa memòria, rey Rubert.

—Si tu vols aturar en mon servey —dix lo rey—, yo forçaré la mia mala calitat e fert'é de mon consell. Però, ab tot açò, yo·n vull saber millor la veritat.

—Senyor, no façau —dix lo philòzoph—, que a veguades les parets tenen orelles. E açò no vullau dar a sentir a negú, car dien en Calàbria que molt parlar nou e molt gratar cou.

Gens per açò no tement lo perill que seguir-se'n podia, lo empeguit rey féu venir a la reyna, sa mare, e ab prechs e ab menaçes li fon forçat que digués la veritat: com ella consentí a l'apetit e voluntat del forner dins en la ciutat de Ríjols.

Seguí's aprés que, com lo philòzoph fon libert, la infanta lo féu anar a parlar ab ella e demanà-li què li paria de Phelip.

—Molt me plauria —dix lo philòzoph— que, ans que digua res a la senyoria vostra, que yo pogués veure a Phelip.

—No tardarà molt —dix la infanta— que ell serà ací.

Ab tot açò, hi tramés un patge que vingué-se'n, en scusa de dançar.

—E vós mirau bé lo seu comport e la condició que té.

Com lo philòzoph agué bé mirat, aprés que se'n foren anats, dix a la infanta:

—Senyora, lo galant que la senyoria vostra m'à fet veure porta lo escrit en lo front de molt ignorant home e avar, e dar-vos ha a sentir moltes congoixes. Serà home animós e valentíssim de sa persona e molt venturós en armes, e morrà rey.

La ànima de la infanta fon posada en fort pensament, e dix:

—Tostemps hohí dir que del mal que hom té por, de aquell hom se mor. E més stime ésser monja o muller de çabater que haver aquest per marit, encara que fos rey de França.

Lo rey havia fet fer un cortinatge molt singular, tot de brocat per dar a sa filla lo dia de les bodes e féu-ne parar un altre, tot blanch, en una cambra perquè·l fessen a mesura de aquell. Com lo cortinatge de brocat fon fet, posaren-lo hu prop de l'altre. E lo cubertor era de aquell mateix brocat. E posaren-hi los lançols ab los quals la infanta tenia de fer les bodes, ab los coxins brodats, que·s mostrava lit molt singular. L'altre lit era tot blanch. Havia-y molt gran diferència de l'un lit a l'altre.

La infanta, ja per art, detingué les dançes fins a gran hora de la nit. E lo rey véu que la mija nit era passada: entrà-se'n sens dir res per no torbar lo delit de sa filla. E per quant començava a ploure, la infanta tramés a dir al rey si li plahïa que Phelip aturàs aquella nit a dormir dins lo palau ab son germà lo infant. Lo rey respòs que era molt content.

Aprés un poch que lo rey se'n fon entrat, donaren fi a les dançes. E lo infant preguà molt a Phelip, puix la major part de la nit era passada, que s'aturàs allí aquella nit a dormir. E Phelip respòs que li'n fehia infinides gràcies, que bé iria fins a la posada. La infanta lo pres per la roba e dix:

—Per la mia fe, puix al meu germà, lo infant, plau que vos atureu, açí serà la vostra posada per aquesta nit.

Dix Tirant:

—Puix tant ho voleu, restau per fer-los-ne plaer e yo restaré ab vós perquè us pugua servir.

—No fretura, Tirant —dix la infanta—. Que, entre la casa de mon pare e de mon germà, lo infant, e la mia, bé tenim qui·l servirà. —Ab molta fellonia que u dix.

Tirant, qui véu que no lo y volien, partí ab los altres per anar a sa posada. Com foren partits, vingueren dos patges ab dues antorches e digueren a Phelip si li plahïa anar a dormir. E ell respòs que faria lo que la senyora infanta e son germà manarien. E ells digueren que hora era. E Phelip féu reverència a la infanta e seguí los patges, e posaren-lo en la cambra hon los dos lits eren.

Com Phelip véu lo tan pompós lit, stigué admirat e pensà que més valia que·s gitàs en l'altre. E aquella nit, dançanct, havia romput un poch de la calça e pensà que los seus no vendrien tan matí com ell se levaria. E los patges eren molt ben avisats per la senyora i ella stava en loch que podia bé veure tot lo que Phelip faria. Dix Phelip a l'hu dels patges:

—Vés, per amor de mi, e porta'm una agulla de cosir ab un poch de fil blanch.

Lo patge anà a la infanta —hi ella ja havia vist que trametia lo patge, però no sabia lo que demanava— e la infanta li'n féu donar una ab un poch de fil, e lo patge la y portà. E trobà'l que stava passejant de l'un cap de la cambra fins a l'altre, e lo altre patge qui stava allí jamés li dix res.

Com Phelip tingué la agulla acostà's a la antorcha e obrí's algun briant que tenia en les mans. La infanta prestament pensà que per causa dels briants havia demanat la agulla, e Phelip anà-la a ficar en lo lit hon havia deliberat de dormir. Lavors ell se despullà la roba e restà en gipó de orfebreria, començà's a descordar e segué's sobre lo lit. Com los patges lo agueren descalçat, Phelip los dix que anassen a dormir e que li leixassen una antorcha ençesa. E ells ho feren e tancaren la porta. Phelip se levà de lla hon sehia per pendre la agulla e cosir-se la calça, e pres-se a çercar de un cap del lit fins a l'altre. E alçà la vànova, ab malencolia que en aquell cars tenia, e tant regirà la vànova que cayqué en terra. Aprés levà los lançols e desféu tot lo lit, que jamés pogué trobar la agulla. Pensà de tornar a fer lo lit e de gitar-se en ell, però, com véu que tot stava desfet, dix:

—Com! No val més que·m gite en aquest altre que no tornar-lo a fer?

Molt singular agulla fon aquella per a Phelip. Gità's en lo lit de parament e deixà tota la roba en terra. La infanta, que agué vist tot lo entramés, dix a les sues donzelles:

—Mirau, per vida vostra, quant és lo saber dels strangers, en special lo de Phelip. Yo l'he volgut provar, axí com havia fet les altres veguades, en aquests dos lits. Pensí que Phelip, si era grosser ni avar, no tendria ànimo de gitar-se en tal lit com aquest, ans se posaria en lo més sotil. E ell ha tenguda altra art, que ha desfet lo més sotil e ha lançada la roba per terra, e és-se gitat en lo millor per mostrar que és fill de rey e s'i pertany, com la sua generació sia molt noble, exce[l]·lent e molt antiga. Ara puch conéixer que aquell virtuós de Tirant com a leal cavaller, m'à dit tostemps veritat, e tot lo que·m dehia a la orella era per mon bé e honor. E dich que lo philòzoph no sap tant com yo·m pensava, ni vull haver més consell d'ell ni de altri, sinó que demà faré venir lo bo de Tirant: puix ell és stat lo principi de mon delitós bé, que sia la fi de mon repòs.

E ab aquest deliber, se n'anà a dormir. E bon matí, Tenebrós, ab los patges de Phelip, vengueren a la sua cambra e portaren-li altra roba, que·s mudàs. Com la infanta fon vestida e·s cordava la gonella, no volgué més sperar, sinó axí com stava tramés per Tirant e, ab gest de molta alegria, li manifestà sa voluntat.

Capítol CXI. Com la infanta de Ciçíl[i]a tramés per Tirant e manifestà-li com era contenta de complir lo matrimoni ab Phelip

—Ab los solíçits treballs de la mia enamorada pensa só venguda a notícia de les singulars perfections que de Phelip tinch conegudes, car per occular experiència he vist la sua pràtica e real condició ésser molt generosa. E fins açí só venguda molt forçada en atorguar aquest matrimoni, per algunes coses que la mia ànima stava molt duptosa. Per què de açí avant yo só contenta de complir tot lo que per la majestat del senyor rey, mon pare, me serà manat, e puix vós, per vostra virtut sou stat lo principi del bé e delit de Phelip, que siau la fi de traure dues ànimes de una mateixa pena.

Hoint Tirant les paraules tan affables de la infanta, restà lo més aconsolat home del món, a la qual no tardà respondre:

—Lo generós ànimo de vostra çelçitut, senyora, ha pogut conéixer yo ab quanta affectió e soliçitut he treballat en dar-vos tal companyia que ensemps honor e delit aconseguísseu, per bé que moltes veguades haja conegut que la altesa vostra stava enujada e malcontenta de mi per yo manifestar les perfections de Phelip, pensanct fer-vos-ne servir, e stich molt content com la çelçitut vostra ha coneguda la veritat e és fora de totes les passades errors e reduhïda a la bona part per hon se havia de mostrar la vostra gran discreció. Per què ara de continent me'n vaig a parlar ab lo senyor rey per dar-hi presta conclusió.

Tirant pres licència de la infanta e anà-se'n al rey e dix-li les següents paraules:

—La congoixa gran que veig passar als embaixadors de França sobre aquest matrimoni me fa venir a vostra majestat a supplicar que, puix lo haveu atorguat que s'i done compliment o doneu licència als embaixadors que se'n puguen tornar a llur senyor. E si la altesa vostra no u pendrà en enuig que yo parle ab la senyora infanta de part de vostra altesa yo crech que, ab lo divinal auxili e ab les naturals rahons que yo li sabré dir, me pens que ella se inclinarà a fer tot lo que la majestat vostra volrà ne manarà.

—Sí Déu me done consolació en la ànima hi en lo cors —dix lo rey—, yo seré molt content que·s faça. He us prech que vós hi vullau anar e preguar-la'n per part mia e vostra.

Tirant se partí del rey e tornà a la infanta e trobà-la que·s ligava, e recità-li lo parlament que havia tengut ab lo rey. Dix la infanta:

—Tirant, senyor, yo confie molt en la vostra gran noblea e virtut, per què yo pose tot aquest fet en vostre poder. E tot lo que vós fareu yo u tindré per fet e, si ara voleu que·s faça, també m'i fermaré de bon grat.

Tirant, vehent la disposició, véu a Phelip qui stava a la porta sperant de acompanyar a la infanta a missa. Supplicà a la infanta que fes anar de allí les donzelles per ço com davant Phelip li volia dir altres coses. La infanta manà a les donzelles que se n'anassen a ligar, e elles foren totes admirades com la infanta tan domèsticament parlava ab Tirant. Com véu Tirant que totes les donzelles se'n foren anades, obrí la porta de la cambra e féu entrar a Phelip.

—Senyora —dix Tirant—, veus açí Phelip, lo qual té més desig e voluntat de servir la senyoria vostra que a totes les princesses del món, per què supplich a la mercé vostra, agenollat axí com stich, de voler-lo besar en senyal de fe.

Hay Tirant! —dix la infanta—, yo preguaré a Déu que vostra boca peccadora no vingua a pa exut! Aquestes són les rahons que·m volíeu dir? La vostra cara manifesta lo que té al cor. Com lo senyor rey, mon pare, m'o manarà, yo u faré.

E Tirant signà a Phelip e aquell prestament la pres en los braços, e portà-la en un lit de repòs que hi havia e besà-la çinch o VI voltes. Dix la infanta:

—Tirant no confiava yo tan poch de vós. Qué m'haveu fet fer? Que us tenia en compte de un germà e haveu-me posada en mans de aquell qui no sé si·m serà amich o enemich.

—Cruels paraules, senyora, veig que·m dieu. ¿Com pot Phelip ésser enemich de la excel·lència vostra, qui us ama més que a la sua vida he us desija tenir en aquell lit de parament hon ha dormit esta nit, si·s vol tota nua o en camisa? E creheu que seria lo major bé que ell poria haver en aquest món. E puix, senyora —dix Tirant—, pujant vós en aquell superior grau de dignitat que la altesa vostra mereix, al desaventurat de Phelip, qui mor per la vostra amor, deixau-li sentir part de aquella glòria que tant ha desijada.

—Déu me'n defena —dix la infanta— he·m guarde de tal error. Com me tendria per vil de consentir una tan gran novitat!

—Senyora —dix Tirant—, Phelip ni yo no som açí sinó per servir-vos. Vostra benigna merçé prengua una poqua de paciència.

E Tirant li pres les mans; Phelip volgué usar de sos remeys; la infanta cridà e vengueren les donzelles, e pacificaren-los e donaren-los per bons e per leals.

Com la infanta fon liguada vestí's molt pomposament, e Phelip e Tirant la acompanyaren a la missa ensemps ab la reyna. E aquí ans de la missa los esposaren, e lo diumenge aprés foren fetes les bodes ab molta solennitat e foren fetes grans festes qui duraren VIII dies, de juntes, torneigs e dançes e momos, de nit e de dia.

Per tal forma fon festejada la infanta que ella restà molt contenta de Tirant e molt més de Phelip, que li féu tal obra que jamés la oblidà.

Capítol CXII. Com lo rey de Cicília tramés deu galeres e quatre naus armades al rey de França per valença

Passades que foren les festes de les bodes, lo rey de Ciçíl[i]a tenia deliberat de fer valença al rey de França e, per aquesta causa, féu armar deu galeres e quatre naus grosses e paguà la gent per a sis mesos. E Tirant comprà una galera, lo qual no volgué pendre sou ne acostament de negú perquè deliberava de anar a son plaer. Com les galeres foren armades e ben fornides de vitualles, hagueren nova com lo rey de França era en Aygües Mortes ab totes les fustes del rey de Castella, de Aragó, de Navarra e de Portogal.

Phelip fon elet per capità, e anà-sse'n en companyia sua lo infant de Cicília. E trobaren-se en lo port de Sahona ab les fustes del papa, de l'emperador e de totes les comunes qui offert li havien valença. E tots ensemps partiren e navegaren tant que trobaren lo rey de França en la ylla de Còrçegua. Prengueren aquí ayguada e, les fustes ben avituallades de tot lo que mester havien, sens tocar en Cicília ni en altra part, apleguaren alba de matí davant la gran ciutat de Trípol de Súria. E negú de tota la armada no sabien hon anaven, sinó sol lo rey; mas com veren aturar la nau del rey e tothom se armava, presumiren que allí venien. Lavors, Tirant ab la sua galera, acostà's a la nau del rey ab un esquif, e pujà alt en la nau, e axí u feren molts altres, e trobaren que lo rey se armava e volia hoir missa seca.

Com foren a l'Evangeli, Tirant se agenollà davant lo rey e supplicà'l que fos de sa merçé li deixàs fer un vot. E lo rey li dix que era content que·l fes. Tirant anà als peus del prevere qui dehia la missa e agenollà's. E lo prevere pres lo missal e girà'l envers lo rey, e Tirant, qui stava agenollat, posà les mans sobre lo libre e féu principi a semblants paraules.

Capítol CXIII. Lo vot que Tirant féu davant lo rey de França e molts altres cavallers

—Com per la divinal gràcia de Déu omnipotent yo sia posat en lo orde de cavalleria, franch e libert de tota captivitat e altre empediment, no constret ni forçat, mas com a cavaller qui desija guanyar honor, faç mon vot a Déu e a tots los sancts de parahís, e a mon senyor lo duch de Bretanya, capità general de aquest stol, portantveus del molt excel·lent e crestianíssim rey de França, de yo ésser hui lo primer qui exirà en terra e lo darrer qui·s recollirà.

Aprés jurà Diafebus e féu vot de ell scriure lo seu nom en les portes de la ciutat ja nomenada de Trípol de Súria.

Aprés féu vot altre cavaller, e votà que si lo rey exia en terra, de acostar-se tant a la muralla de la ciutat que posaria un dart dins la dita ciutat.

Levà's altre cavaller e féu vot, dient que si lo rey exia en terra, de ell entrar dins la ciutat.

Aprés jurà altre cavaller e féu vot de entrar dins la ciutat e pendre donzella mora del costat de sa mare e posar-la dins la nau, e dar-la a Phelipa, fila del rey de França.

Féu vot altre cavaller de posar una bandera en la més alta torre de la dita ciutat.

Molts cavallers anaven dins la nau del rey, qui passaven nombre de CCCCL cavallers d'esperons daurats. E là hon són molts de un offici, tostemps s'i engendra enveja e mala voluntat, car lo peccat de enveja té moltes branques per aquells cruels envejosos qui tenen dol e despit del bo e virtuós cavaller. Molts foren moguts per fer rompre lo vot a Tirant, que fehien tots los preparatoris ab barques e ab lahüts e ab galeres perquè poguesen primer exir en terra.

La morisma era tanta, com veren tan gran stol, per les fumades que havien fetes a una part e a altra. Vengueren infinits moros e posaren-se vora mar per no leixar pendre terra als crestians.

Tirant se mès en la sua galera; lo rey ixqué de la nau e pujà en una galera. E totes les galeres anaven justades per dar scala en terra, e anaven-se tan prop que quasi lo palament se tocava. Com foren prop de terra, que ja podien donar les scales, totes se voltaren perquè, çiant acostassen les popes en terra per exir la gent, sinó la de Tirant, que manà que donàs la sua galera de la proha en terra. Com sentí que la fusta tocà en terra, que·ls era encallada, Tirant, qui stava armat a la proha, saltà en la aygua. Los moros qui·l veren cuytaren per ell, per matar-lo. Emperò Diafebus, ab altres, ab ballestes e ab spingardes lo defensaven molt bé. Aprés de ell saltaren molts hòmens d'armes per ajudar-li, e molts mariners. La galera del rey e les altres agueren voltat e lançaren les scales en terra. Però, qui era aquell qui gosàs exir? Tanta era la morisma! E lo major combat fon lla hon era Tirant. La virtut, la bondat, la força e lo saber fon en lo rey hi en los seus, que com a valentíssims cavallers ixqueren en terra per les scales e tanta era la pressa de apleguar als moros que molts cahien en la mar.

Com tota la gent fon en terra, axí de les galeres com de les naus, donaren gran batailla als moros, hon morí molta gent de una part e d'altra.

Com los moros se volgueren retraure dins la ciutat, a la mescla d'ells, molts bons cavallers entraren ensemps ab ells e prengueren V carrers de la ciutat. E no·n pogueren més aver. E tots los cavallers compliren los vots en aquells V carrers que guanyaren. Carregaren les naus e les galeres de molta riquea que prengueren, tan gran fon lo socors que vengué als moros que no pogueren passar més avant.

Com vengué al recollir, aquí fon lo gran perill. Però lo rey, per consell de mariners, féu fer de galera ha galera —com staven les scales en terra, de la una a l'altra— posaren taules encadenades perquè pogués passar molta gent. E al recollir ne moriren molts.

Com tots foren recollits, restà Tirant, que encara no havia complit son vot. La sua galera havien ja desencallada, qui tenia la escala en terra sperant-lo que pujàs. Un cavaller, lo qual desijava honor, la qual per ses virtuts ell bé mereixia.

qui·s nomenava Ricart lo Venturós, foren restats sols ell e Tirant. Dix Ricart a Tirant:

—Tota la gent és recollida o morta. No resta açí sinó tu e yo. Puix has agut la mundana glòria de ésser stat lo primer dels vençedors, lo qual ab gentil ànimo hi sforç de cavalleria los teus peus benaventurats tocaren la terra de maledictió, hon se canta nit e dia la reprovada secta de aquell enguanador sens fe, amor e caritat de Mafomet, qui tanta gent ha deçebuda en lo món, puix tanta honor has aconseguida e no ignores com yo t'é defés de molts perills qui t'estaven aparellats, ages coneixença e posa't en rahó que vulles entrar primer en la galera per ço que siam eguals en honor e fama e bona jermandat, car la mundana glòria, a veguades, qui tota la vol, tota la pert. Posa't en rahó e fes-me part de açò qui és meu e ti bé esment al que·t diré: peus e mans e cor, tot ho tinch; amor e voluntat cruel com ha leó famejant, tot abunda en mi; ira, supèrbia, enveja en aquesta mà la tinch tancada. Com la obriré no és negú merçé pugua trobar en ella. Yo la vull subjugar e posar-la sots la mia potestat e senyoria.

—No som en temps de abundar en paraules —dix Tirant—. La mort o la vida en la tua mà stà. Yo seré dit victoriós si los dos morim per la mà de aquests infels. E só cert que les nostres ànimes seran salvades, morint ab ferma fe e com a bons cristians defenent les nostres persones. E la hora que yo fiu mon vot, pensí ans de la mort que de la vida, e en tots los duptes de la mort. Però tot me fon no res en sguart de aquella honor e gentil estil de cavalleria que, morint com a cavaller, és vida honrada de gran glòria, honor e fama en aquest món e en l'altre. E si yo tal vot no agués fet davant la presència de un tan excel·lent senyor com és lo rey de França, no dich encara en presència de un tal senyor, mas en la mia pensa fos caygut un tal fet entre les dents, yo agués dit o promés fer tal vot: ans morir que venir a menys de la promesa. Car cavalleria no és pus sinó donar fe de virtuosament obrar, per què, Ricart, dóna'm la mà e anem a morir com a cavallers e no stigam açí en tantes supèrflues paraules.

Dix Ricart:

—Yo só content. Dóna'm la mà e ixquam de la aygua e anem contra los enemichs de la fe.

E staven los dos cavallers en la aygua de la mar —qui·ls dava fins al pits— per les lances, darts, passadors e pedres que·ls tiraven, sinó per sguart de les galeres que els fehien gran defensió.

Com Ricart véu que Tirant ixqué fins a la vora de la mar per ferir en los moros, ell lo tirà de la sobrevesta e tornà'l dins la aygua, e dix:

—Yo no conech cavaller en lo món sens temor sinó tu. E puix veig lo teu ànimo tan sforçat, fes axí: posa primer lo peu en la scala e yo lavors pujaré primer.

Lo rey congoixava's molt perquè aquells dos tan singulars cavallers no·s perdessen.

Tirant volgué-li fer part de la honor: fon content de posar lo peu dret en la scala. Lavors Ricart pujà primer e Tirant fon lo darrer de tots e aquí acabà son vot de complir. Fon gran qüestió entre aquests dos cavallers, per quant los uns dehien que Tirant ab molta honor havia complit son vot, e lo rey e molts altres li'n daven molta glòria. E Ricart, vehent que tots daven la honor a Tirant, en presència del rey féu principi a un tal parlar.

Capítol CXIIII. Com Ricart en presència del rey de França, dix que combatria a Tirant a tota ultrança. E com lo rey de França combaté Trípol de Súria e aprés robà la costa de Turquia

—Tots los qui no tenen verdadera notícia de la honor de aquest món, mostren llur poch saber manifestant ab llur boca aquell grosser parlar qui diu. «Ab la rahó de mon compare me'n vaig», no advertint ni sabent lo gentil stil ni virtuosa pràtica de nostres antecessors, segons se lig de aquell famós rey Artús, senyor qui fon de la petita e de la gran Bretanya, lo qual donà fi e compliment a la pròspera e pomposa Taula Redona, hon tants nobles e virtuosos cavallers en ella segueren, qui foren coneixedors e mereixedors de tota honor e gentilea, e avorridors de tot engan, falcia e maldat. E si per art de cavalleria la cosa era ben jutjada, ¿la honor e la glòria de aquest món a qui deu ésser atribuïda sinó a mi? Car Tirant, per ésser covart e home poch sforçat en batailles, per bé que la pròspera fortuna li sia stada favorable e li haja ajudat en moltes coses, no resta que lo premi de aquest acte no degua ésser dat a altri sinó a mi, ab totes les forces e honors de cavalleria que·s mereixen al més benaventurat de tots. E yo, que stich descalç, jamés calçaré çabates en los meus peus fins a tant que per la majestat del senyor rey, e per los nobles cavallers sia determenat aquest fet, car a tots és notori e manifest que, aprés que tota la gent fon recollida, restam Tirant e yo sols a la vora de la mar. D'ell a mi passaren moltes rahons qui seria aquell qui primer se recolliria. Ell tenint vot fet e yo no, volguí veure los majors perills que en les armes poden ésser, ab la gran multitut de moros que y havia e vehent ell yo no voler-me recollir, fon ell contet de posar primer lo peu en la escala ans de mi. Donchs, senyor, sia de vostra merçé de ajustar vostre sacre consell e, sens afectió, la majestat vostra done la honor ha aquell a qui pertany, com de dret e de justícia a mi pertangua. E si vostra altesa açò jutgar no volrà, dich en presència de tots yo ésser millor cavaller que Tirant, e de combatre'l, de la mia persona a la sua, a tota ultrança.

Lo rey li respòs semblants paraules:

—Ricart, negun bon jutge no por bé res determenar si no hou primer les parts per què no·s pot fer si Tirant no y és present.

Aquestes rahons vengueren a notícia de Tirant, e ab la sua galera se acostà a la nau del rey. Com fon alt, lo rey era en la sua cambra, que dormia. Com Ricart sabé que Tirant era vengut, acostà's a ell e dix-li:

—Tirant, per que·s vulla que sia, yo m'o tindré dins mon cor, però si gosau dir yo no sia millor cavaller que vós, yo us offir batailla a tota ultrança.

E lançà-li uns guants per guatge. Tirant, que véu que ab tan poch fonament lo volia combatre, alçà la mà e donà-li una gran galtada. La remor fon entre ells tan gran que lo rey hi agué a pujar ab una spasa en la mà. Com Tirant véu lo rey, pujà-se'n en lo castell de proha e allí ell se defené molt bé. E dix al rey:

—Senyor, castigue la majestat vostra aqueix desvergonyit cavaller qui és principiador de tot mal. Jamés s'és vist en fet d'armes, ni menys spasa fellona davant los seus hulls, e ara me volia combatre a tota ultrança sobre no-res. E si ell venç a mi, haurà vençudes totes les cavalleries que ab mon treball yo m'é sabudes percassar en glòria e lahor mia; e si yo só vençedor, hauré vençut un home que jamés s'és vist en armes.

Acabant de dir Tirant semblants paraules, féu senyal a la galera e ab una corda baixà en ella, tenint-se allí per segur. E si lo rey en aquel cars lo agués pogut haver, perquè en la sua nau havia fet semblant ultratge, fóra stada poca meravella no li agués fet levar lo cap de les spatles.

Lo rey partí ab tot lo estol de Trípol de Súria e féu la via de Chipre. E robà tota la costa de Turquia e mès a foch e a flama, que carreguaren totes les fustes de molta riquea que presa havien. Com foren en Chipre, ixqueren en la ciutat de Famagosta e aquí prengueren vitualles e tiraren la volta de Túniç.

Aquí lo rey desembarcà e combateren la ciutat molt estretament. E Tirant ab los seus combatien una torre, e al peu de la torre havia un gran fossat e Tirant caygué dedins. Rica[r]t anava tot armat per veure si·s poria venjar de Tirant. Con fon a la torre véu que Tirant jahïa dins lo fossat. Ricart saltà, així armat com stava, dins lo fossat e ajudà a levar a Tirant, e dix-li:

—Tirant, vet açí lo teu mortal enemich, lo qual te pot donar la mort e la vida, e no plàcia a Déu que yo consenta que muyres per mans de moros puix ajudar-te puch.

E per bella valentia lo tragué defora, car certament lo agueren allí mort si Ricart tan prest no·l ne agués tret. Com fon fora, dix-li:

—Ara, Tirant est posat en libertat. Guarda bé la tua persona de morir, que yo·t faç cert que faré tot mon poder de matar-te.

—Cavaller virtuós —dix Tirant—, yo he vista en tu molta bondat e gentilea, e cone[c]h que ab ànimo sforçat de cavaller has restaurada la mia persona de cruel mort. Agenoll-me en terra e deman-te perdó de la offensa que t'é feta, e don-te la mia spasa, la qual pos en la tua mà, que prengues de mi aquella venjança que a tu plaurà. Car posat cars que tu ara no·m vulles admetre mos prechs ni ma demanda, jamés en dies de ma vida tiraré spasa contra tu, car la venjança que vols haver de mi, açí la tens present e, agenollat als teus peus així com stich, la pots pendre, puix graciosament la't do, e yo la rebré ab molta paciència.

Lo cavaller, com véu dir a Tirant paraules de tanta humilitat e submissió, li perdonà e fon content de ésser son amich. Aprés foren tan grans amichs que jamés de llur vida se partiren fins que la mort los separà.

Com lo rey agué presa la ciutat de Túniç e barrejada, Ricart no volgué anar en la nau del rey, sinó en galera de Tirant. Com lo rey e los cavallers saberen lo fet com era passat, donaren molta lahor als dos, perquè cascú havia husat de molta gentilea. Partint lo rey de França de la ciutat de Túniç, tiraren la volta de Cicília per veure sa nora, e desenbarcaren en Palerm. Com lo rey de Cicília sabé la llur venguda, féu aparellar molt gran festa al rey de França. Lo rey de Cicília entrà en la nau del rey de França e, com se veren, fon molta alegria entre ells. Ixqueren en terra e la nora fon a la vora de la mar, e aquí se feren molt gran festa sogre e nora. E lo rey de França li donà de grans donatius, e tot lo dia la portava per la mà, que no la's deixava partir. E tants dies com aturà allí lo rey de França, cascun dia ans que la infanta fos levada, li trametia un rich present, lo un dia de brocats, altre sedes, cadenes de or, fermaills e altres joyes de molta stima.

Lo rey de Cicília festejà molt bé al rey de França e presentà-li cent cavalls molt bells e molt singulars, de què lo rey de França féu molt gran stima. E lo rey de Cicília manà a sa filla que ella en persona entràs en totes les fustes e les regonegués com staven de vitualles, e que les fornís de tot lo haurien que mester. Lo rey de França pres en gran stima del que la nora fehia, e tenia'n molta consolació com vehia que era dona molt discreta e per a molts afers, que cascú dia stava del matí fins al vespre en les fustes, que no menjava, fins que agué acabat de fornir-les.

Avituallades que foren les fustes e recollits los cavalls, lo rey de França pres comiat del rey de Cicília, de la reyna e de la infanta e recollí's. E portà-se'n ab si lo príncep de Cicília e com fon en França donà-li una filla sua per muller.

Lo estol partí del port de Palerm e tirà la volta de Barberia e, costerejant, vengueren a Màlegua, a Horà e a Tremicén, e passaren lo estret de Gibaltar. Foren a Cepta e Alcàscer-Seguer e a Tànger e, al tornar que féu passà per l'altra costa de Càliç e Tarifa e Gibaltar, passà per Cartagènia, car tota la costa en aquell temps era de moros, e de allí passaren per les ylles de Ayviça e de Mallorqua. Aprés anaren a desenbarcar al port de Macella. Donà licència lo rey a totes les fustes, ecceptat les de son fill Phelip perquè volgué que anàs ab ell per veure la reyna sa mare. E Tirant anà ab ells e de allí passà en Bretanya, en companyia de son natural senyor, per veure son pare e sa mare e sos parents.

E aprés alguns dies que lo rey de França agué dat compliment en lo matrimoni de sa filla ab lo príncep de Cicília, volgué que Phelip tornàs a sa muller, lo qual agué nova com l'altre fill del rey de Cicília s'era fet frare e havia renunciat al món. E Phelip supplicà a son pare, lo rey de França, que volgués trametre per Tirant, perquè li fes companyia fins que fos en Cicília. Lo rey scriví letres al duch de Bretanya e a Tirant volgués anar per amor sua ab Phelip en Cicília, e al duch, que·l ne preguàs molt. Tirant, vehent les preguàries dels dos tan grans senyors, li fon forçat de obeir los llurs manaments. Partí de Bretanya e vingué a la cort del rey; lo rey e la reyna lo preguaren molt que volgués anar ab Phelip e ell molt graciosament los ho atorguà.

Partiren de la cort Phelip e Tirant e anaren a Macella, hon trobaren les galeres que staven molt en orde de tot lo que mester havien. Phelip e Tirant se recolliren e agueren lo temps tan pròsper que en breus dies foren en Cicília. Lo rey e reyna e la infanta agueren gran consolació de la llur venguda, hon foren molt ben festejats. Aprés que VIII dies foren passats, stant lo rey en son consell, fon en recort de l'emperador de Constantinoble, de la letra que tramesa li havia de sos treballs e congoixes. Tramés per Tirant e en presència sua la féu legir, e era del tenor següent.

Capítol CXV. Letra tramesa per lo emperador de Constantinoble al rey de Cicília

Nós, Frederich, per la immensa e divina majestat del subiran Déu eternal, emperador de l'Imperi Grech, saluts e honor a vós, rey de la gran e abundosa ylla de Cicíl[i]a.

Per la concòrdia per los nostres antecessors feta e per vós e per mi pactada e confermada e jurada, en poder dels nostres embaixadors, notificam a la vostra real persona com lo soldà, moro renegat, sia ab gran poder dins lo nostre imperi e en companyia sua lo Gran Turch: han-nos pres la major part de nostra senyoria, en la qual remey no podem dar per la mia senectut per no poder exercir les armes. Aprés, la gran pèrdua que havem fet de ciutats, viles e castells; e han-me mort lo major bé que tenia en aquest món, ço és, lo meu fill primogènit, qui era la mia consolació e escut, e defensa de la sancta fe cathòlica, ab ànimo viril bataillant contra los infels ab molta honor e glòria sua e mia. E tinch per major desaventura com sia estat mort per los seus mateixos. Aquell trist e adolorit dia fon perdiment de la mia honor hi fama e de la casa imperial.

E com a mi sia notori e és pública fama vós tenir en la cort vostra un strenu cavaller, los actes singulars del qual són molt experimentats, qui donen augment a la dignitat militar, qui·s nomena Tirant lo Blanch, de la fraternitat de aquell singular orde de cavalleria qui·s diu ésser fundat sots invocació de aquell gloriós sanct, pare de cavalleria, senyor sant Jordi en la ylla de Anglaterra, e com de aquest cavaller se diguen molts asenyalats actes dignes de molta honor, e en special se digua del que ha fet al gran mestre de Rodes, com lo ha deliurat ab tota sa religió del soldà, ab tot lo seu poder —qui ara són açí—, e moltes altres coses virtuoses que per lo món de ell triümphen, per què us deman de gràcia que per la fe, amor e voluntat que sou tengut a Déu e a cavalleria, que·l vullau pregar de part vostra e mia de voler venir en mon servey, que yo li daré de mos béns tot lo que ell volrà. E si no ve, supplich a la divina Justícia que li done a sentir de les mies dolors.

O, benaventurat rey de Cicília! Sien-te acceptes les mies preguàries, les quals són de dolorós plant, e puix est rey coronat, hajes pietat de la mia dolor perquè la immensa bondat de Déu te guart de un cas semblant, com tots siam subjugats a la roda de fortuna e no és negú que liguar la pugua. Déu per sa merçé vulla mirar la nostra bona e sana intenció, donant fi a la ploma e no a la mà, que no·s cançaria de recitar per scriptura los passats, presents e esdevenidors mals.

Lesta que fon la letra de l'emperador e per Tirant ben compresa, lo rey dreçà les noves a Tirant e féu principi a un tal parlar.

Capítol CXVI. Com lo rey de Cicília preguà a Tirant, per part sua e de l'emperador de Constantinoble, que volgués anar en Constantinoble per socórrer-lo

—Infinides gràcies sou tengut de fer a l'omnipotent Déu, Tirant germà, com vos ha dotat de tantes perfections que per tot lo món la glòria del vostre nom triümpha. E encara que los meus prechs no mereixquen ésser obeïts, en respecte perquè no·m tingau obligació neguna de fer res per mi, per quant jamés fiu res per vós, ans vos tinch molta obligació del que per mi fet aveu, mas confiant del vostre cor alt e generós qui no pot fer sinó segons que és e lo que ha acostumat, e per causa de açò me só atrevit de preguar e amprar-vos de part de l'emperador de Constantinoble e mia. E si los prechs meus tan justs e de tanta caritat no havien loch en vós, almenys, en reverència e servey de l'omnipotent Déu, vullau haver compassió de aquell trist e affligit emperador, qui ab tan gran instància vos pregua he us demana que hajau misericòrdia de la sua senectut, que per mijà de la vostra gran cavalleria, e fiant de aquella, no sia desposehït de la sua imperial senyoria.

Acabant lo rey paraules de tanta amicícia acompanyades, Tirant féu principi a paraules de semblant stil:

—No és poca la voluntat que tinch, senyor, de servir la excel·lència vostra, car amor és la més fort obligació que al món sia, e com los prechs de vostra altesa me sien manaments, per tenir-me tan guanyada la voluntat. E si la majestat vostra me manarà que yo vaja per servir ha aquell pròsper emperador senyorejant la Grécia, yo u faré per la molta amor que porte a la altesa vostra. Emperò, senyor, yo no puch fer sinó tant com un home: açò, notori és a Déu e al món. Per bé que la fortuna me haja consentit he·m sia stada amigable e pròspera ab la planeta de Març, en la qual yo naixquí, me ha volgut dar victòria, honor e estat, no cové a mi presomir més que la fortuna no m'à donat. E stich ab gran admiració de aquell magnànim emperador deixar a tants excel·lents reys com ha en lo món, duchs, comtes, marquesos, en la art de cavalleria més entesos e més valents de mi. Que vulla deixar aquells per haver a mi no és molt ben aconsellat.

—Tirant —dix lo rey—, yo bé sé que de bons cavallers ha per lo món e vós no deveu ésser oblidat entre los altres. Per ventura si la honor fos examinada de aquells, entre los emperadors e reys e los cavallers entesos, seria dat lo premi, honor e glòria a vós, per lo millor cavaller de tots. Per què us prech he us requir com a cavaller, e per lo deute que deveu a cavalleria, per lo jurament que fes aquell dia que us fon donat primer que a tots lo orde de la fraternitat de la Garrotera, que vós vullau ab molta amor e voluntat anar a servir lo estat imperial, he us ho conselle axí com si·m fósseu pròpiament fill. Perqué tinch coneguda vostra noble condició e gran abilitat, d'on se'n seguiran molts beneficis per la vostra anada, que fareu stalvis tants pobles de la crestiana fe de dura e greu captivitat, e de açò sereu premiat per la Bondat divina en aquest món de excelses honors, e en l'altre de la eterna glòria. Donchs, cavaller virtuós, puix les mies galeres stan prestes e ben armades e conduhïdes a tot lo que vós manareu e volreu ordenar, vos prech que la vostra partida sia molt breu.

—Puix vostra senyoria m'o mana e m'o consella, yo só content —dix Tirant— de anar-hi.

E lo rey manà que totes les galeres fossen fornides de totes les coses necessàries. E los embaixadors de l'emperador, com lo rey los dix que Tirant era content de anar, foren los més contents hòmens del món e regraciaren-ho molt al rey.

Los embaixadors de continent que foren arribats en Cicília, havien parada taula per asoldejar gent. Al balester donaven mig ducat lo dia e a l'home d'armes un ducat. E perquè en Cicília no havia tanta gent, passaren en Roma hi en Nàpols. E aquí trobaren molta gent que de bon grat prengueren sou, e compraren molts cavalls. Tirant no curà de res sinó de fer preparatori de armes e comprà çinch caixes grans de trompetes. De cavalls, lo rey e Phelip li'n donaren prou e feren-los recollir en les naus ab los altres.

Tirant pres comiat del rey, de la reyna, de Phelip e de la infanta e, recollida tota la gent, donaren les veles al pròsper vent. E naveguaren ab bon temps e la mar tranquil·le, que un matí se trobaren davant la ciutat de Constantinoble.

Com lo emperador sabé que Tirant era vengut, en los dies de sa vida no mostrà major alegria e dix que al parer seu, que son fill era ressuscitat. Les XI galeres vengueren ab tants de sons e de alegria que tota la ciutat fehien resonar. Lo poble, qui trist stava e adolorit, se alegrà tot, que·ls paria que Déu los fos aparegut. Lo emperador se posà en un gran cadafal per mirar les galer[e]s com venien. Com Tirant sabé que lo emperador estava en aquell loch, en lo cadafal, féu traure dues banderes grans del rey de Cicíl[i]a e una de les sues. E féu armar tres cavallers tots en blanch, sens que no portaven sobrevestes, e cascú tenia una bandera en la mà e, cascuna volta que passaven davant lo emperador, baixaven les banderes fins prop de la aygua, e la de Tirant la fehien tota tocar en la aygua: açó era en senyal que·l saludaven e per la dignitat que lo emperador tenia se humiliava tan baix a ell. Lo emperador, com véu açò, que era cosa nova per a ell —lo que jamés no havia vist—, fon molt content de haver vista tal çerimònia, e molt més de la venguda de Tirant.

Com les galeres agueren bé voltejat, una amunt, altra avall, vengueren a dar la escala en terra. E ixqué vestit aquell dia Tirant ab un gesaran de malla e les mànegues de franja de or e, sobre lo gesaran, una jornea feta a la françesa, ab spasa senyida, e al cap portava un bonet de grana ab un gros fermaill guarnit de moltes perles e pedres fines de gran stima. Diafebus ixqué en semblant manera, sinó la jornea, que era de çetí morat. E Ricart ixqué tan bé abillat com negú de tots los altres, e portava la jornea de domàs blau. Totes aquestes jornees eren brodades de orfebreria e de perles orientals molt grosses. E tots los altres cavallers e gentilshòmens anaven molt ben abillats.

Com Tirant fon en terra, trobà a la vora de la mar lo comte de Àffrica, qui·l stava sperant ab molta gent, qui·l rebé ab molta honor. Partiren de aquí e feren la via del cadafal hon emperador era. Com Tirant lo véu ficà lo genoll en terra, e tots los seus. Com foren a mig cadafal tornaren a fer altra reverència. Com fon als seus peus agenollà's e volgué-li besar lo peu, e lo valerós senyor no u consentí. Besà-li la mà e lo emperador lo besà en la boca.

Com tots li agueren feta reverència, Tirant li donà la letra que li portava del rey de Cicília. Com lo emperador la agué lesta, en presència de tots féu a Tirant un tal rahonament.

Capítol CXVII. Com Tirant fon arribat en Constantinoble, e les rahons que lo emperador li dix

—No és poca la alegria que yo tinch de la vostra pròspera venguda, cavaller virtuós, regraciant al benaventurat rey de Cicília lo bon recort que ha tengut de la mia molta dolor, car la sperança que yo tinch en la vostra molta virtut de cavalleria me fa posar en oblit tots los passats mals, coneixent en la vostra bella disposició lo que per relació de moltes gents m'és stat reportat, car lo bé e virtut vostra no pot star amagada e mostra's per vós ésser vengut açí a petició de l'animós rey de Cicília, sentint-vos-ne major grat que si per embaixadors e letres mies fósseu vengut. E perquè tots coneguen lo bon grat que tinch de vós e la molta amor que us porte de present vos done la capitania imperial e general de la gent d'armes e de la justícia.

E volgué-li dar lo bastó, lo qual era de or maçís e, a l'un cap, de esmalt, tenia pintades les armes de l'Imperi. Tirant no volgué acceptar lo bastó de la capitania, sinó que donà del genoll en la dura terra e ab gest humil e affable li presentà tal resposta:

—La majestat vostra, senyor, no s'agreuje si no he volgut acceptar lo bastó car, parlant ab vènia e perdó de vostra altesa, yo no só vengut açí, ab sforç de cavalleria, per poder offendre a la gran morisma que en lo vostre imperi és, car no som en nombre sinó cent quaranta cavallers e gentilshòmens, tots com a germans en voluntat, no volent nós res usurpar que de dret a nosaltres no sia dat justament, com a la majestat vostra sia notori yo no ésser mereixedor de tal dignitat ni capitania per moltes justes rahons. La primera per yo no saber lo exercici de les armes; la segona, per la poca gent que tinch; la terça, lo gran deseret e injúria que faria al senyor duch de Maçedònia, al qual pertany la dignitat mils que no a mi, hi en aquesta part stimaria més ésser martre que confessor.

—En la mia casa —dix lo emperador— no pot manar negú sinó lo qui yo volré. Yo vull e man vós siau la terçera persona manant tota la gent d'armes, puix per ma desaventura he perdut aquell qui aconsolava la mia ànima. E per la mia indisposició per la vellea que tinch, no podent les armes portar, done tot mon loch a vós e no ha altri, tant com la mia persona.

Com Tirant véu la voluntat de l'emperador, acceptà lo bastó e la capitania ensemps ab la justícia, e besà-li'n la mà. Les trompetes e los ministres, per manament de l'emperador, començaren a sonar e publicaren per tota la ciutat, ab imperial crida, com Tirant lo Blanch era elet per capità major per manament del senyor emperador.

Com tot açò fon fet, lo emperador se partí del cadafal per tornar al palau, e per força tenien a passar per una bella posada que havien feta abillar, hon Tirant ab tots los seus posassen. Dix lo emperador:

—Capità, puix açí som, retraeu-vos en aquesta vostra posada perquè pugua reposar la vostra persona per alguns dies, per lo treball de la mar que sofert haveu. Feu-me tant de plaer que atureu e leixau-me anar.

—Com, senyor, un tal defalt presumeix vostra altesa de mi que yo us deixàs! Que repòs meu és acompanyar la majestat vostra. E fins als inferns vos acompanyaria, quant més fins al palau!

E lo emperador se pres a riure del que Tirant li havia dit. E més li dix Tirant:

—Senyor, faça'm gràcia la majestat vostra que, com siam en lo palau, de dar-me licència que pugua anar a fer reverència a la senyora emperadriu e a sa cara filla, la senyora infanta.

Dix lo emperador que era molt content.

Com foren en la gran sala del palau lo emperador lo pres per la mà e posà'l dins la cambra hon era la emperadriu, e trobaren-la en la següent forma. La cambra era molt scura, sens que no y havia lum ni claredat neguna, e lo emperador dix:

—Senyora, veus açí lo nostre capità major qui ve per fer-vos reverencia.

Ella respòs, quasi ab veu smortida:

—Bé sia ell vengut.

Dix Tirant:

—Senyora, per fe hauré a creure aquella qui parla sia la senyora emperadriu.

—Capità major —dix lo emperador—, quisvulla qui tingua la capitania de l'Imperi Grech, té potestat de obrir les finestres e de mirar-les totes en la cara e levar-los lo dol que porten per marit, pare, fill o germà. E axí vull yo que useu vós de vostre offici.

Manà Tirant li portassen una antorcha ençesa, e prestament fon fet. Com la lum fon en la cambra, lo capità véu un papalló tot negre. Acostà-s'i e obrí'l e véu una senyora vestida tota de drap gros ab un gran vel negre al cap que tota la cobria fins als peus. Tirant li levà lo vel del cap e restà ab la cara descuberta. E vista la cara, ficà lo genoll en terra e besà-lli lo peu sobre la roba e aprés la mà. Hi ella tenia en la mà uns paternostres de or esmaltats: besà'ls e féu-los besar al capità.

Aprés véu un lit ab cortines negres. E la infanta stava gitada damunt aquell lit ab brial de çetí negre, vestida e cuberta ab una roba de vellut de la mateixa color. Als peus, damunt lo lit, sehien una dona e una donzella. La donzella era filla del duch de Maçedònia e la dona havia nom la Viuda Reposada, la qual havia criada a la infanta de llet. Al cap de la cambra véu star CLXX dones e donzelles qui totes staven ab la emperadriu e ab la infanta Carmesina.

Tirant se acostà al lit e féu gran reverència a la infanta e besà-li la mà. Aprés anà ha obrir les finestres e aparegué a totes les dames que fossen exides de gran captivitat, per ço com havia molts dies que eren posades en tenebres per la mort del fill de l'emperador. Dix Tirant:

—Senyor, ab vènia e perdó parlant, yo diré a vostra altesa e a la senyora emperadriu, que present és, la mia intenció. Yo veig que lo poble de aquesta insigne ciutat stà molt trist e adolorit per dues rahons. La primera és per la pèrdua que la altesa vostra ha feta de aquell animós cavaller, lo príncep fill vostre. E la majestat vostra no se'n deu agreujar, puix és mort en lo servey de Déu e per mantenir la sancta fe cathòlica, sinó que·n deveu dar lahors e gràcies a la immensa bondat de nostre senyor Déu, car ell lo us havia acomanat e ell lo us ha volgut levar per major bé per a ell, que l'ha col·locat en la glòria de paradís. E de açò li deveu dar moltes lahors e ell, qui és misericordiós e de infinida pietat, dar-vos ha en aquest món pròspera e longua vida e, aprés la mort, la eterna glòria, e fer-vos ha vençedor de tots vostres enemichs. La segona causa per què stan trists sí és per la gran morisma que·s vehen molt prop, tement perdre los béns e la vida e, lo menys mal, ésser catius en poder de infels. Per què la necessitat requir que la altesa vostra e de la senyora emperadriu façau la cara alegra a tots los qui us veuran, per aconsolar-los de la dolor en què posats són, perquè prenguen ànimo en virilment bataillar contra los enemichs.

—Lo capità dóna bon consell —dix lo emperador—. E yo vull e man que de continent, axí hòmens com dones, tots leixen lo dol.

Dient lo emperador tals o semblants paraules, les orelles de Tirant staven atentes a les rahons e los hulls, d'altra part, contemplaven la gran bellea de Carmesina. E per la gran calor que fehia —perquè havia stat ab les finestres tancades— stava mig descordada, mostrant en los pits dues pomes de paradís que crestallines parien, les quals donaren entrada als hulls de Tirant que, de allí avant, no trobaren la porta per hon exir e tostemps foren apresonats en poder de persona liberta, fins que la mort dels dos féu separació. Mas sé-us bé dir certament, que los hulls de Tirant no havien jamés rebut semblant past, per moltes honors e consolacions que s'agués vistes, com fon sol aquest de veure la infanta.

Lo emperador pres per la mà a sa filla Carmesina e tragué-la fora de aquella cambra. E lo capità pres del braç a la emperadriu e entraren en una altra cambra molt ben emparamentada e tota a l'entorn storiada de les següents amors.

Capítol CXVIII. Com Tirant fon ferit en lo cor ab una flecha que li tirà la deessa Venus perquè mirava la filla de l'emperador

De Floris e de Blanches-Flors, de Tisbe e de Píramus, de Eneas e de Dido, de Tristany e de Isolda, e de la reina Ginebra e de Lançalot, e de molts altres que totes llurs amors de molt subtil e artificial pintura eren divisades. E Tirant dix a Ricart:

—No creguera jamés que en aquesta terra agués tantes coses admirables com veig.

E dehia-u més per la gran bellea de la infanta. Emperò aquell no u entés.

Tirant pres licència de tots e anà-sse'n a la posada, entrà-se'n en una cambra e posà lo cap sobre un coxí als peus del lit. No tardà molt que li vengueren a dir si·s volia dinar. Dix Tirant que no, que lo cap li dolia. E ell stava ferit de aquella passió que a molts engana. Diafebus, que véu que Tirant no exia, entrà en la cambra e dix-li:

—Capità senyor, prech-vos per amor mia que·m digau lo vostre mal quin és, car si per mi vos porà ésser donat algun remey ho faré ab molt bona voluntat.

—Cosí meu —dix Tirant—, lo meu mal a present no fretura vós saber-lo. E yo no tinch altre mal sinó de l'ayre de la mar, qui m'a tot comprés.

—O, capità! ¿E de mi vos voleu cobrir, que de tots quants mals e béns aveu tenguts yo·n só stat archiu, e ara de tan poca cosa me bandejau de vostres secrets? Digau-m'o, yo us clam merçé, e no·m vullau amagar res que de vós sia.

—No vullau més turmentar la mia persona —dix Tirant—, que jamés sentí tan greu mal com lo que ara sent, que·m farà venir prest a mort miserable o a glòria reposada si fortuna no m'és contrària, car la fi de totes aquestes coses és dolor per aquella amor qui és amargua.

E giràs de la altra part, de vergonya, que no gosà mirar ha Diafebus en la cara, e no li pogué exir altra paraula de la boca sinó que dix:

—Yo ame.

Acabant-ho de dir, dels seus hulls destil·laren vives làgremes mesclades ab sanglots e sospirs. Diafebus, vehent lo vergonyós comport que Tirant feia conegué la causa perquè Tirant reprenia a tots los de son linatge, e encara ha aquells ab qui tenia amistat. Com venia cars que parlaven de amors ell los dehia: «Bé sou folls tots aquells qui amau. ¿No teniu vergonya de levar-vos la libertat e de posar-la en mans de vostre enemich, qui us leixa ans perir que haver-vos mercé?», fahent de tots una gran burla. Emperò yo veig que ell és vengut a caure en lo laç en lo qual humana força no basta a resistir.

E pensanct Diafebus en los remeys que a tal mal se requiren, ab gest piadós e affable, féu principi a un tal parlar.

Capítol CXIX. Rahons de conort que fa Diafebus a Tirant perquè·l veu pres ab lo laç de amor

—Natural condició és a la natura humana amar, car diu Aristòtil que cascuna cosa apeteix son semblant. E encara què a vós aparegua dura cosa e stranya ésser subjugat al jou de amor, podeu verdaderament creure que no és en potència de negú poder-hi resistir. Per ço, capità senyor, tant com lo home és més savi, tant deu més ab discreció cobrir los naturals moviments e no manifestar defora la pena e dolor que combat la sua pensa, car la bondat de l'home apar que, caygut per contraris cassos, sàpia sostenir les adversitats de amor ab virtuós ànimo. Per què, alegrau-vos e davallau de aqueix loch de pensaments hon vos sou asegut, e lo cor vostre manifeste alegria, puix bona sort vos ha portat que·n tan alt loch ajau mès vostre pensament. E vós de una part e yo de altra, porem donar remey a la vostra novella dolor.

Com Tirant véu lo bon conort que Diafebus li dava, restà molt aconsolat. Levà's empeguit de vergonya e anaren-se a dinar, lo qual tenien de molta singularitat per ço com lo emperador lo havia tramés. Emperò Tirant menjà molt poch de la vianda e begué molt de les sues làgremes, coneixent ab viva rahó que era pujat en més alt grau que no devia. Emperò dix:

—Puix aquesta qüestió ha agut principi en aquest dia, ¿quant a Déu serà plasent que poré obtenir victoriosa sentència?

Tirant no pogué menjar. E los altres se pensaven que per lo treball de la mar stava destemprat. E per la molta passió que Tirant tenia, levà's de taula e posà's dins una cambra acompanyat de molts sospirs, car vergonya, per temor de confusió, li fehia passar aquell treball. E Diafebus ab los altres li anaren a tenir companyia fins a tant que ell volgué un poch reposar.

Diafebus pres ab si un altre cavaller e feren la via del palau, no ab cor de veure lo emperador, mas per veure les dames. Lo emperador stava en una finestra asegut. Véu-los passar; tramés-los a dir que pujassen lla hon ell era. Diafebus ab l'altre pujaren en les cambres hon emperador era ab totes les dames. Lo emperador li demanà què era del seu capità, e Diafebus li dix que stava un poch enutjat. E com ho sabé, desplagué-li molt e manà que los seus metges la anassen de continent a visitar.

Com los metges foren tornats, feren relació a l'emperador com stava molt bé, que no era stat lo seu mal sinó mutació dels aires indigests. Lo magnànim emperador pregà a Diafebus li recitàs totes les festes que en Anglaterra se heren fetes en les bodes del rey ab la filla del rey de França, e de tots los cavallers qui armes havien fetes, e quals eren stats los vencedors del camp.

—Senyor —dix Diafebus—, a molta gràcia e mercé hauria a la majestat vostra yo no agués a dir aquestes coses, per ço com no volria que vostra altesa agués a pensar, per yo ésser parent de Tirant, li agués a donar lahor neguna, sinó axí com realment és passat. E per major seguretat que la majestat vostra no tingua de creure lo contrari, yo tinch açí tots los actes signats de la pròpia mà del rey e dels jutges del camp e de molts duchs, comtes e marquesos, de reys d'armes de erauts e porsavants.

Lo emperador lo preguà que·ls hi fes portar en lo instant, que ell recitaria les coses. Diafebus hi tramés e aprés recità larguament a l'emperador totes les festes per orde, axí com eren stades fetes, e per semblant les armes. Aprés legiren tots los actes e veren per obra Tirant ésser lo millor cavaller de tots. Molta fon la consolació que lo emperador hi pres, e molt major la de sa filla Carmesina e de totes les dames, qui staven ab gran devoció scoltant les singulars cavalleries de Tirant. Aprés volgueren saber lo casament de la infanta de Cicília e la liberació del gran mestre de Rodes.

Com totes les coses foren explicades, lo emperador se n'anà per tenir con[s] ell, lo qual cascun dia acostumava tenir, de matí mija hora e aprés vespres una hora. E Diafebus volgué'l acompanyar e lo valerós senyor no u volgué, sinó que dix:

—Cosa acostumada és que los cavallers jóvens llur delit és star entre les dames.

Ell se n'anà e Diafebus restà, e parlaren de moltes coses. La infanta Carmesina supplicà a la emperadriu sa mare que pasassen en una altra sala perquè·s poguessen un poch spayar, car molt temps havia que staven tancades per lo dol del jermà. Dix la emperadriu:

—Ma filla, vés hon te vulles, que yo só contenta.

Passaren tots en una gran sala molt mar[a]vellosa, tota obrada de maçoneria per art de molt subtil artifici: totes les parets de jaspis e de pòrfirs de diverses colors lavorades, ymatges que fahïen admirar als miradors. Les finestres e les colones eren de pur crestaill, e lo paÿment, lo qual era fet tot a centells, qui lançava molt gran resplandor. Les ymatges de les parets divisaven diverses històries de Bèorç e de Perceval e de Galeàs, com complí l'aventura del Siti perillós; e tota la conquesta del Sanct Greal s'i demostrava. La subirana cuberta era tota de or e de atzur, e entorn de la cuberta eren les ymatges totes de or de tots los reys de crestians, cascú ab sa bella corona al cap e en la mà lo ceptre, e dejús los peus de cascun rey havia un permòdol en lo qual havia un scut en què staven figurades les armes del rey e lo seu nom en letres latines se manifestava.

Com la infanta fon en la sala, apartà's ab Diafebus un poch de les sues donzelles e començaren a parlar de Tirant. Diafebus que véu tan bona disposició, que la infanta parlava de Tirant ab tanta voluntat, pres-se a dir:

—O, quanta glòria és per a nosaltres haver traveçada tanta mar e ésser atesos ab salvament al porte desitjat de nostra beatitut! E per gràcia special avem obtés que los nostres hulls hajen vista la més bella ymatge de humana carn que de nostra mare Eva ençà sia stada ni crech que jamés serà, complida de totes les altes gràcies e virtuts, gràcia, bellea, honestat e dotada de saber infinit. E no·m dol dels treballs que sofferts havem, ni los que són per a venir, per aver trobada vostra majestat, qui és mereixedora de senyorejar lo univerç món. E en açò no s'i deu entendre sinó vostra altesa. E tot lo que he dit ni diré, preneu-ho com de servidor afectat e stojau-ho dins los lochs més secrets de la vostra ànima, com aquell famós cavaller de Tirant lo Blanch sia vengut per sola fama, hoint recitar de vostra celsitut tots los béns e virtuts que per natura podien ésser comunicats a un cors mortal. E no pense la vostra altesa que siam venguts per les amonestations del valerós rey de Cicília, ni menys per les letres de l'emperador, pare vostre, qui ha tramés al rey de Cicília. Ni pense vostra celsitut que siam venguts per experimentar les nostres persones en fet de armes, com ja les tenem molt bé experimentes. Ni menys per la bellea de la terra ni per veure los imperials palaus, car les cases pròpies de nosaltres, qualsevulla de aquelles, staria bé per temple de oració —tan grans e tan belles són!— e cascú de nosaltres presumeix ésser un petit rey en sa terra. E pot creure la celsitut vostra que la venguda de nosaltres no és stada altra causa sinó per veure e servir vostra majestat. E si guerres ni batailles se fan, tot serà per amor e contemplació vostra.

—O trista de mi! —dix la infanta—. E què és lo que·m dieu? Poré yo gloriejar-me que per amor de mi siau tots açí venguts e no per amor de mon pare?

—Sobre açò poria yo fer salva ma fe —dix Diafebus—, com Tirant, qui·ns és jermà e senyor de tots, nos preguà que volguéssem venir ab ell en aquesta terra e li volguéssem fer tanta de honor, perquè poguéssem veure la filla de l'emperador, la qual ell desijava més veure que a tot lo restant del món. E de la primera vista que de vostra altesa ha agut, tant és lo grat que té de vostra excel·lència que ha dat del cap en lo lit.

Com Diafebus presentava aquestes coses a la infanta, ella stava alienada e posada en fort pensament, que no parlava, e mig fora de recort, e la sua angèlica cara mudant de diverses colors, car la femenil fragilitat la havia compresa, que no podia parlar. Car amor de una part la combatia e vergonya de altra part la'n retrahïa. Amor la encenia en voler lo que no devia, mas vergonya lo y vedava per temor de confusió.

En aquest instant vengué lo emperador e cridà a Diafebus, perquè li plahïa molt lo seu comport. E parlaren de moltes coses fins a tant que lo emperador volia sopar. Pres licència d'ell e acostà's a la infanta e dix-li si la majestat sua li manava res que fes.

—Sí —dix ella—. Preniu abraçars de mi, stojau-ne per a vós e féu-ne part a Tirant.

E Diafebus s'i acostà e féu lo que ella li havia manat. Com Tirant sabé que Diafebus era anat al palau e que parlava ab la infanta, stava ab lo major desig del món que vingués perquè pogués saber noves de sa senyora. Com ell entrà per la cambra, Tirant se levà del lit e dix-li:

—Lo meu bon jermà, ¿quines noves me portau de la qui és en virtuts complida e té la mia ànima encativada?

Diafebus, vehent la extrema amor de Tirant, abraçà'l de part de sa senyora e recità-li totes les rahons que havien passades. Tirant restà més content que si li agués donat un regne, e pres en si molt gran sforç, que menjà bé e s'alegrà, desijant quant vendria lo matí perquè la pogués anar a veure.

Com Diafebus fon partit de la infanta, ella restà en molt fort pensament, que li fon forçat de levar-se del costat de son pare hi entrar-se'n en la sua cambra. La filla del duch de Maçedònia havia nom Stephania, que era donzella que la infanta tenia en molt gran amor per ço com se eren criades de poca edat ensemps, no havent més temps la una que la altra. Com véu que la infanta se n'era entrada en la cambra, levà's prestament de taula e anà-li detràs. Com fon ab ella, la infanta li recità tot lo que Diafebus li havia dit e la extrema passió que passava per la amor de Tirant.

—E dich-te que més me ha contentat la vista de aquest tot sol que de quants n'é vists en lo món. És home de gran e de singular disposició e mostra bé en lo seu gest lo gran ànimo que té, e les paraules que de la sua boca ixen acompanyades de molta gràcia. Veig-lo cortés e affable més que tot altre. E donchs, tal com aquest, qui no l'amaria? E que sia vengut açí més per amor mia que de mon pare! Certament yo veig lo meu cor molt inclinat a obeir a tots sos manaments; e a mi par, segons los senyals, que aquest serà la vida e conservació de la mia persona.

Dix Stephania:

—Senyora, dels bons deu hom triar lo millor, e sabudes les cavalleries singulars que aquest ha fet, no és dona ni donzella en lo món que de bon grat no·l degués amar e subjugar-se a tota sa voluntat.

Estant en aquestes delitoses rahons, vengueren les altres donzelles e la Viuda Reposada, que tenia gran part ab Carmesina per la rahó ja dita —que l'havia de llet criada—, e demanà'ls de què parlaven. Dix la infanta:

—Nosaltres parlam de què·ns ha recitat aquell cavaller de les grans festes e honors que feren en Anglaterra a tots los estrangers que s'i trobaren.

E parlant de aquestes coses e de altres, axí passaren la nit, que poch ni molt la infanta no dormí.

E l'endemà Tirant se fon vestit ab un manto d orfebreria; la devisa era tota de garbes de mill, e les spigues eren de perles molt grosses e belles, ab un mot brodat en cascuna quadra del manto, qui dehia: *Una val mill e mill no valen una.* E les calces e lo capiró liguat a la francesa, de aquella devisa mateixa. E en la mà portava lo bastó de or de la capitania. Tots los altres de la sua parentela se abillaren molt bé de brocats e de sedes e de argenteria, e axí abillats anaren tots al palau.

Com foren a la porta major, veren allí una singular cosa de gran admiració: que a cascun lindar de la porta, de part de dins, a l'entrant de la plaça, havia una pinya tota de or de altària de un home, e molt grosses, que cent hòmens no les porien alçar, les quals en temps passat havia fetes fer lo emperador en lo temps de la prosperitat per una gran magnificiència. Entraren dins lo palau e trobaren molts honços e leons ab cadenes de argent molt grosses que staven ligats; pujaren alt en una gran sala tota obrada de alabaust.

Com lo emperador sabé que lo seu capità era vengut, manà que·l deixassen entrar. E trobà'l que·s vestia, e sa filla Carmesina qui·l pentinava, e aprés li donà ayguamans, car cascun dia ho acostumava de fer. E la infanta stava en gonella d'orfebreria tota lavorada de una erba que ha [nom] amor val e ab letres brodades de perles que entorn eren. E dehia lo mot: *Mas no a mi.* Com lo emperador se fon acabat de vestir, dix a Tirant:

—Digau-me, capità, ¿quin era lo mal que ahir la vostra persona sentia?
Dix Tirant:

—Senyor, la majestat vostra deu saber que tot lo meu mal és de mar, car los vents de aquesta terra són més prims que los de ponent.

Respòs la infanta, ans que l'emperador parlàs:

—Senyor, la mar no fa mal als strangers si són aquells que ésser deuen, ans los dóna salut e longua vida —mirant tostemps en la cara a Tirant, sotsrient-se perquè Tirant conegués que ella lo havia entés.

Lo emperador ixqué de la cambra ab lo capità parlant, e la infanta pres a Diafebus per la mà e detingué'l e dix-li:

—De les paraules que·m digués ahir no dormí en tota la nit.

—Senyora, voleu que us digua? Nostra part ne havem aguda. Emperò molt reste aconsolat com haveu entés a Tirant.

—E com pensau vós —dix la infanta— que les dones gregues sien de menys saber ni valor que les franceses? En esta terra bé sabran entendre lo vostre latí per scur que·l vullau parlar.

—Per ço, senyora, és major glòria per a nosaltres —dix Diafebus— praticar ab persones qui sien molt enteses.

—Per avant ho veureu —dix la infanta— en lo praticar e veureu si coneixerem les vostres passades.

La infanta manà que vengué Stephania ab altres donzelles per tenir companyia a Diafebus, e prestament ne vengueren moltes. Com la infanta lo véu ben acompanyat, entrà-se'n dins la sua cambra per acabar-se de vestir. Tirant en aquest spay agué acompanyat a l'emperador a la gran sglésia de Sancta Sophia, deixà'l dient ores hi ell tornà al palau per acompanyar a la emperadriu e a Carmesina. Com fon en la gran sala, trobà allí son cosí Diafebus enmig de moltes donzelles, lo qual los stava recitant les amors de la filla del rey de Cicília e de Phelip. E Diafebus era tan domèstich e tan pràtich entre les donzelles com si tota sa vida fos criat entre elles. Com veren entrar a Tirant totes se levaren de peus e digueren-li que ell fos lo ben vengut. Feren-lo seure enmig de elles e parlaren de moltes coses.

Ixqué la emperadriu tota de vellut burell vesta. Apartà's ab Tirant e demanà-li de son mal. E Tirant li dix que ja stava molt bé. No tardà molt que la infanta ixqué vesta ab una roba del seu mateix nom, forrada de marts gebelins, fesa a costats ab mànegua uberta; e al cap portava una petita corona sobre los cabells ab molts diamants e robins e pedres de gran stima. Bé mostrava lo seu agraciat gest, ab la bellea infinida, que era mereixedora de senyorejar del món totes les altres dames si la fortuna li agués volgut ajudar. Tirant pres del braç a la emperadriu, per ço com era capità major e precehïa a tots los altres; car aquí havia molts comtes e marquesos, hòmens de gran stat. E volgueren pendre a la infanta del braç, hi ella dix:

—No vull negú vaja prop de mi sinó mon jermà Diafebus.

E tots la deixaren e aquell la p[r]es. Mas sap Déu que Tirant stimara més star prop de la infanta que no prop de la emperadriu. E anant a la sglésia, dix Diafebus a la infanta:

—Mire vostra altesa, senyora, los sperits com se senten.

Dix la infanta:

—Per què u dieu?

—Senyora —dix Diafebus—, per ço com vostra excel·lència s'és vestida de gonella de xaperia brodada de grosses perles e lo cor sentit de Tirant porta lo que li fa mester. O, com me tendria per benaventurat si yo podia fer que aquest manto yo·l pogués fer star sobre aquesta gonella!

E perquè anaven molt prop de la emperadriu, pres del manto de Tirant. E Tirant, com sentí tirar del manto, detingué's un pas atràs, e aquell posà'l sobre la gonella de la infanta. E dix:

—Senyora, ara stà la pedra en son loch.

—Hay trista! ¿Sou tornat foll o haveu del tot perdut lo seny? ¿Tan poca vergonya teniu que en presència de tantes gents dieu tals coses? —dix la infanta.

—No, senyora, que negú no u hou, ni u sent ni u veu —dix Diafebus—. E yo sabria dir lo paternòster al revés, que negú no l'entendria.

—Certament yo crech —dix la infanta— que vós haveu aprés en la escola de honor, lla hon se lig de aquell famós poeta Ovidi, lo qual en tots sos libres ha parlat tostemps de amor verdadera. E qui fa son poder de emitar al mestre de la sciència, no fa poch. E si vós sabésseu en qual arbre se leva amor e honor, e sabésseu la pràtica de esta terra, com seríeu home de bona ventura!

Acabades aquestes rahons, foren a la sglésia. La emperadriu entrà dins la cortina e la infanta no y volgué entrar, dient que fahïa gran calor. E no u fahïa sinó perquè pogués mirar a tot son plaer a Tirant. E Tirant posà's prop altar ab molts duchs e comtes que y havia. E tots li donaren la honor que stigués primer per sguart de l'offici que tenia. E ell tostemps acostumava hoir la missa agenollat. Com la infanta lo véu ab los genolls en terra, pres un coxí de brocat de aquells que ella tenia allí e donà'l a una de les sues donzelles que·l portassen a Tirant. E lo emperador, qui véu fer aquella gentilea a sa filla, pres-hi molt gran plaer. Com Tirant véu lo coxí que la donzella lo y adobà perquè s'agenollàs, levà's de peus e féu gran reverència de genoll a la infanta ab lo capiró fora del cap.

No penseu que en tota aquella missa la infanta pogués acabar de dir ses ores, mirant a Tirant e a tots los seus molt ben vestits e abillats a la francesa. Com Tirant agué molt bé contemplada la bellea singular de la infanta e lo seu enteniment discorregué fantasiant quantes dones e donzelles ell en son recort haver vistes, e dix que jamés havia vista ni sperava de veure una altra tal qui fos dotada de tants béns de natura com aquesta, car aquesta resplandia en linatge, en bellea, en gràcia, en riquea, acompanyada de infinit saber, que més se mostrava angèlica que humana. E mirant la proporció que la sua femenil e delicada persona tenia, mostrava que natura havia fet tot lo que fer podia, que en res no havia fallit quant al general e molt menys en lo particular. Car stava admirat dels seus cabells, qui de rossor resplandien com si fossen madeixes de or, los quals per eguals parts departien una clencha de blancor de neu passant per mig del cap. E stava admirat encara de les celles, que paria fossen fetes de pinzell, levades un poch en alt, no tenint molta negror d'espesura de pèls, mas stant ab tota perfecció de natura. Més stava admirat dels hulls, que parien dues stel·les redones relluints com a pedres precioses, no pas girant-los vigorosament, mas refrenats per graciosos sguarts, parien que portassen ab si ferma confiança. Lo seu nas era prim e afil·lat e no massa gran ni poch, segons la lindesa de la cara, que era d'estrema blancor de roses ab liris mesclada. Los labis tenia vermells com a coral e les dents molt blanques, menudes e spesses, que parien de crestaill. E stava més admirat de les mans, que eren d'estrema blancor e carnudes, que no s'i mostrava hos negú, ab los dits larchs e afilats, les ungles canonades e encarnades —que mostraven portar alquena—, no tenint en res negun defalt de natura.

Com fon la missa dita tornaren al palau per lo orde mateix, e Tirant pres comiat de l'emperador e de les dames, e tornà-se'n a sa posada ab tots los seus. Pleguant a la posada se n'entrà en la cambra e lança's sobre lo lit pensant en la gran bellea que la infanta possehïa. E lo seu gest tan agraciat li féu tant augmentar lo seu mal que de una pena que sentia, lavors ne sentí cent, acompanyat de molts gemechs e suspirs.

Diafebus entrà en la cambra e véu star a Tirant en molt trist e adolorit continent. Dix-li:

—Senyor capità vós sou lo més descominal cavaller que yo haja vist de ma vida. axí com altres farien festa de nou liçons de sobres de alegria de haver vista sa senyora e les festes e honors que us ha fet més que a tots quants grans senyors hi havia —e trametre-us lo coxí de brocat, lo qual se levà e tramés-lo a vós, ab tanta gràcia e amor que u féu en presència de tots—, quant deuríeu restar lo més gloriós home del món! E vós féu tot lo contrari, ab molt gran desorde, que mostrau ésser fora de tot recort.

Vehent Tirant lo conort que Diafebus li fahïa, ab véu dolorosa li dix.

Capítol CXX. Lamentació de amor que fa Tirant

—La strema pena que la mia ànima sent és com ame e no sé si seré amat. Entre tots los altres mals que sent, aquest és lo qui més me atribula, e lo meu cor és tornat més fret que gel com sperança no tinch de aconseguir lo que desije, per ço com fortuna tostemps és contrària als qui bé amen. E no sabeu vós que en quants fets de armes me só trobat jamés negú no m'a pogut sobrar ni vénçer? E una sola vista de una donzella me ha vençut e mès per terra, que no he tengut contra ella resistència neguna. E si ella m'à fet lo mal, de qual metge puch sperar medecina? Qui·m pot dar vida o mort, o vera salut, si no ella? ¿Ab quin ànimo ni ab qual lengua parlar poré que la pugua induir e moure a pietat, com sa altesa me avança en totes coses, ço és en riquea, en noblea e en senyoria? E si amor, qui té egual balança, qui eguala les voluntats, no inclina lo seu cor alt e generós, yo só perdut, car a mi par que totes les vies qui·m poden dar remey de salut me són tancades; per què no sé quin consell prengua a la mia fort desaventura.

No comportà Diafebus que Tirant més parlàs, tant lo vehia atribulat sinó que féu principi a un tal parlar.

Capítol CXXI. Rahons que fa Diafebus a Tirant aconortant-lo de ses amors

—[L]os enamorats passats, los quals desijaven de llur glòria deixar fama, ab gran fatigua treballaven per venir en alegria reposada, e vós voleu mort miserable. Açò no pot passar sens nota, com tal amor vos hajau percaçada, que no s'ha de obtenir ab força stranya, mas ab giny e sforç vostre ho deveu portar a fi. E per ma part vos offir yo y faré tots los preparatoris a mi possibles en conservació de vostres drets, notificant-vos que, si cent ànimes tenia —com no·n tingua sinó una—, les posaria totes en ventura per la amor vostra. E si tal comport de vós feu cascun dia, vos ne seguirà gran càrrech e perpetual infàmia, la qual tot bon cavaller deu scusar refrenant la sua folla voluntat. E si açò venia en orelles de l'emperador, lo que Déu no vulla, ¿com restareu vós e tots nosaltres, que en lo dia que sou arribat vos siau enamorat de sa filla per difamar-li tot son stat e la corona de l'imperi, fahent-vos jutge en vostra causa pròpia? Per la qual cosa manifestament se mostra que vós volríeu ésser cregut de vostra simple paraula, volent rahonar a la gent batailles e la execució de amors, crehent que negú no u coneixerà que vós siau enamorat. E voleu que lo primer dia a totes les gents sia manifest? Car bé sabeu aquell exemple vulgar qui diu: «Lla hon se fa foch, fum n'à de exir». Per què, capità senyor, puix teniu discreció, usau-ne, e en tot cars del món forçau vostre voler e no vullau dar a sentir a negú les vostres passions.

Hoint Tirant les sàvies paraules de Diafebus, se alegrà molt per lo conort bo que li dava com a bon amich e parent. Stigué un poch pensant e aprés se levà del lit e ixqué en la sala. E tots los seus staven admirats del mal comport de Tirant.

Com se fon dinat, preguà a Diafebus volgués anar al palau e dar unes ores que tenia molt singulars a la infanta, les quals se eren fetes en París, ab les cubertes totes de or macís e molt subtilment smaltades, e tancaven-se ab tanca-dura de caragol de escala, que levant-ne la clau no era negú sabés conéixer per hon se obria. E dins havia molt singular letra e històries fetes d'estranya manera, e molt ben il·luminades, que tots los qui les veren dehien que en aquell temps més pomposes ores no pogueren ésser trobades.

Diafebus pres un petit patge molt ben abillat e les ores cubertes li donà que portàs. Com Diafebus fon en lo palau, trobà lo emperador en la cambra de les dames e dix-li les següents paraules segons Tirant li havia dit que digués:

—Sacra majestat, lo vostre capità, desijós de servir vostra altesa en tot lo que li serà manat, no sap en què us pugua servir. Supplica a la majestat vostra que li done licència que en breus dies pugua anar a veure lo camp dels moros; e de altra part tramet a vostra altesa aquestes ores e, si no us paren bones, que sien dades a alguna donzella de la infanta.

Lo emperador, com les véu, stigué admirat de veure cosa tan singular.

—Açò —dix lo emperador— no pertany sinó a donzella de casa real.

E donà-les a sa filla Carmesina. E aquella, tant per la bellea de les ores com per tenir alguna cosa de Tirant, ne fon molt contenta. E levà's de peus e dix:

—Senyor, ¿vendria en plaer a la majestat vostra que trametéssem per lo capità e per los ministrés, e féssem una poca de festa? Car molt temps ha que·ns dura lo dol e la tribulació e volria que la imperial prosperitat fos conservada en son degut stament.

—Filla per mi en strem amada, ¿no sabeu vós que no tinch altre bé ni consolació en aquest món sinó a vós e ha Ysabel, reyna de Ongria, que per los meus pecats és foragitada de la vista dels meus hulls? E des que lo meu fill és mort, no·m resta més bé en aquest miserable de món sinó a vós, qui sou consolació de la mia amargua e trista vida. Tanta alegria com haver poreu serà gran repòs per a la mia vellea.

La infanta prestament tramés lo patge a Tirant perquè vengués, e féu seure a Diafebus en les sues faldes.

Com Tirant agué hoït lo manament de sa senyora, partí de la posada e anà davant lo emperador. E preguà'l que dançàs ab sa filla Carmesina. Les dances duraren quasi fins a la nit, que lo emperador volia sopar. E tornà-sse'n molt alegre Tirant a la sua posada per ço com contínuament havia dançat ab la infanta, la qual li havia dites moltes gracioses paraules que ell havia preses en compte de gran stima.

Lo dia següent lo emperador féu gran convit per amor de Tirant. Tots los duchs, comtes e marquesos que allí·s trobaren menjaren en la taula ab ell e la emperadriu e sa filla. Los altres menjaven en altres taules. Aprés del dinar vengueren les dances. E com agueren un poch dançat, vengué la gran col·lació. Lo emperador volgué cavalcar per mostrar tota la ciutat al seu capità, e Tirant e los seus foren molt admirats dels grans edificis que en la ciutat eren, de tanta bellea e singularitat. E li mostrà totes les fortaleses que dins la ciutat eren e les grans torres sobre los portals e en la murailla, que era cosa innumerable de recitar.

Lo emperador féu aturar aquella nit a Tirant a sopar ab ell ab gran humanitat, per mostrar la bona voluntat que li portava. La infanta stava dins la sua cambra e la emperadriu tramés per sa filla Carmesina que vingués.

—Senyor —dix Tirant—, cosa és molt impròpia, segons lo meu parer, que la filla qui és succehïdora en lo imperi sia nomenada infanta. Per què la majestat vostra li furta lo seu propi nom de princessa? Per bé, senyor, que vostra altesa tingua altra filla, muller del rey de Ongria e de major edat e per lo gran dot que la majestat vostra li donà en contemplació del matrimoni, ella renuncià a tots sos drets a la excel·lent Carmesina. E per ço, senyor, parlant ab aquella reverència que·s pertany, li deu ésser mudat lo nom, com no pertangua sinó a filla de rey dir-li infanta, si donchs no havia ésser heretera del regne, que també la nomenarien princesa.

Lo emperador qui véu la avisada rahó de Tirant, manà que de aquí avant no li diguessen sinó princessa.

L'altre dia següent manà lo emperador tenir consell general e dix a sa filla que y fos perquè moltes voltes li havia dit:

—Ma filla, ¿per què vós no veniu sovint al consell perquè sapiau la pràtica que·n semblants afers és mester, com per dret e per discurs de natura sou més vividora que no yo, que aprés mort mia sapiau regir e governar vostra terra?

La princessa, tant per sguart de veure la pràtica del consell com per hoir lo parlar de Tirant, hi anà. Com foren dins lo consell aseguts, lo emperador dreçà les noves a Tirant e dix paraules de semblant stil.

Capítol CXXII. La proposició que lo emperador féu en lo consell, dreçant les noves a Tirant

—Com la divina Providència haja permés que per nostres grans peccats e delictes los majors nobles e animosos cavallers de la nostra host sien stats morts e presos en les passades batailles, en gran dan e destructió del nostre imperi, e los qui resten en lo mateix perill stiguen, si donchs no són subvenguts per la vostra mà victoriosa, car defallint cascun dia la noble cavalleria lo nostre imperi se hauria de poblar de vil gent repleguadissa e de moros cruels e inhumans, enemichs de la sancta ley crestiana, e yo desposehït de la imperial senyoria —car lo dia que yo perdí aquell famós cavaller fill meu, qui era flor e spill de tota la cavalleria de Grècia, perdí tota la honor mia e lo meu bé—, no·m resta altra sperança sinó de la vostra pròspera venguda que, mitjançant la misericòrdia divina e la virtut del vostre braç vencedor, obtendrem gloriosa victòria. Per què us prech, capità virtuós, que us vullau dispondre en anar contra los enemichs nostres, los genovesos, generació mala, que muyren a cruel mort. E la vostra gloriosa fama per obra sia manifesta en aquestes parts, que puix teniu la capitania, que prenguau armes vencedores perquè prest aquells puguam aconseguir gloriosa victòria tal com de vós speram, com tinguam nova certa que les naus dels genovesos són arribades al port Aulida carreguades de gent d'armes, de cavalls e de vitualles, les quals venen de Tosquana e de Lombardia. E les nostres naus són arribades en la ylla Judea qui·s nomena dels Pensaments, e segons ma crehença prestament seran açí.

No tardà molt Tirant que ab modesta continença, levant-se lo bonet del cap, dix paraules de semblant stil.

Capítol CXXIII. La resposta que Tirant féu a l'emperador en lo consell

—No és digna cosa ni suficient que la majestat vostra, senyor, me haja a mi de preguar, sinó de manar, car a mi és massa gràcia la honor que la altesa vostra me ha feta de fer-me capità e lochtinent general seu, sens que yo no n'era mereixedor. E puix he acceptat lo offici, yo só tengut e obligat de servir-lo, car lo dia que yo deliberí de partir de la noble ylla de Cicília, me despullí de tota ma libertat, posant aquella en mans de la majestat vostra e de les coses vostres. Donchs, puix vos he fet mon senyor e la molta benignitat de la altesa vostra m'à volgut acceptar per servidor, jatsia indigne, supplich-vos que de açí avant la majestat vostra no·m vulla de res preguar, sinó manar-me així com al més simple servidor que la altesa vostra té, e açò us tindré a gràcia singular. Per què mane'm la majestat vostra quant li serà plasent que yo vaja a veure los genovesos, que yo só prest de bon grat de anar-hi. Emperò, senyor, ab vènia e perdó de vostra altesa diré lo meu parer; que dich que la guerra guerrejada ha mester tres coses e si la una de aquestes detall, la guerra no·s pot fer.

—Molt me plauria, capità —dix lo emperador—, de saber quines coses són aqueixes tres que la guerra ha mester.

—Senyor —dix Tirant—, yo les vos diré: gent, argent e forment. E si qualsevulla de aquestes coses hi fall, la guerra hauria de cessar. Com los moros hui en dia són molts, e ab sforç e ajuda de genovesos que·ls porten moltes vitualles, armes e cavalls encubertats e gent ben armada, és de necessari façam tot nostre sforç d'estar bé avisats e molt en orde per dar-los batailla cruel, fort e dura.

—Nós tenim —dix lo emperador— tot lo que vós dieu. De nostre repleguat tresor podeu dar sou a dos-cents mília baçinets pagats per a XX o a XXX anys. Tenim gent en nombre qui porien ésser, entre los qui són en la frontera sots la capitania del duch de Maçedònia, LX mília combatents, e los qui són en aquesta ciutat e en les terres que encara possehïm, més de LXXX mília; los qui vénen ab les XL naus són XXV mília. Som molt ben fornits de moltes armes, de cavalls e de molta artelleria de totes les maneres que són necessàries per a la guerra. Del forment vos dich ne passam fretura, mas aquestes naus que ara vénen ne porten prou, emperò, de fet que sien arribades, los manaré tornar en Cicília e que porten tostemps forment. E yo he manat per via de Sclavònia a Escandalor que vingua forment e altres vitualles.

—De tot lo que la majestat vostra me ha dit —dix Tirant— stich molt aconsolat. E de açí avant, senyor, donem fi al consell, puix som provehïts de totes coses necessàries e no entengam sinó en la guerra.

—Jo us diré què teniu ha fer —dix lo emperador—. Anau a la casa a la Saphir, hon està la mia cadira del juhí, e man-vos que us asigau allí, hoint a cascú de sos drets usant de justícia e de misericòrdia.

Levà's hu de consell, qui·s nomenava Montsalvat, e dix:

—Senyor, vostra majestat deu mirar millor en aquests afers que no ha, per quant hi ha empediment de tres coses. La primera és com no deu ésser levat al duch de Macedònia son dret, que és la capitania general, com a ell se pertangua essent més afix a la imperial corona. La segona és que no deu ésser donat loch que home stranger haja offici ni benefici en lo imperi, majorment que sien de loch o de terra no coneguda. La terça és que ans que partixquen de açí la gent d'armes, deuen anar en romiatge e fer grans presentalles als déus en la ylla d'on Paris se'n portà la reyna Elena, e per ço agueren en temps antich los grechs victòria dels troyans.

No pogué més comportar lo emperador les folles paraules del cavaller sinó que ab molta ira se pres a dir.

Capítol CXXIIII. Rahons que fa lo emperador en lo consell contra un cavaller mal crestià

—Si no fos per sguart de nostre senyor Déu e de la mia edat, qui dóna loch a la ira, de continent te fera levar lo cap, com los mèrits teus molt ho meriten. E fóra fer-ne sacrifici a Déu e exemple al món, com tu sies un mal e reprovat crestià. Per què yo vull e man que Tirant, qui de present és capità nostre general, sia superior sobre tots los nostres capitans, per ço com ell n'és mereixedor per [l]a sua molta virtut e resplandent cavalleria. Car lo duch de Macedònia, per son flach ànimo e mal destre en la guerra, no ha sabut jamés vençre una batailla. E aquell serà capità que yo manaré, si no, tots los que hi contradiran yo·ls castigaré de tal forma, que per a tostemps ne restarà memòria en lo món. Car lo estil e dret de armes stà en cap de gentilesa, per la major part aquells regir-se per los antichs exemples dels nostres antecessors passats. E los qui de aquest mester saben, han aquest dret per clar: no l'hajam açí a disputar tu e jo.

E donà fi a son parlar, per ço com era molt vell e ab la ira fallia-li la força del parlar. E la princesa pres les paraules del pare e dix en la següent forma:

—A tu pot hom dir fill de iniquitat, engendrat en la mala planeta de Saturnus. E est home qui mereixes molt gran reprenssió e càstich en la tua persona, que per la tua malícia e iniquitat envejosa vols venir contra la ordinació e voler de la imperial majestat, e contra la divina e humana ley, en aconsellar tan gran peccat de ydolatria, que dius que façam sacrifici al diable de qui tu est servidor, que mostres bé en ton parlar que no est crestià sinó ydòlatre. ¿E no saps tu —dix la princessa— que, per lo gloriós adveniment del rey Déu Jhesús, cessà tota la ydolatria, segons recita la Sancta Scriptura en lo Evangeli? Que com Herodes rey se tingués per burlat dels tres Reys de Orient, volgué fer matar lo infant Déu Jhesús, e lo àngel aparech en somni a Josep, e dix-li que prengués la mare e lo fill e que fugís en Egipte; e entrat per Egipte, totes les ýdoles caygueren e en tot Egipte no n'i restà neguna. E encara est més digne de gran punició que hajes tenguda tan gran audàcia que, en presència de la majestat del senyor emperador vols injuriar a negú, de dir que home stranger no deu tenir lo ceptre de la justícia ni de la general capitania. E per ço tu est dit principiador de mals. Digues-me, ¿e si los estrangers són millors que los de la terra, e són més àbils e més forts i més destres en la guerra e en altres coses, què diràs tu açí? Si no, pren exemple de la tua flaqua persona de poch ànimo, que jamés has tengut atreviment de anar a la guerra per defendre la tua pàtria e a ton natural senyor. E tu est cavaller qui mostrar-te deguesses en consell imperial ni encara en loch hon cavallers hi haja?

E Tirant volgué parlar per satisfer en lo que·l cavaller havia dit de ell, e la princessa no u volgué consentir per squivar major mal, mas dix:

—No·s pertany de home savi respondre a paraules folles, car axí com lo foll té franca libertat d'escampar folles paraules, axí és gran discreció al savi ab paciència hoir-les e no satisfer-hi, car en les paraules és coneguda la follia de aquell qui la diu, car negú no es deu egual·lar ab la rohïndat ni en la follia ab negú, sinó en la gentilesa e virtut. E qui paraules folles diu, digna cosa és que de la sua follia reporte condigna deciplina. E si no fos per la vostra gran clemència, aquell qui tan follament ha parlat mereixia que li fos levada la vida. E bé és de conèixer que és benaventurat lo príncep que tal conseller té en sa casa.

Lo emperador se levà del consell, e no volgué més hoir a negú. E prestament féu fer crida per tota la ciutat que tots aquells qui tinguessen clam o demanda de negú, que a l'endemà e de aquí avant fossen a la casa del juhí, que aquí los seria feta prompta justícia.

L'endemà Tirant se asigué en la cadira de l'imperial juhí, e hohí a tots los qui·s clamaren, e a tots administrà justícia, car des que lo Gran Turch e lo soldà eren entrats dins lo imperi, no s'i havia feta justícia neguna.

Lo dia següent lo capità pres e convocà a tots los del consell e los regidors de la ciutat, e ordenaren primerament la casa de l'emperador en esta manera. Tots los servidors que prenguessen acostament del senyor emperador fossen compartits de L en L, e los de major dignitat fossen capitans. E per semblant feren per tota la ciutat, que, com havien mester gent, los capitans havien prest la gent que mester havien sens gran treball. Tirant ordenà que totes nits, a la porta de la cambra de l'emperador, en la sala, dormissen L hòmens, e lo capità major venia totes nits, ell o son lochtinent. E com lo emperador se n'entrava a dormir, dehia lo capità a tots aquells L hòmens:

—Veus açí la pròpia persona de[l] senyor emperador, la qual, sots pena de la vida e de la fealtat, vos coman, la qual siau tenguts demà per lo matí de restituir-me aquella. Fet açò, per lo semblant fahïa de la emperadriu e de la princessa.

Com lo emperador se era mès en lo lit, e les portes tancades de la sala e un poch ubertes aquelles de la cambra, agenollaven-se allí dos hòmens de aquells qui fahïen la guayta e estaven scoltant lo emperador si demanava alguna cosa. E com era passada mija hora, levaven-se aquells e venien-n'i altres dos. E axí passaven tota la nit en la gran sala guaytant C hòmens. Entorn del palau fahïen guayta CCCC hòmens d'armes. En tal manera era guardada la persona de l'emperador. Per lo matí, com Tirant venia, aquells li restituhïen lo emperador ab acte de notari, per lo semblant a les senyores desús dites.

Com lo emperador agué vist lo que lo seu capità havia fet, ne fon molt content, com mostrava que tan bona guarda havia posada a la sua persona. E Tirant jamés fallia a les hores que devia, més per veure la princessa que per desig de l'emperador.

Més, ordenà per tota la ciutat en cascun carrer posassen de grosses cadenes e no les soltassen fins que del seu palau tocàs una petita campana que y havia, la qual podien bé sentir per tota la ciutat. Hordenà més avant que, de nit, per la poca justícia que y havia dins la ciutat, per causa de la guerra, havia-y molts ladres, e que en cascun carrer la mehitat de les cases traguessen lums a les finestres fins a mija nit, e les altres, de la mija nit fins que fos de dia. E per aquest orde moltes cases foren reservades, que no les podien robar. E totes nits lo capità fahïa guayta aprés que exia de la casa de l'emperador: fins a mija nit ell anava per la ciutat. Passada aquella hora, Diafebus e Ricart, o alguns dels altres, prenien lo bastó de la capitania; e altra gent anaven fins al matí. Hi en aquesta forma e orde la ciutat era reservada de tot lo mal. Encara més, ordenà, ab los regidors de la ciutat, que anassen per totes les cases e tragueren en la plaça quant forment e ordis e mills trobaren. E a cascú deixaven tant forment com mester havien per a son viure. E tot lo altre tacharen que valgués la càrrega dos ducats, per a qui n'hagués mester. E axí ordenaren totes les vitualles que, ans que Tirant vingués, no trobàveu en tota la ciutat qui us venés pa ni vi, ne altres vitualles, e en pochs dies tota la ciutat fon abundosa de totes coses.

Tot lo poble daven gran lahor a Tirant e·l benehïen del noble regiment en què·ls havia posats, que·ls fehia viure en gran tranquilitat, pau e amor. La ànima de l'emperador vivia molt aconsolada per lo bon regiment que Tirant los havia dat.

Aprés XV dies de la venguda de Tirant, totes les naus de l'emperador arribaren carregades de gent, forment e cavalls. E ans que les naus apleguassen, l'emperador havia fet present al capità de LXXXIII cavalls, molt grans e bells, e molts arnesos. E Tirant féu venir primer de tots ha Diafebus, que triàs a son plaer de aquelles armes e cavalls. Com agué triat, pres Ricart e aprés tots los altres. E per a çi no s'aturà res.

Tirant passava passió inextimable per les amors de la princessa, car cascun dia li augmentava la dolor. E tanta era la amor que li portava que, com li era davant, no tenia atreviment de poder-li parlar res que de amor fos. E los dies se acostaven de la sua partida, car no sperave sinó que los cavalls fossen un poch reparats per lo treball de la mar.

Lo avisat cor de la princessa havia natural notícia de la molta amor que Tirant li portava. Tramés un petit patge a preguar a Tirant li fos plasent a la hora del migjorn venir al palau, que en aquella hora quasi tots los de més reposen, e que vingués ab poca gent. Com Tirant agué rebut lo manament de sa senyora, fon posat segons lo parer seu en lo pus alt loch de paradís, e prestament féu venir a Diafebus e manifestà-li la embaixada, e com volia que los dos hi anassen sens altra companyia. Dix Diafebus:

—Senyor capità, molt stich content dels principis. No sé la fi quina serà. Mas féu-me gràcia que com siau ab ella, que axí com teniu ànimo de combatre un cavaller per valent que sia, que tingau axí ànimo contra una donzella qui no porta armes offensives, que ab gran ardiment li digau totes vostres passions, car per millor vos ne tendrà com veja que ab ànimo sforçat lo y haveu dit, car los prechs temorosos moltes voltes són deneguats.

E venint la hora del concert, los dos cavallers pujaren al palau e ab suaus passos entraren dins la cambra de la princessa esperant haver sperança de victòria. Com ella los véu agué gran plaer de la llur venguda, e levà's de peus e pres a Tirant per la mà e féu-lo seure prop de ella. E Diafebus pres a Stefania per lo un braç e a la Viuda Reposada per l'altre e apartà-les a una part per ço que hoir no poguessen lo que la princessa li volia dir. La princessa, ab baixa veu e ab gest affable, féu principi a un tal parlar.

Capítol CXXV. Com la princessa donà consell a Tirant que·s guart de les falses astúcies del duch de Macedònia

—Deposada honestat la càrregua de temerosa vergonya, la noblea vostra no tingua per cosa desonesta, ne a càrrech sia a mi imputat ne a vici, si per ventura he presumit rahonar-me ab vós ab sancta e honesta intenció, dolent-me de la vostra molta virtut e noblea. Per vós ésser estranger no volria que prenguésseu algun dan en la vostra virtuosa persona incogitadament, per ço com sé vós sou vengut en aquesta terra a preguàries del gran rey de Cicília, confiant en la glòria de vostres mèrits, no podent-vos manifestar los perills que seguir-vos porien, perquè ell los ignora. Perquè, yo tinch compassió de la vostra noblea e virtuosa persona, tinch deliberat donar-vos consell de salut. E poreu haver notícia del gran profit que us ne seguirà si volreu dar fe en les mies paraules, ne regir-vos per mon consell, perquè ab triümpho y gloriosa fama pugau tornar ab salvament a la vostra pròpia pàtria.

La fi de les paraules de la princessa fon principi del parlar de Tirant, que dix:

—¿Quant poré yo servir a la majestat vostra, senyora de tanta stima, que sens mèrits precedents tanta gràcia de la altesa vostra haja aconseguida? Sols lo recort és massa per a mi. E ab devot cor faç humils gràcies e submissions a la excel·lència vostra, que ab tanta virtut de caritat hajau volgut mostrar dolre-us e haver compassió de mi e de mos treballs. E perquè no·m tingau per ingrat del bé que·m feu, yo accepte la offerta com de senyora qui sobre totes les del món val he us ne bese peus e mans, e me obligue de seguir tot lo que per la altesa vostra me serà manat. Car cosa és digna de gran lahor e glòria, com lo do és donat sens demanar ni sens alguns mèrits e és acte de gran liberalitat, e en açò se mostra la vostra excelsa condició ésser més angèlica que humana.

E Tirant la supplicà que li donàs la mà, que la y volia besar. E la excelsa senyora no u volia consentir. E Tirant la'n supplicà moltes voltes e com véu que fer no u volia, cridà a la Viuda Reposada e a Stephania, e elles, per fer plaer al capità, la supplicaren molt que la y deixàs besar. E ella féu-ho en aquesta manera: no volent-ho consentir que de part de fora la y besàs, mas obrí la mà, e de part de dins que la y besàs, perquè besant dins és senyal de amor e besant defora és senyal de senyoria.

La princessa encara li tornà a dir:

—Cavaller benaventurat, pren sperit de consolació per excellència de les tues virtuoses obres, qui són gracioses, e de tan resplandent noblea, que a nosaltres fan gloriejar de la nostra gran e alta senyoria, confiant per mà de la tua molta bondat cobrarem tot lo nostre imperi, car sabem la excel·lència de la tua virtut e fama gloriosa quant és divulgada per les stranyes terres e tenguda per manifesta e verdadera. E és molta honor e glòria a la m[a]jestat del senyor emperador, pare meu, e a mi, qui só sucçehïdora de l'Imperi Grech e en lo regne de Macedònia, qui és ja tot perdut, que per la tua mà victoriosa nosaltres puguam cobrar tota la nostra senyoria. E si per la tua excel·lent virtut podien ésser foragitats aquests genovesos, ytalians e lombarts, ensemps ab los moros, del nostre imperi e regne de Macedònia, la mia ànima restaria aconsolada. Mas tinch dubte de la adversa fortuna que no faça pendre alguna mutació a la imperial dignitat, car grans dies ha que·ns persegueix. Donchs, sperança del nostre bé, si tu ab voluntat sancera volies pendre aquestes coses per tues, e ab treball de tu e dels teus, e no denegaràs les mies preguàries, yo·t promet donar-te tal premi que serà condecent segons la condició e virtut tua, car no sabràs res demanar que tot o en part atorguat no·t sia. Emperò, Déu piadós e misericordiós te vulla guardar de les mans de aquell famejant leó, duch de Macedònia, home molt cruel e envejós e molt destre e sabut en actes de tració. E aquesta és la sua reprovada fama, que jamés no mata negú sinó malament. E fama certa és que ell matà aquell valentíssim cavaller jermà meu, car bataillant ab gran ànimo contra los enemichs, ell li vengué de part de tras e taillà-li les correges del bacinet per ço que li sortís del cap; e axí fon mort per los moros. E per tal, un tan gran traÿdor com aquest, és digne de gran pahor, car en ell regnen tots los set peccats mortals, e no crech que ell pugua fer bona fi. E per ço, cavaller virtuós, vos avise he us consell que com sereu en la guerra, que us guardeu de ell, e no fieu ni en menjar ni en dormir. E si aquestes coses ab prudència guardes e no les poses en oblit en altra manera, posaràs aguayts a la tua vida. E jatsia que hom digua que la pena deu en[s]eguir a aquells qui la meriten, emperò, no és novella cosa paguar los justs per los peccadors.

E stant en aquestes rahons, vengué la emperadriu, que s'era levada de dormir, e asigué's prop de ells e ab gran instància los demanà de què parlaven. La princessa respòs:

—Senyora, nosaltres parlam de aquestes gents que dien que han portat los genovesos en ajuda dels moros, quan los poran fer exir de la nostra terra.

—Qui u pot saber? —dix la emperadriu—. La guerra acompare yo a la malaltia del cors de l'home, que lo un dia stà bé e l'altre mal, lo un dia li fa mal lo cap e l'altre lo peu. Axí és de les batailles, que lo un dia sereu vençedor e l'altre sereu vençut.

Tantes foren les rahons de la emperadriu que Tirant no pogué satisfer a les rahons de la princessa. Com ixqueren de vespres, dix la emperadriu:

—Anem a mostrar lo nostre palau al capità, com ell no haja vistes sinó aquestes sales hi cambres qui són açí baix. E mostrarem-li lo replegat tresor de ton pare.

Elles se levaren. Tirant pres per lo braç a la emperadriu e Diafebus a la princessa. Anant per lo palau veren molts bells edeficis. Com foren a la torre del tresor, la princessa obrí les portes, per ço com ella tenia totes les claus. La torre era tota dins obrada de molt blanch marbre e, historiada de subtil pintura de diverses colors, tota la història de Paris e Viana, e tota la coberta de or e de atzur, que lançava molt gran resplandor. La princessa féu obrir LXXII caixes totes plenes de moneda de or; e altres caixes hi havia qui eren plenes de vexella d'or e de les joyes e abillaments de la capella que eren molt singulars e de gran stima. De vexella de argent n'i havia tanta que era cosa d'espant, que en una part de la torre n'i havia un munt tan alt, una sobre altra, que plegava fins a la cuberta. E la vexella que tenia lo emperador en la cuyna tota era de argent.

Tirant e Diafebus stigueren molt admirats del gran tresor que lo emperador tenia, que jamés tan gran riquesa no havien vista.

Tirant aquella nit pensà molt en lo que la princessa havia dit, e, de altra part en lo que havia vist. Com lo dia fon vengut, féu tornar a fer altres banderes. E la una féu pintar, sobre camper vert, cadenats de or de aquest lonch que tanquen les portes. E era plena tota la bandera de aquells cadenats, e dehia lo mot:

La lletra que stà primera
en lo nom d'esta pintura
és la clau ab què ventura
tancada té la darrera.

E l'altra bandera féu fer tota vermella e féu-hi pintar un corp, ab letres latines entorn de la bandera que dehien: *«Avis mea, sequere me, quia, de carne mea vel aliena saciabo te.»* Molt foren plasents a l'emperador e a totes les dames e als cavallers de honor les paraules de aquesta bandera.

Aprés, Tirant tingué esment un dia, en lo dinar de la emperadriu e de la princessa, que les aconseguís en taula. E Tirant entrà per la sala, e com ell hi era, servia de majordom e de copa a la emperadriu e a sa filla, com aquell era lo dret de capità, que lla hon era lo major cessava lo menor. Com Tirant véu que ja eren a la fi del dinar, dreçà les noves a la emperadriu e supplicà-la que fos de sa mercé li fes gràcia que la altesa sua li volgués declarar una qüestió en què estava molt duptós. La emperadriu respòs que si ella hi sabia dar rahó, que u faria de bona voluntat.

—Digau-me, senyora —dix Tirant—, al cavaller, ¿qual li és millor e més honorós, morir bé o morir mal, puix li és forçat que muyra? —E callà e no dix pus.

Dix la princessa:

—O, sancta Maria val! E quina demanda tan fort féu a la senyora ma mare, com sia ja conegut açò entre les gents, que més val morir bé que mal, puix forçadament li cové de morir. Almenys que diguen tots aquells qui u sabran:

«Certament, aquest virtuós cavaller és mort com a valent cavaller.» De açò li daran molta honor si bé mor, que si havien a dir: O, del malvat cavaller, com és mort vilment! E de açí li ve molta infàmia e deshonor perpètua per a ell e als seus. Emperò mirau los fets dels romans, quanta honor e glòria aconseguien en lo món com honorosament morien en les batailles de defensió de la cosa pública. Aquells, de llur glòria deixaven honorosa fama, e com tornaven a la ciutat de Roma, trencaven-li un gran troç de mur, e entrava ab gran triümpho. E com morien com a cavallers de poch ànimo, no se'n fahïa menció neguna. Axí, al parer meu, més val morir bé que mal.

Acabant la princessa les sues darreres paraules quant Tirant donà de la mà en la taula hi entre les dents dix que axí seria. Que scassament lo pogueren entendre e, sens dir res, voltà les spatles e anà-se'n a la sua posada. Tots stigueren admirats del continent que fet havia Tirant.

E no tardà molt que lo emperador fon en la cambra hon era la emperadriu e sa filla, e recitaren-li lo que Tirant havia dit. Dix lo emperador:

—Jo tinch gran dupte que aquest cavaller no tingua en si alguna gran passió, o que no·s penida perquè és vingut açí per ésser tan luny de sa terra, de sos parents e amichs, o per ventura no tema lo poder dels turchs, o de altres inconvenients que seguir se poden. De aquests afers no·n parleu a negú ni·n façau demostració neguna, ni trametau per ell, car ans que la nit vinga yo u sabré.

Partí's lo emperador de les dames e anà-se'n un poch a reposar. Com lo emperador se fon levat de dormir asigué's en una finestra qui mirava damunt la gran plaça e véu que venia Ricart cavalcant sobre un gran cavall, e dix-li que pujàs alt lla hon ell era. Com Ricart fon davant lo emperador, féu-li gran reverència. E lo emperador li dix:

—Cavaller, yo us prech per aquella amor que portau a la vostra enamorada, que·m digau lo meu capità per què stà tan trist, com ne tingua tal relació.

—Senyor —dix Ricart—, quisvulla qui haja dit tal rahó a la majestat vostra no us ha dita veritat. Ans, senyor, stà molt alegre e fa adobar les banderes e les armes.

—Molt me plau —dix lo emperador— lo que·m dieu. Ara anau e digau-li que vingua a cavall, que yo·l spere açí.

Ricart anà a Tirant e dix-li tot lo que lo emperador li havia dit. Prestament conegué de bon sentit Tirant que la emperadriu o sa filla lo y havien dit. E anà al palau sobre una aquanea tota blanca; e abillà's aquell dia molt bé, e tots los seus qui l'acompanyaven. Trobaren lo emperador, que ja volia cavalcar, ab molta gent, que·l sperava, e totes les dames que eren per les finestres mirant com lo emperador cavalcava.

Com Tirant véu la princessa, féu-li molt gran reverència, e ella ab gest affable, lo saludà. Lo emperador demanà a Tirant de què stava ab tan fort pensament, que així lo y havien dit.

—E prech-vos que m'o vullau dir, que lo remey que yo us daré serà tal que la ànima vostra ne serà aconsolada. E sens vergonya neguna m'o vullau prestament dir.

No tardà Tirant en fer-li tal resposta.

Capítol CXXVI. Com Tirant satisfeu en les rahons que lo emperador li demanava

—No seria cosa neguna en lo món, senyor, per fort que fos, que yo no manifestàs a la majestat vostra per la molta amor e voluntat que tinch de servir-vos. Per bé que sia cosa de gran dolor, yo vull obeir lo manament que·m fa la altesa vostra. Car yo viu a la sereníssima senyora emperadriu e la excelsa princessa, les II là en taula posades, e sentí un fort e profunde suspir que la senyora emperadriu lançà: pensí que suspirava per aquell que havia parit. En aquell cars, la mia ànima, de pietat, sentí dolor inextimable. Fiu vot dins mi mateix: per ço com lo suspir de la dita senyora no fon manifest a negú, així volguí fer lo meu vot, que no vingués a notícia de negú de què, cativada ma honor e fama, desije la venjança e jamés la mia ànima no haurà repòs fins a tant que la mia mà dreta sangonosa e cruel haja fet morir aquells qui malament scamparen la sanch de aquell gloriós e strenu cavaller, lo príncep fill vostre.

Ab los hulls corrents vives làgrimes, lo benigne senyor regracià a Tirant la molta amor que li mostrava. E Tirant, que·l véu així plorar, mudà-li altres rahons de plaer perquè la dolor li passàs.

E anant parlant de moltes coses apleguaren a la ciutat de Pera, qui distava de la ciutat de Constantinoble III milles. La qual ciutat era ornada de molt singular palau, de molt[s] bells jardins e delitosos, e de molts bells hedificis, e era en strem rica perquè era port de mar e cap de mercaderia. Com ho agueren bé tot mirat, dix lo emperador:

—Capità, yo us vull dir aquesta ciutat quant és antigua, car trobareu que aquesta ciutat ha gran temps que fon hedificada e fon poblada de gentils, qui eren gent ydòlatre, e aprés gran temps de la destrucció de Troya, foren convertits a la sancta fe cathòlica per un noble e valentíssim cavaller nomenat Constantí, e aquest fon mon avi. E lo pare de aquest fon elet emperador de Roma, e era senyor de tota la Grècia e de moltes altres províncies, segons copiosament recita la sua història. Car com fon guarit de la gran malaltia que tenia per sanct Silvestre, féu-se crestià, e féu-lo papa e donà-li tot lo imperi de Roma que fos de la Sglésia. E ell tornà-se'n en Grècia e fon emperador de Grècia. Aprés de aquest, succehí son fill Constantí, qui fon mon avi. E per tots los regnes e terres de l'imperi fon elet per papa en totes les sues terres, e emperador. E per ço com tenia molta humanitat e era home molt benigne, moltes gents d'estranyes terres se vengueren a poblar açí, e no cabien en aquesta ciutat. Lavors mon avi hedificà la nostra ciutat de molt nobles hedificis, e posà-li nom Constantinoble. E de aquí avant fon nomenat emperador de Constantinoble.

Com foren partits de Pera e tornats en Constantinoble fon ja nit scura. Tirant pujà ab lo emperador a la cambra de la emperadriu e aquí parlaren de moltes coses, e Tirant mostrava la sua cara no molt alegra. Com li pareguè hora, pres licència de l'emperador e de les dames e tornà-se'n a sa posada. Lo següent dia la princessa passava gran pena del que Tirant havia dit, per ço com la sua ànima no stava prou reposada per les paraules que li havia hoïdes dir, si bé lo emperador los dix totes les rahons que eren passades entre ells.

Al matí, stant lo emperador en missa ab totes les dames, Tirant entrà per la sglésia e féu sa oració. Aprés entrà dins la cortina de l'emperador e dix-li:

—Senyor, les galeres estan en orde per partir e anar en Chipre per portar vitualles, si vol la majestat vostra que parteixquen. Dix lo emperador:

—Jo volria que fossen ja cent milles dins mar.

E Tirant se'n tornà prestament al port per fer-les partir. Com la princessa véu que Tirant se n'anava, cridà a Diafebus e preguà'l molt digués a Tirant, de part sua, com fos dinat que vengués tantost, com ella tenia gran desig de parlar ab ell, e que aprés dançarien.

Com Tirant ho sabé, prestament pensà lo que era, e féu comprar lo més bell spill que pogueren trobar e posà'l-se en la mànega. Com li pareguè hora, anaren al palau e trobaren a l'emperador ab la filla a rahons. Com lo emperador los véu venir, manà que fessen venir los ministrés e davant ell dançaren per bon spay. E lo emperador, com agué un poch mirat, retragué's en la sua cambra. E la princessa se leixà de continent de dançar, e pres a Tirant per la mà e asigueren-se en una finestra. E la princessa començà a fer principi a un tal parlar:

—Cavaller virtuós, molta compassió tinch de vós, del mal que us veig passar, per què us prech que·m vullau manifestar lo mal o lo bé que la vostra virtuosa persona sent. Car tal mal porà ésser que yo per la amor vostra ne pendré ma part, e si és bé, yo seré molt aconsolada que tot sia vostre. Axí, feu-me gràcia de prestament voler-m'o dir.

—Senyora —dix Tirant—, mal vull al mal com ve en temps de bé, e molt pus mal com per ell pert lo bé. E de tal mal yo no·n faria part a vostra altesa, que més lo amaria tot per a mi que no fer-ne part a negú. E de semblants paraules no se'n deu més parlar. Parlem, senyora, de altres coses que sien de plaer e de alegria, e leixem les de passió que turmenten la ànima.

—Certament no és cosa neguna —dix la princessa— per cara que a mi fos e vos la volguésseu saber, que yo de bon grat no la us digués. E vós, a mi, dir no m'o voleu. Per què us torn a preguar, per la cosa que més amau en aquest món, que vós m'o digau.

—Senyora —dix Tirant—, per merçé vos supplich no·m vullau fer tan fort conjuratió, que tal, senyora, me aveu posat al davant que tot quant sé en aquest món vos diré. Senyora, lo meu mal prest serà dit, mas yo só cert que prestament serà en les orelles de vostre pare e açò serà la causa de la mia mort. E si no u dich, també de dol e de ira tinch de morir.

—¿E pensau vós, Tirant —dix la princessa—, que les coses que s'an a tenir secretes yo les volgués dir al senyor mon pare ni a neguna altra persona? No penseu que yo vaja vestida de aqueixa color que vos pensau, per què no tingau temor de dir-me tot vostre fet, car yo·l tindré tancat dins lo meu retret secret.

—Senyora, puix la altesa vostra me força de dir-ho, no puch més dir sinó que ame.

E no dix pus, sinó que baixà los hulls en les faldes de la princessa.

Capítol CXXVII. Com la princessa conjurà a Tirant que li digués qui era la senyora qui ell tant amava

—Digau-me, Tirant —dix la princessa— sí Déu vos leixe obtenir lo que desijau, dieu-me qui és la senyora qui tant de mal vos fa passar, que, si en cosa neguna vos hi poré ajudar, ho faré de molt bona voluntat, car molt me tarda de saber-ho.

Tirant se posà la mà en la mànega e tragué lo espill e dix:

—Senyora, la ymatge que y veureu me pot donar mort o vida. Mane-li vostra altesa que·m prengua a merçé.

La princessa pres prestament lo espill e ab cuytats passos se n'entrà dins la cambra pensant que y trobaria alguna dona pintada, e no y véu res sinó la sua cara. Lavors ella agué plena notícia que per ella se fahïa la festa e fon molt admirada que sens parlar pogués hom requerir una dama de amors.

Estant ella ab aquest plaer del que havia vist fer a Tirant, vengueren la Viuda Reposada e Stephania e trobaren la princessa molt alegra, ab lo espill en la mà, hi elles li digueren:

—Senyora, de hon haveu agut tan galant espill?

E la princessa los recità la requesta de amors que Tirant li havia feta e dix que jamés no havia hoït dir a negú.

—Ne en quants libres he lests de històries no he trobada tan graciosa requesta. Quanta és la glòria del saber que tenen los strangers! Yo·m pensava que lo saber, la virtut, la honor e gentilea, que tota fos en la nostra gent grega. Ara conech que n'ha molt més en les altres nacions.

Respòs la Viuda Reposada:

—Hay, senyora, e com vos veig caminar per lo pedregal! Que lo un peu va tan avant que l'altre no·l pot aconseguir. Veig les vostres mans de pietat plenes e los hulls atorguen ço que los altres volen. Digau-me, senyora, ¿és justa cosa ni honesta que la vostra altesa faça tanta festa com feu a un servidor de vostre pare, lo qual ha rebut quasi per amor de Déu en sa casa e és stat lançat per aquell famós rey de Cicília, ab gent repleguadissa, ab robes de or e de seda manlevades? ¿E per tal home com aquest voleu perdre la perpetual fama de vostra honesta pudicícia, no podent viure en àbit de donzella ni com a filla de emperador, de la qual persecució e infàmia ne serien leses les orelles dels hoints? Deixau la honestat a part posada e gloriejau-vos del que deuríeu abominar, la qual cosa tota donzella se deu lunyar de tals inconvenients qui porten ab si vergonya, com molts magnats e grans senyors, reis e fills de aquells, per leal matrimoni desijen ab vós ésser ajustats, e aquells aveu denegats fins açí ab paraules de falsa hostalera e aveu decebut, e enganau cascuna dia a vostre pare e no us voleu acostar a la vera execució del vostre bé, honor e fama, e voleu abandonar e oblidar lo deute que deveu a natura. E més vos valria morir o no ésser exida del ventre de vostra mare, que tal infàmia vingués a notícia de les gents de honor. E si us ajustau ab ell per amor no lícita, què diran de vós? E si per lícit matrimoni vos ajustau ab ell, feu-me gràcia del títol que té de duch, comte o marquès, o de rey. No us vull dir més, car no só dona que·m contente de paraules hon és duptosa la execució de honestat. Voleu que us digua ab tota veritat? En negun temps no haveu sabut honestat ni honor de quina color van vestides. Aquesta és la poca coneixença que vós teniu, e molt millor vos seria, ma filla, morísseu amant honestat que vergonyosament viure. E donà fi en son parlar.

La princessa stigué molt alterada de les paraules que la Viuda li havia dites, e quasi plorant, se n'entrà en lo seu retret, e Stephania aprés d'ela, dient-li que no·s devia tant congoixar, aconortant-la en la millor manera que podia.

—¿No és fort plagua aquesta —dix la princessa—, que yo sia subjugada al pare e a la mare e, encara, sens causa neguna sia represa per la dida qui m'a alletada? Què faria ella si m'agués vista fer alguna cosa desonesta? Yo crech que ab crida ho aguera publicat per tota la cort e encara per la ciutat. Sperança tinch en Déu que la sua malvada lengua desonesta e maldient, acompanyada de injurioses blasfèmies, que yo li'n faré passar condigna pena.

—¿Qui·m faria a mi star —dix Stephania—, per temor de pare, de no dançar e festejar segons a nosaltres, donzelles cortesanes, és dat, com sia cosa acostumada? Com les donzelles stant en cort, se tenen a molta glòria que sien amades e festejades, com tinguam tres maneres de amor, ço és, virtuosa, profitosa, viciosa. La primera, que és virtuosa e honorosa, és quant algun gran senyor, infant, duch, comte o marquès, qui serà molt favorit e cavaller molt virtuós, si aquest tal ama una donzella, a ella li és molta de honor que totes les altres sàpien que aquest dança o juny o entra en batailla per amor de ella, e fa fets honorosos de renom e fama. Ella lo deu amar perquè és virtuós e de amor virtuosa. La segona és profitosa, e aquesta és quant algun gentilom o cavaller de antich linatge e molt virtuós amarà una donzella e ab donatius la induhirà a sa voluntat e no l'amarà sinó per son profit. Tal amor a mi no plau que, tan prest com lo profit cessa, lo amor defall. La terça és viciosa, com la donzella ama lo gentilom o cavaller per son delit, lo qual serà fart de rahó ab les paraules molt affables que vida vos donen per un any, emperò, si de allí avant passen e poden apleguar al lit encortinat e los lançols bé perfumats, e tota una nit de hivern poden star, tal amor com aquesta me par molt millor que neguna de les altres.

Com la princessa hohí axí parlar a Stephania de tan bona gràcia, pres-se a sonriure e passà-li gran part de la malenconia que tenia.

—Esperau un poch, senyora —dix Stephania—, encara vos vull més dir de tres articles de la fe, los quals vostra altesa no sap ni ha per ventura jamés hoïts dir. La bona condició de nosaltres per gràcia de Déu és tal que, si los hòmens la sabien, ab menys treball induhirien les donzelles a llur voluntat si servaven aquest orde. Totes nosaltres som naturalment de tres calitats, e per lo meu mal conech lo de les altres. La primera, totes som cobdicioses; la segona, goloses; la terça, luxurioses. En lo primer article, lo home de bon sentiment deu treballar en conéixer la dona que ama quala de aquestes tres calitats li plau més. Car si és més cobdiciosa —e posat cars que sia enamorada de altri— e vós li donau més que l'altre, per la cobdícia leixarà aquell e amarà a vós. En aquesta manera la fareu desenamorar de aquell qui primer amà e amarà a vós; aprés que sou passat a ella, vos darà lo vostre e tot lo seu. Si és golosa, trameteu-li presents de moltes maneres de lepolies e de fruytes novelles e del que ella més se delita. Si és luxuriosa, com parlareu ab ella, no li parleu sinó del mester de ço que ella se alta. E encara tenen una altra major bondat, que les qui són casades, si s'enamoren de negú no volen haver amistat ab home qui sia millor que son marit, ni egual, ans nos baixam a més vils que ells no són e som enganadores de nostra honor e de la corona de honestat. Com la dona hix del ventre de sa mare, en lo front porta scrit, ab letres de or: «Castedat». Açò yo davant altri no gosaria dir, mas acuse a mi mateixa primera que a neguna de les altres. Emperò mirau la comtessa de Miravall com li pres que cometé adulteri e agué la pena que mereixia. Car en fe e seguretat sua, dormint lo marit en lo lit, ella posà en la cambra un gentilom, e no dels millors, de qui ella era enamorada. Lo comte despertà's e no·s trobà la muller al costat. Dreçà's en lo lit e sentí remor en la cambra. Levà's corrent e donà grans crits; pres una spasa que tenia al cap del lit. La comtessa apaguà la lum. Lo fill, qui dormia en una recambra, saltà del lit e ençés una entorcha e entrà en la cambra del pare. Lo gentilom qui véu lo fill ab la lum, donà-li ab la espasa per lo cap e matà'l. E lo comte matà al gentilom e a la comtessa, e foren paguats de llur maldat.

E estant elles en aquestes rahons, la emperadriu demanà de sa filla hon era, que molt havia que no la havia vista. Ella ixqué en la sala e trobà allí a la emperadriu, que li demanà de què tenia tan vermells los hulls.

—Senyora —dix la princessa—, lo cap hui tot lo dia me fa mal.

Féu-la seure en les sues faldes e estava-la besant moltes voltes.

Lo següent dia dix Tirant a Diafebus:

—Parent e jermà, prec-vos que aneu al palau e posau en rahons a la princessa, e vejau si poreu sentir de sa altesa com à pres lo fet de l'espill.

E Diafebus hi anà prestament e trobà lo emperador que entrava en missa. Com fon acabada, Diafebus se acostà a la princessa hi ella demanà-li què era de Tirant.

—Senyora —dix Diafebus—, partit és de la posada per anar a seure en la cadira del juhí.

—Si sabésseu —dix la princessa— quin joch me féu lo dia passat! Ab un espill me requerí de amors, mas deixau-lo'm veure, que yo li diré coses que no y pendrà gens de plaer.

—Hay senyora bona! —dix Diafebus—. Tirant ha portat açí flames de foch hi no n'hi à trobades.

—Sí —dix la princessa—, mas la lenya és de malves e per la aygua que ha passat tota és tornada humida. Mas açí n'i trobareu en aquest palau, de majors e de millors, hi escalfa molt més que vós no dieu. És de una lenya qui ha nom «Lealtea», la qual és molt tendra e seca e dóna repòs ab alegria qui scalfar s'i pot.

—Senyora, façam axí com vos diré —dix Diafebus—, si a la vostra celsitut vendrà en plaer. Prenguam de les vostres, qui són bones hi seques e de les nostres, qui són moltes e humides, e façam de tot una massa a semblança e factura vostra e del virtuós Tirant.

—No! —dix la princessa—, que dos strems no stan bé en una.

E burlaren axí fins que foren tornats en la cambra. Diafebus pres comiat e tornà-se'n a la posada e recità a Tirant tot lo parlament que havia tengut ab la princessa.

Com foren dinats e Tirant conegué que lo emperador devia dormir, ell e Diafebus anaren al palau. E de una finestra Stephania los véu venir; ab cuytats passos ho anà a dir a la princessa:

—Senyora, ja venen los nostres cavallers.

E la princessa ixqué en la cambra de parament. Com Tirant véu a sa senyora, féu-li molt gran reverència humiliant-se molt a ella. E la princessa li reté les saluts ab la cara no prou affable ni segons havia acostumat. Tirant, no prou content del gest de sa senyora, ab veu baixa e piadosa li dix lo següent parlar:

—Senyora de totes perfections complida, supplich a la excellència vostra voler-me dir lo vostre pensament, que a mi par que dies ha no he vist fer tal comport a la altesa vostra.

—Lo meu comport —dix la princessa— no és de plaure a Déu ni menys al món. Emperò, puix la sort vos ha portat en fer aquest novell cars, vos diré la causa per hon lo vostre poch saber e bondat se mostraran.

Capítol CXXVIII. Com la princessa repassà a Tirant perquè la havia requesta de amors

—Jo crech que vós no teniu lo saber natural, que si·l tinguésseu no haguéreu volguda perdre la noblea de natura, car per lo que fet haveu sou digne de gran infàmia e mereixedor de gran punició. Hi per experiència haveu manifestat que les costumes vostres no són de home virtuós, que no temeu a Déu ni a la honor del món, ne haveu sguart al noble donatiu que la molta humanitat del senyor emperador, pare meu, vos ha fet en lo seu imperi, fahent-vos de major dignitat e preminència que a tots los altres, sotsmetent tots los magnats, duchs, comtes e marquesos sots vostra obediència. E com açò serà sabut entre les gents, què poran dir de vós? ¡Que la filla de l'emperador, qui és posada en tan gran dignitat, sia stada requesta de amors per lo seu capità, lo qual ell de estrema amor amava e fiava, e la sua persona e los béns ha mesa en salvaguarda e custòdia vostra, e a mi, qui só succehïdora de lo imperi! E no m'haveu guardada aquella honor e reverència que ereu tengut, ans com a jutge injust, no haveu usat de justícia, sinó de mala fe e amor desonesta. O, capità, tan gran defalt haveu comés contra la majestat del senyor emperador, pare meu, e contra mi! E si yo u dehia a mon pare, hauríeu perduda la honor, la fama e la mundanal glòria e tota la obediència de tants singulars pobles e la senyoria que teniu. E si tanta virtut abundàs en vós e vehésseu en mi alguna cosa que a vici fos imputat, per vós devia ésser represa en loch de mon pare per la molta fe e crehença que ell té en vós. Per què seria digna cosa e justa que yo anàs als peus de mon pare e de açò donàs justa clamor en presència de tots los barons e cavallers, e donàs grans e piadoses lamentacions de la injúria que m'haveu feta, car ab ànimo sforçat me haveu requesta de amors, axí com si yo fos una sotil dona de poca stima. E lavors tota gentilea coneixerà que la lengua vostra rahona lo que no teniu al cor, e en tal cars ja hauré premi de victòria, per bé que los galans e cortesans no·m diran que yo sia stada victoriosa per ço com ho auré dit a pare o a mare en presència de molts. Mas poré dir ab tota veritat que haveu girat lo mantell de vostra honor sens guardar reverència a la imperial corona. Açò serà notori a tot lo món, car gran és la offensa que m'haveu feta.

E levà's del seu strado per voler-se'n anar dins la cambra. E com Tirant véu que se n'anava, ab cuytats passos anà devers ella e pres-la del manto e supplicà-la fos de sa mercé lo volgués hoir. E tant la supplicà Stephania e Diafebus que la feren tornar a seure. E Tirant féu principi a paraules de semblant stil.

Capítol CXXIX. Com Tirant donà rahó a la princessa per quina causa la havia requesta de amors e com per la sua amor ell se daria la mort

—O, més virtuosa que totes les mortals! No deuria ignorar la celsitut vostra la vàlua, forces e gran poder de amor, la qual mou los cels, les infatigables intel·ligències delitant-se en tal moure, sols per la amor que a la primera causa tenen. Reposen los elements en llurs esperes per la amor que a llurs propis lochs porten. Axí, tots los elements, les coses que a llur ésser se condonen, afectadament volen que en altres lochs trobar no·s deixen, sinó en aquells que a sa condició són conformes. Per què la mia ànima stà molt adolorida, car yo contemplant la gran singularitat de la bellea, gràcia e noblea, posí la libertat mia sots domini de vostra excel·lència e, fahent molts pensaments duptosos, era fet home sens recort. E veig ara que la altesa vostra ab ira cruel me condamna a total destructió, posant aguayts a la mia ànima per abreujar la mia penosa vida. Açò ha administrat la fortuna, que en tal cars me haja fet venir per yo haver fet un cars tan bo sens dar-ho a sentir a persona del món! Ja tement que les mies paraules no agreujassen la celsitut vostra, fuy forçat de aquella amor que a molts força dar-vos-ho a sentir ab senyals de molta honestat. E posat cars que defalt hi haja, lo perdó no·m deu ésser denegat, per ço com amor té poder absolut sobre mi. Incolpau, donchs, Amor. E deixau a mi, e vullau usar vers mi de la vostra excelsa pietat per ço com les coses que per sola virtut de amor se obren, de major premi són dignes, car si la vostra excelsa persona no fos dotada de tantes insignes virtuts com té, la mia ànima ni los meus hulls jamés se foren alegrats de res que vist aguessen. Com lo dia que la majestat vostra veheren, deixaren a mi e prengueren a vós per senyora. No vull més recitar per no enujar la celsitut vostra, sinó que vull satisfer en aquell mot que la altesa vostra me ha dit. Com ab ànimo sforçat vos havia requesta de amors, vull que la celsitut vostra sàpia tant de mi que si los sancts qui són més acostats a Jhesucrist podien fer una donzella de mortal carn a semblança de vostra altesa, yo la requeria de amors, iquant més a vostra majestat, qui sou filla de un emperador! Però sé-us tant dir, que per totes les parts del món la majestat vostra trobarà cavallers de major stat e dignitat de linatge e de riqueses, més gentils de honor e fama, ab més affabilitat e gràcia, de armes més valents e ab més ànimo sforçat de cavalleria: de aquests tals se'n trobarien més que no tinch cabells al cap. Però, senyora, sé-us dir que, si mil anys vostra altesa viu en lo món, no trobareu jamés cavaller y patge ni escuder qui tant desije glòria, honor e la prosperitat de la celsitut vostra com yo faç, ni applicar servey a serveys, honor a honors, e delit a delits. E yo hauré açò de la altesa vostra, ço és repòs, si repòs en tribulacions pot ésser dit. E ara coneixerà la celsitut vostra quanta era la amor e voluntat que yo tenia de servir la majestat vostra. E puix lo meu cor ha tant fallit que és stat causador de tant agreujar la vostra singular persona e percaçar tant de mal per a mi, ab la mia mà plena de cruel venjança, ans que lo sol haja passat les columnes de Hèrcules, yo·l partiré en dues parts. La una trametré a vostra excel·lència perquè de aquell prengau complida venjança; l'altra part trametré a la mare que IX mesos lo portà en lo seu ventre, perquè de aquell prengua la darrera consolació. O dia excel·lent qui daràs repòs a la mia fatigada pensa: amaga la tua lum per ço que breument sia complit lo que tinch deliberat! Bé sabia yo que axí havien a finir los meus trists e adolorits darrers dies! E no sap bé la altesa vostra lo jorn que yo diguí, present la senyora emperadriu, qual més valia, morir bé o morir mal? E per la majestat vostra me fon respost més valia morir bé que no mal. Bé sabia yo que si no us dava a sentir part de la mia atribulada pena, una nit me agueren trobat mort en un racó de la cambra, e si us ho manifestava havia de venir en lo que ara só. Aquest serà lo darrer any, mes, dia e hora que la altesa vostra viu me veurà. E aquestes seran les darreres supplicacions que jamés faré a vostra celsitut, aquestes seran les paraules que m'hoireu parlar. Que almenys, en premi dels serveys que tenia en voluntat de fer a la majestat del senyor emperador, pare vostre, e a tot lo imperi —car per contemplació de la excel·lència vostra tenia deliberat de despendre tots los dies de la mia trista vida en prosperar e augmentar la corona de l'Imperi Grech per yo ésser cert que per vós havia ésser possehïda—, per què, així agenollat com stich, altra gràcia no us deman, sinó que ab les vostres angèliques mans, aprés la mia mort, me vullau vestir la mortalla, e sobre la mia tomba me façau scriure letres qui pronuncien tal sentència: «Ací jau Tirant lo Blanch qui morí per molt amar».

E venint-li quasi los hulls en aygua e acompanyat de dolorosos suspirs, se levà dels peus de la princessa e ixqué de la cambra fahent la via de sa posada.

Com la princessa véu que ab tan gran desconort se n'era partit, moguda de molta amor e d'estrema dolor, los seus hulls destil·laren vives làgrimes mesclades ab molts suspirs e sanglots, que neguna de les sues donzelles no la podien aconortar, lançant veus doloroses e mostrant ses dobles e tristes dolors. E dix:

—Veniu vós, la mia fael donzella, vós qui us sentiu dolre de mon turment. Què faré, trista de mi? Que a mi par que no·l dech veure jamés sinó mort. E així m'o ha dit ell, car lo seu cor és tan alt e de tanta noblea que prestament ho posara en execució. Donchs, vós, la mia Stephania, vullau haver mercé de mi. Anau cuyta-dament a Tirant e preguau-lo molt de part mia que·s vulla'n deixar de fer alguna novitat, que a mi desplau molt lo que he dit. O miserable de mi! Que, posat cars que me'n penida —emperò fet ho he— lo plaer que y havia pres en dir-lo-y, en açò seré yo feta desplasent a Tirant. E tota la ira se és partida de mi e se és con-vertida en pietat, per bé que Tirant la haja de si foragitada.

Les quals paraules recitava la princessa ab moltes làgrimes. E Stephania, per contentar la voluntat de sa senyora, pres una petita donzella ab si e anà a la posada de Tirant, qui stava molt prop del palau. E pujà alt en la cambra e trobà'l que lavors se despullava un mantó de brocat que vestia, ab Diafebus, qui prop li stava, aconortant-lo.

Com Stephania lo véu despullat en gipó, pensà que s'era despullat per dar sepultura al seu cos. Lança's Stephania als peus de Tirant, així com si fos senyor de natura, e dix-li semblants paraules:

—Senyor Tirant, què voleu ordenar de la vostra persona qui és dotada de tota virtut? Car tots los vostres fets fins açí són stats il·luminats de memorable glòria, ara, per tan mínima causa no vullau perdre tots los treballs ni lo premi de vostres gloriosos actes. E plàcia-us no vullau avorrir la vostra pròpia carn, la qual restaria tostemps per exemple de viltat. E si lo contrari feu, serà abandonada la vostra grandíssima honor e fama, car més valen les obres de pietat e de virtut que no la ira de aquest món, que per tan poca cosa com ma senyora vos ha dit vós siau tan agreujat que·n vullau perdre la sua amor e lo cors e la ànima, car la majestat sua ho dehia amigablement per burlar-se ab vós, e de açò poré yo fer salva ma fe. E vós tantost vos sou mogut a ira intol·lerable. Per què us supplich ab molta amor, que vullau remetre totes aquestes coses a oblivió, e perdonar a la vostra joventut e gentil disposició, e no vullau fatigar la fortuna, qui us és pròspera, car gran sobres li faríeu.

E callà e no dix més. E com Stephania entrà per la cambra e Tirant la véu que féu continent de agenollar-se, tan prest fon Tirant ab lo genoll en terra, e açò per quant era donzella qui servia a filla de emperador. E més, perquè era donzella de gran stima, neboda de l'emperador e filla del duch de Macedònia, lo major duch de tota Grècia. Tirant volgué satisfer a les paraules de la donzella, mogut per glòria de domèstica senyoria, e féu principi a paraules de semblant stil:

—Tants són los mals que comport, que no comporten de si trigua alguna, car flames turmenten contínuament lo meu cor, e adolorida temor me dóna turment irreparable. Aquests són los fochs de la mia offeguada pensa, ja cansat de viure e vençut de les penes de amor, de hon se segueix que la mia ànima s'és rebetlada contra lo cors, volent dar fi als treballs e turments de aquest miserable món. Per ço com pens, si voluntat no m'engana, que en l'altre sien de molt menor pena, per ço com no seran de amor, com aquesta sia la pena qui excel·leix totes les altres penes. E no·m dol la mort com pens morir per tal senyora; que, morint en lo món, reviuré per gloriosa fama, que diran les gents que Tirant lo Blanch morí per amors de la més bellíssima e virtuosa senyora que sia ni serà en lo món. Per què, senyora, supplich a la mercé vostra que us ne vullau anar e leixar a mi, dolorós.

La princessa stava ab inextimable congoixa com vehia que Stephania no tornava per recitar-li noves de Tirant. E no podent-ho més comportar, cridà una donzella sua qui havia nom Plaerdemavida, e pres un drap e posà'l-se sobre lo cap perquè no fos coneguda. E devallà per la escala de l'ort e, uberta la porta de l'ort, passà en la casa hon era Tirant, que per negú no fon vista. Com Tirant la véu entrar per la cambra, se lançà estés per terra, hi ella, com los véu star a rahons i agenollats, també volgué estar axí com ells estaven. E començà a fer principi a un tal parlar.

Capítol CXXX. Com la princessa demanà perdó a Tirant de les ofensives paraules que dites li havia

—Prech-te, Tirant, que, si la mia lengua ha scampades algunes paraules offensives contra tu, plàcia't no les vulles retenir en ton cor, car tot quant he dit per ira ho vulles posar en oblit. Car cosa és de gran admiració, com lo pensament stà occupat en alguna cosa de dolor, que la ira foragita la pietat e la pietat exalça la ira. Emperò yo, reconeixent bona fe e vençuda per humana pietat, revoque aquelles, que vull que no vajen per dites e, en conservació de mon dret, te deman en gràcia que lo perdó me sia atorguat.

Com Tirant véu parlar ab tanta de amor a sa senyora, fon lo més content home del món, tant com si agués aconseguit fi de la sua desijada victòria, offerint-li ab molta humilitat de fer tot lo que li manàs. Dix Stephania:

—Puix la pau és feta, yo, senyora, li he promés que vostra altesa li deixarà besar los cabells si ell fehia lo que vostra excel·lència li manava.

—Yo seré ben contenta —dix la princessa— que·m bese los hulls e lo front, si·m promet, a fe de cavaller, de no cometre novitat neguna en la sua persona.

E Tirant lo y promés de bon grat he u jurà. E les grans dolors foren convertides en abundosa alegria e contentació.

La princessa se'n tornà, prestament, acompanyada de Tirant e de Diafebus fins que foren dins l'ort. La princessa manà a Plaerdemavida que fes venir totes les altres donzelles e, aprés un poch spay, totes foren en lo ort, e la Viuda Reposada ab elles, la qual, per haver vist tots los entramesos, passava molt gran passió per sguart de la princessa e molt més, per lo interés que li'n tocava, la fahia star en gran pensament. A poch instant vengué lo emperador e, de una finestra que mirava dins lo ort, véu a Tirant star ab sa filla. Devallà en lo ort e dix a Tirant les següents paraules:

—Nostre capità, yo havia tramés a la vostra posada per vós e no us hi han trobat. Plaer he agut com vos he vist açí.

—Senyor —dix Tirant—, yo havia demanat de la majestat vostra e havien-me dit que vostra altesa dormia; e per no despertar aquella era vengut ací ab aquests altres cavallers per dançar o haver algun deport.

—Mal deport e negre tenim! —dix lo emperador—. Cové que tinguam consell, que és de gran necessitat.

E féu manament que tocassen la campana del consell. Com tots los de l'imperial consell foren ajustats, lo emperador féu venir lo embaixador e féu legir en presència de tots la letra de crehença. E aprés dix que la mala nova per tots devia ésser sabuda, com no fos cosa que pogués star secreta. Aprés manà a l'embaixador que explicàs sa embaixada, lo qual, feta reverència ab gran modèstia, féu un tal rahonament.

Capítol CXXXI. Com lo embaixador del camp explicà la embaixada a l'emperador

—Senyor molt excel·lent, a la vostra seveníssima majestat notifique com, per prechs e manament del gran conestable e dels menachauts del camp, degués venir a vostra altesa per significar com en la nit del dijous pus proppassat vengueren XLV mília hòmens a peu e foren-se mesos en sòl de terra enmig de una gran praderia, e per la abundància de les moltes aygües, és feta la erba molt alta e per negú no pogueren ésser vists. E com lo sol fon un poch alt, vem venir cavalls encubertats e ginets de turchs —qui podien ésser entre tots obra de mil e CCCC, poch més o menys— e apleguaren a una flamayra de aygua que y havia. E lo duch de Macedònia, home molt superbo e poch entés segons los fets que pratica, féu sonar les trompetes que tothom pujàs a cavall. E per lo conestable e per los altres qui saben més de la guerra que no ell li fon dit e protestat que no volgués exir en ampresa de altri e, per molt que li diguessen, no volgué creure a negú e anà ab tota la gent fins a la flamayra. E manà passar tota la gent, així de peu com de cavall. E la aygua dava fins a les cingles dels cavalls, hi en lochs hi havia que anaven nadant. Envers la part dels enemichs stava una riba que ab gran afany la podien pujar los cavalls, e de allí los enemichs, ab lances, encontraven-los e, per poch balanç que lo home d'armes prenia o son cavall, prestament cahïen en la aygua, que no se'n podien levar, e per la flamayra avall ne anaven tots. Car, si lo duch hagués pres una milla més amunt, podia passar quasi tota la gent a peu exut.

«Los enemichs afluixaren un poch per ço que la gent passàs e feren demostració de retraure's en un petit mont que y havia, lo duch fahent son poder de pendre'ls. D'altra part, los nobles per antiquitat de linatge en fets excel·lents s'eren moltes veguades trobats e, confiant-se en llurs forces, feren com a vallents e virtuosos que ells eren, ab lo recort de la fidelitat que vassalls són tenguts a llur senyor per conservació de la imperial corona.

«Com los qui staven en la celada veren los grechs tan fortment bataillar, ixqueren ab molt gran fúria e feriren enmig dels crestians, dels quals feren gran scampament de sanch. E lo duch, no podent més soferir la gran batailla, secretament fogí e se'n tornà allà de hon era exit, sens haver feta molta offensa als enemichs. E tots los qui pogueren ésser stalvis, se n'anaren ab ell.

«Los moros, seguint llur victòria, li han posat siti sobre la ciutat. E és-hi vengut en persona lo Gran Turch e lo soldà, ab tots los reys qui són venguts en llur valença, e tots los duchs, comtes e marquesos qui de Ytàlia e de Lombardia són venguts a sou de ells. E de continent que lo soldà sabé tal nova, se féu intitular emperador de Grècia. E diu que jamés no·s partirà del siti fins que haja pres lo duch e tots quants són ab ell, e aprés, que vendrà a posar lo siti sobre aquesta ciutat. E sé-us dir, senyor, lo duch no té provesió sinó per a un mes, al tot més larch, a mes e mig. Axí, senyor, veja la majestat vostra què és de fer ne quin consell pendreu en aquests afers.

Dix Tirant:

—Digau-me, cavaller, per vostra virtut, quanta gent s'és perduda en aquesta batailla? Respòs lo cavaller:

—Senyor capità, per sguart de les squadres de les capitanies, s'és sabut que entre morts en la batailla e negats e presoners nos fallen XI mília DCCXXII hòmens.

Parlà lo emperador e dix:

—Nostre capità, prech-vos, per reverència de nostre senyor Déu e per amor mia que doneu diligència que, dins XV o XX dies, siau partit ab tota la gent per socórrer aquells miserables o de vitualles o de gent.

—O senyor! —dix Tirant—. ¿E com pot dir vostra majestat semblant rahó que tan lonch temps com són XX dies no hajam de partir, lo qual poria ésser que los enemichs donassen combat a la ciutat e, per ço com són molt poderosos, porien entrar la ciutat?

Tirant tornà demanar a l'embaixador quin nombre de gents podien ésser los enemichs. Respòs lo embaixador:

—Per la fe mia, los turchs són en gran nombre e són molt àbils en la guerra, e gent molt crudelíssima e desconeixent. Emperò, al parer de nosaltres e per dit de alguns presoners, ells són de DCCC mília hòmens ensús.

—E per ço, senyor, seria yo de parer —dix Tirant— que fos feta una crida real per tota la ciutat, que tots aquells qui han pres lo sou, e aquells qui pendre-lo volran, que vajen a la Casa de l'Imperi per rebre compliment de pagua e, dins VI dies, tothom sia prest per partir.

Lo emperador ho tingué a bona sort e fon-li molt plasent tot lo que Tirant havia dit, com lo véu ab ànimo sforçat de cavaller.

Com la crida fon feta, prestament ne foren avisats tots los grans senyors qui eren fora de la ciutat, e tots foren allí a la jornada ab los cavalls reposats. E los qui eren venguts de Cicíl[i]a eren en covinent punt.

La fama e mala nova anà per la ciutat del perdiment que fet havien, e moltes gents del poble, axí hòmens com dones, se ajustaren en la plaça del mercat. Los uns ploraven llurs jermans, los altres los fills, los altres los amichs e parents, los altres la destructió de l'imperi, com tota la major part de l'imperi fos perduda. E tota la sperança de l'emperador e de tots los seus no era sinó en un sol Déu, per ço com duptaven de venir en cruel fam e set per lo enemich, qui era victoriós, e lo cremament de la ciutat, recordant la captivitat e servitut miserable.

E digueren a l'emperador dos barons de l'imperi que trametés sa filla Carmesina en Ongria, a sa jermana. Com Tirant hohí dir semblants paraules, tota la sua ànima se alterà e tornà la sua cara semblant de persona morta, e de açò agueren notícia totes les donzelles, e encara lo emperador, qui demanà a Tirant quin mal tenia que axí li era mudada la color.

—Senyor —dix Tirant—, hui tot lo dia tinch gran dolor de ventrell.

Lo emperador féu venir prestament los metges perquè li donassen alguna medecina que fos bona per al seu mal, e axí fon fet. Com lo emperador véu que Tirant stava ja bé, dreçà les noves a sa filla Carmesina e dix-li semblants paraules:

—Ma filla, ¿què us par a vós de les coses que los del consell m'an dit de vós? Que lo parer meu és que seria ben fet, per ço que si la gent e lo imperi se perdia, que vós no·s perdésseu.

Respòs a les paraules del pare, la discreta senyora, en tal manera.

Capítol CXXXII. La resposta que la princessa féu a l'emperador, son pare

—O pare piadós! Per què voleu posar aguayts a la mia vida e al vostre repòs? Car bé sap la majestat vostra que los casos afortuïts de fortuna, qui han en si linatge de tots perills, deuen ésser remesos a la divina Providència. E per quant los vostres dies benaventurats ja passats e los que són per a venir feneixquen benaventuradament, sens enuig ne alguna veixació temerosa, la altesa vostra no deu permetre yo sia separada de la vostra vista, car yo stime més morir prop de la majestat vostra hi en la mia pròpia pàtria que si, per exalçament de riqueses, yo vivia en stranya terra, en dolorosa vida e fatigada de molts suspirs.

Com lo emperador véu lo parlar de sa filla acompanyat de tanta discreció e amor, fon lo més content home del món per ço com dix que prop de ell volia morir.

E venint la nit, Tirant, ben informat de tot, pres dos hòmens de la ciutat, qui sabien molt bé tota la terra., e caminaren tota la nit e l'endemà fins a migjorn, que arribaren en una gran planícia qui era nomenada Vallbona. E tota aquella vall era plena de bestiars, de grans e de pochs, com tot lo més bestiar tinguessen allí per dupte dels enemichs. E Tirant féu pendre totes quantes egües pogué haver e féu-les liguar les unes ab les altres, ab CC hòmens que les portaven, e manà'ls que fessen la via de lla hon stava lo camp dels enemichs, e tantes com ne poguessen haver, que fossen preses e posades ab les altres. E Tirant se'n tornà a la ciutat de Constantinoble e apleguà-y lo quint dia: féu fer mostra a tota la gent.

L'endemà per lo matí benehïren les banderes ab singular processó e festa que fon feta. Tota la gent se armà e pujaren a cavall per partir. Primerament, ixqué la bandera de l'emperador, portada per un cavaller qui era nomenat Fontsequa sobre un gran e meravellós cavall tot blanch. Aprés ixqué la bandera de la divisa de l'emperador, la qual era ab lo camper blau ab la torre de Babilònia tota de argent, ficada una espasa dins la dita torre ab un braç tot armat qui tenia la espasa per lo mantí, ab un mot de letres de or qui dehien: «Mia és la ventura». Aquesta bandera era acompanyada de tots los servidors de casa de l'emperador. Aprés de aquesta esquadra venia lo duch de Pera ab ses banderes e ab tota la sua família. Aprés venia altra squadra del duch de Babilònia e, aprés, lo duch de Sinòpoli e lo duch de Deperses. Aprés venia lo duch de Casàndria e lo duch de Montsanct, cascú ab sa squadra, qui eren venguts de Nàpols. Aprés passà lo marqués de Sanct Marco de Venècia, ab la sua squadra, e aprés lo marqués de Monferrat. Lo marqués de Sanct Jordi ixqué molt abillat ab los cavalls encubertats de brocat e de seda, e tota la sua gent molt en orde de totes les coses necessàries a la guerra. Aprés ixqué lo marqués de Peixcara ab la sua squadra, e lo marqués del Guast e lo marqués d'Arena, lo marqués de Brandis, lo marqués de Prota, lo marqués de Monnegre e un jermà bastart del príncep de Tàrantol; cascú de aquests ixqué. ab sa esquadra. Aprés de tots aquests, ixqueren lo comte de Bell-Loch, lo comte de Plegamans, lo comte d'Àger, lo comte de Aygües Vives, lo comte de Burgença, lo comte de Capaci, lo comte de Aquino, lo comte de Benafria, lo comte Carlo de Malatesta e lo comte Jacobo de Vintimilla, de Cicília; e cascú de aquests ixqué ab sa squadra. E molts altres comtes e vescomtes e altres capitans ixqueren ab ses esquadres de gent d'armes, tots conduhïts a sou de l'emperador. E foren XLVIII esquadres, en les quals y havia CLXXXIII mília combatents.

E com totes foren passats davant lo emperador, e de totes les dames qui·ls miraven, e Tirant, qui anava entre ells capitanejant —no del tot armat, sinó les cames e los braços e un gesaran, e vestia sobre tot una sobrevesta imperial—, posant tota la gent en orde. E la darrera squadra de totes era la de Tirant, ab ses banderes: la dels cadenats e la dels corbs. E com lo emperador véu ja casi tota la gent fora, de la finestra cridà lo capità e dix-li que no·s partís per ço com ell volia parlar ab ell e dar-li letres per al duch de Macedònia, e per alguns altres. E Tirant dix que era molt content.

Com tota la gent d'armes, de peu e de cavall, fon fora de la ciutat, Tirant se'n tornà e pujà alt en les cambres de l'emperador, e trobà'l que stava en un retret ab lo secretari scrivint. E no li volgué res dir per no torbar-los. Com la princessa véu a Tirant, cridà'l e dix-li:

—Capità, segons veig la vostra partida és certa, segons los senyals. Prech al Senyor de tot lo món vos done victòria ab honor, axí com fon Alexandre en lahor.

E Tirant, regraciant-li molt lo que li havia dit, donà del genoll en la dura terra e besà-li la mà tenint-ho en senyal de bona ventura. E tornà-li a dir la princessa:

—Tirant, vejau ans de vostra partida si negunes coses voleu de mi. Digau-les-me, car yo us faç cert que us serà tot atorguat ab cor de no fallir-vos jamés en res.

—Senyora singular en lo món —dix Tirant—, la majestat vostra no té par, com lo fènix, axí en dignitat com en virtuts. E yo, senyora, bé demanaria si vostra celsitut m'o volia atorguar e, obtenint tal gràcia, seria coronat en la celestial glòria sobre tots los altres sancts, no volent jamés més béns possehir en aquest món. E per ço com sé que·m seria deneguat per vostra altesa, seria demesiat lo demanar fins a tant que la excel·lència vostra me mane que parle.

—Hai, capità! —dix la princessa—. Com sou huy exit tot beneyt! Par que no sapiau mal ni bé! E yo bé entench vostre lenguatge, per bé que yo no sia stada en França: vós demanau fortuna de virtut e yo no demane senyoria, mas demane llibertat de amor. E com lo rey vol, jamés entra fe en casa sua.

—Senyora —dix Tirant—, no·m bandegeu de vostra majestat, car no volria que us ne prengués axí com fan les juhïes, que, com volen parir, que tenen les dolors del part, reclamen a la verge Maria e, com han parit e són delliures de tot mal, prenen una tovallola ben blanca e van per tots los cantons de la casa e dehien: «Fora, fora, Maria de casa de la juhïa!»

—Hai, en beneyt! —dix la princessa—. Puix me dau càrrech de saber, aturant-vos glòria de ignorància, aplicant tots jorns un bé aprés altre! E vós no haveu mester assessor qui parle per vós, mas les paraules femenils ab poch treball ixquen de la boca! Mes bé veig jo, qui us dava loch, bé sabríeu executar lo qui toca a vostra part, car lo que yo us dehia no era per pus sinó, si havíeu mester or o argent o joyes, yo de bon grat vos ne daré, sens que no·n sentirà res lo senyor mon pare.

—Senyora —dix Tirant—, yo, com a servidor obedient de la altesa vostra, vos faç infinides gràcies, mas supplich-vos me fassau una singular gràcia.

—Si a mi serà honesta cosa —dix la princessa—, yo seré contenta de fer-ho. Emperò primer vull saber lo que desijau haver de mi, car yo só composta de tal metall que jamés prometí res que no u atengués, ara fos de mal o de bé: la mia paraula no pot tornar atràs. Açò us poden dir totes les mies donzelles e a tots los qui·m tenen coneguda: que lo sí és sí e lo no és no.

—Tant és major virtut la vostra! —dix Tirant—. E yo, senyora, no us demane sinó que la altesa vostra me faça gràcia que·m doneu aqueixa camisa que portau, per ço com vos és més acostada a la vostra preciosa carn, e yo ab les mies mans la pugua despullar.

—Sancta Maria val! —dix la princessa—. Hi què és lo que·m dieu? Yo seré bé contenta de dar-vos la camisa, joyes e robes e tot quant he, mas a mi par que no seria justa cosa que les vostres mans toquen lla hon negú no ha tocat.

E prestament se n'entrà en la sua cambra, e despullà's la camisa e vestí-se'n una altra. Ixqué en la gran sala, hon trobà a Tirant, qui·s burlava ab les donzelles, e cridà'l a un depart e donà-li la camisa, e besà-la davant ell moltes veguades perquè fos més content. Tirant la pres ab gran alegria, anà-se'n a sa posada e dix a les donzelles:

—Si lo emperador me demana, digau-li que prestament seré açí, que·m só anat armar perquè pugua prestament partir.

Com Tirant fon a la sua posada, acabà's del tot armar, e trobà allí Diafebus e Ricart que eren tornats per vestir-se les cotes d'armes que s'avien fetes, totes de chaperia. La de Ricart era tota brodada de madeixes de or totes embaraçades, e dehia lo mot: «No y trop cap ni sentener». La [de] Diafebus era tota brodada de cascayls, e dehia lo mot: «Lo que ha altri fa dormir a mi disperta». Com Tirant fon del tot armat mirà la camisa, que era tota de fil de seda ab grans listes de grana molt amples e en les listes hi havia brodades àncores de nau, e dehia lo mot: «Qui bé stà, no·s cuyta moure e, qui seu en pla, no ha d'on caure». Era brodada a costats, les mànegues molt grans, que tocaven en terra. Vestí-la's sobre totes les armes, e la mànegua dreta pleguà-la fins prop del muscle e la mànegua squerra la pleguà fins a mig braç, e senyí-la's ab un cordó tot de or de sanct Francesch. E féu-s'i posar sobre tot, sanct Cristòfol, ab lo Jhesús a la part sinestra, tot de or, ben liguat perquè no caygués.

E axí vengueren los tres cavallers a pendre comiat de l'emperador e de totes les dames. Com foren alt, trobaren lo emperador, qui stava sperant al seu capità que vingués, perquè volia que·s dinàs ab ell. Com lo emperador véu a Tirant, dix-li:

—Nostre capità, quina cota d'armes és aqueixa que us haveu vestida?

—Senyor —dix Tirant—, si la majestat vostra sabia la propietat que té, n'estaríeu molt admirat.

—Molt me plauria saber-ho —dix lo emperador.

—La virtut que té —dix Tirant— és de bé afer, que com yo partí de ma terra una donzella la·m donà, la qual és la més bella, e de totes virtuts complida, de totes quantes donzelles són en lo món. No u dich en derrogació de la senyora princessa, que açí és, ni de les altres donzelles qui de honor són.

Dix lo emperador:

—Per cert, jamés se féu en lo món negun bon fet de armes si per amor no·s fes.

—E per ço, senyor, vos promet —dix Tirant—, a fe de cavaller, que, en la primera batailla que yo·m trobaré, yo la faré mirar als amichs e als enemichs.

Lo emperador se posà a dinar, e la emperadriu e sa filla, e lo capità aprés de ella. E féu seure als dos cavallers en altra taula ab totes les dones e donzelles. Aprés que foren dinats ab molt gran plaer —e en especial Tirant, com menjava en un plat ab sa senyora, pensà ésser més benaventurat que no era— lo emperador se n'entrà dins una cambra e féu entrar allí a la emperadriu, e a sa filla e a Tirant. Aprés, intraren totes les dames e cavallers. E en presència de tots lo emperador dix a Tirant paraules de semblant stil.

Capítol CXXXIII. Com lo emperador tramés Tirant al camp, e los prechs e exortació que li féu

—Si la adversa fortuna fins açí ha permés disminuhir la libertat e senyoria del nostre grech imperi, per haver perdut un tal cavaller e capità com era lo meu fill. E per yo ésser posat en tal edat que no·m basta la virtut per a poder portar armes, ha dispensat la divina Providència, per la sua immensa pietat misericorde, trametre a vós, Tirant lo Blanch, en qui tota la nostra sperança reposa. Vos preguam ab molta amor, puix que som certs de la vostra virtuosa fama vós ésser dispost e sufficient per art de cavalleria en majors fets que aquests no són —per bé que aquests sien prou ardits e de gran perill—, que vós, per la vostra molta virtut, hi vullau posar lo saber hi sforç en la honor mia hi de l'imperial patrimoni, e de tota la cosa púplica, com yo haja manat, sots pena de la fidelitat, a tots los meus duchs, comtes e marquesos, a tots en general e a cascú per si, que us amen, honren, obeixquen e us guarden axí com a la mia pròpia persona. E donareu aquestes letres al duch de Macedònia e al meu conestable, e les altres a qui van.

Les darreres paraules de l'emperador foren principi a Tirant en fer semblant resposta:

—La ferma sperança que yo tinch en Déu totpoderós, que jamés permet que negú sia vençut qui a la sua altíssima majestat recorre, me asegura la victòria. Per què, senyor, la altesa vostra stigue ab ferma confiança que, ab ajuda de Déu, de tots vostres enemichs sereu vencedor. Donant del genoll en la dura terra, besà la mà a l'emperador, prenent son comiat, e semblant féu a la emperadriu e a la excelsa princessa, la qual jamés volgué consentir que li besàs la mà. E axí com ell fon de peus per abraçar les donzelles, lo emperador li donà un sach ab XXX mília ducats. E Tirant no·l volia pendre, sinó que dix:

—Senyor, ¿no m'a dat prou la majestat vostra de armes e cavalls, joyes, socorriment e altres coses, que és massa gràcia per a mi?

Dix la princessa:

—Puix a mon senyor lo emperador plau, forçat és que axí se ha de fer.

Pres comiat Tirant de totes les dames e de tots los que allí eren. Com foren baix al cavalcador, dix Ricart:

—¿No seria bo, puix lo emperador stà a la finestra e totes les dames són exides per mirar-nos, que cavalcàssem los cavalls encubertats ab los bacinets al cap, puix tenim pennachos grans e bells, e féssem açí un fet d·armes ab les lances, aprés ab les espases, no fent-nos dan negú?

—Molt me plaurà —dix Tirant— que·s faça.

Cascú cavalcà en son cavall encubertat, enmig de la plaça, e posaren-se los baçinets al cap. E aquells cavalls eren cicilians e molt laugers. Ab les lançes corregueren una stona. Deixades les lançes, tiraren les spases e anaren los uns contra los altres, e fehien entrades e exides donant-se de grans colps ab les espases de pla. A la fi, uniren-se los dos cavallers contra Tirant, e lavors los fehia molt bell veure les entrades e exides que ells fehien. Com se foren axí un poch combatuts, feren gran reverència a l'emperador, aprés a les dames, e tiraren son camí. E totes les dames senyaven los cavallers e supplicaven a nostre senyor Déu los donàs victòria contra sos enemichs.

No penseu que los angèlichs hulls de la princessa perdessen jamés de vista a Tirant fins que fon fora de la ciutat. Lavors, se convertí la vista en amoroses làgrimes, e totes les altres donzelles li fehien companyia. E lo emperador se leixà dir que, per la sua fe, grans dies eren passats que no havia aguda major consolació ni plaer que en veure combatre axí aquells tres cavallers.

—E a mi par verdaderament que Tirant deu ésser valentíssim capità e virtuós cavaller. Com los cavallers foren fora de la ciutat donaren los cavalls als patges e cavalcaren altres roçins. E en poca de hora apleguaren ab la gent d'armes. E los cavallers restaren en la sua squadra, e Tirant anava d'esquadra en squadra, visitant la gent, amonestant-los que anassen contínuament en orde.

Aquell dia acaminaren V legües. Atendaren-se en una bella praderia, abundosa de moltes aygües, e Tirant tenia tal pràtica com era capità de gent d'armes que jamés descavalcava fins que tota la gent era aleujada, per dupte que no s'i seguís algun scàndel en lo camp. Com tots foren aleujats en la bella erba del prat, Tirant anà de tenda en tenda a tots los ducchs, comtes e marquesos, venguessen a sopar ab ell. E foren axí ben servits de totes coses com si fossen dins la ciutat de Constantinoble, que ell portava III cochs —los millors que·s trobaren en tota França— que bastaven per aparellar de menjar a tot lo camp.

Aprés que tots agueren bé sopat, Tirant féu cavalcar a tots los seus, ab d'altres qui eren en nombre de II mília lançes, e aquells vellaren fins hora de mija nit. E tramés gent per los camins per veure si sentirien gent d'armes o altra cosa. E Tirant anava guardejant lo camp, adés en un loch, adés en altre. Com fon hora de mija nit, fehia descavalcar aquells e tornar a cavalcar altres II mília lances. E no consentia portassen patges, sinó tots armats com si aguessen entrar en aquella hora en batailla.

E com Tirant stava en guerra nunqua se despullava sinó per mudar camisa. Com venia lo matí, II hores ans del dia, fehia sonar les trompetes per a ensellar hi ell hohïa la missa. Aprés acabava's de armar e prestament cavalcava, e axí anava per tot lo camp fent armar tota la gent. Com venia l'alba, tots eren en punt per partir. Aquesta pràtica servaren fins que foren a legua e mija prop dels enemichs, en una ciutat que ha nom Pelidas —e to[t]s dies staven per dar-se als turchs, vehent lo gran poder que portaven. Com ells saberen que socors de gent d'armes venia, foren molt contents e obriren les portes de la ciutat. Lo capità no volgué entrassen de dia perquè no fossen vists. Emperò tan secretament no u feren, que ells foren sentits. E fon primerament avisat lo Gran Turch com en la ciutat de Pelidas era entrada gent d'armes, però que no podien saber quanta era. De continent lo Gran Turch ho anà a dir al soldà, e aquell dix:

—¿Com podeu vosaltres pensar que gent d'armes hi sia venguda, car sabem que aquell que·s nomena emperador té molt poca gent, sinó aquells trists e dolents que l'altre dia vengueren e no són res? Ni solament se deuria passar per la memòria. Seran de aquest, del duch de Macedònia, de aquells qui fugiren, e no fugien com a enemichs vençuts, mas axí com a servos fugitius. E nosaltres tenim e avem conquistat, de les X parts de l'imperi les IX e mija. No·ns resta altra cosa sinó aver pres lo duch de Macedònia, acaminar aquestes XXV legües que y ha fins a la ciutat de Constantinoble e pendre per la barba aquell vell emperador e condemnar-lo a perpetual presó, e a sa filla Carmesina que sia cambrera major de la nostra cambra, e la emperadriu serà cuynera de tota la ost. E prestament faré fer una ymatge tota de or a semblança mia e fer-la he posar enmig del mercat de la ciutat.

Dix lo Gran Turch:

—Senyor, tot lo que dieu se poria bé fer, emperò bo seria donar recapte en açò que us he dit, car no deu hom tenir les coses en menyspreu axí com féu lo rey de Troya que, per sa gran culpa, se perdé ell hi tots los seus, per tenir les coses en compte de no res. E lig-se de molts gloriosos prínceps que són stats perduts per semblant rahó: volent conquistar dignitat real, la perderen, e la sua aprés.

—Ara —dix lo soldà—, puix axí és...

Féu-se venir un cavaller de aquells qui tenien càrrech del camp e dix-li a un depart:

—Mira aquell gran covart del Turch, lo qual és tot ple de vergonyosa temor! Diu no·m sé quines oradures y crech que és un somni que ha fet. Per contentar-lo, tramet un home qui guardege devers lo camí de la ciutat de Pelidas.

E axí com lo soldà dehia que y trametés un home, ell n'i tramés IIII, que mirassen bé devers la ciutat de Pelidas si porien haver sentiment quina gent hi havia venguda.

L'endemà que Tirant se fon més en la ciutat de Pelidas, de matí anà de casa en casa pregant a tota la gent que tothom ferràs sos cavalls e adobassen les selles. E com açò fon fet, pres un home ab si, lo qual sabia molt bé aquella terra, e cavalcaren. E tan secretament com pogueren, per lochs apartats anaren prop lo camp. E de un toçal veren la vila e lo camp, e vehien com tiraven les bombardes a la vila e los de dins tiraven molta terra a la barbacana, e havien-la ben omplida de terra. E com la pedra de la bombarda dava en la muralla, foradava lo mur, mas no derocava per sguart de la terra que y havia.

E Tirant tingué sment en lo camp e véu que tota la vila entorn era plena de tendes e de tanta multitut de gent que negú no pogués exir ni entrar que no fos pres. E lo soldà stava a la una part e lo Gran Turch stava a l'altra. E conegueren-ho en les grans tendes que vehien molt pintades. Com bé hagueren mirat, tornaren-se'n a la ciutat e, com se'n tornaven, de un puig veren les guardes dels moros qui staven mirant a totes parts.

Com foren descavalcats, Tirant se n'anà a la plaça, hon trobà la major part de la gent de peu e dix-los:

—Veniu açí, jermans. Nosaltres venim de gua[r]dejar lo camp dels nostres enemichs e, al venir que féhiem, havem vist IIII guardes del camp. Qui seran aquells que y volran anar? E de cascuna guarda que portareu viu, yo li daré D ducats, e si porten lo cap los ne daré CCC.

E prestament se concordaren VII hòmens a peu, qui sabien molt bé la terra, hi en la nit partiren perquè no fossen vists. Com foren bé avant, dix lo hu:

—Senyors, voleu fer bé? Posem-nos prop de una font que açí està e cobrirem-nos de rama. Los moros no és menys que a la hora del migjorn no devallen açí a beure de aquesta aygua, per la gran calor que fa. E axí·ls pendrem a mans.

Fet lo deliber, posaren-se en l'aguayt molt bé cuberts. Com lo sol fon exit, ells los veren star alt en un toçal. Com la hora fon bé calenta, que tenien gran calor, per desig de beure de la aygua fresca vengueren a la font. Com foren allí, dix lo hu dels crestians qui staven amaguats:

—No·s mogua negú fins que sien ben farts de aygua, car no poran tant córrer.

E axí u feren. Com agueren ben begut e menjat, los crestians ab grans crits ixqueren e prengueren de continent los III. E lo hu se pres a fugir. Com veren que no·l podien atenir, despararen-li una ballesta e donaren-li ab una stralla per lo costat. E prestament caygué. Taillaren-li lo cap e posaren-lo en una punta de lança. Los altres, ab les mans liguades, los portaren hon era lo capità.

Com Tirant los véu fon molt content, e pres los tres moros e posà'ls en bona guarda. E dix als hòmens que·ls havien pres:

—Què haveu vosaltres haver?

—Senyor capità —digueren ells—, nostre dret és de mil e DCCC ducats. Emperò veja la senyoria vostra que·ns volrà dar, car per poch que·ns doneu nos tindrem per contents.

—Per mon Déu! —dix Tirant—. No faré yo tal cars, ans vos vull ben contentar, puix bé y haveu treballat.

Portà'ls-s'en a sopar ab ell e féu-los seure al cap de la taula, ans de tots los duchs, comtes e marquesos. E com agueren ben sopat, Tirant los donà II mília ducats e sengles gipons de seda. Com los altres hòmens de peu veren tanta gentilea, digueren que jamés havien vist tan singular capità.

Tirant agué ordenat aquell dia que tothom sopàs de jorn e que ensellassen los cavalls, e que tots stiguessen armats e en punt per partir. Com fon nit scura, Tirant féu exir tota la gent de la ciutat e posaren-se en orde, axí los de peu com de cavall. E detràs tota la gent venien III mília hòmens ab les egües. E com foren prop del camp féu apartar tota la gent d'armes a un depart, per ço que poguessen passar les egües sens que los roçins no les sentissen.

Com les egües foren a la entrada del camp, tots los hòmens de peu entraren ab elles e foren fetes dues parts: la una envers lo soldà, l'altra envers lo Gran Turch. E los cavalls del camp sentiren les egües: los uns se soltaven, los altres rompien los dogals, los altres arancaven les staques. Veuríeu anar tots aquells cavalls del camp, uns deçà, altres delà, altres detràs les egües. Com los cavallers del camp veren los seus roçins solts, corrent los uns amunt, los altres avall, exien de les tendes en camises, altres en gipons, e tots staven desarmats. E ab tan gran repòs dormien e staven contínuament desarmats com si pròpiament stiguessen en lo més fort castell del món.

Com aquest desbarat agués durat un poch spay, e tot lo camp stava aremorat per los cavalls, vengué Tirant e ferí en la una part ab la mytat de la gent, e lo duch de Pera, ab l'altra gent, feriren a l'altra part, invocant lo gloriós cavaller sant Jordi. Veureu en poca de hora tendes anar per terra e hòmens morts e nafrats en gran nombre. Lo Gran Turch ixqué desarmat de la sua tenda com sentí los mortals crits que la gent daven e cavalcà sobre un ginet. Un home d'armes li matà lo roçí e donà-li una coltellada al cap. Vingué un servidor seu, descavalcà corrent del seu cavall e donà'l al son senyor. Com lo Gran Turch fon a cavall, mataren lo servidor. E portant a taill d'espasa tot lo que·ls venia davant, que era cosa de gran terror e espant, per bé que coneguessen que la multitut dels enemichs era tanta que paria cosa invencible. La qual cosa en aquells donà admiració de virtut e fe.

Los turchs, vent-se desarmats, e los més que havien perduts los cavalls, feren lo que havia fet llur senyor, lo Turch, lo qual ixqué fora de tot lo camp e féu-se posar moltes tovalloles sobre la nafra que tenia. E tramés a dir al soldà que en tot cars del món ixqués fora del camp, puix la batailla era perduda e lo camp era desconfit. Lo s[o]ldà, ab alguns dels seus stava fent armes. Lo Gran Turch, axí nafrat com stava, mès-se una cota de mailla desús e, ab aquells que allí prop de ell se trobà, tornà a entrar dins lo camp per socórrer al soldà, lo qual stava en prou pressa. Valgué-li, que no fon conegut. E lo Gran Turch socorregué'l en bon cars: axí com aquell qui era cavaller valentíssim, mostrà's entre los altres ab gran glòria e virtut, que tragué de la pressa de la gent lo soldà fora del camp. Per ço com veyen tanta multitut de gent morta e totes les tendes derocades per terra, deliberaren de anar-se'n ab tots los que allí eren, car no pogueren soferir la potència del victoriós. E jamés fon feta batailla en Grècia tan sangonosa com aquesta.

Finalment, lo soldà e lo Gran Turch, ab tots los que allí eren, prengueren la via de la montanya, e los altres prengueren la via del pla. E Tirant anà tostemps aprés de ells a l'encalç, matant, ell e tots los seus, tants com aconseguir-ne podien, no prenent negú a mercé. Los qui anaren per la montanya, tots se salvaren, e los qui prengueren per lo pla, foren morts hi apresonats. Durà lo encalç III legües. E los qui anaven per la montanya —lo camí era més curt— havien apleguar en un gran riu hon havia un pont de fusta hon podien passar seguurament. Com lo soldà fon passat ab la sua gent, com veren venir los crestians corrent, trencaren lo pont en lo mig. Tots los qui restaren, que no pogueren passar, foren perduts. Los qui havien passat lo pont foren deliures.

Bé mostrà Tirant aquell dia aver victòria dels victoriosos. Gloriejava's ell hi los seus que açò era stat més obra divinal que humanal; e Tirant agué benigne enginy. Com los crestians pleguaren al pont, trobaren allí prop de IIII mília turchs, e no pogueren passar sinó alguns qui passaren nadant, e molts n'i moriren negats. Deliberaren aquells turchs de pujar-se'n alt en una montanya, e allí que·s fessen forts. Com lo capità Tirant venia ab la sua gent per lo pla e véu los turchs alt en la montanya, cuytà devers ells e deliberà de no combatre ells, mas de asetjar-los. E tota la gent féu posar entorn de la montanya, de peu, hi ell ab to[t]s los duchs e grans senyors se atendaren allí, prop de la montanya, per ço com hi havia molta erba e molts arbres.

Seguí's que, com los cavallers entraren dins lo camp dels moros ab les egües, lançaren tan mortals crits com començaren la batailla que era cosa de molt gran spant. Lo duch de Macedònia, que dins aquella vila stava asetjat, com sentí tan spantosos crits, tots se armaren pensant que en aquella hora los donassen lo combat mortal, com ells havien ja perduda tota sperança de salut pensant que socors no·ls podia venir, mas covenia'ls ésser presos e catius en poder de infels.

E cascú no dava per sa vida res, com cascú stimava tant la mort com la vida. E com ells vessen continuar los grans crits e no·ls combatien la vila, staven los més admirats del món.

Com atés lo dia clar, que lo sol fon exit, los crits cessaren per causa de la gent que fogia, e veren les banderes de l'emperador fora de tot lo camp, e anaven per lo pla a l'encalç dels turchs. E de la vila cridaren alguns qui eren restats en lo camp nafrats, altres per robar, e feren-los acostar prop la vila. E aquells los recitaren lo capità que lo emperador havia tramés e·ls digueren la gentil pràtica que havien tenguda en poder-los vençre.

Lavors lo duch de Macedònia, com sabé açò e véu que no y havia negú que dels enemichs fos, si donchs no fos tan mal nafrat que no fos pogut fugir, ell ixqué ab tota la sua gent e robaren tot lo camp, hon hi trobaren molt or e molt argent, e robes e armes e moltes joyes. No·s lig en les ystòries romanes ni troianes que tan rich camp com aquest fos vençut en tan poca de hora.

Com tot fon robat, meteren-ho tot dins la vila. Deixà gent d'armes dins la vila per guardar-la, que si Tirant hi venia, ho algú dels seus, que no·ls hi deixassen entrar, car moltes veguades se esdevé que no ha mal que no vingua per bé.

Lo poble de aquella vila era mig destrohït, e lavors fon molt rich. Com agueren mès en segur tot lo que havien robat, lo duch féu la via de les banderes per lo pla, e stava admirat ell e tots los seus de la multitut dels corsos morts que trobaven. Digueren los guardes del camp al capità que gent d'armes venia a gran anar. Tirant féu pujar a cavall tota la gent d'armes e ordenà ses batailles pensant que los enemichs se fossen refets de aquelles viles, les quals eren llurs. Ixqué'ls a l'encontre e, com foren prop, conegueren-se. Tirant se levà lo bacinet del cap e donà'l al patge, e tots los altres capitans feren per semblant.

Com foren molt prop del duch, Tirant descavalcà e anà a peu envers lo duch, fent-li molta honor. E lo duch no·s mogué gens, sinó que li posà la mà sobre lo cap e no li dix res, de què tots los altres lo y tingueren a molt gran dolentia e no fon negú volgués descavalcar per ell. E Tirant tornà sobre son cavall. E molt sovint lo posava en noves e aquell scassament volia parlar. Mas tots los altres cavallers e gentilshòmens feren gran honor als duchs e a Tirant. Lavors se mesclaren los victoriosos ab los vençuts e axí anaren fins que foren prop de les tendes.

Tirant dix al duch:

—Senyor, si vostra senyoria venia en plaer voler-vos aleujar en aquella praderia, hon hi à molts bells arbres hi staríeu prop del riu, yo faria mudar aquells en altre loch.

Respòs lo duch:

—A mi no plau aleujar-me prop de vós, ans me n'iré en altre loch aleujar.

—Fer-ho poreu —dix Tirant—, però lo que yo us dehia ho fehia per gentilea, conexent que u merexeu.

Lo duch no·l volgué scoltar, sinó que girà les regnes al seu cavall. Sens dir res a negú dels altres, atendà's a una milla riu amunt.

Com ell fon descavalcat, Tirant pres tres cavallers dels seus e tramés-los al duch. E com foren ab ell, digueren-li:

—Senyor, açí·ns tramet lo nostre capità a vostra senyoria si us volríeu anar a dinar ab ell, com sàpia que vostra senyoria lo tingua millor, però allí trobareu més prest, car no us calrà sinó pendre aygua a les mans e seure-us en taula per menjar.

—O quanta fatigua —dix lo duch— per no res me donen! Digau-li que no y vull anar.

E girà l'esquena ab gran ultratge. E aquells, sens dir-li pus, ixqueren dels arbres lla hon stava. Com ells foren a cavall per tornar-se'n, lo duch los dix:

—Digau a Tirant que si ell se vol venir a dinar ab mi que més content ne seré que de yo anar-me a dinar ab ell.

—Senyor —dix Diafebus—, si en tot lo vostre real no y ha foch ençés —ab iniquitat que ho dix—, ¿què li dareu vós a menjar que prest sia? No li podeu dar sinó menjar de gallines e beure de bous.

Respòs lo duch ab felonia:

—Yo li poré dar gallines, capons, perdius e faysans.

Los cavallers no·l volgueren més scoltar, sinó que se'n tornaren.

Com aquells foren partits, dix un cavaller al duch:

—Vós, senyor, no haveu entés lo parlar de aquell cavaller qui se'n va. À-us dit que vós li daríeu a dinar al seu capità menjar de gallines e beure de bous. Sabeu per què die-u? Lo menjar de gallines és segó e lo beure de bous és aygua.

—Per los ossos de mon pare! —dix lo duch—. Vós dieu gran veritat e yo no u havia entés. Aquests strangers són molt superbiosos. E si yo l'agués entés yo·l ne aguera fet anar ab les mans al cap.

Sabuda la resposta, Tirant no curà sinó de dinar-se ab tots aquells duchs, comtes e marquesos que allí eren. Com foren dinats, Tirant cavalcà ab CC roçins e anà a una vila que stava a una legua, qui havia nom Miralpeix, la qual stava vora lo riu. Com los turchs, qui staven dins aquella vila saberen que la batailla era perduda, desempararen la dita vila e no y restà sinó los grechs qui eren naturals de allí. E la vila era molt ben avituallada de totes coses. Com lo capità apleguà allí, de continent li tragueren les claus de la vila e del castell. Lo capità entrà dins la vila e féu-los manament que donassen a tots quants hi vinguessen, vitualles per sos diners. E axí fon fet, que aquella vila provehïa tot lo camp. Manà axí mateix lo capità als alguatzirs fessen fer VI o VII forques prop de la vila. E dels corsos morts, en cascuna forqua ne penjassen hu e posassen fama que lo hu de ells volia forçar una dona, l'altre perquè havia furtat, l'altre perquè no volia paguar lo que havia pres. E com fon tornat al camp, féu fer crida sots pena de mort, no fos negú gosàs entrar en neguna sglésia per robar res de aquella; la segona, no fos negú gosàs violar dona de qualsevulla stat que sia; la tercera, que no fos negú gosàs pendre neguna cosa sens paguar-la. Com sentiren la crida e veren los penjats, posà molt gran spant a la gent. Tirant era molt amat e temut.

E acostant-se la nit, los turchs qui staven asetgats —no havien menjat en tot lo dia— vengueren a pactis, puix vehien que no tenien sperança sinó de morir o ésser presos. Trameteren-ho a dir al capità que·ls asseguràs vida e membres e renunciaren al títol de libertat sotsmetent-se a servitut. E Tirant, en aquell cars, volgué usar més de clemència que de crudelitat: pres-los a merçé a féu-los dar a menjar a totes llurs necessitats.

L'endemà per lo matí, lo capità manà parar una tenda molt gran e molt bella, feta a dues goteres, e alt en lo tendal havia una campana. E aquesta tenda no servia sinó a dir la missa e a tenir consell. E féu-la posar enmig de una praderia, entre los dos camps, del duch e del seu. E venguda la hora que volien dir la missa, Tirant, per major honestat sua, tramés al duch si volia venir ha hoyr missa. Lo duch, ab gran supèrbia, respòs que no. Los altres grans senyors foren molt contents de hoyr-la. E Tirant tenia tanta de humanitat que no feya obres de capità, sinó com si fos sotsmés a qualsevulla de aquells senyors, car ell se posava en la missa e en la taula lo més darrer de tots. Acabada la missa, tingueren consell. E fon determenat que·l marqués de Sanct Jordi e lo comte de Aygües Vives, ab dos barons, anassen al duch de Macedònia per embaixadors. Com foren davant ell, lo marqués de Sanct Jordi féu principi a un tal parlar.

Capítol CXXXIIII. Com Tirant tramés lo marqués de Sanct Jordi e lo comte de Aygües Vives per embaixadors al duch de Macedònia

—Senyor duch, dels nostres moviments no deus haver admiració alguna, per ço com som tramesos açí, a la tua ducal senyoria de part del nostre virtuós capità e de aquells il·lustres duchs, comtes e marquesos. A tu plàcia voler-nos fer part, axí com rahó divina e humana vol, dels tresors e desferra que has ocupats en lo camp dels nostres públichs enemichs.

E no dix més.

—O com són plenes de alegria les mies orelles —dix lo duch—, com sent paraules que no han neguna eficàcia, de gent mal entesa! ¿E com podeu vosaltres pensar yo fes tal cosa ne menys consentir, com ab tan gran treball de suor de sanch de nostres persones, nit e dia exercint les armes, conservant aquell gentil orde de cavalleria, obrant tots dies contra los enemichs de la fe, no donant-nos a delits carnals, ni dormir entre lançols perfumats ni algaliats, car les nostres persones no olen ni saben a res de tot açò, sinó que olen a ferro açerat; ne les nostres mans no són vehades de sonar arpa ni sturments, mas de tenir contínuament, nit e dia, la espasa al costat e altres armes offensives; los nostres ulls no acostumen de veure dames en cambres ni per les sglésies; los nostres peus no acostumen de dançar, ni anar a solaços ni a deports; mas los hulls miren los enemichs, los peus porten tot lo cors a les batailles cruells? E si nosaltres ab just títol, havem sabut guanyar, exint del setge com a virtuosos cavallers, ¿per què ha tan poch saber en vosaltres demanar ço que a vosaltres no pertany? E digau a aqueix vostre capità, que faria bé que se'n tornàs en sa pròpia terra, si no yo li faré beure tanta de aygua que de la meytat ne hauria prou.

Respòs lo marqués e dix:

—Yo no tinch offici de trompeta ni de eraut. Yo crech si vós lo y dieu o lo y trameteu a dir, ell complirà prestament vostre desig. Entre nosaltres, qui som tots de una terra e de una senyoria, ja·ns coneixem e sabem cascú què pot fer ne què val. Vostres bravures són tantes que les orelles tinch cançades d'escoltar les vostres ingnocències. A vós pot hom dir: «Cavaller menyspryat hi menystemut, ¿quines coses són les que vós haveu fetes, sinó perdre batailles? E per vostres

follies morts infinits cavallers d'esperons deaurats! E de altres infinits hòmens vir-
tuosos, sens nombre, són morts e apresonats per culpa vostra. E haveu robat tot
lo camp, no segons costum de capità ni de home de casa real, mas haveu obrat
segons costum de ladre e de gran robador.» O, com tal offici que fins açí haveu
possehït, tal cosa no devia restar sinó en persones sperimentades en virtut, de
la qual vós gens no possehïu, car no sabeu quina cosa és honor ne virtut, mas
simulació de art! Que no us ve res de bé per natura, per haver leixada la majestat
real, qui us és molt odiosa, e aveu pres àbit menyspryat de superbo e malparler.

—Bé sé —dix lo duch— que aquestes follies que us leixau dir no proceheixen
de vós, mas del duch vostre jermà e del capità novell. Per esta veguada yo les
vos comportaré, ab què altra volta no us hi torneu.

—Comportau a vós mateix o aquells que governau —dix lo marqués— e no
comporteu a mi ni a negú altre. E yo só ben cert que lo duch de Pera ni lo capità
nostre no costumen de malparlar, car la glòria de ells e la fama serà perpètua e
immortal, tant com lo món durarà. E ells han tenguts asegats aquells qui a vós
tenien asetgats, e per ço tots los cavallers són plens de ànimo e de virtut. E de
açò no us vull pus dir sinó que·m torneu final resposta de sí o de no.

—Què fretura despendre tantes supèrflues paraules en va? —dix lo duch—. Ja
us he dit que no·m plau ni u faria.

—Puix per grat no u voleu fer —dix lo marqués—, és forçat que y mesclarem
força. Armau-vos e posau-vos en orde que, ans que una hora sia complida
serem ab vós, si yo fer-ho puch.

Tornaren a cavalcar los embaixadors e, tornats al camp, trobaren lo capità e
los grans senyors tots ajustats en la tenda del consell. E aquí lo marqués recità
larguament la resposta del duch e totes les rahons que entre ells eren passades,
e dix:

—Tothom puge a cavall, que tal injúria com aquesta no deu axí passar!

Ixqué prestament lo marqués de la tenda e cuytà per armar-se, e tots los
altres aprés de ell.

Com lo capità véu semblant avalot en lo camp, stigué molt congoixat. E féu fer
crida de continent, sots pena de mort, que negú no pujàs a cavall. E anava una
amunt, altra avall: prenia los cavallers e detenia'ls en les tendes ab sagraments
e homenatges, preguava als duchs e marquesos no volguessen fer tan gran

novitat. E si ells movien tan gran debat, los turchs que allí eren presos vendrien contra ells.

—O quina desonor tan gran per a nosaltres, per tenir lo camp tan prop de ells! E nosaltres, qui som tots una cosa, nos matem?

Aprés castigava als cavallers ab paraules suaus, altres ab paraules laugeres, que no volguessen enfosquir la cavalleria gloriosa ab avalot e ab sedicions. E com star no se'n volien, dava'ls disciplina cavallerosa. E tant treballà Tirant que·ls més tots en repòs.

Aprés anà al duch de Macedònia e trobà'l armat e a cavall, ab tots los seus. E tant lo preguà que·l féu descavalcar. E Tirant se n'anà e lo duch no consentí que negú dels seus se desarmàs ni levassen les selles als cavalls.

Aprés que l'avalot fon passat, Tirant ordenà que anassen fins lla hon era lo siti e, tants corsos morts com trobarien, que·ls fossen despullades les aljubes e que fossen estojades. Demanaven-li alguns cavallers per a què les volia. Respòs que en algun temps servir porien.

Com la batailla se fehia e los moros eren ja vençuts —que fugien e la gent los encalçava—, Diafebus pensà en lo present e en lo esdevenidor, per dar renom e fama a Tirant. Acostà's a ell e demanà-li lo anell de la capitania. E Tirant se levà la manyopa de la mà e tragué's lo anell e donà-lo-y. E Diafebus detingué's un poch, si bé los altres anaven corrent, e aturà un scuder seu, qui era home de molta bondat e de major fidelitat, e donà-li lo anell e instroy'l de tot lo que havia de dir a l'emperador e a Carmesina e aprés als altres. Lo escuder, per complir lo manament de son senyor, girà son cavall e ferí dels sperons. E tostemps corrent, no s'aturà fins que fon en la ciutat de Constantinoble ans que negun altre. E de les finestres, les donzelles lo veren venir e conegueren que era Pírimus. Cuitada-ment entraren en la cambra hon era la princessa e digueren-li:

—Senyora, de tot cert noves avem dels nostres cavallers. Ara ve molt cuytat Pírimus, lo qual porta o del tot bona nova o del tot mala. E açò diem perquè ve molt cuytat.

La princessa se leixà de brodar e cuytadament anà al cap de la scala e, com véu descavalcar a Pírimus, ab lo cavall tot banyat de suor qui degotava com a pluja, dix-li:

—Lo meu bon amich, quines noves nos portau?

—Senyora, molt bones —dix Pírimus—. Hon és lo senyor emperador? Perquè molt me tarda que·l volria veure per demanar-li albixeres.

—Yo les te promet de part sua e mia.

E pres-lo per la mà e portà'l a la cambra hon dormia lo emperador. E tocaren a grans colps e feren obrir les portes. Pírimus se agenollà davant lo emperador e dix:

—Senyor, bona nova! Dau-me albixeres!

E lo emperador les hi promés. Pírimus li donà lo anell e recità-li tota la batailla com era stada e com havien vençuts los turchs, que era stada cosa de gran miracle.

—E lo capità e Diafebus anant a l'ancalç dels turchs, matant e degollant los enemichs de la fe e de la majestat vostra. Lo vostre capità m'à donat aquest anell, que portàs açí per la pròspera benaventurança que nostre Senyor ha dada en ajuda de vostrà altesa.

Respòs lo emperador:

—Amich, tu sies lo bé vengut ab la bona nova que m'as portada. Aprés de la glòria de paraýs, millor nova no·m podia venir que aquesta.

Manà lo emperador que tocassen totes les campanes de la ciutat e tothom anàs a la església de Sancta Sophia per retre gràcies a nostre senyor Déu e a la sua sacratíssima Mare, de la gran victòria que havien obtesa.

Com lo poble sabé tan beneyta nova e veyen la gran alegria que lo emperador fehia, aquest dia finí en alegria, e recobrà la ciutat glòria de senyoria e la molt antigua libertat.

Lo emperador donà de albixeres al scuder II mília ducats, el vestí tot de seda, e més, li donà un bell cavall cecilià e armes e tot lo que agué mester. La emperadriu li donà una roba que en aquell cars vestia, de vellut negre, forrada de marts gebelins —e davant tots la's despullà e la y donà. La princessa li donà una grossa cadena de or.

L'endemà lo emperador scriví letres al capità e féu partir lo escuder.

Com Tirant agué pacificada la gent del seu camp, aquell dia partí del seu camp ab mil e DC roçins per recobrar moltes viles e castells que los turchs havien conquistats. E recobrà'ls.

E en l'altre dia següent vingué embaixada del soldà a Tirant de tres embai-xadors. E per quant lo pont era romput, agueren a passar ab una poca barca de peixcadors per lo riu. Com foren passats, la hu de aquests embaixadors era home molt docte en totes sciències e de singular consell, que lo Gran Turch lo tenia en stima de pare e no fehia neguna cosa sens consell de aquest, que en tota la pagania no s'i trobava home de tanta sapiència ni eloqüència, e totes les coses que fehia ab molt gran deliberació. Aquest moro era nomenat Abdal·là e, per la saviesa, li posaren de sobrenom Salamó. Aquest pres una canya e posà-y un full de paper, e alçà-la alta en senyal que demanava seguretat.

E lo duch de Macedònia, que véu fer aquell senyal, respòs-li per lo semblant. E vist per los embaixadors lo senyal, anaren a les tendes del duch, pensant que allí fos lo capità, e donaren la letra al duch. Aprés que la agué lesta, dix que no venia a ell, mas tramés a dir a Tirant com allí havia embaixadors del soldà, que vingués a la tenda hon se dehia la missa, que allí lo trobaria. E Tirant ho tramés a dir als duchs e grans senyors e, tots ensemps, anaren ab ell.

Com foren dins la tenda, los embaixadors foren molt ben rebuts per lo capità e per tots los altres. E donaren la letra del soldà a Tirant, lo qual en presència de tots la féu legir. E era de tenor següent.

Capítol CXXXV. Letra tramesa per lo soldà al capità Tirant lo Blanch

Armini, per la permissió e voluntat de Déu omnipotent, gran soldà de Babilònia, senyor de tres senyories, ço és a saber, de l'Imperi Grec, e del sanct Temple de Salomó de la ciutat de Hierusalem, e del sanct Temple de Meca; senyor e defenedor de tot lo morisch poble qui és y habita desots lo cel celestial; mantenidor e defenedor de la sancta secta e doctrina de nostre sanct propheta Mahomet, la qual doctrina e crehença aquells qui la tenen en llur fi dóna consolació e glòria sens fi; a major estat e glòria e per mèrits de dignitat, só peixedor de les erbes e bevedor de les aygües a despit de tota la crestiandat. A tu, gloriós Tirant lo Blanch, capità dels grechs e mantenidor de la fe crestiana, nós te trametem saluts, honor e glòria hi stat de cavaller. Notificamte que, per consell e deliberació del Gran Turch e de V reys que açí són sots la mia potestat e senyoria, súbdits tostemps ésser obedients, ab altres X qui en la mia pròpia terra stan, si tu demanes a mi pau final o treva de VI mesos, nosaltres farem a tu la nostra cara blanca e darem a tu la dita pau de VI mesos, per reverència de Déu omnipotent, segons la forma antigua. En sia servit Déu omnipotent, qui·ns ha creats e·ns governa. Daràs fe e crehença als nostres embaixadors de tot lo que·t diran de la nostra part.

Escrita en lo nostre camp de la platga oriental, a II de la luna e de la nativitat del nostre sanct propheta Mafomet, etc.

Lesta la letra, Tirant dix als embaixadors que splicassen lur embaixada. Levà's lo hu dels embaixadors, qui·s nomenava Abdal·là Salomó e, feta reverència, esplicà sa ambaixada ab stil de semblants paraules.

Capítol CXXXVI. Com lo embaixador del soldà splicà [la] sua ambaixada a Tirant

—Nosaltres, representant les persones de aquells magnànims e gloriosos senyors, lo Gran Turch e lo soldà, som tramesos a la virtuosa persona de tu, Tirant lo Blanch, capità de la gent grega, com ab la tua victoriosa mà has vençut aquell benaventurat camp qui era abundós de gran glòria mundana, en lo qual has trobat infinida riquea, adquerint-ho per a tu e als teus, ço que la guerra vol e consent. Després de la gran mortaldat que has fet de les gents, has apresonat un petit infant, cunyat de nostre sobiran senyor lo gran soldà, jermà carnal de sa muller, e molts altres virtuosos cavallers. Per què·t preguam, de part de sa alta senyoria, que per art de cavalleria e de gentilea, e per aquella cosa que més ames en aquest món, si és dona o donzella, viuda o casada —e si no has agut compliment de amor ab ella, en breus dies la pugues haver—, e si és cars que tota la amor que tu tens fos en Déu ton creador, com exiràs de aquesta vida present, sies col·locat entre los sancts de paraýs, a tu plàcia voler-nos dar aquest infant de què t'havem parlat. E si per amor no u volràs fer, posa-li nom de rescat, demana or o argent a just preu e serà complit a ta voluntat.

E donà fi en son parlar.

Esplicada que fon la embaixada, Tirant féu la resposta en stil de semblants paraules.

Capítol CXXXVII. La resposta que Tirant féu a l'ambaixador del Soldà

—La virtut no porta ab si dolor com les coses són ben fetes, sens mal enginy ne mal obrar. Però la fi de les coses sdevenidores és remesa a la Fortuna, e per ço com és incerta, deu ésser poch temuda. Mas la bona deliberació de aquelles stà en mà de cascú e aquesta és loadora. Yo per tot mon poder desig de fer honor al soldà, no en perjuhí de aquell pròsper e benaventurat mon senyor lo emperador. E per ço com tu·m poses al davant tal penyora en dir que per la cosa que més ame en aquest món jo·t degua dar un presoner, lo qual yo tinch, per reverència de aquella que yo ame, que és digna e mereixedora de senyorejar tot lo món —axí de la vostra terra com de la nostra—, e tu demanes a mi un presoner, e yo·l te atorch, e XL ab ell. A l'altre cap de vostra embaixada yo auré mon acort e tornar-t'é resposta.

Tirant féu venir los alguazirs e manà'ls que anassen ab los embaixadors e que·ls donassen XLI presoner, e que triassen los que volguessen. E axí fon fet.

Com los embaixadors foren fora de la tenda, dix un cavaller grech, lo qual havia notícia dels turchs e coneixia los que eren de honor e los qui·s podien bé rescatar:

—Senyor capità, ací davant tots aquests senyors vos vull dir que pareu esment del que haveu dit dels embaixadors, com los hajau atorguat XLI presoner, e an-i de tals que poden paguar per exir de presó XXV o XXX mília ducats. Dau-hi algun remey que sien de aquells altres que no tenen res, car prou seran ells contents que se'n porten lo presoner per lo qual ells eren venguts.

—Tant és més aconsolada la mia ànima —dix Tirant— que yo pugua donar coses tals que sien de molta stima, car lo donador no deu donar coses que sien de poca condició, mas donar coses que apareguen a les gents ésser de gran stima hi floresquen en honor e fama. Yo do açò en nom meu e fas-ho per fer-ne servir a la majestat del senyor emperador.

Tirant deixà aquestes rahons e dreçà les noves a tots los magnats que allí eren, fent principi a un tal parlar:

—Molt il·lustres prínceps e senyors: Vista havem la demanda del soldà e del Turch que·ns fan. Vegen les senyories de vosaltres què consellau que fassam, e si les treves que demanen és fer-ne servey a la majestat del senyor emperador, ni si serà benefici de la cosa pública.

Parlà primer lo duch de Macedònia e dix semblants paraules: —Senyors molt egreges e molt nobles: aquest negoci toca més a mi que a tots quants sou, per quant só més acostat a la imperial corona; per què, yo consell, e vull que axí·s faça, que·ls donen la treva de VI mesos que demanen, e de més, si més volen. E encara pau si la volran, o sia servey de l'emperador o no. E si a dos o a tres anys la volen, yo·m seré content, car dins aquest temps reposarem e porem sperimentar si ab prechs porem induyr als enemichs que·ns donen vida lliberta, e de aquí porem traure algun partit que de bé sia.

No pogué més comportar lo duch de Pera que parlàs més lo duch de Macedònia, perquè·s volien mal per causa de la princessa, car cascú presumia haver-la per muller— e féu principi a paraules de semblant stil:

—La fortuna, qui stà aparellada tostemps a servir a n'aquells qui la cerquen, en una manera als uns e en altra manera als altres, segons que li plau, mas les més voltes és contrària als superbos, e açò se esdevé perquè la supèrbia és contrària a tot bé —per ço com lo superbo no vol tenir par—, e per ço fon lançada del cel; e molts senyors ne són venguts a menys, e vendran tots aquells qui de ella faran peu. Per què, mos senyors, lo meu parer és que per servey de la majestat del senyor emperador, e per repòs de tot lo imperi e de tota la república, no·ls devem dar pau ni treva. Puix aquesta batailla havem vençuda, ab la adjuda de nostre senyor Déu ne vençrem moltes altres. Emperò, yo·m sotsmet a correctió de aquests altres senyors, si lo contrari consellen.

Molts foren de parer que fessen pau o treva, mas los més foren del parer del duch de Pera.

—Ara —dix Tirant—, puix tots haveu parlat, a mi toca més que a negú, per ço com mon senyor lo emperador m'a donat lo bastó de la capitanya.

E donà en aquell cas les letres que lo emperador li havia dades per al conestable e als menaxauts del camp. Com les agueren lestes, Tirant tornà a dir:

—Yo, en loch de la alta majestat del senyor emperador, dich a les senyories vostres que a mi no par per via neguna que sia útil negú donar treves en aquesta mala generació. E per lo gran scampament de sanch que de ells fet haveu ab ànimo sforçat de cavallers virtuosos, demanen la pau o la treva de VI mesos, com dins aquest tan larch temps sabeu bé, senyors, que speren les naus de genovesos, les quals incessantment porten gent de peu e de cavall. E dins aquest temps, per la molta gent que han perduda, repliran aquesta terra de tan gran multitut de gent que, aprés, tot lo poder de la crestiandat no seria bastant per a lançar-los-ne. Ells tenen la esperança perduda com ells demanen pau. A mi no·m ve bé ni·s farà. Si yo fer-ho puch, yo·ls daré tantes batailles e tan sovint: o ells exiran de tot lo imperi o faran pau final.

Tornà a parlar lo duch de Macedònia e dix:

—Tirant, si vós no voleu les treves ab la pau, yo les vull e yo les faré; e consellaré a tots aquells qui dech consellar que ab mi ensemps les façam.

—Senyor duch —dix Tirant—, no vullau desordenar lo que lo emperador ha ordenat. E si no u feu, yo us hauré a dar tal disciplina trametent-vos pres a la majestat del senyor emperador, la qual cosa seria a mi molt enujosa, car yo açí no y só vengut per adquirir neguns béns, sinó solament honrar e servir la persona del senyor emperador, del qual he rebuda molta honor, més que yo no só mereixedor. E puix tinch lo càrrech, vull-lo regir com a cavaller. E vós, senyor, qui teniu totes vostres terres perdudes, essent tan virtuós senyor com sou, més vos valria la mort virtuosa que pobresa vergonyosa. Si no, mirau què dix aquell famós philòzoph Lexi en una sua epístola que féu: «Qualsevulla cavaller que sia, deu guardar tres coses en aquest món: honor, béns e la vida. Per la honor, posar-hi los béns e la vida per conservar aquella. Per los béns, que tolre-los volrà, posar-hi la vida, per conservar aquells. Per la vida, per restaurar aquella, posar-hi la honor e los béns.» Axí, senyor duch, vós deuríeu animar a tots que féssem les batailles, axí voluntàries com necessàries, per una vegada poder recobrar la pàtria e lo vostre heretatge, e vós nos voleu desviar lo nostre bon propòsit de bé a fer.

Lavors lo duch se levà ab los hulls plens de aygua, ixqué's de la tenda e anàse'n al seu camp. E Tirant, ab tots los altres, anaren al seu.

Manà Tirant que prop d'una gran font de molt fresqua aygua, qui era al costat del camp, fos cuberta de draps, e ab moltes taules entorn de la lúcida font. Tirant féu seure los embaixadors en una taula e los presoners que·ls havia dat en una altra taula més baixa, a la part sinestra. Tots los duchs e senyors, baix, a la part dreta. E ells foren molt ben servits de gallines e capons, e de faysans, de aroç e cuscusó, e de moltes altres viandes e de vins molt singulars. Los embaixadors prengueren molt gran plaer en la vista e cerimònia que Tirant fehia servir als duchs e a çi mateix. Com foren dinats, féu-los dar molt bella col·lació de confits de sucre ab malvazia de Candia.

Lo marqués de Sanct Jordi los demanà quanta gent los fallia de aquella batailla. Respongueren:

—Poch més o menys de LIII mília entre morts e presos.

De allí anaren tots a la tenda del consell, e Tirant tramés a dir al duch si volia venir per hoyr la resposta, lo qual dix que no y podia anar. Com tots foren ajustats dins la tenda del consell —e los embaixadors—, posat silenci, Tirant féu principi a semblant resposta.

Capítol CXXXVIII. La resposta que Tirant féu als embaixadors dels altres caps de la embaixada

—Als cavallers és donat seguir la noble fi e lahors de les glorioses batalles en senyal de gran virtut. E la glòria antigua dels grechs és oblidada per vosaltres, mas la granea del seu nom no porà jamés preterir tant com durarà la memòria de Troya. E com la majestat del senyor emperador subsehesca en virtut e bondat de cavalleria a n'aquells gloriosos antichs cavallers grechs, és mereixedor per la sua gran dignitat e humanitat de senyorejar tots los reis de l'univerç món. E com lo soldà e lo Gran Turch, no tement Déu ni lo blasme de la gent del món, axí de crestians com de moros, com sien encorreguts en les penes de gentilea e de cavalleria, volent pendre e ocupar ab violència lo títol e dignitat imperial, per què yo confie en lo divinal auxili, car Déu, qui és coneixedor de totes coses, me darà virtut que yo daré mort al soldà e al Turch. E serà manifesta la veritat de la llur gran malesa que han feta a la majestat del senyor emperador, de haver-li levat la major part de l'imperi. E treballen en desposehir-lo del tot, de què·m par que és cosa de molt gran inhumana crueltat, on perjudiquen e encativen lur honor e fama. E per tot[e]s aquestes coses desús dites, direu al soldà e al Gran Turch que yo per res a present no·ls daria pau ni treva, si ja ells no juraven a l'alquibla, en presència de tots los bons cavallers qui de honor senten que, dins temps de VI mesos, ells e tots los seus ixquen fora de tot lo imperi e restituixquen totes les terres que s'han occupades de l'imperi. E no penseu lo que dich ho digua per menyspreu de vostres senyors ni per spècie neguna de supèrbia, sinó sols per no perdre a Déu per la bona justícia que tinch per la mia part, per ço com sé que en aquests fets tendré molts jutges e pochs advocats.

E donà fi a son parlar.

Levà's lo embaixador Abdal·là Salomó e féu principi a tal resposta:

—O iniqua fortuna, com véns pròspera al novell capità fent-li obtenir triümpho de victòria de la passada batailla ab molta glòria, honor e fama virtuosa, en gran dan del poble morisch e de la antigua senyoria de aquell! E per sforçar lo teu virtuós ànimo, capità senyor, te vull mostrar ésser de tant conseller com ene- mich, reduynt-te a memòria aquelles coses qui conserven e augmenten la tua honor e fama, la qual la voluble fortuna t'à consentida, mostrant-te en tots tos fets valentíssim e discret capità. E deus guardar de no perdre aquella honor e fama gloriosa que deu ésser donada als cavallers qui usen de virtut. Los romans en llur temps foren stats contents de la tua pròspera fortuna, la qual de present has obtenguda, la qual se mostra ab senyal de la tua gran virtut: oblidada la granea del teu nom, mostres en tu majestat real. No penses tu yo demane pau sots menaces de batailla. E com fer no u volràs, spera aquella per al quinzén dia de la luna, a la qual vendrà tanta multitut de gent morisca que la terra no·ls porà sostenir.

E [el] savi Salamó Abdal·là girà la cara devers lo riu nomenat Trasimeno, e dix:

—O pacífich Trasimeno, com veig la tua cara blanca, e ans que passen molts dies seràs tot sangonós! Les quereles seran molt grans e la pública fama irà per tot lo món. E la lamentació que fas, capità virtuós, del teu emperador, no·t deuries de res admirar, car tant com lo regne és pus noble e més excel·lent e poderós, tant han major enveja los vehïns que prop li stan de possehir aquella. E per ço los grechs tostemps hauran més cruels enemichs e batailles mortals. E no és justa cosa, axí com tu dius, per dupte de tu ni dels grechs se'n tornassen en llur terra tants reys e grans senyors com hi à, tenint ells la major part de la senyoria de l'imperi, e vosaltres la menys. Lo millor que pots fer tu e los teus és que us afereu ab la vostra fe, axí com deuen fer bons crestians.

E pres comiat de tots e, com foren prop del riu, Tirant los tramés grans donatius a tots los embaxadors, e ells lo y regraciaren molt.

Passada tota la gent ab la petita barca, Tirant ordenà que aquella nit Diafebus partís ab molta gent de peu e de cavall, ab tots los presoners, per anar a Constantinoble.

Apleguat Diafebus prop de la ciutat, tot lo poble, axí hòmens com dones, li exien per los camins per veure los presoners que portaven. Com foren en la gran plaça —lo emperador a [l]es finestres ab totes les dames— tots los catius venien ligats ab cordes, uns aprés d'altres, ab la bandera del soldà e dels altres que presos havien roçegant— les per terra en senyal de victòria, lo emperador e tots conegueren Tirant ésser stat vençedor. E tots los cavallers foren exalçats, e la victòria fon molt gloriosa e alegra. E Diafebus donà a l'emperador, de part de Tirant, IIII mília e CCC presoners liberalment, perquè los grechs conegueren la sua virtut e gran liberalitat. Lo emperador los féu pendre e posar en bona guarda.

Aprés, Diafebus pujà alt e féu reverència a l'emperador, e a la emperadriu e a la excelsa princessa; aprés, a totes les altres dames. Lo emperador lo féu desarmar allí davant ell, e féu-li dar, que·s vestí, una roba d'estat brodada de or e de perles, largua fins en terra, perquè no·s refredàs. E féu-lo seure en un scabel davant la sua cadira, e totes les dames entorn de ell. E féu-li recitar, del dia que de allí partiren fins al present dia, tots los actes que fets havien. Creure podeu que Diafebus no s'oblidà res que fos en honor e lahor de Tirant. La glòria que de tants singulars actes lo emperador sentí, no u cal demanar, car si lo emperador n'estava content, molt més ho era la princessa. E Diafebus aquella nit fon ben servit dins lo palau de totes les coses necessàries, e tots los servidors seus. E no comportaren que altri lo servís sinó donzelles.

Aprés lo sopar, lo emperador pres sa fila Carmesina per la mà e Diafebus pres la emperadriu del braç, e entraren-se'n en una cambra, que avien aparellada per a Diafebus, ab totes les dames. E tots li fehien molt gran honor. E Diafebus donà del genoll en la dura terra e regracià molt a l'emperador e a totes les dames la molta honor que li fehien. E stigueren parlant, fins a la mija nit, de la guerra; e lo emperador demanant lo capità què havia al cor de fer. E Diafebus li dix que certament no·s scusava en neguna manera del món que en breus dies no aguessen una fort e cruel batailla. Lo emperador, perquè Diafebus pogués reposar, partí de la cambra ab totes les dames, e no volgué consentir que Diafebus ixqués de la cambra.

L'endemà lo emperador contà los presoners, e pres del seu tresor XV ducats per cascú presoner e donà'ls a Diafebus perquè·lls donàs al capità.

Com la princessa conegué que Diafebus era fora de fahenes, tramès-li a dir que vingués a la sua cambra. E Diafebus no desijava altra cosa sinó que pogués parlar ab ella e ab Stephania, de la qual ell era molt enamorat. Com la princessa lo véu, prestament li dix:

—Lo meu bon jermà, ¿quines noves m'aportau de aquell virtuós cavaller qui té la mia ànima cativa? Quant serà aquell dia que yo·l veuré, e que·l pugua tenir prop de mi sens recel negú? Car ab veritat podeu creure que més lo desig veure que a totes les coses del món. Mas yo só ben certa que el pensa molt poch en mi, e lo que el falleix per natura, yo u recobre per amor. Atorgant vós bona fe, coneixereu que yo dich gran rahó e veritat.

Respòs Diafebus e dix:

—Les paraules afables que la celsitut de la majestat vostra ha dites alegrarien la ànima de aquell famós cavaller, si les agués hoÿdes, que la sua ànima fóra exalçada fins en lo novén cel, com la fama del vostre nom resplandeix sobre totes les altres donzelles del món en gràcia, bellea, virtut e dignitat. E yo no seria sufficient a poder satisfer en paraules ni en obres lo gran donatiu que la celsitut vostra li à offert de la vostra noble persona. Per què, humilment e devota, vos regracie per part de aquell virtuós Tirant, e per mi offir a vostra altesa la persona, la ànima e tot quant he posar a tot perill per la majestat vostra, e promet-vos ab pura fe en res jamés fallir-vos. Mas la majestat vostra m'à fet admirar de les paraules offensives que la altesa vostra ha rahonat, de inculpar de poca amor aquell qui és tot pura amor, car Tirant, per natura, no té negú defalt ni de amor ni de honor, ni de res qui fos en derogació de la excel·lència vostra. E si sabia la celsitut vostra los treballs que passa per la vostra amor, no l'inculparíeu de res, ans lo y pendríeu en algun comte. Car, cascuna nit stà armat fins passada mija nit com si agués entrar en batailla, e tots los del camp dormen e reposen hi ell vogeix e cerca tot lo camp, e moltes voltes ve ab la pluja a l'esquena. E com ve a les sues tendes, ve-sse'n dret a mi e prestament me parla de vostra altesa. E si plaer li vull fer ne servir, done— li dues hores de vida e tostemps és allí la majestat vostra present. E si entra en fet d'armes, no invoca sanct negú sinó lo nom de Carmesina. E yo, moltes voltes lo y dich, per què no invoca, ab lo nom de Carmesina, algun altre sanct perquè li ajude en les batailles. Diu-me que per res no u faria, car aquell qui a molts serveix no serveix a negú.

La princessa prenia molt gran plaer en lo que Diafebus li recitava de Tirant. Dix S[t]ephania:

—Puix vosaltres haveu parlat, la tanda ve a mi. Supplich-vos que·m vullau hoyr. Digau-me, senyora, per vostra noblesa: ¿qui és aquell qui mereix ésser digne de portar corona de emperador sinó Tirant? Qui és aquell qui és mereixedor de ésser vostre marit sinó Tirant? E vós, senyora, teniu lo bé en les vostres mans e no·l voleu pendre. Algun dia vos ne penedireu, car hom deu amar als qui us amen. Yo sé bé que Tirant no ama a vostra altesa per los béns ne per la dignitat que vós teniu, mas, ¿sabeu per què us ama? Per les virtuts que la vostra noble persona posseheix. Què anau cercant, mesquina de senyora? En tot lo món no trobareu cavaller qui ab ell se pugua egualar. E vostre pare no desija altra cosa en aquest món sinó que us ves casada. ¿A qui podeu vós pendre millor que aquest jove dispost, valentíssim en les armes, liberal, animós, savi e destre en totes coses més que tot altre? Per què Déu no·m féu a mi filla de l'emperador, e que vós fósseu Stephania e yo Carmesina? Yo us asegur, res que fos en la mia persona no li fóra denegat. E si ell me alçava la falda del meu brial, yo li alçaria la mia camisa, que ell no ves. Ell contentaria en gran part. E si vostra altesa pren algun rey estranger, ¿què sabeu si us farà viure ab dolor? E si preniu algú de aquesta terra, parlaré contra mon pare, lo qual per major dignitat deu ésser vostre marit. E com vós volreu jugar, ell roncarà; com volreu parlar, ell volrà dormir. Si preniu lo duch de Pera, no és pertanyent a vostra edat. Aquest és lo que vostra altesa ha mester, que sàpia guardar de mal a vós e tot lo imperi, e·l sàpia defendre e augmentar així com fa. Aquest és aquell qui us farà cercar tots los racons de la cambra, adés tota nua, adés en camisa.

La princessa reya molt fort de ço que Stephania dehia. Dix Diafebus:

—Senyora Stephania, digau-me, per vostra noblea, una veritat: si la senyora princessa, per bona sort de Tirant, lo prenia per marit, vostra merçé, a qui pendria?

—Diafebus, senyor —dix Stephania—, yo us fas cert que si la bona sort aporta que la senyora princessa sia muller de Tirant, yo per dreta rahó pendria lo més acostat parent seu.

—Si per linatge de parentesch ha de ésser, yo per dreta rahó hauria de ésser aquell, majorment perquè só obedient a vostra merçé així com Tirant és stat de la majestat de ella, que tot lo món senyoreja per bellea e dignitat. Donchs, sia de vostra bona merçé acceptar-me per cambrer major de la vostra cambra, e que·m beseu en senyal de fe.

—A mi no seria justa cosa ni honesta —dix Stephania— que yo us fes ni us atorguàs neguna cosa sens manament de ma senyora, la qual m'à criada de poca edat, majorment en presència de sa majestat.

Diafebus donà dels genolls en la dura terra e ab les mans pleguades suplicà a la princessa, així devotament e humil com si fos una sancta de paradís, que la y leixàs besar. E per molt que la suplicàs, tal licència no pogué obtenir. Dix Stephania:

—O, cor endurit a crueltat! Jamés s'és volgut inclinar a pietat per moltes supplicacions que li sien stades fetes a sa majestat. E no serà jamés alegra ne contenta fins a tant que yo veja ab los meus hulls aquell gloriós Tirant.

—Ay Diafebus jermà! —dix la princessa—. Ara de present no·m demaneu coses injustes, car no poríeu subvertir lo virtuós àbit de mon coratge.

Estant en aquestes plasents rahons, lo emperador tramés per Diafebus perquè partís prestament e se'n tornàs al camp.

Vengueren les guardes de la mar, e digueren a lo emperador com V naus grosses venien de levant. E lo emperador, duptant no fossen de genovesos, detingué aquell dia, que Diafebus no partís. E féu posar molta gent en les sues naus e galeres que en lo port eren. Com les naus foren apleguades, saberen com lo mestre de Rodes les trametia ab gent d'armes. Ixqué en terra lo bon Prior de Sanct Johan, ab molts bons cavallers de la creu blanca. E Diafebus stava en lo port, vora mar, ab tota la sua gent, sperant-los. Com se veren, conegueren-se e Diafebus los féu molta honor. Anaren ensemps al gran palau de l'emperador e trobaren-lo asegut en son stat. E lo prior de Sanct Johan, feta la reverència, féu principi a tal parlar.

Capítol CXXXIX. Com lo prior de Sanct Johan parlà ab lo emperador

—Sereníssim senyor: per manament de aquell reverent e virtuós senyor lo gran mestre de Rodes, som tramesos açí. Sabent com aquell famós e magnànim cavaller, e dels bons lo millor, Tirant lo Blanch, seria en servey de vostra alta majestat e capità general de tot lo imperi, e per causa de açò mon senyor lo gran mestre li tramet gent de cavall e de peu en nombre de II mília hòmens paguats per a XV mesos, ab què pugua millor servir la altesa vostra. Plauria'm saber en quina part és.

Lo emperador pres molt gran plaer en la llur venguda, abraçà lo prior e dix que ells fossen molt ben venguts. E féu-li molta honor, e a tots los que ab ell venien, regraciant al mestre la sua molta virtut e gentilea. E féu-los dar molt bones posades e tot so que agueren mester per a la humanal vida.

Com agueren reposat IIII dies, partiren ab Diafebus en companyia, e feren la via del camp. Com foren a V legües, saberen com Tirant era anat per pendre una fort plaça, e sentien los grans colps de les bombardes. Com Tirant véu un gran troç del mur trencat, descavalcà e, peu a terra, donà lo combat. E acostà's tan prop del mur que una gran cantera li donà sobre lo cap que pleguat lo lançà per terra. Tragueren-lo los seus ab gran treball, del fossat, e en aquest punt eren aribats lo prior e Diafebus davant la vila.

Los turchs que dins eren, agueren gran spant com veren tanta gent, e perderen tota la llur sperança. E Ricart, com agué dat recapte a Tirant, tornà a donar combat molt fort a la vila, e per bella força la entraren. Los turchs, fora de tota sperança de victòria, foren axí ardents a morir: reputaven ésser victoriosos si fehien morir molts dels crestians, però volien-o fer, coneixent la veritat e la justícia poca que tenien, ab les llurs mans cruels. Emperò, entrada la vila, tants turchs com trobaven, tants ne mataven sens pietat neguna, e axí passaren tots per coltell temerós. E lo prior de Sanct Johan fon encara a temps en l'entrada de la vila, e la sua gent agué part de la roba. E fon açò senyal per a ells de ésser victoriosos.

Anaren al lit hon stava Tirant e aquí splicaren-li tot lo que·l mestre los havia manat. Com lo prior fon davant Tirant, féu principi a paraules de semblant stil.

Capítol CXL. Com lo prior de Sanct Johan splicà sa embaixada a Tirant

—Seguint lo costum de aquells qui són posats en art de cavalleria, no só sens gran admiració vent la fama gloriosa que s'estén per tot lo món dels singulars actes que vós, senyor Tirant, feu de cavaller virtuós, socorrent als desemparats, com lo vostre gloriós costum sia tal. Car als temerosos, les coses perilloses que per a reparació de llurs honors són obliguats, no·ls és lo veure de aquelles atorguat, com per speriència se mostre que en lo orde de cavalleria, lla hon és lo major perill és la major honor. E vostra merçé tostemps pren lo major perill per obtenir la major honor, volent emitar los antichs gloriosos cavallers, la fama dels quals jamés porà preterir, perquè los virtuosos actes vostres resplandeixen en fama gloriosa, digna de immortal recordació. E tenint de açò plena notícia, aquell reverent e virtuós senyor, mon senyor lo mestre de Rodes, com vos sia molt obliguat —que per la vostra gran virtut e bondat lo socorregués en lo temps de la sua gran necessitat, e a tota la sua religió—, tramet a mi com a capità de dos mília hòmens, entre de peu e de cavall, ab aquests cavallers del seu orde. E yo hi ells volem star a obediència de la senyoria vostra de tot quant nos maneu.

E Tirant regracià al mestre e a ells la noble valença que li fehien, e dix-ho ab tan gran fatigua que no podia parlar per lo gran dolor que tenia al cap. Los metges vengueren e prengueren caps de moltó e feren-los bé bullir ab bon vi e, ab estopades posaven-li'n sobre lo cap. E al matí vinent se trobà molt bé.

Deixaren la vila bé provehïda de la gent de la terra mateixa, per ço com la senyoria dels turchs los era molt cruel e dura, e tornaren-se'n al camp. E per alguns dies tota la gent del camp reposà.

Com foren al quinzén dia de la luna, vingueren los turchs axí com los embaixadors havien dit, e pleguaren fins al cap del pont. E lo un camp stava a la una part del riu e l'altre camp a l'altra, e lo pont enmig era romput. E primerament vingué la batailla del Gran Turch, e era capità son fill, per ço com ell encara no era guarit de la nafra del cap. Aprés venia lo rey de Àsia ab la sua batailla; aprés venia la batailla del rey de Àfrica; aprés venia la del rey de Capadòcia; aprés venia la batailla del rey d'Armínia; aprés venia lo rey de Egipte ab sa gran batailla, lo qual era molt valentíssim cavaller e de gran ànimo e molt destre en les armes: entre tots los moros no y havia tan singular cavaller e qui més coses en la guerra emprengués. Aprés venien moltes altres batailles de molts altres grans senyors. Allí era en ajuda de ells lo fill del duch de Calàbria, lo duch de Malfi, lo comte de Montoro, lo comte de Caserta, lo comte Valentino, lo comte de Burgença, lo comte de Alacri, lo comte de Fundi, lo comte de Aquino, lo comte de Muro e molts altres comtes e barons que havien pres sou del Gran Turch e del soldà. E cascun dia los donaven mig ducat per lança, e als de peu mig florí. Aprés que tots foren aplegats, contaren que portaven CCLX batailles.

Com foren atendats, feren posar les bombardes en orde. E l'endemà tiraren tan fort e tan sovint que fon forçat a Tirant mudar lo camp alt en una montanya molt prop del riu, en la qual montanya havia moltes fonts de fina aygua e gran praderia. A veguades totes les bombardes tiraven justades al colp e, per clar sol que fes, la terra enfosquien, car passades DC bombardes portaven, entre grans e poques, si bé se n'havien moltes perdudes en lo camp com foren vençuts.

Com los de Tirant veren tanta gent, staven sbalaÿts de tan gran nombre de gent de cavall e de peu. Molts n'i havia qui volgueren ésser cent legües lluny de allí; altres n'i havia qui fehien gran sforç pensant com tenien tan bon capità e·ls donava molt. E los diners que lo emperador donà a Diafebus, dels presoners, com Tirant los agué rebuts, los donà a dos comtes que·ls repartissen entre tota la gent hi el no·n volgué res. E com lo y dehien, dehia: «La honor sia mia e lo profit sia de vosaltres».

Com lo soldà véu que no podia passar lo riu per dar batailla als crestians, féu prestament adobar lo pont. Com Tirant véu que lo pont se adobava, anà ab IIII a una legua d'allí hon hi havia un gran pont, tot de pedra picada. E a cascuna part del dit pont, en lo cap, havia una roca, e sobre aquella roca de cascun cap havia un petit castell. E com lo soldà agué conquistada tota aquella terra, vengué en aquell pont, e jamés lo cavaller, senyor de aquells dos castells, se volgué concordar ab ell, per molts donatius que li prometés, car jamés volgué desconèixer ni ésser ingrat a Déu ni a son senyor natural, qui era lo emperador. Ans, de aquells castells del pont, fehia molta guerra a les viles e ciutats que·ls turchs preses havien. E per ço, de necessitat, lo soldà agué de fer aquell pont de fusta perquè la sua gent passar pogués, per dar compliment a la conquesta de l'imperi.

Com Tirant fon al castell, parlà ab lo cavaller, que havia nom Malvehí, e tenia un fill molt dispost e valentíssim. E lo pare tenia lo un castell e lo fill tenia l'altre. E tenia cascú XXX roçins, e eren-se fets molt richs ab la guerra. E lo fil pres molt gran amistat ab Tirant, que molt poch se partia de ell. Aquest havia nom Ypòlitus. E lo pare e lo fill preguaren molt a Tirant, per ço com sabien que era tan valentíssim cavaller e molt venturós en armes, li plagués donar-li la honor de cavalleria. E Tirant ho féu de molt bona voluntat.

E Tirant agué fustes e féu dins un bosch tallar molts arbres, los més sechs que trobar pogueren. E prengueren mida de la amplària del riu, e prengueren bigues e peguaren les unes ab altres clavades ab grossos claus, e feren-les tan largues que bastaren a la mida que havien presa del riu. E posaren aquelles bigues en lo riu, daval lo pont de pedra, e de bigua ab bigua clavaren bons cabirons grossos, e sobre los cabirons clavaren posts, en manera que de la un cap fins a l'altre stava enpostat com un pont, e tot enpeguntat ab molta pegua. Com fon acabat, posaren una cadena a cascun cap, e stava liguat al pont de pedra, e cobriren-lo bé de rama vert. E féu-hi aparellar totes les coses que y eren necessàries.

Com los turchs agueren acabat de adobar lo pont, començaren de passar la gent de peu a poch a poch —e totes les bombardes parades per dupte que si los crestians venien poguessen defendre lo pont e la gent de peu dels turchs que eren passats. Com Tirant véu passar la gent dels turchs, los del seu camp staven molt smayats; emperò ab lo gran sforç que ell los dava staven algun tant acon- solats. Féu tocar les trompetes, que tothom pujàs a cavall, e mudà lo seu camp prop lo pont de pedra. Com los turchs veren levar lo camp de Tirant, presumiren que per temor fugien e ab major ànimo passaven.

Com lo soldà e lo Gran Turch foren passats ab totes llurs osts, ab les batailles molt ben ordenades, unes aprés de altres, feren la via dels crestians. Com Tirant los véu prop, passà lo pont de pedra e atendà's allí, vora lo pont. Los moros, vehent que era passat a l'altra part, tornaren cuytadament al pont de fusta. Com foren passats, feren la llur via riu amunt, per trobar-lo per dar-li batailla. E Tirant, com los veya prop, levava lo camp e tornava a l'altra part. Açò dura tres dies.

Los turchs tingueren consell què era de fer, e les veus vengueren per orde al rey de Egipte, lo qual ab ànimo sforçat de cavaller, vent moltes diferències que eren entre ells, féu principi a tal parlar.

Capítol CXLI. Com lo rey de Egi[p]te votà en lo consell la sua intenció

—Puix als entenents lo ver juhí de les nostres diferències e altercacions amagat sia, poreu veure que a la fi de un enbaraç, que hu diu, neixen principis de molts altres. E açò fa manifest lo parlar de vosaltres per ignorar lo mester de la guerra. E per declaració de açò és mester reduyr lo present fet, que la fi de dues coses seguir se puixen per sperimentar si aquell vos surtirà per mijà de bona coneixença, e açò per temor de no restar envergonyits. E aquesta fi, atènyer-la poreu si us deixau de vostres culpes. Per atényer libertat e honor vos posaré en lo camí del que devem fer. Si donchs ab tan poca vergonya voleu tancar los camins de libertat e de la sperada victòria qui són uberts per a qui·ls sap conéixer, a mi no contenta honor que ab perill no·s guanye. E per aquest sguart, dau-me cent mília hòmens e yo hiré a la una part del riu e vosaltres restareu en l'altra part. E en lo temps que yo·ls combatré, vosaltres, al més prest que poreu, lo socors no·m sia denegat. E per aquesta forma porem haver la victòria que desijam. Emperò la fi de les coses sdevenidores és remesa a la fortuna, e per ço com som certs nosaltres tenir molt més gent que no ells, deu ésser poch reduptada la batailla, mas la bona deliberació de aquests fets stà en mà de cascú, e aquella és loadora.

Tots los capitans e grans senyors loaren la bona deliberació del rey de Egipte. E lo soldà, responent, dix:

—Totes les coses del món són més en openió que en fet. E lo desig meu no·m consent sia vist ab vós conforme en lo desorde de vostres paraules desonestes en dir que ab cent mília hòmens los voleu combatre, com ells sien molt menys. Emperò del meu ànimo sforçat surt una sperança de gloriosa victòria de la batailla. Preneu la meytat de la nostra gent e yo pendré l'altra, e a n'aquell qui la sort vendrà, que done primer la batailla. Durant aquella, si l'altra part volrà fer bondat, no tement los perills sdevenidors, socorrent-nos poríem haver vera glòria e honor.

E donaren fi en lo parlament.

Los reys prengueren la una part ab gran ànimo, e lo soldà pres l'altra: ab la meytat de la gent passà lo pont.

Com Tirant véu açò, e que enmig lo tenien, e los uns staven endret dels altres e lo riu en mig, dix Tirant:

—Açò és lo que yo tant desijava.

Levà lo camp, qui stava devers los reys, e féu posar totes les tendes e carruatges dins los dos castells, e tots los patges. E Tirant detingué la gent sua tant com pogué per ço que vingués la nit. E ans que lo sol agués passat les colones de Èrcules, Tirant passà lo pont devers aquella part hon solia de primer star. E féu pujar tota la gent de peu en un mont fort qui stava endret del cap del pont. Com tota la gent de peu fon pujada, féu pujar les [s]quadres de la gent d'armes, una aprés d'altra. Lo soldà, qui stava en aquella part, que véu quasi tota la gent que se n'eren pujats, per dar de les faldes de la montanya la batailla, e véu que no restaven sinó IIII squadres, cuytà devers aquella part e ferí en ells e féu-los fugir fins alt a la montanya, e mataren LX crestians. E Tirant se retragué, tostemps fent armes. E fon ja nit scura. Los turchs devallaren al peu de la montanya e aquí se atendaren pensant que l'endemà, venint lo dia, los pendrien tots sens fer neguna defensa, e que·ls trametrien catius en llur terra. Però lo soldà no consentí que tota la gent descavalcassen, per dupte que en la nit los crestians no ferissen en lo camp, axí com havien fet altra volta.

Com Tirant fon pujat en la montanya, trobà tots los cavallers e grans senyors ab lo major desconort del món, los uns anaven desà los altres dellà, plorant e jamegant, fent molt trist e adolorit comport, dient que ara los covenia ésser presos e catius en poder de infels. Com Tirant los véu axí star, ajustà'ls a tots e dix-los les següents paraules:

—O cavallers virtuosos! Com no teniu recort de la gran offensa que feu, primerament a Déu e aprés a l'orde de cavalleria? Que si éreu dones no tendríeu menys ànimo! Que vosaltres, que deuríeu animar als altres, no teniu vergonya de lamentar-vos e mostrau renunciar a la art de cavalleria e ésser vençuts sens fer resistència neguna. La vostra natura me apar ésser unida ab antich àbit de plor e de poch ànimo. E seria menys mal per a vosaltres offerísseu de voluntat la vida per la honor, que no fer tals coses ab tan gran desorde com féu e ab tanta confusió e vergonya. O com teniu vanes les presumpcions! Ley és imperial que aquell qui gosa mirar la cara dels enemichs basta a vençre aquells. Solament vos vull dir e preguar, si semblants preguàries poden haver loch en vosaltres, que us vullau sforçar de bé a fer e, ab la ajuda de nostre Senyor e de la sua sacratíssima Mare, Senyora nostra, yo us faré senyors de vostres enemichs dins III hores. E les lahors e la glòria de la batailla augmentarà en vosaltres.

E quasi tots restaren aconsolats de les paraules del capità, sinó lo duch de Macedònia, que ans que lo capità se deixàs de fer armes, lo duch tramés un scuder seu avisat del que tenia de dir a l'emperador. Com apleguà prop de la ciutat, descavalcà e deixà lo rosí, mostrant que era fogit del siti e venia ab tots los hulls plorosos. E lo poble, qui en tal disposició lo veren venir, tots anaven seguint-lo. Com fon dins lo palau, trobà allí molta gent, e dix:

—A hon és aquell desaventurat qui·s diu emperador?

Pujà alt en la gran sala. E prestament ho anaren a dir a l'emperador com era vengut Albí, scuder del duch de Macedònia, lo qual venia ab grans lamentacions. E lo emperador ixqué cuytat de la cambra hon era la emperadriu e sa filla. Com Albí véu a l'emperador, leixà's caure en terra arancant-se los cabells del cap; batie's los ulls e la cara e axí féu son gran dol.

—Per cert —dix lo emperador—, aquest scuder deu portar molt mala nova segons los senyals que manifesta. Yo·t prech, amich, no·m faces més penar. Digues-me quin mal és aquest.

Lo escuder alçà les mans devers lo cel e dix:

—La virtut porta ab si dolor de les coses mal fetes, puix no·s dispon a bé a fer, car cascú és causador de sos mals; si ab bona e discreta deliberació no fa lo que deu fer e és tengut no·s deu dolre dels mals que li'n segueixquen. Car vós haveu volgut desagraduar vostres capitans e vasalls e dar-ho als strangers de mala fama, hòmens en res no coneguts que de vils condicions porten llur sobrevesta. O lo imperador! Puix vós mateix haveu fet lo mal, rahó és que·n porteu la pena. E sabeu quina serà? Que en loch de obsèquies diran per vós lo psalm de maledictió, per ço com haveu perdut a vós mateix e a tots los vostres, car haveu volgut levar la successió de l'imperi a n'aquell famós e il·lustre senyor, lo duch de Macedònia, per dar-la a un vil hom stranger qui ha perdut a ell e a tots los del camp e és fugit, que no saben hon s'és. Tal mèrit a la persona de l'emperador còndam! Per cert, millor vos seria, en aquest poch temps que la clemència de

Déu vos spera, anàsseu en parts stranyes fent penitència e plorant lo gran dan de vostres vasalls e servidors, de tanta gent que és morta. E faríeu smena dels vostres peccats, car menyspryant la sua ira, per los vostres demèrits —que tanta és la mortaldat dels crestians que no m'i basta seny ni saber per a poder-ho recitar, car los moros los tenien asetjats en un petit mont, sens que no y tenien pa ni vi, ni aygua per als cavalls—, a la hora d'ara ja deuen ésser tots morts. Yo me'n vaig ab molta dolor e vós, còndam emperador, restau ab la vostra.

—O desaventurat de mi! —dix lo emperador—. Com me solicita la miserable fortuna, que aprés de una alegria ve prestament una gran tristor, e aprés de un mal ne vénen molts! Ara és perduda tota la mia sperança. No·m resta sinó que vaja mendicant per lo món desemparat de tot bé.

E ab aquestes e semblants lamentacions se n'entrà en la cambra e lançà's sobre lo lit, fent gran e adolorit comport, dient:

—Què·m val ésser senyor e senyorejar lo Imperi Grech, puix tinch a perdre'l? Què·m valen tants béns de fortuna com tinch que de aquells aja ésser deposeheÿt? Què·m val tenir filla honesta e bona que no pugua succehir en los meus béns e per mos grans peccats e culpes veure'ns catius en poder de infels? Què·m val tenir muller, dones e donzelles qui·m serveixquen, e veure'm servent de moros, e les dones e donzelles ésser desonides per aquells? Quant seran adolorits los meus hulls qui tal cosa poran veure! Yo crech que lo meu cor romprà de gran dolor.

La princessa se acostà a son pare per aconsolar-lo, car la emperadriu e les altres donzelles no era negú qui les pogués aconsolar de la gran tristor que tenien.

La fama anà per tota la ciutat de la mala nova. E tota la gent fehien molt grans lamentacions per los amichs e parents que pensaven que eren morts. Les quereles de les mares eren manifestades per los batiments e plants: alçaven los hulls al cel e ploraven la pública fortuna axí com si ja la ciutat fos presa per los enemichs.

Leixem-les star ab son dol e tornem a Tirant què fa. Avent animat Tirant los cavallers ab la sua exortació, stigueren en gran sperança, confiant de la gran providència del capità.

Tirant deixà bona guarda alt en lo camp —molt ben visitat per ell— e ben confortada la gent. E pres un home ab si e per les spatles de la montanya, que per negú no fon vist, devallà. Com fon baix, davall un arbre deixà les armes, e ab cuytats passos anà prop del castell del senyor de Malvehí. E axí, com eren restats concordes de senyal, pres dues pedres, una en cascuna mà, e feria la una ab l'altra. Sentint lo senyor de Malvehí lo senyal, conegué aquell ésser Tirant. E ubertes les portes del pont, ell entrà e trobà totes les coses necessàries per al que mester havia. Primerament féu pendre molt oli e alquitrà en gavetes de fust, e pegunta e sofre viu, e altres coses qui han disposició del foch encendre. E pres molta lenya seca. E en aquell vexell de fusta que havia fet, tot ho féu posar desús e liguar dues cordes, una en cascuna cadena del vexell, largues. E dos hòmens se posaren dins una petita barca que tenien allí per peixcar en lo riu, e cascú de aquells portava la una corda en la mà. E desligat lo vexell, ab la corrent anaren riu avall. E Tirant los dix que no posassen foch fins que fossen prop del pont. E anant riu avall, com eren en loch que lo riu fehia alguna volta que lo vexell no poguera passar, tiraven lo cap e afluixaven l'altre, e lo vexell anava de punta; e com volien que anàs a travers, egualaven les cordes e lavors prenia tot lo riu de ample.

Com los turchs veren tan gran[s] flames de foch per lo riu avall, tots se tengueren per perduts. E lo soldà desenparà lo camp, e tots los altres, e tan corrent com pogueren feren la via del pont de fusta. Lo soldà, perquè tenia bon cavall, atengué un poch primer que lo foch pleguàs al pont, passà, e molts altres aprés de ell. E si los hòmens aguessen fet lo manament del capità, que aguessen posat lo foch més tart, no se n'anava negú que no fossen stats morts o presos. E al passar que fehien per lo pont, molts moros ab los roçins ne anaven en la aygua per la gran pressa que tenien de passar a l'altra part.

Lo foch fon tan gran que en poch spay tot lo pont fon cremat. E restaren per passar lo pont XXII mília persones ensús, entre de peu e de cavall. E restà allí lo fill del duch de Calàbria, e lo duch d'Andria, e lo duch de Melfi, e lo comte de Burgença e lo comte de Montoro, e molts altres capitans qui eren descavalcats. E ab la gran pressa del foch e ab lo gran dupte que tenien dels crestians que no vinguessen per ferir sobre ells, tots fugien, que no speraven los uns als altres.

Com Tirant véu anar lo foch per lo riu, pujà cuytadament hon eren los seus, ab molta alegria que·ls trobà e quasi tots a cavall per voler guanyar de la roba dels enemichs. E Tirant jamés ho volgué consentir, dient-los;

—Ara no guanyarem honor neguna e demà haurem la honor e la roba.

Ab tot açò lo capità féu fer molt bona guayta aquella nit.

—No pot ésser que tota la gent sia passada. Qual seria que ab desesperació venguessen a ferir sobre nosaltres?

Vengut lo clar dia, e lo sol sobre lo nostre orizon, lo capità féu tocar les trompetes e tothom pujà a cavall. E feren venir los patges e lo carruatge, e alt per la montanya anà tota la gent. E tornaren-se aposentar llur real en lo loch on lo avien ja tengut, de la montanya.

E de allí veren la gent que era restada, e per alguns cavallers fon dit al capità que devallassen en lo pla e que·ls donassen la batailla. Respòs Tirant:

—Puix havem obtenguda la desijada fi e tenim bon dret e tenim libertat de fer de ells lo que volrem, façam-ho ab discreció, car més és a nosaltres perdre un cavaller que si ells ne perdien cent. Però yo us profir demà en aquesta hora poreu anar e venir enmig de ells, que per negú no us serà feta sinó honor.

Diafebus, qui véu los turchs qui staven en gran congoixa, pensà en la honor e delit de Tirant. Pres-li lo anell de la mà. Dix-li Tirant:

—Cosí, què voleu fer?

Dix Diafebus:

—Vull trametre Pírimus a l'emperador. Tants dies són passats que no han sabut res de nosaltres! Lo emperador se aconsolarà un poch de aquesta nova. E la senyora princesa, ab les altres dames, se'n gloriejaran de la forma de aquest acte com és stat fet.

—Prech-vos, cosí —dix Tirant— que li trametau a dir que vinguen les naus e galeres ab farina e ab vitualles, ans que·n passem fretura.

Pírimus se partí. Com fon a la ciutat de Constantinoble, véu totes les gents molt tristes e adolorides, e les dones totes ploroses. Entrà per lo palau e trobà pijor. Ab les cares totes arapades, les vestidures rompudes, tots quants lo vehien no li dehien res axí com de primer solien. Com scometia algú, no li volien respondre. Aquest pensà que lo emperador fos mort, o la emperadriu o sa filla. Passà avant en la gran sala, trobà allí alguns hòmens que ell coneixia e véu-los star molt adolorits; altres que staven agenollats fent oració, altres que ploraven e malahïen tota natura françesa. Acostà's a hu de aquells qui·s lamentaven e, ab baixa veu, li demanà lo emperador si era mort o què era la causa de tanta dolor que ells mostraven. E aquell, responent, dix:

—Los traÿdors, seguint lo stil de cavalleria! De Judes ençà no fon feta tan gran tració com los teus han fet. E si no que pietat m'o defén, yo fera que de tu, o altre tal com tu no s'admetera paraula neguna, perquè a tothom fos notori e manifest la gran maldat que los teus han fet. Aparta't de mi, si no yo·t promet per los sancts de paradís de fer-te saltar per la finestra avall.

Aquell abaixà lo cap e passà en una altra sala més a dins. E conegué lo cambrer de l'emperador e anà rient devers ell. Dix-li lo cambrer:

—Per la strema e desaforada alegria que mostres tenir, com tens atreviment de acostar-te a la cambra del senyor emperador?

—Amich —dix Pírimus—, no·t dones desconort negú, car de la dolor de vosaltres yo no y sé res. Fes que yo parle ab lo emperador, e si té dolor yo li daré alegria.

Aquell, sens més dir, se n'entrà en la cambra de la emperadriu, hon era lo emperador ab sa filla e totes les donzelles, ab finestres tancades, fent allí cascuna son dol.

Dix lo cambrer:

—Senyor, a la porta és vengut hu de aquells grans traÿdors qui ab aquel reprovat cavaller vivia de Tirant lo Blanch, lo qual ha nom Pírimus. E certament deu ésser fugit de la batailla ab son senyor, e diu que volria parlar ab la majestat vostra.

Dix lo emperador:

—Ves, digues-li que se'n vaja ab tota mala ventura e ixqua de la mia terra. E que si yo trobe a ell ni negú de son mestre, yo·l faré lançar de la més alta torre que en lo palau és.

E com lo emperador dehia aquestes paraules, pensau lo cor de la princessa com s'i doblaven les dolors, car per molt mal e dan que Tirant agués fet, no·l podia del tot oblidar.

Com lo cambrer agués tornada la resposta al scuder, dix Pírimus:

—Per la mia fe, yo no me n'yré, car mon senyor Tirant ni negú dels seus jamés feren traçió, ni serem nosaltres principiadós de semblant maldat. E si lo emperador no vol que parle ab la altesa, digau a la senyora princessa que ixqua açí a la porta de la cambra e yo li diré tals paraules que ella ne restarà molt contenta.

Lo cambrer volgué sfo[r]çar de tornar-ho a dir a l'emperador e dix tot lo que Pírimus havia dit. Lavors lo emperador dix a Carmesina que ixqués a parlar ab ell, mas que no·l fes entrar dins la cambra. Com la princessa fon fora en la sala, ab la cara que ixqué molt trista, Pírimus se agenollà als seus peus, besà-li la mà, e aprés féu principi a tal parlar:

—Senyora de gran excel·lència, la mia ànima stà alterada del mudament gran que veig en la majestat vostra, de tots los del palau e de la ciutat. Car yo, ignorant la causa, n'estich molt admirat, que no he trobat negú de quants he interrogats que m'o haja volgut dir; per què hauré a gràcia singular a vostra altesa que·m doneu plena notícia què és la causa. E encara stich més admirat de les paraules que per part del senyor emperador lo cambrer m'à dites. E si a la majestat del senyor emperador no li plau que aquell famós cavaler, mon senyor Tirant, tingua la capitania ni faça fets dignes de gloriosa recordació, digua-m'o, que prestament serem fora de tot lo imperi e no passarem tants treballs ne perill, ne freturarà tant fatigar les nostres persones. Per què, senyora, hoynt resposta de la celsitud vostra, aquella reportaré a aquell per qui só tramés.

Hoÿdes per la adolorida princessa les paraules de Pírimus, ab les làgremes als hulls li recità tot lo que lo scuder del duch havia dit.

Com Pírimus hohí tan gran male[s]a, donà's de les mans al cap e, responent, dix:

—Senyora, sia pres aquell qui tal[s] noves ha portat e tanta dolor ha mès en lo cor de la majestat del senyor emperador e vostra, e de tota la ciutat. E prenguen a mi, e si Tirant no és stat vençedor e no ha fet fugir lo soldà, e no ha cremat lo pont e no té asetjats prop lo riu passats XX mília hòmens, que vull que sien fets quartés de la mia persona. E per major certenitat, veus açí lo sagell de la capitania, lo qual m'à dat Tirant.

Com la princessa hohí tan gloriosa nova, ab cuytats passos e voluntat strema entrà en la cambra hon era son pare. E recità-li tot lo que Pírimus havia dit. Lo affligit emperador, per sobreabundant alegria, caygué de la cadira e smortís. Feren venir los metges e aquells lo feren tornar en son recort. Féu entrar Pírimus perquè li fes relació de la bona nova. De continent que la sabé, féu tocar totes les campanes de la ciutat, e anaren tots a la sglésia major e aquí feren lahors e gràcies a nostre senyor Déu e a la sua sacratíssima Mare de la gran victòria que havien obtesa. Com foren tornats al palau, lo emperador féu posar en fort presó lo scuder que lo duch havia tramés. E Pírimus supplicà'l que prestament fes partir les naus ab vitualles per fornir lo camp. L'endemà partí Pírimus ab moltes recomandacions que se'n portà per a Tirant e per a molts altres. E tornada la embaixada, Tirant, molt admirat de les obres del duch de Macedònia, no curà de pus, puix la veritat era sabuda.

Lo dia que Píramus partí, los turchs ab tota la e[s]perança perduda, coneixien que dar la batailla no era cosa fahedora per a ells, e del mal se devia elegir lo menys, que valia més que·s donassen a presó.

E fon sort que era restat ab ells aquell savi moro Abdal·là Salomó, que altra volta era stat tramés per lo soldà per embeixador a Tirant. E deliberaren de trametre-y aquell, lo qual posà en una lança una tovallola; e açò era ja passada hora baixa. E·n tot lo dia passat no havien menjat sinó molt poch, ni de tot aquell dia. Tirant, que véu lo senyal, féu-li prestament respondre. Abdal·là Salomó pujà alt al camp de Tirant e presentà's davant ell, e ab gran reverència e humilitat féu principi a paraules de semblant stil.

Capítol CXLII. Com Abdal·là Salomó splicà [la] sua embaixada a Tirant

—Gran admiració tinch, magnànim capità, per tu ésser mestre de tal mester, com no has pres lo soldà e tots quants ab ell eren, car si agués usat del que la tua molta discreció ha acostumat en fer, no u podies errar. E per speriència se mostra que totes les coses que has volgudes empendre te són vengudes axí com a desijada Fortuna li és stat plasent, com no fes menys en lo ànimo que en la execució. Les tues virtuts, encara que no sien en notícia de les gents, fan a tembre, perquè saps salvar a tu mateix e als teus. Açò són coses que fan augmentar la tua glòria, honor e fama. E venint a l'efecte del que vull dir, aquella miserable de gent, e yo ab ells, davant la tua clemència cridam: Fam, fam! Si a la tua senyoria, capità magnànim, serà plasent fer-nos gràcia de voler venir en alguna concòrdia, ço és, que la tua clemència e pietat los vulla perdonar la vida, series reputat per gloriós dins les portes dels teus enemichs. E plàcia a tu usar virtuosament, segons tu qui est, e no mires lo que ells volien usar contra tu, que havien a fer segons ells qui són.

Lo capità féu entrar lo moro dins la sua tenda, ab tots los qui venien ab ell, e féu-los dar a menjar a tots, que bé ho havien mester. Lo capità féu ajustar tots los grans senyors e demanà'ls de consell de aquest fet, e tots foren de acort del que Tirant havia dit. Feren venir lo embaixador Abdal·là e Tirant li féu la resposta en stil de semblants paraules:

—Cidi Abdal·là, nosaltres no havem agut exercici de virtut, mas glòria indostriosa. Però la mia confiança és posada en sa valor, puix teniu causa d'esperimentar actes més virtuosos de cavallers, no o[b]lidant la ofença que han fet al senyor emperador. E per ço com veritat advoca la mia part, confie en lo divinal auxili ans que passe molt yo daré al soldà e als altres ab les mies mans condigna pena e càstich, com tingue títol de justícia. Perquè coneguen que yo no vull fer tot lo mal que poria só content que porten totes les armes offensives e defensives enmig de aquella praderia, e ells mateixs les hi porten, no tots justats, mas de C en cent; e los cavalls vendran aprés. E axí vull que·s faça.

Lo embaixador pres licència del capità e tornà-se'n. E féu complir tot lo que Tirant havia manat.

Com totes les armes foren posades, lo capità les féu totes pujar al camp, e aprés tots los cavalls. E los turchs ho tengueren a gran gràcia com no·ls fehien morir a tots, car pensaven que, encara que fossen catius, ab rescat ne porien exir.

Com no tingueren armes, lo capità los féu venir al peu de la montanya; aquí·ls féu dar a menjar en gran abundància, e la sua gent de peu los guardaven. E Tirant devallà hon ells eren e pres tots [l]os duchs, comtes e cavallers crestians, e féu-los pujar ab ell alt en lo camp e féu-los posar dins una gran tenda. E aquí eren molt ben servits de tot lo que necessari havien per a la humanal vida, si bé no era plasent a molts com lo capità los fehia tanta honor, com ells no meritassen bé ni honor per ésser venguts en ajuda dels moros contra crestians. E la gent de Tirant los ho dehien davant e ells, coneixent lo gran defalt que fet havien, çessaven de menjar.

E en aquella forma tingué Tirant los presoners fins que les naus foren vengudes. E lo capità no deixava partir prop de si al moro Abdal·là per les bones e discretes rahons que li dehia.

Un dia que tots los duchs e grans senyors se levaven de dinar, preguaren al capità fes venir allí lo gran philòsoph Abdal·là. Com fon vengut, Tirant lo preguà que digués alguna bona cosa que profitàs per a tots.

—Com poré yo res dir que stigua atribulat —dix lo moro—, sins haver-hi gens pensat? Féu-me gràcia dar-me spay fins a demà e yo esta nit hi pensaré perquè pugua millor contentar les senyories vostres.

Dix lo duch de Pera:

—Cidi, no·s pot fer lo que dius. Ara que som bé dinats havem mester una poca col·lació.

Tirant féu portar un drap de raç enmig de una praderia, e un banch en què lo moro stigués de peus. E Tirant fehia tenir entorn de ells bona guarda de gent de cavall e de peu. Com Abdal·là véu que no·s podia scusar, dix:

—Puix lo senyor capità m'o mana, dar-li é un consell, lo qual cascú de vosaltres lo porà pendre per a si.

E pujant lo moro sobre lo banch, féu principi a tal parlar.

Capítol CXLIII. Lo consell que Abdal·là Salomó donà a Tirant, capità

«—[D]éu és gran, Déu és gran. Déu és sobre totes coses. E Aquell deu ésser amat e temut sens neguna error ni fictió. Egregi capità e cavaller invençible, no t'admires de mi com tingua senyal de crestià, ço és, dos bons quartés de vosaltres, car mon pare fon moro e la mia mare fon de la generació vostra, e de aquesta part me ve amar-vos. Magnànim capità, ya veig que a la fi la fe venç infedelitat, e liberalitat venç avarícia, e la humilitat a la supèrbia; hoy fa loch a caritat e desesperació a sperança. E sots lo mal[l] de virtut trencada és la perseverança de falsia e dura obstinació dels contrastants a ta intenció. Immortal batailla és entre enveja e glòria e entre maldat e virtut. Emperò gràcies sien fetes e n'Aquell qui és senyor de virtut e rey de glòria, que a present, vençuda la part de tot mala, la part totalment bona ha triümphat, jatsia sovint vejam lo contrari. Ara·s veu que l'altea de la majestat imperial, confusa tota enveja, cobrarà les honors de què era desposehït. E los peccadors o contrastators, vehent-ho se dolran e, ab ira cruel, mostraran la intrínseca furor ab strenyiment de llurs dents per magrea de viceral corrompiment. E tu, capità valentíssim e poderós, més clar e resplandent e reposat que en lo passat temps tots los altres stats no són, en la imperial cadira faràs tornar l'alt emperador, gitaràs tots núvols de tristor o de pluja de làgremes e esclariràs tota la Grècia; e subjugant ab la tua gran virtut la nostra partida de lengua morisca, d'on seràs mereixedor de portar corona d'estel·les, car per tu serà restituhïda a l'imperi la pau que li era tolta, e als pobles lo desijat repòs. Per hon de tu serà manifest al món lo teu notori enginy, segons has fet en lo passat e tant més en lo present, com quant de major lahor és justament e temprada regir un regne que guanyar e aconseguir-lo benaventuradament.

«Certes, ara és temps que culles e replegues ensemps totes les virtuoses forçes de ton coratge, e que·t prepares a grans e infinits negocis, si en tu ha res de real costum. Tots tos passats treballs són no res si leixes los molts que encara te resten a passar. La tua gran glòria requer en ton ésser dreturera la tua mà. Ja havem vist com altament e gloriosa has batallat contra la fortuna adversa, e coneixem-te vençedor; mas guarda't, que sovent la fortuna, encara que sia vençuda, retorna pus mansa en son sguart, e pus suau, quasi resplandent ab elm o cuberta deaurada. Tu has vençuda la adversa; guarda't ara, car la pròspera torna a encontre de guerra. Guerra null temps no proceheix de amor, ne hoy no proceheix de amor ne de caritat. Amor proceheix de la glòria del cor mundanal e eternal. E no·t penses que per ço com ha mudat armes te sia benigne ne pus flach, ans te serà bé mester que t'abilles de novelles armes, e no·t penses haver menys a fer per ço com lo enemich és pus blan e pus suau, ans sies cert que la guerra és pus enganosa com la crehença és ab legots o ab affabilitats combatuda en lo stret de la fortuna adversa.

«Avem vist com altament te est portat en útil de la cosa pública. Ara veurem com te comportaràs en la plenitut de la fortuna pròspera, car molts en tribulacions e lochs strets han resistit sens causa; e molts qui foren en llurs adversitats forts, foren per la fortuna pròspera enderrocats. Aníbal fon vençedor en la batailla de Cannas. Aprés que agué exivernat en Càpua ab menjars delicats, delitàs en dormir, reposant en banys plasents: per oçi e luxúria fon vençut en la batailla per Marcell. E axí, la ardor del gel del riu de Trèbia, hon primer havia aguda victòria en Lombardia, fon apaguada en Càpua per la calor dels banys e altres delits. E sovint és la pau pus perillosa que la guerra, car a molts virtuosos ha nogut, no havent adversari contra lo qual la virtut agués exercici, la qual se és per oçi e repòs amaguada e a veguades del tot perduda o aflaquida, per tal com en loch de l'adversari, per lo qual la virtut se mostrara e s'esforçara, an succehïts delicaments. E a veritat, no pot ésser guerra pus greu que és ab sos propis costums e coratge, car lavors hi pot haver menys treves, puix la guerra és tota dins lo mur, ço és, dins l'om mateix. E aquesta guerra flaqua de batailles acostumant, la qual, venint ab mantell de pau, ha major gosar que quant ve ab bacinets armada.

«E leixant molts exemples de gents, pau e tranquilitat amansà los romans, no amansats ni trencats jamés per batailla e vençedors de totes gents. E segons alguns han scrit, los delits de luxúria vençents los romans [vençedors, han venjat lo món vençut per ells; e açò paria] preveure Cipió, hom reduptat altament bo per tot lo senat de Roma, com de son poder vedava la destructió de Cartayna, jatsia contra l'acort del molt savi vell Cató. Ho vedava Cipió per dupte —segons diu Florus—, que perduda los romans la temor de Cartayna, llur enemigua, la ciutat de Roma no començàs donar-se a delits e a repòs. E Déu agués volgut que·l consell de Cipió fos stat seguit, car millor fóra fos restada guerra dels romans ab los enemichs e ab Cartayna que ab llurs propis vicis e delits, car certament en millor stament foren stats los fets de Roma e, segons yo crech, hauria agudes menys batailles e pus contínues victòries. E si·m demanes per què açò: com pens molts sien e seran als quals par ja temps de repòs. Puix Déu te ha portat a prosperitat de fortuna, sàpies-los ésser de adversa intenció a ells. E dich-te a tu e a tots los grans senyors: una deu ésser la fi de la vida del treball, e tostemps deuen ésser en guerra de enemich vesible e invesible. E veges més avant quant discorde yo de comuna opinió, car dich que d'açí avant sentiràs doble treball més que en lo passat, e te n'alegraràs. Jamés no t'és stat mester levar-te ab tant sforç. E lo ànimo deu en tu sobrepujar si mateix, car vengut est als sobirans combatiments. E axí entengua tot lo món quin e quant gran est stat en cascuna fortuna, ço és, pròspera o adversa; e no tu solament, mas aquells qui segueixen tos consells.

«Tu has senyor vell e antich, lo qual la fortuna havia lançat per terra, lo qual forçant la fortuna l'à portat en molts caÿments a la altea del stament humanal. Mostra-li per quins graus és pujat en aquesta triümphant de victòria e ab quin saber s'i deu refermar. Ja no·s deu sforçar de pujar més alt, sinó en cobrar lo que té perdut, car deu-se tenir per content de la dignitat que Déu l'à posat e del ceptre hereditari qui li és degut per deute de sanch més que per sa pròpia virtut. Car la senyoria no fa l'ome, mas descobre'l; e les honors no muden les costumes ni·l coratge, mas mostren-ho. E amonesta'l que sàpia ésser senyor, car lo primer és per mèrits, lo segon per fortuna. Mostra-li que honre Déu e ame sa terra; serve justícia, sens la qual lo regne, jatsesia rich o opulent, no·s pot conservar. Aprengua que negú acte violent no pot ésser de longua durada. E millor e més segur és al príncep ésser amat que temut. Acostum no desijar sinó bona ànima, bon seny e bona pensa, e que no sper sinó bona fama e no tema sinó desonor. Pense com pus alt és, pus clarament és vist e menys se pot amaguar lo que fa; e com major poder té, menys té licència de abusar-ne.

«Sàpia lo príncep no deure més deferir de poble per àbit que per costums. E
studie partir-se de totes stremitats per egual spay, seguint la virtut sitiada enmig.
Sesse en ell prodigualitat e luny-se de avarícia, car la primera consuma les ri-
queses, la segona la glòria e lahor. Sia conservador e amador de sa fama pròpia
e més de sa honor. E sia avar de temps, guardant no·l perda. Sia larch de mo-
neda e tostemps tingua en lo cor la resposta del savi emperador, animosa, dient
no voler lo or, mas voler senyorejar a qui·l poseheix. Més val tenir los vasalls richs
que no lo fisch. E sàpia que lo príncep de rich regne no pot ésser pobre. E sia en
recort de les calamitats, misèries e treballs que la mesquina terra sua ha sofert
en aquest temps passat. E lavors se repute benaventurat, que ha complit son vot.

«Justificat príncep serà aquell com les misèries en sa terra meses per crims
d'altres n'aurà lançades o departides per sa virtut pròpia, e haurà restituhïts los
dans e reparats los enderocaments, e fermada pau e oppressa tota tirania e
tornada libertat en sa terra. Pose's en lo cor amar los que senyoreja, car amant
crex lo amor, e no pot ésser regne més perillós o incert que senyorejar als qui
no volen. Jamés no ixqua del cor al príncep la real doctrina de Salustí dient que
gent d'armes ni tresors no són defensió del regne, mas los amichs; tals, emperò,
que no sien ha amor forçats per armes ne aguts per diners, mas per benifets,
mèrits e fe. E segueix-se que lo príncep deu viure ab los seus ab concòrdia, car
concòrdia fa créxer e aumentar les coses poques, e per discòrdia se perden e·s
destroexen les grans. De què tenim exemple de March Agrípia: treballà molt
per la dita concòrdia, per la qual s'era a cascú jermà o companyó, amich e bon
senyor. E aprés Déu e veritat, sia-li la pus cara cosa amistat, e l'om que una
veguada haurà fet digne de sa amistat, no·l lançe de negun consell. E seguint lo
consell de Sèneca, totes ses coses acorde ab aquell que sàpia ésser son amich.
Mas primerament acorde de l'amich que pugua fiar de ell, mas no de molts. Stu-
diar que sàpia conéxer lo amich del lagoter o suau enemich, plaent-li verdaderes
lahors, estímols o pections de virtuts. Avorresca legots axí com a berí. No sia
lauger en pendre amistat, mas, pus tart des que les haurà preses, les deix, e si
possible és, no les deix jamés. E si les ha deixar, no u faça prestament sinó ab
discreció, poch a poch, axí com diu lo proverbi: «Descusa e no squinçes l'amistat
antigua, e tengo per ferm que segons que ell és amich dels altres, axí los altres
li seran amichs.» Ne·s fenya ésser amat de algú que ell no ame, segons sol ésser
error dels grans senyors. E deu guardar que les voluntats de cascuns són molt

libertes e no comporten jou d'altri en qui axí mateix no·l coneixen. Amor no pot ésser jamés forçada sinó per amor, e per aquella és forçada, puix la conegua en l'altre. No haja presumpció alguna de mal en lo amich antich, e no cregua impròvidament o sens causa a algú. Gite de si sospites, no pare la orella a acusadors o a malmescladors d'altres; e si hi perseveren, ab pertinàcia reprenga'ls, ne encara los ponesca si no se'n leixen. Paraula és de l'emperador, que lo príncep que los deladors o malmescladors no castigua, a çi mateix irrita. Lo gran Alexandre, jatsesia jove e molt poderós senyor, menyspreà un acusador ab molt gran e bona fama e fiança. Seguí-li'n bé segons devia, com stant ell malalt degués pendre per medecina un abeuratge a ell aparellat per Phelip, metge seu, rebé les letres de Permínio, en les quals l'amonestava que Phelip, metge, corromput ab molts diners per Darhi, enemich seu, li havia promés que·l faria morir; axí que guardàs sos aguayts e son mortal abeuratge. Les quals letres legí Alexandre e celà. E disimulant, callà fins que, entrat lo metge e ell havent begut l'abeuratge, lavors girà los hulls al metge e donà-li les letres de la acusació. Però fehia tart, e inútilment si vera fos, mas prou les hi donà prest e bé, puix la acusació era falsa. Menysprea altament los mals parlants e, almenys per callament, los reprengue e mostre haver mentit, recordant-li lo que lo emperador Octavià scriví a Tiberi, dient que no·s devia enfellonir que algun parlàs mal de ell, car prou era que negú no li pogués mal fer. En altra manera, més avantatge hauria l'om que Déu, al qual, jatsia no·s puixa acostar injúria ni offensa, emperò sovint lo ensagen les gents de injuriar de paraula. Donchs, lo príncep emprengua o exercescha la pensa e les orelles en açò: en què no solament és loada la paciència del dit gran emperador, mas de Pompeu, gran e solenne ciutadà de Roma e del rey de Partchia, e de Pisístrat, tiran de Atenes.

«No s'agreuge lo príncep si alguns inquiren saber los secrets, mas ell no cur saber secrets d'altri, car de valerós cor proceheix no curar de tals coses. E lo contrari és en cascú car[s] poca confiança. Més avant faça lo príncep que sia tal com volria ésser reputat per les gents, e lavors no volrà que los seus actes ni secrets sien amaguats, ne més se guardarà que u veja son amich que son enemich, ni curarà més sa deliberació en consell que·l testimoni dels qui mal li volen. E ab tal confiança féu portar Cipió les spies dels cartagineses per la ost de els romans. E ab semblant magninimitat Július Cèsar soltà Dominici, pres, un gran cavaller de Pompeu, enemich seu: feren-lo fugitiu, menyspreà e no se'n curà que sabia molts secrets seus. Encara, com una veguada agués trobat scriptures hon eren los secrets de sos enemichs, cremà'ls e no vo[l]gué que·ls legissen. E no pens lo príncep que solament a la ventura li sia posat en son títol seraníssim o molt clar, mas per tal que en lo seu ànimo, proïsme a Déu e pus alt que totes vanes passions, no puixa pujar negun núvol de dolor ne algun plor de tristor, ne negun gel de temor, ne fum algú de mals desigs terrenals. Sàpia que ira en príncep és fort leja cosa, e nomenar solament crueldat en príncep és cosa il·lícita e peccant, e tant pijor com ha sots si més maneres de noure que altri. E senta ésser veritat ço que dix Sèneca en la segona tragèdia: «Tot regne és sots major regne.» E axí, levada tota ira e temor, se retrà comú a sos sotsmesos, e tot açò que en ells ordenava esper a si mateix en si, de la mà de son superior, ço és, Déu. Supèrbia ni enveja no haja, que no són vicis de príncep, mas de gent comuna. ¿Quina rahó ha lo príncep en haver supèrbia, al qual Déu ha fet tant de bé, e és deutor de tants grans dons a Déu totpoderós, creador seu? O, ¿com pot haver enveja lo qui no véu sobre si negú e véu si mateix sobre tots?

«Entengua lo príncep que veritat li deu ésser fundament de tota fe. A qui diu falsies s'esdevé que no·l creu hom de les veritats, e grans veritats se ajusten ab poca falsia. Axí [si] desija que hom lo cregua, prengua en cascun parlar tostemps veritat, e axí, acostumant sa lengua que no sàpia mentir; car no pot ésser pus absorda cosa ne més perillosa que príncep mentidor, sots lo qual la cosa pública de son regne, incerta e tremolosa per ses falsies, haurà a vacil·lar. Molt deu ésser stable e ferma la paraula de aquell en lo qual és fundada la sperança e seguretat de tants pobles. E jamés no deu mentir als altres aquel al qual és mester —si fer-se pot— que ningú no li menta, e perquè seria legoter lo qui no deu aver temor ni deu sperar haver res d'altri, les quals dues coses me paren propiis agullons de lagoteria. Guart-se, encara, que no lohe si mateix: sa lahor per fets la deu mostrar e no de paraula. No menace a negú ni s'enfelonesca, car no stà bé al príncep, que sol ab l'esguart pot spantar, e stant reposat se pot venjar, hoc encara perdonant pot castigar: és la més noble venjança que ésser puxa. Guart a si mateix de alegrar-se massa e sobremanera, guardant les ocupacions immortals del regiment de son regne; ne tanpoch no·s deu entrestir si guarda les grans honors e la divinal magnificència que ha en si. No·s negue a negú, car Déu l'à fet néi[x]er no per a si solament, mas per a la cosa pública. E sàpia que tota hora fa sos fets quant ajuda a sos sotsmesos.

«Tempre la rigor de la justícia ab egualtat, e la crueltat sia mesclada ab clemència; en la prudència sia alegria; en la celeritat, madurea; en la seguretat, avisament; en la temprança haja plaer; en la laugeria, actoritat; en lo menjar, nodriment; en los convits, temprança; e[n] lo parlar, suavitat; en la reprenció, caritat; en lo consell, fe; en juhí, libertat; en riure, tarditat; en lo seure, manera; en lo anar, gravitat. Haja sperons en remunerar, fre en punir; fira a son enemich ab cara alegra, e son ciutadà, si u mereix, ab trista. E per exemple del gran príncep, los delictes de sos sotsmesos li sien axí com nafres pròpies, que no·s poden guarir si no són tocades o curades. E segons diu Titus Lívius, deu-los punir ab gemechs e làgremes, axí com [si] taillàs les sues entràmenes. E pose's al cor que·l príncep deu ésser del tot semblant a Déu per misericòrdia; e que del tot erraren los philòzophs que damnaren misericòrdia. Magninimitat és pròpia virtut de los prínceps, sens la qual no són dignes de haver regne ne nom de rey. E si la humanitat natura és d'om, e no virtut, si no la à més és cosa no acostumada que vici, més pertany humanitat a príncep o a rey que a altri, e per ço com més sobrepuja los altres ell, que té entre los altres hòmens lo primer loch.

«Deu haver castedat lo príncep, la qual és bellea en tots hòmens, mas en príncep ha singularitat de bellea. Res no és més bell que príncep cast, ne més leig que príncep luxuriós. Gratitut, que és memòria de servís e de beneficis, solen haver los bruts animals; és leja cosa si fall als hòmens; és ornament e bellea e als prínceps ajuda. E ingratitut sol corrompre los nirvis e força del regne, per tal car cascú ha perea de servir al qui obliden los serveys e omplir la pregonea sens fons de l'ingrat coratge de dons que pereixen. A la fi, confés lo príncep que és ple de honor carregosa e de càrrech honrat. E lo qui ans era franch e liure sàpia, des que és fet príncep, ha presa servitut treballosa, solícita e honesta, sots la qual stà la libertat de la cosa pública. E de allí avant ha viure per exemple ésser als altres, car per exemple dels reys e dels prínceps se regeixen los regnes, e les errades del poble solen exir de les costumes dels senyors e regidors. Lo príncep no deu voler res propi a çi, sinó lo ceptre e la corona e ço que de aquell s'és. E per ço hi és la salut de tots los seus sotsmesos gloriosa mas difícil e de molts caps, semblants a la serp de Èrcules, a la qual naixen molts caps per hu tallat.

«Haja lo príncep agudea deguda ab enginy, e vergonya deguda a sa edat, e virtut a son linatge e a son real stament. Tingua majestat pertanyent; menyspreu porpra e pedres precioses e delits, fent burla de totes les coses que passen e fugen. Solament guart altament les coses eternals, e de aquelles se admire. Haja per real exercici armes e cavalls, e los arreus de son palau, en pau en guerra, e·n totes coses. Seguesca en son regnar les arts e maneres dels romans, que són: servar manera en la pau, perdonar als sotsmesos e guastar e aflaquir als superbiosos. A la fi, sàpia lo present ésser taulel de gran perill e treball. No deu seure a joch o a plaer ni repòs pereós, ne a vil delit ne alre donat per Déu als hòmens, sinó que ab poch e breu mèrit se obre camí a la eternal glòria e fama perpetual. E axí, altra veguada mostre's avinent a apendre.

«Ab gran voler lija e hoja los nobles fets dels antichs. E sia solícit e fervent demanador, no de béns temporals, mas dels exemples dels antichs e prínceps il·lustres. Haja contínuament en memòria ço que aquell príncep magnànim, lo darrer príncep africà, destroÿdor de les ciutats enemigues, féu e servà en la ost sobre Çamora —e·n aprés fon exemple de militar disciplina a molts romans prínceps—, que axí com aquell gità de la ost totes maneres de delits e d'àvol luxúria e dos mília àvols fembres, axí lo teu príncep lançe de totes les sues ciutats tots instruments de luxúria e corregesca les costumes de les gents que per gran plaer se són afollades. E sens açò no haja sperança, no solament de victòria, mas de salut. E açò per exemple haja del dit príncep e d'altres coses per les quals se faça acabat e perfet. E tants noms de hòmens insignes per virtut com trobarà ésser stats sancts, ne sàpia ésser donats a ell per mestres de sa vida e per endreçadors seus a glòria. E sovint s'esdevé que los nobles coratges tant los ençenen exemples com dons, e tant paraules e stàtues posades en recordació dels antichs. Gran plaer és com hom pot egualar si mateix als antichs qui són loats. E bella enveja és al qui s'estima de virtut e no·n fretura perdre temps en enquerir d'altres antichs, car exemple singular és que negú qui no stima la honor ne ha temor de vergonya no pot obrar ne viure virtuosament. Moltes voltes voler emitar als bons de enteniment e de enginy és stat profitós, axí com voler-se lunyar de mal. Ja deu ésser reputat bo qui·s studia en fer bondats.

«Moltes coses he dites, mas, a veritat, poques són, atesa la magnitut dels hoÿnts; e més són encara les coses que y resten a dir. E tu, molt egregi capità, qui sents e saps que totes les coses stan a càrrech sobre los teus muscles, emperò a la gran amor no y és res difícil o greu sinó ésser no amat. Açò no pots dir tu, que per les tues infinides virtuts te fas amar a tot lo món, e los teus juhís e consells conserven lo amor de aquells qui·t serveixen. E no fon més accepte

Chiron ha Anxil·les, ne Palominus a Enea, ne Philoteçes a Hèrcules, ne Lilidi a Cipió Africà, que tu est al teu emperador. Donchs, dóna compliment al que bé has principiat, car la caritat porta tot treball, e amor venç totes coses. E axí mateix, qui vol part de la honor e glòria, rahó és que porte sa part dels pensaments e càrrechs. Les coses grans a costar han. Lo or se cava del pregon de la terra; les spècies se porten de luny; lo ençens se cull de arbres que suen en Sabea; en Cidònia se peixquen les murices; lo vori se à en Índia e les perles en la mar Oceana. Ab gran dificultat se han totes les coses grans e precioses; e la virtut, que entre totes coses és molt preciosa, no s'obté laugerament. Bona fama és pus resplandent que or, la qual ab gran studi se denega e ab gran diligència se guarda e·s susté. La rosa stà entre les spines; la virtut entre les dificultats. E entre les cures solícites stà la glòria. En lo collir de la rosa sofir lo dit afany e perill; en la virtut e glòria, lo coratge de l'hom. Donchs tu, siny lo teu coratge ab principis gloriosos, car com pensaràs haver acabat, lavors començaràs. Exercita'l ab bones cures del príncep e de la cosa pública e, exercitant ab aquelles, farà deçà pus benaventuradament sos fets. E la ànima, aprés que serà partida del seu cors, més laugerament volarà e millor a les eternals cadires, segons openió de Ciceró, e nós ho sabem. A Déu coman honor de la tua senyoria e nostra.»

Capítol CXLIIII. Com los grans senyors del camp de Tirant recaptaren gràcia per Abdal·là del capità

Tots los grans senyors que allí eren, vehent que tan bé havia parlat e tants consells bons los havia dats, car cascú lo podia pendre per a si, de un ac[or]t se levaren e supplicaren al capità que volgués fer alguna gràcia al discret moro. E lo capità, qui tenia lo ànimo tan valerós, responent, dix:

—Mos senyors e majors de mi, a molta merçé auré a les senyories vostres que·m digau quina gràcia volreu que li faça, que yo seré molt content obeyr-vos.

E ells li regraciaren molt la sua graciosa offerta. E tots pensaren e agueren per conclusió que lo major do que podia ésser era libertat, e demanaren-li lo moro Abdal·là ab un fill que tenia pres ab ell. E Tirant fon molt content, per amor de tants grans senyors qui lo y demanaven e, per contemplació de ells, li dava libertat e XX d'altres per amor de ell. Lo cidi A[b]dal·là lança's als seus peus per voler-los-hi besar, mas lo valerós no u volgué soferir, ans los donà son comiat e tornaren-se'n al seu camp.

Aprés dos dies vengueren les naus ab moltes vitualles. E aprés que agueren descarregat lo que portaven, lo capità agué son acort ab los senyors, e deliberaren que tots los presoners posassen en les naus e que·ls portassen a l'emperador. E axí fon fet. E foren comanats al gran conestable per llur capità, e partiren per anar al port. E com los recullien en les galeres, feren-los despullar per veure què portaven, e trobaren, entre joyes e diners, lo que havien guanyat en la guerra, hi de sou passats CLXXX mília ducats. Car presoner hi havia que, entre joyes e diners, valia lo que portava X mília ducats. E trameteren tots los diners al capità, e aquell prestament los féu repartir entre tots los del camp.

Lo conestable féu donar vela e, ab pròsper vent, en breus dies arribaren al port de Constantinoble. Lo emperador e totes les dames e staven a les finestres mirant entrar les fustes. Lo conestable féu traure los presoners e portà'ls al palau. Lo conestable pujà alt hon era lo emperador, féu-li reverència e besà-li la mà e lo peu e, dites les recomandacions de part del capità, li presentà de part sua tots los presoners.

Lo magnànim senyor los rebé ab grandíssima alegria, tenint molt gran contentació del capità. E posats en bona guarda, lo emperador féu entrar lo conestable dins la sua cambra, hon era la emperadriu e la princessa. E demanà-li del stat del camp, e los seus cavallers com se regien, e lo seu capità en quin ésser era posat ni com se regia ab tota la gent. Lo conestable, ab gran modèstia, féu resposta de semblant stil.

Capítol CXLV. Com lo conestable informà a l'emperador del stat del camp

—No consent la veritat ésser caillada, pròsper emperador e mon senyor natural, dels singulars actes e de molta virtut que ha obrats e obra cascun dia lo vostre valerós capità, encara que, ab paraules sobreposades, versemblant de error hagen posat en la majestat vostra, per sguart de confusió de alguns maldients, volent posar en les gents enganosa crehença. E perquè·s mostre lo ver de tals coses, recitaré a la altesa vostra que, per causa de algunes contradictions sobre lo camp vençut e desconfit dels turchs, lo marqués de Sanct Jordi, ab son jermà lo duch de Pera, e tots los altres avolatats, s'i pensà seguir fort jornada; casi per haver fet la majestat vostra capità novell, e per los guanys per nosaltres haver fets, e per ells haver-nos liberats de tant de mal qui aparellat nos stava, havent ells scampada la sanch e meses en perill les persones e les vides, e nosaltres nos ne portam la desferra. Emperò Tirant, com a capità virtuós, pacificà tot lo camp e volgué que la despulla fos nostra. Dich, senyor, a vostra altesa, ab tota veritat, que teniu lo més singular capità que en lo món sia stat ni crech serà. E no pensa la majestat vostra que Alexandre, Cipió ni Aníbal fossen tan discrets savis ne ab tan sforçat ànimo ni tals cavallers com aquest és! Més sap de la guerra que quants hòmens yo haja vists ne hoÿts nomenar: com tots nos pensam ésser perduts, lavors som vençedors. Lo treball seu és cosa de gran admiració.

Dix lo emperador:

—Quina és la sua pràtica?

Dix lo conestable:

—La majestat vostra lo trobarà lo més solícit home del món. Amador e guardador del bé públich, emperador dels desemparats, adjudador dels malalts. Senyor, si negú és nafrat, a la sua tenda los fa portar e fa'ls servir així com si era lo cors de un rey, de viandes e de medecines en gran abundància, e los metges no se'n parteixen. E yo pens que si nostre Senyor li té a fer bé, sol aquesta virtut hi basta.

—Digau-me, conestable —dix lo emperador—, ¿quin recapte dóna en lo camp, e a la gent d'armes quin orde·ls té?

—Senyor —dix lo conestable—, yo us ho diré. Primerament, com ve de matí, ell fa ensellar II mília roçins segons a qui toca la tanda. Cavalquen los mil tots armats com si havien entrar dins en batailla, e ab aquests van mil hòmens a peu. E així van per tot lo camp, guardejant dins e defora, e açò los dura fins a migdia. Los altres mil cavalquen fins a la nit. Aquells qui descavalquen, pensau que·ls deixa desarmar ni los roçins desansellar? Ans tot lo dia han star armats, per ço que si algun cars los sobrevenia, aquella gent fos pus prestament a cavall que tots los altres. E com ve la nit dobla la guayta: cavalquen II mília lançés e II mília hòmens a peu; e los altres II mília stan armats e los cavalls ensellats. E com ve a la hora de mija nit, van-se'n a llur instància e los altres cavalquen. E pensau, senyor, que·l vostre capità en tota la nit ell dorma? Sinó incessantment va e stà ab la gent d'armes, burlant adés ab uns, adés ab altres. En tota la nit, tan gran com és, jamés lo veureu dormir ni reposar. E moltes voltes yo lo y dich, que vaja a dormir e yo restaré allí en loch seu: no u vol per res consentir. E com ve que és dia clar, que·l sol és exit, fa tocar a missa: vénen tots aquells senyors que hoyr-la volen. E pensau que sia home molt sermoniós? No senyor, sinó que pendria a mi o algun altre per lo braç e fa posar tots los magnats primers, hi ell posa's en un racó de la tenda. E axí hou la missa, ab molta de honor que a tots los senyors fa. E com la missa és dita, posen-se tots en consell e aquí saben si fallen vitualles al camp o no. De continent fa provehir a totes les coses necessàries. En lo consell no s'i parla d'altra cosa sinó del stat del camp. Lavors lo capità va-se'n a la sua tenda o a la primera que troba e, damunt un banch o en terra sobre una cobriatzembla, se posarà a dormir, tostemps armat. E dormirà II o III hores al més. E com se leva, toquen les trompetes e lavors tots los magnats vénen a dinar. E tots són servits marvellosament de moltes viandes e bones; e jamés se seu en taula fins que han menjat la primera vianda. Yo stich admirat que li basta a tants menjadors com té. A passades CCCC persones dóna a menjar, e XXX atzembles que jamés no fan sinó anar e venir ab vitualles, capons e gallines, e de tantes volateries com haver-se poden. Lo seu treball e lo poch dormir és cosa admirable. Aprés dinar, com han feta col·lació, tenen altre consell: si à viles, castells o lochs prop de allí que·s tinguen per los turchs; quina gent d'armes hi à mester per conquistar-los e quin capità hi yrà; e si han mester portar bombardes o artelleria. E prestament s'i dóna recapte. Sé-us dir, senyor, passades LXX places havem recobrades. Molt bona pràtica serva lo gran capità, molt millor que no fehien ans que ell hi fos, com lo duch nos era capità.

—Què·m direu —dix lo emperador— de sos parents? Com se comporten en la guerra?

—Molt bé, senyor —dix lo conestable—. Esta nit o demà serà açí Diafebus ab los grans senyors que porta presus.

—Com! —dix lo emperador—, encara n'i à més?

—Sí, sancta Maria! —dix lo conestable—. Allí ve lo duch d'Andria e lo duch de Melfi, e lo fill del duch de Calàbria e molts altres comtes, barons e cavallers que vénen presos.

La alegria augmentà en aquella hora molt més que no era stada.

—Del vostre offici de gran conestable —dix lo emperador-ha-us fet empedi-ment negú?

—No, senyor —dix lo conestable—. Ans de continent que m'agué dada una letra de vostra majestat, me dix que yo regís de mon offici axí en lo seu camp com en lo del duch. E volia que lo seu conestable que ell portava fos lochtinent meu, que puix yo era primer en temps, rahó era que fos primer en dret. Tota aquesta guerra, senyor, stà en l'esforç de Tirant.

L'endemà Diafebus entrà ab los presoners per mig de la ciutat, ab moltes trompetes e tamborinos que portava. Lo emperador e tot lo poble staven admirats de tanta multitut de presoners. Com foren en la plaça del palau, lo emperador stava en una finestra. Diafebus li féu molt gran reverència, humiliant-se molt a ell, e prestament pujà al[t] en la cambra e besà-li la mà; aprés a la emperadriu e a la excelsa princessa. Com agué abraçades a totes les dames, tornà a l'emperador e dix-li tot ço e quant benedictió, amor e voluntat de Tirant li presentava. E lo clementíssim senyor, ab cara molt afable, lo rebé. Aprés li dix Diafebus:

—Senyor, supplich a la majestat vostra me vulla posar en libertat, car bé és presoner qui a presoners guarda, com cascú de aquells com[p]te sobrepujar son coratge de major dignitat que noblea no és. E per ço, vulla la altesa vostra acceptar-los per lo gran perill que tal comanda ab si porta, car ley és feta per aquell qui sols honra basta a conservar la sua honor. Com per los entenents vist serà yo haja retut mon deute de fidelitat, lo que a interés de part s'esguardarà, just o injust acte se nomenarà e no gràcia. E perquè sia vist lo desig meu ab lo vostre concordes, requir als notaris que me'n sia feta carta pública perquè·n reste memòria en sdevenidor. La senyora de gran excel·lència princessa de l'Imperi Grec, la egrègia Stephania de Macedònia e la virtuosa Viuda Reposada, e la bella eloqüèntia de Plaerdemavida, e la honesta, pròspera e benaventurada de la senyora emperadriu, qui és font de tots los sabers virtuosos, façen ver testimoni de mi, com he retut mon deute ab los presoners ensemps.

Fon levat acte e lo emperador rebé sos presoners e parlà molt ab Diafebus, demanant-li lo seu capità quina honor los fehia e com los contractava. E Diafebus li recità la pràtica que ab ells servada havia. Lavors lo emperador los féu posar dins lo palau en les més forts torres que tenia.

Com Diafebus véu temps de parlar ab la princessa, anà a la sua cambra e trobà-la ab totes les sues dames. Com la princessa lo véu, levà's del strado e féu la via sua. E Diafebus cuytà lo pas e donà del genoll en la dura terra, e besà-li la mà e dix:

—Aquesta besada és de aquell que la celsitut vostra ha condemnat en més fort presó que no són aquests que yo açí he portats.

E les donzelles acostaren-se: no li pogué res dir per dupte que no hoÿssen lo que diria. Mas pres-lo per una mà e anaren-se a seure a una finestra. Com foren aseguts, la princessa cridà Stephania, e Diafebus féu principi a un tal parlar:

—Si la mar se tornava tinta e la arena paper, yo pens no bastaria d'escriure l'amor, la voluntat, les infinides recomendecions que aquell pròsper e virtuós Tirant tramet a la majestat vostra, com totes les coses són vistes per la fi e aquella mostra cascú qui és, e dóna premi e condamna segons les obres, e com amor no sia major son perill sinó atényer-hi mort o glòria per premi de cavaller valerós. E no deuríeu tant amar la vida que·n desconeguésseu l'amor d'un tal e tan sforçat capità com la altesa vostra té, com per sa libertat poch atesa de aquell jorn qu·ell vos véu. Recitaré part de sa vida, il·luminada no per los antichs cavallers de molta stima, ni per los presents, ni encara per negunes altres. No és digna cosa negú sia mereixedor de tan gran premi com és aquest de la majestat vostra.

E donà fi en son parlar.

La fi de les paraules de Diafebus foren principi a la princessa que, ab cara affable responent, dix:

—Per los meus desigs als vostres pus manifests, ab sola intenció volríeu-vos salvar, la qual és sabuda sols per Déu, e lo juhí dels hòmens són en les obres, per les quals vos condaṃnen totes les dones de honor, per ço com les coses de mal propòsit resten tostemps imperfetes. Ay lo meu jermà Diafebus! Yo seré a vosaltres dada per vida com tingau títol de bons e verdaders, no fallint-vos execució de virils cavallers del que se'n pot dir per los entenents de tot lo univerç món, en glòria e lahor de vosaltres. E les recomendacions que.m dieu, yo stich admirada com tan gran càrregua sobre vostres spatles haveu pogut portar, emperò yo les reb com de vasalla a senyor, e les mies sien doblades e una més.

E en aquestes rahons entrà lo emperador e véu Diafebus que tenia grans rahons ab sa filla. Dix:

—Per los ossos de mon pare, gentil cosa és com a les donzelles plahen hoyr les cavalleries que los bons fan.

E dix a sa filla que ixqués de la cambra per anar a la gran plaça del mercat. E axí fon fet. E Diafebus acompanyà lo emperador e aprés tornà per acompanyar a la emperadriu e a la princessa. Com foren al mercat, veren allí un gran cadafal que lo emperador havia fet fer, qui era tot cubert de draps de or e de seda. Aprés que totes les dames foren asegudes, féu seure tots los majors de la ciutat. E manà lo emperador que portassen tots los presoners e manà que tots seguessen en terra, axí los moros com los crestians. E tots se asigueren, sinó lo duch d'Andria, lo qual dix:

—Yo he acostumat seure en stat real e ara.m voleu contractar com sclau abatut. Cert, no faré. La persona me poreu subjutgar, mas no fareu lo cor ni·l poreu subvertir al que voleu.

Com lo emperador véu la qüestió, féu venir los ministres de la justícia e manà'ls que ab mans liguades e peus lo fessen seure. E axí fon fet. Com tots foren aseguts, posat scilenci en la gent, lo emperador féu publicar una sentència qui era de tenor següent.

Capítol CXLVI. La sentència que lo emperador donà contra los cavallers, duchs e comtes que presos eren

Nós, Frederich, per la divinal gràcia emperador de l'Imperi Grech de Constantinoble, seguint la ley dels nostres gloriosos antecessors, a fi que la prosperitat imperial sia conservada en son degut stament, ab repòs e benefici de l'Imperi Grec e de tota la cosa pública, perquè sia notori e manifest a tot lo món com aquests mals cavallers e infidelíssims crestians hajen pres sou dels infels, e ab mà armada en companyia de aquells sien venguts contra la crestiandat per exalçar la secta mafomètica e per destroyr la sancta fe cathòlica, e han fet tot son poder en disipar aquella, no tement Déu ne la honor de aquest món ne la perdició de la ànima, e com ab gran tració e maldat sien venguts en la mia terra per a voler-me desposehir de la mia imperial senyoria, com a mals cavallers e impiadosos e malaÿts per la sancta mare Sglésia, són mereixedors de molta pena e de ésser desagraduats de la art de gentilesa e de l'orde de cavalleria —e sien desnaturats de la noble part d'on vénen, com los llurs antecessors sien stats nobles e hòmens virtuosos, de gran renom e fama, com en ells sia morta la honor de aquest món per la gran maldat manifesta que han comesa—, e atenent per les coses desús dites e moltes altres, diem, notificam e denunciam a tothom generalment, e no sens gran amaritut, dolor e compassió, emperò perquè a ells sia càstich e als altres exemple, pronunciam e sentenciam, donant per traÿdors a tots los crestians que açí són presents, e que·lls sia feta tota aquella solemnitat que a semblants traÿdors com aquests, contra Déu e lo món, és acostumada.

Publicada la sentència ixqueren XII cavallers tots vestits de gramalles e caperons, e lo emperador se vestí així com ells. Feren-los levar de terra e pujar alt en un cadafal, e allí los armaren e·lls desagraduaren ab totes aquelles circumstàncies que als mals cavallers acostumen de fer, segon desús, en lo principi del libre, és contengut.

Com lo duch d'Andria se véu fer tal procés e de tanta infàmia per a ells e als altres, e veure's foragitat de tota honor de cavalleria, pres tan gran alteració que la fel li sclatà e morí de continent.

Com lo emperador lo véu mort, manà no fos soterrat en sagrat, mas que fos lançat enmig de un camp perquè·l menjassen los cans e les bèsties feres.

E féu-los pintar en pavesos, penjats cap avall, ab la sentència scrita en cascun pavés, e tramés-los per totes les parts de crestians. Com lo papa e lo emperador de Alamanya los veren, tingueren per molt justificada aquella sentència. Com los cavallers agueren rebuda la honor que eren mereixedors, tornaren-los en la presó. E dix lo emperador: —Usem de justícia e no hajam misericòrdia de negú.

Féu portar lo scuder del duch de Macedònia ab grossa cadena al coll e, present tots, li donà sentència de mort e que fos penjat cap avall, per la molta congoixa que li havia feta passar. Com Diafebus véu lo scuder e hohí la sentència que li havien dada, de mort, e que·l se'n portaven per executar-lo, anà prestament e agenollà's als peus de l'emperador e supplicà'l molt fos de sa mercé que aquell scuder no prengués mort, perquè les males gents no aguessen a dir que moria per haver dit mal del seu capità. E lo emperador ab bones paraules lo detenia perquè lo executassen. Com la princessa véu que Diafebus no podia res acabar per molt que supplicàs, levà's del strado e anà's agenollar als peus de son pare, e ensemps ab Diafebus lo supplicaren que·ls donàs lo home. E tanpoch ho volgué consentir. Vengué la emperadriu e totes les donzelles, e totes lo supplicaren. Dix lo emperador:

—Qui véu jamés que sentència que fos donada per lo consell general se revocàs? Jamés ho fiu, no u faré ara.

La princessa li prenia les mans per scusa de besar-les, e levà-li lo anell del dit, que ell no agué sentiment, e dix-li:

—La majestat vostra, senyor, no és acostumada de usar de tanta crueltat de fer morir negú ab tanta pena.

—A mi no contenten vanes paraules —dix lo emperador— segons les que ell me dix. Emperò vós, ma filla, mudau-li la mort a tota vostra voluntat.

La princessa donà lo anell a Diafebus e aquell, molt corrent, ab un roçí anà al mercat, hon la justícia se feya, e donà a l'alguazir lo anell. E Diafebus pres lo home e portà'l-se'n a sa posada, que ja stava en la scala per dar-li la volta. Partit Diafebus de sa posada per anar al palau, lo scuder, cuytadament, se n'anà al monestir de Sanct Francesch e féu-se frare: leixà los perills del món e posà's al servey de nostre Senyor.

L'endemà aprés de la sentència, lo emperador féu pendre tots los turchs qui de rescat no eren, e tramés-los en altres parts per vendre, ço és, en Venècia, en Cicília, en Roma e en Ytàlia. E los que no podien vendre barataven-los ab armes o cavalls o vitualles, lo que mester havien. L'altre duch se rescatà per LXXX mília ducats venecians; lo fill del duch de Calàbria paguà LV mília ducats. Tots los demés se rescataren. Los qui no tenien de què paguar, fehien sagrament e homenatge de bé servir e lealment: donava'ls armes e cavall e sou, e feya'ls anar al camp. Los qui no u volien fer, feya'ls molt bé ferrar e feya'ls obrar les torres de la ciutat e dins lo palau, de què se n'ennoblí molt tot.

Com lo conestable e Diafebus se havien a partir, lo emperador pres tant del seu tresor com conegué que havia agut del rescat dels presoners, e tramés-lo per ells al capità.

Lo dia ans que partissen, Diafebus tingué sment: com lo emperador se fon retret, ell anà a la cambra de la princessa e la primera que trobà fon Stephania, e féu-li de genoll gran reverència e dix:

—Gentil dama, la mia bona sort és stada de vostre merçé ésser la primera ab qui·m só encontrat. Hauria-us a molta gràcia me físseu cert de vostra benivolença que la mia demanda fos admesa. Tendria'm per home de bona ventura, si la fortuna m'era tan favorable, me volguésseu fer digne que us pogués ésser lo més acostat servidor, per bé que yo no·n sia digne ne mereixedor, atesa la gran bellea, gràcia e dignitat que la merçé vostra posseheix. Emperò amor és aquella qui eguala les voluntats e a l'indigne fa digne de ésser amat. Com yo us ame sobre totes les dames del món, e per vós ésser dama de tan bon sentiment, la fi de la mia demanda no·m deu ésser denegada. E leixau a part, per vostra virtut, les paraules que preniu, scusant-vos ab la senyora princessa, e aquella preneu en total defensió vostra. Serviu-vos un poch de les mans, stenent-les envers mi en senyal de victòria, perquè al millor cars no us falguen, e haureu feta bona electió. E si lo contrari féu, lo que no és presumidor, reportarà la merçè vostra aquella confusió e vergonya de poch amar, e blasmada per totes les dones d'onor e totes vos daran per pena que siau desagraduada de tota gentilesa, puix no voleu sentir la glòria que de amor se ateny, condamnant-vos que siau exel·lada en la ylla dels Pensaments, hon negú jamés troba repòs. E si açò no·m basta, que no·m vullau pendre a merçé, yo publicaré en lo studi de cavalleria a les dones e donzelles tot[e]s les requestes que per ma part a vostra senyoria he fetes, e totes vostres cruels e impiadoses respostes. En una part me comdamnau, en altra me dau sentència de vida, demanant a la merçé vostra que davant la il·lustríssima princessa aquella sia jutge, qual de vós o de mi demana més justa causa.

E donà fi en son parlar.

La virtuosa Stephania, ab cara molt afable, responent, dix:

—Puix la ignorància no és digna de perdó, obriu los hulls, que res no us scusa, e veureu lo que les dones de honor pronunciaran contra vós hi en molta honor mia. E dos contraris no poden star ensemps per la contrarietat que ab si porten. La qual demanda per vós a mi feta, vos offén més que no us fóra mester, e requer smena gran per reparar lo passat, majorment si lo juhí dels entenents coneixeran en vós que dieu paraules que contra la honor vostra criden, car veig-vos tan cuytat de pendre vostra libertat. Axí, com crech en alre no pensau, dupte he no vingau en major error en reparar vostres errades en coneixença dels bons, e portar a mi a estendre la mia gonella damunt vostre menyscapte. Per què vull que siau cert en aquesta part no vull fer miracles en resucitar un altre Làtzer, com féu Jhesucrist. Emperò no vull que per açò desespereu de la mia poca amor, car més és que vós no dieu ni poríeu pensar, car lo major bé que us conech és ignorància que mostrau haver.

E volent Diafebus satisfer a les rahons desús dites, vench lo cambrer de l'emperador e dix a Diafebus que lo emperador lo demanava. E Diafebus supplicà a Stephania que allí lo volgués sperar, que ell tornaria lo més prest que pogués. La gentil dama respòs que era molt contenta d'esperar-lo.

Com lo emperador véu a Diafebus, dix-li que ell e lo conestable rebessen los diners dels presoners. Dix Diafebus que era content. Aprés preguà molt al gran conestable que·ls volgués rebre, al·legant ignorància, que no sabia contar. E lo emperador los manà que ans del dia, que partissen. E Diafebus se'n tornà a la cambra e trobà la sua senyora que stava arrapada en fort pensament, ab les làgremes als hulls, per ço com sabia que lo emperador no·l demanava sinó perquè partís. E Diafebus, qui en tal comport la véu star, pres-la aconortar mostrant que major dolor tenia ell de sa partida que no fehia ella.

Estant en aquest[e]s consolacions, entrà per la cambra la princessa, que venia de la torre del tresor en camisa e ab faldetes de domàs blanch, ab los cabells tots scampats per les spatles, e feya-u per la gran calor que fehia. Com ella véu a Diafebus, volgué-se'n tornar, mas Diafebus li fon tan prop que no la'n leixà tornar.

—Voleu que us digua? —dix la princessa—. De vós no m'i do res, puix vos tinch en compte de jermà.

Parlà Plaerdemavida e dix:

—Senyora, no veu vostra altesa la cara d'Estephania? Si par que haja bufat al foch! Car tan vermella stà la sua cara com fa la rosa de maig. E yo bé crech que les mans de Diafebus no han stat molt ocioses stant nosaltres alt en la torre. Bé la podíem nosaltres sperar que vingués! Hi ella s'estava açí ab la cosa que més ama. Dolor de costat que·t vingua! Que si yo tingués enamorat, també m'i jugaria com vosaltres féu. Mas só dona exorqua que no tinch res qui bé vulla. Diafebus, senyor, ¿sabeu a qui ame de tot mon cor e vull bé? A Ypòlit, patge de Tirant. E si fos cavaller, encara lo volria més.

—Ara yo us promet —dix Diafebus— que·n la primera batailla que yo.m trobe, ell haurà tota la honor de cavalleria.

E stigueren burlant per bon spay. Dix la princessa:

—Voleu que us diga, jermà Diafebus? Com bé·n só mesa entorn e bé mirat per tots los cantons del palau, e no veig a Tirant, lo cor me mor. Car si aquell yo podia veure, la mia ànima restaria aconsolada. Mas ab aquest desig pens que·m morré ans que·l veja. Emperò una cosa m'aconorta: que encara que congoixa ne passe, no·m dol, puix ame cavaller valerós, complit de totes virtuts. E la part que més me contenta és per ésser liberal, per ço com lo gran conestable ha dit que té molt gran despesa. Axí és dels senyors que tenen lo ànimo gran en despendre: en l'estat que·s meten, en aquell deuen perseverar. E per ço com yo veyg Tirant que en aquesta terra no té béns ni heretatge, no volria per res menyscabàs de sa honor. Yo li vull ésser com a pare e mare, jermana e filla, com enamorada e muller. E per ço vós, lo meu jermà, li portareu moltes recomandacions e enmig de elles embolicat, que negú no u sàpia ni u veja, mija càregua d'or perquè pugua a son plaer despendre. E per ço devallava yo e Plaerdemavida de pesar-ho e posar-ho en sachs. E com serà la hora del sopar, fareu venir de la gent vostra; e si yo no y só, Stephania o Plaerdemavida vos ho daran. E direu-li de ma part no·s deixe de tot lo que sia honor sua, car la honor sua yo tinch per mia. E com aquests haja despés, yo li'n daré més, e no consentiré que ell ni los seus passen fretura de res. E si yo sabia que filant al torn lo podia sostenir en sa honor, de tot cert ho faria; o ab sanch de la mia persona lo pogués pujar en lo més superlatiu grau, de molt bon grat ho faria, si m'ajut Déu. Car la fi de les coses sdevenidores és remesa a la fortuna e de un bé naix principi d'altre, e la mia condició tira totes les coses a la sua sabor. E per ço he fet yo que lo senyor emperador li done títol de comte. E ja veu què·n dix l'altre dia la Viuda Reposada, que ella sabia que yo amava a Tirant, que li fes gràcia del títol que tenia. Tots los dies de ma vida seré en recort de aquell mot que·m dix. En son testament me leixà una tia que yo tenia un comtat qui·s nomena de Sanct Àngel, e per ço yo vull que Tirant l'aja, que·s nomene comte de Sanct Àngel. Almenys, si senten o saben yo ame a Tirant, serà gran scusació mia: diran que ame un comte; car la mia confiança posada stà en sa valor.

Hoynt dir Diafebus a la princessa paraules de tanta amor, stigué molt admirat e dix:

—Per mon Déu, senyora, yo no·m sent bastant en regraciar ne satisfer a les honors e prosperitats que la majestat vostra fa a Tirant, per bé que lo meréixer de Tirant sia molt e mereix molt majors coses que no són aquestes, per ses virtuts. Mas ab la gràcia e molta amor que la celsitut vostra ho ha dit, déu ésser pres en molt major stima que no és, car diu lo proverbi que no dóna qui ha, mas qui u ha acostumat. Car yo veig que les gràcies són tals segons d'on proceheixen, e lo qui a vostra altesa porà atényer serà benaventurat. E per ço vos demande gràcia que yo, per part de aquell famós cavaller, vos bese les mans e los peus, e aprés, per tots quants som de la parentela.

No pogué més detenir-se Stephania que no parlàs per la molta passió de amor que tenia, e dix:

—No·m deté lo partir per anar-me'n ab Diafebus sinó vergonya, la qual vergonya proceheix de menyscapte de gentilesa, car la infàmia que en ma honor faria no seria de neguna stima entre los bons, puix ab licència de vostra altesa ho fes, car, ab veritat, enveja m'à fet del que féu per aquell gloriós mestre seu, Tirant lo bo. Donchs yo dech emitar la excel·lència vostra, que faça donació de tot quant he a Diafebus, qui açí present és.

E levà's de allí hon stava e entrà-se'n dins la sua cambra. E scriví un albarà e posà'l-se en los pits e tornà en la cambra hon era la princessa.

En aquest spay que Stephania era anada per scriure, Diafebus suplicà molt a la princessa que la y deixà's besar. E la princessa jamés hi volgué consentir ne atorguar-lo-y. E Diafebus tornà dir a la princessa:

—Senyora, puix les nostres voluntats són contràries, rahonablament se deu seguir que u sien les obres. E de açò ve lo que·s diu, que quant hu no vol, dos no·s discorden. Axí ne poria pendre a nosaltres, a gran culpa de la majestat vostra, si ja de lenguatge no mudau. Fins açí vos só stat servidor afectat, car si la altesa vostra me agués comprat per catiu, no poguereu manar més en mi que ara féyeu. E com anava yo ab los hulls enbenats! Car si cent vides tingués, com no tingua sinó una, totes cent les aventurara sols per fer a la majestat vostra algun servir, per gran perill que y fos. E la celsitut vostra no voler-me contentar lo sperit de libertat de una poca de fruyta! Cercau de açí avant altre jermà e servidor qui us serveisca a sa despesa. E no pense més la altesa vostra que jamés digua res a Tirant de part vostra, ni menys li portaré los diners. E per prest que sia al camp, pendré son comiat e tornaré en la mia terra. Emperò, encara vos dolreu algun dia de la mia absència.

E stant en la fi de aquestes rahons, lo emperador entrà per la cambra e dix a Diafebus per què no desempatxava en metre's a punt, que ans del dia fossen partits.

—Senyor —dix Diafebus—, ara en aquest punt vinch de la posada e tots stam prests per partir.

E lo emperador lo tragué de la cambra e portà'l pasejant per lo palau, a ell hi al conestable, recordant-los del que tenien a fer.

—Ay, trista de mi! —dix la princessa—. En quant s'és enfelonit Diafebus! Hi pens que ja no volrà fer res per mi. Bé és mala sort mia que tots aquests franceses són mig desesperats. Tu, Stephania, pregua'l-ne per amor de mi que no stigua axí felló.

—Yo bé u faré —dix Stephania.

Parlà Plaerdemavida e dix:

—O, bé sou stranya senyora! En temps de tan gran necessitat de guerra, no sapiau conservar la amistat dels cavallers! Posen los béns e les persones en defensió de vostra altesa e de tot lo imperi e, ¿per un besar vos féu tant d'oyr? Quin mal és lo besar? Que ells en França no·n fan més menció que si·s donaven la mà. E si a vós volien besar, ho deuríeu consentir, e encara si us posaven les mans davall les faldes, en aquest temps de gran necessitat. E aprés que siau en tranquil·le pau, fer del vici virtut. Bona dona, bona dona, enganada anau! En temps de guerra s'i requiren armes, que en temps de pau no y cal balestes.

En aquestes rahons no y era Stephania, mas la princessa anà a la cambra hon era e preguà-la molt que·l fes venir:

—Car yo tinch gran dupte que no se'n vaja axí com ha dit. E si ell se'n va, no serà gran admiració que Tirant se'n vaja per amor de ell. E si aquell virtuós no se n'anava per amor de mi, hirien-se'n molts dels altres, e pensant-nos guanyar, perdrem massa.

—Voleu fer bé, senyora? —dix Plaerdemavida—. No y trametau negú, sinó vostra altesa hi vaja en scusa de veure lo emperador. E posareu-los en noves e tant prest li passarà la fellonia.

La princessa anà prestament hon era son pare e trobà'ls en parlament. Com bé agueren parlat, la princessa pres per la mà a Diafebus e preguà'l molt nó stigués enujat de res. Respòs Diafebus:

—Senyora, totes les speriències que fer se poden he asajat a vostra altesa, reconexent bona fe. Creya vos acordaríeu ab mi a perills sdevenidors per ésser incerts, car tals coses com aquestes més stan en contentació de vista que en obra. A la majestat vostra n'à pres axí com a sent Pere, que fogint per no morir en Roma, per la aparició tornà, coneixent son defalt mijançant voler d'altri. De dues coses seguiré la una: besar o comiat. Atesa ma voluntat, de mi poreu manar just o injust.

—Si vergonya aconseguida per mals actes fos honor —dix la princessa—, yo seria la més benaventurada donzella del món en consentir lo que molts desigen. En contrari, si honor procuràs vergonya, no sereu de res envergonyit, com no hajau volgut sperar aquell qui té la mia ànima cativa, de aquelles paraules que tant vostre honor criden: besar, besar!

Acabant la princessa les darreres paraules, Diafebus donà dels genolls en la dura terra e besà-li la mà. E acostà's a Stephania e besà-la tres voltes en la boca a honor de la sancta Trinitat. Parlà Stephania e dix:

—Puix ab tan gran sforç e requesta vostra, e per manament de ma senyora, yo us he besat, vull que a voluntat mia prengau possessió de mi, però de la cinta amunt.

E Diafebus no fon gens pereós. Posà-li de continent les mans als pits tocant-li les mamelles e tot lo que pogué. E trobà-li lo albarà, e pensant que fos letra de algun altre enamorat, estigué parat, sens negun recort.

—Legiu lo que trobareu aquí scrit —dix Stephania—. E no stigau alienat ne ab tan gran pensament, per ço que los entenents no pensen sia tolt lo ver juhí per lo qual vos condamnau, que teniu causa de sospita.

La excelsa princessa pres l'albarà de la mà de Diafebus e legí aquell, lo qual era del tenor següent.

Capítol CXLVII. L'albarà que féu Stephania de Macedònia a Diafebus

De tots jorns nos mostra speriència quant natura ha saviament ordenat ses coses per los gloriosos passats. Havent atesa libertat de fer de mi lo que vull, tenguda aquella honestat que sol ésser dada a donzelles, veuran e sabran en aquest albarà com yo, Stephania de Macedònia, filla de l'il·lustre príncep Rubert, duch de Macedònia, de grat e de certa sciència, no constreta ni forçada, tenint Déu davant los meus hulls e los sancts Avangelis de les mies mans corporalment tocats, promet a vós, Diafebus de Muntalt, ab paraules, de present prench a vós per marit e senyor, e done-us mon cors liberalment, sens frau ni engan negú. E port-vos en contemplació de matrimoni lo sobredit ducat de Macedònia ab tots los drets a ell pertanyents. Més, vos porte CX mília ducats venecians; e més, III mília marchs de argent obrat, joyes, robes per la majestat del senyor emperador ab los de son sacre consell stimades LXXXIII mília ducats. E més, vos porte la mia persona, que stime més.

E si contra res d'açò venia ni·m pot ésser provat, vull ésser encorreguda per falsa e fementida, e no·m puga alegrar ni ajudar de neguna ley que los nostres emperadors passats ni presents, hoc encara los de Roma, renunciant en aquella ley que féu aquell gloriós emperador Július Cèsar, la qual se nomena ley de més valer, la qual és en favor de donzelles, viudes e pubiles. E més, renuncie al dret

Capítol CXLVIII. Com Diafebus pres comiat de l'emperador e de les dames per tornar al camp

Aquesta Stephania no era filla de aquest duch. Son pare fon gloriós príncep e valentíssim cavaller molt rich; era cosín germà de l'emperador e no tenia sinó aquesta filla. Com se morí deixà-li lo ducat, que com fos de XIII anys manà en son testament que li fos donat. La mare de aquesta restà dona poderosa, tudora e curadora ab lo emperador ensemps. Aquesta, per haver fills, pres lo comte d'Albí per marit, e aquell intitulà's duch de Macedònia. Aquesta donzella havia en aquell cars complits XIIII anys. Venint la nit que tots estaven en orde per partir, Diafebus, més content que dir no·s poria, a la hora que la princessa li havia asignada, tramés per la moneda. E com la tingué en sa posada, en lo spay que la gent s'armava, ell tornà al palau per pendre licència de l'emperador e de totes les dames, en special d'Estephania, a la qual preguà que, com seria absent, fos en recort de ell.

—Ay, Diafebus e senyor de mi! —dix Stephania—. Lo bé de aquest món tot stà en fe. E no veu vós en lo sanct Evangeli que diu: «Beneÿts seran aquels qui [no]·m veuran e creuran? Vós me veu e no creheu. Ajau açò de mi: més part hi teniu que totes les persones del món.

E besant-lo moltes veguades a la partida, davant la princessa e Plaerdemavida. A la partida foren scampades moltes làgremes ensemps misclades, car aquest és lo costum de aquells qui bé·s volen. E donà dels genolls en la dura terra, besant les mans a la princessa de part de aquell virtuós Tirant e de la sua. Com ell fon al cap de la scala, Stephania cuytà devers ell e dix-li:

—Perquè us recort de mi.

Levà's una grossa cadena de or que portava al coll e donà-la-y.

—Senyora —dix Diafebus—, tal penyora tinch vostra. Si mil hores havia en lo dia, cascuna hora per si seria en recort de la merçè vostra.

E tornà-la a besar altra veguada e féu son camí envers la posada. E féu prestament carregar les adzembles e tots pujaren a cavall a les dues hores de la nit, e partí ell hi lo conestable. Havien supplicat a l'emperador les naus e les galeres portassen vitualles al camp.

Arribats que foren ab Tirant, no fon poch lo plaer que pres en llur venguda. Lo conestable ensemps ab Diafebus donaren los diners dels presoners al capità. E aquell féu venir los comtes qui altra veguada havien repartit los diners e altres coses com armes e roçins. Com tot açò fon fet, Diafebus recità a Tirant tot lo que s'era seguit, e los diners que li portava. Tirant de res no agué major consolació com de l'albarà que véu scrit de mà d'Estephania, e lo seu nom com era scrit ab la sua sanch.

Dix Diafebus:

—No sabeu com ho ha fet? Ligà's lo dit ab un fil fort e lo dit inflà's, e ab una agulla punxà's lo dit e prestament n'ixqué sanch.

—Ara —dix Tirant— haurem guanyada una sentència envers ma senyora, puix aquella galant Stephania serà de part nostra.

Dix Diafebus:

—Voleu que pesem quant or nos ha donat?

Fon pesat e trobaren-hi dos quintals tots en ducats.

—Més m'à donat —dix Diafebus— que sa altesa no·m dix, com la mija càrregua no és sinó quintar e mig. Axí és dels grans senyors, dels qui tenen lo cor valerós, que donen més que no prometen.

Deixem-los star e vejam que s'i fa en lo camp.

Aprés que lo gran conestable e Diafebus foren partits, los turchs staven molt desesperats com dues voltes eren stats desbaratats, maldient del món e de la fortuna, qui en tanta dolor los havia posats, com trobassen per compte los fallien, entre morts e presos, més de cent mília hòmens. Estant ab aquesta ira tingueren consell en quina forma porien dar mort a Tirant, perquè fon deliberat que lo rey de Egipte, per ço com era molt entés e en les armes més destre que negú de tots los altres, e dels moros millor —de II celles molt bon cavalcador, armarva's a la nostrada segons en Ytàlia se acostuma fer, ab sos penatxos e los cavalls encubertats—, agueren de acort que ell vingués al camp dels crestians. E tramés un trompeta a Tirant. Com fon a la vora del riu, féu son senyal posant una tovallola en una canya que portava, e los del camp prestament li respongueren per aquell mateix senyal. E passaren-lo, per manament de Tirant, ab la petita barca que tenien deçà.

Com fon davant lo capità, demanà salconduyt per al rey de Egipte e X ab ell. E lo capità fon content d'etorgar-lo. L'endemà vench lo rey, e Tirant ab tots los grans senyors lo anaren a recebir a la vora del riu, e li feren molta honor segons de rey se pertany; lo qual venia armat, e tal se trobà lo capità e tots los seus. Lo rey portava molt rica sobrevesta, tota de or e de perles, e lo capità portava la camisa, sobre les armes, que sa senyora li havia dat. Lo capità féu pendre dos moros dels qui eren venguts ab lo rey, e féu-los portar a la sua tenda perquè matassen cent parells de capons e gallines que tenia. E féu-li aparellar molt bé a dinar aroç e cuscuso e molts altres potatges que havien aparellat. Feren-lo molt ben servir a la real. E aturà allí tot lo dia e la nit fins a l'endemà. E mirà tot lo camp e lo comport de aquell. Com véu tanta gent a cavall, demanà aquella gent per què staven tant a cavall. Respòs lo capità:

—Senyor, aquells stan allí per festejar-vos.

—Si nosaltres ho aguéssem fet axí —dix lo rey— com tu fas, no agueres romput lo nostre camp. E per ço desig la tua mort, car en gran dolor e congoixa nos has posats per la gent que·ns has presa e los qui són anats riu avall, que llurs corsos no han rebut sepultura. E per ço tinch a tu en gran hoy de tot mon cor, justa-ment, sens admiració alguna. Car no és justa cosa ni rahonable que yo degua amar aquell qui·m persegueix de hoy capital en brogit de semblant guerra, car de guerra null temps no procehex amor. Per què·t notifich que per les mies mans tens a morir de mort amargosa, per ço com la tua pròpia natura és de crueldat, que dones mort a qui no la mereix. E poden dir tots aquells a qui lo dan toca que aquest és lo més desaventurat cavaller, en lo més alt superlatiu grau de crueldat, confús e abatut molt més que dir no·s poria.

Respòs Tirant en stil de semblants paraules:

—Lo meneg de vostra lengua me par ésser molt fort, e axí u deu passar per los mals com per los bons, hoc encara per l'estat dels cominals. E per ço yo spletaré la mia taillant spasa ponint aquells qui han seguit vostra mala secta. E no vull ab vós contendre de paraules deshonestes, majorment stant dins la mia tenda.

Lo rey volgué satisfer, e Tirant ixqué fora de la tenda, e lo rey se'n tornà al seu camp. L'endemà ajustà consell de tots los grans senyors, duchs, comtes e tots los crestians, e posaren-se enmig de una gran praderia. Com tots foren ajustats, lo rey de Egipte féu principi a paraules de semblant stil.

Capítol CXLIX. Com lo rey de Egipte tornà la resposta que Tirant li havia feta als grans senyors moros

—Seguint lo costum de aquells que lo offici de la lengua davant les mans posen, yo no só de tal metaill, ans me plau comanar a les mans los actes virils e remetre'ls a la fortuna pròspera o adversa, les tals coses que los bons cavallers han acostumat fer, e resta en ells la honor de la mundana glòria. E per ço, magnànims senyors, vos vull significar la bona pràtica que tenen los crestians ésser molt bona, com haja vist nit e dia gent a peu e a cavall guardant tostemps lo camp. E per res al món no·ls poríem esvayr axí com ells han fet a nosaltres. Des que aquest capità és vengut, ha posat en gran orde tota la gent.

Dix lo soldà:

—A vostre parer, quanta gent poden ésser de peu e de cavall?

—Senyor, yo pens —dix lo rey— que los de peu no bastan a XLV mília e los de cavall seran X mília, e no y basten encara. Ells són pochs, mas lo gran orde que ells tenen ara de present és molt gran, car bé sap la senyoria vostra e tots los que açí són, com lo duch de Macedònia era capità, per lo mal orde que dava e per no entendre la guerra, tostemps era vençut e nosaltres vencedors. E si aquest diable de home no fos vengut de la França, ja fórem dins los palaus de Constantinoble, e de la sua sglésia, que tan bella és, n'aguérem fet mesquita; lo emperador aguérem mort, sa muller e sa filla foren sclaves, e totes les altres donzelles ab elles ensemps, a la senyoria de nosaltres. E ara no porem axí fer si aquest capità viu molt. E venint a l'efecte del que vull dir, no és possible nosaltres lo puguam matar o apresonar sinó en aquesta manera, com ell no vendrà a batailla ab nosaltres sinó a tot son avantatge per lo poder gran que nosaltres tenim més que no ell. Si vosaltres teniu per bo yo·l requerís de batailla a tota ultrança, de la mia persona a la sua, ell és molt animós cavaller, no serà menys no accepte la batailla. E com serà açí, ens combatrem, e vosaltres coneixereu yo haja lo millor, deixau-nos combatre que yo·l mataré. E si és cars ell pogués més de mi, de un troç luny tireu-li ab fletxes e muyra en tot cars del món ell hi tots quants ab ell vendran.

Tots ells tingueren per bo lo que lo rey havia dit. Finat lo consell, lo rey de Egipte se n'entrà en la sua tenda e pres-se a ordenar una letra.

Lo soldà tenia un servidor que s'havia criat de molt poca edat —lo qual era stat crestià e natural de la ciutat de Famagosta, qui és en Chipre—, e fon pres en mar per una fusta de moros, e per la poca edat e discreció que tenia feren-lo tornar moro. Aquest, com fon en perfeta edat, avent natural conexença ésser millor la ley crestiana que no la secta mafomètica, deliberà de tornar a la bona part, e posà-u en execució en aquesta forma: lo moro se posà molt en orde de belles armes e un ginet molt bo, e féu la via del pont de pedra hon stava lo senyor de Malvehí. Com fon prop lo pont quasi ab un tir de balesta, posà la tocha que portava al cap de la lança e féu senyal de segur. E los del castell veren que no venia sinó hu tot sol: respongueren al senyal asegurant-lo.

Com lo moro fon prop, un balester qui no havia res vist del segur que·l senyor de Malvehí havia fet, tirà-li un passador e nafrà-li lo ginet.

—O, senyors! —dix lo moro—. Tan poca fe haurà en vosaltres que sobre segur mateu a mi o a mon cavall?

Desplagué-li molt al senyor de Malvehí, e féu-lo descavalcar e curaren-li lo roçí, e promés-li que si moria que li'n daria un altre millor. Lo moro dix com venia allí per fer-se crestià, e que volria parlar molt ab lo gran capità. E volia, si a ell era plasent, volgués ésser son padrí, e que si parlava ab ell l'avisaria de moltes coses qui serien en gran honor sua e útil de la sua persona. Restaren de acort que l'endemà tornàs allí e que lo senyor de Malvehí trametria a preguar a Tirant vengués allí. E lo moro, molt content, tornà-se'n al camp e mostrà lo seu cavall al soldà e als menescals perquè·l guarissen. E lo soldà demanà-li d'on venia e com era stat nafrat lo seu roçí. Lo moro, responent, dix:

—Senyor, yo aný devers lo pont per ço com me enujava açí. E de un gran troç luny yo viu un crestià a cavall, e fiu la sua via e ell m'esperà. Com fuy prop de ell, tirà'm aquest passador, e yo fermí fort dels esperons al ginet e aconseguí'l, e d'encontre l'enderoquí a terra del cavall. E prestament fuy descavalcat per tolre-li la vida e ell, agenollat, demanà'm perdó. La mia pròpia natura és inclinada més a perdonar que altra cosa, e som restats en molt gran amistat; à'm promés sobre sa fe, de avisar-me tot quant en lo camp dels crestians se farà.

—O que bona nova és stada per a mi —dix lo soldà—, que yo pugua saber que s'i fa en lo camp dels crestians! Prech-te en tot cars del món tu y vulles tornar demà, e sentiràs que volran fer: si speraran batailla o si se n'hiran dins la ciutat de Constantinoble.

E ell atorguà tot quant li dix. L'endemà ell lo solicità que tornàs al castel per parlar ab son amich. Com al moro li pareguég hora de partir, ell pres un ginet dels millors que·l soldà tenia e féu la via del pont. E fet son senyal, ell entrà dins lo castell, e per tots fon rebut ab molta honor. E no passà molt spay que fon aquí Tirant, e féu molta honor al senyor de Malvehí e a son fill. Aprés entraren dins una cambra hon era la senyora de Malvehí, qui stava a rahons ab lo moro. Com Tirant agué abraçada la senyora, féu honor al moro. E lo moro li dix com venia per fer-se crestià, cognoxent ab natural rahó la veritat de la fe, e supplicava'l que fos de sa merçé que·l volgués acceptar per servidor.

—E significh a la senyoria vostra com per lo consell han determenat que demà o l'altre vos serà tramesa una letra de batailla. Emperò guardau, senyor, que en negun cars del món no accepteu la batailla perquè no us porà ésser profitosa, sinó en gran dan de la vostra persona e de tots quants ab vós hiran.

Tirant li regracià molt lo bon avís, e que era molt content de acceptar-lo per servidor afectat. Anaren a la sglésia e allí rebé lo sanct baptisme ab molta devoció. E volgué Tirant e lo fill del senyor de Malvehí fossen padrins, e la senyora fon padrina. E posaren-li nom Ciprés de Paternó. Com lo agueren batejat, dix:

—Senyor, yo he rebut per gràcia de nostre Senyor lo sanct baptisme e·m tinch per verdader crestià, e en aquesta sancta fe vull viure e morir. Si la senyoria vostra vol que yo ature per servir-vos, ho faré de molt bona voluntat; si volreu que torne al camp e cascun dia vos avise de tot lo que s'i farà, no ha negú en tot lo nostre camp qui més hi sàpia que yo, per ço com tots los consells se tenen en la tenda del soldà e tot ho puch bé saber, com yo sia hu dels del consell. Lavors Tirant li donà d'estrenes una cadena de or que portava; e lo fill del senyor de Malvehí li donà XL ducats; e la senyora li donà un diamà de vàlua de XXV ducats. E com ell ho tingué en son poder, acomana-u tot a la senyora de Malvehí que lo y guardàs.

E Tirant lo preguà molt que se'n tornàs al camp e que avisàs tan sovint com pogués al senyor de Malvehí de tot lo que·ls turchs tenien al cor de fer, que aquell l'avisaria al seu camp. Ciprés de Paternò respòs:

—Egregi capità e senyor meu, no pense la merçé vostra ne dupte de mi negun mal, car per la fe que só crestià, yo us seré axí leal com si tota ma vida m'aguésseu criat. Emperò bé conech que no teniu rahó de molt fiar de mi per yo ésser stat moro, mas en l'esdevenidor coneixereu en mi quanta serà la fermetat ne l'amor que us porte. Encara, senyor capità, suplich a la senyoria vostra me façau gràcia, si teniu neguna manera de confits, me'n vullau donar per ço que·n faça present al soldà, lo qual és molt gran menjador de aquest[e]s coses e semblants, e ab aquesta scusa poré anar e venir, que no pensaran negun mal de mi.

Dix lo senyor de Malvehí:

—Yo us ne poré dar.

Féu portar allí dàtils e confits, e féu fer col·lació a tots e donà a Ciprés de Paternó una capça de confits e dels dàtils. E aquell se partí molt content de ells.

Com fo davant lo soldà, demanà-li de noves dels crestians. Aquell respòs que lo seu amich li havia dit que no havien en voluntat de partir de allí.

—Fins a tant que la senyoria vostra mude lo camp d'açí. E à'm dat, senyor, aquests dàtils e confits.

E lo soldà pres molt gran plaer en lo que havia portat e molt sovint lo y fehia anar. E aquell havisava de tot lo que sabia al senyor de Malvehí. E aquell anava a Tirant o lo y trametia a dir, e al capità li eren molt plasents [s]emblants avisos.

Aquest Ciprés de Paternó féu conjuració de rebel·lió contra lo soldà.

Lo rey de Egipte, com agué ordenada la letra de batailla, pres un trompeta e donà-la-y, e manà-li que la portàs a Tirant, capità dels grechs, la qual era del tenor següent.

Capítol CL. Letra de batailla tramesa per lo rey de Egipte a Tirant lo Blanch

Abenamar, per la permissió e voluntat de Déu, rey de Egipte e vencedor de tres reys en batailla campal, e cascú per si, ço és a saber, lo poderós rey de Feç, lo virtuós rey de Botgia, e lo pròsper rey de Tremicé; a tu, Tirant lo Blanch, capità dels grechs.

Deixant tota longuea de paraules perquè pus clara speriència sia ver testimoni entre tu e mi, a la qual la fortuna serà favorable, puxa haver manera de glorejar-se en lo dan o desonor de l'altre. Sobre les tues armes he vist portar àbit de donzella: mostres, segons lo senyal, ésser enamorat de ella. E perquè yo pugua complir un vot que fiu davant ma senyora, remet lo dit vot a la casa de nostre sanct propheta Mafoma, là hon lo seu gloriós cors jau, ço és, en Mecha, de requerir de batailla a tota ultrança rey o fill de aquell o lo major capità dels crestians. E per ço requir a tu per fer servey a la donzella de qui só, e sia quiti de mon vot, si hi gosaràs venir, de matar-te o de leixar-te dins la liça vençut o fementit, e provaré ma veritat públicament ab les mies mans. E tu, virtuosament vulles defendre ta honor, com la donzella de qui só sia en major grau de bellea e de virtuts de linatge acompanyada que la tua. E lo teu cap, com a vençut, trametré en present a la sua senyoria. E si lo teu ànimo porà comportar veure aquest càlzer de la batailla, seré molt content de la tua persona a la mia s'aja purgar. Emperò, ato[r]gant tu bona fe per aquest cars, no tenint ànimo de gosar-te combatre ab mi, hauré a venir en altre cap, e no gos dir aquell spantable mot tan vergonyós per aquells qui amen sa honor. E tot cavaller se'n deu defendre e no restar en openió de gents, de senyores e donzelles menyscabat de ta honor e fama. Forçat és que u digua, ço és a saber: ab gran maldat e pus propi parlar, tració, has esvahït dos veguades lo nostre camp ab tanta infàmia en ta honor casi inreparable. E per ço, del meu bon dret surt una bona sperança obtesa e desijada, e açò dich a fi que acte criminal ne surta si veure'l gosareu, car Déu omnipotent no permetrà que tan leig crim com és aquest reste en lo món inponit. Yo, a ma requesta, sostenint la veritat, te combatré lo meu cors contra lo teu, a peu o a cavall, segons per ton avantatge ho volràs divisar, davant jutge competent, combatent-nos per tantes jornades fins lo hu de tu o de mi reste mort, per ço que de lo teu cap pugua fer present d'ell a la senyora de qui só. E si a la present me volràs respondre donant o fen[t] donar ta resposta a Egipte, trompeta meu, yo l'hauré per rebuda, lo qual basta per a concordar-nos e portar la nostra batailla a la fi que yo desige.

Dada en lo nostre camp de la platga oriental, lo primer de la Luna. E pos açí mon signe.

REY DE EGIPTE.

Capítol CLI. Com Tirant demanà de consell als grans senyors del seu camp

Com Tirant agué vista la letra e lo contengut en aquella, ajustà tots los cavallers del camp e preguà'ls que·l consellassen què faria, ne si faria resposta a la letra. E si fehia resposta, quina tema pendria, e si acceptaria la batailla o no. Parlà primer lo duch de Macedònia e dix:

—A mi par que li deveu respondre per lo rim mateix, car segons canta lo capellà, sí respon l'ascolà. Aquesta letra, comté II caps, lo primer és de la donzella, lo segon és del cars de tració. Venint al primer, aquest és enamorat de la filla del Gran Turch e diu-se que és bella donzella, e lo pare la y ha promesa dar per muller com la guerra serà finida. Vejau vós en vostra terra si amau donzella de gran stat, per ço com en sa letra diu donzella de gran linatge, no entràsseu en batailla si no teníeu tota la justícia de vostra part, com nostre Senyor mostra grans miracles en les batailles.

—Senyor —dix Tirant—, en nostra terra yo amava una viuda, però volien dir ésser donzella. E yo amava-la per matrimoni hi pens ella a mi, e donà'm aquesta camisa. E des que de sa senyoria partí, en quants fets d'armes me só trobat, tostemps la he portada. Respòs lo duch de Pera:

—Al parer meu no y basta tot lo que haveu dit. Aquesta és filla del Gran Ca e té VI reys sots si; ell és més que rey e no és tan gran com lo soldà, mas és senyor de moltes terres e regnes e lo Gran Carmany és son vasall. E sabeu aquest Carmany quanta terra senyoreja? Més que no és tota la França e tota la Hispanya alta hi baixa. E per ço u dich, perquè só stat en la sua terra anant en Hierusalem. Després fuy mogut de devoció, aní a Sanct Jaume de Galícia e passí per tota la Hispanya. Per què só de parer, perquè vostra querela fos més justa, en vostre enteniment fantasiàseu de ésser enamorat de la princessa, nostra senyora. Lavors, vostra querela seria justa e bona, en aquesta part l'avançaríeu en dignitat hi en totes coses. E açò vos done yo de consell, car yo crech que aquesta senyora no ha par en lo món.

—No volria —dix Tirant— lo senyor emperador qualque sospita carregosa pensàs de mi.

Dix lo duch de Sinòpoli:

—Quin greuge porà pendre lo emperador ço que es fa justament e sens engan de difamació? Yo sé bé que ell ho pendrà en plaer.

—Posat cars que la majestat sua hi prengués plaer —dix Tirant—, ¿com ho farem de la senyora princessa, si hi trobarà enuig per yo ésser stranger de poca condició, sens títol negú?

Respòs lo duch de Casàndria:

—No és dona ni donzella no s'o tingua a gran glòria que sia amada de grans e de pochs. Aquesta senyora és de tan gran sentiment que coneixeria lo bon zell per què·s fa: en si se'n glorejarà.

—Qui porà mudar aquell orde que Déu ha mès en les coses? —dix lo duch de Monsanct—. No és cosa nova un rey ésser enamorat de una sotil donzella. Per contrari, una gran reyna de un pobre gentilom e desconéixer-ne pare e mare e los més de sa natura. Aquesta té gràcia ab honestat complida e no se enujerà de res que façau ne digau.

Dix lo marqués de Sanct Jordi:

—Capità, vós mostrau que ignorància és vostra guia. E sabut és entre los tals cavallers per amor han fet molts fets d'armes, per amor de donzelles qui resplandeixen en lo món de gloriosa fama. En aquesta habita dignitat e senyoria. Qui oblida lo passat oblida a si mateix.

Dix lo marqués de Ferrara:

—No ha res en lo món que sia més plasent a la dona que és lo amor de l'home. E per ço no li trauríeu lo peu del tapí que li poguésseu fer mal. E per ço porta ella en si excel·lència e virtut e pendrà plaer que u façau.

—Tots som fills de Adam e de Eva —dix lo marqués de Peixcara—. És ver que fills són stats de aquells que són venguts a damnació, altres a salvació. Però de ma crehença dich: si lo nostre capità és vencedor ab lo nom de la princessa, serà dels salvats; e posat cars li posàs les mans davall les faldes, no·n trauria sinó honor e amor, d'açò que va vestida.

Tirant féu pendre tots aquests vots e posar per scrit al secretari perquè fossen tramesos ab la letra ensemps a l'emperador, per ço que si res de mal dehia fos dada la culpa als altres e no a ell. Agut son consell, se n'anà a la sua tenda e féu resposta a la letra del rey de Egipte, la qual era del tenor següent.

Capítol CLII. Resposta a la letra de batailla del rey de Egipte per lo capità Tirant

No leva en res la propietat de verdader si atényer poreu bona coneixença: ab tals paraules pensa portar enganosa crehença se'n mostre lo ver. Per tal, yo, Tirant lo Blanch, vencedor e destroÿdor de la gent pagana de aquell famós e gran soldà de Babilònia, hoc encara del senyor de la Turquia, a tu, rey de Egipte, significh:

Com per la tua trompeta he rebuda una letra tua en què·m dius haver-me vist portar sobre les armes àbit de donzella, e perquè poguesses complir un vot que tens fet, requi[r]s a mi de batailla a tota ultrança, com de la donzella de qui est enamorat sia més virtuosa e més bella que la que yo ame, dich:

Primerament, del vot que has fet, has encativada ta honor e fama. E més propi fóra que haguesses votat d'estar X anys en la casa de Mecha fent smena de tos peccats, los quals són abominables a Déu e al món. A tot lo món és cert e manifest que la donzella de qui yo·m nomene servidor en lo món no ha par, axí en bellea, en dignitat e excel·lència virtuosa, més que tot altra; de linatge, gràcia e saber excel·leix a totes quantes n'à en lo món. Sabut és com tu ames a la filla del Gran Turch e yo la de l'emperador. La tua, mora; la mia, crestiana. La tua té sisma e la mia crisma. Per tot, seria aquesta jutgada per millor e de major dignitat, que la tua no seria digna de descalçar-li la sabata del seu peu a la sua gran excel·lència. E dius que lo meu cap, com a vençut, trametràs en present a la donzella de qui est. Responch-te que a present no y consent, car fretura·m faria per a vençre a tu e als teus. Posat cars fos axí com dius, tal present no deu haver loch ni deu ésser do de gran preu, per ço com seria d'ome vençut. Però yo prometí a la majestat de la senyora princessa, yo venint en vista de vosaltres, vençre IIII batailles, e la çinquena apresonar un rey e portar-lo davant sa majestat. E ab lo braç armat li faré present de la mia spasa, per ço com serà d'ome vençedor. E no és dona ni donzella que sia de valor te degua tenir en stima de res, per ço que fas present de cosa morta e de vençut, e yo no la faç sinó de vençedor. Venint a l'efecte del que vull dir, dius yo haver desconfit II voltes lo vostre camp ab maldat e tració. Dich: lo emperador romà féu I ley dient, qualsevulla qui nomenàs a l'altre traÿdor, respongués que mentia. E açò·t do per resposta. Però la tua boca bandejada és de veritat.

E perquè sia vista en tot la culpa del teu mal parlar, car ço que yo he fet és stat fet justament e bona —conegut per cavallers entesos, aquells qui d'armes saben—, hoc encara les dones de honor ho d[i]ran, si·n seran demanades, que yo no he feta tració neguna, ans he seguit aquell gentil stil e costum que orde de cavalleria demana en semblants fets de guerra. E si yo, per abtea e per ésser més destre que vosaltres, ¿quina infàmia me pot ésser aplicada en ma honor hi fama? Si yo agués feta alguna obligació de paraula o per scrit, en tal cars hauria loch la tua demanda.

Per què yo, Tirant lo Blanch, en nom de nostre Senyor e de la sua sacratíssima Mare, e de madama Carmesina, defenent mon dret, ma honor e fama, accepte vostra requesta a tota ultrança. Per la facultat per dret d'armes a mi com a request és dada, encara per tu a mi atorguada, divís fer la batailla a cavall, ab armes defensives cascú a sa voluntat, tals com són acostumades de portar en guerra, sens falsa maestria. Les armes offensives, una lança de larguària de XIIII palms, la gruxa cascú a sa voluntat, lo ferro de largària de IIII dits, perquè no·s pugua rompre, e spasa de V palms del pom fins a la punta, acha de una mà, dagua de tres palms e mig; los cavalls encubertats de ço que cascú mills li parrà, de cubertes de cuyro o de loria, testera de açer, sens spasa ne altra maestria, sella de guerra ab streps desligats. Concordes de nostra batailla, venint al jutge, dieu competent: Qui serà dit jutge competent? Ton rey a qui est tengut de feeltat? E si·m seria yo al meu, e tu moro e yo crestià, qui serà aquest jutge competent? Si vols dir: anem per lo món a cercar jutge, açò poràs tu bé fer, car yo no u poria fer, que agués a leixar lo govern de tants duchs, comtes e marquesos, los quals són sots la mia capitania. E yo só cavaller que no·m contente d'armes hon és duptosa la execució. Si vo[l]s dir: lo soldà la'ns asegurarà, dich-te que qui no ha fe, no pot donar fe. Qui segura a mi si yo venç tu, dins en la liça e de la tua persona yo fes a mes voluntats, que yo pogués tornar dins les mies tendes? Si dius vendràs açí dins lo nostre camp, no u faces: ço que yo no volria per a mi, no u vull per a tu. Avent tu de mi lo que desiges, ¿qui·t pot asegurar de mos parents e amichs tu tornasses dins lo teu camp? Però, yo·t daré remey e avís en què poràs complir ton desig. A tots és notori, stant vosaltres ab tot lo vostre poder tenint asetjat lo il·lustre duch de Macedònia, yo aní a cercar a vosaltres e us desconfí e obtenguí la glòria e honor de tants reys coronats. Aprés, vosaltres vengués a cercar a mi e vencí-us. Fiu fugir a tots aquells qui ab supèrbia e vanaglòria se nomenen vençedors de tres reys en batailla campal e cascú per si. Donchs rahó vol e demana yo torne a cercar a vosaltres, puix a mi toca la tanda. Promet a Déu e a la senyora de qui sou e a la honor de cavalleria que, a XX dies de agost, IIII dies ans o IIII dies aprés, seré en la platga oriental, davant lo vostre camp, ab tot lo major poder que poré per dar batailla, si la volreu. E lavors poràs complir ton desig e no poràs dir que ab tració e maldat ho haja fet. Com lo teu cartell sia tacat de vils paraules, no cur respondre, perquè de viltat ab tu no vull contendre: te leixe en la tua glòria. E perquè sia vist de ara avant de dones e de donzelles e per los cavallers de honor mon descàr-

rech, te tramet la present per Egipte, trompeta teu, partida per A.B.C., scrita de la mia mà e sagellada ab sagell de mes armes en lo camp nomenat Transimeno a V de agost.

TIRANT LO BLANCH.

Capítol CLIII. Com lo duch de Macedònia injurià molt de paraula al capità Tirant

Com Tirant agué feta la letra, mostrà-la a tots los senyors e aquells concordes digueren que bé anava. Tirant féu venir lo trompeta e donà-li la letra e una jornea tota de argenteria e CC ducats, e dix-li:

—Yo·t prech de paraula vulles dir al senyor e Gran Soldà, ab aquest rey d'armes qui ab tu yrà, li done licència de parlar davant ell.

Aquell acceptà e guià aquest en nom de son senyor.

Com foren dins lo camp, per tots li fon feta gran festa. E lo rey d'armes dix al soldà que volia parlar ab sa senyoria en presència de tots los reys e altres senyors qui en lo seu camp eren. Lo soldà prestament manà sonar la sua trompeta e tots los senyors se ajustaren là hon ell era. Com tots foren ajustats, lo soldà dix al rey d'armes:

—Ara pots dir libertament tot lo que ton senyor t'à manat que digues.

Lo rey d'armes se pres a dir:

—Lo capità de l'Imperi Grec, representant la glòria de la majestat del senyor emperador, per mi vos notifica e intima, per ço com no ignorau la pràtica e costum d'armes, la qual és dada a reys e emperadors e a semblants de vós, com lo gentil stil d'armes requir per sos drets que, com vós hajau perdudes dos batailles ab los reys que açí són presents, e perdudes les banderes, no podeu portar bandera neguna, vós ni negú dels vostres —standart podeu portar, mas no bandera. E açò vos requir per art de cavalleria, e per stil e dret d'armes. E si lo contrari féu, usarà de tots los remeys a ell com a vençedor e a vós com a vençut, ço és a saber, fer-vos ha pintar en un pavés, ab tota la senyoria que teniu, e a la coha de un cavall vos farà roçegar per tot lo seu camp. Aprés, per totes les ciutats que ell porà. E per ço que tal blasme ne infàmia per vós ni per los vostres no córregua, vos requir davant mi ho degau fer.

—Malaÿt sia qui tal cosa trobà! —dix lo soldà. Puix stil d'armes ho requir, só content.

E prestament féu pleguar les banderes de ell e de tots sos súbdits, e restaren ab los standarts. Aprés se girà envers lo rey de Egipte e dix-li:

—Senyor, lo nostre capità ha fet resposta a ta letra, e diu que·t pregua li vulles trametre a dir lo dia de la batailla quina sobrevesta portaràs, per ço que en la presa de la gent te pugua conéixer e pugua venir combatre's ab tu.

—Amich —dix lo rey—, dir-li as de part mia que yo aguera pres gran plaer ell e yo, spasa per spasa, nos fóssem combatuts. Però puix a ell no li plau scusar-se dels leigs cassos per ell fets e per mi posats, encara per suplir a la sua demanda, si bé aquesta batailla per a ell e a mi serà civil, car yo volguera fos criminal per ço que yo ixqués ab ma veritat, diràs-li yo portaré una aljuba de carmesí, la qual és stada de la virtuosíssima senyora de qui yo só servidor. E al cap portaré una àquila tota de or, e sobre la àquila portaré un penó petit hon serà pintada aquella excel·lent senyora ja desús nomenada. E si porà haver part de mi o yo·l pugua veure, yo li faré atorguar tot lo que en la mia letra conté o·l mataré ab les mies mans.

Lo rey d'armes se'n tornà a son capità Tirant e féu sa relació diligentment de tot lo que li havien dit.

Lavors, los turchs ordenaren molt bé lo camp sperant la batailla.

Lo dia següent, havent enveja lo duch de Macedònia de la glòria de Tirant, proposà davant tots de dir-li semblants paraules:

—Puix no viviu en ley de cavaller, Tirant, e no servau lealtat alguna, deuríeu pendre la sisma que és manada als moros, los quals, quant los fall la rahó per aprovar lo seu mal, ab gran error defenen aquella ab la spasa en la mà. E vós voleu dar batailla a tan gran nombre de caval[l]ers turchs com en la platga oriental stan, los quals bastarien a defendre's de tot lo món justat, e vós voleu fengir de capità virtuós. ¿E com féu vostre poder de ésser tengut en aquella possessió, en fama hi en compte de home valent, car falses e colorades pràtiques no y basten? Emperò enterrogau la vostra consciència, qui sap bé la veritat, car per ella poreu ésser certificat del vostre stat miserable en què sou posat. Donchs, ¿què amor de vida e temor de mort vos ensegua tant la rahó hi lo sentiment que us tol de tot en tot la coneixença del gran defalt qui féu en voler donar batailla als turchs axí com di[e]u que voleu fer, la qual per res no us serà consentida? ¡E voleu posar nostres vides a joch de un tria l'as! Bé mostrau que us costan poch de criar. E vós voleu dar batailla voluntària, la qual a present no és de necessitat, e si la perdem, tots som morts e detroÿts, e a vós no costarà res lo dan de tots nosaltres. Per a vós lo món és gran e no us fallirà on pugau viure: poreu regir una squadra de sacomanos. Trists de nosaltres, qui som naturals de la terra, e aquells qui tenen mullers e fills! E tot nostre fet hajam a posar en mans de un stranger de solar no conegut? Digau-me què haveu tractat ab lo soldà hi ab los altres, mostrant desijos de ultrança ab lo rey de Egipte. E tot quant haveu fet no és sinó per enguanar-nos e vendre'ns als turchs. Digau, quin preu haveu agut? Sereu vós lo segon Judes, qui vené a Jhesucrist per preu de XXX diners? Axí·ns veneu vós a nosaltres. Digau, ¿sou vós aquell famós home de Caÿm, qui matà a son germà Abel? ¿Seríeu vós aquell virtuós cavaller, fill del rey Ciperi, que·s jagué ab sa mare e del castell avall lançà a son pare? ¿Seríeu vós, per ventura, Canatre, que pres sa jermana Marquareu e forçívolment [l]a violà e passà-se'n a la ost dels romans e trahí per diners a son senyor natural e tot lo seu camp? O, Tirant! Obriu los hulls, que tots stam svetlats e coneixerem molt bé vós qui sou, hoc encara coneixerem molt bé les vostres singulars canòniques. Com partís de la vostra pròpia pàtria? Per quins actes tan desonests? E no gosau tornar en aquella perquè haveu agut glòria de ligar-vos ab nostres capitals enemichs, los quals per natura e segons ley crestiana los deveu lonyar de nosaltres, e vós haveu feta ligua e concòrdia ab ells. ¿E no sabeu vós, segons haveu dit en la letra que trametés al rey de Egipte, qui no ha fe no pot donar fe? ¿Com la porem dar de vós, que semblant malvestat haveu comesa de fer ve[r]s nosaltres, los quals tots vos teníem com si·ns fósseu jermà, e tots stavem a ordinació vostra? Però sabuda la gran maldat per vós comesa, tractada e ginyada ab gran infide-litat contra les nostres persones e de tot lo Imperi Grech, condigna cosa seria fósseu posat en oli bulent, que tal premi mereix la vostra reprovada persona, car no sé al món crestià, qualsevoll que sia, fes semblant maldat de la que vós haveu temptada. Les pedres se deurien levar contra vós: quant més los hòmens, qui sentiment tenen! Com tots cregam e sens subtilitat en la ley crestiana se aconseguex paradís e glòria, e los investigats ab subtil enginy cahen en dupte e poseheixen los inferns, així com vós fareu —en opinió de les gents. No vull reste açò per dir, com tal regiment de capitania per dret ne per rahó vós no·l devíeu haver sens consentiment meu e de tots los altres qui en mon servey eren, e per ço no vull que d'ací avant tal regiment vós tingau.

Per les paraules que·l duch dix se cuydà seguir un gran scàndel, car tota la gent se armà e staven ab les armes en les mans, e molts qui pujaren a cavall com si aguessen entrar en batailla, per ço com a moltes gents era plasent, perquè és vici natural dels hòmens se alegren de novella senyoria.

Tirant molt agreujat del foll parlar del duch, féu principi a un tal parlar.

Capítol CLIIII. La resposta que Tirant féu al duch de Macedònia

—Si creheu que, per ésser antichs, vostres mals actes sien fora de la memòria de les gents, e que sens fer smena del vostre mal viure, que siau abilitat, mal creheu. E ja per tolre-us de haver hoyr alguna part de vostres gloriosos actes, e de representar a mi la legea de aquells, prou clarament se mostra yo haver-vos comportat les coses que cascun jorn vós deixau dir de mi. No ab plaer meu diré lo menys que poré, tant per no sullar-me la boca quant per alguns sguarts coneixereu vós haver la lengua laugera.

En lo que a mi serà, reduynt algunes coses a memòria, yo no seria stat aquell qui tallí les correges del bacinet de aquell gloriós príncep, fill de l'emperador, ni li doní lo primer colp al cap, de què li fonch forçat passar de aquesta present vida en l'altra. No só yo stat aquell qui sots la mia bandera sien morts tants duchs, comtes e marquesos, e barons e infinits altres cavallers e gent de peu, més que no són restats en tot lo imperi. E per ço nomenen a vós perdedor de batailles, com no sia stada sol una batailla vós haver vençuda. E tot per culpa vostra: ne haveu gens stimada vostra honor, com sia la més cara cosa que los cavallers tinguen. No só yo aquell qui he perdut lo comtat d'Albí, ni lo ducat de Macedònia, que no és vostre. Haveu perdut la ciutat de Capadòcia ab tota la província, qui és major que tot lo Imperi Grech. E si seny aguésseu, no deuríeu viure en àbit de cavaller ni entre gents qui us coneguessen. E pensau que·ls grechs vos tinguen per fel a la pàtria? Mal feu de haver tal pensament si sabíeu en quina possessió vos tenen, si bé no us ho gosen dir. Tirada la temor que tenir solíeu, s'és girat lo vostre coratge en fer tracions domèstiques. Ley és per los nostres passats: qui mal vol hoyr, primer l'à de dir. E si lo peccat fos mercé e no fes deservir al senyor emperador, e a la senyora emperadriu e a la virtuosa princessa, altrament yo banyara les mies mans en la més pura sanch que en lo vostre cors és. Mas yo tinch confiança en Déu que, les dones qui per causa vostra són fetes males e los hòmens morts qui davant Déu criden justícia, me'n venjaran de vós dient que yo volia vendre la nostra ost per preu de moneda. Açò és una gran maldat que haveu forjada segons vós faríeu. E no us vull més dir, sinó deixar-vos en vostra falsa openió. Aconort-me de una cosa, ço és, yo parle ab veritat e seré cregut, e vós entrau ab la falsia e maldat, que de si és obecida.

Lo secretari, hoynt totes aquestes rahons, les més per scrit, per a l'endemà que volia partir. Però essent dins la tenda hon dehien la missa, lo capità dix a tots en general:

—Senyors, molt il·lustres, egregis e magnífichs, ja per açò no restarà la promesa per mi feta no vingua en sa valor. Prech a tots per lo poder a mi donat per la majestat del senyor emperador, tots a la jornada siau prests per donar batailla.

Respòs lo duch de Macedònia:

—Tirant, pus segur vos seria vos posàsseu a dormir que no pensar en les follies que feu, car de tot cert yo no y iré ni negú dels meus. E pens que tots los altres faran així com jo faré. E no serà negú vos obeheixca en res, car lo vostre regiment no fa per a nosaltres, car no és de admirar que no us vullen obeyr per lo vostre gust que ab si amargor porta. E per tolre-us tota error —tan embolicat vos hi veig—, diré altra veguada: si aguésseu specificat, com lo regiment vos fon donat, fossen stats demanats jo ab los altres, vostra demanda haguera loch per lo present ab tota egualtat. No us sou volgut contentar de açò en gran càrrech e culpa vostra. Per lo procés fet entre vós e mi és mitjà que descobre en tot la culpa vostra; mas en aquell, com a ignorant que com a ben aconsellat per vós, remetau la mostra de nostra diferència als entesos cavallers de tal mester. E si no u feu, iab quanta vergonya vostra haveu verificat les mies profertes e les prophecies que de ací sortiran! Per què vergonya o ira és e serà prou venga e contentació del meusperit. Respòs Tirant:

—No és dat a mi lo pledejar en temps de batailles, e les mies mans són traballades en altres coses de més necessitat a la honor que no és scriure per a pledejar. A mi staria mal que havent bé aconsellat a altri, no consellàs bé a mi mateix. E no és jamés vist home de nostra casa haja donat loch de posar sa honor en disputa. E jo, ab la ajuda de Déu, ho vull conservar tant com en mi sia. Del meu regiment fins ara a mi atorguat, no penseu gran alegria haja yo aguda, car al començament no u cerquí ni u procurí fos donat a mi —e si hi só stat posat en alguns guanys, no n'é demanats—, mas al meu sperit leal contínues ànsies e treballs, e perquè los duchs e prínceps sien stats sots la mia governació sans e segurs. E pens en lo meu regiment no he fallit en alguna cosa per engan o negligència de què pugua haver reprenció. Emperò en la electió per la majestat del senyor emperador a mi feta, lo vostre consentiment no fon demanat: no us ne deveu admirar com lavors no fósseu ab sa alta majestat. Per tal que negú no pens que de tal regiment yo sia molt cobejós, plau-me altre sia elet, en la electió del qual tostemps seré aparellat. E dieu que la nostra ost sens vostre consell no pot donar batailla? Forçat és. Lo dia per mi asignat seré en vista dels enemichs, e si negú de son grat seguir no·m volrà, yo ab los meus, que fallir no·m poran, e aquells que per mi són venguts del gran mestre de Rodes, yo hiré així com profert he e, ab la ajuda de Déu, d'els seré vençedor. Oh duch! Si temor haureu de veure semblant batalla, la qual als odiosos serà gran spant e major terror, restau dins lo camp ab los petits patges e ab tots aquells qui són fets inútils e follats de ses persones.

Axí·s partiren aquell dia. L'endemà lo capità féu sonar les trompetes, exint de la missa, e tots los grans senyors eren allí. E lo capità dix:

—Molt il·lustres, egregis e magnífichs senyors, les senyories vostres qui ab mi lo càrrech ensemps de aquesta guerra portam: com per manament de la majestat del senyor emperador he tengut aquest regiment, lo qual ab molt gran treball molts dies he suat çercant bones vies ab tota ma pensa he sforç, sots la mia governació o capitania, ab salut de tots fósseu regits; e ara, puix al duch de Macedònia plau, yo deixe la capitania, e per consolació mia, puix som en aquesta part segurs de nostres enemichs, egual cosa és: los fets de molts no deu hom leixar tot en hu, ans cascú deu pendre part del càrrech del regiment del qual tant de temps l'é comportat ab molts treballs e contínues ànsies, sens que negun profit no atribuhïa a mi, mas feya-u tot per servir a la majestat del senyor emperador. Façam electió de algun altre que sia més dispost de mi. E no pense la senyoria de vosaltres yo faça de açò mudament negú ni em tingua per agreujat, ans vull viure e morir en compan[y]ia vostra per servir la majestat del senyor emperador. Qualsevulla de vosaltres me porà haver com a jermà e, si menys volreu, seré prest obeyr-vos e no leixaré lo servey del dit senyor tant com la conquesta dure.

No·l deixà més parlar lo marquès de Sanct Jordi, no podent comportar hoyr tals paraules, sinó que sens convidar-se ab los altres que féu principi a un tal parlar:

—Per mon Déu, capità, yo no us falliré en res que de honor sia. Atenyeu la promesa la qual haveu feta al rey de Egipte, car yo hiré ab vós, e si no puch armat sinó en camisa, e així entraré en la batalla i altrament anar no podia. E fas vot solemne al senyor sanct Jordi que si negú accepta la capitanya sens sprés manament de la majestat del senyor emperador, de yo ab les mies pròpies mans lo faré morir. Tirant és nostre capità per lo senyor emperador a nosaltres dat, que deguam obeyr-lo axí com la sua pròpia persona.

Dix lo duch de Pera:

—Senyor capità, manau a nosaltres què voleu que façam: si dieu que matem al duch de Macedònia, donau lo càrrech a mi e veureu en quant serà fet.

—¿Qui serà aquell qui tal capitania degua acceptar —dix lo duch de Sinòpoli—, yo, ab la mia spasa, la qual jamés perdona com la tinch nua en la mà, yo no·l partesca del cap fins a la cinta?

Respòs lo duch de Casàndria:

—Yo us fas certs, a tots en general e a cascú per si, que si diferències negunes moveu ni altres coses féu sinó del que som obligats per manament de l' emperador, qualsevulla duch, comte o marquès yo hoyré qui dirà que Tirant deixe la capitania e l'acceptarà yo de les mies mans li tolré la vida.

—Yo no he parlat —dix lo duch de Montsanct— però per lo juhí de mal parlar del duch de Macedònia prou clarament se mostra ell ésser confés e fementit dels leigs cassos per ell posats en la honor e fama del nostre capità Tirant.

Levà's en alt lo marquès de Sanct Marco e pujà sobre un banch, tirà l'espasa e dix:

—Qui mourà altres partits, ixqua avant, que yo·l combatré en presència de tot[s] a bella ultrança, que Tirant no sia nostre capità just, bo e verdader, e no ha fet res de tot lo que lo duch de Macedònia li ha posat, ans és una gran maldat, la qual injustament li és stada imposada. E si ara no se'n fa lo ver juhí, mostraran qu·e l'altre món se determene aquest fet.

Lo marquès de Ferrara, en alt cridant, dix:

—Yo vull que tothom hoya e sàpia que, com lo duch de Macedònia perdé la derrera batailla, que les dones e donzelles en la gran plaça del mercat de la ciutat de Constantinoble cridaven a grans crits: «¿Hon és aquell temerós duch de Macedònia, perdedor de batailles e scampador de la sanch grega de cavallers e de gentils hòmens? Hon és aquell confús e abatut cavaller? Tolguam-li la vida, puix ell nos ha tolt la lum dels nostres hulls e les coses que nosaltres més amàvem en aquest món.» Dehien segons que a l'enemich cascú és forçat de dir. E planyien com lo vostre cors mort dins un ataüt devia ésser portat en aquell loch hon les dones cridaven. Aquesta era la vostra honrada sepultura! E fent-ho axí, restàreu viu e ab honorosa fama. Ara, vivint, sou més que mort. Tot açò vos és seguit per la legea de vostre mal parlar.

Pres-se a dir lo comte de Aygües Vives:

—Declarada la causa per aquell qui és nostre natural senyor, ab son sacre consell ha donat a Tirant la capitanya e governació de tot lo imperi ¿Què us mou a vós, duch de Macedònia, perturbar nostre capità e posar-nos a tots quants açí som en devís, perseverant en vostra vergonyosa porfídia, la fi de la qual és per vós molt poch temuda? E yo no·m puch tant acostar, donant-vos de mon ésser, com vós fugiu a la vera execució de la rahó volent ço que no us és dat, e us sou scalfat en vostra virtut. E si considerau la fi de aquella e d'on conegueren lo seu naximent, si dels cavallers que teniu per consellers vostres no·ls deu ésser donada fe, per ço com són fets enemichs per lo regiment que perdut han, car no és bon testimoni contra lo pare lo capital enemich, puix de ell has agut adversari, e no venir en error de tal capità com tenim. No·t vença la yra, perquè ell darà a tu salva del dret que ha, per bé no y sia tengut. Aquest excel·leix Hèctor, és conquistador de la fama, scampador de la sanch orrible. Viuen los passats per gloriosa fama, moren los vençuts per treballosa vida. E si algú volrà dir lo contrari, yo·l faré ésser confés de la sua gran malea, car Déu no permetrà que·n tan leig crim com lo duch de Macedònia ha levat al nostre capità, lo qual és just, bo e verdader, reste en lo món imponit, perquè a vós sia càstich e als altres exemple.

Callà e no dix pus.

Respòs lo duch de Macedònia, dreçant les noves al marquès de Sanct Jordi:

—Sí us erre lo nom ab aquest títol de cavaller, de tot en tot a vostres actes contrari, siau ben cert que per ço no l'ignore aquell qui us és degudament més propi nom. Ans si res dich que perjudique en vostra honor, semblants paraules pensen los entesos que açò hoyran no és de mon costum, mas per lo vostre desaforat defalt —tal que sol de parlar les orelles dels entenents e de dones de honor se n'offenen—, la qual no consent, a malgrat meu, que en aquest cars la lengua s'allimite. No trobé rahó neguna per hon de vós oblidat sia me degués baratar per Tirant paraules ab efectió demostrades, e vós me dieu e mostrau que·m teniu tan constret e subjugat que no diré les fictes e fraudulents maleses vostres. E hon són ara les innumerables promeses, jures e sagraments que vós ab falsa disimulació enganosa haveu rahonat? Però, no·m tinch admiració, puix veig que us és cosa natural que lo fill sia tal com lo pare, per les maleses que haveu fetes a mi. Car los vostres mals actes són tan notoris entre cavallers e dones de honor, en special en la nostra ciutat de Constantinoble, que, deixades totes altres coses, en los solaços ne fan burla com se recorden de la malesa que m'aveu feta. E yo, mogut de pietat de les congoixes que·m donau, lo caillar vos seria més profitós.

—O, duchs, comtes e marquesos! —dix lo comte Pleguamans—. Puix lo duch de Macedònia és ja fora de la tenda, hoÿu-me, per vostra noblesa, e no vullau condemnar a negú sens hoyr-lo. E dau crehença a la mia relació, perquè·m par que determenau en dar batalla, lo que no deuríeu fer. Mas voleu ab importunitat mostrar-me animós sobre cosa morta, que desijós de capitania. Ab honor al duch pertany e altri no. E si aquell malnom tant diforme e abominable, e en special als cavallers, lo qual vós, Tirant, desijau hoyr, yo bonament vos pogués dir, ja fóra fet. Emperò no vull ab spècie alguna de supèrbia perdre Déu e la justícia que·l duch de Macedònia té, la qual és de sa part. E de tan gran càrrech incomportable seria fora la virtut vostra, deixant vós la capitania, puix no ignorau tenir molts miradors. Pensau en los fets, qui són aquells qui us han acusar o scusar, e la glòria no stà en parenceria de paraules, mas en execució de bé a fer.

Puix veren que lo duch se n'era anat, Tirant no volgué consentir que negú més parlàs ni fesen menció de les rahons que havia dites lo comte, sinó que cascú se'n tornà a son aleujament, dexant lo libre de recitar d'ells —sinó que·s posaren tots en orde per al dia asignat de la batalla —e torna a recitar de l'emperador, qui stava ab inestimable desig de saber noves del camp, e veya venir VII naus a la vela. Com foren aplegades, sabé com venien de Cicília e portaven quatre mília hòmens d'armes e molts cavalls, los quals trametia lo rey de Cicília novell. E fon-ne causa lo que ara recitaré.

Lo rey de Sicília, segons ja desús és stat dit, tenia lo fill major en França, casat ab una filla del rey de França. E per ell ésser molt discret e virtuós, lo sogre no·l lexava partir de la sua cort per la grandíssima amor que li portava. Seguí's que emmalaltí, e de aquella morí. Com lo rey de Cicília, son pare, sabé la sua mort, ne féu molt gran dol. L'altre fill, que s'era fet frare, no volgué lexar la religió per ésser rey aprés la mort del pare. Lo rey de açò pres gran alteració, com lo fill no·l volia obehir, que donà del cap al lit e, tenint-se per mort, ordenà de la sua ànima e del regne. E en son testament lexà hereua la filla, muller de Phelip,

Com Phelip se véu rey, fon en recort del bé e honor que Tirant li havia fet. Delliberà de passar ab tot lo major poder que pogués en ajuda de Tirant. E la reyna sa muller, e per tots los del regne, fon suplicat que no y anàs aquell any per quant la reyna era prenyada. E ell, vehent lo gran contrast que li feyen, li fon forçat de restar, e tramès-hi en loch seu, per capità, lo duch de Mecina ab cinch mília hòmens entre de peu e de cavall. E la reyna, per la notícia que havia haguda ab Tirant, tramès-li'n dos mília, e féu-ne capità al senyor de la Pantanalea.

Aplegats que foren en Contestinoble, ixqueren en terra. E lo primer home que trobaren fon lo secretari qui del camp venia e portava letres del rey de Egipte e de Tirant, e los consells dels senyors, lo vot de cascú de tots los qui parlat havien en favor de Tirant. De tot havia fet un procés per mostrar a l'emperador. E ans que aplegassen al palau, li dix lo duch de Mecina:

—Cavaller, sí Déu vos prest en lo món e us dexe complir lo que vostre cor desija! Digau-me hon és aquell famós cavaller ple de tanta virtut, Tirant lo Blanch, capità dels grechs e·n qual ciutat és la sua habitació.

—Lo meu senyor —dix lo secretari—, la sen[y]oria vostra trobarà aqueix famós cavaller que demanau en los camps, que no té loch, vila ne ciutat per habitació. E ara lo he lexat que té les sues tendes parades davant los turchs, prop lo riu nomenat Transimeno.

—Què s'i fa en la sua cort? —dix lo senyor de la Pantanalea—. Són hòmens de deport e de plaer?

—Sí, santa Maria! —dix lo secretari—. Primerament trobareu a la porta de la sua tenda clemència, que a tots contenta; pujant hun scaló coneix quals són bons o mals e sab de quals deu hom fer bon mercat, e sab jutjar ab seny e discreció. E aquesta és la cosa que més val a tothom que té capitania real e sobre tots deuria regnar. E jamés se corromp per prechs, per menaces ni per diners. Encara té altra bondat: que dóna tot quant ha e u repartex tot entre la gent, e no procura per a si res que puga haver. Aquell no és dit liberal que vol molts béns donar, volent guardar que·n puxa més haver, e de aquests se'n troben molts; emperò aquest dich yo liberal qui res no vol guardar ni vol pensar que de res puga traure lo cabal. E com no té res que donar als requeridors, prestament se despulla tot lo que vist. Com lo amich ha mester res, de sa persona liberalment lo y dóna, que puga manar e fer d'ella a totes ses voluntats, e·n mal i en bé ho pot ben fer e ordenar, e si de altra cosa no·ls pot servir, la voluntat no y fall. E de açò que us dich per tot lo món se'n parla. E si parlau de noblea, de ardiment e de gentilea, en lo món no té par. Entre nosaltres prou clarament és manifest, e per speriència se mostren les grans victòries que ha hagudes e ha cascun dia contra los turchs. E és molt alegre ab sos amichs, donant-los delits: ab menistrés dancen e ballen entre dones. És molt afable a totes gents e de cor molt fort, que no té temor de res. En les sues tendes los huns luyten, los altres salten; e juguen los huns a taules, los altres a esca[c]hs; los huns se fan folls, los altres asen[y] ats; los huns parlen de guerra, los altres de amors; los huns sonen laüt, los altres arpa; huns mija viüla, altres flautes e cantar a tres veus per art de música. No és negú qui en plaer puga pensar que allí no·l trobe ab lo nostre capità. Aquest honra millor a Déu que home que yo haja vist de qualsevulla nació. E si mil barons ensemps li vénen tots davant, a tots sab honrar, que tots se'n van contents d'ell. Honra molt los seus e més la gent stranya. Dos barons de Alamanya, de aquells qui han poder de elegir emperador, pochs dies ha foren ací e, com se'n partiren, volgueren dir que no havien vist jamés home ab tanta afabilitat.

Lo secretari pres comiat d'ells. E com fon alt en lo palau trobà lo emperador que era a la fi del dinar. E lo emperador hagué gran plaer com lo véu, e demanà-li prestament lo camp com stava ni si y fallien vitualles o altra cosa. Lo secretari respòs discretament:

—Senyor, a present no·ns fall què menjar, sinó que·ns fall amor e honor. E callà, que no dix més. Lo emperador féu levar prestament les taules, e lo secretari per orde li donà les scriptures que portava. La primera li donà la letra del rey de Egipte, la segona lo consell dels duchs. Girà's envers sa filla e dix-li:

—Carmesina, volen dir los meus cavallers Tirant ésser enamorat vostre.

E ella, de vergonya, tornà tal com una rosa e stigué bon spay que no pogué respondre, compressa de temerosa vergonya. E cobrat ànimo, dix:

—Senyor, tant com Tirant serà vençedor, bé só contenta que los virtuosos cavallers sien enamorats de mi. E com aquell sia cavaller de tanta virtut e ànimo, vençedor de batailles, qui aterra les forces dels reys turchs e no tem los subtils engans del duch de Macedònia, no consenta la majestat vostra les lauger[e] s enganoses paraules de aquells qui mal volen dir. Yo l'ame domèsticament, axí com faç als altres. Yo l'é perdut de vista mas no·m só offerta a ell, e lo meu pensament és molt lluny de tal fet. E si la altesa vostra, senyor, té sentiment de tal fet, no·s deu asegurar e no·m deveu condemnar sens saber primer la veritat. E no deuríeu per la duptosa error condemnar la filla qui tant vos ama, car amor ha acostumat vençre la temor, mas Déu just ha ben proveït a la mia castedat, e los meus pits són tornats més frets que·l gel que la majestat vostra agués a creure tal de mi.

—No, ma filla —dix lo emperador—, que no·s diu en aqueixa intenció. Legiu açí e veureu los vots dels cavallers.

Com los agué lests, lo seu sperit reposà, e giràs devers Stephania e dix-li:

—No penses tu que m'aja restada gens de sanch en la mia persona, car lo meu pensament fon que lo nostre fet no fos stat descubert. E lo diable qui és tan ginyós, qui m'à fet dar los diners! Car lo qui u fa fer ho descobre. E lo meu crim, qui és de haver socorregut a Tirant, és crim meritori perquè és de moneda, e deu ésser pres a la fi que·s fa, com sia acte de caritat. Dix Stephania:

—Senyora, lo que la altesa vostra ha fet és acte de virtut, per ço com deu hom socórrer a les persones que hom vol bé. E les coses deuen ésser jutgades segons a la bona intenció a què·s fan, car vós no amau al virtuós Tirant sinó per lícit matrimoni. E yo bé coneguí la strema passió que a la ànima de vostra altesa havia robada la discreció en lo principi, quant lo emperador vos dix que vós amàveu a Tirant.

Estant en aquestes rahons, entraren los barons cicilians e feren reverència a l'emperador, e ell los rebé ab cara molt affable, fent-los molta de honor. E recitaren-li la causa de la llur venguda e donaren-li les letres de la pau e confederació antigua e de la present. Lo emperador los acceptà e fermà tot lo que ells volgueren. Deixà'ls allí a rahons ab la emperadriu e ab sa filla Carmesina, e manà que·ls fossen donades molt belles posades e tot lo que mester aguessen.

Lo emperador se n'entrà en lo consell e los cavallers cicilians staven admirats de la strema bellea de la princessa.

E lo senyor de la Pantanalea féu principi a paraules de semblant stil.

Capítol CLV. Lo rahonament que lo senyor de la Pantanalea féu a la princessa

—Clarament, senyora, se mostra per speriència manifesta que natura no podia més altament obrar que ha fet en la gran singularitat de la bellea que la majestat vostra posseheix, que per aquella vinch ara en notícia quanta és la glòria que los benaventurats sancts senten en paradís en contemplar la divina essència, segons és scrit en la Sancta Scriptura, que diu lo psalmiste, endreçant la sua rahó a Jhesucrist: «Senyor, aquell qui stà davant los teus hulls, mil anys són axí com lo dia d'ayr, qui és passat.» Per mon Déu, senyora, yo só bé cert si tots los dies de ma vida, los qui són passats e los qui són per a venir, si yo stava davant la majestat vostra axí com ara stich, no axí com diu lo psalmiste d'ayr qui és passat, car massa és lonch temps, mas la hora que ara és de present, car axí com als qui stan en pena poch temps los par que sia molt, axí lo qui stà en plaer no li corre lo temps, axí com fa ara a mi. E qui de açí me farà partir, poca sia la sua vida e salut, e poca sia la sua bondat e virtut, e per lo món vaja vagabunt e que jamés atengua a port salvador. E[n] lo nostre regne és declarada la gran bellea de vostra majestat, e per los vostres virtuosos actes haveu refeta la militar escola, la qual era perduda. E a mi par que la presència de la celsitut vostra gran part avança al que en lahor havia hoÿt, acompanyada de molta gràcia e saber infinit, que en lo món és tanta la stima vostra que per deessa vos podeu fer nomenar. Impossible seria a mi poder recitar les grans singularitats que en la altesa vostra tinch conegudes, e·m tinch per benaventurat sol per haver-vos vista.

En aquell punt lo emperador entrà per la cambra e la princessa no li pogué respondre ni satisfer al que dit li havia. Lo emperador stigué allí un poch parlant ab ells de la guerra e de altres coses.

Com al duch de Mecina li paregué hora de anar a la posada, prengueren licència de l'emperador e de les dames. Com foren dins la posada, trobaren lo sopar molt bé aparellat, lo qual lo emperador havia fet fer. Com foren partits, dix lo emperador a tots los qui allí ab ell eren:

—¿Vosaltres hoÿs jamés dir, ni en canòniques no·s lig, que capità qui a altre servís, parents o amichs li trametessen gent en valença sua? És cosa de gran admiració, e per ço só yo molt obliguat a Tirant, que X mília hòmens a llur despesa me serveixquen per amor de ell: aquests que ara són venguts e los qui lo gran mestre de Rodes li tramés. E per ço tinch deliberat de anar yo al camp per pacificar al duch de Macedònia e al nostre capità, car altrament ells ab ells se mataran algun dia. Com ja hi sien venguts II voltes, guardar-se de la tercera. E si yo puch haver lo duch de Macedònia en les mies mans, yo li promet de levar-li lo cap de les spatles.

Aprés lo emperador manà a tots los seus se posassen en orde per partir.

—Com, senyor! —dix la emperadriu—. Ab tan poca gent hireu?

Dix lo emperador:

—Ja són ací aquests barons de Cicília, que yran ab mi.

Tots los servidors de l'emperador a gran pressa se posaren en punt. La nit següent, stant la princessa en son lit, que dormia, vingué-li al lit Stephania. Despertà-la e dix-li semblants paraules:

—Senyora a mi à dat de parer que davant los meus hulls tenia a Diafebus, e deya'm: «Ma vida, Stephania, quant tenim, Tirant e yo, la vostra venguda en gran stima! Car sol per la virtut de la vostra vista tenim la batailla dels turchs per vençuda.» Per què, senyora, despertant-me só venguda açí per dir a vostra altesa que, si us volíeu, en breu poríem los nostres desigs contentar, e poríem dir: «Ara té fi la absència, puix és convertida en presència.» E coneixeran per speriència quanta és la nostra amor, que som anades a ells puix no podien ells venir a nosaltres.

Dix la princessa:

—Dóna'm la camisa e més no·m digues.

E prestament fon vestida e liguada, e anà-se'n a la cambra de l'emperador, qui encara no s'era levat, e dix-li:

—Senyor, temeroses són les donzelles hoynt nomenar guerra e majorment batailles. Per què demane de gràcia a la majestat vostra que no·m vulla denegar una gràcia que us demanaré, la qual per dues rahons me deu ésser atorguada. La primera rahó és que la majestat vostra no deu anar en part neguna sens mi, atenent la edat vostra, com no tingau qui més amor vos porte. E que si la majestat vostra era malalt, vos pogués servir e star al cap del lit, que sé e conech la calitat vostra millor que neguna altra persona. La segona és que, per discús de natura, qui primer naix primer deu morir, per bé que lo contrari se'n veu algunes veguades; e yo, anant ab la majestat vostra, poria veure e sentir la pràtica e saber de la guerra, per ço que si en l'esdevenidor temps m'era mester, ajudar-me'n pogués en la necessitat, foragitant de mi tota temor.

—Ma filla —dix lo emperador—, yo tinch coneguda la vostra molta amor e voluntat, emperò no és cosa condecent ni usitada que les donzelles vagen en les guerres, que són coses de gran perill; e majorment vós, qui sou de tan poca edat. E per lo molt bé que us vull, no volria que prenguésseu alguna alteració, per ésser tan prop dels enemichs.

—Senyor —dix la princesa—, la majestat vostra no tema res de mi, car major alteració seria la mia jo perdre de vista la altesa vostra que star enmig dels enemichs. Car axí com só stada filla e sirventa vostra en lo temps de la adversitat, féu-me gràcia que u sia en la prosperitat, car jamés desempararé la majestat vostra tant com lo sperit tindreu en lo cors. E aprés vos faré fer tal sepultura com és mereixedora la vostra imperial dignitat. E tinch fantasia que si no anava ab la majestat vostra, que los meus hulls jamés vos veurien.

—Ma filla —dix lo emperador—, puix tant ho voleu, yo só content, car bé conech que bon zel vos ho fa fer. Emperò digau a vostra mare què li plaurà més: anar o restar. E posau-vos prestament en punt, que la mia partida serà molt presta.

La princessa de continent ho anà a dir a la emperadriu e féu-li tal reposta: que per res no y hiria. Car si ella veia al duch de Macedònia o lo loch hon morí son fill, ella de dolor finaria los seus darrés dies.

La princessa tramés per tots los argenters de la ciutat qui fossen àbils en lo que ella volia, e féu-se fer uns goçets, la meytat de or, l'altra de argent; e per semblant los avanbraços e manyopes de fulla molt prima. E a la part dreta venia lo or e a la part squerra lo argent. E més, se féu per al cap una celada molt poca, tota de argent, e sobre la celada una corona molt rica que ella acostumava de portar. E supplicà a son pare que li leixàs la gent que la reyna de Cicília trametia a Tirant.

Lo dia que partiren, la princessa se vestí una gonella de orfebreria e féu-se armar de l'arnés que s'havia fet fer. E cavalcà sobre un gran cavall tot blanch: ab una vergua en la mà anava capitanejant la sua gent. E portava en sa companyia LX donzelles, les més belles e galanes de tota la cort. E féu lo gran conestable de la sua gent a Stephania. E a Salandria, filla del duch de Pera, tenia lo offici de menaxaut. Contesina usava de alguazir major. Plaerdemavida portava lo standart de la divisa, pintat de la erba que·s nomena amorval, ab lo mot que dehia: «*Mas no a mi*». Aliseu portava la gran bandera. La Viuda Reposada era uxera major de la cambra. E les altres, cascuna tenia son ofici.

E axí anaren fins que foren a les tendes hon Tirant stava aleujat. E no y trobaren home d'armes que sa fos, sinó gent inútil e los patges qui eren allí restats per manament del capità.

Tirant partí lo denovén dia del mes, hora de mija nit, e lo emperador apleguà hora de nona. Los turchs nit e dia staven contínuament mirant lo camp dels crestians, que·l podien molt bé veure. E Tirant passà de nit lo pont. E ja un dia ans que passàs, havia tramés per pendre los pastors e les spies, perquè no fos descubert, e prengueren-ne molts. Com agué passat lo pont, pres riu amunt bona mija legua, pujà a man dreta. E pujà damunt lo camp dels turchs II legües e atendà's alba de matí enmig de una vaill qui·s nomenava Spinosa. E cascun portava civada e vianda per a ells a un dia.

Com lo emperador fon atendat en les tendes del camp, tramés per lo senyor de Malvehí que vingués a parlar ab ell. E prestament, com ho sabé, anà a fer reverència a l'emperador, e recità-li tot lo ésser de Tirant e los virtuosos actes que cascú dia fehia. E la princessa prenia molt singular plaer en hoyr lahors de Tirant. Lo senyor de Malvehí supplicà a l'emperador que fos de sa merçé que se n'anàs a posar al seu castell, que allí staria molt segur. E axí u féu. E tots los barons cicilians se atendaren prop lo riu.

Lo senyor de Malvehí pres hu dels seus e, tan secretament com pogué, lo tramés a la vall Spinosa per avisar al capità com lo emperador era vengut ab sa filla e ab los barons de Cicília. Tirant ho tingué molt secret fins a l'endemà perquè algú no se n'anàs per scusa de anar a veure a l'emperador o a parents. No u volgué dir sinó a Diafebus en gran secret.

Com fon hora de mija nit, poch més o menys, tothom pujà a cavall. Los de peu féu posar primer, ab Diafebus per capità, ab CCCC lançes; e los cavalls tots encubertats. Tirant preguà a Diafebus, ab aquella més amor que pogué, que restàs detràs un squeix de roca que allí havia, prop de una legua del camp dels enemichs, e per quantes coses eren en lo món no ixqués ell ni los seus. Encara que vessen que fos perduda la batailla ni ves que matassen a ell, no li anàs a ajudar a ell ni los seus. E encara no content de açò, li pres jurament que no·s mouria fins que lo y trametés a dir.

Diafebus restà com dit he, e Tirant, ab tota l'altra gent, sens que no y havia negú de peu ni patge sinó Ypòlit, que aquell dia s'era fet home d'armes e li donà la honor de cavalleria. Apleguaren a tret de bombarda del camp, no al fossat o palench que fet havien, mas quasi al través, en loch qui era pla, sens palench ne altra cosa. Com los del camp los sentiren, les guardes lançaren grans crits; e tota la nit havien stat a cavall ben XVII mília hòmens perquè no fossen desbaratats axí com la primera veguada. E Tirant no gosà ferir en lo camp per la gran multitut de gent que y havia. E tots los moros se meteren en punt, e los qui·s trobaren a cavall vengueren en vista dels crestians.

Cascuna part ordenà ses batailles. Tirant ordenà la sua en aquesta manera: tots los cavalls féu posar en tira e no passava més lo cap de l'hu que de l'altre. E tots staven en gran orde, sinó lo duch de Macedònia, que no volgué gens obeyr los prechs del capità. Les banderes de l'emperador staven enmig. E lo duch de Sinòpoli tenia la un cap de la ala e lo duch de Pera tenia l'altre. E lo capità anava adés a la un cap, adés era a l'altre, preguant a tota la gent tot homo stigués en orde, car, si u feien, ell los daria aquell dia vençedors, ab la ajuda de nostre senyor Déu. E en aquell spay que los enemichs ordenaren les batailles, Tirant féu a la sua gent una tal oració.

Capítol CLVI. La oració que Tirant féu a tots los cavallers

—A mi no contenta honor que ab perill no·s guanye e del nostre bon dret surt una verdadera sperança. O, cavallers dignes de honor! Vengut és lo dia per mi tan desijat, en lo qual haureu honorosa victòria de tots vostres enemichs, hon porà cascú recobrar son heretatge, qui perdut l'aurà. E cascú deu desijar la glòria qui de semblants actes se ateny e, los perills qui ab temor se esperen, no deuen ésser tenguts en compte de res. Encara, per milor manifestar a les vostres magnificències lo que en lo enteniment me ocorre, la ignorància de Adari quant mal féu que perdé la sua persona e tota la gent sua, per tenir mal orde en la batailla, e los altres, per peccat de enveja, tots foren perduts. Deixem star açò, que ara nos cové que ab sforçat ànimo de cavallers valerosos façam armes e anem a obrir lo camí de la nostra salut. E supplich aquells qui dech supplicar, e als altres com a jermans, que siau valentíssims e ab ànimo sforçat vullau combatre. E siau en recort de aquell qui és vençedor de batailles e aconseguireu honor e glòria e, encara, libertat. E si vençem, magnífichs senyors, tot lo imperi serà nostre. Ciutats, viles e castells seran sots la senyoria nostra de tots nosaltres. E si la desaforada fortuna consent nosaltres fugir, totes aquestes coses vendran al contrari. Siau en recort de ma libertat atesa poder vençre los enemichs de la fe. Ells no tenen molta cura del nostre combatre per la potència que tenen; nosaltres combatem per la pàtria e libertat, hi encara per les vides. Recort-vos de la primera virtut e de la segona per nosaltres obtesa. No temau, virtuosos cavallers, la multitut dels enemichs, car cosa certa és los pochs vençre als molts que, com més són, més tenen a fer en poder-los ordenar, car lo qui venç les batailles és lo bon orde e tenir-se a regiment del capità. Donchs, recort-vos, mos senyors, los qui de honor sentiu: ab aquests mateixos dos voltes nos som combatuts; no penseu que ara sien més valents com tinguen poch recort de la trista mort dels seus e de tan gran scampament de sanch com la virtut de vosaltres ha fet en les persones de ells. Pensau ab quanta dolor e misèria deuen star. E per totes les coses desús dites, a nosaltres cové dar batailla si ja no·s convertia en pau. Com serem requeridors e vencedors de la batailla, haurem la riquea, e les armes de aquells totes seran nostres. E com dareu la batailla, féu que sia ab gran ardiment, car ells són posats en gran perill, e no ha tan fort mur com és la virtut de vosaltres. E no dupte gens en la victòria. E si per ventura lo temerós haurà enveja de fugir, guart-se què farà: més li val perdre la vida que si gira la cara en fuyta e ab desorde, sens venjança, car sereu presos e taillats a peçes com a ovelles. E si combatem virilment ab sforçat ànimo, sangonosa e dolorosa victòria deixarem en ells. Girau la cara envers aquell castell hon stà aquell pròsper e virtuós cavaller, la majestat del senyor emperador, ab la sereníssima princessa, filla sua, qui miraran la batailla. O enamorats, los qui bé amau! Quina glòria serà per a vosaltres venint davant les dames vençedors, e davant la majestat del senyor emperador que li beseu la mà com a vencedors! iE quanta infàmia serà per a vo[s]altres si anau davant sa altesa vençuts e fugitius! Qui serà aquell que davant tal senyor ni tantes dames tingua atreviment de mostrar-se? Ans la terra cobre los meus hulls e feres bèsties goloses menjen la mia carn, ans que yo ves un tan gran defalt en mi.

E no pogué més dir perquè véu los turchs qui staven aparellats a la batailla.

Capítol CLVII. Com lo soldà ordenà les sues osts e com començà la batailla

Vist lo soldà que los crestians li havien parada batailla, ordenà prestament la sua innumerable ost. E féu posar tota la gent d'armes en orde, ço és, tots los qui portaven lançes e pavesos posaren primers, ab grans pavesos de barrera que tenien, e banchs pitgats e semblants coses: de açò feren devantera. Aprés de les lançes venien los ballesters e archés. Aprés de aquests venien los crestians qui lo sou havien pres del Gran Turch, ab los cavalls molt bé encubertats e ab grans petnatxos; e aquests staven bé XV passes luny dels balesters. Los turchs venien los més darrés de tots e tenien parades més de CCCC bombardes. Fehien compte que almenys ab les bombardes matarien passats DCC hòmens. Com totes les batailles foren en orde, lo rey de Egipte tramés a dir a Tirant, per un trompeta, li regraciava la promesa que li havia tenguda, e que ell lo mataria o l'apresonaria en aquell dia, e faria fer una ymatge tota de or e, com aguessen presa la ciutat de Constantinoble, la faria posar sobre lo portal de la dita ciutat; e que prestament li faria tastar la sua lança a la amargor a què sap. Tirant li respós que ell era content que la y fes tastar, que ell portava tant çucre que no sentiria neguna amargor, mas que no perdonaria en dar-li batailla, que en aquell dia la sua sanch dolorosa seria scampada. E Tirant tornà amonestar la sua gent e aconsolar que tinguessen lo cor ferm, e féu apartar a tots la temor, convertint lo llur ànimo en gran sperança de obtenir victòria. Los turchs despararen una bombarda e passà alt, que no tocà a negú. Tirant, en lo braç portava liguada una petita acha ab un cordó de seda hi en la mà portava una petita bandera, e féu senyal ab aquella. E lo duch de Pera, qui tenia lo cap de l'ala, voltà tota la gent fins al mig, hon staven les banderes, voltant, a manera de cercle redó, les spatles envers los enemichs, tostemps ab orde e a pas a pas. E l'altre cap de l'ala, hon era lo duch de Sinòpoli, stigué tostemps segura. Com lo duch de Pera agué feta tota la volta, se mès en orde. Tirant féu senyal ab la petita bandera e, lavors, lo duch de Sinòpoli girà per aquell orde mateix. Lavors tingueren la cara girada devers la montanya, lla hon era Diafebus, e les spatles envers los enemichs. Prengueren-se a córrer a galop tirat, e tostemps en bell orde, que no passava més lo un cap de roçí que l'altre.

Los turchs, com lo veren axí anar, prengueren-se a cridar grans crits:

—Ja fugen, ja fugen!

Los de peu lançaren los pavesos, los altres les lançes, los altres les ballestes, per córrer detràs los enemichs crestians. Los de cavall, qui més podia córrer, aquell se pensava més guanyar. E aquells que portaven los cavalls encubertats, lançaven les cubertes perquè anassen pus laugers. E Tirant adés adés se girava e vehia venir tota la gent, uns aprés d'altres e tots desbaratats. E per ço ell no curava de res, sinó anant corrent hi en orde. E aquells qui tenien bons cavalls, fins a dar-los de les lançes per los costats aplegaven.

Com lo emperador, qui en les torres stava, qui vehia venir la gent fugint, bé·s pensava que la batailla fos perduda. E tota aquella nit les donzelles no s'eren despullades, fent grans preguàries ab gran devoció, supplicant al Vencedor de batailles e a la sua sacratíssima Mare que donàs victòria als crestians.

Com Tirant véu tota la gent de peu que restava molt atràs e havien passat lo loch hon Diafebus stava, lavors Tirant alsà la bandera que portava e totom s'aturà. E cascuna squadra se apartà per si, lunyant-se la una de l'altra un tir de pedra. Los turchs, com veren que los altres s'eren aturats, tengueren-se per molt decebuts. Tirant ordenà que lo duch de Pera ferís primer; e ab molt gran ardiment se posà enmig dels enemichs, combatent molt virtuosament. Com lo capità véu que los enemichs aplegaven e reforçaven de gent, féu ferir la squadra de son germà, lo marquès de Sanct Jordi. Aprés ferí lo duch de Sinòpoli. Adés una squadra, adés altra. E feyen la major mortaldat de gent, que era cosa de gran admiració.

Com Tirant véu que casi la meytat de la sua gent havia ferit e tostemps anaven guanyant, e véu Tirant, en la pressa de la gent, lo rey de Capadòcia venint matant e destroynt molts crestians —e conegué'l en la cimera, que portava un leó tot d'or ab una petita bandera—, pres una lança grossa e dexà's anar devers ell. E lo rey, com lo véu axí venir envers ell, no li falssà gens la cara, ans l'esperà molt de bon grat. E tan gran fon l'encontre que los dos se donaren que ells e los cavalls ne anaren per terra. Cascú se levà, molt valentment tiraren les spases e afrontaren-se donant-se grans colps. Mas la pressa de la gent era tanta que no·s podien bé combatre, que los uns ajudaven als altres. Però los turchs feren gran esforç e pujaren lo rey a cavall a despit dels crestians. Píramus se posà davant lo rey perquè Tirant pogués pujar a cavall e, tant lo tenien a prop fent tostemps armes, fins que ferí l'esquadra del comte Plegamans, e pasaren en aquel[l]a part hon era lo capità. E ajudaren-li, que pujà a cavall en les anques del senyor d'Agramont e aquell lo tragué de la pressa de la gent. E per ço com molts cavalls anaven solts, que havien perdut lur senyor, prengueren-ne hu e donaren-lo al capità. E ell prestament tornà dins la batalla e ab la petita atxa que portava en lo bras ligada, lla hon ell feria bé podien dir que lo colp que ell dava era mortal, que en terra prenia sa posada. E ell feya la batalla ab poder d'altri e a perill de sa persona, e si vencés era victoriós a la pàtria e adqueria per a si molta honor e glòria.

Lo capità manà ferir totes les squadres, les unes a la part dreta, les altres a la sinestra. E totes vengueren a ferir al través. Véreu lavors anar bacinets per terra e cavallers morts e nafrats de una part e d'altra. Açò era una gran admiració de veure. Tirant tornà a ferir: adés era en un loch, adés era en altre. E no combatia en un loch sol, mas en molts, e socorria lla hon mester ho havia.

Lo rey de Egipte, per sa bona ventura, véu a Tirant que combatia molt bravament. Isqué un poc de la batalla, e lo rey de Capadòcia e lo rey d'Àfricha isqueren ab ell. E pregà'ls lo rey de Egipte que dexassen tots los altres e no curassen sinó de matar a Tirant. E concordes tornaren a la batalla. E stant Tirant combatent, vengué lo duch de Macedònia a les espatles de Tirant, de part de tras, e tirà-li ab l'espasa una stocada, e donà-li davall lo bacinet e tota la punta li mès en lo coll. Açò veren Ypòlit e Pírimus, e a grans crits cridaren: —Oh traÿdor de duch! Per què vols ab tració matar I de[l]s bons cavallers del món?

E tal fe donaren de si. Los tres reys, cascú havia presa sa lança en la mà, e tant feren e tant treballaren que veren a Tirant. E tots tres dreçaren envers ell. Però no·l pogueren encontrar sinó lo rey de Egipte e lo rey de Capadòcia. L'encontre fon tan fort que ell e lo cavall caygueren en terra; lo cavall tenia VII ferides.

E lo rey d'Àfricha encontrà al duch de Macedònia, lo qual combatia prop de Tirant. Tan gran encontre li donà per mig dels pits que la [l]ança li passà a l'altra part. E fon lança mortal qui·l paguà de les sues maldats.

Com Tirant fon en terra, molt hagué a fer de poder-se levar per ço com lo cavall tenia sobre la cama. Ab tot açò ell féu tan gran sforç de si que ell se levà de peus. E caygué-li la bavera del cabacet que portava, car allí fon encontrat ab la una lança; e l'altra lo encontrà en lo guardabraç squerre. E si no fossen stades les sues fels armes, ell fóra mort aquella vegada. Com lo rey de Egipte lo véu en terra, volgué descavalcar prestament. Com tingué la cama damunt los arçons de la cella, vench lo senyor d'Agramunt e encontrà'l enmig de la cuxa e passà-la-y de l'altra part. Ell sentí molt gran dolor de la ferida e caygué en terra mal son grat. Com Tirant lo véu axí estés en terra, cuytà devers ell però no y pogué aconseguir, tanta era la pressa de la gent. Com lo rey se fon levat, pres una lança que trobà en terra e mès-se a poch a poch entre la gent. E acostà's tant envers Tirant e tirà-li un bot de lança, e per ço com no tenia bavera donà-li enmig de la galta e derrocà-li IIII quexals, de què perdé molta sanch. Però ell feya tostemps armes, que gens per açò no·n stava. Ypòlit, que·l véu estar a peu y en tal punt, acostà's tant que apleguà a ell e descavalcà tan prest com pogué. E dix:

—Mon senyor, per Déu vos prech que cavalqueu ací.

E Tirant combatia envers lo cap de l'ala, car a poch a poch anava defugint de la pressa de la gent. Ell cavalcà e dix a Ypòlit:

—E tu què faràs?

Respòs aquell:

—Senyor, stalviau la vostra persona, que encara que a mi maten, per amor de vostra senyoria yo hauré la mia mort per ben spletada.

Tirant tornà a la batalla cercant lo rey de Egipte si·l poria trobar. E aquell per dolor de la nafra era exit de la batalla. Com Tirant véu que no·l podia trobar, feya contínuament armes contra los altres. E fon sort, aprés bon spay que anava combatent per la batalla, s'encontrà ab lo rey de Capadòcia. E lo rey, qui·l véu, féu la sua via e ab la spasa tirà-li a la mà de la acha e nafrà'l un poch. E Tirant acostà's tant a ell e donà-li ab la acha damunt lo cap, que li enclotà lo bacinet e, esmortit, lo féu caure en terra. Tirant prestament descavalcà e tallà-li les correges del bacinet.

Aplegà hun cavaller qui ab alta véu e piadosa cridà:

—Senyor, per mercè no vullau matar lo rey, car ell és mortalment nafrat, e puix és mortal e vençut, per la vostra benignitat, dau-li hun poch d'espay de vida, car prou teniu que siau vençedor.

Dix Tirant:

—¿Quina és la rahó que·t mou que tu vulles exercir gràcies de pietat envers aquest nostre públich enemich, qui ab tanta crudelitat, en sola confiança de sa virtut e de ses armes, ha fet son poder de dar-me la mort? Donchs, justa cosa és que sia punit segons ell volia fer de nosaltres. No és ara temps sinó de crueldat, car la nostra victòria stà en sola potència de la virtut de nosaltres e no en los mèrits de la virtut de la mia potència.

Emperò ell li desféu lo bacinet e tallà-li lo cap. L'acha de Tirant entre les altres era ben coneguda, la qual stava tota vermella e rajant sanch dels hòmens que mort havia. E la terra era cuberta de cossos morts e tota vermella de la molta sanch que s'i era scampada. Tirant tornà a cavall. E com los turchs veren mort lo tan valentíssim rey, vengueren gran multitut sobre ell e feren molt gran sforç per poder-lo matar. E fon malament nafrat e derrocat del cavall. E prestament se levà Tirant, no gens smayat de la sua cayguda ne temerós de les nafres, ans a peu se mès en la pressa de la gent fent moltes armes. E per ajuda dels seus tornà a pujar a cavall.

Aquesta fon molt fort e aspra batalla. E tant com la batalla fon major, aytant fon més clara la glòria sua. E continuant tostemps la batalla, era ja quasi hora de vespres.

Diafebus malehïa Tirant que en aquell loch lo havia mès, e deya:

—Ell vol tostemps per a si totes les honors e no en vol fer part a negú. Ací m'à deixat com si no fos bo per a res. Per mon Déu, yo vull haver part en la honor. Anem —dix aquest—, firam enmig de la gent e no temam los perills que seguir-se poden!

Ixqué de la celada hon stava e ferí ab molt gran ardiment. Com los turchs veren exir tanta gent —los quals se pensaven que no n'i havia més— esmayaren-se molt. Lo soldà se n'ixqué un poch de la batalla y era nafrat, mas no molt. Dix als seus:

—Yo veig venir la nostra gent a menys. Yo dellibere ans morir que fugir.

Com Tirant véu lo soldà e la sua gent ab les banderes fugir, cuytà envers aquella part e levà'ls les banderes, e anaren a l'encalç matant molta gent. Durà aquesta batalla del matí, com lo sol exia, fins a tres hores passat migdia. Tanta era la multitut de la morisma que los crestians eren cansats de matar tants moros. E fon tan asenyalat aquest singular dia, e de tanta gràcia, que durà l'encalç, ab l'escalfament de la victòria, tres legües, seguint e matant tostemps turchs. Car en aquest cars Tirant poguera ésser dit rey de batalles e cavaller invencible, que així com la pròspera fortuna havia acostumat de favorir los turchs contra los crestians, la divina Providència la havia feta voltar per aumentar la glòria de Tirant.

E cansats de matar —la hora era ja tarda—, aplegà lo capità ab la més gent en una ciutat, la qual solia ésser del marquès de Sanct Jordi, e de allí tenia ell lo nom de marquès e tot ho havia perdut. E aquella ciutat era stada donada al rey de Egipte e ten[i]a-la tostemps molt ben proveïda. Com lo rey de Egipte véu aquell dia la batalla perduda, fugí axí com los altres feyen. E tanta era la dolor que passava de la nafra de la cuxa que hagué a lexar la companyia del soldà e aturà's allí, car per anar a la ciutat de Bellpuig, hon anava lo soldà, per força tenien a passar per allí. E per la ciutat ésser molt fort e ben provehïda, e per la dolor qui·l turmentava, ell se n'entrà dins. Com Tirant apleguà, era quasi nit scura. Aleujaren-se allí en los camps fins a l'endemà. E aquella nit tots los que foren nafrats foren curats, e molts que·n moriren aquella nit. Car jamés era stada en la platja oriental tan aspra e tan mortal batalla, car en aquell dia restaren moltes dones viudes e moltes donzelles òrfenes de pares, però restaven ab sperança de ésser liberades del jou de servitut.

L'endemà Tirant se féu armar tota la gent e donaren lo combat a la ciutat. E los turchs se defenien maravellosament perquè y havia molt bona gent dedins. E havien-los donat quatre combats, que no havien pogut res fer. Lo marqués de Sanct Jordi, vehent açò, vogí tota la ciutat. E com fon a la porta de la juheria, cridà hun juheu que havia nom don Jacob. Com lo juheu sentí la veu del marqués, conegué que era son senyor. Corrent devallà e obrí-li la porta. Entraren prestament dins la ciutat, e ja havien presa més de la mitat de aquella, que lo rey de Egipte ne los altres moros no u sabien. Lo marqués tramés a dir al capità que no·l calia més fatigar en combatre, que ja la ciutat era presa, que entràs per lo portal de la juheria. Tirant entrà per aquella part e, com ell fon dins la ciutat, lo marquès ab la sua gent ja havien desconfits tots los turchs e apresonat lo rey de Egipte, que stava combatent de verdesca axí nafrat com stava. Com los turchs veheren los crestians dins, tots se tingueren per perduts. Com lo marquès tingué lo rey pres, tramés a dir al capità que vingués per degollar son enemich, lo rey de Egipte. E lo capità respòs que per cosa en lo món ell no mataria home qui fos pres. Sabuda per lo marquès la resposta del capità, pres al rey per los cabells e passà-li lo coltell per lo coll.

Aprés que la ciutat fon presa, trobaren-la molt ben provehïda de moltes vitu-alles. Dix lo marqués:

—Senyor capità, puix Déu nos ha feta gràcia que havem vençuda la batalla e presa aquesta ciutat, acf·ens porem fer forts, car, posat cars los enemichs nos vinguessen al desús, destapant les céquies e l'aygua vaja solta per los camps, no és home en lo món hi puga entrar e, si y entren, que·n puguen exir. E si ells haguessen hagut temps de poder lançar l'aygua, jamés la hagueren presa, car yo, qui u sabia per ésser mia la ciutat, trametí la major part de la mia gent per guardar les céquies.

Dix lo capità:

—Digau-me, marquès senyor, ¿com perdé's aquesta ciutat puix tan fort és?

—Yo us diré, senyor. Yo la comaní a hun home de poca condició, e fiu-lo cavaller e doní-li prou de mos béns, joyes, robes, muller e casa. E com sabé que los turchs havien presa la ciutat de Bellpuig, qui stà luny de ací quatre legües, hon s'és ara retret lo soldà ab tots los senyors qui scapats són, tramés per hun capità e donà-li la ciutat e la senyoria e la libertat antiga.

Tirant, encara que aquell dia hagués haguda victòria, no s'alegrà de aquella ni·l veren riure ni sclarir la sua cara, ni consentí solaços ni festes. Axí que negú hagué sentiment que ell fos vençedor ni volgué que negú ho digués. E axí temprà la accesiva alegria e la dolor dels enemichs. Solament dix en presència de tots:

—Si Diafebus hagués fet lo que yo li havia manat, yo haguera mort lo soldà e haguera apresonats tots los grans senyors que y havia, e de tot l'imperi poguera ésser senyor.

E tornant a l'emperador, que, aprés de la molta dolor que sostenguda havia com pensava que Tirant havia perduda la batalla, la strema dolor fon convertida en singular consolació, per ço com lo senyor de Malveý havia tramés hun home seu sobre hun ginet per saber noves de la batalla, e aquell tornà ab la bona nova e recità a l'emperador tot lo fet com era passat, e com lo capità anava a l'encalç dels turchs. Lo emperador, sabuda la gloriosa nova, en presència de tots se agenollà en terra e, alsant los ulls al cel e ab les mans juntes, féu infinides gràcies a Jesuchrist e a la sua sacratíssima Mare, senyora nostra, com havia obtesa victòria de sos enemichs e com lo rey de Capadòcia era mort per mà del seu capità; e suplicava a nostre senyor Déu que·l volgués guardar de tot mal, car si ell no fos, no·ls calia tenir sperança en neguna victòria. E més dix:

—Certa cosa és com los nostres barons e cavallers, ab la virtut de Tirant, han vençuda aquesta batalla e les altres. E de primer totes les batalles perdien e, des que aquest valentíssim cavaller és vengut, tostemps són stats vencedors. E los turchs, d'ací avant, no poden sperar sinó la fi de lur destructió, e nosaltres devem tenir sperança de contínua victòria, atesa la claredat dels actes gloriosos de Tirant, qui·s ret il·lustre e noble a tots los qui a ell se acosten.

A poch instant cavalcà l'emperador ab los barons de Sicília e la princessa volgué anar ab ell. Com foren al camp dels moros, trobaren totes les tendes parades ab molta riquea que y havia. E tota la gent se volien posar en robar, sinó que l'emperador no u volgué consentir, mas ordenà que lo senyor de la Pantanalea e lo senyor de Malveí tinguessen en salvaguarda tota aquella roba fins que los qui havien vençut lo camp ne fossen avisats.

Com l'emperador era en lo camp dels moros, la princessa de hun gran troç luny véu hun petit negre e cuytà envers aquella part. E prestament descavalcant, entrà dins la tenda hon lo petit negre se era amagat e pres-lo per los cabells e portà'l davant l'emperador. E dix:

—Yo·m poré gloriejar davant lo nostre capità com yo só stada valent cavalleresa, que dins lo camp dels enemichs ab ànimo sforçat he sabut apresonar hun turch.

L'emperador li pres lo major plaer de tot lo món ab la gràcia que sa filla ho deya.

Diafebus, vehent que Tirant stava enujat envers ell, no li gosava venir davant per temor de vergonya. E ab aquell pensament, oblidà's de trametre a l'emperador per dar-li plaer axí com havia fet de les altres vegades. Com l'emperador sabé la glòria de la vençuda batalla per altres e no per Diafebus, dix la princessa:

—Lo senyal que yo he de Diafebus me dubte que no sia mort com ell no m'à avisat de la batalla e de tal com aquesta és stada.

Com Stephania hoy dir semblants paraules, los seus ulls no·s pogueren retenir de lançar vives làgremes en presència de l'emperador e de tots quants allí eren. La princessa la féu levar de allí perquè no manifestàs les sues dolors.

Com foren tornats al castell de Malvehí, pres hun home e tramès-lo per saber què era de Diafebus. E tramés-li una letra del tenor següent.

Capítol CLVIII. Letra tramesa per Stephania a Diafebus

Si amor agués alguna cosa de certenitat, yo, vençuda, te prech per amor de tu sàpia nova certa, car la ofensa de ta Stephania [és com]aprés de la batalla no me has saludat, ab la gran sperança que yo havia en tu. Cert és, amor és cosa que compleix la persona de ansiosa temor. E millor sperança tenia en tu que no tinch ara. E a tu los nobles fets solien-te plaure. Encara que yo no parle, si tu est viu, les mies làgrimes te mouran a pietat, les quals veuràs en la letra; però les làgrimes o taques per aquelles, deuen haver semblança de paraula, e les mies paraules cahen sens profit. Però yo no só digna que tu sies causa de la mia mort, car certament yo tenia en voluntat de contendre longament contra amor e no sotsmetre'm a la culpa; sinó per les paraules que hoý dir al vell poderós que tu eres mort, no poguí retenir los meus ulls davant sa magestat no correguessen doloroses làgrimes. E la vergonya ha deixats los seus senyals en la mia cara. E per çó vull suplicar a tu, qui est mon senyor, que vingues prestament. E si alre és de tu, força'm que muyra ab tu ensemps, e serà scrit en lo meu sepulcre: «Causa odiosa». E per aquest dictat e semblança serà vist yo ésser morta per amor de tu.

Capítol CLIX. Com se féu la pau de Diaphebus ab Tirant ab la letra d'Estephania

Pres home de qui fiava e tramés-lo hon era Diaphebus. E aplegat que fon, donà-li la letra ab mesclades recomendacions. Com Diaphebus hagué lesta la letra e véu que era de sa senyora, la contentació que ell hi pres fon tanta que dir no·s poria. E ab la letra ensemps anà a la cambra hon Tirant stava, e donà-li la letra, que legís. Com la hagué lesta, féu-se venir l'escuder e demanà-li de l'emperador e de la virtuosa princessa. E ell li recità tot lo que se era seguit en lo camp, e com la senyora princessa anava armada y era entrada dins les tendes dels moros e havia pres hun negre per presoner, lo qual tenia en gran custòdia.

—Per mostrar-lo a vostra senyoria la primera volta que veure us porà.

Tirant pres gran plaer en les rahons de l'escuder e ordenà que Diafebus anàs a veure la magestat de l'emperador. Diafebus cavalcà prestament.

Com fon en lo castell de Malvehí, anà dret hon era l'emperador. Prestament se dix per tot lo castell com Diafebus era vengut. Totes les donzelles se meteren en punt per anar-lo a veure, en special Stefania, qui n'havia passada prou congoxa, que u mostrava bé, car la sua cara no era tal com solia. Anaren totes a la cambra de l'emperador e trobaren-lo que stava recitant tota la batalla e la mort dels dos reys, e de les nafres que Tirant havia preses lo dia de la batalla. Com la princessa hoý dir de les nafres de Tirant, la sua cara se alterà molt de gran dolor que·n tenia e sforçà l'ànimo tant com pogué, e dix:

—Digau, Diafebus, les nafres del nostre capità són cruels ni perilloses? S'i temen perill de mort?

—No senyora —dix Diafebus—, car los metges lo han tots desospitat e dien que no té negun perill de res.

—Prou és gran lo seu mal, segons a mi par —dix la Princesa.

E no·s pogué retenir que les paraules no·s convertissen en abundoses làgrimes, e totes les donzelles que li feren companyia e lo vell emperador que s'i pres també. Açò durà per bon spay, que Diafebus les hagué a conortar.

L'emperador li demanà quina gent podia fallir de una part e d'altra.

—Per la mia fe, senyor —dix Diafebus—, yo no u poria dir la mortaldat de turchs en quin nombre pot ésser, mas puch dir a la magestat vostra que de ací a la ciutat de Sent Jordi no podeu anar per lo camí real, tant stà ple de cossos morts, ans se té hom a lunyar del camí una milla. Senyor, dels nostres vos sabré bé dir, per ço com lo capità ha fet replegar tots los cossos morts per dar-los sepultura. Havem trobat mort, primerament, lo duch de Macedònia de encontre de lança, que fon passat de una part a l'altra; lo marqués de Ferrara; lo duch de Babilònia e lo marqués del Guast; lo compte Plegamans. Aquests són los de cap. D'altres cavallers hi ha haguts molts, e entre los altres és stat lo gran conestable, lo qual de tots és stat molt plorat perquè era tan bo e tan virtuós cavaller. E trobà's en ceda ésser morts mil e CCXXXIIII hòmens. E lo capità los ha fets fer a tots molt honrades sepultures, per bé que lo duch de Macedónia no·n fos merexedor. Car segons se aferma per lo senyor d'Agramunt e per Ypòlit, que veren com ell li féu la nafra que té al coll lo nostre capità, com aquell sia molt benigne e té tal virtut en si que jamés de la sua boca ix sinó gràcia e perdó, e jamés fa mensió per molt de mal que li facen de res que sia dan seu.

Lo emperador stava molt content de la molta honor que Tirant feta li havia e no sabia en quina manera lo pogués premiar. Diafebus restà allí fent-se malalt, e l'emperador lo feya axí ben servir com si fos la persona de sa filla.

L'emperador pregà molt als barons de Sicília que restassen allí ab ell, perquè ell trametria per lo seu capità que partissen aquella roba que presa havien. E de continent tramés dos cavallers al capità, que li trametés a dir com volia que es partissen los presoners e la roba del camp que guanyada havien. E Tirant li tramés a dir que, lla hon era la magestat sua, ell no y tenia res a fer, car lla hon era lo major, lo menor cessava. E tramés-li los presoners que tenia e tot lo que pres havien. E l'emperador repartí-u entre tota la gent.

Ja Tirant estava molt bé, e no stava, per les nafres, de reguardar la ciutat e lo camp, lo qual stava pegat ab los murs de la ciutat per ço com dins la ciutat no poguera caber tanta gent. Lo soldà ab tots los que scapats eren, posaren-se dins la ciutat de Bellpuig. E de la ciutat de Sent Jordi, hon Tirant estava, fins a la ciutat de Bellpuig havia IIII legües baix, envers la mar. Com lo soldà fon allí, se tingué per segur. Passats XV dies stigué que no ixqué de una cambra, fent gran dol e complanyent-se de la perduda batalla e de la mort del rey de Capadòcia, però encara no sabien la mort del rey de Egipte. Staven ab desig gran de sa-ber-ne noves. Dix Siprès de Paternó:

—Senyor, ¿vol vostra senyoria que yo y vaja e, si puch parlar ab lo meu amich, yo·n sabré tot lo que se'n porà saber?

Lo soldà lo'n pregà molt davant molts que allí eren, e dix-li:

—Cavalca sobre, corre!

Lançà hun ginet que lo soldà tenia, molt aventatjat. E Siprés de Paternó vestí's una jornea de domàs blanch que Tirant li havia dada, ab una creu de sent Jordi brodada, e sobre la jornea portava una aljuba de grana. Com fon en lo camí, que ja los turchs no·l podien veure, despullà's l'aljuba e cavalcà sobre ella, e posà una tovallola al cap de la lança. Com les spies del camp dels crestians lo veren, pensaren que era dels seus e no curaren de dir-li res. Com fon a la ciutat junt, demanà la posada del capità e fon-li mostrada. Com lo capità lo véu, pres-hi molt gran plaer e demanà-li de noves. E ell, responent, dix com lo soldà era nafrat, però que no era res, e lo rey de Àfrica e lo fill del Gran Turch, com son pare, en-cara no era guarit de la ferida del cap. E més, li recità lo gran dol que en aquella ciutat se tenia per la gran pèrdua que fet havien. E li dix com venia per son plaer e per veure a sa senyoria e per saber si era mort o viu lo rey de Egipte, e tot lo que·l soldà li havia dit.

—Digau-me —dix Tirant—, quanta gent crehen ells haver perduda en aquesta batalla?

—Senyor —dix Siprès de Paternó, ells han contat e troben, segons lurs ca-pitanies, CIII mília e set-centes persones fallen entre presos e morts. No és en memòria de gents tan cruel batalla ésser estada com és aquesta. E si més avant fossen passats, tots los prenien, car los rocins no·ls podien portar, tant venien fatigats del treball de la batalla. E en tota aquella nit no pogueren aplegar a la ciutat de Bellpug, ans restaren enmig del camí, qui nafrats, qui lassats, e molts qui morren en lo camí aquella nit. Per no tenir metges qui·ls poguessen curar, posava-s'i fredor en les nafres e allí restaven morts. Al rey d'Àfrica, entravesat lo portaren damunt hun cavall.

—Ha y altres noves que dir-me pugau? —dix Tirant.

—Sí, senyor —dix Siprés de Paternó—. VII naus són vengudes, molt grosses, de la Turquia, carregades de forment, de civades e de altres vitualles que porten. E diu-se certament com lo Gran Caramany hi ve ab cinquanta mîl[i]a hòmens, entre de peu e de cavall. E porta sa filla per dar-la per muller al soldà e ve en companyia sua lo rey de la sobirana Índia.

—Han ja descarregat aquexes set naus? —dix Tirant.

—No, senyor —dix Siprés—, per quant tenen lo vent contrari per entrar en lo port.

Parlaren de moltes altres coses. E Tirant li feya moltes carícies e dava-li de sos béns, e confits e altres lepolies perquè pogués contentar al soldà.

Aprés que Ciprés de Paternó se'n fon anat ab salconduyt que demanà al capità, e aquell de bon grat lo y donà, com Ciprés de Paternó fo ab lo soldà, mostra-li lo salconduyt que lo capità dat li havia —e deya que lo seu amich lo y havia obtengut a grans pregàries e suplicacions—, e dix com lo rey de Egipte era mort. Per aquesta nova fo refrescat lo dol e lo plànyer, per ço com era molt amat per tots los moros per la sua molta virtut.

Tirant, [no] sentint-se ja molt de les nafres, pres ab si hun home que sabia molt bé la terra e los passos secrets per hon volia anar, per dubte de algun in-convenient. E com foren en vista de la mar, veren sobre hun gran mont la ciutat de Bellpug e les naus que a la vela anaven voltejant, que no podien en lo port en-trar. Lo capità fon tornat prestament. Sabé noves com lo emperador devia partir ab tots los barons de Sicília per pendre moltes viles e castells que prop de allí havia. E axí fon fet, que en pochs dies lo emperador cobrà molts castells e viles. E los barons de Sicília tenien gran desig de presentar-se una vegada davant Tirant. Aprés farien tot lo que lo emperador los manaria. Vehent açò, Diafebus los pregà molt, de part del capità, que fessen tot lo que lo emperador los manàs.

Com Tirant sabé que lo emperador anava conquistant, ell e lo duch de Pera cavalcaren ab una partida de la gent, e l'altra lexà allí al marqués de Sent Jordi e féu-lo capità. Com Tirant fon prop del castell de Malvehí, saberen com la prin-cessa era restada allí ab les sues donzelles, e Diafebus en guarda d'elles. Tirant se féu venir a Ypòlit e manà-li que anàs a la princessa e que li digués les sues paraules.

Com Ypòlit fon davant la princessa, ficà lo genoll en terra, besà-li la mà e féu principi a tal parlar:

—Ací só tramés a la magestat vostra, senyora, per part de mon senyor, qui suplica la celsitut vostra guiar-lo vullau, que puga entrar e exir sens prejuhí seu e puga restar en sa libertat franca.

E no dix més.

—O, novell cavaller! —dix la princessa—. Què és lo que vós me demanau? ¿E no sab bé lo capita, que tots stam sots la capitania e custòdia sua e ell pot pendre e apresonar, pot absolre e condemnar a tots aquells que ell conexerà que merexedors ne sien? Quina és, donchs, la causa que ell demana a mi guiatge de seguretat? Per què li podeu dir que pot bé venir segurament, encara que yo no tinga poder de guiar-lo ni sé de què demana guiatge, car lo senyor emperador ni yo no sabem que ell haja fet negun defalt, per què ell mateix se porta la seguretat. E no li cal tenir tanta temor, car ab los turchs la deuria haver tota lexada.

Ypòlit se levà e anà abraçar a totes les donzelles. No penseu que fos poch lo delit que pres Plaerdemavida en veure Ypòlit.

Ell tornà la resposta al capità de tot lo que la princessa li havia dit. E Tirant no·s volgué partir de allí, ans lo y tornà a trametre altra vegada. Com Ypòlit fon davant la princessa, li tornà a dir:

—Mon senyor torna a suplicar a la celsitut vostra, senyora, una e moltes voltes, que lo guiatge no li vullau denegar, car certament ell no entraria dins lo castell ne lla hon la magestat vostra sia sens guiatge de la mà vostra scrit.

—Yo no puch entendre lo nostre capità —dix la princessa—. ¿En què ha ofés al senyor emperador ne a mi, que guiatje demana?

Respòs Stefania:

—Senyora, què perdeu en fer-li lo guiatge que ell demana?

Féu-se dar tinta e paper e féu lo guiatge del tenor següent.

Capítol CLX. Salconduit que fa la princessa al capità Tirant

Sperança e temor entrecambien la nostra crehença de dubtosa temor, e vos mostrau aferrar en aquella flaca rama com a persona torbada e no sabeu de què

Capítol CLXI. [Com Tirant tingué lo guiatge, anà a fer reverència a la princessa]

Com Tirant tingué lo guiatge en la mà, prestament se'n pujà al castell, hon trobà la princessa en una gran sala. Com la princessa lo véu, levà's en peus. E axí prest, com Tirant la véu, alçà grans crits —que tots los que eren en lo castell ho podien bé hoyr—, dient:

—Servau-me lo guiatge, senyora! Per què no·m servau lo guiatge? Per què m'apresonau tan cruelment? Car no·s pertany donzella de tan noble linatge apresonar son servidor. Servau-me lo guiatge e tornau-me en ma libertat.

—O, senyor capità! —dix la princessa—, yo só contenta de servar-vos vostre guiatge. Yo veig que negú no us toca ni negú no us apresona de part mia ni per manament del senyor emperador.

—Servau-me lo guiatge, senyora, car vós me apresonau —dix Tirant—, car jamés en ma vida tan cruel ne tan fort presó no sent.

Respòs la Viuda Reposada:

—Ay senyora! Sta presó que vós li feu tota és vestida de amor. La gramalla que porta tota és de dol, mas és brodada tota d'esperança; la camisa que porta per devisa fa sa conplanyença d'ésser ajustada ab sa senyora.

Lavors la princessa entés la requesta que Tirant li havia feta, e dix-li:

—Capità, si la fortuna vos ha apresonat, temps serà que sereu en libertat. E pres-li lo guiatge de la mà e esquinçà-lo-y. E dix-li:

—Molt poca rahó haveu tenguda, capità de haver demanat guiatge per venir açí. E si ordenat era que yo erràs, la error mia té causes honestes, e la mia culpa serà major que la pena. E tu véns ab guany de victòria, e aquest loch pren leys en temps de pau e armes en temps de guerra per aumentar la glòria antiga dels grechs. Yo t'é donat guiatge per honor de l'emperador per ço que no fosses fet enemich.

E pres al duch de Pera per la una mà e a Tirant per l'altra e segué's en mig d'ells. E aquí parlaren de moltes coses de la mort dels duchs e grans senyors, los quals eren morts en la batalla. E Tirant mostrava dolre-li molt la mort del duch de Macedònia e de la mort de Ricart e de Pírimus. E stigueren en aquestes rahons, parlant de l'emperador com anava recobrant viles e castells. Deliberaren allí davant la princessa que l'endemà per lo matí anassen lla hon era lo emperador, lo qual havia III dies que combatia una ciutat e no la podien pendre. Dix la princessa:

—Axí done Déu honor al senyor emperador, que si vosaltres partiu per anar lla hon ell és, yo no restaré que no y vaja.

E féu portar allí lo seu presoner e dix:

—¿Pensau vosaltres que encara que yo no·m sia trobada en les forts batalles axí com feu vosaltres, que yo no sàpia apresonar de nostres cruels enemichs?

E ab aquestes rahons se levaren e anaren a sopar. Mas la princessa menjà molt poch aquella nit, car en la vista de Tirant fon tot lo seu repòs. Lo duch se pres a rahons ab la senyora del castell e ab la Viuda Reposada, recitant-los les batalles que havien hagudes e la victòria que per mà de Tirant havien obtesa dient moltes lahors d'ell. E la Viuda Reposada stava molt inflamada en la amor de Tirant, mas no gosava manifestar la gran dolor e pensament que·n tenia per sa honor. E del pensament, moltes voltes se venia a smortir. La princessa dix al duch si·s volia venir allí a seure. Respòs que aprés hi anaria, com allí stigués a rahons ab aquelles senyores.

Stephania stava prop de la princessa quant ella dix a Tirant les següents paraules:

—La pròspera fortuna ha manat a mi que vingués, no per delit que tingués de veure batalles, mas per desig de veure aquell qui senyoreja ma libertat. Lo menyscapte gran que·n mi era, no trobant via ne manera que a ma passió remey pogués donar, pensí hun gran defalt ab què reparar-me pogués e, ab fengides paraules, decebí mon pare sots zel de amor filial. Ja per açò als enten[en]ts no pensseu sia tolt lo ver juhí, que ignoren la causa de la mia venguda, però yo·m só condemnada per exemple de virtut, per dar hun poch de repòs, si pot ésser dit, en la vida dolorosa a la mia pensa. Però la temor que yo he del mal és menor que la sperança. E la sperança que yo he del bé és menor que la temor. E són-me oblidats los mals que·m són seguits per causa vostra. E totes les coses són vistes per la fi, e aquella mostra què pot fer e què val e la glòria que donar pot segons les obres. A tots és manifest tal batalla com la vostra ja·s tractava, car si no u fes, encara que yo volgués tant errar, amor e sa mercé me detendrà tant fallir. E per ço donà a mi licència de venir a veure tot lo meu bé.

E callà e no dix més.

—Lo pasat mal —dix Tirant— no és res per a mi en stima de aquest que ara a mi turmenta, car passe dolor més que jamés no sentí, que de tot en tot vinch als strems en punt de perdre lo seny o de desesperar com veig la strema bellea que la celsitut vostra poseheix, que excel·liu totes les dames del món. Açò me ha forçat tant amar-vos. E conexent en la magestat vostra compliment de totes les virtuts, stich admirat com pot ésser que la altessa vostra tinga hun tan gran defalt —parlant tostemps ab vènia e perdó—, ço és, que no amau segons deuríeu amar, car si tant hagués servit a Déu e de tan bon grat, ja poria fer miracles. E yo, més malfadat que tots los altres, ame més verdaderament que tots los altres e no sé si seré amat. La lengua bé parla e diu tot lo que vol, mas la esperiència verdadera de la obra, ¿hon la trobaré yo, per la qual puga venir a perfecció de vida? Car, quant hom és segur, del dubte surt una bona esperança, car amor no és procuradora de vergonya ni seu en banch de çabater, mas ama a qui deu amar, ço és, a qui l'ama, e dóna-li glòria en aquest món e vida reposada. Per què, senyora, en la celsitut vostra no és aquell verdader recort que de temor vos cobre, fugiu al pas stret que la magestat vostra promés. Partint de vostra celsitut, me digués semblants paraules, present Stefania: «Tirant, tu parteys de mi; fes que tornes viu. Yo só ací presta per reparar la leal e verdadera amor que·m portes. Déu és just e totes les coses del món li són presents. Ell me faça gràcia de complir lo meu desig, que yo compliré lo teu.» Perquè, leja cosa és, senyora, a les donzelles nobles e de tanta stima, que vinguen a menys de lur promesa. Però, senyora, façam axí: posem nostre fet en conexença d'altri, e aquelles persones tinguen poder de determenar nostre fet —e lo que yo he parlat, parle per boca de la Viuda Reposada, qui·m dix a la venguda que yo fiu que no donàs fe ni crehença en les paraules de la altesa vostra, que totes eren ficcions de poesia. E per apartar tots aquests duptes e que la celsitut vostra no sia lesa en la honor, en ma opinió, que sia conegut. E yo posaré per ma part la egrègia Stephania, e l'altesa vostra hi porà posar a Plaerdemavida o Diafebus.

—Tostemps he hoït dir —dix la princessa— que qui pare ha per jutge, segur va a plet. No perquè axí sia, mas perquè volríeu que axí fos, car bé sé que vós ho feu perquè no siau condemnat per aqueys jutges qui us són advocats, que qualsevulla altri vos condemnaria qui sabés què és amor ne honor. Esforçant axí vostra desaforada porfídia, restareu obligat de mort a vós mateix, més que no sou a Déu, qui us ha creat e fet de tal compàs que sou contrari a ma honor e fama.

En aquestes rahons se acostà Plaerdemavida, sigué's als peus de Tirant, e dix-li:

—Senyor capità, negú no us vol bé sinó yo. Tinch compassió de vostra mercé, que neguna senyora de aquestes no us han dit que us despulleu les armes. Car, per la mia fe, vós portau la camisa ben trepada, que no sé brodador al món que millor la sabés trepar. Yo la viu vestir e despullar algaliada e ben perfumada; ara la veig tota foradada e perfumada de ferro e d'açer.

Dix la princessa:

—Dau-me la mà, la qual no ha perdonada la mort dels reys enemichs nostres.

Stephania li pres la mà e posà-la-y sobre les faldes de la princessa. Com ella véu que stava sobre los genolls seus, abaixà's e besà-la-y.

—A mi no put honor —dix Tirant— ans ho tinch a molta gràcia e mercè. Mas veig la randa als peus, car ço que yo deuria fer vostra magestat s'i és volguda cuytar. E si tal liçència la altesa vostra me dava, de besar-vos les mans tota hora que yo volgués, ie com me tendria per benaventurat! E molt més ab los peus e les cames ensemps.

La princessa li tornà a pendre les mans e dix:

—Les tues mans, senyor capità, vull que de ací avant tinguen previlegi sobre mi, en qui tens bon dret.

E levà's prestament de allí per ço com era passada gran part de la nit, e perquè lo duch ni los altres no tinguessen què dir ni ocasió de parlar. Acompanyaren la princessa fins a la sua cambra, donant-li tots la bona nit. E lo duch e Tirant dormiren en hun llit.

E per lo matí les trompetes començaren a sonar e tots se armaren e pujaren a cavall. E Tirant féu pendre les scales que tenia dins lo castell que allí havia dexades. E la princessa tanbé volgué anar ab ells. Armà's ab aquell arnès que fet havia e cavalcaren tant fins que foren lla hon era lo emperador, que en aquell

cars combatien una fort vila hon hi havia molts forasters, gent del soldà que viril-
ment conbatien per defendre lurs persones. Com lo duch e Tirant foren aplegats,
dexaren la princessa bé acompanyada ab Diafebus e d'altres cavallers, tan luny
de la vila que ab bombarda aplegar no y podien. Tirant anà hun poch pus baix
de lla hon los cicilians combatien e féu adobar prestament les scales e posar
en lo mur. Tirant fon lo primer que pujà. Com fon prop de la muralla, un turch li
lançà una gran cantera, e Tirant, per desviar-se que no li donàs, pres hun poch
de balanç, e la cantera donà en la scala e ronpé-la hun poch. E ab lo balanç que
ell pres, la scala cayqué rocegant per la paret, y ell ab la scala, però no·s féu mal.
Féu arborar prestament altra scala e dues altres al costat de aquella. E molts
ballesters staven al cap del vall, qui no dexaven traure bras o mà que no fos ferit.
E Tirant tornà a pujar.

Lo emperador, qui era anat a veure sa filla, demanà qui era lo caygut de la
scala, e digueren-li que lo seu capità. Pres-hi molt gran enug. Aprés lo y véu
tornar, tramés-li a dir que per negun cars del món ell lo pregava que no volgués
pujar en escala. Com lo y digueren, gens per axò no se'n volgué star. Com totes
les scales foren dreçades, feren tan gran sforç qu·entraren per allí a la vila e
mataren e apresonaren molta gent dins e de fora.

Com la vila fon presa, tots los barons de Sicília se presentaren a Tirant e do-
naren-li les letres del rey e de la reyna de Sicília. E Tirant los rebé ab cara molt
afable, fent-los molta de honor, regraciant al rey e a la reyna e a ells la bona
voluntat que li mostraven en ésser venguts. E axí com staven, tot a peu, isqueren
de la vila e anaren hon era lo emperador e sa filla. Aprés que Tirant li hagué feta
reverència, lo emperador li dix:

—Nostre capità, a vós no és donat pujar per scales de semblants combats,
per lo gran perill que seguir-se'n pot sinó que la misericòrdia divina fa part en la
nostra bona justícia, que·ns ha feta recobrar aquesta vila. E si per la comfiança de
vostre bon dret sperau haver de totes coses victòria, lo que no·s lig en istòries,
e si la vostra vida arriscau tant a mort e voleu que sia confusa per lo gran perill
que representa en aquells qui la vida abandonen, e si per aquest sguart aprofitàs
a vós mateix, encara als altres qui per star-se de batalles hauran salut, e per ço
desig visquéseu en repòs e la vostra virtuosa persona no voler-la tant abandonar
e en tan grans perills. E si en vós és lo desig de ben obrar, denegar no deveu les
mies profecies, les quals a vegades ixen veres.

Respòs lo capità:

—A mi, senyor, és degut fer semblants actes millor que altre, e açò per tant com als temerosos faça recobrar sforç e pendre ànimo. E què dech fer yo e los altres, si·ns devem molt sforçar de bé a fer? Car no és lícita cosa que la magestat vostra stiga en semblants afers, car la dignitat vostra no u comporta, ni la edat que us pugau defendre sinó ab la virtut e no ab armes. E per ço la fi és dubtosa de semblants coses.

E lo emperador, hohint lo que Tirant li deya, pensà que de zel, de feeltat e de molta amor li procehïa. E Tirant se'n portà a la vila lo emperador e sa filla.

L'endemà per lo matí lo emperador tingué consell què farien ne devers qual part irien per recobrar les terres que perdudes eren. Los huns deyen que anasen a una part, los altres en altra. A la fi de tots, parlà lo capità e dix:

—Senyor, ja he dit a la majestat vostra que no és condecent la vostra altesa que pase d'ací avant, sinó que ab los barons de Sicília ab los quals sou vengut, vos ne torneu a la insigne ciutat ab tots los presoners que teniu presos, los quals fan gran despesa de viandes e d'altres coses, e la gent qui stà molt enujada de guardar-los. E lo duch té ja càrech, ab mi ensemps, de guardar e conquistar aquestes ciutats e viles que són prop de ací. E la magestat vostra que·ns faça venir les naus ab forment: car la guerra ha tant de temps que dura e los lauradors no poden panificar, és de necessari hajam de proveyr lo nostre camp per via de la mar; aprés, en lo imperi no n'i ha.

—Anit haguí nova com V naus que yo havia manat venir —dix lo emperador— són aribades al port de Cafa carregades de forment.

—Molt me plau —dix lo capità— de semblant nova.

De continent tramès que fessen molre tots los molins qui eren en lo riu nomenat Transimeno. Tirant agué proveÿt que l'endemà tots los presoners qui eren en lo camp y en la ciutat de Sant Jordi vinguessen al castell de Malvehý. Aprés, lo emperador partí de allí ab tots los barons de Cicília e atendaren-se tots prop del riu. E lo duch restà ab prou gent e Tirant féu venir del camp més gent per al duch e per a ell, la qual havia mester. Com foren al castell, lo emperador cridà el capità e aprés féu venir a la princessa e a les altres donzelles, e dix semblants paraules:

—Capità, puix la fortuna és stada tan contrària al nostre gran conestable, comte de Bitímia, ésser mort, ¿a qui consellau façam nostre conestable?

Tirant donà dels genolls en la dura terra e dix:

—Senyor, si la magestat vostra era contenta de dar tal ofici de gran conestable a Diafebus, a molta gràcia e mercè ho hauria a la altesa vostra.

—Yo no·m partiré de vostre voler —dix lo emperador—. E per amor vostra, ara de present, per lo seu molt meréxer, yo li fas gràcia a Diafebus de l'ofici e capitania de gran conestable, e a vós del comdat de Sent Àngel, e leu-lo a ma filla e done'l a vós ab tots aquells drets, pertinències e emoluments que en dit comdat són, ab la tinença d'Altafulla, la qual, entre tot, és de renda arrendada setanta-cinch mília ducats. Tinch sperança en Déu ans de molt yo us daré altres coses, les quals seran molt millors. E per ço vull que demà se faça la festa e prengau títol de comte. Més vos ame donar títol de comte que de marqués, per bé que lo marqués de major grau sia que lo comte. Però comte vol dir frare d'armes, e per ço vos vull donar títol de comte perquè siau més conjunt ab mi.

Tirant li dix:

—Senyor, infinides gràcies fas a la magestat vostra com vos és stat plasent de fer-me una tan gran honor. E yo u tinch en tan gran stima com si ell valia CCCC mília ducats de renda. Emperò yo per res no·l pendria ni l'acceptaria per dues rahons. La primera, per yo no haver-vos-ho servit, car tan poch temps ha que yo só en servey de la altesa vostra que no merite tan gran premi. La segona, si lo pare que m'engendrà sabia yo tingués títol algú, perdria la sperança de ja més veure'm; quant més aquella qui·m parí e tantes dolors que passà en aquells nou mesos que·m portà. Porien pendre tan gran alteració que yo seria causa de abreujar-los la vida, e poria ésser dit fill homeyer, com ells jamés se agen vist altre fill sinó a mi, e no seria menys que no·m donassen la lur maledicció. E a mi no és deguda cosa cobrir la lur dolor. E fas-ne a la majestat vostra més de mil gràcies, tals com de servidor a son senyor més humilment se poden fer.

—Per res yo no permetria —dix lo emperador— que aquest comdat que us he ofert no sia vostre. E si títol de comte no voleu pendre, preniu la senyoria e la renda.

—Molt tem enujar l'altesa de la senyora primcessa —dix Tirant— de levar-li lo comdat e donar-lo a mi.

—Aquest comdat —dix la princessa— me donà per sa benignitat una mia tia. E les coses que són mies són de la magestat del senyor mom pare, que ací és present. E de tots los meus béns e de la persona pot manar a tota sa voluntat com de filla obedient, e aquells pot donar e lançar axí com a la sua majestat serà plasent. E no stigau per res de acceptar lo que graciosament vos dóna e ab molta liberalitat. E yo ara de present conferme la donació per a vós e als vostres.

Lo emperador lo tornà a pregar e a fatigar que·l prengués. Dix Tirant:

—Senyor, per res no l'aceptaria.

—Ab gran rahó se creurà de vós tot lo contrari del que la vostra lengua manifesta —dix lo emperador—, e yo restaré ab ma verita[t] manifesta. Deuria la virtut vostra pensar que lo que us he ofert aumenta la honor vostra, e deuríeu ésser content e no recusar, per yo ésser donador e vós rebedor. Yo us he conservat aquell bell do de fortuna que tots los hòmens van per tot lo món çercant, ço és, honor e profit. Per lo qual, si sens fició parlau, no deveu ésser tan desmenjat que no u degau acceptar. E si per ventura voleu que la gent cregua que açò sia per premiar-vos de la honor e benefici que fet me haveu, no tingau tal error, car encara la opinió de les gents, e dones e donzelles, stà encara morta. E per vós no voler acceptar lo que tan àmpliament vos he ofert, vinch a pensar que la vostra virtuosa persona de mi·s vol partir.

—No plàcia a Déu —dix Tirant— que yo·m partís de la maj[e]stat vostra durant lo temps de la necessitat. Però, senyor, puix tant me força la magestat vostra, yo acceptaré lo comdat e per aquell vos faré homenatge de feeltat. E per quant Diafebus m'és parent tan acostat e ço que és seu és meu, e lo meu és seu, ell pendrà lo títol de comte.

—Què em fa a mi —dix l'emperador—, puix yo·l vos haja dat e vós acceptat, que·l venau o·l doneu a qui us serà plasent?

Lavors Tirant se lançà als peus de l'emperador e besà-li lo peu e la mà per la gràcia que feta li havia. Dix l'emperador:

—Demà aturarem ací e farem la festa de Diafebus, e darem-li lo títol de comte e l'ofici de gran conestable.

—Per ço, senyor, suplich a la magestat vostra demà siau nostre convidat ab la senyora princessa e totes les dames.

E de tot açò Diaphebus no sabia res. Lo capità se partí de l'emperador e donà orde ab lo senyor de Malvehí de haver molts pagos, capons, perdius e gallines per a l'endemà. E feren coure molt pa e haver totes les coses necessàries. E Diafebus ab altres cavallers que venien de fora del castell, véu a Tirant que anava tot afaenat vers ell, e dix-li:

—Cosí, què és açò que ab tanta pressa anau? Ha y nova de enemichs?

—No —dix Tirant—, mas anau a la cambra de l'emperador e besau-li lo peu e la mà per ço com vos ha donat lo comdat de Sent Àngel e l'ofici de gran conestable. E yo faré ací adobar les coses que són necessàries per a la festa de demà.

E Diafebus ho féu axí. E aprés anà a la cambra hon era Stephania ab les altres dames. E cascuna li demanava un ofici per al comdat o per a la guerra, burlant-se axí ab ell.

Ixqué la princessa y ell fon prest agenollat e besà-li la mà, de la gràcia que lo senyor emperador feta li havia. E la princessa li donà en hun mocador deu mília ducats que havia mesos, e dix-li:

—Lo meu germà, preneu açò. E prech-vos que fins siau en la vostra cambra no u regonegau, e de açò vull seguretat de vós.

E ell li donà la fe que faria tot lo que trobaria per scrit. Diafebus ho pres e sentia lo pes, mas no presomia lo que era.

Partí's de allí e anà-se'n hon era Tirant e dix-li:

—Puix yo he besat lo peu e la mà al senyor emperador, e la mà a la excelsa princessa, bé·m par que sia rahó, puix vós me haveu dat lo comdat e haveu-lo levat a vós per dar-lo a mi.

Agenollà's prestament en terra e pres-li la mà per voler-la-y besar. Però Tirant jamés ho volgué consentir, mas posà-li la mà sobre lo cap e besà'l en la boca tres vegades. E los dos passaren moltes rahons, dient-li Tirant que no curàs, que allò era molt poch en sguart del que ell desijava fer per ell:

—Mas yo tinch sperança en Déu que per avant yo us daré altres coses que seran de major stima.

E Diafebus li'n féu infinides gràcies.

—Ara, senyor capità, ¿voleu que vejam què és lo que m'ha dat la virtuosa senyora?

Posà-u en mans de Tirant e trobaren-hi hun albaranet que deya: *Al meu germà, e gran conestable e comte de Sent Àngel, prech ab molta amor prenga en paciència lo petit do per a fer la festa. En mi resta lo gran menyscapte per lo poch que us do, però la vostra molta virtut me tendrà per scusada considerant en lo loch hon só. E confés lo meu defalt que he comés en dar tan poca quantitat a hun home que és gran en virtuts.*

Com ells veren açò, stigueren en pensament cascú. E Diafebus dix, per provar a temptar de paciència a Tirant:

—Voleu que no u prengam e que lo y tornem?

—No u físseu! —dix Tirant—. Que entre pare e filla tenen lo cor tan alt e generós que si lo y tornàveu ho tendria en molt gran ofensa.

Com totes les coses foren posades en orde per a l'endemà, ells anaren a la cambra de l'emperador e aquí parlaren molt sobre la guerra. E Diafebus acostà's a la princessa e féu-li infinides gràcies —y Stephania les hi ajudà a fer— del que la magestat sua havia fet.

Lo emperador devallà baix envers lo riu, hon véu allí molts hòmens que staven adobant taules e banchs. Lo emperador demanà lo que feyen a què tenia de servir. Dix lo senyor de Malvehí que per al convit e a la festa que l'endemà se devia fer.

E Tirant portava de braç a la princesa anant-se'n vora del riu passejant. Dix la princesa:

—Digau, Tirant, ¿quina és la rahó que vós acceptar no haveu volgut lo comdat meu que·l senyor emperador a requesta mia vos dava? E tres vegades m'esforcí de parlar, e tres voltes la mia lengua stigué sens profit, que la paraula me fallí com volguí començar de parlar per dir-vos: «Acceptau, puix dat vos és.» E de vergonya no tenguí atreviment, per lo vell emperador que no conegués lo meu mal, car cosa convinent és que la vergonya sia mesclada ab amor. Emperò, totes les coses per vós fetes, acceptes són als meus ulls, restant en dubte que no l'haveu volgut acceptar perquè és stat meu.

—No veja yo Déu —dix Tirant— si tal cosa és passada per lo meu enteniment. Ans aquell comdat tinguera yo en més gràcia e mercè que si m'agués dats deu ducats o marquesats sol per ésser stat de la magestat vostra. Axí, Déu vulla complir les coses que yo li deman, ço és, que vulla confermar lo vostre voler a complir lo meu desig. E per ço que la celsitut vostra sàpia més clarament ma intenció, jamés pendré títol negú, tant com la vida me acompanyarà, sinó emperador o no res. E sabeu ab què·m matau? Ab la strema bellea que la altesa vostra posseheix. Car aquell primer dia que us viu, vestida ab brial de cetí negre, e los vostres pits donaren als meus ulls entrada, ab los cabells hun poch scampats que semblants a madexes d'or resplandien, e la color de la vostra cara paria, de vergonya, roses ab liris mesclades, que de aquell dia ençà la mia ànima és stada cativa de vostra altesa. O! Bé és cosa cruel voler dar pena a qui tant vos ama! Encara me dolch de vós, que no poreu soferir les penes que sou merexedora per haver tan poca pietat de mi, com la mia querella sia justa e bona, e lo meu clam crida contínuament davant la magestat divina: «Justícia!» E vós, en aquell cars, direu: «En mal punt com yo no amí aquell verdader Tirant, lo qual ab tanta de amor me amava.» E si suplicacions de vasall a senyora y poden valer, o de cavaller a donzella de tanta noblea e dignitat se consent adorar, agenoll-me en terra e fas-hi lo senyal de la creu e aquella ador así com a la vostra persona, que per part de la celsitut vostra me sia atorgat hun do. E quasi li vengueren los ulls en aygua prenent-li pietat de si matex. No tardà molt la princessa respondre en stil de semblants paraules.

Capítol CLXII. La resposta que féu la princessa a Tirant

—Les làgremes són scampades a vegades ab rahó, a vegades ab engan. E la tua demanda és molt greu e amarga per a mi, car tu demanes cosa que no·s pot ni·s deu rahonablement fer, car de mal principi no se'n pot seguir bona fi. Si pensaves la tua honor e la mia, e·m volies lo bé que·m dius, no treballaries en tanta infàmia per a tu e vergonya per a mi. Per què tant prest te cuytes? Que les tues messes encara són erba e gran follia seria posar a la fortuna lo que no·t pot fallir.

Lo emperador se acostà a sa filla e ella no pogué més parlar. E posà-la en rahons. E parlant de moltes coses se'n tornaren al castell.

L'endemà per lo matí lo emperador volgué diguessen la missa enmig de una gran praderia, e volgué que Diafebus stigués enmig d'ell e de sa filla. E dita missa, lo emperador li posà lo anell en la mà e·l besà en la boca. Aprés, tots los trompetes començaren a sonar molt fortment. E hun rey d'armes dix en alt, cridant:

—Aquest és lo molt egregi e virtuós cavaller comte de Sent Ángel e gran conestable de l'Imperi Grec.

E fet açò, començaren les dances e festes. E la princessa tot aquell dia no féu sinó dançar ab lo conestable. Com fon hora de dinar, lo emperador féu seure al gran conestable a la part dreta, e los duchs seyen a la part sinestra, e la princessa endret del conestable. E Tirant servia de majordom per ço com ell feya la festa. En altres taules menjaven les donzelles. Endret d'elles menjaven los barons e cavallers. Aprés, tota la gent d'armes. E tots quants presoners hi havia, tots menjaven aquell dia en taules perquè honrassen la festa. Fins als rocins volgué Tirant que en aquella hora tots menjassen civada mesclada ab pa.

Com foren mig dinats, Tirant pres los reys d'armes, herauts e porsavants e donà'ls mil ducats en reals. E totes les trompetes anaven sonant, e vengueren davant la taula de l'emperador e cridaven:

—Larguesa, larguesa!

Aprés lo dinar fon feta la col·lació de molts confits de çucre. E cavalcaren tots armats ab les banderes del conestable, corrent lançes. Davant l'emperador feren hun bell fet d'armes sens fer-se mal, e així anaren fins al camp hon solia star lo soldà e ab molt gran alegria se'n tornaren.

Com los pareguè hora de sopar, en aquell loch mateix feren la festa, la qual fon molt singular, e foren tots molt ben servits de moltes e diverses viandes. Tirant tot aquell sopar, axí com servia, stava ab la cara molt trista. La princessa lo féu acostar prop d'ella e dix-li a la orella:

—Digau-me, Tirant, quina és la pena e mal que passau. Que la vostra cara ho manifesta, que tota la tinch yo sobre los meus ulls. Digau-m'o, yo us clam mercé!

—Senyora, tants són los mals que comport que no·s porien stimar, ni done res en ma vida, car la celsitut vostra partirà demà e yo, desaventurat, restaré en la mia strema pena pensant que no us veuré.

—Qui fa lo mal —dix la princessa— rahó és que passe la pena. Car vós mateix ho haveu procurat, donant consell a l'emperador que ab tots los presoners se'n tornàs a la nostra ciutat. Tan mal consell jamés viu dar a home qui enamorat fos. Però si vós voleu yo·m faça malalta XV o XX dies, yo bé u faré per amor vostra. E l'emperador aturarà, bé só certa, per amor de mi.

—Mas, ¿com ho farem —dix Tirant— de aquests presoners que tenim tants açí? No sé trobar remey a ma dolor. Moltes voltes tinch desig de verí, e moltes voltes desige morir ab coltell o de mort sobtada, per exir de pena.

—No físseu vós tal cars, Tirant —dix la princessa—. Anau a parlar ab Stephania, e vejam quin remey pendre s'i porà que a mi no sia càrrech e sia útil vostre.

Tirant prestament se n'anà e recità tot son mal a Stephania. E foren de acort, ensemps ab lo conestable, que com tothom fos asossegat e les donzelles dormirien, que los dos vinguessen a la cambra e allí acordarien quin remey porien pendre en lurs passions. E així restaren de acort.

Com fon nit e la hora fon disposta, que tots los del castell dormien e les donzelles se eren gitades —e totes les dames dormien apartades ab la Viuda Reposada, sinó V que·n dormien en una cambra per hon ells tenien de passar, y en la recambra dormia la princessa e Stephania—, com Plaerdemavida véu que la princessa no·s volia gitar e li havia dit que se n'anàs a dormir —aprés, sentí perfumar—, prestament pensà que s'i havia de celebrar festivitat de bodes sordes.

Venguda la hora assignada, Stephania pres hun stadal en la mà ensès e anà al lit hon dormien les V donzelles e mirà-les totes de una en una per veure si dormien. E Plaerdemavida tenia desig de veure e sentir tot lo fet, e detingué's, que no dormí. E com Stephania vingué ab la lum, tancà los ulls e féu semblant que dormia. Vist per Stephania que totes dormien, obrí la porta sens fer remor, perquè negú no u sentís, e ja trobà los cavallers que staven sperant ab més devoció que no fan los juheus al Messies.

Al passar apagà la lum, pres al conestable per la mà, mès-se primera, e Tirant seguí al conestable. E així trobaren la porta de la cambra hon era la princessa, la qual stava sola sperant-los.

E diré com la trobaren devisada: portava gonella de domàs vert, tota entorn trepada e tota brodada de perles molt grosses e redones. Lo collar que portava era tot de fulles d'or smaltades, e en cascuna fulla penjaven robins e diamants sens altra mescla; al cap portava, sobre los daurats cabells, hun chapellet fulletat de molts batents que lançava molt gran resplandor.

Com Tirant la véu tan bé abillada, féu-li molt gran reverència, e donant del genoll en la dura terra, besà-li les mans moltes vegades. E passaren entre ells moltes amoroses rahons. Com los pareguè hora de poder-se'n anar, prengueren lur comiat e tornaren-se'n en la lur cambra. Qui pogué dormir aquella nit, huns per amor, altres per dolor?

Tan prest com fon de dia, totom se levà per ço com aquell dia lo emperador devia partir. Plaerdemavida, com se fon levada, anà a la cambra de la princessa e trobà-la que·s vestia, y Stephania vestida e per vestir, e asseyta en terra, e les mans no li volien ajudar a ligar lo capell: tant stava de bona gana, tota plena de lexau-me star; ab los ulls mig entelats, scassament hi podia veure.

—Ha, santa Maria val! —dix Plaerdemavida—. Digues, Stephania, quin és aqueix teu comport? Què és lo que·t fa mal? E yo iré als metges que vinguen per dar-te salut, aquella que tu volries per a ta persona.

—No cal —dix Stephania—, que lo meu mal tost serà guarit, car no és sinó dolor de cap. Anit, ab l'ayre del riu, m'à fet mal.

—Guarda —dix Plaerdemavida—, què dius, que gran dubte serà que no muyres. E si mors, la tua mort serà criminosa. Guarda bé que no·t facen mal los talons, com yo haja hoït dir als metges que a nosaltres, dones, la primera dolor nos ve en les ungles, aprés als peus, puja als genolls e a les cuxes, e a vegades entra en lo secret, e aquí dóna gran turment, e de aquí se'n puja al cap, torba lo cervell, e de aquí se engendra lo mal de caure. E aquesta malaltia no·t penses que vinga sovint. Segons diu lo gran philòsof Galièn, metge molt subtil, que no ve sinó una vegada en vida, e per bé que sia mal incurable, no és mortal, mas ha-y molts remeys qui ajudar se'n vol. Aquesta mia epístola és bona e verdadera, e per ço no deus haver admiració de mi si conech les malalties, que si·m mostres la lengua yo·t sabré dir lo mal que tens.

Stephania li tragué la lengua. Com Plaerdemavida la hagué vista, dix-li:

—Yo renegaria de tot quant saber mon pare me mostrà stant yo en son poder, si tu no has perduda sanch aquesta nit.

Respòs prestament Stephania:

—Veritat dius, que del nas m'és exida.

—Yo no sé si del nas o del taló —dix Plaerdemavida—, mas sanch haveu perduda. E per ço poreu ara dar fe de mi e de la mia sciència, que lo que yo diré serà veritat. E si la magestat vostra, senyora, volrà que yo us recite hun somni que he fet esta nit, yo seré contenta, ab protestació que si diré alguna cosa qui agreuge la altesa vostra, que lo perdó no·m sia denegat.

La princessa havia pres molt gran plaer en lo que Plaerdemavida havia dit, e ab grans rialles li dix que digués tot lo que volgués, que ella l'i perdonava a pena e a culpa ab auctoritat apostòlica. E Plaerdemavida féu principi al seu somni en stil de semblants paraules.

Capítol CLXIII. Lo somni que Plaerdemavida féu

—A la magestat vostra diré tot lo que he somiat: «Com yo dormia en una cambra de parament, en companyia de IIII donzelles —e que Stephania venia ab hun stadal encés, per no portar molta lum, e venia al nostre lit e mirava si dormíem, e véu-nos totes dormir—, yo stava alienada, que no sé si dormia o si vetlava. E viu en somni com Stephania obrí la porta de la cambra molt suaument perquè no fes remor, e trobà mon senyor Tirant e lo conestable que ja staven sperant. E venien en gipons, ab mantos hi spases, e calsaven peüchs de lana perquè no fessen remor al passejar. E a l'entrar que ells feren, ella apagà la lum e posà's primera, lo conestable a la sua mà. Aprés venia lo virtuós. Y ella semblava en aquell cars moço de çego. E posà'ls dins la vostra cambra. E vostra altesa stava ben perfumada e algaliada, e no mal abillada, vestida e no despullada. Tirant vos tenia en los seus braços e portava-us per la cambra besant molt sovint. E vostra altesa que deya: «Dexa'm, Tirant, dexa'm!» E ell vos posava sobre lo lit de repòs. E Plaerdemavida se acostà al lit e dix: «Ay, en lit! ¡E qui us ha vist e qui us véu ara, que stau sol, desacompanyat, sens profit negú! Hon és aquell qui ací stava com yo somiava?» E pareguè'm del lit levar-me en camisa e venguí en aquell forat de la porta, e que mirava tot vostre fet.»

Dix la princessa:

—Has més somiat?

Ab moltes rialles e ab gran plaer que lo y deya.

—Sí, santa Maria! —dix Plaerdemavida—. Yo us ho acabaré tot de recitar: «Vós, senyora, preníeu unes ores e dèyeu: «Tirant, yo t'é lexat venir ací per dar-te un poch de repòs per la gran amor que t'he.» E Tirant dubtava de fer lo que la altesa vostra li deya. E vós déyeu: «Si tu ames a mi, per res no deus star de asegurar-me dels dubtes sdevenidors. E aquest càrrech que yo he pres per amor de tu, no és convinent a donzella de tan gran auctoritat com yo só. No·m denegues lo que·t deman, car la mia castedat, en la qual yo he vixcut quítia de tot crim, és loadora. Mas per prechs d'Estephania has obtesa aquesta amorosa gràcia, dexant-me cremada per digna amor. Per què·t prech te vulles contentar de la gràcia que has aconseguida en gran càrrech e culpa d'Estephania.» «Per la strema e desaforada congoxa —deya Tirant— que veig passar a la magestat vostra, qui preneu armes contra los qui us ofenen, en sereu condemnada per tots aquells qui de amor senten. Però, ab tot, no vull que desconfieu que yo fallís a ma veritat. E ab gran confiança creya vos acordaríeu a mon voler no tement los sdevenidors perills. Puix a vostra altesa no plau e·m voleu tant fatigar, jo só content de fer tot lo que a la magestat vostra serà plasent.» «Calla Tirant —deya la altesa vostra— e no·t congoxes de res, car la mia noblea jau sots la tua amor.» E li féyeu fer sagrament que sens voler vostre no us enujaria de res. «E posat cars que u volguesses cometre, no seria poch lo dan e congoxa que tu·m daries. E seria tanta que, en tots los dies de ma vida, de tu me lamentaria, car com la virginitat és perduda no és reparable.» E totes aquestes coses he somiades que vós a ell e ell a vós déyeu.

«Aprés, en visió viu com ell vos besava molt sovint e desféu-vos la clocheta dels pits, e que us besava a gran pressa les mamelles. E com vos hagué ben besada, volia-us posar la mà davall la falda per sercar-vos les puces. E vós, la mia bona senyora, no u volíeu consentir, car dubte·m fa que si u haguésseu consentit, que lo sagrament no perillàs. E vostra altesa li deya: «Temps vendrà que lo que tant desiges starà en libertat tua, e la mia virginitat conservada serà per a tu.» Aprés posà la sua cara sobre la vostra, e tenint los braços sobre lo vostre coll, e los vostres en lo seu, ligats com les sarments en los arbres, prenia de vós amorosos besars.

«Aprés viu somiant que Stephania stava sobre aquell lit ab les cames que al parer meu li veya blanquejar, e deya sovint: «Ay, senyor, què mal me féu! Doleu-vos un poch de mi e no·m vullau del tot matar.» E Tirant que li deya: «Germana Stephania, ¿per què voleu incriminar la vostra honor ab tants grans crits? No sabeu que moltes voltes les parets tenen orelles?» E ella prenia lo lançol e posava'l-se a la boca e ab les dents strenyia'l fort per no cridar. E no·s pogué star, aprés hun poch spay, que no donàs hun crit: «Trista, què faré? Dolor me força de cridar, e segons veig, deliberat teniu de matar-me.» Lavors lo conestable li tancà la boca. E la mia ànima, com sentia aquell saborós plant, complanyia'm de ma desaventura com yo no era la tercera ab lo meu Ypòlit. Encara que yo sia grossera en amar, coneguí lo meu sperit que lo terme de amor aquí devia finir. La mia ànima hagué alguns sentiments de amor que ignorava, e doblà'm la passió del meu Ypòlit, com no prenia part dels besars axí com Tirant de la princessa e lo conestable d'Estephania. E com més hi pensava, més dolor sentia, e pareguè'm que prenguí hun poch d'aygua e que·m laví lo cor, los pits e lo ventre per remeyar la dolor mia.

«E mirant lo meu sperit per lo forat, aprés hun poch instant Stephania stés los seus braços abandonant-se e retent les armes, emperò dix: «Vés-te'n, cruel ab poca amor, que no has pietat ni misericòrdia de les donzelles fins que·ls has violada la castedat. O sens fe! De quina pena seràs digne si yo no·t vull perdonar? E complanyent-me de tu, més fort te ame. Hon és la fe per tu a mi rompuda? Hon és la tua mà dreta ajustada ab la mia? Hon són los sants qui facen testimoni, los quals ahir per la tua falsa boca foren nomenats, que·m prometist que no·m faries mal ni per tu no seria decebuda? Gran ardiment has fet, que ab pensa deliberada hages volguda robar la despulla de la mia virginitat, per tu ésser home de tan gran auctoritat e perquè la mia querella més verdaderament sia coneguda...» Cridà la princessa e a Tirant, e mostrà'ls la camisa e dix: «Aquesta sanch mia ha força de reparar amor.» E tot açò deya ab les làgremes als ulls. Després dix: «Qui haurà grat de mi, ni qui fiarà de mi, que no he sabuda guardar a mi matexa? Com serà per mi guardada altra donzella que acomanada·m sia? No tinch conort sinó de una cosa: que no he res fet que perjudique la honor de mon marit, sinó que he complida sa voluntat a mal grat meu. En les mies bodes no y són venguts los cortesans, ni capellà no s'és vestit a dir la missa. No y és venguda ma mare ni mes parentes. No han agut treball de despullar-me les robes e vestir-me la camisa nubcial. No ha'm pujada al lit per força, car yo m'i só sabuda pujar. No han agut treball los ministrés de sonar ni de cantar, ni los cortesans cavallers de dançar, que bodes sordes són stades. Emperò tot lo que he fet resta en grat de mon marit.» D'estes coses deya Stephania moltes.

«Aprés de tot açò, que lo jorn se acostava, la magestat vostra e Tirant la conortàveu lo millor que podíeu. Aprés bon spay, que los galls tornaren a cantar, e la altesa vostra pregava humilment a Tirant se'n volguessen anar perquè no fossen vists per negú del castell. E Tirant suplicava la altesa vostra que li fésseu gràcia de soltar-li lo sagrament perquè pogués obtenir lo victoriós triümpho que desijava, axí com son cosí. E la celsitut vostra no volgué sinó que restàs gloriosa de la batalla. E com ells se'n foren anats, despertí'm e no viu res, ni a Ypòlit ni a negú. Fuy posada en gran pensament: perquè·m trobí los pits e lo ventre banyat de l'aygua, venia a creure que devia ésser veritat. La dolor me aumentà en tanta quantitat que donava torns per lo lit com fa lo malalt qui stà al pas de morir e no troba lo camí. Per què, dellibere de amar Ypòlit ab cor verdader. Passaré ma penada vida axí com Stephania fa? Staré ab los ulls tancats e negú no·m darà remey? Amor me ha tant torbats los sentiments que morta só si Ypòlit no m'ajuda. Almenys que passàs ma vida en durment! Per cert, fort dolor és al despertar qui bon somni somia.»

Les altres donzelles foren-se levades y entraren dins la cambra per ajudar a vestir sa senyora. Aprés la missa l'emperador partí ab tots los barons de Sicília, e lo duch de Pera ab tots los presoners. E Tirant e lo conestable acompanyaren-los una bona legua. L'emperador los dix que se'n tornassen e, ja que·ls ho havia dit altra vegada, fon-los forçat de fer-ho. Aprés que Tirant hagué pres comiat de l'emperador e dels barons, ell se acostà a la excelsa princessa e dix-li si li manava res la magestat sua que ell pogués fer. La princessa se alçà lo vel que portava davant la cara e los seus ulls no pogueren star que no lançassen vives làgremes, e no li pogué dir altra cosa sinó:

—Serà...

Car la paraula li fallí e convertí's en sanglots e spessos sospirs per lo departiment. Dexà del tot caure lo vel damunt la sua cara per ço que tal defalt no vingués a notícia de l'emperador ne de tota la altra gent.

No·s troba en recort de gents que semblant cars seguís jamés a negun cavaller com lo que seguí a Tirant, que, havent pres comiat de la princessa, cayguél de una aquanea en terra, que cavalcava tot fora de si. E tan prestament com fon caygut se fon levat, e alçà la mà a l'aquanea dient que·s dolia. E l'emperador ho véu e molts d'altres, e cuytaren envers ell. E feya demostració que mirava lo peu a la aquanea. Dix-li l'emperador:

—Capità, e com sou caygut axí?

E Tirant li dix:

—Senyor, a mi paregué que lo meu rocí se dolia. Abaxí'm un poch per veure lo seu mal e, ab lo pes de l'arnés, és-se trencat lo gambal. Però, senyor, no és cosa de admirar que hun home caygua, car hun cavall té quatre peus e cau, ¿quant més hun home, que no·n té sinó dos?

E prestament ell tornà a cavalcar e cascú tingué son camí. La princessa, perquè anava plorant, no volgué tornar, mas demanà a Stephania quin cars era stat lo de Tirant. E ella lo y recità segons la resposta que havia feta a l'emperador.

—Certament —dix la princessa— que aquell cars no li és seguit sinó per la mia partida. E les temors que yo haguí quant me trobí sola tan prest foragitaren lo meu pensament e aumentí en major dolor que no sentia.

Axí anaren parlant.

E Tirant aplegà al castell del senyor de Malvehí. Ordenà que lo conestable, ab la mitat de la gent, axí de peu com de cavall, anàs al camp per guardar aquell.

—E yo iré —dix Tirant— al port hon són les naus e faré que prestament descarreguen. E si veig que no n'i ha prou, faré-les tornar a la ciutat o en Rodes, que m'an dit que han collit molt forment aquest any. E si lo càrrech los fall, iran en Chipre.

En la nit Tirant fon en lo port e trobà quasi les naus descarregades. Los patrons e los mariners hagueren molt gran plaer de la venguda del capità, e digueren-li com les VII naus de genovesos eren entrades en lo port de Bellpuig.

—E tots nosaltres stàvem ab gran pensament que no vinguessen ací e que·ns prenguessen.

Dix Tirant:

—Ells mostren que han més temor a vosaltres, que no han agut atreviment d'escometre-us. Voleu que·ls posem major temor que no tenen?

Hagueren hun laüt de peixcar e armaren-lo. E trameteren per veure quanta gent podia haver en les naus, poch més o menys, e quantes fustes eren dins lo port. E aquella nit féu descarregar tot lo forment. Per lo matí, lo bergantí tornà ab la nova com hi havia, grosses, set naus, e havien descarregats tots los cavalls e tota la gent era en terra, e que lavors començaven a descarregar lo forment e altres vitualles.

—Per lo Senyor qui tot lo món sosté —dix Tirant—, yo faré tot mon poder, puix han desembarcat los cavalls, de menjar de lur forment.

Féu prestament adobar les naus e posà-y molta gent d'armes e molts ballesters. En lo port en aquell cars hi havia tres galeres, e perquè havien mostrada carena, e no pogueren anar ab ell, Tirant partí ab les naus e mès-se dins mar aquella nit. E de l'hun port a l'altre no y havia sinó trenta milles. Com lo dia fon clar e bell, los de terra descobriren les V naus de Tirant, e pensaven-se que·s fossen de aquelles que venien ab lo Gran Caramany e no curaren de res. Les naus se acostaren e entraren dins lo port, e cascuna envestí la sua. E de continent saltà molta gent en les altres naus, e aprés envestiren les dues que restaven. E perquè y havia molt poca gent, prengueren-les totes ab poch treball e sens morir negú. E tragueren totes les naus del port carregades de molt forment e de civades, de bous salats e de vins de Chipre. De què us dich que per al camp dels crestians los vingué en gran socors y en molt bon cars, car per la molta guerra no trobaven forment ni carns si no u havien tot per mar. Tirant donà forment al senyor de Malvehí; tot l'altre féu portar al camp en la ciutat de Sent Jordi.

Com Tirant venia ab la presa, parlà ab los turchs que havia presos en la nau demanant-los de noves de la Turquia, per veure si·s concordarien ab les noves que Siprés de Paternò li havia dit. E aquells li digueren com certa cosa era com lo Gran Caramany venia ab gran armada, e venia en companyia sua lo rey de la sobirana Índia. E lo Caramany portava sa filla, la qual era donzella de grandíssima bellea, per dar per muller al soldà.

—E porta moltes donzelles ab si de gran stat, e ve en sa companyia la sposada del fill del Gran Turch. E totes vénen molt riquament abillades ab grans aljubes de brocat e altres brodades de molts diamants e robins.

Dix hun turch:

—Yo viu vestir hun dia a la filla del Gran Caramany, demà haurà quinze dies, lo divendres aprés la çalà, que vestia una aljuba brodada de pedres fines que stimaven que valia una gran ciutat. E porten cascuna son exovar, que XXV sposades hi vénen, totes per a grans senyors. E ve·y la muller del rey de Capadòcia. E han-nos dit al port, com fom arribats, que hun diable de francés és vengut capità dels grechs, que totes les batalles los venç, los quals dien que ha nom Tirant. Per ma fe, ell poria haver bons fets axí com dien, mas lo seu nom és leig e vil, per ço com Tirant vol dir usurpador de béns, o més propi parlar, ladre. E creu, segons lo nom, per força ha de seguir les obres, car diu-se que en una letra que féu al rey de Egipte, que no·l gosà combatre cors per cors, deya ésser enamorat de la filla de l'emperador. Com haurà vençudes les batalles, emprenyarà la filla, aprés la muller, aprés matarà l'emperador, car axí u acostumen de fer los françesos, molt mala gent, e vós veureu que si molt lo dexen viure los turchs e los crestians, ell se farà emperador.

—A la mia fe —dix Tirant—, tu dius una gran veritat: aquests francesos són molt mala gent. Encara farà pijor que tu no dius, que és molt gran ladre e va per los camins a robar. E qui s'o veurà, encara emprenyarà la filla de l'emperador e pendrà la senyoria. Aprés, ¿qui·l contradirà que no passe a totes les donzelles?

—Bona Pasqua vos done Déu! —dix lo mariner—, car vós lo conexeu bé e conexeu la sua gran tració que ha feta e farà.

Ypòlit, qui stava allí, arrancà la spasa per tallar-li lo cap, sinó per Tirant, que prestament se levà e pres-li la spasa de la mà. E Tirant tornà'l a posar en noves dient mal tostemps de si mateix. Dix lo mariner:

—Yo jur per l'aygua que yo·m bategí, que si yo·l poria pendre aquell traÿdor de Tirant, axí com moltes vegades n'é pres d'altres, que yo·l penjaria en la més alta entena de tota la nau.

Tirant reya molt e prenia gran plaer en lo que deya lo mariner. Altri fóra que li haguera feta alguna mala obra o l'haguera penjat. E Tirant pres un gipó de seda e XXX ducats e donà'ls-hi e aprés lo posà en libertat tan prest com fon en terra. Pensau quin devia star lo mesquí de mariner com sabé que aquell era Tirant! Agenollà's als seus peus e demanà-li perdó. E Tirant de molt bona voluntat l'i perdonà, e dix:

—Donar als mals perquè diguen bé, donar als bons perquè no diguen mal.

Tirant ajustà consell de mariners e féu-los dinar ab ell. Aprés que foren dinats, Tirant los féu principi a hun tal parlar:

—Senyors ja sabeu la nova que·s diu del Gran Caramany e del rei de la sobirana Índia, ab quin poder tan gran vénen e porten tantes donzelles casades i per casar; hoc encara hi apliquen lo bacÍ que porten, ço és a saber: com los moros fan guerra als crestians, va lo bacÍ que acapten per totes les moreries e, segons me dix Siprès de Paternó, que havia hoït dir al soldà que passats CCC mília ducats portaven, car per pendre aquest imperi tota la morisma ha donat, qui poch qui molt, que casa hi havia qui pagava XL ducats. E volen dir que del regne de Túniç han agut més de LXX mília ducats. Per què deveu pensar quanta glòria seria a tots nosaltres e lo profit gran que cascú de vosaltres reportaríeu. Vejam si fer se poria poguéssem obtenir victòria d'ells. E cascú de vosaltres diga-y son parer.

Capítol CLXIIII. Lo consell que los mariners donaren a Tirant

—Sabuda cosa és, capità senyor, que los turchs passen ab XXIII naus grosses de genovesos, e de cascuna testa han dos ducats e mig de nòlit e dels cavalls ne han tres. E per no perdre aquest salari ans se dexaran tots tallar a peces que consentir en negun malbarat. E porten tanta gent e en tan gran nombre que lo poder de la mitat de la crestiandat hi haurien a venir per poder-los vençre ni subjugar-los a nostra voluntat. Nosaltres som dotze naus y tres galeres y ells són XXXIII naus grosses, les majors e millors de tota Gènova, e més, porten quatre baleners e dues sageties. Per què tots vos donam de consell no vullau donar del cap per les parets, com açò no sien les batalles de terra, que no·s fan a comparar ab les de mar: aprés que les scutilles són tancades, no y à loch per a fogir.

Fon-se levat en peus lo mariner qui tant de mal havia dit de Tirant, que havia nom Galançó e era natural d'Esclavònia, e molt valentíssim mariner, lo qual féu principi a tal parlar:

—Senyor capità, dels meus primers moviments no·n deveu ésser admirat, per jo ésser enemich a la pàtria vostra gran temps ha. Però la molta virtut que en la senyoria vostra tinch coneguda, ha apartada de mi la gran ira que jo en aquell cars tenia contra la nació francesa, e per ço com me veya presoner. Ara que tinch libertat per la merçé vostra obtesa, vos vull dar consell de mariner per ço com en aquesta art me só criat. E si açò volreu acceptar —ço que és creedor, no dubtant lo perill que ab si porta—, yo us daré de vostres enemichs triümfant victòria. E ateneu al meu consell, e si aquell vos serà accepte. Si no, poreu pendre lo dels altres, car de dos mals lo menor se deu elegir. Com sia certa cosa que ells són XXIII naus molt grosses y són prop de XXX fustes entre unes e altres, e qui volrà vençre ni guanyar les XXX, se haurà de fer en aquesta manera, si al consell meu vos volreu regir. Vós teniu XII naus e IIII galeres: descarregau les vostres naus que vagen laugeres; les altres vénen molt carregades e no poran fer tan gran sforç de veles com faran les vostres. Serà a la voluntat vostra de pendre o de dexar la batalla. Gran glòria serà per a vós, ab XII naus grosses, gosar mirar tot l'estol de genovesos e de turchs. E si neguna nau ve atràs, com és presumidor, ab poch treball podeu ésser senyor d'ella. E gran terror posareu entre ells perquè saben que haveu vençudes moltes batalles en la terra e dins los lurs ports los haveu preses VII naus. Pensau que tenen gran dubte de vós, car, dormint en los lits, ab temor se desperten ab lo nom de Tirant en la boca, majorment representant-los davant lo fruyt que de batalla se ateny. E qui gosa mirar lo primer afronte d'ells, del joch de les pedres que us fan és molt gran; emperò, passades les pedres no són res. Vénen a jugar de les flexes e molt prest smayen e perden l'ànimo. Si·m demanau com sé yo açò, yo he senyorejat galeres e naus mies pròpies e tenguí XI anys guerra ab ells, e fiu grans preses dins la Turquia de lur roba.

—Sus! —dix Tirant—. No vull pus saber ni vull altre acort sinó que tot se pose en orde e les naus sien prestament descarregades e adobades de tot lo que y sia necessari.

Com Tirant hagué donat lo càrrech als seus, ell cavalcà desarmat sobre hun bon ginet, ab quatre altres, e anà al castell de Malvehí. E l'endemà anà al camp. Molt foren aconsolats los del camp de la sua venguda. E prestament li digueren com los turchs eren venguts una alba de matí bé VII mília hòmens a cavall, e com lo marquès de Pròxita, ab gran desorde, ixqué dels primers e ferí ab gran ànimo pensant que los seus lo socorrerien.

—E fon lo contrari: vehent la molta gent que eren pochs feriren sobre ell e han-lo mort e tallat a peces. E vingueren fins ací a la muralla de la ciutat e totom desemparà lo camp e recolliren-se dins la ciutat. E han mort qualsque cent LXXX hòmens. —Ha, santa Maria val! —dix Tirant—. Què desorde entre tots vosaltres! Qui deu exir a empresa d'altri, que sabeu que jamés ells gosaran venir ací sinó ab gran poder? E vós, marqués de Sent Jordi haveu perduts los quexals en la guerra e dexar exir a negú! E ves que eren açí ¿per què no féyeu destapar les céquies axí com vós havíeu dit e haguéreu-los tots presos? Però, voleu que us diga? La virtut ne·l poder no stà en riqueses, mas en ànimo virtuós e ginyós. E tingué's per scarnit com no s'i era trobat.

E dix:

—Siau en recort de l'antiga libertat que d'ells havem hagut e de les persecucions stranyes que sofert haveu.

Aquí parlaren de moltes rahons. A la fi, dix Tirant al gran conestable li triàs II mília hòmens d'armes, los millors del camp. E com lo conestable fon hun gran tros luny, pensà en lo que·l capità li havia dit. Tornà e dix-li:

—Vós me haveu fet una fort demanda: que us haja II mília hòmens d'armes, los millors de la ost, e II mília ballesters. ¿Qui pot saber quals són los bons o los mals, ni qual és ardit ni qual és flach, ni qual té ànimo sforçat?

—Puix no u sabeu conéxer —dix lo capità—, yo us ho mostraré. Feu tocar alarma e feu demostració que enemichs vénen. E com seran en lo camp, descavalcau e anau tocant a cascú los sperons. E si·ls porten fluxos, dexau-los star. Si·ls porten strets, de aquells me donau, car aquests tals no pot ésser no sien bons e virtuosos en les armes.

Axí com se n'anava, tornà e dix:

—Los hòmens de peu, qui no porten sperons, ¿en què·ls conexeré?

—Per semblant —dix lo capità—. Aqueys sarjants qui van ab vós, feu-los tocar en los panyos, si·ls porten fluxos o ben strets. E sapiau d'ací avant conéxer lo gra entre la palla.

Lo capità se partí ab tota aquella gent que lo conestable li havia triada. Lo prior de Sent Johan se n'anà al capità e dix-li:

—Capità senyor, yo he sabut com la mercé vostra vol tornar en mar, no tenint-vos per content de les VII naus que preses haveu. La mercé vostra faça'm gràcia que yo vaja ab vós.

Respòs Tirant que era molt content.

Com foren arribats al port, lo capilà trobà totes les naus descarregades, e adobaven del que mester havien.

—Capità senyor —dix Galançó, lo mariner—, a mi par que vostra senyoria deuria trametre dues galeres e que stiguessen en alta mar. Com vessen l'estol, la una tornàs e l'altra seguís tostemps la nau del Gran Caramany. E si vós aquella podeu haver, haureu molta riquea e major honor.

Dix lo capità:

—En què poran conéxer aquexa nau en què va lo Gran Caramany?

—Senyor —dix Galançó—, en les veles que porta, totes vermelles e pintades les sues armes; e totes les cordes de la nau són de seda, e tot lo castell de popa és de brocat sobre brocat. E açò ha fet per gran magnitat, per ço com hi porta sa filla e perquè no és anat jamés per mar.

Com lo capità féu partir les II galeres, manà no tornàs la una, sinó que contínuament, nit e dia, seguís l'estol, e en la nit portàs una lanterna ab una lum encesa al tendal de popa.

L'endemà los barons de Sicília, havent dexat l'emperador a la sua ciutat, reposaren allí dos dies e partiren per venir al camp. Com foren al castell de Malvehí, trobaren molts carros que portaven bombardes al port. E foren avisats com lo capità era al port. Anaren a ell, sabent com volia anar per mar, e pregaren-lo molt que·ls dexàs anar ab ell. E lo capità fon content per ço com eren hòmens de illa e acostumaven de navegar. E ordenà sos capitans e posà molta gent en les naus, hòmens d'armes e ballesters. E encara que les naus no fossen molt grans, eren molt bé armades de bona gent e destra, e molt bé avituallades de tot lo que mester havien. Les altres naus venien molt carregades de forment, de cavalls e de tanta gent com podien portar.

No passà molt spay que veren venir la una galera a vela e a rems. Prestament pensaren que les naus dels enemichs venien. Lo capità féu acabar de recullir tota la gent, les bombardes e tot lo que mester havien. Com fon quasi la hora de vespres, les naus eren en vista del port. Lavors la nau del capità ixqué primer de totes. Com los turchs la veren, feyen grans alegries dient que aquella nau ja era sua. E lo Gran Caramany féu exir a sa filla, e a totes les altres dones qui en la nau eren, alt en cuberta perquè mirassen aquella nau, la qual tantost pendrien. A poch instant ixqué la nau del senyor de la Pantanalea e aprés la del duch de Mecina. E lavors als turchs e als genovesos aumentà la alegria.

Dix lo Gran Caramany a sa filla:

—Una de aquelles III naus que allí veus, tria quala de aquelles volràs, car yo la't do e vull que tua sia.

Ella demanà la que primer havia vista. Aquella volia per sua e fon-li atorgada. Ixqué aprés la nau del senyor d'Agramunt; aprés la de Ypòlit; e totes ixqueren per orde. E lo bon prior de Sent Johan fon lo darrer de tots per ço com era capità de la ressaga. Com ell ixqué era ja quasi nit scura.

Com los genovesos veren dotze naus grosses, stigueren admirats d'on eren exides. Aprés ixqueren tots los baleners e totes les barques de les naus, aprés les barques dels pexcadors. E les barques que no tenien arbre alçaven hun larch bastó o hun rem e ligaven-lo fort, e al cap del bastó posaven una lum dins hun faró. La nau del capità alçà primer un faró a popa, axí com era stat concordat. Aprés, totes les altres fustes, axí grans com poques, feren lo que·l capità havia manat. Com totes les lums se mostraren, foren setanta-quatre. Com los enemichs veren tantes lums, pensaren que totes aquelles lums eren naus, e més digueren:

—Nosaltres som certs com l'estol del Gran mestre de Rodes és vengut ací, e lo del rey de Sicília. Y ells, que·n tenien moltes, hauran tramés a Venècia. Sabent nova de nosaltres, han feta aquesta gran armada e vénen-nos per pendre'ns.

Hagueren son acort de fugir e de tornar-se devers la Turquia.

—Car més nos val acampar les vides que sperar batalla de setanta-quatre naus que són.

La una nau dels genovesos tragué hun faró tres vegades. Fet son senyal, totes giraren e posaren-se en fuyta qui més podia. Les unes prengueren la via de levant, altres la via de ponent, altres la via de migjorn, altres la via de tremuntana. La galera jamés desemparà la nau del Gran Caramany, e féu la via de Chipre per passar en les illes e, si porien, pendre terra en les mars de Alexandria, pensant que neguna nau no faria la sua via. Però, tostemps hagueren dubte de la galera. E la nau del capità tostemps seguí la galera. E cascú feya sforç de veles tant com podia ab la mijana e ab lo triquet, e posaven tantes bonetes com cascuna nau podia portar.

Com vengué per lo matí, Tirant no véu neguna de les sues naus, mas trobà's en vista de la nau del Gran Caramany. Com fon quasi lo migdia, ell aplegà ab la nau, e envestiren-se la una a l'altra, e lo combat fon tan fort e tan admirable que los turchs feren de moltes pedres, que quasi la gent no podien anar per la nau. E la pedra que esdevenia a l'home, plegat lo metia per terra per bé que stigués armat. En la nau del capità havia moltes ballestes, e de la primera batalla n'i hagué molts de nafrats e morts. No penseu que la galera jamés s'i gosàs acostar. E de cascuna de les naus lançaren los rampagolls e tengueren-se molt fort, car no se'n podien anar encara que u volguessen. La nau de Tirant hagué gran avantatge, que quasi tota la de més gent era armada de arnesos blanchs e de cuyraces ab bacinets. E tan prest com l'ome era mort o nafrat, lo desarmaven e lo arnés feyen-lo vestir a altri. De la gàbia feyen mortals colps ab grans barres de ferro que lançaven.

Passada la primera batalla, donaren-se d'espay prop de mija hora. Refrescaren la gent e tornaren a la batalla los huns e los altres molt bravament. Los turchs lançaven molta calç perquè·ls cegàs la vista. Aprés lançaven oli bullent ab caces. La una part e l'altra lançaven pega bullent, e nit e dia jamés cessaven ni havien repòs, sinó contínuament combatre. Molta fon la gent que en aquelles dues naus moriren. E tantes eren les lances trencades e los pavesos, darts e flexes e passadors, que los cossos morts qui en la mar lançaven no·s podien afonar davall l'aygua.

Ara lexem-los combatre e vejam què fan los altres barons e cavallers.

Les onze naus no veren la del capità per ço com féu apagar la lum. Les onze, en vista foren de deu naus a tret de bombarda, afrenellaren-se les unes ab les altres, e Ypòlit no volgué acostar-se a neguna, sinó que pujà a sobrevent i stava's mirant la batalla. E véu que la nau del senyor de la Pantanalea anava a gran perdició e que ja molts turchs eren pujats en la nau, que més part hi havien que no ells. Lavors Ypòlit ferí a la nau dels enemichs, e per ço com la major part dels turchs eren passats en l'altra nau e tota la havien presa sinó lo castell de popa, ab poch afany entrà Ypòlit ab los seus dins la nau dels turchs. E tants com n'i trobaren, de turchs e de genovesos, morts e nafrats, tots los lançaren en mar. E socorregueren al senyor de la Pantanalea, e lo socors los vench així com a salut de medicina la qual aparegué a tota la gent ésser stat molt ben fet e aconsolà'ls molt, amonestant-los de haver virtut e vigorós ànimo. E levà la por als temerosos metent lo coratge de tots en gran sperança. E prestament se partí de allí e, tornant en la sua nau, anà ajudar a aquells que més ho havien mester.

Lo senyor de la Pantanalea, puix véu que en la nau dels turchs no y havia romàs negú, compartí la gent en abduys les naus. E donà vela perseguint les altres qui se n'anaven e atengué primer que negú. Y envestí una nau e, mentre ells combatien, aplegà l'altra nau. E l'altra tantost se donà, enaxí que ell tenia tres naus.

En tal manera ho feren les onze naus ab les dos galeres que quatorze naus prengueren e dos que·n feren dar al través en terra. Les altres se n'anaren.

Ara vejam Tirant què fa; que encara los trobí combatent. Ells combateren de hora de migdia e tota la nit fins a l'endemà que·l sol se volia pondre. Vint-e-set batalles se donaren. E Tirant, desemparat de tota ajuda, ajustant colp a colps, e tota por apart posada.

—E ab damnatge de la mia persona —dix Tirant—, yo·t pendré o morré.

E Tirant en aquelles batalles fon nafrat de colp de passador en lo braç. E volent pujar al castell de proa, li donaren ab una flexa en la cuxa. Bé ho havien mester los turchs, car ab gran desesperació saltaren tres turchs dins lo castell de proa, mas tan prestament com foren dins, tan prestament foren dins l'aygua.

Com lo Gran Caramany véu la sua gent molt venir a menys, féu pujar la caxa dels diners, joyes e robes, e féu vestir a sa filla una aljuba de brocat d'or, e ligà-li una corda de or e de seda al coll, e l'altre cap féu ligar en la caxa de les joyes ab tota la riquea, e lançà'ls dins mar. Aprés, lançà a totes les altres dones que dins la nau eren. Lavors, ell e lo rei de la subirana Índia, entraren-se'n dins la cambra hon solia star sa filla. Havent del tot desemparada la nau, meteren lo cap sobre lo lit e cobriren-se sperant la mort quan la·ls darien.

Com la nau fon del tot presa, Tirant hi passà axí nafrat com e stava e demanà què era del Gran Caramany.

—Senyor capità —li dix hun gentilhom qui en la nau del capità venia e fon lo primer qui en la nau dels turchs passà, e matà molts turchs ans que·l capità passàs; dix: —Pus fort és que batalla la temor de la batalla. Baix en una cambra stan amagats ab lo cap cubert, sperant quant los vendrà la mort. Y és ab ell lo rey de la subirana Índia.

—Ací és lo rey? —dix lo capità.

—Certament, senyor, abduys són ací.

—Fes-los-me pujar ací —dix lo capità—, que yo vull parlar ab ells.

E aquell gentilhom féu lo manament de son capità. Però lo Gran Caramany no y volia anar, dient que més amava morir dins la cambra de sa filla que no morir alt en la nau.

—No façam —dix lo rey—. Pugem alt e muyram com a cavallers.

E aquell en deguna manera no y volia anar, fins a tant que lo gentilhom hi hagué a mesclar una poca de força. E com ells foren alt, Tirant los féu honor de reys per ço com era cavaller molt humà. E féu-los allí seure y ell levà's en peus; però la nafra de la cuxa no·l comportava star de peus: féu-se dar davant ells en què segués. E ab gran benignitat y cara molt afable los dix tals paraules.

Capítol CLXV. Lo rahonament que Tirant fa al Gran Caramany e al rey de la subirana Índia

—Nobles reys y animosos cavallers: a la divina Magestat ha plagut donar-nos complida victòria de vosaltres, no perquè l'ànimo viril y sforçat vostre en res haja fallit, ans com a virtuosos, magnànims i strenus cavallers haveu defés tant quant vostres forces han pogut vostra empresa, la qual no per fallença de gran exèrcit ni per flaquea d'ànimos s'és perduda, mas per defalt de justa querella, que nostre senyor Déu infinit, mirant la superba crueldat de vosaltres i com iníquament i tirana voleu destruir tot l'Imperi Grech sens deguna rahó, sols per ofendre aquell verdader Déu e redemptor nostre Jhesús, ha volgut tant favorir nostra justícia, mostrant la celsitut de nostra fe, donant-nos sforç tan gran que havíem pogut vençre y aterrar lo gran poder i forces de vosaltres, sotsmetent vostres persones al jou de senyoria y al que de vosaltres la imperial magestat ordenar volrà. Emperò, per bé que la crueldat vostra sia stada molt gran, que crudelíssima mort no satisfaria al que meritau, e majorment de vós, Gran Caramany, que ab tanta crueldat e inhumanitat haveu morta vostra filla e moltes altres mores, les quals foren vengudes en mans de home tal qui les haguera restituïdes en lur primera libertat. E encara que vosaltres no siau merexedors de perdó, la clemència del senyor emperador és tanta que us perdonarà la vida, no per vostres mèrits, mas per la sua molta virtut e bondat.

Callà e no dix pus.

Respòs lo Gran Caramany ab paraules de semblant stil.

Capítol CLXVI. La resposta que féu lo Gran Caramany

—Si les sobiranes forces de mes afliccions e lo miserable jou de servitut considerat donàs loch a les tues demesiades paraules, no solament desijar viure, mas la mort per millor elegiria. Mas conexent quants generosos coratges los infortunis e treballs fan sforçar en los adversos casos, stimant que tant stremes dolors e no petites pèrdues com les mies Déu ha permés per aument de la tua singular glòria e per exercici de ma paciència, per ço·t vull pregar lo que de mi volràs fer, prestament me vulles delliurar, car major, és lo dubte de la mort que la mort, qui prestament és passada. E dius-me que só stat homeyer de ma filla. De açò no·n tinch a dar comte a tu ni a altri, car stime que he fet lo que devia, que més conort és a mi yo haver dat qualsevulla linatge de mort a ma filla que si per tu o los teus, davant los meus ulls, la ves desonir. E de les joyes e del tresor no vull negú alegrar-se'n puga. E no·t penses tu subvertir lo àbit de mon coratge, car pus dispost só oferir lo meu cors a la amarga mar o a la terra, ans que fes res que tu·m pregasses, si bé los teus ab força stranya me han fet venir davant la tua presència, car major rahó fóra tu venir a mi, encara que sies stat vencedor, que yo anar a tu. E no penses que los cavallers e gentilshòmens de la mia terra, que sien de menor grau ni de menys virtut e ànimo e noblesa, e axí destres en les armes com los francesos. E si só jamés en ma libertat, yo·t mostraré la ofensa que has feta a hun tan gran rey com yo, qui senyorege altres reys.

Tirant no volgué satisfer a les paraules del Gran Caramany, sinó que·ls pregà molt graciosament volguessen passar a la sua nau, e mal lur grat ho hagueren a fer. Com lo capità los tingué dins, repartí aquella poca de gent que restada li era, e donaren vela. E destaparen los enbrunals de la nau e exia tan gran roll de sanch que paria que la nau ne fos plena, que los antichs no havien hoït dir ni havien lest en canòniques tan fort batalla fos stada en la mar, ni tan sangonosa, de dues naus; que en la nau dels turchs no y restà ànima viva sinó los dos reys, y en la nau del capità, de CCCCLXXX persones no n'i restaren sinó LIIII e los XVI nafrats. La batalla de terra fon tresladada en mar, e mostrà's més valent entre los altres, manifestant glòria e virtut en senyal de excelsa dignitat de gran senyoria sdevenidora. E la fama del strenu cavaller Tirant aumentà en triümphant laor.

Com Tirant fon prop del port de Transimeno, veren los balaners qui ab l'estol dels turchs venien, que entraven dins lo port de Bellpuig, fugint e cridant ab grans crits. E ab molta dolor recitaren la mala nova de la destrucció dels reys e del stol perdut ab gent innumerable. Lo soldà e tots los altres feren molt grans lamentacions, ploraven e planyien-se e staven admirats com se podia fer que hun stranger hagués obtés d'ells tantes e tan glorioses victòries. E malaÿen la fortuna com se era tant inclinada en voler-lo tant prosperar, e deliberaren dar batalla a la gent del camp, puix tenien la ira fresca.

Feren dues batalles ab gran prosperitat e clogueren los crestians dins los murs de la ciutat. E apresonaren al comte de Burgença e al comte Malatesta. E feren allí molts bons fets d'armes aquell dia e mataren molts crestians, e demanaren los cossos morts en senyal de victòria obtesa. Lavors los turchs demanaren treves, o pau si volien, no per amor de pau, mas per temor de batalles.

Com Tirant fon aplegat al port, trobà allí moltes naus de les sues e moltes de les que havien preses. Com lo prior de Sent Johan véu que·l capità no y era, tornà'l a cercar e no s'encontraren. Mas aprés dos dies que lo capità fon tornat, arribà lo prior, e tots eren tornats sinó Ypòlit.

Aprés que totes les naus foren preses e Ypòlit véu que no y era son senyor, pensant que hauria fet la via de la Turquia, manà al naucher que fessen aquella via. E no podent trobar al capità, trobà una nau de aquelles de l'estol. E ell féu la via de la nau e ella se mès en fuyta e vench quasi en una illa despoblada. E lo vent era punter: venia'ls contrari. La gent desemparà la nau e ab la barca e ab lo laüt ixqueren en terra. Ypòlit aplegà e pres la nau, que no y era restat negú, però trobaren-la molt riqua e portaren-la-se'n.

Com lo capità véu que tots hi eren sinó Ypòlit, féu partir III naus perquè l'anassen a cercar, e trobaren-lo que venia ab la presa. Com lo capità ho sabé e véu que venia ab tanta honor, se n'alegrà molt.

Aquest Ypòlit ixqué valentíssim cavaller, liberal e ab sforçat ànimo, e en sa vida féu de singulars actes, que volgué imitar a son mestre e senyor. E per ço volen dir molts que primer deu hom examinar lo cavaller ans que ab ell poseu vostre fill car si ell és virtuós, ell ne farà mil de virtuosos, e, tot per lo contrari, si és viciós, tal ne serà lo criat.

Com lo senyor de Malvehí sabé que Tirant era tornat ab tan gran triümpho victoriós, fon molt content. Cavalcà e anà'l a veure. Emperò, ans que partís, tramès hun home per avisar-ne a l'emperador e tramés hun altre home per avisar-ne los del camp, e allí foren fetes molt grans alegries. Com l'Emperador sabé tan singular nova, féu tocar totes les campanes de la ciutat e fer grans alimares e grans festes. L'emperador ab tots los altres staven admirats de les grandíssimes cavalleries que Tirant feya. La princesa e les altres dames se'n alegraven molt, donant d'ell singulars laors.

Com lo senyor de Malvehí fon ab Tirant, consellà-li que la sua persona devia anar, ab tota la presa que feta havia, davant l'emperador. E Tirant hi tenia molt bona voluntat per ço que pogués veure e parlar ab la princessa. Com tingueren bon temps per partir, Tirant féu recullir tots aquells que y eren stats ab ell ensemps e donaren vela.

Com foren en vista de la ciutat de Contestinoble, digueren a l'emperador com venia lo seu capità ab tot l'estol que ja veyen les fustes. E ell no sabia quina festa ni honor li fes. E prestament ell féu fer hun gran pont de fusta que entrava dins l'aygua més de XXX passes, tot cubert de pomposos draps de raç. E l'emperador féu fer enmig del gran mercat hun cadafal, tot cubert de peces de brocat e de seda, per a ell i la emperadriu e a la princessa e a totes les donzelles. E del seu cadafal fins al cap del pont, hon havien exir, féu posar baix peces de vellut carmesí per ço que·l seu capità no tocàs dels peus en terra, sinó que anàs sobre la seda. Com ell fon passat, qui més podia pendre de la seda, de aquell era. E véreu molts nafrats en les mans, d'espases e de coltells, per tallar de aquell drap de seda.

Com les naus foren en lo port, ab molta alegria qu·entraven, donà la popa la nau del capità en lo pont de fusta, e ixqué ab lo Gran Caramany, lo qual portava a la part dreta, e lo rey de la sobirana Índia a la part sinestra, y ell anava enmig. E tots los barons anaven davant. E tota la multitut del poble ixqueren a rebre'l ab molta honor: axí com si fos tramés del cel, axí tenien los ulls en ell. E no solament li feyen honors humanals, mas encara divinals. E per més venerar-lo, li ixqué tot lo clero, professó feta, ab totes les relíquies e ab tots los prelats, e desijaven-lo tots posar en lo pus alt loch de paradís si poguessen. E ab aquest triümpho aplegaren al mercat, hon era l'emperador ab totes les dames de honor, axí les de la cort com les de la ciutat.

Com Tirant fon alt en lo cadafal e prop de l'emperador, agenollà's e besà-li la mà, e dix al Gran Caramany que li besàs la mà, e ell respòs que no u volia fer. E prestament Tirant, ab la manyopa que portava en la mà, li donà hun gran colp al cap, que lo y féu inclinar prop de terra, e dix-li:

—Perro, fill de perro, ara li besaràs lo peu e la mà encara que no u vulles.

—Yo u faré per força e no per grat —dix lo Gran Caramany—. E si tu e yo fóssem en loch convinent, a mi no sospitós en res, yo·t daria a sentir quina cosa és acostar-se a cara de rey. E tu encara no sabs quant són larchs los meus braços. Però yo·t jur per Mafomet, nostre sant profeta, e per esta barba, que si yo só jamés en libertat, de fer-te besar los peus de hun meu negre.

E no li volgué més dir. Lo rey companyó seu, per no haver altre repeló, donà dels genolls en la dura terra e besà-li la mà e lo peu; e aquell fon segur de tot mal. Però Tirant respòs ab paraules de semblant stil.

Capítol CLXVII. La resposta que Tirant féu al Gran Caramany

—Per lo noble rey de la sobirana Índia, que ací és present, pot ésser feta verdadera relació del que és passat entre tu e mi, e ans de venir ací tu no m'has gosat temptar de paciència. ¿Què has vist ara, en dir davant la magestat del senyor emperador lo que ab tan gran ultratge has gosat rahonar? Ab altres rahons mal dites no cur respondre, sinó que us recort, cascuna volta que naturalea vos temptarà en tenir costum de dona, per ésser yo aquell que no solament vos he subjugat lo cors, mas vençut l'ànimo, e vós aquell que, pus prest la vida que la mort honesta elegint, ficàs los genolls e·n la alta popa de la nau, davant mi, ab los braços en creu retent l'esperit de la honor, diguist aquell spantós mot per aquells qui virtut conexen, com és dir: «Yo só ton presoner e tu est mon senyor», en la qual hora yo mostrí tenir cor de carn de cavaller e dexí't la vida comprada ab tan car preu. E per lo noble rey, que ací present és, mogut per bon zel de deute de parentesch e per ésser lo qui és, sabeu bé quines paraules d'ell hoís, e del que devia portar grat molt furiosament contra ell procehís. No·s sap, de nostra recordació, major defalt en hun rey, car semblant és stat al rey de Apol·lònia, que, volent l'emperador de Alamanya dar-li batalla, a la assignada jornada molt vergonyosament fogí e en lo camp lo dexà.

Tirant donà fi a ses paraules, e l'emperador los féu de continent pendre e posar en bona guarda dins una gàbia de ferro.

L'emperador devallà del cadafal ab totes les dames e anaren a la gran sglésia de Senta Sofia, e aquí feren laors e gràcies a la divina bondat e a la sua sacratíssima Mare, senyora nostra, de la gran victòria que havien aconseguida. E

Tirant portava de braç a la emperadriu, la qual mostrava molta contentació de la prosperitat de Tirant, e dix-li:

—Capità, vós sou lo més gloriós home que hui en lo món se trobe, car per la vostra gran cavalleria e alt enginy haveu subjugats e vençuts aquests dos reys en aument de la laor vostra e profit de tot l'Imperi Grech. E volguera yo, per vós ésser tan virtuós, que en lo meu temps fósseu vengut en lo regne de Alamanya quan mon pare era emperador de Roma, com en aquell temps yo fos demanada per mil enamorats, e si yo hagués vist a vós, de tots los mil, de vós haguera feta elecció. Mas ara que só vella e ja posseïda, la mia sperança tarda és.

E parlant de aquestes coses fins al palau. E la princessa hoí totes aquestes rahons, e dix a Tirant:

—Aquella vella de ma mare té pietat de si mateixa, que també s'i volria jugar, que foch de amor la crema, qui la força de impaciència com veu a vós, qui sou la flor de tots los cavallers del món, complit de tota gentilea, e pensa la gran bellea que per ella és stada posseïda. Si en lo seu temps fósseu vengut, presumeix que ella fóra digna de la vostra amor aconseguir. O, gran follia és desijar lo que raho-nablement no·s pot haver, ne penedir-se de haver virtuosament vixcut, desijant en los darrers dies de sa vida viciosament viure!

—Oh reprenedora de crim de amor! —dix Tirant—. Merexedora sou de molta pena perquè no amau e sabeu que sou amada. E no vull menysprear les paraules ni venir en desgrat de la altesa vostra, car la cruel resposta restarà en les dones d'onor que hun punt no saben de gentilea, que volen ofendre als gentilshòmens e ésser d'ells molt ofeses. Açò no convé a donzella de honor, ni menys a la de noble linatge.

En açò vengué l'emperador e demanà al capità com stava de les nafres. E Tirant respòs que una poca de febra s'i era mesclada.

—E ab lo anar pens seran alterades.

Lo emperador ordenà anàs a la posada ab los metges ensemps. E com lo hagueren curat digueren que no·s partís del lit si volia obtenir sanitat, perquè no restàs afollat del braç. E Tirant fon content de tenir-se a consell dels metges. E l'emperador lo vesitava cascun dia una volta, e manà a la emperadriu e a sa filla tots dies, de matí e al vespre, l'anassen a veure. E la Viuda Reposada, moguda més de amor que de pietat, lo serví contínuament en la sua malaltia.

Tornem a recitar com se comporten los turchs ab los crestians qui restats eren en lo camp. Aprés que ells hagueren sabuda la cruel batalla del capità ab lo Gran Caramany, e hagueren presos los dos comtes, molt sovint venien a la ciutat de Sent Jordi e mataven e apresonaven molts crestians, e se'n portaven de grans cavalcades, fent la guerra molt cruel. E pochs eren los qui poguessen restaurar la vida qui en lur poder vinguessen. En quanta dolor eren posats los crestians com pensaven que Tirant no y era e havien a exir a la batalla sens ell ni lo savi Diafebus, conestable major, e de aquell senyor d'Agramunt, per tal com de necessitat tenien a defendre lurs vides e les persones e posar-se a perill de les batalles! E en la necessitat tots reclamaven a Tirant com si fos hun sant, e no·s tenien per segurs molt, ans tenien gran temor als turchs, car l'ànimo gran que tenien en lo temps de les victòries obteses per la molta virtut de la presència de Tirant, per la absència sua lo havien tot perdut. E feyen special oració que nostre Senyor ajudàs a Tirant perquè·l poguessen cobrar, que en ell stava tota lur sperança.

E trameteren una letra a l'emperador suplicant-lo que·ls trametés lo lur Messies, Tirant, com ja eren tornats en les acostumades adversitats de fortuna, e que Tirant los fos donat en premi de victòria. E feren altra letra a Tirant, la qual era del tenor següent.

Capítol CLXVIII. Letra que fan los del camp al capità Tirant

-O, spasa de virtut, la més noble que en lo món sia! La virtut tua a Déu y al món és manifesta. A la tua excel·lència significam, per mijà de bona conexença, com temor de restar en lo camp ab tal vergonya, si atényer porem gràcia de tu, de venir a veure los teus súbdits e servidors. Com altri aprés Déu no reclamam sinó la tua senyoria, com d'ací avant crehem e pensam que la carrera de tota desesperació nos és ja uberta, en la qual tota sperança de nostra defensió penja en tu, senyor, lo millor de tots los cavallers, creu que seria fort e difícil cosa nosaltres ésser ja vencedors. E si anam a la batalla és treball perdut, car no és ja la intenció nostra ne propòsit d'ací avant entrar en les mortals batalles sens tu, car stimam més perdre la fama que les persones nostres. La amor és gran que nosaltres portam a la tua senyoria. E axí com tu faràs lo que tots te suplicam, axí alguna que tu ames haja pietat de tu, que no·t puga dir de no de tot lo que desiges.

Capítol CLXIX. Com l'emperador tramés per sa filla la letra a Tirant que los del camp li havien tramesa

Com l'emperador hagué lestes les letres e sabé en quina disposició stava tota la sua gent, quant staven smayats e temerosos, dubtà si daria la letra a Tirant o si speraria que fos del tot guarit, e ab tal deliber dexà passar III dies sens manifestar-ho. Aprés donà la letra a sa filla, Carmesina, que la y donàs, pregant-lo que tan prest com pogués cavalcar que volgués anar al camp.

Com la princessa fon dins la cambra e véu a Tirant, ab cara molt afable anà devers ell e dix-li semblants paraules:

—Flor dels millors, veus ací com tots los del vostre camp criden: «Fam, fam! ¿E hon és aquell virtuós cavaller qui·ns solia dar honorosa vida, hon és aquell vencedor de batalles? La nostra sperança és tota perduda si aquell invencible cavaller no ve.» Trameten-vos aquesta letra, e lo sobrescrit diu: «Sia dada al millor de tots los cavallers». Que si no a tu, altri no s·i deu entendre.

Tirant pres la letra e legí-la. Aprés la mostrà a la emperadriu e tots la veren. La princessa féu principi a hun tal parlar:

—Si de grat vos venia, noble capità, de anar lla hon se fan les forts e cruels batalles, memòria de fama gloriosa ne poríeu aconseguir, car per virtut de la vostra anada tots los turchs seran vençuts, car sol per la vostra vista restaran tant temerosos que no poran alçar les mans contra les vostres forces. E serà dar compliment al virtuós desig, lo que haveu començat. E de açò fareu gran servey a la magestat del senyor emperador, a la senyora emperadriu, e a mi gran plaer. E si per amor de nosaltres no u volreu fer, feu-ho per la vostra molta virtut e bondat.

Respòs Tirant:

—No fretura a mi pregar la altesa vostra, com los prechs de la magestat del senyor emperador són a mi aspres manaments e la excel·lència sua no deu a mi pregar, mas manar-me com a hun simple servidor seu qui·l desija molt servir. E la celsitut vostra sap bé quant vos desige servir, que no és cosa en lo món que a mi fos possible de fer que per la altesa vostra me fos manat que yo no u complís, encara que fos cert de perdre'n la vida, quant més en les coses qui són en aument de honor e prosperitat vostra! E poreu dir a la magestat del senyor emperador e de la senyora emperadriu, qui ací present és, e per la celsitut vostra faré tostemps tot lo que·m serà manat tant com la vida m'acompanyarà.

E pres-li les mans e besà-les-hi, mig per força e mig per grat.

Aprés la emperadriu se levà de lla hon seya e posà's al cap de la cambra ab lo psaltiri en la mà, e pres-se a dir ores ab una donzella que li ajudava. La princessa restà ab Tirant, ab Stephania e la Viuda Reposada e Plaerdemavida, que li feyen companyia. E Tirant li prenia molt sovint les mans e les hi besava. E la princessa no pogué comportar que no li digués paraules de semblant stil acompanyades.

Capítol CLXX. Reprensió que fa la princessa a Tirant

—Clarament veig, magnànim capità, que·l contrast de mes rahons encendran majors flames de tos desigs. A mi plau, desplaent-me licenciar a tu per al que vols, car les coses que sens dificultat haver-se poden, la stima de lur vàlua perden, car veig les tues mans cobdicioses que, qui·ls dava licència, elles passarien de bon grat lo manament de sa senyora. E les tues ungles son sens vergonya, car la emperadriu és ací, que·ns pot veure. E si u veu, seràs tengut per home de poca fidelitat e ab poca paciència; porà dir que dexes star a sa filla: tancar t'à d'ací avant los camins de libertat. Donchs, ¿per què dins tu no és aquell verdader recort que·t cobres de discreta temor per dubte de infàmia, per no restar ab tal vergonya? O! Quina consciència hauràs si la infidelitat prens per companyona? Però par-me que tu deus haver begut de aquella aygua de la font hon morí lo bell Narciso, qui fa fugir de la memòria totes les coses passades ensemps ab la honor. E si per ventura los meus prechs que t'é fets de part de l'emperador, que vages a les batalles, donen empediment a la tua dura pensa per la mia amor, oges paraules ara menors que lo meu coratge, car yo só simple e humil a tu, que me n'has dada rahó, per ço com tu ho est stat a mi moltes voltes. E yo só presta inclinar-me als teus peus per ço que lo senyor mon pare sia servit.

Libros a la carta

A la carta es un servicio especializado para

empresas,

librerías,

bibliotecas,

editoriales

y centros de enseñanza;

y permite confeccionar libros que, por su formato y concepción, sirven a los propósitos más específicos de estas instituciones.

Las empresas nos encargan ediciones personalizadas para marketing editorial o para regalos institucionales. Y los interesados solicitan, a título personal, ediciones antiguas, o no disponibles en el mercado; y las acompañan con notas y comentarios críticos.

Las ediciones tienen como apoyo un libro de estilo con todo tipo de referencias sobre los criterios de tratamiento tipográfico aplicados a nuestros libros que puede ser consultado en Linkgua-ediciones.com.

Linkgua edita por encargo diferentes versiones de una misma obra con distintos tratamientos ortotipográficos (actualizaciones de carácter divulgativo de un clásico, o versiones estrictamente fieles a la edición original de referencia).

Este servicio de ediciones a la carta le permitirá, si usted se dedica a la enseñanza, tener una forma de hacer pública su interpretación de un texto y, sobre una versión digitalizada «base», usted podrá introducir interpretaciones del texto fuente. Es un tópico que los profesores denuncien en clase los desmanes de una edición, o vayan comentando errores de interpretación de un texto y esta es una solución útil a esa necesidad del mundo académico.

Asimismo publicamos de manera sistemática, en un mismo catálogo, tesis doctorales y actas de congresos académicos, que son distribuidas a través de nuestra Web.

El servicio de «libros a la carta» funciona de dos formas.

1. Tenemos un fondo de libros digitalizados que usted puede personalizar en tiradas de al menos cinco ejemplares. Estas personalizaciones pueden ser de todo tipo: añadir notas de clase para uso de un grupo de estudiantes, introducir logos corporativos para uso con fines de marketing empresarial, etc. etc.

2. Buscamos libros descatalogados de otras editoriales y los reeditamos en tiradas cortas a petición de un cliente.